Mo R
A

S.C. STEPHENS

Furious Rush

Verbotene Liebe

GOLDMANN
Lesen erleben

Buch

Geschwindigkeit liegt Mackenzie im Blut. Als Tochter der berühmten Cox-Familie möchte sie es in ihrem ersten Jahr auf der Motorradrennbahn allen beweisen. Doch sie hat nicht mit Hayden Hayes gerechnet – arrogantes und gefeiertes Ausnahmetalent und ausgerechnet Fahrer für die Erzrivalen ihrer Familie. Um das Ansehen der Cox zu retten, muss Kenzie gewinnen und sich vor allem von Hayden fernhalten, dem die Frauenherzen scharenweise zufliegen. Doch Kenzie stellt schnell fest, dass sie alles andere als immun gegen seinen Charme ist. Und dass sie beide etwas verbindet, das größer ist als der alte Hass, die Eifersucht und ein lebensgefährlicher Wettkampf …

Weitere Informationen zu S.C. Stephens
sowie zu lieferbaren Titeln der Autorin
finden Sie am Ende des Buches.

S.C. Stephens

FURIOUS RUSH

Verbotene Liebe

Roman

Aus dem Amerikanischen
von Babette Schröder

GOLDMANN

Die amerikanische Originalausgabe erschien 2016 unter dem Titel »Furious Rush« bei Forever, an imprint of Grand Central Publishing, New York

Dieses Buch ist auch als E-Book erhältlich.

MIX
Papier aus verantwortungsvollen Quellen
FSC® C083411
FSC www.fsc.org

Verlagsgruppe Random House FSC® N001967

1. Auflage
Deutsche Erstveröffentlichung April 2017

Umschlaggestaltung: UNO Werbeagentur, München
Umschlagmotiv: Getty Images / ArtMarie
Redaktion: Antje Steinhäuser
MR · Herstellung: Str.
Satz: IBV Satz- und Datentechnik GmbH, Berlin
Druck und Bindung: CPI books GmbH, Leck
Printed in Germany
ISBN: 978-3-442-48381-5
www.goldmann-verlag.de

Für meine Brüder, deren Liebe zu Motorrädern mich zu diesem Roman inspiriert hat.

1. Kapitel

Ich hasste es, mitten in der Nacht angerufen zu werden. Jeder weiß, dass es nichts Gutes bedeuten kann, wenn man vor dem Morgengrauen auf diese Weise überraschend aus dem Schlaf gerissen wird. Als ich langsam von meinem Handy geweckt wurde, das laut an dem Wasserglas auf meinem Nachttisch vibrierte, schwante mir darum Böses. Stiche eiskalter Angst vertrieben meine Schläfrigkeit, und ich öffnete widerwillig die Augen. Was war passiert?

Am liebsten hätte ich die Panik ignoriert, die in mir hochkroch, und wäre wieder in den kuschelig warmen Schlaf gesunken. Bestimmt war alles bestens, und es hatte sich nur jemand verwählt. Doch ich konnte die Sorge nicht abschütteln, dass irgendetwas nicht stimmte. Also tastete ich mit trübem Blick ungeschickt nach dem Telefon auf meinem Nachttisch und schaute auf das Display. Es war meine Freundin Nikki.

»Nik? Was ist los?«, nuschelte ich. Mein Wecker verkündete in großen roten Ziffern die äußerst frühe Stunde. *Na, hoffentlich ist zumindest jemand gestorben.* Ich erschrak augenblicklich über diesen kaltherzigen Gedanken. *Oh Gott, bitte lass niemanden tot sein.*

Eine für diese frühe Stunde viel zu aufgekratzte Stimme drang an mein Ohr. »Kenzie! Ach gut, dass du noch wach bist. Ich habe eine Riesenbitte.«

Nikkis entspannter Tonfall ließ meine Sorgen sofort dahinschmelzen. Wenn wirklich etwas Schlimmes passiert wäre, würde sie kaum so locker klingen. Doch warum zum Teufel rief sie mich dann mitten in der Nacht an? »Ich bin nicht *noch* wach. Ich bin *jetzt* wach. Gewaltiger Unterschied. Was für einen Gefallen?«

Bevor sie antwortete, trat eine lange Pause ein, und mein Unbehagen kehrte zurück. »Na ja …«, fing sie stockend an, »ich habe gehofft, du könntest nach San Diego rüberkommen. Und fünfhundert Dollar mitbringen. In bar.« Mir klappte der Kiefer herunter, während mir ihre Bitte den letzten Rest Schlaf aus dem Hirn fegte. Ehe ich fragen konnte, ob sie verrückt geworden sei, setzte mich Nikki ins Bild. »Weißt du, ich habe gewissermaßen eine Wette verloren, und die Leute, denen ich das Geld schulde, wollen mich erst nach Hause lassen, wenn ich bezahlt habe. Schecks nehmen die nicht gern … deshalb brauche ich Bargeld.«

Ich war dermaßen vor den Kopf geschlagen, dass ich ein paar Mal zu sprechen anhob, ehe ich hervorstieß. »Herr im Himmel, Nikki. Willst du mich verarschen? San Diego? Jetzt?«

»Ich weiß, ich weiß. Ich nerve. Aber ich habe nicht damit gerechnet, heute Nacht zu verlieren, deshalb habe ich nicht so viel Geld mitgenommen. Komm schon, Kenzie, dein Vater wird mich umbringen, wenn ich morgen nicht auftauche, weil ich hier festsitze. Also … was ist jetzt? Kannst du mir helfen? Bitte?«

»Oje. Du weißt doch, was gerade bei mir los ist, Nikki. Unter welchem Druck ich stehe. Die Saison fängt bald an. Ich will, dass mein Vater stolz auf mich ist, ich will ihm eine würdige Nachfolgerin sein.« Ich seufzte, als ich den Erwartungsdruck schwer auf meinen Schultern spürte. Manchmal nahm er mir die Luft zum Atmen und lähmte mich. Etwas gefasster fügte ich hinzu: »Du weißt doch, dass Dad sich darauf verlässt, dass ich meine Sache gut mache, nachdem die Lage in letzter Zeit etwas … angespannt war.« Erneut zuckte mein Blick zur Uhr. Es war idiotisch früh. »Und um mein Bestes zu geben, muss ich in Bestform sein. Da kann ich es mir nicht leisten, um drei Uhr morgens aufzustehen, Nik.«

»Ich weiß«, stöhnte sie. »Aber ich wusste nicht, wen ich sonst anrufen sollte. Es kamen nur Myles und du infrage, und wenn der erst mal pennt, braucht man mindestens eine Atombombe, um ihn wachzukriegen.«

Das stimmte. Unser Freund Myles konnte tief und fest ein ganzes Heavy-Metal-Konzert verschlafen. »Das soll heißen, du wusstest, dass ich schlafe, hast aber trotzdem angerufen?«, fragte ich.

»Na ja … ich könnte die Uhr nach deinem Rhythmus stellen.« Bei der Bemerkung verzog ich gereizt das Gesicht, aber es stimmte, deshalb konnte ich ihr nicht wirklich böse sein. Ich mochte Routine. Es gefiel mir, wenn die Dinge vorhersehbar waren. Das half mir dabei, Rennen zu fahren. Ich brauchte die Gewissheit, dass egal, wo ich mich gerade befand oder welcher Tag war, mein Motorrad genau das tat, was ich von ihm erwartete. Und mit meinem Leben ging es mir genauso. Wenn ich morgens aufwachte, wollte ich wissen, was ich vom Tag zu erwarten hatte. Was umso mehr dafür sorgte, dass mich der Anruf aus dem Konzept brachte.

»Nikki …«

»Bitte Kenzie«, unterbrach sie mich. »Ich würde dich nicht bitten, wenn ich nicht richtig in der Tinte sitzen würde. Du bist meine beste Freundin, bitte lass mich hier nicht mit einem Haufen Krimineller versauern. Ich meine, wer soll denn aus deinem Motorrad eine gemein schnittige Siegermaschine machen, wenn ich tot bin?«

Leider hatte sie recht. Nikki war eine geniale Mechanikerin – *meine* geniale Mechanikerin –, und wenn ich dieses Jahr gut abschneiden wollte, war ich auf ihre Fähigkeiten angewiesen. Außerdem war sie meine beste Freundin, und ich würde sie nie ihrem Schicksal überlassen … auch wenn sie es sich selbst eingebrockt hatte. »Na schön. Aber dafür schuldest du mir etwas, Nikki.«

Sie seufzte erleichtert auf. »Meine Seele, mein Erstgeborenes – was immer du willst, es gehört dir.« Ich wollte ihr gerade sagen, dass ich von ihr nur erwartete, meine Ducati zum schnellsten Motorrad auf diesem Planeten zu machen, als sie schnell hinzufügte: »Ach, könntest du vielleicht von deinem Notgroschen noch ein paar Hunderter extra lockermachen? Bald fängt ein neues Rennen an, und ich habe ein richtig gutes Gefühl bei dem Typen.«

Fast hätte ich mein Handy quer durchs Zimmer geschleudert. »Nein! Das ist idioti… Moment mal, was für ein Rennen? Was zum Teufel machst du da für Wetten, Nikki?«

»Krr … sssssshhhhh … tut mir leid, Kenzie. Krrrr … Die Verbindung bricht ab. Bis gleich. Ecke Jackson und Maddox, unter der Brücke. Schick mir eine SMS, wenn du es nicht findest.« Sie legte sofort auf, und ich schloss die Augen und zählte langsam bis zehn.

Dann warf ich die Bettdecke von mir, quälte meinen Körper aus dem gemütlichen Bett und stellte die Füße auf das kalte Holzparkett. Nikki im Geiste verfluchend ging ich zum Wandschrank, in dem die Sachen, die ich am Tag anziehen wollte, bereits als sauber gefalteter Stapel auf mich warteten.

Beim Zähneputzen musste ich feststellen, dass ich aussah, als hätte man mir im Schlaf Stromstöße verpasst. Ich überlegte, ob ich die Viertelstunde investieren sollte, um meine wilden Locken zu bändigen, entschied dann jedoch, dass es jetzt Wichtigeres gab. Mit den Fingern strich ich durch die widerspenstigen Strähnen und band das Gewirr zu einem tief sitzenden Pferdeschwanz zusammen, der gut unter meinen Helm passte.

Ich bereute, Nikki gegenüber jemals meinen Notgroschen erwähnt zu haben, blätterte durch den Umschlag, den ich unter meiner Matratze versteckt hatte, und zog fünfhundert Dollar heraus. Das war alles. Wenn Nikki glaubte, ich würde es zulassen, dass sie noch mehr Geld verlor, hatte sie nicht mehr alle Tassen im Schrank.

Ich stopfte die Scheine in mein Portemonnaie, schnappte mir meine Jacke und die Schlüssel der Straßenmaschine und machte mich auf den Weg zur Garage. Meine Straßenmaschine, die ich im Alltag benutzte, stand friedlich unter dem Neonlicht neben meinem heruntergekommenen Truck. Dieses Motorrad war weder so schick noch so schnell wie meine Rennmaschine, aber auf ihre bescheidene Art besaß meine Suzuki ihre ganz eigene Schönheit. Ich öffnete das Garagentor des kleinen Hauses, das ich gemietet hatte, rollte das Bike hinaus und ließ den Motor brummen. Was für ein verführerischer Klang. Er entschädigte mich fast dafür, dass die Sonne erst in ein paar Stunden aufging. Aber nur fast.

Ich unterdrückte ein Stöhnen, schloss das Garagentor, streifte mir den Helm über, ließ das immer noch im Tiefschlaf befindliche, kalifornische Städtchen Oceanside hinter mir und steuerte auf das etwas lebendigere San Diego zu. Die Fahrt in Richtung Süden dauerte nur eine Dreiviertelstunde, aber ich hatte Schwierigkeiten, die Straßen zu finden, die Nikki genannt hatte. Mit dem Navi auf meinem Handy stand ich auf Kriegsfuß. Als ich endlich die Jackson Street erreichte, hielt ich die Augen auf nach … irgendetwas. Ehrlich gesagt hatte ich keine Ahnung, wonach ich genau suchte. Erst als ich die Motorräder entdeckte, wusste ich, dass ich am richtigen Ort war. *Herrje, Nikki, auf was hast du dich nur eingelassen?* Mindestens über drei Blocks hinweg parkten Motorräder quer zur Straße, gelegentlich hatte sich ein Auto oder ein Truck dazwischengequetscht. Menschentrauben liefen zwischen den Bikes herum und inspizierten sie eingehend, als befänden sie sich auf einer Rinderauktion. Die Fahrer hatten sich herausgeputzt, trugen zerrissene Jeans und protzige Lederjacken – billige Imitationen der Lederkluft, wie ich sie bei Rennen trug, um mich zu schützen und für mein Team zu werben. Mit überheblichem Grinsen, das vor Selbstbewusstsein nur so strotzte, stolzierten sie um ihre Maschinen herum. Die Buchmacher warben mit lautem Geschrei und völlig überzogenen Behauptungen für ihre Favoriten. Von null auf hundert in weniger als zwei Sekunden? Da hegte ich erhebliche Zweifel.

Ich ließ mich in eine Lücke zwischen die Motorräder rollen und schickte Nikki eine SMS. *Ich bin da. Wo bist du?*

Sofort hörte ich, wie weiter unten in der Straße jemand meinen Namen rief, und als ich in die Richtung blickte, entdeckte ich Nikki, die auf und ab sprang und mir mit hochgerissenen Armen zuwinkte. Schicksalsergeben schaltete ich den Motor aus und stieg von meiner Maschine. Kaum hatte ich den Helm abgenommen, umlagerten die Leute meine Suzuki und untersuchten Bereifung, Federung und Motor. Als ich gerade meinen Helm an den Lenker hängte, beugte sich ein Mann vor und fasste den Sitz an. Ich schlug seine Hand weg. »Mein Motorrad und ich machen nicht mit bei … *dem* hier. Fass es ja nicht noch mal an, sonst …«

Obwohl ich mich bemüht hatte, drohend zu klingen, lachte mich der Sitzstreichler einfach nur aus. Trotzdem trollte er sich und nahm die anderen Gaffer mit. Besser so – denn mir war selbst nicht ganz klar, womit ich ihm hätte drohen sollen. Das hier stieß mich alles ziemlich ab, und die Vorstellung, etwas von diesem Affentheater könnte an meinem Motorrad haften bleiben – und sei es nur als fremder Fingerabdruck am Benzintank –, verursachte mir Übelkeit. Rennen sollten auf einer Rennstrecke ausgetragen werden – mit strikten Regeln, offizieller Rennleitung und eigens darauf abgestimmten Maschinen. Ich fühlte mich, als hätte ich eine Zeitreise in die Vergangenheit gemacht oder wäre in eine apokalyptische Zukunft gebeamt worden, in der grimmige Männer für einen Becher sauberen

Wassers um ihr Leben kämpften. Ich wollte wirklich nicht hier sein.

Inzwischen hatte Nikki sich zu mir durchgekämpft, strahlte übers ganze Gesicht und hüpfte auf den Zehenspitzen vor mir auf und ab. »Hey, du hast es gefunden. Super.«

Nikki war lateinamerikanischer Abstammung und hatte einen makellosen, goldfarbenen Teint, der sich nicht durch Gefühlswallungen verfärbte, wie es bei mir gelegentlich vorkam. Sie versuchte, sich ihr schlechtes Gewissen nicht anmerken zu lassen, aber ich sah den angespannten Zug um ihre Lippen sowie den besorgten Ausdruck in ihren dunklen Augen. Sie hatte Angst, ich könnte sauer sein. Und das war ich in der Tat. Daran ließ sich momentan jedoch nichts ändern.

»Ja«, sagte ich missmutig. »Google Maps und ich sind jetzt per Du.«

Nikkis Gesichtszüge entspannten sich. »Du kommst gerade im richtigen Moment. Das nächste Rennen fängt gleich an.« Sie besaß wirklich die Frechheit, sich auf die nächsten Wetten zu freuen. Jetzt riss mir endgültig der Geduldsfaden, und ich machte meinem aufgestauten Ärger Luft.

»Was um alles in der Welt treibst du hier, Nikki? Du wettest bei Straßenrennen? Dafür hast du mich mitten in der Nacht aus dem Bett geholt?« Ich zeigte auf die Straße, in der potenzielle Rennteilnehmer geduldig auf ihre Chance auf ein bisschen Ruhm warteten. »Du weißt, dass das illegal ist, oder? Du weißt, dass uns Dad vermutlich schon allein dafür aus dem Team werfen würde, dass wir überhaupt hier sind, oder? Mensch, wenn mich einer von den Offiziellen hier sieht und glaubt, dass ich bei diesem Mist mitmache, könnte mich der ARRC für den Rest meines Lebens für den Rennsport sperren. Was hast du dir bloß dabei gedacht? Wir dürfen nicht hier sein.«

Nikki wand sich und legte mir eine Hand auf die Schulter. »Entspann dich, Kenzie. Uns sieht schon keiner. Ich meine, die würden selbst Schwierigkeiten bekommen, wenn sie hier wären, also sind wir fein raus. Und um deine Frage zu beantworten – ich kann hier heute Nacht locker einen Riesen gewinnen.« Sie machte eine Pause, um das Geräusch einer Registrierkasse nachzuahmen. »Kaaa-tsching!«

Noch bevor ich sie daran erinnern konnte, dass ich einzig und allein deshalb gekommen war, weil sie Geld *verloren* hatte, verstärkte Nikki ihren Griff um meine Schulter und drehte mich so, dass ich über die Straße blickte. Sie zeigte mit dem Finger auf einen Kerl, der neben einer aufgebrezelten Ninja stand. »Das nächste Rennen ist zwischen dem Typen da …« Sie drehte mich wieder um, sodass ich auf unserer Straßenseite hinunterblickte. Dann zielte sie mit dem Finger auf einen anderen Kerl, der ein paar Meter von uns entfernt stand. Er trug eine schwarze Lederjacke, eine ausgeblichene Jeans und stand gelassen, selbstbewusst und entspannt neben seiner Honda, die von einer Horde knapp bekleideter Mädchen umringt war. »… und diesem Kerl. Man sagt, der Honda-Knabe hat noch nie verloren, also setze ich mein ganzes Geld auf den Ninja.«

Ich drehte mich um und sah sie ungläubig an. »Was? Warum zum Teufel wettest du auf den anderen Kerl? Wenn der Honda-Typ bisher ungeschlagen ist, solltest du lieber auf den setzen.« Ich schloss die Augen und schüttelte den Kopf. »Ich fasse es nicht, dass ich das gerade wirklich gesagt habe.« Ich griff in meine Tasche, holte mein Portemonnaie heraus und gab ihr die fünfhundert Dollar. »Hier. Und jetzt bezahl, damit wir so schnell wie möglich von hier verschwinden können, okay? Je schneller wir die Sache hinter uns bringen, desto besser.«

Nikki hatte ihr schlechtes Gewissen anscheinend schon überwunden, denn sie wirkte nicht im Geringsten verlegen, als sie mein Geld nahm und sagte: »Kommt nicht infrage. Wir bleiben. Und ich setze alles auf den, dem keiner eine Chance gibt. Wenn der andere Typ bisher ungeschlagen ist, bedeutet das nichts anderes, als dass er reif für eine Niederlage ist. Das ist das Wett-Einmaleins, Kenzie.«

Ich rollte mit den Augen und erklärte ihr: »Nein, das ist das Du-bist-ein-Volltrottel-Einmaleins. Aber schließlich ist es ja dein Geld, also …« Ich stutzte und hob dann den Zeigefinger, als hätte ich eine Eingebung. »Ach, warte mal … nein, es ist *mein* Geld. Ich ließ den Finger sinken und bohrte ihn zur Bekräftigung in ihre Schulter. »Und du wettest nicht damit. Du bezahlst jetzt deine Schulden, und dann fahren wir nach Hause. Hoffentlich bekomme ich noch ein paar Stunden Schlaf, bevor ich wieder beim Renntraining sein muss.«

»Okay, okay. Schon gut.« Es sah aus, als würde sie klein beigeben, und ich dachte tatsächlich, sie würde auf mich hören. Doch dann drehte sie sich auf einmal um und rief die Straße hinunter: »Hey ihr Hampelmänner, ich setze einen Riesen auf Hayden.«

Ein hünenhafter Mann, der hinter dem Honda-Typen stand, hob bestätigend den Daumen und kritzelte dann etwas in sein Buch. Ihre Wette war angenommen, und ich hatte nicht den Eindruck, dass diese Kerle viel Verständnis dafür hatten, wenn man seine Meinung änderte. Ich stieß Nikki gegen die Schulter, um ihre Aufmerksamkeit zu bekommen. »Ich habe gesagt, wir fahren nach Hause. Ich habe gesagt, keine Wetten mehr.«

Nikki biss sich auf die volle Lippe. Sie zuckte mit den Schultern und schaffte es dabei sogar, zerknirscht auszusehen. »Na ja, jetzt stehen wir im Wort … Da müssen wir durch, sonst fangen die beiden Typen dahinten an, Kniescheiben zu zertrümmern. So läuft das, glaube ich.« Mein Blick folgte ihrem ausgestreckten Finger zu einer Gruppe kräftig aussehender Kerle, die so wirkten, als würden sie nichts lieber tun, als anderen die Knochen zu brechen. Herr im Himmel, ich wollte nach Hause. Sofort.

Als ich die Fäuste ballte, tätschelte Nikki meine Schulter.

»Aber du solltest froh sein, Kenzie. Ich habe auf dich gehört und auf den Goldjungen gewettet. Hoffentlich wird er nicht ausgerechnet heute Nacht vom Thron gestoßen.« Sie dachte kurz darüber nach, dann fragte sie: »Nur für den Fall, dass der einen Unfall baut … du hast doch noch mehr Geld für schlechte Zeiten zurückgelegt, oder?«

Ich musste mich schwer zusammenreißen, um sie nicht laut anzubrüllen. »Nein! Ich habe keine tausend Dollar beiseitegelegt! Was um alles in der Welt sollen wir tun, wenn er das Rennen verliert, Nikki?« Noch bevor sie etwas antworten konnte, warf ich die Arme in die Luft. »Na, toll! Das ist ja super!«

Die Banken hatten geschlossen, und ich konnte nicht so viel aus dem Geldautomaten ziehen. Genau wie Nikki müsste ich einen nächtlichen Anruf tätigen, um meinen Hintern zu retten. Aber mit Sicherheit nicht bei meinem Vater. Vielleicht könnte ich meine Schwester Daphne anrufen. Aber die war von ihren Hochzeitsvorbereitungen momentan finanziell stark belastet, und ich bezweifelte, dass sie mir helfen konnte. Vielleicht meine andere Schwester, Theresa. Aber die würde mich umbringen und dann alles Dad erzählen. Ich spürte, wie sich allmählich eine zermürbende Angst in meiner Brust ausbreitete. Dann sah ich die Straße hinunter zu dem Mann, der mir entweder aus dieser Klemme heraushelfen oder mich endgültig hineinreiten würde.

Der Honda-Typ hatte seinen Helm unter den Arm geklemmt und flirtete mit den Mädchen, die um ihn herumstanden. Er hatte blonde widerspenstige Haare, deren Styling bestimmt weitaus mehr Zeit in Anspruch nahm, als man ihnen ansah. Die Art, wie die Mädchen um ihn herum teenagermäßig kicherten, ließ vermuten, dass er charmant war. Vermutlich brachte er sie mühelos dazu, ihm aus der Hand zu fressen. Als ich durch eine Lücke in der Menge endlich einen klaren Blick auf sein Gesicht erhielt, bemerkte ich noch etwas anderes. Er war ein unglaublich heißer Ich-will-auf-der-Stelle-ein-Kind-von-dir-Typ.

Seine markanten Gesichtszüge waren derart perfekt, derart ebenmäßig, dass es mir geradezu unwirklich schien, nur ein paar Meter von ihm entfernt zu stehen. Er sollte halb nackt auf Reklametafeln posieren, um überteuerte Eau de Colognes an Männer zu verkaufen, die sich nach einem Bruchteil seines Sexappeals sehnten. Und als ob er meine Blicke gespürt hätte, schaute er jetzt in meine Richtung. Unsere Blicke begegneten sich und hielten aneinander fest. Ich war außerstande wegzusehen. Er hatte etwas Sinnliches an sich, etwas Ursprüngliches und Gefährliches. Exotisch. Ich war sofort wie gebannt, was mich ziemlich nervte. Dieser Typ steckte knietief in einer Welt, die ich verabscheute, einer Welt, die meine Vorstellung vom Sport mit Füßen trat. Meinen Beruf.

Während er mich mit dem Blick aus seinen hellen Augen durchbohrte, bog sich einer seiner Mundwinkel zu einem frechen Grinsen nach oben, das ebenso verschmitzt wie vielversprechend war. Mit diesem Lächeln schien er mir regelrecht zuzurufen, dass er alle Wünsche und Gelüste befriedigen konnte, die mir auch nur in den Sinn kommen mochten. Mein Herz klopfte wie wild, während Empfindungen in mir zum Leben erwachten, die viel zu lange dort geschlummert hatten. Zu meinem Glück tippte ihm der große Mann auf die Schulter, der vorher die Wetten der Jungs angenommen hatte, und unterbrach unseren Blickwechsel. Sobald ich mich aus seinem Bann gelöst hatte, drehte ich mich um und kehrte ihm den Rücken zu.

Gott, ging mein Atem etwa schneller? Lächerlich, absolut lächerlich. Ich war zweiundzwanzig, nicht zwölf.

»Mist«, hörte ich Nikki sagen, »du hattest recht. Ich hätte von Anfang an auf ihn wetten sollen. Ich konnte ihn mir vorher nicht so genau ansehen, aber er ist absolut heiß.«

Ich holte tief Luft und versuchte, meinen Körper wieder mit meinem Gehirn zu koppeln. »*Der* Typ ist ungeschlagen?«, fragte ich Nikki. »Wirklich?« Zur Antwort nickte sie, und ich schloss für eine Sekunde die Augen. So ein Gesicht und dann auch noch ein guter Rennfahrer? Himmel.

Ich räusperte mich und fragte beiläufig: »Was hast du noch mal gesagt? Wie heißt der?« Dann konnte ich dem Kerl in den Fantasien, die mich später mit Sicherheit heimsuchen würden, wenigstens einen Namen geben.

»Hayden … irgendwas. Nach allem, was ich gehört habe, ist er schon eine ganze Weile dabei.«

Ich riskierte einen Blick über meine Schulter zu … Hayden. Zum Glück hatte er den Helm aufgesetzt, wenn auch das Visier noch hochgeklappt war. Zu dem großen Mann, der die Wetten annahm, hatte sich ein schlaksiger Latino gesellt, der Hayden Anweisungen zu geben schien. Vielleicht sagte er ihm auch nur ein paar aufmunternde Worte. Der kleine Typ spielte das bevorstehende Rennen mit den Händen vor, offenbar einschließlich Schleudern und Explosionen. Oh Gott, hoffentlich passierte niemandem etwas. Während er die dramatischen Höhepunkte durchging, streifte der große Mann eine Kamera über Haydens Helm.

Als die beiden Rennfahrer bereit waren, lenkten sie ihre Motorräder auf die Straße. Am Straßenrand brandete Jubel auf, voller Hoffnung erwarteten die Zocker den Beginn des nächsten Rennens. Eigentlich empfand ich nur Verachtung für das, was ich hier miterlebte, aber bei der Energie der Zuschauer und dem Röhren der Maschinen spürte ich unwillkürlich, wie die Aufregung auf mich übersprang. Gegen meinen Willen verzog sich mein Mund zu einem breiten Grinsen, und mir rutschte ein Anfeuerungsruf über die Lippen. Haydens Helm schwenkte in meine Richtung, als er seine Maschine startete. Mein Puls beschleunigte sich, als sich unsere Blicke erneut begegneten. Dann zwinkerte er mir zu und klappte das Visier herunter.

Als die Fahrer ihre Startpositionen einnahmen, packte mich Nikki am Arm. »Komm mit. Wir können vom Van aus zusehen.«

Ich hatte keine Ahnung, was sie meinte. Noch bevor ich fragen konnte, zog sie mich zu einem schwarzen Van, der am Straßenrand geparkt war. Die Hecktüren standen offen, und ein riesiger Monitor ragte an einem Schwenkarm über den Köpfen der Menschenmenge. Das Bild war zweigeteilt und zeigte jeweils die Liveaufnahmen von den Helmkameras der beiden Rennfahrer. Hayden und sein Gegner lieferten Bilder desselben kahlen Straßenabschnittes. Als ich die Straße hinunterblickte, sah ich, dass die beiden an einem Fußgängerüberweg darauf warteten, dass die Ampel umsprang.

Ich wandte meine Augen wieder dem Monitor zu und merkte, dass ich mit angehaltenem Atem ebenfalls darauf wartete, dass das Signal die Farbe wechselte. Als die Ampel auf Grün sprang und die Motorräder losbrausten, ging ich näher zum Van, als könnte ich auf diese Weise irgendwie meine aufgestaute Energie lösen. Zugleich begann die Menge um mich herum zu johlen und zu brüllen. Von dem Moment mitgerissen wippte ich auf den Zehenspitzen und betete, dass die Fahrer an Geschwindigkeit gewannen. Aber nachdem ich ein paar Sekunden lang auf den Monitor geblickt hatte, erschütterte mich die harte Realität vor meinen Augen. Das hier war keine klar abgegrenzte Rennstrecke mit deutlich gekennzeichneten Spuren. Es war primitiv, schmutzig und ohne feste Regeln. Das Einzige, was zählte, war, als Erster über die Ziellinie zu gelangen.

Die Motorräder überfuhren rote Ampeln, als hätten sie keinerlei Bedeutung. Zu dieser frühen Stunde waren die Straßen fast leer, doch als sie an den wenigen Fahrzeugen vorbeirasten, wirkten diese, als stünden sie still; sie mussten locker hundert

Meilen draufhaben. Sie wichen Hindernissen aus, indem sie auf den Bürgersteig sprangen, bogen schlingernd um enge Kurven und wären mehrfach beinahe mit entgegenkommenden Fahrzeugen zusammengeknallt.

Schockiert drehte ich mich zu Nikki um. »Das ist doch Wahnsinn. Dabei kann jemand verletzt werden. Vielleicht sogar sterben!«

Nikki stand beim Blick auf den Monitor die pure Begeisterung ins Gesicht geschrieben. Ihre Miene änderte sich, als meine Worte allmählich bei ihr ankamen. Dann sah sie mich an, als wäre ich nicht ganz dicht. Vermutlich war es seltsam, so etwas ausgerechnet jemanden sagen zu hören, dessen Tachonadel beim Fahren regelmäßig um die zweihundertvierzig pendelte, aber hier herrschten völlig andere Rahmenbedingungen. Man mag es glauben oder nicht – das, was ich machte, war vergleichsweise sicher. Um es dahin zu bringen, hatte man Millionen von Dollars ausgegeben. *Das hier* war nicht sicher. Überhaupt nicht.

»Sie verstoßen gegen jede nur erdenkliche Verkehrsregel«, fügte ich hinzu und kam mir dabei wie eine gigantische Spaßbremse vor. Aber irgendjemand musste schließlich die Stimme der Vernunft sein, alle anderen hier waren offensichtlich nicht mehr ganz bei Trost.

Nikki grinste über meine Bemerkung. »Das ist ein Rennen, Kenzie. Die können nicht vorsichtig fahren. Was meinst du denn, warum es so spät in der Nacht stattfindet?«

»Weil es illegal ist«, erwiderte ich nüchtern, woraufhin mich ein paar aus der Menge befremdet ansahen, darunter Haydens Buchmacher, der mich mit einem besonders bösen Blick bedachte. Vielleicht war dies nicht der beste Ort, um über Gesetze zu reden. Ich hielt lieber den Mund und richtete meine Aufmerksamkeit schnell wieder auf den Monitor.

Gerade als ein vertraut aussehender Straßenabschnitt ins

Bild kam, wurde das Video in der einen Hälfte des Monitors unscharf, man sah Asphalt, Funken, alles drehte sich, ein Telefonmast kam rasend schnell näher. Die Menge ringsum verstummte, als klar war, dass Haydens Kontrahent das Rennen nicht zu Ende fahren würde. Sekunden später hörte ich Haydens Motorrad um die Kurve röhren, woraufhin Nikki mich erneut wie eine Stoffpuppe hinter sich herschleifte. Sie positionierte uns so, dass wir die Ziellinie gut im Blick hatten, über die just in dem Moment Haydens Honda hinwegraste. Er war allein. Jubel brandete auf, in den sich das unwillige Murren jener mischte, die auf den anderen gewettet hatten.

Ich fragte mich gerade, ob sich wohl jemand um den Ninja-Fahrer kümmerte, als mich Nikki an den Schultern packte und in unbändiger Begeisterung durchschüttelte. »Wir haben gewonnen, Kenzie! Wir haben tatsächlich gewonnen!«

»Toll«, sagte ich und biss die Zähne zusammen.

Nikki ließ mich los und quietschte vor Begeisterung. »Ich habe gerade genug Geld verdient, um dir dein Geld zurückzugeben *und* meine Verluste auszugleichen. Na, bist du jetzt nicht auch froh, dass du gekommen bist?«

Ich verengte meine Augen, meine Blicke waren vergiftete Dolche, die hoffentlich etwas Vernunft in sie hineinbohrten. »Ich hasse dich«, murmelte ich.

Nikki legte sich eine Hand aufs Herz. »Ich weiß, dass du eigentlich sagen wolltest, dass du mich lieb hast, Kenzie. Und ich hab dich auch lieb. Und jetzt lass uns meinen Gewinn einstreichen und nach Hause fahren, damit du dich wieder hinlegen kannst. Das ist ein Superjahr!«

Ich öffnete gerade den Mund, um spitz zu erwidern, dass ich schon vor Ewigkeiten hatte gehen wollen, doch da machte sie auf dem Absatz kehrt und ließ mich einfach stehen. Während ich noch meine Kiefermuskulatur zwang, sich zu entspannen, damit ich den Mund wieder schließen konnte, hielt Hayden am

Straßenrand neben mir. Als ich ihm den Kopf zudrehte, war es, als liefe alles plötzlich in Zeitlupe ab.

Er saß noch vornübergebeugt auf seiner Maschine, die Hände am Lenker, und ich erkannte nur an dem mir zugewandten Helm, dass er zu mir herüberblickte. Dann nahm er wie ein Prinz im Märchen langsam den Helm ab und klemmte ihn sich unter den Arm. Ich könnte schwören, dass die Luft zu knistern begann, als sein schiefes Lächeln zum Vorschein kam. Meine Güte, dieser Typ war zum Anbeißen.

Locker strich er sich durch das verschwitzte dunkelblonde Haar. Durch den Helm war die lässige Frisur von vorhin ruiniert, doch irgendwie saß sie nach ein paar Handgriffen wieder perfekt. Wie gern hätte ich sie ihm aufs Neue zerzaust, hätte meine Finger durch seinen Schopf gleiten lassen und ein paar Strähnen gepackt, während ich mit der Zungenspitze die Konturen seines unglaublich sinnlichen Mundes nachgezeichnet hätte.

Hoppla. Nein. Das wollte ich auf gar keinen Fall.

Einen Moment betrachtete er eingehend mein Gesicht. Da war etwas in seinen Augen, das ich nicht einordnen konnte. Interesse natürlich, aber auch so etwas wie … Traurigkeit. Und dann lächelte er. Der Ausdruck verschwand so schnell, dass ich davon überzeugt war, es mir nur eingebildet zu haben. »Ich habe dich hier noch nie gesehen«, sagte er leise und ganz entspannt, als hätte er nicht soeben sein Leben aufs Spiel gesetzt. »Hoffentlich hast du auf mich gewettet. Es wäre schade, jemanden, der so schön ist wie du, verlieren zu sehen.«

Er grinste anzüglich, und vor meinen Augen leuchteten Alarmlampen auf. *Gefahr! Sofort stehen bleiben! Achtung, Steinschlag! Jetzt wenden!* Die Warnlichter strahlten noch heller, als er von seinem Motorrad abstieg und auf mich zukam.

Als er direkt vor mir stand und so nah war, dass ich das feinwürzige Aroma seines Eau de Toilette wahrnahm, klopfte mein

Herz wie verrückt. Ich war mir sicher, dass er es hören konnte und sah, wie sich mein T-Shirt hob und senkte, als ob sich darunter ein aufgeregter Kolibri versteckt hielt. Was machte er nur mit mir? War ich nervös oder erregt? Beides fühlte sich so ähnlich an, dass ich es nicht zu sagen vermochte.

Er streckte eine Hand aus und sagte freundlich: »Gestatten, Hayden. Hayden Hayes.« Ich wollte gerade die Hand heben und seine ergreifen – mir zuckten schon die Finger –, da fügte er hinzu: »Und wie soll ich dich nennen, Süße?«

Süße? Mit diesen beiden simplen Silben hatte er mir in Sekundenbruchteilen einen Eimer Eiswasser über den Kopf geschüttet und jegliche Fantasien abgetötet, die ich über ihn gehabt haben mochte. Ich lebte, arbeitete und atmete in einer Welt, in der mich Männer wie eine Bürgerin zweiter Klasse behandelten. Um mich zu bewähren, musste ich härter und länger arbeiten, ich musste immer alles geben und durfte mir keinen Ausrutscher erlauben. Mit diesem einen entwürdigenden Wort schien er gerade all meine Kraftanstrengungen zunichtegemacht zu haben.

»Ich bin weg«, erwiderte ich und ging.

2. Kapitel

Als ich von meinem kleinen spaßigen Abenteuer in San Diego heimkehrte, ging bereits die Sonne auf. Anstatt in der Garage stellte ich das Motorrad in der Einfahrt ab, weil ich es in ein paar Stunden ohnehin wieder brauchte, und schlurfte erschöpft zur Haustür. Im Flur legte ich die Schlüssel in das Körbchen, das für sie vorgesehen war, stellte meine Stiefel in die Lücke im Schuhregal und hängte meine Jacke an die Garderobe. Ich rang mit mir, ob ich mich wieder schlafen legen und riskieren sollte, sehr spät zur Rennstrecke zu kommen, oder ob ich mich geschlagen geben und den Tag beginnen sollte. Mit einem Seufzer tapste ich in die Küche, um mir etwas zu essen zu machen. Das erste Rennen der Saison – Daytona – fand in etwas über einer Woche statt. Sosehr mir auch danach war, ich durfte den Tag nicht verschlafen, es gab einfach zu viel zu tun.

Nach einem schnellen, proteinreichen Shake ging ich ins Badezimmer, um mich endlich um mein Haar zu kümmern. Wenn ich sowieso Zeit totschlagen musste, konnte ich auch gleich die Knoten entwirren. Meine kaffeebraunen Wellen waren ein Segen (oder ein Fluch), den ich meiner Mutter verdankte. Niemand sonst in der Familie hatte solche Haare, meine beiden älteren Schwestern waren blond wie unser Dad. Die optische Erinnerung an Mom war allerdings schön. Sie war gestorben, als ich vier war. Autounfall. Ein betrunkener Fahrer war über die Mittellinie geschossen und hatte sie frontal erwischt. Man hat mir erzählt, dass sie sofort tot war und nicht leiden musste. Mir sind kaum Erinnerungen geblieben, ich weiß nur noch, dass sie mein langes, dickes Haar liebte. Auch wenn es nervig zu pflegen und noch schwerer unter einen Helm zu stopfen war, trug ich es ihretwegen lang. Mehr als diese Verbindung war mir nicht geblieben, so schwach sie auch sein mochte.

Als es Zeit zum Aufbruch war, holte ich Jacke, Stiefel und Schlüssel wieder hervor und ging nach draußen zu meinem Motorrad. Ich war so müde und kaputt, dass ich zum ersten Mal seit langer Zeit keine große Lust auf das Training hatte. Aber jetzt oder nie – es war meine erste Rennsaison als Profi und keinesfalls der richtige Zeitpunkt, sich gehen zu lassen.

Ich fuhr Motorrad, seit ich drei war, und war von Geburt an von den Maschinen umgeben gewesen. Mein Vater war ein Gott im professionellen Straßenrennsport. Andere Fahrer meiner Liga sprachen dermaßen ehrfurchtsvoll und ergeben von ihm, als hätte Jordan Cox den Sport geradezu erfunden und die ARRC begründet – die US-Meisterschaft im Straßenrennen. Weil ich seine Tochter war, lasteten gewaltige Erwartungen auf meinen Schultern. Wenn ich Rennen fuhr, ging es nie nur um meine persönlichen Ziele, nein – jedes Mal ging es darum, das Vermächtnis meiner Familie zu verteidigen. Und dieses Vermächtnis war in letzter Zeit gehörigen Belastungen ausgesetzt gewesen.

Ein Unternehmen wie das unsere war teuer, und Spitzentalente zu finden, die Meisterschaften gewinnen konnten, war eine knifflige Angelegenheit. Seit Dads Karriereende war Cox Racing nicht mehr unter den ersten fünf platziert gewesen. Mein Vater war ganz aufgeregt, dass ich endlich so weit war, professionelle Rennen zu fahren. Nicht allein um meinetwillen, sondern auch, weil er einen Sieg brauchte. Er benötigte Sponsoren, einen hohen Bekanntheitsgrad, Bestätigung und … offen gestanden, Geld. Und wenn ich auch nicht die einzige potenzielle Siegeshoffnung im Cox-Rennteam war, so doch die

Einzige mit Blutsbanden zur Legende. Zu behaupten, dass in diesem Jahr eine Menge Blicke auf mich gerichtet waren, wäre noch untertrieben gewesen.

Als ich an der Trainingsstrecke meiner Familie ankam, sah ich, dass mein Vater am Innentor mit einem stämmigen Mann mit schütterem Haar und Koteletten stritt, der sich auf eine metallene Krücke stützte – Keith Benneti. Die Hände meines Vaters waren zu Fäusten geballt, als Keith auf das Schild über dem Tor deutete. Cox Racing/Benneti Motorsport – Trainingsstrecke. Ich holte tief Luft und ging auf sie zu. Dad und Keith stritten sich mindestens ein Mal im Jahr über das verdammte Schild, und ihre Auseinandersetzungen fanden nie ein gutes Ende.

In jungen Jahren waren mein Vater und Keith Teamkameraden und beste Freunde gewesen. Als Spitzenfahrer hatte jeder von ihnen zahlreiche Meisterschaften gewonnen. Irgendwann beschlossen sie, ihr eigenes Rennteam zu gründen: Cox-Benneti-Racing, oder abgekürzt CBR. Als Grundlage für ihren Betrieb erwarb das starke Duo die Trainingsstrecke, und es gelang ihnen, noch eine ganze Reihe weiterer ARRC-Meisterschaften zu gewinnen.

CBR wurde schon bald so legendär wie die beiden Männer dahinter. Aber die guten Zeiten waren nicht von Dauer. Ich weiß nicht genau, was schiefging, aber bei einem Rennen hatten Keith und Dad einen ziemlich üblen Zusammenstoß. Die Videoaufzeichnungen von dem Unfall waren der reinste Horror. Beide überlebten das Unglück, doch Keith wurde nie mehr ganz gesund und brauchte seither eine Krücke zum Gehen.

Von jetzt auf gleich war Keiths Karriere zu Ende, und er gab Dad bis heute die Schuld an dem Unfall. Meiner Meinung nach war Keiths Rache an Dad tausendmal schlimmer. Hunderttausendmal schlimmer. Ich konnte es nach wie vor kaum glauben und mochte weder darüber reden noch davon hören. Es muss reichen, wenn ich sage, dass Keith einen echten Tiefpunkt im Leben meiner Mutter ausgenutzt und sie verführt hat. Er hat wirklich jede erdenkliche moralische Grenze übertreten und hätte damit fast die Ehe meiner Eltern zerstört.

Als Dad von der … Affäre … erfuhr, verpflichtete er einen Anwalt und machte CBR ein Ende. Seither arbeiteten die beiden Teams getrennt, nutzten die Trainingsstrecke aber immer noch gemeinsam. Es war das letzte Überbleibsel aus besseren Tagen und für meinen Vater ein stetes Ärgernis. Er wollte die volle Kontrolle über die Strecke, Keith nicht minder, und jeder von beiden war zu stur, um sich von seinem Anteil zu trennen. Deshalb teilten sie sich, wenn auch widerwillig, den Besitz. Und wie man sich vorstellen kann, klappte das nur mäßig. Die anhaltenden Spannungen zwischen Benneti Motorsport und Cox Racing sorgten für dermaßen dicke Luft, dass man sie förmlich wie eine Dampfwolke aus tödlichem Benzin über der Rennstrecke schimmern sah, die nur auf den Funken wartete, der sie entzündete.

Ich wollte nicht, dass es heute zur Explosion kam, deshalb hielt ich neben meinem Vater und klappte das Visier hoch. »Alles okay, Dad?«

Dad zwang sich, die Fäuste wieder zu öffnen und bemühte sich, nicht die Beherrschung zu verlieren. Mein Vater war für seine Selbstbeherrschung berühmt, seine Auslassungen darüber, wie wichtig diese sei, wurden in Motorsportmagazinen auf der ganzen Welt zitiert. Mir wurde dieses Mantra seit meiner Geburt eingeschärft: *Wer in einem Rennen siegt, mag das beste Motorrad haben, die beste Crew besitzen und der beste Fahrer sein, oder auch nicht – aber er hat mit absoluter Sicherheit seine Emotionen im Griff. Ein Sieger beherrscht nicht nur seine Maschine, sondern auch sich selbst.*

Dad war mein Held und trotzdem für mich fast ebenso unerreichbar wie für jeden anderen Nachwuchsfahrer, der sein

Idol persönlich kennenlernen wollte. Emotionale Distanz war eine unerfreuliche Nebenwirkung, wenn man sich stets selbst am Zügel riss, und daran änderte sich auch nichts, nur weil die Hälfte meiner Gene von ihm stammte. Hier bei ihm am Ring war ich in erster Linie Jordan Cox' Angestellte, erst an zweiter Stelle seine Tochter.

Ohne den Blick von Keith zu lösen, sagte Dad: »Alles in Ordnung, Mackenzie. Ich habe Keith nur wieder einmal erklärt, dass wir keine tausend Dollar für ein neues Schild ausgeben müssen, nur damit Benneti als Erster genannt wird. Damit verschwenden wir Zeit und Geld.« Während Keith die Augen zu Schlitzen verengte, drehte Dad sich zu mir um. Er wirkte jeden Tag ein bisschen älter, so als ließe ihn der Stress vorzeitig altern. Sein Haar war jetzt eher grau als blond, und selbst das Blau seiner Augen schien zu verblassen. Trotzdem funkelten sie noch immer vor Intelligenz, und sein Blick kündete von eiserner Autorität. In der Nähe meines Vaters fühlte man sich ein bisschen wie vor einem Schuldirektor, einem Polizeibeamten oder einem Feldwebel – wie bei einer Respektsperson, in deren Gegenwart man sich zu benehmen hatte. Ich stand jedenfalls gerade, wenn ich mit ihm redete.

Dad deutete mit dem Kopf auf das Tor und sagte: »Warum gehst du nicht rein und fängst schon mal an? Ich will, dass du bis Mittag noch ein paar Runden drehst.« Um diese Zeit endete nämlich unser Zeitfenster am Ring, und Bennetis Team kam an die Reihe.

»Klar, mach ich.«

Keiths Blicke wanderten von Dad zu mir. In seinen finsteren Zügen zeichnete sich Wut ab, und ich wusste, dass das Schild nicht der einzige Grund für seinen Ärger war. Er schien sich jedes Mal aufzuregen, wenn er mich sah. Vermutlich waren daran seine Gefühle für meine Mutter schuld – sofern er überhaupt welche für sie gehabt hatte. Ich war der quicklebendige

Beweis dafür, dass Keith Mom schließlich doch an Dad verloren hatte. Die beiden waren nach dem Ende der Affäre zusammengeblieben, und sie hatte jeglichen Kontakt zu Keith abgebrochen.

»Viel Glück dieses Jahr, Mackenzie«, sagte Keith mit leiser Stimme. »Du wirst es brauchen.«

Bei seinen Worten platzte mir fast der Kragen, aber ich zwang mich, dieses Gefühl zu ignorieren. Keith war und blieb ein Arsch. Ich brauchte kein Glück, um gut abzuschneiden. Ich besaß Talent, meine Maschine war spitze, und in meinen Adern floss das Blut eines Champions. Das war auf jeden Fall besser als Glück. Hoffte ich jedenfalls. Auf diesem Leistungsniveau hatte ich mich noch nie bewähren müssen, und ich war etwas nervös, weil ich den Erwartungen gerecht werden wollte.

Ich klappte das Visier meines Helms wieder herunter und steuerte die Maschine durch das offene Tor in mein zweites Zuhause. Den größten Teil des Geländes nahm die Trainingsstrecke ein, auf der wir testeten, was wir draufhatten, und die Maschinen an die Leistungsgrenze trieben. Alle Kurven und Schleifen eingerechnet war der Parcours circa drei Meilen lang. Er verfügte über bewegliche Betonwände, mit deren Hilfe wir von Zeit zu Zeit den Verlauf änderten. Obwohl es eine zuverlässige Strategie war, sich die Strecke einzuprägen, wollten wir dennoch imstande sein, auch auf Unerwartetes zu reagieren.

Auf den einander gegenüberliegenden Seiten des Parcours – so weit voneinander entfernt, wie es nur irgend ging – befanden sich die Bürogebäude und die Garagen von Cox Racing und Benneti Motorsport. Bennetis Seite war hell und schick, frisch gestrichen und mit Neonschildern dekoriert, wohingegen Cox' Seite schon bessere Tage gesehen hatte. Die Garagentore waren verbeult, in der Zufahrt gab es Schlaglöcher, und die Farbe blätterte in großen Placken von den Wänden und bedeckte den Boden wie Schnee. Den Laden zu renovieren stand auf Dads

To-do-Liste, doch dafür mussten erst einmal ein paar Rennen gewonnen werden.

Ich fuhr gleich weiter zu den Cox-Garagen und parkte mein Bike vor einem der hochgefahrenen Rolltore. Die Garagenwände waren von Schränken gesäumt, in denen sich jedes erdenkliche Werkzeug fand. Auf Cox' Seite gab es drei dieser Garagen, in denen alle Rennmaschinen und die Ausrüstung des Teams untergebracht waren. Direkt über den Garagen lagen der Kraftraum für die Rennfahrer und die Büros des Managements.

Als ich hineinging, empfing mich eine Sinfonie aus Klängen: das helle Echo von Metall auf Metall und das hochtourige Heulen von Akkuschraubern. Über allem lag der intensive Geruch von Öl, Schmierfetten und Benzin. Überall um mich herum wurden irgendwelche Höllenmaschinen auseinandergenommen oder wieder zusammengeschraubt. Das vertraute Chaos munterte mich auf, und ich vergaß sofort meinen Ärger wegen Nikki und Keith. Der Ort war ein Paradies für Bastler und Schrauber und mein liebster Platz auf der ganzen weiten Welt. Abgesehen von der Rennstrecke natürlich.

Ich blieb bei meinem normalen Trainingsplan, wärmte mich mit einem Dreimeilenlauf auf dem Laufband auf und schlüpfte dann in meine Lederkombi. Als ich in die Garage zurückkehrte, lief mir Myles über den Weg. »Hey, Kenzie. Bist du fit für die kommende Saison? In den großen Ligen zu fahren, ist deutlich anstrengender als das, was du gewohnt bist.«

Myles war gegenwärtig der zweitbeste Fahrer im Team und kam bei Rennen fast immer unter den ersten zehn ins Ziel. Mein Vater setzte große Hoffnungen auf seine Zukunft und liebte ihn wie den Sohn, den er nie hatte. Allerdings war ich nicht eifersüchtig auf ihn. Ich liebte Myles wie den Bruder, den ich nie hatte.

»Ich bin schon fit auf die Welt gekommen, Myles«, erwiderte

ich und gab mich deutlich selbstsicherer, als ich mich eigentlich fühlte. Dad hatte als Neuling damals gleich das erste Rennen gewonnen und auch, wenn er es nicht aussprach, wusste ich doch, dass er dasselbe Ergebnis von mir erwartete. Ich bohrte Myles den Zeigefinger in die Brust und fügte großspurig hinzu: »Genieße deinen Superstar-Status, solange du noch kannst. Wenn die Saison vorbei ist, werden du und Jimmy nicht mehr die Kronjuwelen von Cox Racing sein.«

Jimmy war zurzeit Dads Fahrer Nummer eins. Er hatte das vergangene Jahr als Sechster in der Gesamtwertung beendet und zeigte gute Ansätze, in diesem Jahr endlich Dads Pechsträhne zu beenden und unter den ersten fünf zu landen.

Myles' dunkelbraune Augen funkelten spöttisch, und er rieb die Hände aneinander, als wolle er sie wärmen. »Superstar, hm? Das gefällt mir. Das sollte ich ausnutzen.« Er breitete die Arme aus, als würde er sich an ein Publikum wenden. »Hallo, die Damen. Wollen Sie sich mit einem Superstar amüsieren?«

Ich wollte ihm gerade eine verpassen, da wurde er plötzlich von einer leeren Motoröldose getroffen. Als ich mich umdrehte, sah ich, dass Nikki endlich aufgekreuzt war – sie kam niemals pünktlich, was durch ihre nächtlichen Eskapaden vermutlich nicht gerade begünstigt wurde. »Bilde dir bloß nichts ein, Myles Kelley. Du bist ja so schon schlimm genug.«

Obwohl Nikki eine geniale Mechanikerin war und niemand außer ihr mein Bike anfassen durfte, war ich immer noch reichlich sauer auf sie, weil ich ihretwegen letzte Nacht kaum Schlaf bekommen hatte. Nikki grinste nur verlegen, als sie meinen genervten Gesichtsausdruck bemerkte. »Und? Gut geschlafen?«

Zur Antwort warf ich ihr einen bösen Blick zu. Myles beugte sich vor und musterte uns beide. »Habe ich etwas verpasst?«

Ich wandte mich zu ihm um und bemerkte trocken: »Nikki hat nur ihr Erstgeborenes an mich verloren.«

Myles grinste und richtete sich auf. »Die Geschichte muss ich hören.«

»Später«, sagte ich und fasste ihn am Ellenbogen. »Wir müssen noch ein paar Runden drehen, bevor der Ring wieder in Feindeshand fällt.«

Myles sah zur Wanduhr und nickte. Jeden Tag schien der Mittag früher zu kommen. »Stimmt. Lass uns gehen.«

Ich entfernte mich von meinen Freunden und ging zu meiner *einzigen* wahren Liebe: meiner Ducati 848. Sie trug meine Startnummer – die Zweiundzwanzig –, war blau-weiß lackiert, elegant, wunderschön und schneller als jedes andere Motorrad, das ich jemals gefahren hatte. Auf ihr zu sitzen und Vollgas zu geben, fühlte sich an, als wäre man auf ein startendes Flugzeug geschnallt. Sie war ein Kraftpaket, das nur darauf wartete, mich an meine Grenzen zu bringen und voranzutreiben. Mit dieser Maschine konnte ich meinen Vater garantiert beeindrucken.

Nikki wünschte Myles und mir viel Glück und machte sich dann auf den Weg zu ihrer Station, wo sie an meinem Ersatzmotorrad arbeitete, einer anderen Ducati 848. Ich hängte den Helm über den Lenker und schob meine Maschine durch das gewaltige Rolltor nach draußen. Kurz hinter mir folgte Myles mit seinem eigenen Bike – einer schicken blau-weißen Yamaha YZF-R6.

Als Myles und ich uns der Auffahrt zum Ring näherten, sah ich, dass dort eine rot-schwarze Honda über die Piste fegte. Vorn prangte stolz die Startnummer dreiundvierzig. Beim Training im Kraftraum hatte ich die Crew darüber reden hören, dass sie den Streckenverlauf heute geändert hatte, aber so wie die Person hier durch die Kurven glitt, hätte man nicht vermutet, dass sie die Strecke nicht kannte. Die Lenkmanöver waren dermaßen flüssig und geschmeidig, dass das Motorrad fast wie lebendig wirkte, als wüsste es instinktiv, wie es fahren musste, und der Fahrer brauchte sich nur festzuhalten.

Ich kannte alle Fahrer von Cox und Benneti vom Sehen und konnte sie an ihrem Fahrstil identifizieren. Diesen Typen kannte ich ebenso wenig wie seine Maschine.

Ich drehte mich zu Myles um und fragte: »Ist schon Mittag, oder was?« Myles schüttelte den Kopf, und ich kramte angestrengt in meinem Gedächtnis, ob Dad erwähnt hatte, kürzlich jemanden eingestellt zu haben. Mir gegenüber jedenfalls nicht.

»Hast du eine Ahnung, wer dieser Kerl ist und was er auf unserer Strecke zu suchen hat?«

Myles legte nachdenklich den Kopf schief. »Ich weiß nicht. Aber wenn er vormittags auf der Strecke unterwegs ist, dann muss dein Vater ihn eingestellt haben. Die Bennetis wissen, dass sie die Regeln nicht verletzen dürfen. Nicht nach dem, was letztes Mal passiert ist.«

Das letzte Mal, als ein Benneti unsere Strecke vor der offiziellen Zeit betreten hatte, hatte man ihn mit Isolierband an den Fahnenmast mitten auf dem Gelände gefesselt. Und zwar nackt. Das Benneti-Team rächte sich natürlich und zerschlug bei uns alle Fenster und Garagentore. Sie waren immer noch mit Pappen verklebt, weil wir uns die Reparatur nicht leisten konnten. Zum Schutz unseres Kontostandes hatte Dad alle Cox-Fahrer dazu verdonnert, auf weitere Racheaktionen zu verzichten – ganz gleich, wie berechtigt sie auch sein mochten.

Ich ignorierte Myles' Lachen und wandte meine Aufmerksamkeit wieder dem Fahrer zu. Der Neue war schnell und unglaublich gut, sein Timing in den Kurven perfekt. Er beugte sich vor und ließ sich vom Bike hängen, sodass nur der äußere Arm und das Bein über die Mittelachse hinausragten. Sein »Tageslichtwinkel« – der Raum zwischen Innenknie und Motorrad – war so schön, dass Dad ihn vermutlich fotografieren und im Büro an die Wand pinnen würde. Wenn man sich überlegte, wie hart die Konkurrenz im Profibereich war – schon Sekunden entschieden bei Rennen über Sieg oder Niederlage – und wie viel Zeit, Energie und finanzielle Mittel es kostete, neue Fahrer zu trainieren, überraschte es mich nicht, dass der Fahrer Spitzenklasse war. Die nächste Rennsaison stand so kurz bevor, dass jeder, den Dad noch ins Team holte, fantastisch sein musste. Darunter würde Dad es nicht machen, weil er es sich nicht leisten konnte. Was ein weiterer Grund dafür war, warum ich mich derart unter Druck gesetzt fühlte, Leistung zu bringen. Jordan Cox' Tochter hatte keinen Freifahrtschein. Ich musste mir meinen Platz ebenso verdienen wie alle anderen.

Als Nummer dreiundvierzig seine Runden schließlich beendete und langsam zur Ausfahrt des Rings fuhr, stieß Myles einen leisen Pfiff aus. »Nicht schlecht. Er erinnert mich an dich.« Skeptisch blinzelte ich zu ihm hoch. Seine dunklen Augen funkelten vor Vergnügen. »Wer nicht wagt, der nicht gewinnt. Gas geben bis zum Anschlag. Als müsstest du da draußen jedes Mal etwas beweisen.«

Er zog eine dunkle Augenbraue hoch und sah mich an, doch ich schwieg. Mich zu beweisen, gehörte für mich zum Tagesgeschäft, und Myles wusste das.

Der Fahrer verließ die Strecke genau dort, wo wir mit unseren Motorrädern standen. Er drosselte das Tempo, hielt direkt vor uns und schaltete den Motor aus. Dann nahm er den Helm ab. Und mir klappte die Kinnlade herunter. Ich bekam Stielaugen. Nein. Das war unmöglich. Doch die lang unterdrückten Gelüste, die allein bei seinem Anblick kribbelnd zu neuem Leben erwachten, sagten mir, dass es *doch* möglich war. Der Mann, der stolz die Nummer dreiundvierzig trug, war derselbe umwerfend gut aussehende Mann, der heute Morgen das illegale Straßenrennen gewonnen hatte. Was zum Teufel hatte er hier zu suchen – in *meinem* Revier –, und wie kam er dazu, sich so zu benehmen, als gehöre er hierher?

Im hellen Sonnenlicht sah ich, dass seine Augen einen leichten Grünton hatten. Es lag ein unergründliches Funkeln darin, ein stummes Versprechen, dass jeder neue Tag mit ihm noch verführerischer sein würde als der vorherige. Zusammen mit dem dunkelblonden Haar, der markanten Kinnlinie, seinen perfekten Proportionen und dem athletischen Körperbau, ebenso wie den wunderbar vollen Lippen, die wie eine Verheißung unerhörter Genüsse wirkten, war er wirklich ein Blickfang. Was ich erst letzte Nacht beobachten konnte, als er von Groupies umringt gewesen war, während er illegale Rennen fuhr.

Das war unmöglich. Völlig ausgeschlossen, dass Dad diesen Kerl eingestellt hatte!

Der Fremde sprang von seiner Maschine und fuhr sich mit den Fingern durchs schweißnasse Haar. Die struppigen Strähnen standen jetzt in jede erdenkliche Richtung ab, und die Chaosfrisur sah verdammt gut aus. Ich war so erschüttert, dass mir ein kurzes Japsen entschlüpfte. *Reiß dich zusammen, Kenzie.*

Er wandte mir seine smaragdgründen Augen zu und musterte mich, woraufhin ich den Atem anhielt und mich ein wenig aufrichtete. Erkannte er mich wieder, so wie ich ihn? Wollte ich das? Verdammt ... wie hieß er noch? Und warum hatte er nur so unglaubliche Augen? Grün mit goldenen Sprenkeln, sein Blick war durchdringend und konzentriert. Als würde nichts anderes um ihn herum zählen, wenn er einen ansah – richtig ansah. Ich konnte mir gut vorstellen, wie er die Strecke mit jenem unerbittlichen Blick vermaß. Und ich konnte mir ebenso gut vorstellen, wie er meine Kurven mit diesem Laserblick betrachtete. Herrgott, nein. Das konnte doch alles nicht wahr sein.

Die Luft zwischen dem Fremden und mir schien vor Spannung zu knistern, als wir einander taxierten. Ich bin mir sicher, dass höchstens eine oder zwei Sekunden vergingen, doch es fühlte sich wie Stunden an. Was zur Hölle hatte er hier zu suchen? Ich konnte mir absolut keinen Reim darauf machen. Bevor ich ihn irgendetwas fragen konnte, streckte Myles die Hand aus. »Myles Kelley. Du bist gut gefahren, Mann. Bist du neu im Team?«

Der Typ riss seinen Blick von mir los, sah zu Myles und schüttelte ihm die Hand. »Hayden Hayes. Und ja, heute ist mein erster Tag.

»Genau«, murmelte ich, als der Groschen langsam bei mir fiel. »Hayden, der ungeschlagene Hayes …« Beide Männer drehten sich zu mir um und sahen mich an. Ich lief rot an. Verdammt, das war mir nur so rausgerutscht. Dennoch – trotz seiner Siegesserie beim Straßenrennen hätte Dad Hayden niemals ins Team geholt. Mein Vater suchte ganz sicher nicht in der Gosse nach Talenten.

Ich schüttelte den Kopf und erklärte Hayden mit fester Stimme: »Das hier ist Privatgelände. Du hast hier nichts zu suchen.«

Myles riss vor Schreck die Augen auf, dass ich so mit dem Neuen redete, aber Myles wusste nicht, was ich wusste. »Kenzie …« *Du benimmst dich unmöglich.* Auch wenn er es nicht aussprach, war völlig klar, was er dachte.

Ich sah zu ihm hoch und machte ein strenges Gesicht. »Dieser Typ ist ein Krimineller, Myles. Dad würde ihn niemals einstellen.«

Myles bedachte mich mit einem Blick, in dem deutlich die Frage lag: *Und woher weißt du das?* Von Nikkis Wettsucht konnte ich ihm später noch erzählen, momentan wollte ich nur, dass dieser Eindringling – wie heiß er auch sein mochte – von meinem Territorium verschwand. Vermutlich hatte er sich heimlich auf den Ring geschlichen. Am besten riefen wir die Polizei.

Hayden musterte mich kühl. »Nur die Ruhe, Prinzessin. Ich habe dasselbe Recht, hier zu sein wie du.«

Der Ärger, der in mir aufzuckte, verwandelte sich augenblicklich in einen brodelnden Vulkan. »*Prinzessin?*«, fauchte ich.

Hayden ignorierte meine Wut und redete einfach weiter. Oh Gott, ich hasste es, wenn er den Mund aufmachte. »Wenn du mir nicht glaubst, frag deinen Dad. Ich bin sicher, dass dir Keith gern den Vertrag zeigt, den ich unterschrieben habe.«

Ich fühlte mich, als hätte er mit seinen Worten eine Ladung Schmutz über mir ausgekippt, der sich erst nach Wochen abwaschen ließe. »Keith? Benneti? Du glaubst, er wäre mein … Oh Gott, mir wird schlecht.« Und das entsprach der Wahrheit. Ich musste mir sogar eine Hand auf den Bauch legen.

Als Myles langsam begriff, was Hayden da gerade gesagt hatte, wurde seine Miene ernst. »Moment mal. Du hast bei Benneti Motorsport unterschrieben? Dann hat sie recht. Das *ist* Hausfriedensbruch. Du darfst nicht hier sein.«

Höchst verwirrt blickte Hayden von Myles zu mir und wieder zu ihm zurück. »Warum zum Teufel denn nicht? Das hier ist eine *Trainingsstrecke,* und ich *trainiere*«, stellte er fest. Sein Gesichtsausdruck verhärtete sich. Heiliger Strohsack … wenn er sauer war, sah er sogar noch besser aus.

Ich räusperte mich und schüttelte den Kopf, um das Bild seines zornigen Gesichts aus meinen Gedanken zu vertreiben. Dann erklärte ich ihm die hiesigen Hausregeln, da er diese offensichtlich noch nicht kannte. »Cox Racing hat bis 11:59 Uhr vormittags die Exklusivrechte am Ring. Benneti hat die Strecke bis 23:59 Uhr« – was meinen Vater ärgerte, weil Keiths Team dadurch vorteilhaftere Trainingsstunden hatte; ein weiterer Punkt, über den sie sich beharkten. »Und weil du ein *Benneti* bist, hast du hier bis Mittag keinen Zutritt.«

Der Hohn in meiner Stimme war nicht zu überhören, als ich seine Teamzugehörigkeit laut aussprach. Ich konnte nicht fassen, dass dieser wahnsinnig attraktive und noch dazu talentierte *Arsch* für den erbittertsten Konkurrenten meines Vaters ins Rennen ging. Andererseits war das viel logischer, als dass er für unsere Seite fuhr. Keith hatte keine Hemmungen, sich jemanden aus der Gosse zu holen.

Hayden lachte und stutzte, als wir nicht mitlachten. »Moment mal, ihr meint das tatsächlich ernst? Ist das wirklich ein Problem? Ein paar von den Jungs haben es erwähnt … aber ich dachte, die wollten mich bloß auf den Arm nehmen.« Er verzog das Gesicht, als hätten ihn seine Teamkameraden schon viel zu oft mit ihren blöden Witzen aufs Kreuz gelegt. Ich hatte Mitgefühl. *Mit ihnen.*

»Ja, das *ist* durchaus ein Problem«, erwiderte ich kühl. »Du verstößt gegen eine sehr wichtige Regel und musst hier verschwinden. Und zwar sofort.«

Hayden quittierte meine Worte mit einem stummen Grinsen, als interessierten ihn die Regeln des Parcours einen Dreck. Das würde sich noch ändern, wenn ihm Keith erst Bescheid stieß. Cox hatte die Regeln nicht allein aufgestellt. »Gut zu wissen, Süße.«

»Du bist hier nicht willkommen«, giftete ich zurück. »Und ich heiße Mackenzie. Mackenzie Cox. Ich bin Jordan Cox' Tochter und fahre für Cox Racing. Nicht ›Baby‹, nicht ›Schätzchen‹ oder ›Süße‹ und ganz sicher auch nicht ›*Prinzessin*‹.« Ich stieß das Wort hervor wie eine zischende Schlange.

Nachdem ich mit meinem Vortrag fertig war, zog Hayden eine Augenbraue hoch. Durch die Härchen zog sich eine feine, entzückende Narbe, die unübersehbar von irgendeiner Heldentat kündete. Wenn er nicht aufpasste, konnte er bald eine neue Narbe in seine Sammlung aufnehmen. »Moment mal – du bist die Tochter von Jordan Cox … dem *Besitzer* von Cox Racing?« Er musterte meine Ducati, dann wieder mich und fuhr spöttisch fort: »Das erklärt eine Menge. Papa lässt dich also Rennen fahren, ja? Wie süß. Aber dumm. Das ist kein Spiel, das macht man nicht mal so eben nebenbei. Dieser Sport ist gefährlich. Wenn ich dein Vater wäre, hätte ich dir geraten, hinter der Seitenlinie zu bleiben. Dich vielleicht zum Modeln ermuntert. Hübsch genug bist du ja. Und ein Boxenluder, das ihm den Sonnenschirm hält, kann schließlich jeder Fahrer gebrauchen.« Er beugte sich grinsend vor. »Schließlich kann es ganz schön heiß werden.«

Boxenluder? Wollte er mich verarschen? »Dann habe ich ja Glück, dass du nicht mein Vater bist«, knurrte ich. Die Wut, die in mir brodelte, erreichte allmählich den Siedepunkt. Zu gefährlich für ein Mädchen wie mich? Blödsinn. Ich wusste genau, wie gefährlich dieser Sport sein konnte – den Beweis dafür sah ich jedes Mal, wenn Keith über den Parkplatz humpelte –, aber das Risiko zählte nicht: Rennen waren mein Leben. So war es schon immer gewesen, und so würde es bleiben.

Als Hayden langsam den Kopf schüttelte, ballte ich meine Hand zur Faust. Noch nie war ich derart wütend gewesen, dass ich jemanden schlagen wollte – jetzt war ich so weit. Ich wollte ihm eine verpassen, ihn auf die Piste nageln und so lange mit meiner Maschine über ihn fahren, bis er begriff, dass ich ihm ebenbürtig war. Mir klingelte noch sein »Hübsch genug bist du ja« in den Ohren. Ich riss meinen Arm nach hinten und setzte zum Schlag an. *Hoffentlich tut es nicht allzu weh.* Es wäre mir den Schmerz allerdings wert.

Doch bevor ich ihm eine verpassen konnte, griff Myles meinen Unterarm. »Hör auf, Kenzie.« Er beugte sich zu mir herunter und sah mir in die Augen. »Du weißt doch, was dein Vater immer sagt: Kontrolle ist Macht. Du bist besser als dieser Typ. Lass ihn nicht gewinnen.«

Hayden lachte wieder, dann schüttelte er erneut den Kopf. »Ihr beide seid ein bisschen verspannt, oder? Dann schaute er mir tief in die Augen und gurrte: »Ich könnte dir beim Auftauen helfen, Eiskönigin. Und wer weiß, vielleicht wirst du ja sogar ein bisschen schneller, wenn du alles etwas lockerer siehst …

falls du immer noch darauf bestehst, diesen Rennkram auszuprobieren. Ich persönlich finde ja, du solltest bei den Ponys bleiben.«

Normalerweise konnte mich nichts dazu bringen, die Beherrschung zu verlieren, aber ich schwöre, ich sah rot. »Lass mich ihm eine verpassen, Myles. Nur ausnahmsweise.«

Myles seufzte und hielt weiterhin meinen Arm fest. »Du weißt, dass ich das nicht zulassen darf, Kenzie. Und du weißt, dass wir eigentlich gar nicht mit ihm reden dürfen. Er ist ein *Benneti.*«

Er flüsterte das Wort wie einen Fluch, und ich verstand, warum. Dass man sich auf dem Trainingskurs an die vereinbarten Zeitfenster hielt, war nicht die einzige Regel, die hier galt. Beide Teams hatten ein Kontaktverbot, und wer sich, auf welche Weise auch immer, mit einem Mitglied des anderen Teams einließ, musste mit ernsten Folgen rechnen. Erst letztes Jahr wurden zwei Fahrer aus den miteinander konkurrierenden Teams gefeuert, weil sie in ihrer Freizeit zusammen Fußball gesehen hatten. In diesem einen Punkt waren Dad und Keith sich ganz einig, und wir waren mehrfach gewarnt worden, dass es zur fristlosen Kündigung führte, wenn man uns beim Rumhängen mit einem Benneti erwischte.

Myles sah zu Bennetis Seite des Rings, dann wieder zu mir. »Außerdem sieht es sowieso danach aus, als bekäme er gleich Gesellschaft.«

Von der anderen Seite sah ich zwei Benneti-Fahrer auf uns zukommen, die ihr verlorenes Schaf einfangen wollten. Hoffentlich stießen sie Hayden ordentlich Bescheid, wenn ich es schon nicht tun durfte. Ich nickte Myles zu, der seinen Helm aufsetzte, einen schnellen Blick zu Hayden hinüberwarf und dann in Richtung Rennpiste fuhr.

Ich wollte mich ihm gerade anschließen, als ich spürte, dass Hayden mich am Arm festhielt. Mir wurde heiß und kalt zugleich, mit wütendem Blick fuhr ich zu ihm herum. Er hatte kein Recht, mich anzufassen. Mit einem sehr ernsten Gesichtsausdruck, die grünen Augen dunkel vor Anspannung, sagte er schnell: »Ich wüsste es sehr zu schätzen, wenn du niemandem sagst, wo du mich schon einmal gesehen hast.«

Wütend betrachtete ich sein Gesicht. Ihm so nah zu sein, machte seltsame Dinge mit mir. Ich fühlte mich, als würde ich vor Energie vibrieren. »Also erkennst du mich *doch.*«

Er zog einen Mundwinkel nach oben und schickte elektrische Stromstöße durch meinen Arm, wo seine Hand noch immer auf meinem Jackenärmel ruhte.

»Dich kann man nicht so leicht vergessen … ›*Ich bin weg*‹.«

Bei der Erinnerung daran, wie ich ihn hatte abblitzen lassen, als er mich nach meinem Namen gefragt hatte, lief ich rot an.

Ich entriss ihm meinen Arm und bedachte ihn mit einem drohenden Blick, der eigentlich unmissverständlich war. Mein Gesichtsausdruck schüchterte ihn allerdings nicht so ein, wie ich es erhofft hatte. Er grinste nur noch breiter.

»Warum sollte ich *dich* schützen?«, knurrte ich.

Er zuckte mit den Schultern. »Weil es für dich genauso schlecht wäre wie für mich. Außer, dein Vater hat nichts dagegen, dass du bei illegalen Straßenrennen wettest.« Er sah mich erwartungsvoll an, und ich musste die Augen schließen, um das verführerische Bild aus dem Kopf zu kriegen.

Dieses Gesicht und dieser Charakter passen nicht zusammen.

»Ich war nicht … Ich habe nicht …« Ich öffnete die Augen und gab den Versuch auf, mich zu verteidigen. Er hatte recht. Ich hätte nicht dort sein dürfen. Und er auch nicht, jedenfalls nicht mehr, wenn er jetzt offiziell zum ARRC gehörte. »Machst du das … weiterhin?«

Ich sah gebannt zu, wie sich seine Lippen zu einem sanften Lächeln verzogen, zu der Art von Lächeln, mit dem sich unaufrichtige Männer gern aus der Affäre zogen. »Straßenrennen? Nein, natürlich nicht. Du hattest das Glück, Zeugin meines allerletzten Rennens zu werden. Ich habe letzte Nacht mit diesem Teil meines Lebens abgeschlossen.« Zwinkernd fügte er hinzu. »Ich mag ja so einiges sein, aber dämlich bin ich nicht.«

»Darüber könnte man streiten«, murmelte ich.

Sein Grinsen wirkte amüsiert. »Stimmt. Aber mir ist völlig klar, dass man mich auf Lebenszeit sperren würde, wenn ich immer noch ein Teil … dieser Welt wäre. Das bin ich nicht. Ich will jetzt das hier machen.« Seine Stimme klang nun fester, und sein Gesichtsausdruck wurde ernster. Es wirkte ein bisschen, als wolle er sich selbst überzeugen.

»Fein. Wie auch immer. Außerdem ist es mir sowieso egal«, sagte ich und drehte mich schnell zu meinem Motorrad. Seine Crew war fast da, und von Bennetis umringt zu sein, war das Letzte, auf das ich jetzt Lust hatte.

Während ich mir den Helm über den Kopf stülpte und mein Motorrad startete, spürte ich Haydens Blicke auf mir. Wie Laserstrahlen strichen sie über meine Haut und hinterließen dort ein erregendes Kribbeln. Ich wünschte mir, mein Kopf würde meine niederen Instinkte auf die Rückbank verweisen, wo sie hingehörten. Denn dieser Typ kam nicht infrage. Er verkörperte alles, was ich nicht gebrauchen konnte, allerdings in einem sexy verpackten Paket, das musste ich zugeben. Doch ich hatte nicht vor, dieses Paket zu öffnen.

Ich musste, so schnell es ging, von ihm wegkommen. Also scherte ich aus und raste davon. Dad würde mich umbringen, weil ich Reifenspuren auf der Bahn hinterließ, doch das kümmerte mich nicht. Ich brauchte Speed. Geschwindigkeit war ungefährlich. Hayden nicht.

3. Kapitel

Als ich am nächsten Tag zum Training kam, hatte sich eine Handvoll Leute vor den offenen Garagentoren versammelt. Ich war nicht sonderlich überrascht, heute Morgen nicht die einzige Frühaufsteherin zu sein. Daytona stand vor der Tür, deshalb waren die Leute hoch motiviert und brannten darauf, auf die Trainingsstrecke zu kommen. Ich spürte jedoch sofort, dass es kein positives Dieses-Jahr-zeigen-wir-es-allen-Meeting war. Etwas stimmte nicht. Dafür sah ich zu viele düstere Gesichter, und Myles wirkte, als würde er am liebsten ein Loch in die Wand schlagen. Was war bloß los? Ich parkte meine Straßenmaschine bei den Toren, stieg rasch ab und ging zu ihm.

»Hey, Myles«, fragte ich, als ich auf ihn zukam. »Was ist los?«

Myles deutete in die Garage, wo Dad und John, sein zweiter Mann, mit Jimmy Holden verhandelten, unserem besten Fahrer im Team. »Jimmy hat gerade gekündigt. Er sagt, er habe einen Job bei Stellar Racing angenommen. Dieser Idiot. Jeder weiß, dass Luke Stellar ein Arsch ist.« Düster dreinblickend fuhr sich Myles mit der Hand durch sein strubbeliges dunkles Haar. »Aber was richtig nervt, ist … dass Jimmy LDL-Motoröl mitnimmt. Der Wichser hat nicht nur gekündigt, sondern er klaut uns auch noch einen Sponsor. Dreckskerl.«

Während ich zusah, wie John und mein Dad hartnäckig versuchten, Jimmy zum Bleiben zu überreden, lief mir ein Schauder über den Rücken. Jimmys Gesichtsausdruck nach zu urteilen, waren ihre Bemühungen völlig vergebens. Ich brauchte ihn nur anzusehen, um zu wissen, dass er fest entschlossen war. Er haute ab. Er war unsere größte Hoffnung für eine Top-Fünf-Platzierung in dieser Saison, und er nahm Sponsorengelder mit. Das war mehr als nur eine persönliche Enttäuschung für das Team – es war eine potenzielle Katastrophe. Es würde an Myles und mir hängen bleiben, die Lücke zu füllen, die sein Weggang hinterließ – wir waren die besten unter den vier verbliebenen Fahrern. Jedenfalls hoffte ich, zu den besten zu gehören. Ich fühlte mich wie ein kleiner Fisch, den man in ein Haifischbecken warf und ihm dabei einschärfte, er müsse mit allen Mitteln am Leben bleiben, sonst würde die ganze Welt untergehen. Der Druck, gut abzuschneiden, hatte sich gerade vertausendfacht. Mir war schlecht.

Von Dads und Johns ruhigen Worten augenscheinlich unbeeindruckt, nahm sich Jimmy einen Seesack und fing an, seine Habseligkeiten hineinzupacken. Myles atmete hörbar aus. »Ich kann diesen Mist nicht länger mit ansehen. Ich gehe hoch und stemme ein paar Eisen. Oder bearbeite den Sandsack. Ich muss irgendwo reinschlagen.«

Wie gern hätte ich mich ihm angeschlossen, aber ich war zu perplex, um mich von der Stelle zu rühren. Wir hatten Jimmy eine Chance gegeben, mein Vater hatte ihm alles beigebracht. Vielleicht war es falsch von mir, mich betrogen zu fühlen – schließlich war es eine rein geschäftliche Angelegenheit –, aber ich fand, dass uns Jimmy für alles, was wir für ihn getan hatten, etwas Loyalität schuldete. Gerade jetzt, wo wir ihn nötiger brauchten als jemals zuvor.

Ich konnte mir das keine Sekunde länger mit ansehen, aber ich brachte es auch nicht fertig, durch die Garage zu gehen, um nach oben in den Kraftraum zu gelangen. Also schlich ich zu meiner Straßenmaschine und stieg wieder auf. Ich würde später zurückkehren, wenn der Verräter gegangen war.

Ohne ein klares Ziel rauschte ich los und entfernte mich von der Garage. Zu meiner Rechten ragten drohend Bennetis Werkstätten auf und hüllten mein Bike wie ein böses Gespenst in Schatten. Am liebsten hätte ich Jimmys Ausscheiden Benneti angelastet. Das wäre einfacher und leichter zu verstehen. Es würde mich allerdings auch nicht im Mindesten überraschen, wenn Keith Jimmy den Floh mit der Kündigung ins Ohr gesetzt hatte. Es musste einfach seine Schuld sein, so oder so.

Ich mied das feindliche Lager und fuhr in Richtung Tor. Weil ich mit meiner Straßenmaschine nicht in den Ring fahren durfte und nicht in der Nähe der Garagen bleiben wollte, würde ich auf dem Parkplatz etwas Dampf ablassen. Als ich den Blick über den Platz gleiten ließ, entdeckte ich einen deutlichen Streckenverlauf im Muster der geparkten Wagen. Zum ersten Mal, seit ich heute aufgestanden war, lächelte ich. Ich brachte den Motor auf Touren, beugte mich über den Benzintank und ließ das Motorrad kommen. Meine Straßenmaschine war nicht so schnell wie die fürs Rennen, aber ich nutzte das mäßigere Tempo, um konzentriert an meiner Haltung zu arbeiten. Zeit war nur verschwendet, wenn ich es zuließ.

Nachdem ich den Kurs zweimal durchfahren hatte, war ich ganz in meinem Element und hoch konzentriert bei der Sache. Urplötzlich bemerkte ich, dass mir ein Motorrad den Weg abschnitt. Ich fluchte, bremste scharf, wobei die Reifen blockierten, und riss mir den Helm vom Kopf. »Was zum Teufel machst du da?«, schrie ich den Idioten an, der uns beiden um ein Haar jede Menge Schmerzen bereitet hätte.

Während der Fahrer den Helm abnahm, merkte ich, dass mir das Motorrad irgendwie bekannt vorkam. Als er den Helm abgenommen hatte, wusste ich genau, wo ich es schon gesehen hatte. Hayden grinste mich selbstgefällig an. Er saß auf der Honda, mit der er gestern Morgen an dem illegalen Rennen teilgenommen hatte. Na, toll.

Er legte den Kopf schief und sagte ruhig: »Ich habe auf einem Parkplatz angehalten. Was machst *du* hier?«

Gleichermaßen gereizt wegen seines Auftauchens wie wegen meines pochenden Herzens fauchte ich: »Sieht man das nicht? Ich trainiere.«

Er verzog amüsiert den Mund. Es ging mir wirklich auf die Nerven, dass er sich über mich lustig machte, aber meine Güte, ein Lächeln wie dieses konnte Heerscharen in Bewegung setzen, da war ich mir sicher. Mein Herz begann jetzt aus ganz anderen Gründen wie wild zu hämmern. »Vielleicht spinne ich ja«, sagte er langsam und blickte in den Himmel hinauf, »aber bis Mittag ist es doch noch eine ganze Weile hin. Wenn ich die Regeln richtig im Kopf habe, seid ihr zurzeit die Alleinherrscher auf der Trainingsstrecke.«

Ich setzte den Helm auf dem Lenker ab und erwiderte: »So ist es. Erstaunlich, dass du dir das gemerkt hast.«

Hayden fiel das Grinsen aus dem Gesicht, und er senkte den Blick zu Boden. »Na ja. Es wurde mir deutlich klargemacht. Ich glaube nicht, dass ich das so schnell vergessen werde.« Vielleicht bildete ich es mir nur ein, aber ich hätte schwören können, dass er sich die Seite rieb und dabei das Gesicht verzog. Hatten ihm seine Teamkollegen eine Abreibung verpasst? Er war ein Idiot, aber ihn zusammenzuschlagen, nur weil er eine Regel gebrochen hatte, schien mir überzogen. Es sei denn, ich würde ihn vermöbeln. Dann wäre es absolut vernünftig.

Hayden hob den Kopf und grinste wieder. Es wirkte gezwungen. »Hier sind offenbar alle so überspannt wie du und dieser Myles. Da muss was im Wasser sein.«

Ich fand es weder gut, dass ihm seine Teamkollegen wehgetan hatten, noch, dass es mir überhaupt etwas ausmachte – was zum Teufel interessierte es mich, ob ihn seine Teamkameraden zu Brei schlugen? Ich richtete mich auf meiner Sitzbank auf und konzentrierte mich ausschließlich auf die Beinahebeleidigung, mit der er mich bedacht hatte. Ich war nicht überspannt. Vollpfosten. »Es mag dir albern vorkommen, aber es gibt gute Gründe für diese Regeln.«

Er stieß ein kurzes, trockenes Lachen aus und manövrierte seine Maschine näher an mich heran. Als wir direkt nebeneinanderstanden, so nah, dass sich fast unsere Schenkel berührten, stoppte er. Seine Augen waren wie flüssiges Feuer, wie Smaragde, die in geschmolzener Lava schwammen. »Ich habe nie gesagt, dass Regeln albern sind, Süße. Wenn es keine Regeln gäbe, dann … könnte ich sie ja schlecht brechen, stimmt's? Also könnte man irgendwie auch sagen, dass mir die Regeln mehr bedeuten als den meisten.«

Während er mir diese Worte zuraunte, hatte er seine Füße auf den Asphalt gesetzt, sodass sich jetzt unsere Knie berührten. Der leichte Kontakt trieb eine Schockwelle meinen Schenkel hinauf.

Mit Nachdruck schob ich sein Knie zur Seite. »Das ist doch Unsinn.« Ich wusste nicht, ob ich damit die plötzliche Leere meinte, die ich empfand, oder das, was er gerade gesagt hatte. *Er durfte nicht solche Gefühle in mir auslösen.*

Hayden musterte mich und kaute dabei auf seiner Lippe. Die Bewegung lenkte meine Aufmerksamkeit sofort auf seinen Mund. Eine Stelle, auf die ich mich nun wirklich nicht konzentrieren wollte. »Du wirkst noch missmutiger als sonst. Stimmt was nicht?«

Seine Bemerkung oder seine vollen Lippen – oh Gott, ich wette, sie sind weich – versetzten mich in Aufruhr. Ganz bestimmt würde ich nicht meine Probleme mit ihm besprechen. »Du weißt gar nichts über mich«, zischte ich. *Und du wirst auch nie etwas über mich erfahren.*

Er schüttelte den Kopf, und in seinem Gesichtsausdruck zeigte sich plötzlich Verachtung. »Aber du über mich, ja? Du hast mich als kriminell bezeichnet, nachdem du mich erst *ein*

Mal gesehen hattest. Lass mich doch mal raten, welche Laus dir über die Leber gelaufen ist. Daddy kauft dir nicht die neueste und größte Maschine? Mhm? Deine *Ducati* ist dir nicht mehr gut genug?«

Schon der schnöselige Tonfall hätte genügt, um mich auf die Palme zu bringen, aber das, *was* er sagte, war noch zehnmal schlimmer. Ich war keine verzogene, reiche Göre, die aus lauter Langeweile Rennen fuhr – ich tat es schon mein ganzes Leben lang. Ich hatte recherchiert, um mir das richtige Motorrad auszusuchen, und dann war ich losmarschiert und hatte es mir *selbst* gekauft. Mein Vater konnte es sich nicht leisten, all seinen Fahrern Motorräder zu stellen. Um ihn ein bisschen zu entlasten und weil ich nur die besten Maschinen wollte, hatte ich sie selbst bezahlt. Jedenfalls zum Teil. Für den Rest hatte ich einen Kredit aufgenommen – was meinem Vater gar nicht gefallen hatte. Er wollte nicht, dass ich mich bis über beide Ohren verschuldete, aber es war nur ein kleines Opfer, um dem Familienbetrieb aus der Klemme zu helfen. Doch das wollte ich dieser Dumpfbacke nicht alles auseinandersetzen. Außerdem hatte ich recht, als ich Hayden als kriminell bezeichnet hatte. Denn genau das war er.

»Scher dich fort … bevor ich *Daddy* sage, dass du mich geärgert hast. Er hat keine Geduld mit Bennetis. Oder mit Ärschen.« Obwohl es mir fast körperliche Schmerzen bereitete, ihn in dem Glauben zu lassen, ich sei eine verwöhnte Erbin, die kein Recht hatte, hier zu sein, war ich nicht in der Stimmung, mich zu erklären oder meine Handlungen zu rechtfertigen. Nicht vor ihm. Sollte er doch denken, was er wollte. Ich kannte die Wahrheit. Und außerdem – was wusste der schon von Opfern? Wahrscheinlich hatte er sein ganzes Leben lang noch nie etwas ehrlich verdienen müssen. Vermutlich hatte er alles gestohlen, was ihm gehörte, einschließlich der glänzenden Honda, auf der er saß.

Hayden spannte die Kiefermuskeln an, dann antwortete er. Die Glut in seinen Augen spiegelte meine eigene, und für einen Moment wusste ich nicht zu sagen, ob die Funken, die zwischen uns flogen, von der Wut stammten … oder von etwas anderem. Sein Ton war nur noch eisig. »Aber klar doch, Prinzessin«, ätzte er. Dann gab er Gas und zischte davon. Erst jetzt fiel mir auf, dass ich die Luft angehalten hatte.

Als ich zur Garage zurückkam, war wieder Ruhe eingekehrt und Jimmy gegangen. Inzwischen war Nikki gekommen und blickte verwirrt in die verdrossenen Gesichter ringsum. Kaum war ich eingetreten, kam sie zu mir.

»Warum benehmen sich hier alle wie auf einer Beerdigung?« Noch bevor ich antworten konnte, schob sie eine andere Frage nach. »Warum bist du auf dem Parkplatz herumgebrettert?« Ich machte den Mund auf, aber sie ließ mich schon wieder nicht zu Wort kommen. »Und stimmt es, was Myles mir gestern Abend erzählt hat? Dass Benneti irgendeinen Überflieger namens Hayden angeheuert hat und dass dich diese Arschkrampe total beleidigt hat?«

Ich wartete, ob sie mich diesmal zu Wort kommen ließ. Als sie keine weitere Frage stellte, nickte ich. »Ja, das hat er. Und ja, der Typ hat sich wie ein Vollidiot aufgeführt.« *Gestern und heute.*

Nikki machte große Augen und wirkte plötzlich sehr nervös. Nachdem sie sich vergewissert hatte, dass uns niemand belauschte, sagte sie leise: »Meinte er etwa Hayden Hayes? Den vom Straßenrennen, den unbesiegten Goldjungen Hayden? *Diesen* Hayden?«

Ich presste die Lippen aufeinander und nickte noch einmal. »Ja … denselben Hayden.« *Leider.*

Nikki wischte sich die Hände am Overall ab, als würde sie schwitzen. »Himmel … wie wahrscheinlich ist es, dass das derselbe ist? Meinst du, er macht … das … weiterhin? Denn, wenn das jemand herauskriegt, wird er gesperrt.«

Eine Sekunde lang überlegte ich, ob ich ihr die Wahrheit sagen sollte. Dann zuckte ich mit den Schultern und sagte: »Woher soll ich das wissen?«

Ich wollte nicht zugeben, dass ich es *genau* wusste, denn das hieße zuzugeben, dass ich mit ihm geredet hatte. Und das würde zu neuen Fragen Anlass geben, wie: *Warum redest du mit ihm?* und *Warum redet er mit dir?* und *Sollen Myles und die anderen ein Wörtchen mit ihm reden?* Wenn ich es mir recht überlegte, sollte ich es ihr vielleicht doch erzählen. Nein. Haydens Teamkollegen hatten ihm schon genug eingeheizt. Und was kümmerte mich das überhaupt?

»Ja. Woher sollst du das auch wissen …?«, murmelte Nikki und klang geistesabwesend. Sie blickte sich wieder um und fuhr noch eine Spur leiser fort. »Ich habe gemerkt, dass du Myles nichts von dieser Geschichte mit den illegalen Wetten erzählt hast. Es bleibt dabei, oder?« Sie sah mich bittend an. »Der bringt mich sonst um, und dann verquatscht er sich bestimmt bei irgendjemandem. Das passiert ihm nämlich, wenn er unter Stress steht, und dann findet dein Vater es heraus und feuert mich. Und ich *liebe* meinen Job über alles, Kenzie. Ehrlich.«

Ich schüttelte den Kopf. Myles war nicht der Einzige, der hier quatschte. Es sei denn, es handelte sich um ihr eigenes Geheimnis. Nikki konnte nicht einmal den Mund halten, wenn ihr Leben davon abhing. »Natürlich werde ich nichts verraten.« Es war mir zwar egal, ob Haydens Geheimnis herauskam, aber Nikki zuliebe würde ich die Klappe halten. Und wohl auch um meinetwillen. Denn Hayden hatte recht. Selbst wenn ich in jener Nacht nur dort gewesen war, um Nikki zu helfen, sah ich dadurch auch nicht gut aus.

Nikki strahlte sofort, und das fette Grinsen, das sich auf ihrem Gesicht ausbreitete, war fast ansteckend. Aber auch nur fast. »Wir haben heute größere Probleme als dein gestörtes Urteilsvermögen«, murrte ich und wechselte das Thema. Sie verzog genervt das Gesicht, und ich schickte gleich eine Erklärung hinterher: »Jimmy hat gekündigt und LDL mitgenommen.«

Schockiert riss sie die dunklen Augen auf. »Er hat was?«

Ich seufzte. »Ich muss mit meinem Vater reden und gucken, ob alles in Ordnung ist. Wir sprechen uns später, okay?« Sie murmelte etwas, was wie »Okay« klang, und ich machte mich auf den Weg, blieb dann jedoch noch einmal stehen und drehte mich zu ihr um: »Ach, und Nikki, wenn ich dich nicht verraten soll, dann musst du dich künftig unbedingt von dieser Welt fernhalten.« Sie öffnete sofort den Mund, um etwas zu erwidern, doch ich kam ihr zuvor: »Das ist mein Ernst, Nikki. Lass die Finger von diesem Mist.« Sie schien ein wenig enttäuscht, aber sie nickte, und ich fühlte mich ein bisschen besser, als ich sie verließ und zu meinem Vater ging.

Während ich die Stufen zum Büro hinaufstapfte, wurde mir mit jedem Schritt schwerer ums Herz. Mein Vater sprach nur selten mit mir über seine finanziellen Probleme, aber alles deutete auf einen Untergang hin. Nicht allein Grundstück und Gebäude waren renovierungsbedürftig, auch das Werkzeug, das die Mechaniker verwendeten, hätte schon vor Ewigkeiten ausgetauscht werden müssen. Unser Bestand an Ersatzteilen war katastrophal gering, und zwei der Ersatzmaschinen unseres Teams liefen überhaupt nicht. Schlimmer noch war allerdings, was mir Theresa, meine älteste Schwester, neulich berichtet hatte: Dad hatte eine Hypothek auf sein Haus aufgenommen. Schon wieder. Ich hatte den Eindruck, dass es in dieser Saison um alles ging: Es war ein Hopp-oder-top-Jahr für Cox Racing – und ich war mir nicht sicher, ob ich der Aufgabe gewachsen war, die vor mir lag. Ich wollte es gern glauben und erzählte jedem, der mich darauf ansprach, dass ich bereit war, die Welt zu erobern … aber allmählich beschlichen mich Zweifel, dicht gefolgt von Angst.

Als ich oben ankam, war die schwere Tür zum Büro meines Vaters geschlossen. Ich klopfte kurz an, und Dad rief umgehend mit seiner rauen Stimme: »Herein.«

Als ich die Tür öffnete, sah ich, dass er an seinem Schreibtisch saß und über einem Haufen Rechnungen brütete. Er verzog das Gesicht und strich sich durchs kurz geschorene Haar. Ich trat ein und bemerkte, dass auf viele der Rechnungen in leuchtend roten Buchstaben das Wort ÜBERFÄLLIG gestempelt stand.

Als Dad sah, dass ich es war, drehte er ein paar von den Papieren um. »Mackenzie. Schön, dich zu sehen. Warst du schon auf dem Ring?«

Nachdenklich erwiderte ich: »Nein, noch nicht.«

Er atmete schwer, als ob ihn meine Antwort enttäuschte. Super. Jetzt war ich erst seit zwei Sekunden im Büro und hatte ihn schon hängen lassen. »In einer Woche fahren wir nach Daytona. Jetzt ist nicht der passende Moment, um alles schleifen zu lassen.«

»Ich weiß, und ich habe …« Doch dann verstummte ich und hielt den Mund. Auch wenn ich es gut gemeint hatte – auf dem Parkplatz herumzukaspern war kein Training. Ausgeschlossen, meinen Vater davon zu überzeugen, dass es *keine* Zeitverschwendung war. Ich wechselte das Thema und sagte: »Ich habe mitbekommen, was mit Jimmy passiert ist.« Dad lehnte sich im Sessel zurück und betrachtete die Hände in seinem Schoß. »Ach ja. Das ist … bedauerlich. Aber daran lässt sich jetzt nichts mehr ändern.« Als er wieder zu mir hochblickte, lag in seinen Augen ein Ausdruck von Erschöpfung, der nicht mehr aus ihnen zu weichen schien.

»Bedauerlich?«, fragte ich und trat um den Schreibtisch herum neben ihn. »Papa, das ist ein bisschen mehr als nur bedauerlich. Er war unser bester Fahrer.«

»Aber nicht unser *einziger*«, erwiderte er und stand auf. Er blickte mir in die Augen und legte mir fest die Hand auf die Schulter. »Ich glaube an dich, Mackenzie, und ich weiß, dass du dieses Jahr tun wirst, was du tun musst.« Der ernste Ton und der Schimmer in seinen Augen machten mir unmissverständlich klar: Etwas anderes als mein absolut Bestes würde er nicht akzeptieren. Es war ein kleines Lob, hinter dem sich ein Berg an Verantwortung verbarg. Wie um alles in der Welt sollte ich bestehen, wenn die Messlatte schon von vornherein an der höchsten Markierung lag?

Ich schluckte die Angst hinunter, die mir auf einmal die Kehle zuschnürte. »Aber sicher, Dad, schließlich bin ich eine *Cox*« – was ein Segen war und ein Fluch zugleich. Würde ich schneller fahren, wenn nicht sein Vermächtnis auf meinen Schultern lastete? Das würde ich wohl nicht erfahren.

Dad lächelte schwach. »Das höre ich gern. Und jetzt geh da raus und arbeite an deinen Rundenzeiten. Ich brauche dich für Daytona in Topform, und du bist noch nicht ganz so weit. Ich habe dir schon einmal gesagt, dass du an deiner Ausdauer arbeiten musst. Du darfst nicht an Spannung verlieren, wenn deine Muskeln ermüden. Du musst lernen, den Schmerz auszuhalten, Mackenzie. Und achte auf deine Kurvengeschwindigkeit, sonst verlierst du eines Tages noch die Kontrolle.« Er klopfte mir auf die Schulter und ging dann wieder zu seinem Sessel zurück. Ich war entlassen.

Male dir deinen Sieg aus, dann hast du ihn in der Tasche, pflegte Dad zu mir zu sagen, als ich noch klein war und mit einem Haufen anderer Fünf- bis Sechsjähriger Geländerennen gefahren war. Damals war es nur um den Spaß gegangen. Von diesem Zauber war einiges verblasst, seit so viel von meinem Erfolg abhing. Ich erinnerte mich an einen anderen, oft gehörten Rat von ihm: *Deine Einstellung bestimmt über deine Zukunft.* Also versicherte ich ihm: »Ich werde fit sein, Daddy. Ich habe es begriffen.«

Dad nickte knapp, aber zufrieden. »Das will ich hoffen. Eine zweite Chance bekommst du da draußen nicht, Mackenzie.« Seine Miene wirkte plötzlich dermaßen verzweifelt, dass es mir kalt den Rücken hinunterlief. Nein, für Cox Racing gab es vermutlich tatsächlich keine zweite Chance mehr.

Ich verließ das Büro meines Vaters bestärkt, besorgt und auch ein bisschen bedrückt. Ich wollte mein Bestes geben, aber ich hatte Angst, dass mein Bestes womöglich nicht gut genug war, und ich hatte Angst davor, dass mich mein Vater verstieß, wenn ich scheiterte. Nicht vorsätzlich natürlich, aber das Team stand für ihn an erster Stelle. Er musste dafür sorgen, dass wir alle in Topform waren. Er trug eine große Verantwortung, und ich konnte nicht gleichzeitig Tochter *und* Fahrerin für ihn sein. Nicht, wenn so viel auf dem Spiel stand. Meistens kam ich gut damit klar, aber manchmal … manchmal hätte ich ihn gern nur als Vater gehabt, und sonst nichts. Ich wollte, dass er für fünf Sekunden das Geschäft vergaß, den endlosen Stress, den es bedeutete – und nur noch stolz auf mich war.

Selbst wenn ich verlor.

Als wir eine Woche später in Daytona eintrafen, war ich ein energiegeladenes Nervenbündel. Ich war früher schon ein paar Mal dort gewesen, hatte ausgeholfen und zusammen mit meinem Vater die Rennen angesehen, aber diesmal nahm ich selbst teil. Vor lauter Unruhe bebte ich förmlich. Die überschüssige Energie, die meinen Körper durchströmte, bewirkte, dass ich kaum stillsitzen konnte, als ich den Fans begegnete und Autogramme verteilte. Es überraschte mich, dass ich überhaupt Fans hatte, schließlich war es meine erste Saison, aber es kamen Dutzende junger Mädchen mit leuchtenden Augen auf mich zu, denen deutlich anzusehen war, wovon sie träumten. Es machte mich glücklich, dass es zumindest an dieser Stelle keine Rolle spielte, wie das Rennen ausging. Diesen Mädchen bedeutete ich etwas, selbst, wenn ich als Letzte ins Ziel kommen sollte.

Oh Gott, bitte lass mich nicht als Letzte ins Ziel kommen.

Wie es das Schicksal wollte, hatte man Benneti Motorsport für die Öffentlichkeitsarbeit vor dem Rennen einen Stand gleich neben dem unseren zugewiesen. Obwohl ich versuchte, die Models und die kichernden Mädchen zu ignorieren, die um Hayden und den Rest des Teams herumscharwenzelten, wanderte meine Aufmerksamkeit jedes Mal zu ihrem Stand, wenn dort laute Lachsalven ertönten. Die jüngsten Ausbrüche stammten von einer Kindergruppe. Hayden vollführte irgendein kompliziertes Händeschüttelritual mit einem von ihnen. Er schien mit Kindern bestens zurechtzukommen.

Hayden merkte, dass ich in seine Richtung sah, und mir stockte der Atem. Mit größerer Mühe, als ich mir eingestehen mochte, löste ich den Blick von ihm und konzentrierte mich auf das Mädchen, das vor mir stand. Sie drückte sich eine Hand an die Brust und haspelte: »Cox Racing ist das Lieblingsteam unserer Familie. Ihr Vater ist eine Legende. Es muss so toll sein, für ihn Rennen zu fahren.« Ich wollte ihr gerade antworten, als sie sich vorbeugte und flüsterte: »Aber warum hat Ihr Vater nicht Hayden Hayes verpflichtet? Er ist soooo heiß. Ich weiß nicht, wie Sie gegen ihn antreten wollen. *Ich* wäre zu abgelenkt.« Sie benutzte meine Autogrammkarte, um sich damit Luft zuzufächeln, und ich löste sie vorsichtig aus ihren Fingern.

»Ich werde es irgendwie schaffen«, murmelte ich und signierte die Karte quer über mein Gesicht.

Nachdem ich die gesellschaftlichen Verpflichtungen des Tages hinter mich gebracht hatte, beschloss ich, das Gelände zu erkunden. Ich war immer noch viel zu aufgekratzt und musste mich wieder beruhigen, bevor das Rennen begann. *Beherrschung, Kenzie, Beherrschung.*

Ich bereute meine Entscheidung herumzuspazieren allerdings sofort, als ich hinter mir eine vertraute Stimme rufen hörte: »Hey, Prinzessin!«

Ohne darüber nachzudenken, drehte ich mich um und bedachte Hayden mit einem eiskalten Blick. »So heiße ich nicht«, zischte ich.

Hayden kam mit einem spöttischen Lächeln auf mich zu. »Bist du sicher? Der Name passt zu dir.«

Kopfschüttelnd stapfte ich weiter, entschlossen, ihn zu ignorieren. Es konnte nichts Gutes dabei herauskommen, wenn ich mich mit diesem Mann auf ein Gespräch einließ. Außerdem sollte ich sowieso nicht mit ihm reden. Er war ein *Benneti*. Wenn uns jemand sah, würde ich gefeuert. Und Hayden würde man ebenfalls hinauswerfen. Doch obwohl mir das alles durch den Kopf ging, fiel es mir erstaunlich schwer, darüber hinwegzusehen, dass Hayden nur ein paar Zentimeter von mir entfernt war. Wie einen Schatten vor der Sonne oder eine Fliege, die mir um den Kopf surrte, konnte ich ihn einfach nicht ignorieren.

»Und? Hat Daddy dich auf das hier vorbereitet? Denn das ist etwas völlig anderes, als ein paar Runden auf dem Hof zu drehen. Süße.«

Mit funkelnden Augen wirbelte ich herum. Er hatte meine plötzliche Bewegung nicht vorhergesehen, und wir stießen zusammen. Stur weigerte ich mich, zur Seite zu treten. »Was zum Teufel willst du, Hayden?«

Sein Gesicht war jetzt nur noch wenige Zentimeter von meinem entfernt, und ich konnte deutlich jedes perfekt geformte Detail erkennen, das ihn so frustrierend attraktiv machte. Seine leicht stoppelige Kinnpartie, die feine und doch erotische Narbe an der Braue und die goldenen und blauen Sprengsel in seinen smaragdgrünen Augen. Meine Brust hob und senkte sich immer rascher an seiner, und ich spürte, wie mir das Herz gegen die Rippenbögen klopfte. Immer schneller rieselte eine elektrisierende Energie durch meinen Körper. Es war ein seltsam vertrautes Gefühl, ganz so, als würde ich gleich in ein Rennen starten. Dass er die Ursache dieses Gefühls war, brachte mich jedoch völlig aus dem Konzept. Ich hätte ihn gern an mich gezogen … und fortgestoßen.

Er blickte auf meinen Mund und befeuchtete seine Lippen. »Ich wollte nur … es gibt hier eine Haarnadelkurve. Die kommt sehr plötzlich. Mach dich darauf gefasst.« Er wirkte fast verwirrt, nachdem es heraus war, als sei er nicht sicher, warum er das überhaupt gesagt hatte. Noch seltsamer schien es, dass er ernsthaft beunruhigt aussah. Machte er sich etwa wirklich Sorgen um mich? Lächerlich. Er mochte mich nicht, und ich mochte ihn nicht. So war das zwischen uns.

Die Vorstellung, dass er sich um mich sorgte, war beunruhigend. Es war überraschend süß, und das war ich von ihm nicht gewohnt. Aber es war auch ein bisschen herablassend, weil er offensichtlich dachte, ich würde die Kurve sicher nicht bewältigen. Ich vibrierte innerlich noch von den Funken, die zwischen uns flogen, und meine ohnehin schon aufgewühlten Nerven wurden noch stärker strapaziert. Ich war mir nicht sicher, wie ich auf das, was er gerade gesagt hatte, reagieren sollte. Also knurrte ich nur: »Das weiß ich, du Idiot. Ich habe schon eine Trainingsrunde gedreht.«

Haydens Gesichtsausdruck wurde sofort hart wie Stein. Gut so. Mir war es lieber, wenn er sauer war. Ich drehte mich um und ging weiter zur Station von Cox Racing. Ich musste fort von hier.

Zum Glück versuchte Hayden nicht, mir zu folgen. Aber er konnte mich nicht ziehen lassen, ohne das letzte Wort zu haben. »Entspann dich, Eiskönigin. Das war nur ein Tipp.«

Fast hätte ich ihm den Mittelfinger gezeigt, aber die gegensätzlichen Sehnsüchte in mir führten noch immer einen aufreibenden Kampf miteinander – *rangehen, weglaufen*. Hayden kam überhaupt nicht infrage, ein Ding der Unmöglichkeit. Aber so direkt vor ihm zu stehen – die Berührung –, hatte etwas in mir ausgelöst. Einen prickelnden Adrenalinstoß, der mich warnte, dass ich kurz davorstand, etwas Verrücktes, Gefährliches … und Aufregendes zu tun. Es war ein ziemlich gutes Gefühl – wie ein Wettkampf. Vor jedem Rennen freute ich mich schon auf diesen Adrenalinschub – doch bei Hayden durfte ich nicht so empfinden. Nein, solche Gefühle würde ich *nicht* zulassen. Ich würde sie ignorieren, und sie würden verschwinden.

Es fühlte sich wie eine Ewigkeit an, doch irgendwann war es endlich so weit – das Rennen sollte beginnen. Nachdem wir die Strecke besichtigt und die Aufwärmrunden hinter uns gebracht hatten, bezogen wir Fahrer in unseren Startboxen Stellung. Das war es also, mein erstes offizielles Rennen als Profi. Mein Herz schlug wie wild, und mein Atem raste. Dad erwartete eine Menge von mir. Heute musste ich herausragend fahren. Ich versuchte, meinen Adrenalinspiegel zu kontrollieren – *mich* zu kontrollieren –, holte tief Luft, hielt einen Moment den Atem an und ließ ihn dann langsam entweichen, wobei ich ruhig bis zehn zählte. Es half ein bisschen.

Ich fuhr ein ziemlich gutes Qualifying, das mich auf die Startposition zehn brachte. Hayden war ein paar Plätze vor mir am Start, gleich hinter Myles. Mich auf ihn zu konzentrieren, nahm mir etwas von dem Druck, den ich empfand, aber es ärgerte mich, dass ich nicht schneller als er gefahren war. Ich tröstete mich mit dem Gedanken, dass es auf das Rennen ankam und nicht auf die Qualifizierungsrunde. Ich wollte so früh wie möglich an Hayden vorbeiziehen und vor ihm bleiben. Er würde das ganze Rennen von mir nicht mehr als meinen Rücken zu sehen bekommen. Das zumindest hoffte ich.

Doch, ich *konnte* das schaffen. Das Gute an einer neuen Saison war, dass alle von vorn anfingen. Das bedeutete, dass eine Debütantin wie ich dieselben Chancen auf einen Sieg hatte wie ein erfahrener Profi mit fünf Siegen in Folge. Ich musste nur konzentriert und ruhig bleiben, ich durfte nicht die Kontrolle verlieren. *Bitte lass mich heute einen Sieg einfahren.*

Die Hitze waberte über dem Asphalt vor mir, als hätte ich Halluzinationen. Aber das hier war real, und mein Traum, am Rennen in Daytona teilzunehmen, stand kurz vor seiner Verwirklichung.

Mir blieben nur noch ein oder zwei Sekunden, bis die Batterie roter Lichter vor mir auf Grün umspringen und den Start des Rennens signalisieren würde. Ich riskierte einen kurzen Seitenblick zu Hayes. Überraschenderweise hatte er seinen schwarz-roten Helm ebenfalls in meine Richtung gedreht und nicht wie alle anderen nach vorn. Warum glotzte er mich an, als wäre ich die Startlinie oder die Siegprämie? Ich war keine Trophäe, die er gewinnen konnte.

Gerade wollte ich mit dem Finger nach vorn zeigen, damit er dort hinsah, als er plötzlich den Helm senkte und losschoss. Ich brauchte eine Sekunde, bis ich begriff, dass das Rennen bereits begonnen hatte und alle Fahrt aufnahmen. Alle außer mir. Heftig fluchend setzte ich der Meute nach. Blöder Hayden Hayes.

Aufgrund meines zögerlichen Starts befand ich mich näher am hinteren Feld, als mir lieb war. Ein vertrautes Motorrad schoss an mir vorbei – es war Jimmy, dieser Verräter –, und ich fragte mich, warum er so spät über die Startlinie fuhr. Als ich die Geschwindigkeit erhöhte und an anderen Fahrern vorbeirauschte, zwang ich mich, ruhig und kontrolliert zu bleiben. Das hier war ein Ausdauerrennen, das einzige Ausdauerrennen in der Serie, und zur Vorbereitung auf diesen Tag hatte ich eigens Langstrecken trainiert: unzählige Runden am Ring, endlose Bahnen im Schwimmbad, stundenlanges Wellensurfen und viele Meilen auf dem Laufband. Ich hatte mir den Rat meines Vaters zu Herzen genommen, war in Topform und bestens vorbereitet, um das hier zu bewältigen.

Ich ignorierte alles andere um mich herum und konzentrierte mich nur auf das Röhren des Motorrads. Die Vibration der Maschine verband mich mit dem Rhythmus der Straße. Ich ließ in meinem Kopf nur noch einen einzigen Gedanken gelten – *schnapp dir Hayden.* Angst und Sorgen schmolzen dahin, als jedes einzelne Molekül meines Körpers auf höchste Konzentration umschaltete. Das Geräusch meines Atems hallte in meinem Helm wider und mischte sich mit dem Rauschen des Fahrtwindes. Auf schwindelerregende Weise verschwammen die Bilder am Rand meines Gesichtsfeldes, während ich zu einem atemberaubenden Tempo beschleunigte. Mein Gott, wie ich das liebte.

Mein Motorrad war ein Spitzenmodell und perfekt auf mich eingestellt. Fast, als wäre es lebendig und könnte meine Wünsche spüren, reagierte es sofort auf jedes meiner Kommandos. Ich brauchte nur Sekunden, bis ich die Idealposition auf gerader Strecke gefunden hatte – flach nach vorn gebeugt, für optimale Aerodynamik, die beste Position für Effizienz und Geschwindigkeit –, und ehe ich michs versah, zog ich schon an den anderen Fahrern vorbei, als würden sie stillstehen.

Anders als beim Autorennen hatte die Bahn Links- und Rechtskurven, wodurch sie anspruchsvoller war. Ich musste mich auf den Augenblick konzentrieren und zugleich vorausschauend fahren. Die Kurven waren eng und steil. Ich ließ mich seitlich vom Bike herunterhängen, sodass Knie und Ellenbogen beinahe den Asphalt berührten, der in halsbrecherischer Geschwindigkeit unter mir vorbeirauschte. Eine einzige falsche Bewegung konnte die Maschine aus dem Gleichgewicht bringen, und das Motorrad und ich würden quer über die Bahn schleudern.

Ich behielt Haydens Bike im Fadenkreuz, während ich an den anderen Fahrern vorbeizog. Am heutigen 57-Runden-Rennen nahmen über vierzig Fahrer teil, aber in diesem Augenblick zählte für mich nur ein einziger. Als ich mich endlich so weit vorgekämpft hatte, dass ich direkt neben Hayden fuhr, zitterten meine Schenkel von der Anstrengung, die Schenkel so lange anzuspannen und an die Maschine zu pressen. Ich hieß den Schmerz willkommen und warf Hayden einen triumphierenden Blick zu. *Du hast versucht, mich abzuhängen, aber ich habe dich eingeholt, du Mistkerl.*

Als hätte er meinen Blick gespürt, sah er kurz in meine Richtung. Dann hatte er eine Fehlzündung. Ich nickte mit dem Helm genauso arrogant, wie er es zu Beginn des Rennens getan hatte. Hayden beugte sich über seine Maschine und schaffte es tatsächlich, sie noch weiter zu beschleunigen. Mit finsterer Miene beobachtete ich, wie er direkt vor mich zog. *Oh nein. Heute nicht, Hayes.*

Ich verlagerte mein Gewicht und schaltete einen Gang höher. Am Rande nahm ich die Fahrer wahr, die wir überholten, die Runden, die wir abhakten – doch mein Hauptaugenmerk lag auf Hayden. Für eine Weile trat alles andere in den Hintergrund, und ich konzentrierte mich ausschließlich darauf, seiner Spur zu folgen. Ich gestand es mir nur äußerst ungern ein, doch ich fand es anregend, ihm hinterherzujagen. *Du wirst verlieren. Egal, wie, aber ich kriege dich.*

Am Lauf meiner Maschine spürte ich, dass ich schon bald einen Boxenstopp einlegen musste. Doch ich wollte auf keinen Fall vor Hayden aus dem Rennen ausscheren. Solange er noch weiterfuhr, war ich körperlich nicht dazu imstande, die Bahn zu verlassen. Zu meinem Glück war Hayes auch fällig, und nach zwei weiteren Runden bog er in die Boxengasse ab. Als ich zum Stopp in meine Box rollte, stand die Crew schon parat, um mich mit neuen Reifen und dem dringend benötigten Benzin zu versorgen. Während sie noch an meinem Bike arbeiteten, kam mein Vater zu mir. »Dranbleiben, Mackenzie. An diesem Punkt lässt du gerne mal nach.«

Einer aus der Crew hob zum Zeichen, dass sie mit meinem Motorrad fertig waren, den Daumen. Ich rief: »Weiß ich, Dad!«, verschwendete keine Zeit, startete die Maschine und raste davon. Das war ganz bestimmt nicht die Art von Ermutigung, die ich jetzt gerade brauchte. Wie wäre es mit: »Du schlägst dich super!« oder »Du schaffst das«? Das wäre deutlich besser gewesen, als mich daran zu erinnern, dass trotz all meines Trainings der letzte Teil des Rennens immer noch einen Kampf für mich bedeutete.

Haydens Boxenstopp war wirklich schnell, und er fädelte sich direkt vor mir ein. Zu meinem Ärger wurde sein Rücken erneut zum Brennpunkt für meinen Blick. Dann drehte er sich zu mir um, drückte sich kurz aus dem Sitz hoch, um mir den Hintern zu zeigen, auf den die Frauen so scharf waren, und gab sich selbst einen Klaps. Wie niedlich. Dieser Idiot.

Kurz bevor wir uns wieder in den Ring einfädelten, sah ich zu den Anzeigetafeln hinüber. Auf der Rennpiste hatte ich die anderen Fahrer fast vergessen – mich interessierte nur Hayden –, aber jetzt war ich neugierig auf die aktuelle Rangliste. Als ich meine Startnummer entdeckte, hätte ich fast meine Maschine abgewürgt. Ich kam gleich hinter Hayden. Wir stritten uns um den vierten und den fünften Platz. Wenn ich mich halten konnte, würde ich locker unter den ersten zehn durchs Ziel gehen, was auf dieser Strecke eine Rekordplatzierung für eine Fahrerin bedeutete.

Ich schob den Gedanken beiseite, dass ich heute Geschichte machen konnte, und konzentrierte mich wieder ausschließlich auf Hayden. Im Moment sollte ich mich ganz darauf fokussieren, ihn zu besiegen.

Runde um Runde tat ich mein Bestes, um an ihm vorbeizuziehen, aber es war, als besäße er einen sechsten Sinn für meine Position. Ständig manövrierte er seine Maschine so, dass ich unmöglich an ihm vorbeikam. Es war genauso ärgerlich wie anregend, und mein unausweichlicher Sieg würde durch diese Herausforderung nur noch süßer werden. Dann endlich, bei der allerletzten Runde, beging er einen fatalen Fehler: Er ließ mir einen Durchschlupf.

Er nahm die Kurven jetzt etwas enger als zuvor, wodurch ausreichend Platz zwischen ihm und dem äußeren Kurvenverlauf entstand. Wenn ich meine Geschwindigkeit erhöhte, anstatt sie zu verringern, konnte ich ihn überrunden. Es war riskant. Ich würde die Kurve mit deutlich überhöhter Geschwindigkeit angehen und musste danach sogar noch mehr Gas geben, weil Hayden sonst einfach auf der Innenbahn beschleunigen und mir den Weg abschneiden würde. Ohne das Tempo zu reduzieren, konnte ich leicht die Kontrolle verlieren und wegrutschen. Doch es war meine einzige Chance. Wer siegen wollte, durfte nicht zimperlich sein.

Wir hatten die Hälfte der Runde hinter uns gebracht und näherten uns der letzten Haarnadelkurve. Hayden verlangsamte seine Maschine und brachte seinen Körper in Position.

Mein Herz fing an zu rasen, als ich gegen meinen natürlichen Instinkt die Geschwindigkeit erhöhte. Eine Stimme in mir schrie, dass ich einen Fehler beging, dass ich bremsen sollte, als ich mein Knie in Position brachte, doch es war zu spät, um auf die Stimme der Vernunft zu hören. Wenn ich es schaffte, ihn zu überrunden, konnte ich als Vierte ins Ziel kommen. Als Vierte! Die Versuchung war zu groß, ich konnte ihr nicht widerstehen.

Ich ging aufs Ganze und raste durch die Lücke, die Hayden freigab, an ihm vorbei. Ich schickte ein Stoßgebet gen Himmel, dass mein Motorrad in der Spur und ich auf dem Motorrad blieb, legte mich in die Kurve und erhöhte leicht die Geschwindigkeit. Alles war genau so, wie es sein sollte. Mein Körper war perfekt ausbalanciert, die Reifen hatten den optimalen Winkel, und die Straße unter mir rauschte vorbei wie ein Asphaltstrom. Sie war so nah, ich hätte hinunterfassen und die glatte Oberfläche mit meinem Handschuh berühren können. Doch dann … entglitt mir haarscharf die Kontrolle, und es gab kein Zurück mehr. Bevor ich den Fehler ausgleichen konnte, spürte ich, wie sich das Gewicht der Maschine verlagerte, die Reifen an Bodenhaftung verloren, aus dem Lot gerieten und der rasende Asphaltfluss näher kam.

Mein Motorrad fiel auf die Seite und begrub mein Bein unter sich. Schulter, Arm und Hand folgten unmittelbar. Der Aufprall machte mich benommen, doch zum Glück fing die Lederkombi den größten Teil des Sturzes ab und was noch wichtiger war, die Reibung des Straßenbelags, die mir sonst unweigerlich die Haut zerfetzt hätte. Das Motorrad schleuderte auf die äußere Bande zu und riss mich mit sich. Ich sah sie auf mich zukommen, dann krachte ich auch schon in sie hinein. Mir blieb die Luft weg, und mir wurde schwarz vor Augen. Nein, ich durfte jetzt nicht ohnmächtig werden.

Als ich nicht mehr weiterrutschte, blinzelte ich ein paar Mal, um wieder zu vollem Bewusstsein zu gelangen. Ich hatte keine Zeit, mich in den dunklen Sog der Ohnmacht fallen zu lassen. Ein Fahrer nach dem anderen fuhr an mir vorbei und brachte mich um meinen hart erkämpften Platz. Mir war schwindelig, doch ich nahm all meine Willenskraft zusammen und zwang mich mit zittrigen Gliedern, die Maschine wiederaufzurichten. Ich war benommen, und mir war schwummerig. Allein das Motorrad in die richtige Richtung zu wenden, erforderte ein Höchstmaß an Konzentration. Meine Gliedmaßen brannten wie Feuer, ich schmeckte Blut, und mein gesamtes Bein pochte. Doch ich ignorierte den Schmerz ebenso wie die Streckenposten, die sich erkundigten, ob ich Hilfe benötigte, warf die Maschine wieder an und brachte das verdammte Rennen zu Ende. Hayden würde die Ziellinie nicht ohne mich überqueren.

4. Kapitel

Normalerweise genoss ich das Glück und die Erleichterung nach einem Rennen. Diesmal war ich hundemüde, halb verdurstet, schweißverklebt und furchtbar enttäuscht. Mir dröhnte der Schädel, und jeder einzelne Muskel tat so weh, dass ich Angst hatte, wie eine überreife Frucht zu platzen. Außerdem humpelte ich etwas, weil mein Fußgelenk schmerzte, wenn ich es voll belastete. Das beunruhigte mich, denn eine Verletzung konnte ich mir in dieser Saison nicht leisten. Cox Racing konnte es sich nicht leisten.

Ich wollte nur noch das Motorrad zur Inspektion geben und mir danach irgendwo ein Eisbad suchen. Doch dann sah ich Hayden. Er stieß eine Faust in die Luft und gebärdete sich vor der Menge, als hätte er gerade den Gesamtsieg eingefahren. Meine Güte, dabei war er doch nur als Vierter ins Ziel gekommen. Es machte mir wirklich zu schaffen, dass er höher platziert war als ich.

Als ich die Garagenbucht von Cox Racing erreichte, stieg ich ab und schob die Maschine auf ihre Matte. Dann zog ich die Handschuhe aus, steckte sie in meinen Helm und schleuderte das Bündel durch die gesamte Garage. Der Helm landete auf dem Beton und kollerte unkontrolliert in eine Ecke. Was mich an mein jämmerliches Scheitern am Ende des Rennens erinnerte, und das machte mich nur noch wütender. Meinetwegen hätte dieser blöde Tag gern zu Ende sein können.

»Super Rennen, Kenzie! Dreizehnte! Für dein erstes Daytona-Rennen ist das erstaunlich!«

Ich blickte mich um und sah, dass Nikki in die Werkstatt kam. Bei ihrem Lob zuckte ich unwillkürlich zusammen.

»Erstaunlich? Hast du denn nicht mitgekriegt, wie idiotisch ich mich in der letzten Runde hingelegt habe?« Man hörte mir die Wut und die Enttäuschung an. »Das würde ich nicht unbedingt erstaunlich nennen. Eher unglaublich dämlich und amateurhaft. Ich hätte es besser wissen müssen.« Was hatte ich mir bloß dabei gedacht? Ich würde bestimmt noch die ganze Nacht über meiner Fehlentscheidung brüten, und es wäre ein Wunder, wenn ich überhaupt ein Auge zutun würde.

Nikki sah mich skeptisch an. »Ach ja … das … Alles gut bei dir?«

Obwohl mir von Kopf bis Fuß alles wehtat, zuckte ich mit den Schultern. »Alles im Lack.«

Ihre Blicke wanderten zu meinem Motorrad auf der Matte. »Und die Ducati?«

Ihr skeptischer Gesichtsausdruck wich ernster Sorge, als sie meine Maschine musterte. Sie erinnerte dabei so sehr an eine besorgte Glucke, die ihr verletztes Küken untersuchte, dass es fast schon komisch war. Sie richtete die dunklen Augen auf die Oberfläche und konzentrierte sich schließlich auf den Bereich, mit dem ich über den Beton geschrubbt war. Ich sah ihr an, dass sie sich am liebsten sofort des Schadens angenommen hätte, doch das Reglement sah vor, dass das Motorrad erst nach der Abschlussinspektion durch die Rennleitung angefasst werden durfte.

Als wolle sie sich von der Versuchung ablenken, die direkt vor ihr stand, riss sie sich von dem Anblick los und fragte: »Hast du gehört, was Jimmy passiert ist?« Ihre Miene hellte sich auf, als sie sich ihrer zweitliebsten Beschäftigung am Ring zuwandte: dem Klatsch über die Fahrer.

»Nein. Die Rennleitung hat bestimmt, dass er im hinteren Feld starten musste, aber ich habe keine Ahnung, weshalb.«

Auch wenn Jimmy ein Mistkerl war, weil er sich aus dem Staub gemacht hatte, war er viel zu gut, um im hinteren Feld zu starten. Es war mir ein Rätsel, womit er die Rennleitung gegen sich aufgebracht hatte.

Ich zog das Gummi heraus, mit dem ich mein Haar zu einem Pferdeschwanz zusammengebunden hatte, und versuchte, die Locken wieder in Form zu zupfen. Was bei meinem verschwitzten Kopf nicht ganz einfach war. Ich sah aus, als hätte ich gerade geduscht. Nikki reichte mir ein Handtuch, damit ich mir das Gesicht abtrocknen konnte. »Er hat das Batterieladegerät angeschlossen, während er nach der Sichtungsrunde sein Bike aufgetankt hat. Kannst du dir das vorstellen?«

Ich verstand ihren verblüfften Gesichtsausdruck. Etwas dermaßen Dummes, wie gegen die Sicherheitsregeln zu verstoßen, sollte bei einem Fahrer, der über derart viel Erfahrung verfügte, nicht vorkommen. Regeln wie diese bläuten uns John und mein Vater pausenlos ein, doch abgesehen davon sagte einem der gesunde Menschenverstand, dass Benzindämpfe und der Funke von einem Batterieladegerät eine gewaltige Explosion bedeuteten. Merkwürdig … aber vielleicht auch Karma. Er hätte bei uns bleiben sollen.

»Wow. Dummer Fehler. Welche Startposition hat er sich damit eingehandelt?«

Nikki wirkte amüsiert, als hielte sie das Ganze ebenfalls für ausgleichende Gerechtigkeit. »Die Vierundzwanzig. Das konnte er nicht aufholen. Es muss ihn das ganze Rennen über geärgert haben …« Sie biss sich auf die Lippe und warf wieder einen Blick zu meiner Maschine.

Ich klopfte ihr auf die Schulter und suchte mir einen Stuhl. Ich musste unbedingt meinen Knöchel entlasten. »Lass das Motorrad in Ruhe. Wir müssen uns jetzt nicht noch eine blöde Strafe einhandeln, so wie Jimmy.« Beim Hinsetzen fügte ich keuchend hinzu: »Mein Fehler war schon schlimm genug.«

Nikki drehte sich um und stemmte die Hände auf die Hüften: »Der dreizehnte Platz ist gar nicht übel, Kenzie. Eigentlich finde ich es sogar ganz schön klasse, dafür, dass du hier zum ersten Mal gefahren bist.«

Ja, das stimmte vermutlich, aber diese Einschätzung war momentan nicht sehr tröstlich. Der fünfte Platz, verpackt mit einer glänzenden Schleife, war zum Greifen nahe gewesen. Ich wollte gerade den Mund aufmachen, um ihr das zu sagen, als mein Vater herein- und mir zuvorkam. Er warf mir einen strengen Blick zu und erklärte Nikki: »Der dreizehnte ist nicht der fünfte Platz, und der wäre ihr sicher gewesen, wenn sie ihren Job anständig gemacht hätte.«

Als Dad sich wieder zu mir umdrehte, presste ich die Lippen aufeinander, damit ich nichts sagte, was mir hinterher leidtat. Mein Vater musterte mich aus seinen stahlblauen Augen und verzog enttäuscht die Mundwinkel. Seine missbilligende Miene machte eine Zurechtweisung überflüssig, doch die würde er mir natürlich dennoch nicht ersparen. Jordan Cox ließ nichts schleifen. Mit einem aufmunternden Schulterklopfen und »Mehr Glück beim nächsten Mal« kam ich nicht davon, dafür stand zu viel auf dem Spiel. Diese Geschichte würde ich die ganze Saison über zu hören bekommen.

Ich holte tief Luft und unternahm den sinnlosen Versuch, mich zu rechtfertigen. »Es tut mir leid, aber in dieser Rennserie geht es ums Punktesammeln, Dad. Ich kann immer noch nach oben kommen.«

»Da kommst du am leichtesten hin, wenn du das Rennen gewinnst, Mackenzie, und du weißt, wie sehr wir auf dich zählen.« Dad seufzte und wandte den Blick ab. Das Familienwappen über seinem Herzen, zugleich das stolze Logo unseres Rennstalls, erinnerte deutlich an das Vermächtnis, in das ich hineingeboren worden war. Momentan fühlte ich mich nicht würdig, den Namen Cox zu tragen. Dad hatte recht. Der dreizehnte Platz war nicht gut genug. *Ich hätte besser abschneiden müssen.*

»Es tut mir leid«, flüsterte ich. Es gefiel mir überhaupt nicht, wie schwach ich mich anhörte, doch was hätte ich sonst sagen sollen? Ich hatte es verbockt, das war uns allen klar. Dad hatte damals sein erstes Rennen gewonnen, und ich war noch nicht einmal unter die ersten zehn gekommen. Hier gab es nichts, auf das man stolz sein konnte.

Dads Blick war stahlhart, als er aufsah. »Was ist nur in dich gefahren, in so einer Kurve ein Überholmanöver zu starten? Gas geben, anstatt zu bremsen? Du hättest wissen müssen, dass du die Maschine nicht halten kannst.« Als er den Kopf schüttelte, sah ich in seinen Augen, wie aufgewühlt er war. »Du musst deine Grenzen kennen, Mackenzie. Wie oft muss ich dir das noch sagen?« Er deutete auf mein ramponiertes Gefährt. Nikki machte ein betrübtes Gesicht.

»Ich habe gedacht, ich könnte es schaffen«, sagte ich mit zusammengebissenen Zähnen. Verlegenheit und Schamgefühle überkamen mich in Wellen. Warum konnten wir diese Unterhaltung nicht unter vier Augen führen? »Mir war aufgefallen, dass Hay… dass die Nummer dreiundvierzig in den Kurven mehr Platz gelassen hat als vorher, und da dachte ich, ich riskiere es und fahre an ihm vorbei. Wer nicht wagt, der nicht gewinnt … das hast du mir doch schon oft gesagt.«

Dad verzog den Mund. »Normalerweise würde ich dir recht geben, aber in dieser Situation war es die falsche Entscheidung, Mackenzie. Und um ganz ehrlich zu sein: Ich bin fassungslos, dass du es überhaupt versucht hast. Ich dachte, ich hätte dich besser ausgebildet.«

Wut und Schuld verbanden sich in meiner Brust, ich lief knallrot an, und meine Augen brannten vor Scham. Ich schluckte die Tränen hinunter. Vor meinem Vater wollte ich nicht losheulen. »Es war eine falsche Entscheidung in einem Rennen, das ansonsten perfekt gelaufen ist. Bekomme ich denn gar kein Lob für das, was ich heute richtig gemacht habe?«

Dad schüttelte den Kopf. »Nein. Wenn es um so viel geht wie heute, bekommst du kein Lob dafür, dass du ein halbes Dutzend Plätze zurückgefallen bist. Und das durch einen Fehler, der dir seit deinem achten Lebensjahr nicht mehr passiert ist. Jetzt, in der Profiliga, musst du über dich selbst hinauswachsen und besser sein als jeder andere, der auch sein Bestes gibt. Du sollst mich beeindrucken, Mackenzie.«

Ich presste die Fingerspitzen fest an meine Schenkel, während er mich abkanzelte. Unter seinem Blick hatte ich das Gefühl, auf Zentimetergröße zusammenzuschrumpfen. »Das versuche ich doch.« Meine Worte klangen jämmerlich – schrecklich. Ich wollte Dad aufrecht und voller Stolz gegenübertreten, mit einer Stimme, aus der nichts als Vertrauen und Zuversicht sprach. Wenn er mich jedoch so streng ansah und diese autoritäre Haltung einnahm, wurde ich wieder zu einem achtjährigen Kind. Nie erfüllte ich die Erwartungen meines Vaters.

Dads Augen verengten sich, als er sah, wie ich mit Scham, Enttäuschung und Wut rang. »Selbstbeherrschung, Mackenzie! Du musst immer noch an deiner Selbstbeherrschung arbeiten. Du hast den neuen Benneti-Fahrer zu nah an dich herankommen und dich von ihm zu einer überstürzten Entscheidung verleiten lassen. Ich weiß nicht viel über diese Nummer dreiundvierzig, aber ich kenne Keith. Wenn er diesen Kerl in sein Team aufgenommen hat, dann hat er sich dabei etwas gedacht. Keith sucht arrogante, überzogen selbstbewusste Kerle, die wild darauf sind, um jeden Preis zu siegen. Er stellt tickende Zeitbomben ein, und ich glaube, dieser … Hayes ist auch nicht anders als der Rest seiner Teamkollegen.« Seufzend schüttelte er den Kopf. »Lass das nicht zu nah an dich heran, Mackenzie. Konzentriere dich auf das Rennen, nicht auf einzelne Fahrer.

Ich weiß, das ist schwierig, aber das Beste ist, du tust so, als würdest du nicht gegen das Benneti-Team antreten.«

Ich öffnete schon den Mund, um zu erwidern, dass ich besser gefahren war als jemals zuvor, gerade weil ich so getan hatte, als wäre niemand außer diesem Hayden auf der Bahn. Mir war jedoch klar, dass mein Vater mich nicht verstehen würde, also schwieg ich. Verdammt, ich verstand ja selbst nicht, warum gegen Hayden zu fahren, so viel aus mir herausgekitzelt hatte.

Dad musterte mich, bevor er fortfuhr: »Ich weiß, du denkst, ich wäre übertrieben hart zu dir, aber das tue ich nur, damit du dein Bestes gibst. Du bist zu gut, um Fehler zu begehen, und du kannst mehr als das, was ich da draußen gesehen habe.« Er sprach mit sanfter Stimme, aber seine Worte trafen mich so hart wie der Asphalt. »Dieses Jahr werde ich dich gnadenlos rannehmen, aber nur, damit du besser wirst, verstehst du? Wir *brauchen* einen Sieg, Mackenzie … das weißt du doch.«

Ich sah ihn durchdringend an, meine Gefühle überschlugen sich. Natürlich wusste ich das – ich war mir dessen schmerzhaft bewusst.

An seinem Gesichtsausdruck erkannte ich, dass Dad auf eine Reaktion von mir wartete. Ich nickte nur steif, denn das war alles, wozu ich im Moment in der Lage war. Er deutete auf meine Seite und sagte: »Du bist ziemlich hart gelandet. Lass einen der Rennärzte einen Blick daraufwerfen, und geh danach zum Trailer und melde dich ab. Wir müssen noch über vieles andere reden.«

Mit diesen Worten wandte er sich ab und ging. Während ich ihm hinterhersah, konnte ich nicht aufhören zu zittern. Ich hatte die Hände fest zu Fäusten geballt, und meine Augen brannten von den Tränen, die ich mir nicht zu weinen erlaubte. Er hatte recht. Ich hatte da draußen eine dumme Entscheidung getroffen und musste den Preis dafür zahlen. Einen hohen Preis. Mein Motorrad war beschädigt, ich selbst vielleicht verletzt und was am schwersten wog: Ich hatte meine Chance vertan, eine Rekordplatzierung zu landen, bei der jeder Rennreporter über mich und Cox Racing berichtet hätte. Stattdessen war ich mit fast sechzig Meilen pro Stunde gegen die Bande gekracht, und obwohl die Szene mit Sicherheit ohne Ende auf ESPN wiederholt werden würde, war das nicht die Art von Publicity, die meine Familie momentan brauchte.

Ich sah zu Nikki hinüber und murmelte: »Ich suche mir einen Arzt. Bis später.« Meine Stimme klang deutlich dünner, als mir lieb war, und Nikkis Blick bekam sofort etwas Mitfühlendes, wodurch ich mich nur noch schlechter fühlte.

Obwohl jetzt mein ganzes Bein schmerzhaft pochte, weil sich das Adrenalin abbaute, machte ich mich auf die langwierige Suche nach einem Arzt. Beim Herumirren kam ich auch an der Werkstattbucht der Bennetis vorbei. So nah am feindlichen Lager wurde mir mulmig, als liefe ich an einem undichten Kernkraftwerk vorbei. Ich wollte nicht hinsehen, doch meine Blicke gehorchten mir nicht. Hayden stand am offenen Garagentor und feierte seinen ruhmreichen vierten Platz. Jedenfalls dachte ich, dass er feierte – seine Teamkollegen standen jedoch in einer anderen Ecke und ließen lachend eine Flasche Champagner knallen. Hayden war ganz für sich und ignorierte sie. Offenbar war es immer noch nicht die große Liebe zwischen ihnen. Merkwürdig. Ich hatte erwartet, es würde sie zusammenschweißen, dass Hayden mir Saures gegeben hatte.

Hayden hatte den Helm abgenommen und die Handschuhe ausgezogen, er trug nur noch die Rennkombi und seine Stiefel: rot und schwarz, wie seine Seele. Ich versuchte nach Kräften, ihn zu ignorieren, und so zu tun, als hätte ich ihn nicht gesehen. Doch als ich an ihm vorüberkam, merkte ich, dass er seine grünen Augen auf mich richtete, und mir wurde flau im

Magen. Dann tat er das Undenkbare: *Er folgte mir.* Na, toll. Nach der Strafpredigt meines Vaters war ich wirklich nicht in der Stimmung für Haydens Mist.

»Schönes Rennen heute«, sagte er und lief neben mir her. Ich blickte mich um. Keiner aus dem Benneti-Lager schien bemerkt zu haben, dass er gegangen war. Zum Glück.

Ich fragte mich, ob Haydens Bemerkung sarkastisch gemeint war, und warf ihm einen kurzen Blick zu. Überraschenderweise wirkte sein Gesichtsausdruck ganz ehrlich – hatte er es ernst gemeint? Er wirkte beeindruckt, so als hätte er nicht erwartet, dass ich mich behaupten konnte. Idiot. Hatte er wirklich geglaubt, ich könnte keine Rennen fahren, nicht mithalten und meinen Job machen? Dachte er ernsthaft, ich hätte das alles nur meinem Vater zu verdanken? Im Grunde war mir ja völlig egal, was er dachte, doch komischerweise tat es trotzdem weh.

Er warf einen kurzen Blick auf meine Seite und fragte: »Wie geht es dir nach der Rutschpartie?«

Wieder konnte ich nicht sagen, ob er sich nur über mein gescheitertes Überholmanöver lustig machte – eigentlich waren es ja mehrere Manöver gewesen – oder ob er wirklich besorgt war. Das wäre absurd. Er konnte sich doch nicht ernsthaft Sorgen um mich machen. Das war sicher nur ein Psychospielchen.

Ich blieb abrupt stehen, baute mich vor ihm auf und blickte mich um, weil ich sicher sein wollte, dass niemand, der uns kannte, in der Nähe war. Dann wetterte ich los: »Was zum Teufel soll das heißen?«

Er sah mich an, als hätte ich Chinesisch gesprochen, dann sagte er langsam: »Hm … ich dachte, ich hätte mich klar ausgedrückt. Wie. Geht. Es. Dir? Was können diese Worte sonst noch bedeuten?« Er hob gereizt eine Braue, dann verzog er den Mund zu einem schiefen Grinsen.

»Bist du sauer, weil ich dich geschlagen habe?«

Ich versuchte mühsam, nicht zu bemerken, dass ihm sein feuchtes Haar in jener zerzausten, lässigen Art zu Berge stand, die nur bei Hayes gut aussah, und legte los. »Du Blödmann bist mir nur bei jeder Gelegenheit in die Quere gekommen. Warum sollte ich deshalb sauer sein? Hast du nicht mitbekommen, dass ich nicht die einzige Fahrerin auf dem Feld war, oder warst du einfach zu gebannt von mir, um die über vierzig anderen Fahrer zu bemerken?«

Er sah mich ungläubig an. »Oh mein Gott … Du bist doch nicht etwa ernsthaft sauer auf mich, weil ich defensiv gefahren bin?«, knurrte er. Dann beugte er sich ein Stück zu mir herunter und setzte hinzu: »So läuft das nun mal, Schnucki. Und wenn du damit nicht klarkommst, würde ich vorschlagen, du suchst dir eine andere Branche. Vielleicht etwas, wo du dir keine Sorgen darüber machen musst, dass du dir einen Fingernagel abbrichst.«

Zum Abschluss grinste er mich auf eine Weise an, die einerseits verführerisch war, mich andererseits aber auch fuchsteufelswild machte. Wir standen so nah beieinander, dass ein Kribbeln meinen Körper überlief, als hätte sein Blick meine Haut berührt. Gott, warum zur Hölle musste es sich nur so gut anfühlen, gegen ihn zu fahren?«

Ich trat einen Schritt zurück und hoffte, auf diese Weise den Energiefluss zwischen uns zu unterbrechen. Es half nichts. Als mir schließlich doch noch ein paar passende Worte einfielen, zitterte meine Stimme. »Zum hundertsten Mal: Nenn mich nicht Schnucki, Süße, Krümel oder Zuckerschnute. Mein Name ist …«

»Mackenzie Cox, aus der berühmten Cox-Familie«, unterbrach er mich streng. »Ja, ich weiß, wer du bist, und ich weiß auch ganz genau, warum du in Wahrheit sauer auf mich bist. Daddy kann dir die beste Ausrüstung und die beste Maschine geben, aber den Sieg kann er dir nicht schenken, stimmt's? Denn *den*, Zweiundzwanzig, musst du dir immer noch selber verdienen.« Seine Augen funkelten, und seine Worte waren voller Leidenschaft. Diese Kombination half nicht gerade, die Unruhe und Erregung zu lindern, die in mir brannte. *Katze und Maus. Geben und Nehmen. Fliehen und Fangen.*

»Du kannst mich mal, Hayden«, stieß ich hervor, drehte mich um und stürmte davon.

Unterwegs hörte ich, wie er mir hinterherrief: »Du musst nur sagen, wann und wo, Prinzessin, dann komme ich gern und kratze dich überall, wo es dich juckt.«

Der Streckenarzt nahm sich entschieden zu viel Zeit für den Check, aber als ich es hinter mir hatte, bekam ich ein sauberes Gesundheitszeugnis. Prellungen, Abschürfungen und ein paar Kratzer, ja, aber nichts gebrochen und nur eine kleine Schwellung am Knöchel. Damit war ich für meine Begriffe kerngesund, und der Arzt gab mir nur einen Eisbeutel und eine Packung rezeptfreier Schmerztabletten mit sowie den Rat, mich ein paar Tage zu schonen.

Während ich langsam zwischen den Campingbussen und -wagen, den Anhängern, Vans und Zelten hindurch zurück zum Cox-Rennstall spazierte, wo mein Vater höchstwahrscheinlich schon seine Standpauke für mich vorbereitete, lief mir Myles über den Weg. Er hatte heute einen glänzenden Tag gehabt und war als Dritter direkt vor Hayden durchs Ziel gekommen. Schon komisch, dass mir die ganze Zeit nicht aufgefallen war, dass er direkt vor uns fuhr.

»Hey, Kenzie«, sagte er und grinste breit. »Super Rennen heute. Allerdings ein heftiger Sturz. Wie geht's deinem Bein?«

Ich hob den Fuß und wedelte für ihn mit meinem geschwollenen Knöchel. Es tat kaum weh. »Alles in Ordnung, Myles. Ich kann was wegstecken.«

Er grinste, als käme er gerade auf schmutzige Gedanken. »Gut zu wissen.« Ich wollte ihm gerade sagen, dass er sich wieder einkriegen sollte, als das Strahlen aus seinen dunklen Augen wich. »Habe ich richtig gesehen, dass dich dieser Hayden nach dem Rennen noch verarscht hat?«

Mein Herz begann, heftig zu schlagen. Hatte er uns beobachtet? Ich rollte mit den Augen, und das war nur halb gespielt. »Der Knallkopf musste mir noch aufs Butterbrot schmieren, dass ich aus der Kurve geflogen bin. Er hat gemeint, Daddy könnte mir den Sieg nicht kaufen, und dass ich ihn schon selber verdienen müsste …« Die Worte zu wiederholen, schnitt mir ins Fleisch wie Stacheldraht. Trotzdem hatte Hayden irgendwie recht. Die Ausrüstung war die Basis, aber nur mein Geschick konnte mich weiterbringen.

Myles' normalerweise freundliche Miene wurde hart. »Dieser Idiot. Sag Bescheid, wenn er dich wieder belästigt, Kenzie.«

Ich biss mir auf die Lippe und nickte. Dass sich Myles meinetwegen mit jemandem anlegte, war eine unangenehme Vorstellung. Und der Gedanke, dass es sich dabei auch noch ausgerechnet um Hayes handelte, machte mir aus Gründen zu schaffen, über die ich gar nicht weiter nachdenken wollte.

Ich ärgerte mich über mich selbst, dass *irgendwo* in mir ein Fitzelchen Sorge um Hayden lungerte, schüttelte den Kopf und erwiderte: »Ich muss jetzt zu meinem Vater. Wir sehen uns später, okay?«

»Darauf kannst du wetten«, sagte er und klopfte mir auf den Rücken.

Als ich wieder beim Cox-Rennstall eingetroffen war, hing ich lieber noch ein bisschen bei Nikki ab, anstatt gleich zu meinem Vater zu gehen. Sie war in der Werkstatt und arbeitete an meinem Ersatzmotorrad. Auf ärztliche Anordnung hin pflanzte ich mich in einen Stuhl und legte die Füße auf die Werkbank. Schließlich musste ich meinen Knöchel kühlen. Und dem enttäuschten Blick meines Vaters noch ein bisschen aus dem Weg gehen. Beides würde ich allerdings nicht lange durchhalten.

Während ich mich ausruhte, klingelte mein Handy. Doch noch bevor ich darüber fluchen konnte, dass ich jetzt aufstehen und rangehen müsste, wühlte Nikki schon in meiner Tasche neben dem Werkzeugkasten und reichte es mir. Ich bedankte mich und sah auf das Display. Es war Theresa. »Hallo?«

»Oh mein Gott, Kenzie, ich habe im Fernsehen gesehen, wie du in die Mauer gekracht bist. Ist alles okay mit dir? Hast du dir was gebrochen? Hast du eine Gehirnerschütterung? Wurdest du ohnmächtig, oder musstest du dich übergeben? Ich habe gehört, dass das ein schlechtes …«

Die aufgeregte Stimme meiner Schwester brachte mich zum Grinsen. Sie war eine solche Sorgenliese. »Mir geht's gut. Ehrenwort.«

»Bist du sicher? Warst du beim Arzt? Was hat er gemeint? Erzähl mir jedes einzelne Wort.«

Schicksalsergeben gab ich alles wieder, was mir der Rennarzt gesagt hatte. Als ich fertig war, schwieg Theresa geschlagene zehn Sekunden lang. Dann sagte sie leise: »Dad ist verrückt, dass er dich zum Rennen antreibt. Du könntest dabei umkommen.«

Ich biss die Zähne zusammen, bevor ich antwortete. »Ich will Rennen fahren, Theresa. Ich tue das aus freien Stücken. Schon immer.« Obwohl wir alle in der Welt der Rennen groß geworden waren, hatten meine Schwestern kein Verständnis für mein Bedürfnis dazuzugehören. Sie hatten beide schon in jungen Jahren mit dem Motorradfahren aufgehört, doch ich kam mehr nach Dad. Das Rennen lag mir im Blut.

Theresa klang resigniert, als sie sagte: »Ich weiß … Sei nur vorsichtig, ja?«

Noch während ich ihr versicherte, dass ich so vorsichtig wie irgend möglich war, hörte ich im Hintergrund jemanden aufgeregt flüstern. Theresa stöhnte gereizt, dann knurrte sie: »Das werde ich sie nicht fragen, Daphne! Sie hat gesagt, dass es ihr gut geht.«

»Was will sie denn?«, fragte ich und räusperte mich.

»Sie will wissen, ob du im Rollstuhl zur Hochzeit kommst, und ob sie jemanden suchen muss, der dich in diesem Fall schiebt, oder ob du dafür schon selbst jemanden im Auge hast.«

Daphne hatte sich kürzlich verlobt und redete seitdem von nichts anderem mehr als von ihrer bevorstehenden Hochzeit. Ich schüttelte den Kopf über meine besessene Schwester und erklärte Theresa: »Mir geht es gut, ich melde mich wieder bei euch.« Dann legte ich auf. Herrje, ich wünschte, sie hätten heute nicht zugeschaut.

Als ich das Telefon vom Ohr nahm, hob Nikki den Blick zu mir. »Dann sind deine Verletzungen also nicht so schlimm?« Sie musterte mich von Kopf bis Fuß, als könnte sie mich ebenso begutachten wie meine Motorräder.

Ich schüttelte den Kopf. »Nein, das wird schon wieder. Ich muss mich nur etwas ausruhen.« Und Hayden vergessen. Und bessere Rennen fahren. Herrgott, *ich* musste einfach besser sein.

Nikki betrachtete mich für einen Moment, dann sagte sie: »Hey, wegen dem, was dein Vater gesagt hat … Er ist nur gestresst. Der dreizehnte Platz ist super. Deine Mutter wäre stolz auf dich.«

Dass sie meine Mutter erwähnte, trieb mir sofort die Tränen in die Augen und ließ mich eine kalte Leere um mein Herz spüren. »Danke«, sagte ich und legte den Eisbeutel auf meinen Knöchel, während ich die verräterische Feuchtigkeit in meinen Augen zurückdrängte. Ich trug meine Gefühle nicht gern zu Markte. Sie gingen nur mich etwas an. Manche Leute hängten ihre Gefühle bereitwillig an die große Glocke, ich behielt meine lieber für mich, hütete und schützte sie. Die schmerzhaften jedenfalls.

Dankenswerterweise ignorierte Nikki den aufgewühlten Ton in meiner Stimme und wandte sich wieder ihrer Arbeit zu. Ich schloss die Augen und entspannte mich einen Moment lang. Auf der Rennpiste war alles so einfach. Gas, Bremse, Kurve, mehr Gas und wieder von vorn. Das konnte ich den ganzen Tag lang tun. Aber mit Leuten klarzukommen, mit Gefühlen, mit Unglück – das war viel schwieriger.

5. Kapitel

Ein paar Stunden später, nach einem Pflicht-Abendessen mit meinem Vater und der Crew, kam ich endlich zurück ins Hotel. Ich ließ mich aufs Bett fallen. War ich schon jemals in meinem Leben so erschöpft gewesen? Ich strich mit den Fingern über das Muster in der Steppdecke unter mir und überlegte, ob ich das Licht ausschalten und ernsthaft versuchen sollte zu schlafen. Wenn ich es wirklich wollte, konnte ich es schaffen, oder? Aber der Lichtschalter war so weit weg, und das Video von meinem Ausrutscher, das als Dauerschleife in meinem Kopf lief, ließ sich unmöglich ausschalten. Solange mein Gehirn auf Hochtouren lief, spielte es überhaupt keine Rolle, ob es im Zimmer hell war oder dunkel. Es spielte auch keine Rolle, dass meine Glieder bleischwer vor Müdigkeit waren und meine Muskeln vor Erschöpfung schmerzten. Mein Kopf wollte keine Ruhe geben, also gab es keine echte Entspannung für mich.

Ich stöhnte genervt und schaffte es, die Fernbedienung vom Nachttisch zu angeln. In der Hoffnung, etwas zu finden, das mich wenigstens ein bisschen unterhalten oder zumindest ablenken würde, schaltete ich den Fernseher ein. Doch ich fand nichts. Ich konnte an nichts anderes als an das Rennen denken. Wie gern wäre ich zu Hause in meinem Bett gewesen, umgeben von meinen Sachen. Wenn ich wieder in meinem Alltagstrott war, konnte ich vielleicht die endlosen Wiederholungen abstellen, in denen ich sah, wie mein Körper auf den Asphalt aufschlug und das Motorrad gegen die Mauer krachte.

Wir wollten in aller Frühe aufbrechen, um nach Oceanside zurückzufahren. Einerseits wollte ich zurück nach Hause, zugleich widerstrebte es mir. Ich ahnte, dass mein Versagen noch lange das vorherrschende Thema am Ring sein würde – und zwar auf beiden Seiten. Ich wollte nicht, dass die Leute über mich redeten, vor allem nicht darüber, dass ich es verbockt hatte. Aber ich brannte darauf, mich wieder an die Arbeit zu machen und mit den Vorbereitungen für das nächste Rennen in Wisconsin zu beginnen. Ich hoffte so sehr, dass das Rennen besser laufen würde als das vom heutigen Tag.

Nachdem ich mich mindestens sechs Mal durch jeden verfügbaren Kanal gezappt hatte, schaltete ich den Fernseher aus. Ich brauchte etwas Anspruchsvolleres, um meine Gedanken daran zu hindern, in dunkle, angstbesetzte Gefilde abzudriften. Ich zwang mich aufzustehen, nahm meine Tasche von dort, wo ich sie hingepfeffert hatte, und wühlte nach dem Handy. Ich suchte Nikkis Nummer heraus und schickte ihr eine SMS: *Kann nicht schlafen. Bist du wach?*

Ihre Antwort ließ nicht lange auf sich warten. *Ja! Will gerade zum Whirlpool. In zwanzig Minuten dort?*

Ich runzelte die Stirn und simste zurück: *Hab keinen Badeanzug dabei.*

Sie antwortete genau so, wie ich es von ihr erwartet hatte: *Und? Geh doch nackt!*

Lachend schüttelte ich den Kopf und antwortete: *Bis gleich!*

Zum Abschluss schrieb sie noch: *Bring Wein mit!*

Ich grinste und nahm die Sachen in Augenschein, die auf der Minibar zum Verkauf standen. Zwischen Schokolade, Nüssen, Kondomen und Toilettenartikeln fand sich auch eine Flasche Wein. Das Hotel hatte an alles gedacht. Schulterzuckend nahm ich die Flasche, einen Korkenzieher und zwei Gläser. Normalerweise trank ich nichts, doch heute Abend würde ich mir vielleicht ein halbes Glas genehmigen. Vielleicht war ich nach ein paar Schlucken müde genug, um einschlafen zu können. Ich stellte den Wein aufs Bett und überlegte, was ich im Whirlpool anziehen konnte. Nacktbaden entsprach nicht unbedingt meiner Vorstellung von Entspannung. Ich schnappte mir einen Bademantel und entschied, dass ein BH und ein Slip ausreichen sollten. Die Sachen bedeckten sowieso mehr als die meisten Bikinis.

Wir wohnten in einem Hotel in der Nähe des Ozeans. Es war eine schöne Anlage mit Feuerstellen am Meer und Salzwasserschwimmbecken, aber am besten gefielen mir der Swimmingpool und der Whirlpool auf dem Dach. Im Hintergrund die tosende Brandung des nahen Strandes, in der Ferne die glitzernden Lichter Daytonas – ein spektakulärer Ort. Genau das, was ich brauchte, um abzuschalten. Hoffentlich setzte das heiße Wasser meinen Schrammen nicht zu sehr zu. Doch das war es mir wert.

Die Weinflasche in der einen, Gläser und Korkenzieher in der anderen Hand machte ich mich auf den Weg zum Dach. Oben angekommen sah ich mich nach Nikki um, konnte sie jedoch nirgends entdecken. Was mich nicht sonderlich überraschte.

Sie würde schon noch auftauchen, dachte ich, und machte mich auf den Weg zum Whirlpool. Beim Anblick des schwach erleuchteten Beckens in der Ecke der Dach-Oase spürte ich förmlich, wie die Anspannung aus meinen überanstrengten Muskeln wich. Als ich näher kam, bemerkte ich einen dunklen Schopf knapp über der Oberfläche. Wow, Nikki hatte es tatsächlich geschafft, mir zuvorzukommen.

»Hey, Süße«, sagte ich, stellte die Flasche ab und streifte den Bademantel vom Körper. »Voilà, der Wein, wie gewünscht. Aber nur, dass du es weißt: Wenn Dad mich wegen der Rechnung vom Zimmerservice anmacht, schiebe ich die Schuld auf dich.«

Der nasse Kopf wirbelte zu mir herum, und mir stockte der Atem. Es war nicht Nikki. Langsam breitete sich ein Grinsen auf Hayes' Gesicht aus, während er sich im Wasser aufsetzte und Spitzen-BH und Slip betrachtete, die ich zum Baden trug. Zum Glück waren sie schwarz und nicht in einer hellen Farbe, die ihm weitaus mehr Einblicke gewährt hätte, als ich jemals beabsichtigte. Rasch sah ich mich auf dem Dach um, aber wir waren allein. Ganz schrecklich allein.

»Na, sieh mal, wer da ist«, sagte er. »Die Glückszahl Zweiundzwanzig. Juckt es dich, Süße? Ich bin zwar heute etwas geschafft, aber keine Sorge, ich kann dir sicher noch geben, worum du mich so höflich gebeten hast.« Zum Schluss zwinkerte er mir auf eine dermaßen blöde Art zu, dass ich ihn am liebsten unter Wasser gedrückt und dort ein paar Minuten lang festgehalten hätte. Bis er ohnmächtig geworden wäre. Ehrenwort.

Doch verlegen und überrumpelt, wie ich war, fiel mir nichts anderes ein, als zu sagen: »Du bist nicht Nikki.« Meine Wangen brannten, als seine Blicke über meine Kurven wanderten, doch ich weigerte mich standhaft, sie zu bedecken. Ich tat sehr viel für meinen Sport, und das sah man meinem Körper an. Es gab nichts, für das ich mich schämen musste, außerdem hatte ich mich heute schon rasiert, alles war gut.

Meine Antwort schien Hayden zu amüsieren. »Nein, bin ich nicht.« Er fasste den Beckenrand und drehte sich zu mir um. Als er das Kinn auf einem Arm ablegte, rannen Wassertropfen wie auf kleinen Rennbahnen über seine Haut. Dampfendes Wasser und ein attraktiver Mann hatten etwas ausgesprochen Erotisches, aber Haydens Anblick war *mitnichten*, was ich mir in diesem Augenblick wünschte. Ich wollte eine entspannte Mädelsrunde genießen.

»Und?«, sagte er und grinste. »Triffst du dich nach dem Rennen oft mit Nikki, um in Spitzenwäsche in den Whirlpool zu steigen? Wenn das so ist, muss ich öfters in eurem Hotel absteigen.«

Das vertraute Gefühl meiner Wut kribbelte auf meiner Haut, aber irgendwie gelang es mir, eine gleichgültige Miene aufzusetzen. »Mir war nicht klar, dass du in diesem Hotel wohnst. Ich dachte, du wärst zusammen mit den anderen Bennetis in irgendeinem schmuddeligen Stunden-Motel. Das scheint doch eher dein Stil zu sein als so ein nettes Hotel wie dieses hier.«

Seine jadegrünen Augen verfinsterten sich, und ich merkte, dass ich einen Nerv getroffen hatte. Gut. Schließlich wollte ich nicht als Einzige genervt sein, und wenn er so tat, als wäre ich eine verzogene Prinzessin, konnte ich auch so tun, als hätte man ihn aus der Gosse geholt. Und wenn ich bedachte, wo ich ihm zum ersten Mal begegnet war, lag ich mit meiner Bemerkung vermutlich gar nicht allzu falsch.

Hayden öffnete den Mund, um etwas zu sagen, doch ich wartete nicht, bis er einen Ton hervorgebracht hatte. Stattdessen vergewisserte ich mich, dass wir beide immer noch allein waren und niemand Zeuge dieser verfänglichen Situation mit einem Benneti wurde. Dann stellte ich auf der anderen Seite des Beckens vorsichtig einen Fuß ins Wasser. Er konnte mich mit seinen Gemeinheiten nicht von hier vertreiben, ganz egal, für wen er fuhr – dazu brauchte ich das hier nach dem heutigen Tag viel zu sehr.

Falls Hayden vorgehabt hatte, noch etwas zu sagen, hatte er es sich offenbar schnell anders überlegt. Stumm beobachtete er, wie ich ins Wasser sank. Die sprudelnde Wärme war Balsam für meine ausgekühlten Muskeln, und obwohl die Abschürfungen brannten, entfuhr mir ein leiser Wohllaut. Ich schloss die Augen und lehnte den Kopf zurück an die Kacheln, mit denen das Becken eingefasst war. Hayden räusperte sich, und ich hörte es leise plätschern, als er seine Position veränderte.

Ich öffnete ein Auge und sah, dass er mich intensiv betrachtete. Während wir einander schweigend taxierten, begann es erneut, zwischen uns zu knistern. Es dauerte nur einen Herzschlag lang, bis sich das Wasser in die Fortsetzung seines Körpers verwandelte und die sanften Wellen zu seinen Fingern wurden, die mich überall gleichzeitig liebkosten. Es war aufregend und berauschend und ließ meinen Atem schneller gehen; mein Körper kribbelte in süßer Erwartung. *Mist.*

Ich stand eine Millisekunde davor, aus dem Wasser zu steigen … aber die herrlich heiße Wassertemperatur war so unglaublich angenehm, dass ich diesen Luxus nicht so schnell aufgeben wollte. Nicht im Tausch gegen mein kaltes, einsames Hotelzimmer, in dem mich unentwegt die Schreckgespenster meines Scheiterns heimsuchten. Ich brauchte diese Pause. Zum ersten Mal seit dem Ende des Rennens verspürte ich wieder so etwas wie Frieden. Haydens neugierige Blicke waren zu unverschämt für eine Tiefenentspannung, und über meine Haut rieselten Schauder, die nichts damit zu tun hatten, dass sich mein Körper an das heiße Wasser gewöhnen musste.

»Was?«, knurrte ich und hoffte, die Verbindung zu kappen und das aufregende Prickeln zu lindern, das mit jeder Welle meinen Körper überlief.

Haydens Blick glitt zu dem sprudelnden Wasser, dann wieder zu mir. »Darf ich dir eine ernsthafte Frage stellen?«

Ich war sprachlos. Unsere Unterhaltungen hatten sich bisher darin erschöpft, Beleidigungen auszutauschen, und obwohl ich neugierig war, antwortete ich aus einem Reflex heraus mit: »Nein.«

Er schnitt eine Grimasse, ignorierte meine Antwort und fragte trotzdem: »Hast du … hast du es heute auch gespürt, als wir das Rennen gefahren sind?«

Mir schlug das Herz bis zum Hals. Ich wusste genau, was er meinte. Das Feuer, das Dahingleiten – ein Gefühl, als wären wir allein, obwohl wir von Tausenden von Menschen umgeben waren. Wegen dieses Gefühls war es das intensivste Rennen meiner Laufbahn gewesen, doch das wollte ich ihm gegenüber nicht zugeben. Das konnte ich nicht. Das wäre, als würde ich eine Schwäche eingestehen, und vor diesem Mann durfte ich keinerlei Schwäche zeigen, sonst würde er sie augenblicklich ausnutzen und mich in Stücke reißen. »Keine Ahnung, wovon du sprichst. Außerdem habe ich dir nicht erlaubt, mir eine Frage zu stellen.«

Er schürzte gereizt die Lippen, doch dann beugte er sich im Wasser vor. Durch die plötzliche Bewegung schwappten kleine Wellen in meine Richtung, vor denen ich instinktiv zurückwich. Das Gefühl, das uns etwas verband, war schon intensiv genug, wenn er nicht näher rückte. »Hast du das nicht gefühlt, diese … ich weiß nicht … diese Verbindung? Als ob nur wir zwei da draußen unterwegs gewesen wären? Das musst du doch gespürt haben, sonst hättest du nicht diesen Spruch gebracht, dass ich alle anderen ignoriert und mich nur auf dich konzentriert hätte.«

Er legte den Kopf schräg, und ein Tropfen rann über die Wange und weiter den Hals hinunter. Allein der Anblick machte mich ganz nervös. Das schummrige Licht ließ meine Sinne verrücktspielen und ihn allzu anziehend wirken. Aber die Stimmung änderte nichts an seinem Charakter, darum konzentrierte ich mich mit aller Macht darauf, dass er ein Mistkerl war, der sich nicht einmal meinen Namen merken konnte. Außerdem fuhr er für einen Widerling, der alles dafür geben würde, meinen Vater untergehen zu sehen.

»Wie schon gesagt, ich habe keine Ahnung, wovon du redest.« Ich deutete auf das sprudelnde Wasser zwischen uns. »Ich glaube, du sitzt hier schon zu lange drin. Deine Gehirnzellen kochen allmählich über.« *Ich* kochte allmählich über. *Ich sollte gehen …*

Hayden grinste schief und ließ sich durch das Wasser auf mich zugleiten. Als er den wilden Sprudel zwischen uns durchteilte, legte mein Herz den Turbo ein. *Ich sollte definitiv hier verschwinden.* Doch Hayden ließ mich nicht aus den Augen und hielt mich mit seinem Blick auf meinem Platz gefangen. Ich konnte ihm nicht entkommen. Eine nur zu vertraute Adrenalinflut überschwemmte mein Inneres und machte mir klar, dass gleich etwas Unfassbares geschehen würde.

Auf die Plätze ...

»Das glaube ich dir nicht.« Seine Stimme war leise, und sein Blick bohrte sich bis tief in meine Seele. Unwillkürlich biss ich mir auf die Lippe, sein durchdringender Blick glitt nach unten und folgte der Bewegung. Oh Gott, wie sich wohl seine dampfende Haut auf meiner anfühlte?

Langsam wanderte sein Blick wieder nach oben zu meinen Augen. »Du weißt genau, wovon ich rede, und du kannst nicht leugnen, dass dieser Wettkampf zwischen dir und mir uns beiden einen richtigen Kick gegeben hat.« Er hielt direkt neben mir, sodass sich unsere Beine unter Wasser berührten. Seine fühlten sich warm, hart und unnachgiebig an, und plötzlich erschien vor meinem inneren Auge das furchtbare Bild, dass er sie um mich schlang, mich in Besitz nahm und mich eroberte.

Reg dich ab ...

»Ich bin noch nie so gut gefahren, und ich glaube, du auch nicht. Ich habe dir auf der Hausbahn ein paar Mal beim Training zugesehen, und mir ist etwas aufgefallen. Du machst dir beim Fahren Sorgen. Wegen all der Leute, die du enttäuschen könntest. Das kann ich gut nachfühlen. Aber wenn du dich auf deine Angst konzentrierst, bremst dich das aus.« Ich war dermaßen geschockt, dass die Hitze für einen Augenblick zu Eis gefror. Woher wusste er, dass ich wegen der Verantwortung, die auf meinen Schultern lastete, permanent gestresst war? Und wen wollte *er* nicht enttäuschen?

Mit sanfter Stimme fügte er hinzu: »Aber während des Rennens habe ich gemerkt, dass du alle diese Erwartungen vergessen konntest. Weil du dich ausschließlich auf mich konzentriert hast. Du bist besser gefahren, als ich mit dir da draußen war, und ich bin besser gefahren, weil du mit mir auf der Piste warst.« Er veränderte unter Wasser seine Position und kam näher, bis seine Brust meinen Arm berührte. Es war, als versetze er mir einen elektrischen Schlag. Das Gefühl durchströmte meinen gesamten Körper – ich war bereit und voller Verlangen. Woher wusste er diese Dinge? Wie konnte er so deutlich in mir lesen?

Haydens Blicke irrten über mein Gesicht, sprangen zwischen meinen Augen und meinem Mund hin und her. Er wirkte zerrissen, so als wüsste er nicht, was er eigentlich wollte, aber dann legte er sanft seine Hand auf mein Bein. Während er mit seinem Blick zu deuten versuchte, wie ich reagierte, ließ er seine Finger an der Innenseite meines Schenkels hinaufgleiten, entfachte meine Leidenschaft und setzte mich in Flammen. Ich atmete schnell und unkontrolliert. *Ja, bitte fass mich an.*

Hayden öffnete leicht die Lippen, während er jede meiner Reaktionen studierte, und ich sah, wie seine Brust sich hob und senkte. Auch sein Atem ging zunehmend schneller. Seine Hand glitt millimeterweise über meine Haut – wenn er sich nicht schneller bewegte, würde ich bald explodieren. Die köstliche Vorstellung, wohin seine Finger noch wandern mochten, machte mich wahnsinnig. Doch dann, mit gequältem Gesichtsausdruck, hielt er inne. *Verdammt, tu es doch einfach. Berühr mich, fass mich an, nimm mich … entfessele mich.*

Er riss sich ganz offensichtlich zusammen, beugte sich langsam vor und drückte seine heißen Lippen an mein Ohr, sodass ich erbebte. »Wir zusammen, das ist Magie, Zweiundzwanzig«, hauchte er. »Gib doch einfach zu, dass du mich brauchst, dann können wir noch einen Gang höher schalten.«

Ihn brauchen? Einen Gang höher schalten? Seine Dreistigkeit machte mich wütend. »Nimm deine Hände weg«, zischte ich.

Hayden wich zurück und musterte mich einen Augenblick, dann nahm er die Hand von meinem Schenkel und trat den Rückzug an. Er hob die Hände, als gäbe er sich geschlagen, und sagte: »In Ordnung. Ganz wie du willst, Prinzessin.« Dann schluckte er ein paar Mal, als versuche er, sich zu beruhigen.

Wütend, dass er so weit gegangen war, wütend, dass ich ihn nicht früher gestoppt hatte, schoss ich aus dem Wasser hoch. Der Dampf, der von meiner Haut aufstieg, entsprach meiner Stimmung, aber das war nichts verglichen mit der Glut in Haydens Blick, mit dem er lüstern jeden Zentimeter meines klatschnassen Körpers begutachtete. *Ja, sieh ihn dir nur gut an, du Idiot, das ist das letzte Mal, das du ihn zu sehen bekommst.* Ich stieg aus dem Becken, schnappte mir den Bademantel, knotete ihn eng um meine Taille und stürmte davon.

Nach der Rückkehr aus Daytona gönnte ich mir exakt einen Nachmittag Ruhe. Dann begann ich sofort wieder mit meinem täglichen Pensum und machte mich am nächsten Morgen in aller Frühe auf den Weg zum Trainingskurs. Der Frühling stand vor der Tür, und die kühle, klare Luft war hier und da von sanften, warmen Brisen durchzogen. Die Sonne war erst vor ein paar Stunden aufgegangen, doch es war bereits ein schöner Tag, und ich dankte meinem Glücksstern, dass ich an einem so malerischen Ort lebte. Südkalifornien war einfach unschlagbar.

Ich fuhr gemächlich die Küste hinauf, wo sich die Trainingsstrecke von Cox Racing/Benneti Motorsport befand, und blickte unterwegs auf den kabbeligen Ozean neben mir. Dad behauptete, einer der wichtigsten Schlüssel zum Erfolg läge darin, sich etwas bildlich vorzustellen. Das einzige Bild, das mich jedoch heimsuchte, während meine Blicke zwischen der Straße und der Brandung hin- und hersprangen, war das von Hayden im Whirlpool. Wieder und wieder gingen mir seine Worte durch den Kopf: *Ich bin noch nie so gut gefahren, und ich glaube, du auch nicht. Wir zusammen, das ist Magie.* Auch wenn ich es nur ungern zugab – er hatte recht. Zusammen waren wir Magie. Schwarze Magie.

Ein paar Minuten später bog ich schon in die Straße ab, die zu unserer Trainingsstrecke führte. Als ich das Schild neben dem Highway bemerkte, legte ich eine Vollbremsung hin. Jemand hatte etwas über das Wort »Cox« gesprüht. Jetzt stand da »Sux Racing« – sehr intelligent. Ich musste Dad davon berichten. Er würde Keith auffordern, es zu beseitigen, und dann würden sie wieder einmal über das Schild streiten. Manchmal dachte ich, Dad sollte einfach seine Hälfte des Rings verkaufen und einen neuen Anfang machen. Aber einen eigenen Ring konnte er sich nicht leisten, und außerdem fand ich die Vorstellung schrecklich, den Ort zu verlieren, an dem ich meine Kindheit verbracht hatte. Doch wenn wir weggingen, würden Keith und mein Dad nicht mehr so viel streiten, und ich müsste mir keine Sorgen mehr darum machen, Hayden über den Weg zu laufen. Bei diesem Gedanken stieß ich einen frustrierten Seufzer aus. Dann fuhr ich weiter zum Tor in dem Zaun, der das Gelände umgab. *Zum Teufel mit Hayden.*

Jedes Mal, wenn ich an das Knistern zwischen uns im Whirlpool dachte, brach mir der kalte Schweiß aus. Die Sache war viel zu weit gegangen und viel zu intensiv gewesen. Irgendwie hätte ich gern mit jemandem über die Begegnung gesprochen, aber das ging nicht. Es war zu furchtbar: Ich war freiwillig zu einem Benneti in den Whirlpool gestiegen … er hatte mich berührt … und es hatte mir *gefallen*. Angewidert sowohl von mir selbst als auch von der Erinnerung, verzog ich das Gesicht und hielt neben dem elektronischen Schloss.

Verzweifelt und genervt rammte ich meine Schlüsselkarte in das Lesegerät, tippte den Vierziffercode ein und riss die Karte wieder heraus. Langsam öffnete sich das quietschende Tor, und sobald genügend Platz für mein Motorrad war, schoss ich hindurch. Selbst unter dem Helm konnte ich die Geräusche des Rings hören – Motoren, die bei Vollgas aufheulten, surrende Werkzeuge, die Rufe der Leute. Die vertrauten Geräusche wirkten beruhigend auf mich. Ich war *zu Hause*.

Ich fuhr meine Maschine über den Parkplatz bis zum Innentor, hinter dem sich der Ring und die Garagen befanden. Als ich es passierte, fiel mir auf, dass auch an diesem Schild herumgefummelt worden war. Da stand jetzt: Cox Racing/Blows Ass Motorsport-Trainingsstrecke. Vermutlich hatte einer von unseren Leuten es Benneti schon heimgezahlt, dass er das Highway-Schild besudelt hatte, wenn auch nicht so poetisch. Super. Keith würde ausrasten, wenn er das sah, was wiederum Dad auf die Palme brachte, weil sich unsere Jungs nicht rächen sollten, und am Ende wären alle wieder den ganzen Tag auf hundertachtzig.

Die Gebäude schimmerten im frühen Morgenlicht, und ich stellte mich allmählich auf die halsbrecherische Geschwindigkeit ein, mit der ich mich gleich fortbewegen wollte. Meinem Knöchel ging es gut, meine Schürfwunden verheilten, und meine blauen Flecken verblassten: Ich konnte wieder richtig durchstarten. Mit einem wahnsinnigen Hammerspeed.

Wie üblich ließ ich Bennetis Seite des Rings links liegen und steuerte auf Cox' Seite zu – die rechte Seite, wie wir sie nannten. Nikki, die grundsätzlich zu spät kam, war noch nicht in der Werkstatt unterhalb der Büros, aber ein paar andere Leute von der Crew waren schon da. Hinzu kamen zwei weitere Fahrer – Myles und einer, den wir scherzhaft Reiher nannten, weil er sich vor einem Rennen immer übergeben musste.

Myles stand neben einem seiner Motorräder. Als er in meine Richtung blickte, nickte ich ihm zur Begrüßung zu, und er nickte zurück. Dann umspielte ein diabolisches Lächeln seine Lippen, und seine dunklen Augen funkelten verschmitzt. »Gutes Timing. Daphne ist hier. Sie ist oben bei deinem Vater. Die beiden gehen Stoffmuster durch.« Er hob eine Braue und verzog den Mund.

Ich konnte mir ein Grinsen nicht verkneifen. »Im Ernst? Das muss ich sehen.« Myles lachte. Ich blickte mich kurz in der Garage um und suchte nach Hinweisen, dass jemand kürzlich Unfug mit dem Farbspray getrieben hatte. »Hast du die Schilder gesehen?«

Als ich den Blick wieder auf Myles richtete, hatte er die Arme verschränkt, und seine fröhliche Miene war einem wütenden Ausdruck gewichen. »Ja. Diese Idioten. Sux Racing … Von wegen beschissenes Racing.«

Ich beobachtete ihn genau, als ich die Frage hinterherschickte: »Hast du *beide* Schilder gesehen?«

Langsam erschien ein Grinsen auf seinem Gesicht. »Ich habe keine Ahnung, wovon du sprichst.«

Lächelnd hielt ich meine Faust hoch, und Myles tickte mit seiner dagegen. Ich bezweifelte, dass er wirklich etwas mit dem anderen Schild zu tun hatte – das war einfach nicht sein Stil –, aber seine Loyalität war liebenswert. Myles würde uns nie im Stich lassen, er würde uns nie verlassen, weil das Gras bei einem anderen Team grüner zu sein schien.

Ich stellte meine Sachen ab und wollte gerade nach oben zu Daphne und meinem Dad gehen, als Myles tat, als würde er ein Lasso schwingen.

»Und hast du für heute Abend schon deinen Cowgirl-Dress rausgelegt?«, fragte er.

Ich wusste, dass er mich nicht angraben wollte, für so einen Quatsch kannte er mich schon zu lange. »Hm … wovon redest du, Kelley?«

Er hörte auf, das imaginäre Lasso zu schwingen und stutzte. »Hat Nikki dir keine SMS geschrieben? Heute ist St. Patrick's Day. Wir haben beschlossen, auf einem elektrischen Bullen zu reiten. Und du kommst mit.« Er grinste dabei, als sei das eine geniale Idee. Jetzt war ich meinerseits verblüfft.

»Ach? Und wann haben du und Nikki das beschlossen?« Ich tippte mir mit dem Finger ans Kinn, als würde ich nachdenken. »Vielleicht nach Daytona, als du dir Nikki geschnappt hast, um mit ihr um die Häuser zu ziehen und ihr mich im Whirlpool sitzen gelassen habt? Übrigens vielen Dank, dass ihr mir Bescheid gesagt habt, dass sich der Plan geändert hat. Ach, Moment, nein, das habt ihr ja gar nicht.« Nein, Nikki hatte mir am nächsten Morgen eine Entschuldigungs-SMS geschickt. Die treulose Tomate.

Myles kratzte sich am Kopf und setzte ein hinreißend zerknirschtes Gesicht auf. »Stimmt. Eigentlich wollten wir dir auf jeden Fall eine SMS schicken, als wir in den Club gegangen sind … aber da war eine Schaumparty. Wir wurden irgendwie abgelenkt. Tut mir leid.«

Statt einer Antwort verdrehte ich die Augen. Die beiden ließen sich äußerst leicht ablenken. »Ihr seid beide Dumpfbacken.«

Myles wand sich und grinste. »Dann lass uns heute Abend alles wiedergutmachen, okay?« Ich wollte gerade ablehnen, weil ich mich aufs Rennen konzentrieren musste, da hob Myles den Finger und fuhr fort, als hätte er meine Gedanken gelesen. »Nur ein Drink. Das ist bei deiner Diät bestimmt drin. Und ein elektrischer Bulle, Kenzie, überleg doch mal, was das für ein super Gleichgewichtstraining ist. Als würdest du auf einem Motorrad sitzen, das ausschlägt und steigt. Wo wird dir so etwas schon geboten? Und es ist ein Team-Ding. Ein ganzer Haufen von Cox-Leuten kommt mit. Und du bist die beste Cox, du musst einfach dabei sein. Das ist deine Pflicht.«

Bei seinem süßen Gesichtsausdruck hätten die meisten Frauen getan, was immer er von ihnen verlangte, und ich bildete da keine Ausnahme. Lachend gab ich nach. »In Ordnung. Ein Drink. Aber ich bleibe nicht lange.«

Er zwinkerte mir zu. »Das weiß ich, Kenzie. Ich kenne dich doch.« Dann rieb er die Hände aneinander, wie ein böser Wissenschaftler, der die Weltherrschaft übernehmen wollte. »Das wird super. Nikki holt dich heute Abend ab. Und sieh zu, dass du etwas Grünes trägst. Wir wollen ja nicht, dass du gekniffen wirst.«

Er zwinkerte mir zu, und ich hob warnend den Finger. »Wenn du auch nur daran denkst, Kelley …« Er hob die Hände, als wäre er die Unschuld in Person. Das nahm ich ihm keine Sekunde ab.

Kopfschüttelnd ließ ich Myles und sein Motorrad stehen, um nach oben zu gehen und zu erleben, wie meine Schwester meinen Vater quälte. Ich brannte darauf, ihn über Hochzeitszeitschriften brüten zu sehen. Denn obwohl Dad alles andere lieber für sie getan hätte, hatte Daphne ihn zu ihrem Hochzeitsplaner bestimmt und behelligte ihn mit jedem Detail. Und ich meine wirklich mit *jedem Detail.* Erst letzte Woche war es um die Beschriftung der Servietten gegangen. Meiner Ansicht nach hatte Dad sich nur darauf eingelassen, weil er das letzte uns noch verbliebene Elternteil war und sich verpflichtet fühlte, Daphne eine Traumhochzeit zu bieten – selbst wenn er von dem Geld eine kleine Insel im Südpazifik hätte kaufen können. Daphne wollte das Beste vom Besten, und Dad konnte ihr das nicht abschlagen.

Ich klopfte leise an die Tür und wartete auf die Stimme meines Vaters. Er antwortete mit einem ermatteten »Ja«, und ich trat voller Schadenfreude ein.

Der Anblick, der sich mir bot, war unbezahlbar. Daphne hatte Dads Schreibtisch in ein Mosaik aus zarten Pastelltönen verwandelt. Pudrige Tutti-Frutti-Kaugummi-Farbtöne kämpften um die Vorherrschaft auf seinem vollgekramten Arbeitsplatz. Diverse Minz-Töne rangen mit Schattierungen von Meerschaum-Grün, Zuckerwatte-Rosa, Lavendel-Lila und Sonnenaufgangs-Orange. Als Daphne Dad nacheinander eine Vielzahl von Stoffmustern in fein abgestuften Pfirsichtönen überreichte, verzog er gequält das Gesicht und wirkte vollkommen hilflos. Er sah aus wie jemand, den man unzählige Stunden gefoltert hatte, um ihn in den Wahnsinn zu treiben, und der kurz davorstand, den Verstand zu verlieren. Es war toll.

Dads Laune verbesserte sich schlagartig, als er mich sah. »Mackenzie, wie gut, dass du da bist.«

Ich hob abwehrend die Hand, um jegliche Bitte von vornherein abzuwehren. »Ich kann nicht lange bleiben. Ich trainiere heute im Ring, wie du gesagt hast.« Ich hatte ungefähr genauso viel Lust, Daphnes endlose Farbpaletten zu sichten, wie Dad.

Schließlich hatte auch Daphne bemerkt, dass ich hereingekommen war, und lächelte mich an. »Hey, Kenzie.« Sie nahm zwei rosafarbene Stoffmuster und hielt sie hoch. »Was meinst du: Sommernächte oder Himbeerparfait?«

Ich war ratlos. »Für mich sehen beide absolut gleich aus, Daph, und keins so, wie es heißt. Also würde ich sagen, vergiss sie beide. Ich meine: Sommernächte? Nächte sind doch eigentlich dunkel. Sonst würden sie ja nicht Nacht heißen, oder? Dann müsste die Farbe doch Schwarz sein. Oder ganz, ganz dunkelblau. Für mich ergibt das alles keinen Sinn.«

Daphne stöhnte und steckte sich eine blonde Locke hinters Ohr. »Du bist genauso hilfreich wie Dad. Wenn ich euch beide bitten würde, zwischen Kawasaki-Grün und Yamaha-Gelb zu wählen, hättet ihr wahrscheinlich kein Problem.«

»Kawasaki-Grün«, antworteten Dad und ich wie aus einem Mund.

Daphne stöhnte noch lauter, während mir Dad kurz zugrinste. Wir verstanden uns nicht immer so gut, doch ich glaube, Dad tat sich leichter, mit mir als mit meinen beiden älteren Schwestern eine gemeinsame Ebene zu finden. Es war kein großes Geheimnis, dass sich Dad Söhne gewünscht hatte, vom Schicksal jedoch ausschließlich mit Mädchen bedacht worden war. Ich war die Einzige, die wie er den Weg zur Rennfahrerin eingeschlagen hatte. Meine Schwestern wollten nicht einmal mehr Motorrad fahren. Ich glaube, dass in Dad jedes Mal etwas gestorben war, wenn eine seiner Töchter den Sport aufgegeben hatte. Aber dann wurde ich der Sohn, den er nie hatte. Nur dass ich kein Junge war, es auch nie sein würde und immer das Gefühl hatte, nie ganz die Person sein zu können, die er sich eigentlich wünschte.

Daphne wandte sich wieder an Dad und sagte: »Also, wie schon gesagt: Du musst mir helfen, passende Farben für die Hochzeit auszusuchen.« Sie reichte ihm ein Klemmbrett mit einer Liste, die circa dreißig Seiten dick war. »Ich bin sie durchgegangen, habe alle meine Favoriten angekreuzt und meine Überlegungen daneben geschrieben. Ich möchte, dass du die Farben ebenfalls durchgehst, deine zwanzig Favoriten auswählst und Begründungen hinzufügst. Dann lege ich die beiden Listen nebeneinander, um zu sehen, ob wir bei irgendeiner Kombination übereinstimmen.«

Mit deutlichem Widerwillen nahm Dad das Klemmbrett entgegen. »Kann dein Verlobter dir nicht dabei helfen?«, fragte er in gequältem Tonfall.

Mit einem Lächeln, mit dem man ganz Oceanside hätte mit Strom versorgen können, schüttelte Daphne den Kopf. »Nein. Das ist eine Familienangelegenheit. Und Jeff gehört nicht zur Familie. Noch nicht.« Sie zwinkerte ihm zu und machte auf dem Absatz kehrt. »Ich lass dir etwas Zeit, damit du deine Auswahl in Ruhe überdenken kannst. Ruf mich an, wenn du irgendwelche Fragen hast. Wir sehen uns in einer Stunde!«

Im Hinausgehen hob sie die Hand und wackelte zum Abschied mit den Fingern. Nachdem der Sturm vorüber und im Büro Ruhe eingekehrt war, sah Dad mich aus müden Augen an. »Bitte tu mir einen Gefallen und heirate nie.«

»Kein Problem«, murmelte ich und betrachtete seine Hausaufgabe. »Dad, hast du gesehen …?« Sein Gesichtsausdruck ließ mich innehalten. Ich konnte ihm auch später von den Schildern berichten – momentan hatte er genug auf dem Zettel. »Vergiss es. Du hast hier genug zu tun, da will ich dich nicht weiter stören. Ich bin auf der Strecke, falls noch was ist. Das heißt, solange es nichts mit der Hochzeit zu tun hat«, fügte ich lachend hinzu.

Dad schüttelte den Kopf. »So viel Rosa«, murmelte er und betrachtete den Schreibtisch. Noch immer amüsiert trat ich eilig den Rückzug an. Als ich schon halb aus der Tür war, meinte ich, Dad flüstern zu hören: »Vivienne, wie konntest du mich nur mit all diesem Rosa allein lassen?«

Als ich hörte, wie Dad Moms Namen aussprach, erstarrte ich. Er sprach kaum über sie. Die Gelegenheiten, bei denen er sie in den letzten Jahren erwähnt hatte, konnte man an einer Hand abzählen. Seine Stimme klang niedergeschlagen und beklommen, ich drehte mich langsam zu ihm um.

»Hey Dad … alles in Ordnung?«, fragte ich angespannt. Über derlei Dinge sprachen mein Vater und ich nicht. Wir unterhielten uns über Rennen, über meine verrückten Schwestern oder darüber, wie fies die Bennetis waren. Nicht über Gefühle. Die waren kein Thema zwischen uns.

Dad setzte sofort eine Miene stoischer Professionalität auf, und ich entspannte mich. Streng, kontrolliert und autoritär – damit konnte ich umgehen. Angeschlagen und hilfebedürftig – damit eher nicht. »Natürlich.« Streng deutete er mit dem ausgestreckten Zeigefinger auf mich: »Ich will sofort nach dem Training deine Zeiten sehen.«

Ich nickte knapp, dann flitzte ich aus der Tür. Potenzielle Gefühlskrise abgewendet. Gott sei Dank.

Als ich wieder nach unten kam, war Nikki endlich eingetroffen. Sie kümmerte sich um mein Motorrad und beseitigte die Dellen und Schrammen. Ihrer Miene nach zu urteilen, hatte sie darauf gebrannt, seit wir wieder in Kalifornien waren. Kurz erwog ich, mich zu beschweren, weil sie mich in Daytona nicht über ihre geänderten Pläne informiert hatte. Da ich von ihr jedoch nicht nach meinen Erlebnissen im Whirlpool gefragt werden wollte, winkte ich ihr nur zu und ließ sie ihre Arbeit tun.

Ich griff mir meine Tasche und ging zum Umkleideraum, um mir die Lederkombi anzuziehen. Als ich damit fertig war, spürte ich eine Woge nervöser, aufgestauter Energie in mir aufsteigen. Ich versuchte, sie in den Griff zu bekommen und zu kontrollieren, wie mein Vater es immer ausdrückte, aber irgendwie zog ich heute alles in Zweifel. In Daytona hatte ich es gehörig vermasselt, jetzt musste ich Dad beweisen, dass ich wieder auf der Spur war und dass mich nichts aufhalten konnte. Langsam stieß ich die Luft aus und schob meine Ersatzmaschine zur Auffahrt des Rings. Ich konnte das.

Reiher war schon draußen und drehte seine Runden, als ich ankam. Einigermaßen ungeduldig wartete ich, bis er fertig war. Ich schaukelte auf der Sitzbank, testete die Federung, beugte die Finger in den Handschuhen, damit sie nicht kalt wurden, und wackelte in den Stiefeln mit den Zehen. Ich wollte loslegen, wollte Dad beeindrucken.

Während ich wartete, fuhr jemand neben mich und schaltete den Motor aus. Ich blickte zur Seite und entdeckte Hayden auf seiner roten Honda. Verdammt, er sah so gut aus auf seiner Maschine – wie ein griechischer Gott auf seinem Wagen. Er wollte mich gerade angrinsen, da richtete ich den Blick schnell wieder auf den Fahrer auf der Piste. Wenn ich ihn nicht ansah, konnte er mich auch nicht irritieren. Hayden hatte aber nicht vor, sich von mir ignorieren zu lassen. »Hey, Süße, wollen wir zusammen trainieren? Du weißt doch, du kannst besser fahren, wenn du einen netten Ausblick hast.«

Als ich mich erneut zu ihm drehte, sah ich gerade noch, wie er auf seinen Hintern deutete. Ich holte tief Luft. »Bilde dir bloß nichts ein … *Süßer*«, giftete ich. Warum konnte er mich nie bei meinem Namen nennen? Und was zum Teufel bildete er sich ein? Wir konnten nicht zusammen trainieren. Die nächsten paar Stunden durfte er nicht einmal einen Fuß auf die Piste setzen.

Unbeeindruckt von meinem frostigen Ton, neigte Hayden seine Maschine in meine Richtung. »Komm schon, fahr mit mir. Das wird wie in Daytona, nur besser.«

Ich gönnte ihm zwar nicht die Genugtuung, dass mich sein Gerede interessierte, fragte jedoch gegen meinen Willen: »Besser? Wie soll das gehen?« Dass ich überhaupt auf seinen aberwitzigen Vorschlag reagierte, war idiotisch. Ich durfte nicht neben ihm stehen und schon gar nicht mit ihm reden. Ich blickte mich verstohlen um, um mich davon zu überzeugen, dass niemand in unsere Richtung blickte.

Haydens Stimme überschlug sich fast vor Begeisterung, als er sagte: »Wenn wir beide allein auf der Piste sind, kann nur einer den ersten Platz machen. Und ich bin mir ziemlich sicher, dass du weißt, wer das sein wird … Deshalb hast du solche Angst, gegen mich zu fahren.«

Mir war klar, dass er das nur sagte, um mich zu provozieren, aber ich reagierte unwillkürlich. »Ich habe vor gar nichts Angst«, stieß ich hervor und schaute ihn durchdringend an.

»Gut«, stellte er fest. »Genau so solltest du dich auch fühlen, bevor du in den Ring fährst. Nicht so nervös, als wäre es dein erstes Mal.« Sprachlos starrte ich ihn an. Wieso durchschaute er mich immer? Während ich noch darüber grübelte, stülpte sich Hayden den Helm über, ohne das Visier herunterzuklappen, und startete seine Maschine. Über das Röhren des Motors hinweg rief er: »Fang mich doch, Kenzie.«

Mit diesen Worten klappte er das Visier herunter und schoss nach vorn in den Ring. Ich war vor Schreck wie gelähmt und wusste nicht, worüber ich mich mehr wundern sollte: den Umstand, dass er schon wieder bewusst gegen die Hausregeln verstieß oder die Tatsache, dass er mich mit meinem Namen angesprochen hatte.

Fluchend schob ich mir den Helm über den Kopf. Einen Moment zögerte ich noch und verlor dadurch wertvolle Sekunden. *Ich darf nicht mit ihm um die Wette fahren. Nicht unter diesen Umständen. Wenn uns jemand sieht ... wenn Dad das herausbekommt ... und Reiher, wo ist überhaupt Reiher?* Ich blickte mich auf dem Ring um, konnte meinen Teamkollegen jedoch nirgends mehr entdecken. Das Einzige, was ich sah, war Haydens Gestalt, die sich entfernte und eroberte, was eigentlich mir zustand. Ich kniff die Augen zusammen und warf mein Motorrad an. Unter keinen Umständen würde ich zulassen, dass Hayden mich auf meiner *Heimstrecke* besiegte.

Ich schlug alle Bedenken in den Wind und schoss los. In Rekordzeit setzte ich mich hinter Hayden, und so ungern ich es auch zugab: Er hatte recht. Ich fuhr besser, wenn ich ihn jagte – entspannter und unerschrockener, ganz so, als ginge es beim Rennen nur um den Spaß und nicht darum, der Welt zu beweisen, was ich konnte. Ich hatte die perfekte Balance, ich schaltete butterweich, mein Stil war makellos. Ich fühlte mich unbesiegbar, während mein Vorderreifen Zentimeter um Zentimeter näher an seinen Hinterreifen heranrückte. *Fang mich doch, ja? Na, dann mach dich auf das Rennen deines Lebens gefasst.*

Wieder und wieder umrundeten wir den Ring. Keiner ließ

dem anderen lange den Vortritt. Ich zog an ihm vorbei, hielt mich ein paar Pulsschläge vor ihm, dann preschte er wieder an mir vorbei und machte dasselbe mit mir. In meinem Hinterkopf meldeten sich Angst und Sorge und verdarben mir ein wenig den Spaß: *Vielleicht sieht jemand zu, vielleicht entdeckt uns jemand. Man könnte denken, dass ich mich absichtlich mit einem Benneti verbrüdere.*

Und stimmte das nicht? Aber ich ließ die Ängste nicht die Oberhand gewinnen, nicht, solange ich Hayden nicht geschlagen hatte. Das Einzige, woran ich dachte, war, an ihm vorbeizuziehen, einen Vorsprung herauszufahren und ihm keinen einzigen Zentimeter zu schenken. Gleich hatte ich ihn so weit … Dann fing mein Bike an zu spinnen. Es zog irgendwie nicht mehr richtig und verlor an Leistung.

Erst jetzt bemerkte ich den Zustand meiner Reifen und sah die Benzinanzeige. Ich fuhr mit dem letzten Tropfen. Es ärgerte mich, dass ich aussteigen musste, als Hayden in Führung lag, ich drosselte jedoch die Geschwindigkeit und steuerte auf die Ausfahrt zu. Hayden blickte sich um, sah, dass ich hinausfuhr, und stieß die Siegerfaust in die Luft. Aufgeblasener Idiot. Hoffentlich blieb er zu lange auf der Bahn und überhitzte seine Maschine. Das sollte er mal Keith und seinen Teamkameraden erklären. Wahrscheinlich würden sie ihm eine weitere Lektion erteilen, damit er sich endlich an die Regeln hielt. Seltsamerweise wurde mir bei diesem Gedanken flau im Magen. Vielleicht hatte ich auch nur Sorge, dass mir dasselbe blühte.

Mit klopfendem Herzen kehrte ich in die Garagenbucht von Cox Racing zurück. *Bleib cool, bleib cool, ich habe nichts verbrochen.* Was konnte ich dafür, wenn Hayden auf die Piste preschte? Als ich in die Bucht einfuhr, standen ein paar Leute von Cox Racing draußen und starrten auf etwas. Mein ohnehin schon rasendes Herz drohte auszusetzen. *Oh Gott, sie wissen Bescheid.* Als die Crewmitglieder mich anstarrten, fuhr ich zu

Myles und Nikki, nahm den Helm ab und fragte, was vermutlich meinen Untergang besiegelte: »Was ist los?«

Nikki zeigte auf den Trainingsmonitor, auf dem die Rundenzeiten angezeigt wurden. Mist. Die Anzeige. Die hatte ich völlig vergessen. An den Motorrädern waren Chips befestigt, mit denen unsere Rundenzeiten gemessen und dann neben unseren Fahrernummern angezeigt wurden. Ich betete, dass die Tafel irgendwie gestört war, dass Haydens Fahrernummer nicht direkt neben meiner erschien, und drehte mich zu der Anzeige um. Als ich sah, was meine Teamkollegen dermaßen in Aufregung versetzte, klappte mir selbst auch der Unterkiefer herunter.

»Das ist meine … absolute Bestzeit«, stammelte ich verblüfft. Auf der Tafel wurden die letzten Runden angezeigt, die ich gedreht hatte. Ich hatte jedes Mal entweder meine alte Bestzeit gefahren oder sie noch übertroffen, bei einigen Runden sogar erheblich. Noch verblüffender war aber, dass Haydens Name nirgendwo auftauchte. Entweder gab es wirklich eine Fehlfunktion, oder er hatte seinen Transponder entfernt. Was ich sah, verblüffte mich genauso wie das, was ich *nicht* sah. Während ich mit Hayden meinen Spaß gehabt hatte, hatte ich meine alten Bestzeiten in den Schatten gestellt, und *niemand* schien bemerkt zu haben, gegen wen ich gefahren war.

Es war ganz klar, dass keiner von den Leuten um mich herum auf den Ring gesehen hatte, während ich da draußen war. Das war nicht weiter überraschend; alle hatten zu tun. Wenn mein Vater oder John niemanden explizit kritisierten, blickten wir im Allgemeinen nur auf die Trainingszeiten, wenn ein Fahrer fertig war. Ich sah mich nach Reiher um, da er mich zusammen mit Hayden gesehen haben konnte, als er die Strecke verlassen hatte, und entdeckte ihn im hinteren Bereich des Raums. Er saß gerade beim Mittagessen und schien sich mehr dafür zu interessieren, dass sein Sandwich nicht auseinanderfiel, als für mich.

Strahlend klopfte mir Myles auf die Schulter. »Toll gemacht, Kenzie. Ich glaube, du hast sogar meine Bestzeit übertroffen. Dein Dad flippt aus, wenn er das sieht!«

Ja … das würde er. Aber wenn er wüsste, wie ich das geschafft hatte, würde er völlig durchdrehen.

6. Kapitel

Nikki verzog missbilligend das Gesicht, als sie mich abends abholte. »Was hast du da an? Und wieso sehe ich kein Grün?«

Ich trug eine bequeme schwarze Schlabberhose aus Baumwolle und ein schwarzes T-Shirt von Cox Racing. Nikki ihrerseits sah in ihren grünen Leggings und dem mit Kleeblättern übersäten XL-Sweater wie die leibhaftige Verkörperung des St. Patrick's Day aus. Ihre Frisur war perfekt, ihr Make-up makellos. Vielleicht lag es daran, dass sie tagsüber meistens dreckig und ölverschmiert war, vielleicht war es aber auch dem Umstand geschuldet, dass sie zurzeit Single und auf der Suche war – jedenfalls sorgte Nikki immer dafür, dass sie äußerst elegant aussah, wenn sie ausging. Doch ich hätte mich heute Abend am liebsten in der Wohnung verschanzt, mir ein Buch geschnappt und mich ins Bett verzogen. Hinter mir lag ein verwirrender Tag, und mir schwirrte noch immer der Kopf. Mich auf einem elektrischen Bullen zum Hampelmann zu machen, war ungefähr das Letzte, worauf ich Lust hatte. Gute Gleichgewichtsübung hin oder her.

Als ahne Nikki, dass ich kurz davor war, einen Rückzieher zu machen, schnappte sie sich meine Hand und zog mich mit sich. »Auch egal. Myles wartet. Na, los.«

Ich konnte mir gerade noch meine Tasche schnappen und die Tür schließen, dann schleifte sie mich schon mit nach draußen. Nikki zerrte mich den ganzen Weg bis zu ihrem Zweisitzer-Smart. Als ich eingestiegen war und den Gurt angelegt hatte, grinste sie mich fröhlich an. »Das wird super, du wirst schon sehen.«

Skeptisch zog ich die Augenbrauen hoch. Nikki sah mich schräg von der Seite an, startete den Wagen und setzte aus der Einfahrt. »Ich weiß ja, dass du nicht gerade scharf darauf bist, aber wieso ziehst du so eine Flappe? Nach deinem Wahnsinnstraining heute müsstest du doch eigentlich total gut drauf sein. Stattdessen siehst du aus, als würdest du eine von den berüchtigten Horror-Frikadellen meiner Mutter hinunterwürgen. Was ist los?«

»Ich muss erst mal verarbeiten, was heute passiert ist«, erwiderte ich und suchte draußen im Dunkeln nach einer Erklärung für das Problem, das mich umtrieb. Warum fühlte es sich so gut an, mit Hayden ins Rennen zu gehen? Und weshalb fuhr ich so viel besser, wenn ich alles um mich herum vergaß und mich nur auf ihn konzentrierte?

Nikki knuffte mich in die Schulter. »Was gibt es da zu verarbeiten? Heute hast du richtig Zunder gegeben. Jetzt musst du das nur noch im entscheidenden Moment wiederholen, dann kassierst du Gold, und Cox Racing wird zum Stadtgespräch.«

Ja … es im entscheidenden Moment wiederholen. Als ob das so einfach wäre. Doch da draußen mit Hayden allein auf der Piste … hatte es sich tatsächlich leicht angefühlt.

Als wir bei der Bar eintrafen, wartete Myles draußen mit ein paar anderen Leuten von Cox Racing – mit Reiher, Eli, unserem anderen Fahrer, und mit Kevin, Myles' Mechaniker. Myles stand im Eingang und trug ein T-Shirt mit der Aufschrift KÜSS MICH, ICH BIN IRE. Er deutete auf die riesigen Stierhörner, die am Gebäude prangten, und verkündete stolz: »Die nehme ich heute mit nach Hause!«

Ich lachte und winkte der Gruppe zu, woraufhin die Jungs freundlich nickten. Eli stieß einen leisen Pfiff aus und schüttelte den Kopf: »Mann, Kenzie, heute hast du echt was vorgelegt.«

Ich dankte ihm knapp, weil ich wirklich nicht darüber reden wollte, doch Nikki ließ nicht zu, dass ich einfach so darüber hinwegging.

»Ja, das hat sie«, rief sie. Dann schoss sie mit einem imaginären Gewehr auf die Hörner, woraufhin Myles tat, als sei er getroffen worden. Er griff sich an die Brust und taumelte nach links und rechts, als wäre er betrunken. So ein Kasper!

Ich schob Nikki in Richtung Eingang, Myles und die Jungs folgten uns. Als wir alle in der Bar waren, sah ich mich nach der viel gepriesenen Attraktion um. Sie war nicht schwer zu entdecken. In der Mitte des Raums befand sich eine in den Boden eingelassene Fläche, die von einem hohen Geländer umgeben und mit dicken Matten gesichert war. Im Zentrum der gepolsterten Zone stand der rechteckige »Bulle« aus schwarzem Leder. Obendrauf war ein Sattel befestigt.

Nikki warf einen Blick auf das Ding und quietschte: »Lasst uns gleich loslegen!«

Myles deutete zum Tresen. »Erst das Bier, dann der Bulle. So steht es in den Regeln.«

Kevin sah sich um, wo denn diese seltsamen Regeln aushingen. »Stimmt das?« Als er ein Warnschild an dem Geländer um den Bullen entdeckte, deutete er mit dem Daumen darauf. »Bist du sicher? Da steht nur, dass die Bar keine Verantwortung übernimmt, für … na ja, eigentlich alles.« Er schluckte, als sei es ihm nicht geheuer, sich überhaupt an diesem Ort aufzuhalten. Kevin war gewissermaßen das Weichei der Gruppe. Er hatte Myles schon oft erzählt, dass er aus guten Gründen Mechaniker geworden war. Er fuhr lieber sechzig Meilen pro Stunde in der Sicherheit eines geschlossenen Autos, anstatt hundertsechzig Sachen mit nichts als frischer Luft zwischen sich und der Welt.

Myles zuckte mit den Schultern. »Es ist eher eine unausgesprochene Regel.«

Nikki lachte über Kevins Gesichtsausdruck, dann klopfte sie ihm auf den Rücken. »Na, los, trinken wir ein Bier! Wir wollen ja nicht gegen die Regeln verstoßen.«

Bei diesem Spruch hob ich eine Braue, denn ich musste an ihren unseligen Telefonanruf zur frühen Morgenstunde denken, als sie mich gebeten hatte, ihr mit einem Bündel Geld nach San Diego zu Hilfe zu kommen. Dieser Anruf hatte die ganze blöde Geschichte mit Hayes erst ins Rollen gebracht. Als Nikki meinen Gesichtsausdruck bemerkte, räusperte sie sich und nahm den kürzesten Weg zur Bar.

Am Tresen bestellte Myles eine Runde grünes Bier. Wir fanden einen Tisch, an dem wir alle Platz hatten, und als wir uns setzten, erinnerte ich Myles daran, dass ich nur einen Drink nehmen wollte. »Versuch nicht, mich zu einem zweiten Glas zu überreden. Eins, dann ist Schluss, Myles.«

Er legte sich eine Hand auf die Brust, als würde ich ihm unrecht tun. »Ich nötige niemandem Alkohol auf, Kenzie, und ich respektiere deine Disziplin. Ich bewundere sie sogar. Wenn ich nur ein bisschen mehr Selbstdisziplin besäße, hätte ich letztes Jahr vielleicht die Donnelly-Zwillinge abblitzen lassen«, schloss er mit einem Zwinkern.

Kevin, Eli und Reiher sahen ihn mit großen Augen an, dann bettelten sie lautstark um Einzelheiten. Nikki verdrehte die Augen und sah zu mir herüber. Dann machte sie eine obszöne Geste mit der Hand, woraufhin wir dermaßen lachen mussten, dass uns die Tränen herunterliefen. Myles grinste nur und machte eine wegwerfende Handbewegung in unsere Richtung.

Nikki entschuldigte sich, weil sie auf die Toilette musste, und als sie weg war, kam unser Bier. Die Kellnerin hatte gerade die Gläser mit der eiskalten grünen Flüssigkeit verteilt und den Tisch verlassen, als wir einen lauten Knall hörten, gefolgt von dem Bersten von Glas. Ich sah mich nach der Ursache um und entdeckte am anderen Ende der Bar ein paar Kerle, die drauf und dran waren, sich zu schlagen. Ein Hänfling stand neben einem Schrank von Mann. Sie kamen mir irgendwie bekannt vor, obwohl ich nicht zu sagen wusste, wo ich sie schon einmal gesehen hatte. Die beiden starrten durchdringend einen dritten Kerl an, der einen roten Kopf hatte, und an dem etwas herunterlief; es musste sich wohl um Alkohol handeln. Neben dem Testosteron-Trio stand eine verzweifelte Kellnerin, und auf dem Fußboden lag ein Tablett mit kaputten Gläsern, deren Splitter überall verteilt waren. Der wütende Blick der Kellnerin und der giftige Gesichtsausdruck des nassen Typen sprachen Bände. Es war klar, was dort gerade passiert war, und auch, was noch geschehen würde.

»Oh, da kriegt aber gleich jemand richtig eins aufs Maul«, bemerkte Myles lachend.

Ich musste ihm recht geben. Trotz des stämmigen Bodyguards, der hinter ihm stand und ihm den Rücken freihielt, würde sich der kleine Typ – der offensichtlich das Tablett auf den nassen Kerl geschleudert hatte – zumindest einen Schlag einfangen. Und mehr war manchmal gar nicht nötig.

Ungeduldig wartete ich auf den unvermeidlichen Angriff, doch dann, bevor das Chaos losbrach, geschah etwas Unfassbares. Hayden, der verrückte Hayes, trat mit ausgebreiteten Armen zwischen die Männer und gebärdete sich wie ein Schiedsrichter. Was zum Teufel hatte er hier zu suchen? Spielte er den Friedensstifter?

Während ich beobachtete, wie Hayes die Situation im Nu entschärfte, hatte ich das Gefühl, man hätte *mir* gerade eine verpasst. Und was noch frappierender war: Nachdem er die Männer beruhigt hatte, ging er zu der Kellnerin und reichte ihr ein paar Geldscheine – um für die Schweinerei zu bezahlen und zu verhindern, dass es Ärger mit der Bar gab. Warum tat er das?

Neben mir hörte ich Myles sagen: »Wow, *das* habe ich wirklich nicht erwartet. Was zum Teufel hat Hayden hier zu suchen?«

Ich wollte Myles gerade sagen, dass ich genau dasselbe gedacht hatte, als ich beobachtete, wie Hayden zu einer Frau hinüberging. Es war ein zierliches Mädchen mit dunklem Haar und dunklen Augen, und sie war von der Beinaheschlägerei sichtlich mitgenommen. Hayden zog sie in seine Arme und küsste sie auf die Schläfe. Es war eine zärtliche, liebevolle Geste, sie wirkten vertraut miteinander. Vertrauter als nur Freunde – dafür war die Berührung zu intim.

Etwas Dunkles und Heimtückisches legte sich wie kalter Stahl um mich, und mich fröstelte es. Hatte Hayden etwa eine Freundin? So, wie er sich mir gegenüber verhalten hatte – im Whirlpool und auf der Piste –, hatte ich angenommen, dass er Single war. Und wenn das gar nicht stimmte? Doch was spielte das überhaupt für eine Rolle?

Als wüsste er, dass ich ihn beobachtete, sah mir Hayes unvermittelt in die Augen. Ich wollte den Kopf abwenden und ihn ignorieren, aber es gelang mir nicht. Ich war wie gebannt. Er sah mich eindringlich an und hielt auf beunruhigende Art meinen Blick fest. Und obwohl wir uns in einer vollen Bar befanden und obwohl Hayden die Arme um eine andere Frau geschlungen hatte – eine Frau, die vermutlich seine Freundin war –, fühlte es sich wieder so an, als würde es auf der Welt nur ihn und mich geben.

Das Mädchen merkte, dass Hayden abgelenkt war, und drehte sich zu mir um. In ihren großen dunklen Augen lag eine überraschende Unschuld, und sie war so klein und zierlich, dass sie fast zerbrechlich wirkte. Die beiden gaben ein seltsames Paar ab. Ich hatte nicht unbedingt damit gerechnet, dass Haydens Freundin eine Schlampe war, aber … doch, vielleicht schon. Das Mädchen schien einfach zu nett für ihn zu sein.

Sie blickte wieder zu ihm hoch, und endlich hörte er auf, mich anzustarren. Er sah zu ihr hinunter, machte eine undefinierbare Kopfbewegung und drückte sie ein letztes Mal, bevor er sie losließ. So etwas wie Wut stieg in mir auf. Hatte er ihr gerade erzählt, dass ich ein Niemand sei? Dass wir nichts miteinander hatten und sie sich keine Sorgen zu machen brauchte? Aber … das stimmte ja auch, oder etwa nicht? Zwischen uns lief nichts, wir bedeuteten einander nichts, und ich wollte auch nicht, dass mehr daraus wurde.

Doch warum atmete ich nur so unregelmäßig? Warum raste mein Puls? Ich musste mich ablenken, setzte das Bierglas an und trank einen großen Schluck. Das war überhaupt nicht meine Art, und Myles beobachtete mich mit großen Augen.

Nikki kehrte zurück und setzte sich neben mich. Sie blickte sich fragend am Tisch um. »Habe ich etwas verpasst?«

Eli wollte gerade etwas sagen, als ich ihm ins Wort fiel: »Wir sollten gehen, Myles.«

Er sah zu Hayden, dann zu mir. »Seinetwegen? Vor dem habe ich keine Angst. Wenn er sich mit uns anlegen will, werden wir mit ihm fertig.«

Nikki blickte sich um, über wen wir redeten. »Hayden ist hier? Und ist das …«

Sie verstummte, doch in ihrem Gesicht las ich, dass sie die Typen kannte, mit denen Hayden unterwegs war, und nicht über sie reden wollte. Und zwar deshalb, weil sie nicht zugeben wollte, woher sie sie kannte, was bedeutete … verdammt. Plötzlich fügte sich eins ins andere, und ich wusste wieder genau, wo ich den Schrank und den Hänfling schon einmal gesehen hatte – beim Straßenrennen, zu dem Nikki mich geschleppt hatte. Der Muskelmann hatte die Wetten angenommen, und der Kleine hatte vorher mit Hayden geredet, als würde er ihn coachen. Warum waren die hier? Warum gab sich Hayden immer noch mit ihnen ab? Und kannte Nikki auch Haydens kleine Freundin? Irgendwie hätte ich sie gern gefragt, aber das ging mich nichts an. Und eigentlich … wollte ich die Antwort auch gar nicht hören.

Myles sah aus, als wolle er Nikki weiter ausfragen, deshalb lenkte ich ihn mit einem Einwurf ab, von dem ich hoffte, dass er logisch klang. »Er ist ein Benneti. Wenn man uns mit ihm sieht, werden wir gefeuert.

Myles wurde gleich ganz aufgeregt. »Wir sind *nicht* mit ihm zusammen hier.« Dann stieß er einen verzweifelten Seufzer aus. »Einen Bullen, Kenzie … komm schon. Ich wollte schon immer mal einen Bullen reiten. Und soweit ich weiß, müssten wir uns schon aktiv mit ihm verbrüdern, um auf die Straße gesetzt zu werden. Wir sind nur zur selben Zeit am selben Ort. Hayden hat uns wahrscheinlich gar nicht gesehen.« Dann hatte er wohl nicht bemerkt, wie mich Hayden mit seinen Blicken durchbohrt hatte, und dass er mich noch immer heimlich beobachtete. Ich spürte seinen Blick auf mir wie Sonnenstrahlen an einem kühlen Tag. Er sollte sich wirklich mehr um seine Freundin kümmern, anstatt mich anzustarren.

Eli nickte. »Ja, solange er da drüben bei den Typen bleibt, ist alles in Ordnung.« Er beugte sich vor und tat, als sei er bereit, eine streng geheime Information mit uns zu teilen. »Hey Leute, habt ihr schon das Gerücht gehört, das über ihn im Umlauf ist?« Er deutete mit dem Kopf in Haydens Richtung.

Wie eine Schülerin hob Nikki die Hand. »Oh, ich habe davon gehört. Ich weiß nicht, ob ich es glauben soll, aber gehört habe ich es.« Daraufhin drehten wir uns alle zu ihr um, und Nikki biss sich kräftig auf die Unterlippe, als bereue sie es, etwas gesagt zu haben und würde es am liebsten zurücknehmen.

Ich war nicht sonderlich überrascht, dass Nikki ein Gerücht über einen Fahrer gehört hatte – schließlich war Klatsch ihr Lebenselexier – und brannte darauf zu erfahren, was man sich über Hayden erzählte. Wo hatte sie wohl davon gehört? Wenn sogar Eli davon wusste, konnte es allerdings auch allgemein bekannt sein. Manchmal war ich derart auf das Rennen konzentriert, dass ich die einfachsten Dinge nicht mitbekam. Mein Puls beschleunigte sich, als mir zahllose Möglichkeiten durch den Kopf schossen.

»Was für ein Gerücht?«, fragte ich und hoffte, nur mäßig interessiert zu klingen. Nikki wickelte eine Haarsträhne um ihren Finger und blickte sich am Tisch um. »Ich habe in Daytona davon gehört.« Eli nickte, als habe er es auch dort erfahren, und Nikkis Miene entspannte sich sichtlich. Jetzt kam sie in Fahrt, stützte die Ellenbogen auf den Tisch und setzte ein albernes Grinsen auf.

Bevor sie ihr Geheimnis loswerden konnte, wurde sie jedoch von Eli unterbrochen. »Also, das Gerücht besagt, dass er seine Karriere mit *Straßen*rennen begonnen hat.« Eli sprach das Wort Straßen voller Verachtung aus. Nikki kicherte in sich hinein und warf mir einen schuldbewussten Blick zu. »Jedenfalls heißt es«, fuhr Eli fort, »dass er auf der Straße unbesiegt war … weil er dafür *gesorgt* hat, dass ihn niemand schlug.«

Eli hob eine Braue und sah uns vielsagend an, aber ich hatte keine Ahnung, worauf er anspielte. »Was soll das heißen?«, fragte ich.

Eli richtete den Blick auf mich und sagte: »Es heißt, dass er die Rennen manipuliert hat. Er hat an den Motorrädern herumgefummelt, etwas mit den Fahrern gemacht und alles Nötige getan, um zu siegen. Und jetzt ist er hier und fährt gegen *uns*. Wir sollten also auf der Hut sein.«

Er hatte an den Motorrädern herumgefummelt? Das war in unserem Sport das größte Verbrechen – ein Tabu, ein Sakrileg und verachtenswert. Es brachte jeden in Gefahr, nicht nur den Fahrer, der sabotiert wurde. Der Grund, warum wir alle bereit waren, bei jedem Rennen unser Leben aufs Spiel zu setzen, war ein gewisses Grundvertrauen. Das brachten wir selbst jenen entgegen, denen wir sonst nur mit Hass begegneten. Allein die Andeutung, dass jemand so etwas tun würde, tun könnte oder getan hatte, war eine schwere Anschuldigung. Es war unvorstellbar für mich, dass jemand dermaßen tief sinken konnte. Selbst Hayden nicht. »Ach, komm schon, Eli, nicht mal ein *Benneti* würde an Motorrädern herumfummeln.«

Eli zuckte mit den Schultern, als hätte er nicht gerade etwas Ungeheuerliches behauptet. »Bist du dir da sicher, Kenzie? Du weißt, dass Keith deinem Vater das Genick brechen will. Was, wenn er diesen Kerl nur angestellt hat, um dafür zu sorgen, dass wir scheitern?«

Ich wollte ihm widersprechen, doch Keith zu verteidigen kam nicht infrage, deshalb hielt ich den Mund. Außerdem hatte Eli ein gutes Argument. Es könnte schließlich wirklich sein, dass Keith Hayden nur eingestellt hatte, um uns Probleme zu machen. Da er meinem Vater vorwarf, seine Karriere ruiniert zu haben, würde ich es ihm glatt zutrauen. Aber würde sich Hayden in solche Abgründe begeben, nur um zu siegen? Ich hatte keine Ahnung, und schon wieder wurde mir ganz flau im Magen, nur diesmal aus einem ganz anderen Grund.

Ich wollte nicht an Keith oder an Hayden denken und stupste Nikki an, damit sie mich unterstützte. Sie sah mich an, verstand meinen Gesichtsausdruck und wechselte dankenswerterweise das Thema. »Wie wäre es, wenn wir uns nach diesem kleinen Stimmungsdämpfer ein bisschen amüsieren? Wer will den Bullen reiten?«

Dieser Vorschlag stieß bei allen Jungs auf Zustimmung, und sie stürzten schnell ihre Biere hinunter. Ich bedankte mich bei Nikki, indem ich mit ihr anstieß, dann leerte ich mit einem großen Schluck ebenfalls mein Glas. Obwohl ich nur ein Bier getrunken hatte, war mir ein wenig schwindelig, als ich aufstand. Ich konnte noch nie viel vertragen – was einer der Gründe war, warum ich nur selten etwas trank.

Myles stellte sich an, um unsere Namen in die Liste einzutragen, unterdessen beobachtete ich, wie sich eine Reiterin kichernd in den Sattel schwang. Sie trug ein tief ausgeschnittenes Trägerhemd und einen kurzen grünen Rock – keine gute Wahl für einen Bullenritt. Den Männern im Raum schien es allerdings zu gefallen. Der Kerl, der den Bullen bediente, hatte ein schmieriges Grinsen im Gesicht, als er die Maschine in Gang setzte. Die Frau lachte so heftig, dass sie fast schon herunterfiel, als der Bulle nur langsam kreiste. Sie hielt sich jedoch oben, woraufhin sich das mechanische Untier auf eine Weise bewegte, die sofort meinen Argwohn weckte.

Der künstliche Bulle gebärdete sich, wie es kein echter Bulle jemals tun würde. Anstatt zu kreisen und auszuschlagen, fing er an zu … ruckeln. Er rüttelte und schüttelte sie so herum, dass das arme Mädchen fast aus ihrem Hemdchen geflogen wäre, und langsam dämmerte mir, dass es wohl genau darum ging. Dann wurde sie in einem Winkel nach vorn gekippt, der jedem in der Bar eine spektakuläre Aussicht auf ihren neonpinken BH gewährte. Die Frau schien sich nicht daran zu stören, ich mich dafür umso mehr. Noch mehr regte ich mich auf, als ich sah, wie anders die männlichen Reiter nach ihr behandelt wurden.

Während ich darauf wartete, an die Reihe zu kommen, beobachtete ich, wie noch andere Reiter ihr Fett wegbekamen. Es waren drei Männer und zwei weitere Frauen. Allen Männern wurde das realistische Standardprogramm eines Bullenritts geboten. Bei allen Frauen ging es nur ums Busenwackeln. Das nervte mich.

Myles legte den Arm um meine Schultern, während ich zusah, wie das nächste Mädchen zu Boden geschickt wurde. Die Männer ringsum johlten, als sie unten aufschlug. »Bist du so weit? Unsere Gruppe ist als Nächstes dran.«

Ich warf ihm einen Blick zu, der besagte, dass ich lieber meine Schuhsohlen ablecken würde, als mich auf diesen Bullen zu setzen. »Ich bin raus.«

Er sah mich an, als hätte ich gerade seinen Welpen erschossen. »Was? Nein, du musst!« Darauf zog ich nur eine Braue hoch. Beim nächsten Rennen musste ich durchstarten, aber davon abgesehen musste ich gar nichts. Er spürte, wie ernst es mir war, deshalb schlug er einen anderen Ton an. »Bitte! Wir machen alle mit, sogar Kevin.« Er deutete mit dem Daumen auf Kevin, und der schüchterne Mechaniker winkte uns zu.

Ich ignorierte ihn und deutete mit finsterer Miene auf das Mädchen, das gerade aus dem Gatter stieg und sich dabei den Hintern rieb. »Nein. Es ist demütigend.«

Myles zog meine Mundwinkel zu einem Grinsen nach oben. »Es macht Spaß! Spaß – erinnerst du dich? Es gab mal Zeiten, da warst du dafür zu haben, wenn ich mich recht entsinne. Na ja, vielleicht verwechsle ich dich aber auch.«

Ich stieß seine Finger aus meinem Gesicht und schüttelte den Kopf. »Lieber trinke ich die ganze Nacht lang Kurze aus dem Bauchnabel eines Fremden, als *diesen* Bullen zu reiten.«

Myles schürzte die Lippen, als dächte er nach. »Das ließe sich bestimmt arrangieren …«

Er sah sich im Raum um, und ich boxte ihn gegen die Schulter. Mistkerl. Zu Nikki sagte ich: »Ich ruf mir ein Taxi und fahre nach Hause.« Ich hatte wirklich keine Lust, mich öffentlich zum Gespött zu machen. Unter Spaß verstand ich etwas anderes.

Jetzt fingen alle an, meinetwegen herumzumaulen, Nikki und Myles am lautesten. Ich hob jedoch die Hand zum Abschied und wandte mich zum Gehen, bevor sie mich zum Bleiben überreden konnten. In dieser Gruppe war ein schneller Abgang das Beste.

Ich hastete gerade an der Warteschlange für den Bullen vorbei, als eine vertraute Stimme sagte: »Gehst du schon, Süße?«

Als ich nach rechts blickte, entdeckte ich Hayden am Ende der Schlange, der sich die Show anschaute, bis er selbst an die Reihe kam. Er war allein. Jedenfalls im Moment. Ich wollte gerade den Mund aufmachen, um ihn zum Teufel zu schicken, da beugte er sich vor und machte mich augenblicklich sprachlos. Gott, roch er gut – wie eine Meeresbrise in einer warmen Sommernacht.

Sein Gesicht befand sich jetzt unglaublich nah an meinem, und ich erkannte deutlich die faszinierende Mischung aus dunkelblonden, dunkelbraunen und rötlichen Bartstoppeln an seinem Kinn. Stundenlang hätte ich die unterschiedlichen Schattierungen betrachten können. Nein, das wollte ich nicht sehen. *Er ist vergeben, und ich habe ohnehin kein Interesse.* Als Hayden etwas sagte, war seine Stimme so tief, dass ich mir beinahe einbildete, die Vibration in meinem Brustkorb zu spüren. »Hast du Angst vor dem Bullen? Du solltest dich nicht von deiner Angst beherrschen lassen …« Er blinzelte, dann wich er etwas zurück und sagte: »Außerdem habe ich das Gefühl, dass es schon eine Weile her ist, seit du mal einen guten Ritt hattest.«

Damit löste er meine Starre. »Das würdest du wohl gerne wissen«, gurrte ich und stellte mich neben ihn. Ich wollte ihn provozieren und reizen, er würde mich *niemals* bekommen. Als sich jedoch unsere Hüften berührten, spürte ich erneut jene Erregung aus dem Whirlpool und vergaß alles um mich herum. Genau wie beim Rennen sah ich in einer Art Tunnelblick nur noch ihn.

Hayden atmete jetzt schwerer, ich sah die Glut in seinen Augen. Er verzog die Mundwinkel zu einem schiefen Grinsen. »Ja, vielleicht«, flüsterte er kaum hörbar. Und als hätte er mich unter Strom gesetzt, vibrierte mein gesamter Körper vor Energie. Der Umstand, dass seine Begleiterin irgendwo in der Nähe war, ließ seine Bemerkung noch unangemessener wirken, aber meinen Körper schien das nicht zu kümmern. Als Hayden sich auch noch auf die Unterlippe biss, hätte ich schwören können, dass sich der ganze Raum zu drehen begann. Meine Güte, ich konnte doch nicht von einem einzigen Bier betrunken sein, oder?

Hayden machte abrupt einen Schritt nach hinten und schüttelte den Kopf, als wolle er wieder klar werden. Nachdem er unsere Berührung gelöst hatte, war es, als würde ich aus einem Traum erwachen – die Geräusche ringsum wurden lauter, der Geruch vom Tresen stechender. Mit einem selbstgefälligen Grinsen betrachtete Hayden mein Gesicht. »Aber wahrscheinlich ist es besser, wenn du gehst. Dir beim Weggehen zuzusehen, ist zudem viel schärfer als alles, was du auf dem Bullen anstellen könntest.« Zum Abschluss zwinkerte er mir noch zu. Fremdflirtender Drecksack.

Ich blickte über meine Schulter nach hinten und bemerkte, dass meine Teamkollegen gerade mit dem Bullenreiten begonnen hatten. Zum Glück waren sie damit beschäftigt, Eli zuzusehen, wie er herumgeschleudert wurde. Weil ich Hayden keinen Blick auf meinen Hintern gönnte, drehte ich mich halb um und machte mich mit Seitenschritten auf den Rückweg zu Myles und Nikki. Haydens Kichern verfolgte mich.

Als ich wieder an Nikkis Seite zurückgekehrt war, sah sie mich ungläubig an, dann umarmte sie mich. »Oh, wie schön! Du hast es dir anders überlegt!«

Ich lächelte ihr halbherzig zu, dann blickte ich finster zu Myles. »Dafür schuldest du mir etwas, Kelley«, sagte ich und schnippte ihm mit dem Finger gegen die Nase. Er rieb sie sich, als hätte ihn eine Biene gestochen, und da musste ich grinsen.

Nach Eli kletterte Nikki auf den Bullen, und natürlich kostete sie jede Sekunde ihrer freizügigen Zurschaustellung aus. Reiher und Myles lachten die ganze Zeit, und der schüchterne Kevin wandte sich respektvoll ab. Reiher ging als Nächster und war überraschend gut. Ob er schon einmal einen echten Bullen geritten hatte? Vielleicht war er ein Freizeitcowboy. Die Vorstellung hob meine Stimmung für einen Moment, bis sich Myles zu mir umdrehte und sagte: »Du bist dran.«

Innerlich gruselte es mich. Doch weil ich jetzt keinen Rückzieher mehr machen konnte, setzte ich ein strahlendes, lockeres Lächeln auf. »Klasse. Ich kann es gar nicht erwarten.«

Myles tätschelte meinen Arm. »Viel Glück!«

Voller Selbstvertrauen erwiderte ich: »Ich bin eine Profifahrerin. Ich brauche kein Glück bei diesem nachgemachten Buckelbock.« *Bitte mach, dass ich nicht gleich in den ersten fünf Sekunden herunterfalle.*

Um in das gepolsterte Rund zu gelangen, in dem mein Schicksal auf mich wartete, musste ich an dem Kerl vorbei, der den Bullen bediente. Aus einem Impuls heraus klatschte ich meine Hände auf seinen Tisch und beugte mich über die Schalttafel, woraufhin er mich aus großen erschrockenen Augen ansah. Er musste ungefähr mein Alter haben, aber als ich ihn mit meinem Blick niederrang, wirkte er wie fünfzehn. Mit meiner einschüchterndsten Stimme erklärte ich ihm: »Pass auf, mein Freund. Du gibst mir jetzt denselben Ritt wie den *Männern*, sonst komme ich anschließend zurück und benutzte dich als Sandsack, um Dampf abzulassen. Und ich habe eine ganze Menge Druck im Kessel. Haben wir uns verstanden?«

Der Typ blinzelte mich an und nickte. Hoffentlich bekam ich jetzt einen richtigen Ritt und nicht diese Wackelnummer. Auf *diese* Art von Peinlichkeiten konnte ich heute Abend gut verzichten.

Zu allem entschlossen stieg ich in den Sattel und nahm mir vor, es diesem Bullen genauso zu zeigen, wie ich es vorher der Piste gezeigt hatte. Wenn ich mit hundertfünfzig Meilen über den Beton heizen konnte, dann würde ich ja wohl mit dieser festgeschraubten Maschine klarkommen. Im Vergleich sollte das ein Kinderspiel sein.

Ich bedachte den Bullenbediener mit einem letzten, warnenden Blick, dann machte ich mich auf einen wilden Ritt gefasst. Als ich ihm das Startzeichen gab, spielte er mit ein paar Schaltern an seiner Konsole, und der Bulle erwachte langsam zum Leben. Ich umklammerte mit beiden Händen den Knauf und versuchte, mich mit dem leicht rotierenden Bullen vertraut zu machen. Es war ein eigenartiges Geschaukel mit einer Drehbewegung, die ich überhaupt nicht gewohnt war. Mist, ich durfte mich von diesem Bullen nicht abwerfen lassen. Ich musste etwas beweisen.

Sobald ich mich an die Bewegung gewöhnt hatte, nahm ich eine Hand vom Knauf, lehnte mich zurück und spielte jede Bullenreit-Szene nach, die ich jemals im Film gesehen hatte. Das war leichter gesagt als getan, doch schon nach wenigen Sekunden hatte ich den Bogen heraus und fand es leichter als befürchtet. Die Bewegungen der Maschine wirkten auf eine merkwürdige Art sinnlich, und die Erinnerung daran, wie ich meine Hüfte an die von Hayden gedrückt hatte, verstärkte dieses Gefühl noch. Ich versuchte, das lustvolle Kribbeln zu ignorieren, das in mir erwachte, doch je mehr ich mich bemühte, desto heftiger wurde es.

Während ich herumwirbelte und das Gerät bockte, glitten meine Gedanken in eine Fantasie. Ich wusste, dass es aus diversen Gründen falsch war, doch ich stellte mir vor, dass Hayden vor mir auf dem Bullen saß. Und zwar mit dem Gesicht zu mir, sodass ich mit jeder Vorwärtsbewegung gegen seinen Körper stieß. Und wieder spürte ich, wie die übrige Welt verblasste, bis nur noch der imaginäre Hayden und ich in der Bar übrig waren und auf ein gemeinsames Ziel zusteuerten. *Ich darf mich jetzt nicht dermaßen gehen lassen ... aber es fühlt sich so gut an.*

Ich schloss die Augen und konzentrierte mich auf das intensive Gefühl, das sich in meinem Becken staute und befreit werden wollte. Ich stellte mir vor, wie Hayden mit seinen Händen über meinen Körper strich, mit seinen heißen Lippen über meine Haut, wie er in mich hineinglitt und wieder aus mir heraus – und die zart glühende Lust verwandelte sich in ein loderndes Feuer. Zu wissen, wer mich so heißmachte, hätte das in mir wütende Inferno fast erstickt, doch das unablässige Wippen des Bullen brachte mich über den Punkt hinaus, an dem ich es hätte aufhalten können. In diesem Moment war mir völlig egal, dass ich Hayden verachtete. Eigentlich machte es die Fantasie nur noch heißer, weil es dem sinnlichen Moment einen verbotenen Beigeschmack gab. Ohne es zu wissen, verhalf mir Hayden zu etwas Wundervollem und Aufregendem, zu etwas, an dem er *nie und nimmer* teilhaben durfte. Es war meine ganz eigene Art des Triumphes. Allein die Vorstellung, hier und jetzt zum Höhepunkt zu kommen, wo mir alle dabei zusahen, reichte aus, um meinen Herzschlag zu beschleunigen. Die dünne Baumwollhose machte es mir leicht, mich auf die in mir aufsteigende Lust zu konzentrieren, und ich wusste, dass nur noch ein wenig Stimulation nötig war, bis ich hier und jetzt unweigerlich kommen würde. Oh Gott, es war schon viel zu lang her, seit ich so etwas gespürt hatte.

Der Ritt wurde immer wilder, es war zunehmend schwieriger, sich oben zu halten, aber das war mir inzwischen vollkommen egal. Ich war nahe an einem Erdbeben, es fehlte nicht mehr viel. So dezent wie möglich lehnte ich mich auf dem Bullen nach vorn, sodass meine empfindlichsten Zonen sich am Sattel rieben. Dann knickte der Bulle genau im richtigen Moment weg, mit genau dem richtigen Druck … und das gab mir den Rest. *Oh ja … genau so … ja Hayden … ja …*

Ich hatte die letzten Wogen der Lust noch gar nicht ausgeritten, als der Bulle plötzlich stillstand. Ich keuchte, und mein Herz raste. Ich hatte keine Ahnung, was die Menge ringsum gesehen hatte. Weil ich so lange auf dem Bullen geblieben war, klatschten und jubelten alle – sogar der Typ, der das Biest bediente, wirkte beeindruckt. Aber Hilfe, ob wohl einer von ihnen bemerkt hatte, dass ich gerade zum Höhepunkt gekommen war? Auf einem blöden Bullen? Und dabei an Hayden Hayes gedacht hatte? Oh Gott … ich fühlte mich so schmutzig. Ich hätte vor Verzweiflung schreien mögen, hätte am liebsten gegen irgendetwas geschlagen oder wäre weggelaufen und hätte geheult. Doch ich musste mich jetzt total normal verhalten, schließlich konnte es sein, dass sie von dem wahren Schauspiel auf wundersame Weise nichts mitbekommen hatten.

Als ich von dem Bullen sprang, warf ich einen lässigen Blick in die Menge. Niemand wirkte geschockt, niemand empört oder fassungslos. Irgendwie schien niemandem etwas Merkwürdiges an diesem Bullenritt aufgefallen zu sein. Waren denn wirklich alle derart ahnungslos? Selbst Myles und Nikki schienen lediglich froh zu sein, dass ich den Bullenritt erfolgreich überstanden hatte. Ein bisschen zu erfolgreich. Mein Herz tat vor Freude einen Sprung, dass es mir gelungen war, die mich durchströmende Euphorie perfekt zu verbergen. Dann sah ich zufällig zu Hayden hinüber, und als sich unsere Blicke begegneten, löste sich alle Erleichterung in Luft auf.

Sein leidenschaftlicher Blick und die Tatsache, dass er unauffällig eine Hand an seine Jeans drückte, sagten mir, dass ihm vollkommen klar war, was ich da gerade getrieben hatte. Als er mich schwer atmend und mit leicht geöffnetem Mund anstarrte, fühlte ich mich plötzlich unleugbar zu ihm hingezogen.

Ich sehnte mich nach seinem festen Körper, der sich nackt um mich wand, wollte seine weiche Haut unter meinen Fingern spüren, und dass er von der Nässe zwischen meinen Beinen kostete, deren Auslöser er war. Ich wollte spüren, wie er in mich eindrang, mich einem weiteren Höhepunkt entgegentrieb und ihn mit ihm gemeinsam erleben. Mit ihm gemeinsam wollte ich etwas erreichen, das größer war als wir. Und dass ich mir das wünschte, machte mich völlig fertig.

Nicht dieser Typ: Er ist vergeben. Der bedeutet nur Ärger. So jemanden kann ich jetzt wirklich nicht gebrauchen. Ich habe zu viel zu tun, es steht zu viel auf dem Spiel, ich muss zu viel beweisen … zu vieles retten.

7. Kapitel

Ich musste fort, aus dieser Bar raus. Während ich mich durch die Menge drängte, blickte ich mich um. Hayden stand noch immer allein am Ende der Schlange. Er verfolgte mich mit dem Blick aus seinen smaragdgrünen Augen, und in dem Moment, in dem er meinem begegnete, schoss ein heißer Blitz meine Wirbelsäule hinauf. Mir stockte der Atem, und fast wäre ich ins Straucheln geraten. Allein sein leidenschaftlicher Blick löste in mir den Wunsch aus, seine Hände, die Lippen, den ganzen Körper überall auf mir zu spüren. Himmel, wenn mich schon allein die Vorstellung, mit ihm zusammen zu sein, zu einem derart überwältigenden Höhepunkt trieb, wie musste es dann erst sein, wenn ich tatsächlich mit ihm *zusammen* kam? Wie er wohl küsste? Wie sich seine Haut anfühlte? Wie klang es, wenn er in Ekstase geriet?

Die kribbelnde Lust, die sich bei diesem Gedanken sofort einstellte, weckte Fluchtgedanken in mir. Ich wollte weglaufen und nie mehr anhalten. *Er ist keine Option.* Draußen sog ich die frische Luft ein und stützte mich mit den Händen auf den Knien ab, als hätte ich gerade einen Marathon hinter mir. *Selbstkontrolle, Kenzie, Menschenskind. Arbeite an deiner Selbstkontrolle!*

»Gehst du?«

Die vertraute Stimme trieb mir einen Eiszapfen durchs Herz. Oh nein. Nicht jetzt. Ich schoss hoch, wirbelte herum und stand direkt vor ihm. Hayden ließ den Blick über meinen Körper wandern und verzog die Lippen zu einem eindeutig zu erotischen Lächeln. Was würde seine Freundin sagen, wenn sie sähe, dass er mich derart verführerisch anlächelte? So etwas sollte verboten werden.

»Ich habe mich geirrt«, flüsterte er. »Ich lag total daneben. Das war viel reizvoller, als dich weggehen zu sehen, und jetzt … will ich dich eigentlich nie wieder weggehen sehen.« Seine Augen schienen vor Lust zu glühen, als er sich mir wie eine Raubkatze näherte, die sich an ihre Beute heranpirschte. Unwillkürlich wich ich einen Schritt zurück. *Ich bin doch keine Beute.*

»Tut mir schrecklich leid, dich enttäuschen zu müssen, aber mein Taxi kommt gleich«, erwiderte ich. »Außerdem wartet da drin ja wohl noch jemand auf dich«, rutschte mir außerdem heraus.

Bei meinem giftigen Tonfall zog er die Brauen zusammen. Ich versuchte mich, so gut es ging, in den Griff zu bekommen. Sollte er doch selbst herausfinden, was ich damit meinte, *ich* würde ihn bestimmt nicht daran erinnern, dass er eine Freundin hatte.

Hayden schloss die Lücke zwischen uns, und ich weigerte mich stur, noch weiter zurückzuweichen. Er stand jetzt so dicht vor mir, dass er das Bein praktisch zwischen meine Schenkel schob. Auf einmal war der Bullenritt wieder ganz gegenwärtig. Sein Geruch war umwerfend, jene betörende Mischung aus rauschender Brandung, heißem Sand und warmen Sonnenstrahlen auf meiner Haut. Zur Hölle mit Hayden Hayes. Was passierte nur mit mir, wenn er in meiner Nähe war? Es war, als zöge mich mein Kopf in die eine Richtung und mein Körper in die andere. Was richtig war, wurde falsch, und das Unterste kehrte sich nach oben.

»Jemanden wie dich habe ich noch nie kennengelernt. In dir steckt mehr, als ich gedacht habe. Viel mehr«, sagte er und rückte noch ein Stück dichter an mich heran. Wenn er mir noch näher kam, würden sich gewisse Körperteile berühren … und das durfte nicht passieren.

»Geh weg« zischte ich, nicht bereit, selbst zurückzuweichen. Ich hatte ihn nicht anfahren wollen und kniff bedauernd den Mund zusammen. Ich würde kein Wort mehr sagen.

»Wenn du alles rauslässt, bist du unglaublich auf der Piste. Schnell, heiß, perfekte Kurvenlage.« Er ließ den Blick an mir hinunterwandern, und ich holte tief Luft. Flirtete er mit mir, oder lobte er meine Fahrkünste? Auf beides hatte ich momentan überhaupt keine Lust. Ich wollte nur, dass er wegging. »Du kannst wirklich fahren, Kenzie«, sagte er mit gehobenen Brauen, als hätte ich ihn überrascht.

Dass jetzt schon wieder irgendein Mann an meinen Fähigkeiten zweifelte, nur weil ich eine Frau war, löschte die Glut in mir, und ich gab den Vorsatz auf, nichts mehr zu sagen. »Ja! Schocker des Jahres. Ich sehe nicht nur gut aus, ich habe mir den Platz im Team ehrlich verdient.«

Es gelang ihm, einen Wimpernschlag lang schuldbewusst auszusehen, dann setzte er jedoch gleich wieder ein gewinnendes Lächeln auf. »Ja. Du bist mit Sicherheit nicht nur irgendeine Tussi … Aber ich wollte dich ermutigen. Manchmal kommt es mir so vor, als würdest du vergessen, wie gut du eigentlich bist.«

Ich nahm meine ganze Willenskraft zusammen, wich einen Schritt zurück und wandte mich rasch zum Gehen. Er konnte nicht in mich hineinsehen, konnte überhaupt nichts wissen. Er spielte nur Spielchen mit mir. Hayden griff meinen Arm und hielt mich zurück. »Warte, Kenzie, ich will nur mit dir reden, sonst nichts. Versprochen.«

»Alles klar«, murmelte ich und riss meinen Arm los. Ich hatte das Verlangen in seinen Augen gesehen. Er wollte viel mehr als ein Gespräch von mir, und ich hatte nicht vor, es ihm zu geben. Ich durfte nicht mal mit ihm reden. Was, wenn mich jetzt einer von den Jungs hier draußen suchte und diesen kleinen … Austausch sah? Was, wenn uns seine Freundin entdeckte? Ich wollte heute Nacht weder gefeuert *noch* angeschrien werden. Ich musste hier weg.

Fest entschlossen, diesen Abend aus meinem Gedächtnis zu streichen, holte ich mein Handy heraus, während ich über den Parkplatz stürmte. Je schneller ich ein Taxi rief, desto schneller konnte ich von hier verschwinden.

Weil Hayden ein dickköpfiger Idiot war, rannte er mir hinterher. »Warte, Kenzie«, rief er, und als ich einfach weiterlief, schrie er: »Verdammt noch mal, warte!« Als er mich eingeholt hatte, packte er mich erneut am Arm. Sofort riss ich mich wieder von ihm los. Er hatte kein Recht, mich anzufassen. Sein Atem ging schneller, und er keuchte: »Kannst du dich mal entspannen, damit ich mit dir reden kann?«

Ich gewann die Beherrschung zurück und erwiderte ruhig: »Du hast doch gerade mit mir geredet« und suchte in meinem Handy nach der Nummer eines Taxiunternehmens.

Hayden schnappte mir das Telefon weg und versteckte es hinter dem Rücken. »Warum bist du nur so zickig?«, fragte er mit blitzenden Augen.

Es war, als flögen Funken zwischen uns durch die Luft. Man konnte die Spannung geradezu knistern hören und die Energie in jeder Pore und in jeder Zelle spüren. Es war eine perverse Laune des Schicksals, dass mich seine bloße Anwesenheit erregte und meine Sinne schärfte. Wie mochte es sein, wenn ich nachgab und meine Abwehr fallen ließ? Wenn es kein lustvoller Tagtraum, sondern ganz real war? Nein … er war wirklich der Letzte, mit dem ich zusammen sein wollte.

»Gib mir mein Handy zurück«, zischte ich.

»Nein. Erst wenn du aufhörst, so bockig zu sein und mit mir redest.« Sein Kommandoton brachte mich sofort auf die Palme. Für wen hielt er sich eigentlich? Meinen Vater?

»Worüber soll ich mit dir reden?«, fragte ich und ballte die Fäuste. Wenn ich ihn wegstieß, ließ er mich dann in Ruhe? *Und wenn ich ihn an mich ziehe, würde er sich wehren?*

Aus seinen Augen sprach Leidenschaft und Lust, als er hervorstieß: »Wir könnten damit anfangen, dass wir über diese Sache hier reden.« Sein Blick wanderte an meinem Körper hinunter, und ich wusste, dass er die Anspannung meinte, die in der Luft lag, sobald wir uns näher kamen. Selbst jetzt spürte ich, wie sie unter meiner Haut pulsierte. Meine Fantasie von ihm hatte mich zum Höhepunkt gebracht, aber tief in meinem Körper pochte etwas, das sagte: *Das war nicht genug.* Seine Blicke, mit denen er jede meiner Kurven inspizierte, ließen das Verlangen mit jeder Sekunde nur noch wachsen. *Nein, er ist ein Benneti, er ist ein Krimineller. Er ist vergeben. Er ist nichts für mich.*

»Ich habe keine Ahnung, wovon du sprichst«, erwiderte ich ausdruckslos.

Mit sichtlicher Anstrengung riss Hayden den Blick von meinem Körper los und richtete ihn wieder auf mein Gesicht. Ein Schauer rieselte durch meinen Körper. Er schmunzelte. Dann sagte er: »Klar. Deine Standardantwort. Lassen wir das fürs Erste auf sich beruhen und kommen wir zum nächsten Thema: die Tatsache, dass wir besser fahren, wenn wir zusammen sind. Und es ist zwecklos, das abzustreiten, also versuche es erst gar nicht. Ich *weiß*, dass ich neben dir schneller fahre, und ich weiß, dass du neben *mir* schneller fährst. Wir sollten *zusammen* trainieren.«

Allein die Vorstellung, auf eine Maschine zu springen und mit Vollgas gegen ihn zu fahren, ließ mein Herz schneller schlagen, und mir schwirrte der Kopf vor Lust auf ein anderes Vergnügen. Ja, ich fuhr gern gegen ihn. Mit ihm fühlte ich mich sicherer, hatte mehr Selbstvertrauen und war entspannter … so wie die Fahrerin, die ich sein sollte. Und ich fand es furchtbar, dass ich so empfand. Ich wollte nichts von Hayden, schon gar nicht den Kick, den er mir verschaffte, wenn wir aufs Ganze gingen. Ich musste dieses Muster durchbrechen, ehe es zur Gewohnheit wurde. Darum sagte ich: »Es ist völlig ausgeschlossen, dass wir zusammen trainieren. Wir dürfen noch nicht einmal gleichzeitig auf der Bahn sein. Wir würden beide gefeuert, das weißt du. Deshalb musst du jetzt erwachsen sein und allein besser werden.«

Ein Schatten legte sich über seine Augen. »Du bist besser, wenn du gegen mich antrittst. Wenn du in diesem Jahr Eindruck schinden willst, wenn die Leute auf dich aufmerksam werden und über dich reden sollen – und über Cox Racing –, dann solltest du mit mir trainieren, und zwar *nur* mit mir!« Er rückte noch näher, bis sein Körper meinen von oben bis unten berührte. Das wachsende Verlangen, das ich mit aller Kraft zu unterdrücken suchte, steigerte sich durch seine Nähe zu einem rasenden Inferno. Ich war ganz verrückt vor Verlangen nach mehr, zugleich war ich wütend, dass ausgerechnet er solche Gefühle in mir auslöste.

»Erzähl mir nicht, was ich zu tun habe«, sagte ich und schob ihn von mir fort. »Ich bin kein Kind.«

Er trat erneut näher, bis wir wieder Fuß an Fuß standen, und atmete schwer. Entsetzt stellte ich fest, dass er nicht der Einzige war. »Bist du dir da so sicher? Denn manchmal verhältst du dich so. Ich versuche nur, dir zu helfen. Uns beiden zu helfen. Ist das so verkehrt?«

Ja. In unserem Fall war es das. Einander zu helfen, war verboten. Außerdem ging das Gerücht, dass er sich nur selbst half. Auch wenn ich mir nicht sicher war, ob an der Geschichte, dass er an Motorrädern herumfummelte, etwas dran war – dass er nur an sich dachte, glaubte ich sofort. Dass er hier draußen mit mir flirtete, während seine Verabredung drinnen in der Bar pflichtschuldig wartete, war Beweis genug. Es ging doch nur darum, dass Hayden Hayden half.

Haydens Hemd hob und senkte sich zusammen mit seinem Brustkorb, und als ich hinunterblickte, entdeckte ich ein Stück nackter Haut an seiner Taille. Auch wenn ich wusste, dass es nicht infrage kam, war es eine Folter, seine Haut zu sehen. Sie rief nach meinen Fingerspitzen, wollte, dass ich sie berührte und auf Erkundungsreise ging. Aber ich würde nicht nachgeben. Nicht bei diesem Mann. Ich hob das Kinn, um Entschlossenheit zu demonstrieren, und sagte: »Ich bin eine erwachsene Frau, die Tochter einer Legende, und ich brauche deine Hilfe nicht. Jetzt gib mir gefälligst mein Handy zurück.«

Hayden starrte mich geschlagene dreißig Sekunden lang an, bevor er sich rührte. Dann reichte er mir langsam das Handy. »Okay, in Ordnung. Hier … Prinzessin.«

Spannung lag in der Luft. Es braute sich ein Gewitter zusammen, das sich jeden Augenblick entladen konnte. Er hatte gerade den Ball in mein Feld gespielt. Was zum Teufel sollte ich mit ihm anfangen?

Selbstkontrolle. Dad würde erwarten, dass ich Selbstkontrolle bewies.

Das Telefon fest in der Hand, drehte ich mich um. Ich würde ihn einfach stehen lassen, sollte er mir doch ruhig hinterhergaffen. Mehr als meine Rückenansicht bekam er nicht von mir.

Leider gab sich Hayden damit nicht zufrieden. Noch bevor ich mich ganz von ihm abwenden konnte, sagte er: »Warte! Eine Sache noch, bevor du gehst.« Dann fasste er mich an, drehte mich zu sich herum und zog mich an seinen Körper.

Er legte die Arme um mich und hielt mich eng umschlungen, sodass ich mich nicht bewegen konnte. Sofort überkam mich Panik und Lust. Was machte er mit mir? Was *wollte* ich, dass er mit mir machte?

»Lass mich gehen«, zischte ich und wand mich.

Sein Gesicht war nur noch Zentimeter von meinem entfernt, er war mir so nah, dass ich seinen Atem auf den Wangen spürte und den Whiskey roch, den er getrunken hatte. Sein Mund bewegte sich auf mich zu, und mein Herz fing an zu hämmern. Himmel, er würde mich küssen. Seine Lippen waren so voll, so einladend, so voller Selbstvertrauen. Ich fand es nicht okay, jemanden zu betrügen, und sich mit einem *Benneti* einzulassen stand noch viel weiter oben auf der Tabu-Liste. Aber … trotz allem gab es etwas in mir, das wirklich wollte, was er mir anbot. *Ja … küss mich.*

Bevor unsere Münder sich trafen, rutschten seine Hände jedoch über meinen Rücken nach unten und kniffen … fest … zu. Ich stieß einen überraschten Schmerzensschrei aus, er lachte auf und ließ mich los. Ich rieb mir den Hintern und bedachte ihn mit einem Laserblick, der Glas zum Schmelzen gebracht hätte. Innerlich war ich allerdings erleichtert. Hatte ich ihn ernsthaft küssen wollen? Was zum Teufel?

Er zeigte mit dem Finger auf mich und erklärte: »Das war dafür, dass du kein Grün trägst.«

Ohne meine Antwort abzuwarten, drehte er sich um und ging in die Bar zurück. Ich war so perplex, dass ich mich nicht rühren konnte. Wer um alles in der Welt kniff denn noch Leute am St. Patrick's Day? Und wie kam es, dass ich etwas ganz anderes erwartet – nein, *ersehnt* hatte?

Als ich am nächsten Morgen in die Garage kam, war Nikki noch nicht da, dafür aber Kevin und Eli. Sie winkten zur Begrüßung, als ich durch die Tür trat, und ich hoffte inständig, dass sie mich nicht fragten, warum ich letzte Nacht so plötzlich verschwunden war. Zum Glück machten sie sich nach dem üblichen Geplänkel wieder an die Arbeit, vor Wisconsin hatten wir alle noch eine Menge zu tun. Ich konnte das nächste Rennen kaum erwarten. Daytona war *fast* schon super gewesen. Wisconsin würde es definitiv werden.

Nachdem ich mir die Lederkombi angezogen hatte, marschierte ich zu dem Motorrad, mit dem ich in Daytona gefahren war, und suchte nach Zeichen von Beschädigungen. Man sah ihm nicht mehr an, dass ich damit über den Beton geschrubbt war. Es sah aus wie frisch vom Werk, was Nikkis akribischer Sorgfalt zu verdanken war. Ich kontrollierte die Bremsen, Stoßdämpfer, Ansaugstutzen, Öl und Benzin. Nikki sorgte selbstverständlich immer dafür, dass alles startklar war, aber ich fand es wichtig, meine Maschine in- und auswendig zu kennen, bis hin zum kleinsten Kratzer in der Lackierung. Für mich war es nicht nur irgendein Gerät, es war eine Verlängerung meiner Seele, die sich danach sehnte zu fliegen.

»Gleich geht es los, Baby«, gurrte ich und tätschelte den Sitz.

»Sprichst du jetzt etwa schon mit toten Gegenständen? Das ist das erste Anzeichen von Geisteskrankheit, weißt du?«

Als ich Myles Stimme hörte, blickte ich auf und sah ihn auf mich zukommen. Er sah müde und zerzaust aus, als wäre er gerade erst aus dem Bett gefallen. »Du bist aber früh dran«, bemerkte ich grinsend. »Hast du eine Wette verloren oder so etwas?«

Missmutig sah er sich in der Werkstatt um.

»Genau genommen … ja. Und jetzt muss ich das ganze Werkzeug sortieren. Nikki hat doch sicher nichts dagegen, wenn ich die Sachen einfach da hineinwerfe, oder?«, fragte er mit hoffnungsvollem Blick.

Ich bewahrte eine neutrale Miene und erwiderte: »Du hast mit ihr gewettet?«

Myles blickte betrübt drein, dann setzte er sich auf einen Drehhocker. »Das nervt. Diese Frau ist böse. Reine, rachsüchtige Bosheit.«

Ich lachte in mich hinein, nahm den Helm, der in der Nähe auf einem Tisch lag, und fragte Myles: »Worum habt ihr gewettet?«

Er winkte ab, als wolle er wirklich nicht darüber reden. »Ein

Glas, einen Vierteldollar – die Details sind völlig unwichtig.«

Ich rollte mein Bike von seinem Stellplatz und klopfte ihm unterwegs auf die Schulter. »Na, du bist jedenfalls ein echter Kerl, der zu seinem Wort steht. Ich hätte das nicht getan.«

Er grinste mich an. »Nur weil du kein Mann bist. Außerdem hast du nicht so viel Angst vor Nikki wie ich.«

»Stimmt beides.« Ich lachte erneut.

Gerade wollte ich ihn mit seiner lästigen Aufgabe allein lassen, als er mich fragend ansah. »Hey, was ist nach dem Bullenritt aus dir geworden? Nikki und ich haben dich überall gesucht, aber du warst einfach verschwunden.«

Ja, ich weiß. Nachdem sie angefangen hatten, mich zu suchen, hatte mein Handy verrücktgespielt. Ich hatte ihnen schon eine Entschuldigung gesimst, aber Myles wollte anscheinend die ausführliche Version. »Es war so, wie ich gesagt habe. Von dem Bullenritt ist mir schwindelig geworden, also habe ich mir ein Taxi gerufen und bin nach Hause gefahren. Aber vorher musste ich mich noch ein paar Mal auf der Toilette übergeben.« Von der Lüge hätte ich mich beinahe tatsächlich übergeben, aber die Wahrheit konnte ich meinen Freunden nicht sagen. Es würde sich herumsprechen, dass zwischen mir und Hayden *irgendetwas lief*. Dann bliebe Dad keine andere Wahl, als mich zu feuern. Der Benneti-Bann war gnadenlos, selbst für die Tochter von Jordan Cox.

Myles zuckte mit den Schultern und nickte, als ob er es zwar merkwürdig fand, jedoch nicht weiter nachbohren wollte. Ich atmete erleichtert aus und rollte mein Motorrad weiter in Richtung Garagentor. »Mackenzie, gehst du zum Training?« Als ich Dads Stimme hinter mir hörte, blieb ich stehen und blickte mich um.

Er kam mit ein paar Listen in der Hand auf mich zu. »Ich habe mir gerade die Trainingszeiten von gestern angesehen.

Sehr beeindruckend. Mit deinen Zeiten hast du alle anderen in den Schatten gestellt. Versuch doch, das heute noch einmal hinzukriegen. Wenn man etwas regelmäßig macht, geht es ins Muskelgedächtnis über. Und genau das brauchst du, um in Wisconsin auf der Road America zu siegen.«

Bevor er ging, klopfte er mir auf die Schulter, und ich blickte ihm erstaunt hinterher. Das war so etwas wie ein Kompliment gewesen. Für meinen Dad auf jeden Fall, so etwas kam bei ihm nicht oft vor. Dummerweise war es mein Kräftemessen mit Hayden, das mir die tollen Zeiten eingebracht hatte. Offen gestanden war ich mir nicht sicher, ob ich diese Leistung ohne ihn wiederholen konnte, und das beunruhigte mich. Ich musste es jedoch versuchen. Mir blieb keine andere Wahl.

Am Abend traf ich mich mit meinen Schwestern zum Kleiderkauf. Ich hatte absolut keine Lust darauf, Daphne dabei zuzusehen, wie sie eine endlose Anzahl von Hochzeitskleidern anprobierte, doch ich hatte versprochen, an den Hochzeitsvorbereitungen teilzuhaben. Außerdem hatte Daphne Dad zum Mitkommen bewegt und mitzuerleben, wie er sich wand, war immer unterhaltsam.

»Das ist perfekt, Daphne. Lass uns das nehmen.« Daphne drehte sich in ihrer neuesten Entdeckung vor Dad. In seinem Gesicht klebte ein aufgesetztes Lächeln, das eindeutig sagte: *Bitte holt mich hier raus.*

Daphne hielt in der Drehung inne, stemmte die Hände in die Hüften und knurrte ihn an: »Dasselbe hast du auch schon bei den letzten drei Modellen gesagt. Die können dir doch nicht alle gefallen haben.« Mit einem Seufzer ließ sie sich neben ihm auf die weiß gepolsterte Bank fallen. »Wo ist dein Heft? Zeig mal, was du aufgeschrieben hast.«

Theresa und ich schnaubten, wofür wir böse Blicke von

Daphne ernteten und uns schnell umdrehten, um die Modelle im Schaufenster zu betrachten. Theresa beugte sich zu mir herüber und flüsterte: »Unfassbar, dass sie ihn zwingt, zu jedem Kleid, das sie anprobiert, Notizen zu machen. Dad wird diese Hochzeit nicht überleben.« Ich teilte ihre Einschätzung. Leider waren es nicht nur die Brautallüren unserer Schwester, die ihm das Genick brechen würden. Jedes Kleid, das Daphne anprobierte, kostete mindestens eine vierstellige Summe.

Ich wünschte, meine Schwester hätte einen weniger kostspieligen Geschmack. »Warte nur, bis sie erst mit den Schuhen anfängt«, entgegnete ich. Theresa versuchte, sich das Lachen zu verkneifen, aber ein paar Pruster ließen sich nicht unterdrücken, und ich musste ebenfalls lachen. Doch dann blickte ich nach draußen, und meine gute Laune verflog schlagartig.

Auf der anderen Straßenseite schlenderte Hayden mit der Frau aus der Bar über den Bürgersteig. Es musste seine Freundin sein. Mir kam die Galle hoch, als ich die beiden beobachtete. Sie sahen süß zusammen aus, so entspannt, als wären sie schon seit Jahren zusammen. Noch mehr schockierte mich allerdings das kleine Mädchen, circa acht, neun Jahre alt, das zwischen den beiden ging und einen Schlapphut auf dem Kopf trug. Hayden und die Frau hielten jeweils eine Hand des Mädchens und schwangen es hin und her, wie eine Bilderbuchfamilie. *Oh mein Gott … Ein Kind hat er also auch?* Meine Güte. Wenn es auch manchmal diese Anziehungskraft zwischen uns gab, Hayden ging es wirklich nur um das Rennen. Seine Interessen lagen ganz woanders. Ich war für ihn nur ein Mittel, um seine Leistung zu steigern – was absolut in Ordnung war. Ich wollte nicht, dass er sich für mich interessierte.

»Hey, alles klar bei dir?«, fragte Theresa und legte ihr Kinn auf meine Schulter. »Kennst du den Typen?«

»Nein«, erwiderte ich, zwang mich zu einem Lächeln und wandte mich wieder meiner Familie zu. Ich kannte ihn wirklich nicht.

Ehe ich michs versah, kam der Augenblick, alles zusammenzupacken und sich nach Elkhart Lake in Wisconsin aufzumachen, wo das zweite Rennen der Saison ausgetragen wurde. Ich stand schon ungeduldig in den Startlöchern: vollständig genesen und fest entschlossen, meinen dreizehnten Platz vergessen zu machen. Den ganzen Hinweg über hoffte ich, in diesem Rennen keinen Fehler zu begehen. Das Familienunternehmen würde nicht wie von Zauberhand aus den Miesen kommen. Es lag an mir, das Wunder zu vollbringen, für das mein Vater betete.

Am Freitagmorgen kam ich so früh an den Ring, wie es gestattet war. Vom Qualifying und der Trainingsrunde abgesehen, war uns der Zutritt zur Strecke untersagt, doch ich sah sie mir gern an, um mir das Rennen bildlich vorzustellen. Ich stand auf der heißen Seite der Zuschauerränge, starrte ins Leere und stellte mir vor, wie ich mich tief zur Seite neigte, mich durch die Kurven wand und auf den Geraden eine Wahnsinnsgeschwindigkeit entwickelte. Ich war ganz in meine inneren Bilder versunken, als plötzlich ein Gesicht in meinem Blickfeld auftauchte und mich ablenkte.

Ich blinzelte verwirrt, meine Vision verblasste, und Myles Gesicht materialisierte sich. »Na du, was treibst du hier?«

In meiner Fantasie hatte ich gerade Hayden überholt, die Führung übernommen und das Rennen gewonnen. Hoffentlich würde es dieses Wochenende genau so eintreffen. Die Zeiten meiner Einzeltrainings waren nicht annähernd so gut gewesen, wie bei dem Training, bei dem Hayden mich zu ein paar Runden verführt hatte. Eine Tatsache, die mir ziemlich zu schaffen machte. Neben dem Umstand, dass er ein Kind hatte.

Was zum Teufel? »Ich male mir nur gerade meinen Sieg aus«, antwortete ich und heuchelte ein entspanntes Lächeln.

Myles nickte, seine dunklen Augen strahlten Zuversicht aus: »Gut. Du weißt, was dein Vater über den Erfolg sagt?«

»Man muss ihn klar vor sich sehen, um ihn zu bekommen«, sprudelte es automatisch aus mir heraus.

Myles klopfte mir kameradschaftlich auf die Schulter. Im selben Moment kamen ein paar neugierige Reporter, die an den Rängen vorbeiliefen, zu uns herüber. »Myles Kelley, Mackenzie Cox. Hätten Sie einen Moment Zeit für uns?«

Ich kehrte ihnen bewusst den Rücken zu und verzog Myles gegenüber genervt das Gesicht. Ich hasste es, mit Reportern zu reden, ganz besonders mit Fernsehreportern samt ihren eindrucksvollen Kameras. Zum einen war es extrem unangenehm, dabei gefilmt zu werden, wie man versuchte, ein Gespräch mit einem völlig Fremden zu führen. Zum anderen wollte anscheinend nur jeder wissen, wie es war, die Tochter von John Cox zu sein. Wenn ich ihnen auf solche Fragen doch nur ehrlich antworten könnte. *»Wie war es, mit so einem großen Vorbild aufzuwachsen?« Es war klasse, bis ich mit der Rennfahrerei anfing und merkte, wie weit sein Schatten reicht – woran ihr mich ja immer wieder gern erinnert. »Wie alt waren Sie, als Ihr Vater Sie in sein Team aufgenommen hat?« Wollen Sie damit sagen, dass ich nur wegen meiner DNA im Team bin? Danke, du Idiot. »Halten Sie es für möglich, jemals selbst eine Meisterschaft zu gewinnen wie Ihr Vater?« Ach, stimmt ja. Weil ich eine Frau bin, habe ich eigentlich keine Chance, als Erste ins Ziel zu kommen. Weiß du was, du kannst mich mal.*

Myles grinste mich an, dann wandte er sich den Reportern zu. »Natürlich, gern«, erklärte er ihnen. Ihm blieb allerdings kaum etwas anderes übrig. Die Rennleitung bestand darauf, dass die Fahrer sich der Presse gegenüber höflich verhielten und jede Frage beantworteten. Positiv, natürlich. Sie wollten

Aufmerksamkeit für den Sport, der aber nur in den schönsten Farben dargestellt werden sollte. Gegen Fahrer, die sich vor laufender Kamera negativ äußerten, wurden Geldstrafen oder andere Sanktionen verhängt. Ebenso gegen jene, die Kameras völlig ignorierten.

Ich fügte mich mit einem stummen Ächzen und schenkte den wartenden Journalisten ein strahlendes Lächeln.

»Myles, wie ist Ihr Gefühl vor dem heutigen Rennen? Irgendwelche Bedenken?« Ein Mann hielt ihm das Mikro hin, und Myles verwandelte sich – wie immer, wenn die Kamera eingeschaltet war – sofort in einen untadeligen Vollprofi. Ich beneidete ihn stets ein bisschen um sein Talent, irgendetwas zu erzählen. Ich hingegen verwandelte mich in einen stammelnden Volltrottel, wenn ich interviewt wurde.

Als ich hörte, wie Myles der Gruppe jede Menge intelligenter, wohldurchdachter Antworten gab, raste mein Herz, und mein Magen krampfte sich zusammen. In solchen Momenten empfand ich die Last meines Namens als erdrückend. Wenn ich den Mund aufmachte, erwartete man von mir ausgefeilte Theorien und Konzepte, Ideen und Grundsätze, die das Gesicht des ARRC für immer verändern würden – denn das hatte mein Vater getan. Seine Reden hatten die Regularien verändert und den Sport geprägt. Aber ich konnte nicht so sein wie er, sondern nur wie *ich*. Hätte mir nur eine Geldstrafe gedroht, wäre ich auf der Stelle weggegangen und hätte es Myles überlassen, für uns beide zu antworten. Leider wurde es aber auch mit einer schlechteren Startposition geahndet, wenn man sich der Presse verweigerte, und ich durfte es nicht riskieren, am Ende des Feldes zu starten.

Ich ging gerade im Geiste durch, was ich über das bevorstehende Rennen sagen konnte, als ich plötzlich bemerkte, dass Myles nicht mehr redete und sich eine unangenehme Stille ausbreitete. Myles blickte mich mit hochgezogenen Brauen an, und als er sich meiner Aufmerksamkeit sicher war, schwenkte er den Blick zu den wartenden Reportern. Jetzt erst begriff ich. Mist, sie hatten mich etwas gefragt, und ich hatte es einfach überhört. Ich blamierte mich schon wieder.

Ich räusperte mich und sagte: »Entschuldigen Sie, wie bitte?«

Ein Reporter, der bereits etwas gereizt wirkte, weil er sich wiederholen musste, fragte: »Also, Mackenzie, als Tochter der Rennfahrerlegende Jordan Cox müssen Sie in dieser Saison eine Menge Druck verspüren, erfolgreich zu sein. Vor allem angesichts der Gerüchte über die angespannte finanzielle Situation Ihrer Familie. War Ihr Vater mit Ihrer Leistung in Daytona zufrieden? Oder hat es ihn enttäuscht, dass Sie in der letzten Kurve Pech hatten und eine Rutschpartie hingelegt haben?«

Ich öffnete den Mund, doch mir fehlten die Worte. Wie um alles in der Welt sollte ich darauf antworten? Was ich schließlich sagte, war vermutlich nicht besonders diplomatisch: »Ich bin nicht mein Vater, deshalb kann ich Ihnen diese Frage nicht beantworten. Das müssen Sie ihn schon selbst fragen.«

Der Reporter grinste schief, nur ganz kurz, dann sagte er: »Das werde ich tun. Was ist mit der Meldung, dass Ihr Teamkollege Jimmy Holden zum Saisonstart aus seinem Vertrag mit Cox Racing ausgestiegen und zu Stellar Racing gewechselt ist? Und gleich noch den größten Sponsor mitgenommen hat? Das muss doch angesichts Ihrer ohnehin schon schwierigen Lage ein heftiger Schlag gewesen sein. Möchte Sie dazu etwas sagen?«

Seine Fragen machten mich wütend. Die Probleme meiner Familie waren Privatsache und kein Futter für die Medien. Ohne richtig nachzudenken, erwiderte ich: »Ich weiß nicht, woher Sie Ihre Informationen beziehen, aber wir sind gut aufgestellt. Und Jimmy hat sich entschlossen, das Team im Stich zu lassen, das ihn aus dem Nichts aufgebaut hat. Ich würde sagen, bei dem miserablen Zieleinlauf, den er in Daytona hingelegt hat, hat sich das Schicksal für seine Undankbarkeit an ihm gerächt. Karma kann manchmal richtig mies sein, so ist das nun einmal.«

Der Reporter machte große Augen, und Myles legte mir warnend eine Hand auf die Schulter. Mist, ich hatte gerade in einem Interview Schimpfwörter verwendet und auch noch über einen anderen Fahrer gelästert. »Darf ich Sie vielleicht bitten, den letzten Teil wegzulassen?«

Weil der Reporter zu begreifen schien, dass er mich jetzt in der Hand hatte, erwiderte er: »Mal sehen … eine letzte Frage habe ich allerdings noch: Als Frau hat man es in einem männerdominierten Sport bestimmt nicht leicht. Sehen Sie sich unter Druck, ein bestimmtes Niveau zu erreichen? Oder sind Sie mit ihrer momentanen Platzierung zufrieden?«

Was war das denn für eine dämliche Frage? Wie sollte ich darauf antworten, ohne alles noch schlimmer zu machen? Ich dachte kurz nach, dann antwortete ich: »Ich weiß, wozu ich in der Lage bin, und dass ich das noch nicht in vollem Umfang gezeigt habe. Ich werde mein Ziel aber noch erreichen. Und zwar durch meine *Leistung*, nicht durch meinen Namen. Also, nein, ich habe nicht das Gefühl, siegen zu müssen, weil ich eine Frau bin. Ich will siegen, weil ich eine *Rennfahrerin* bin.«

Mein Tonfall klang gegen Ende ein wenig dramatisch, und ich hoffte wirklich, der Reporter würde es als Zeichen meiner Leidenschaft und nicht als Beleidigung auffassen. Mit einem diplomatischen Lächeln blickte er zwischen mir und Myles hin und her. »Vielen Dank an Sie beide für Ihre Zeit.« Dann gab er dem Kameramann, der hinter ihm stand, das Zeichen für den Schnitt. Alles grinste, und die Gruppe marschierte weiter, um den Nächsten zu nerven.

Stöhnend senkte ich den Kopf und schlug mir die Hände vors Gesicht. »Oh mein Gott … Die werden den Mist senden, oder? Ich bin ganz schön am Arsch.«

Myles legte beruhigend die Hand auf meine Schulter. »Halb so wild, Kenzie. Das … wird schon.« Ich sah aus schmalen Augen zu ihm hoch, und er fügte hinzu: »Es hätte schlimmer kommen können, oder?«

»Eigentlich nicht.« Kopfschüttelnd sah ich den Reportern hinterher. »Als Dad noch Rennen gefahren ist, konnte er gut mit Reportern reden. Die haben ihm aus der Hand gefressen. Ich bringe ja kaum zwei zusammenhängende Sätze zustande, und wenn ich etwas sage, ist es nur Quatsch, den ich in der Öffentlichkeit besser für mich behalten sollte.« Das war nur einer von vielen Punkten, in denen mein Vater und ich grundverschieden waren.

Myles drückte mitfühlend meine Schulter: »Da, wo es darauf ankommt, Kenzie, seid ihr gleich. Auf der Rennpiste. Und das ist das Einzige, was wirklich zählt.«

Ich linste zu ihm hoch und wünschte nur, dass er recht hatte. Doch wir wussten beide, dass es in der Welt des Rennsports nicht reichte, gut auf dem Motorrad zu sein. Man brauchte ebenso Charme, um die Sponsoren um den Finger zu wickeln, und sehr viel Ausstrahlung, um die Fans für sich zu gewinnen. Ich war mir nicht so sicher, ob ich eines von beidem besaß.

Ich hatte gerade zu Myles Kommentar genickt, da sah ich zufällig, wie sich der Reporterschwarm auf Hayden stürzte. Die Typen waren komplett aus dem Häuschen, weil sie die Gelegenheit hatten, mit dem fotogenen, charismatischen neuen Mitglied von Benneti Motorsport zu reden. Hayden breitete weit die Arme aus, und die Reporter hingen ihm sichtlich an den Lippen. Sein Talent, die Medien für sich einzunehmen, war schon wieder ein Zug an ihm, der mich ärgerte und frustrierte – und in meinem Hinterkopf leise Zweifel weckte. War ich wirklich für dieses Leben gemacht? Was das Rennen anging, bestimmt, aber alles andere …

Energisch kippte ich einen Eimer Wasser in die Glut der Verunsicherung. Doch. Unbedingt. In meinem ganzen Leben hatte ich nie etwas anderes gewollt.

Ich blendete Haydens nervtötend volle Stimme aus, mit der er Fragen über sein triumphales Debüt in Daytona beantwortete, und fuhr damit fort, mir meinen Sieg auszumalen. *Dad zählt auf mich, das Team zählt auf mich, die Firma zählt auf mich … ich kann es schaffen.* Ich schloss die Augen, stellte mir die Strecke vor und sah vor mir, wie ich am Ende des Fahrerfeldes durchstartete. Dann dachte ich an Hayden und malte mir aus, wie ich die anderen Fahrer abhängte, um ihn einzuholen. Ich spürte, wie sich mein Körper entspannte, als ich mir bildlich vorstellte, wie ich eine Gelegenheit nutzte, an ihm vorbeizuziehen. In meiner Fantasie war das Visier an seinem Helm durchsichtig, und ich konnte seinen überraschten Gesichtsausdruck sehen, als ich ihn ausmanövrierte. Mein Herz schlug mir bis zum Hals, als ich mir vorstellte, meinen Vorsprung auszubauen und schließlich, dicht gefolgt von ihm, die Ziellinie zu überqueren. Dann malte ich mir aus, wie ich die Maschine anhielt und mich mit herausforderndem Blick nach Hayden umdrehte. Er legte eine Vollbremsung hin, hielt mit quietschenden Reifen direkt neben mir, riss sich den Helm vom Kopf und sah mich mit unverkennbarem Verlangen an. Plötzlich trug ich keinen Helm mehr, seine Hand lag in meinem Nacken. Er zog mich an sich und forderte mich als Preis, weil ich ihm die Trophäe für den Sieg des Rennens abgejagt hatte. Komisch, dass ich ihn sogar gewähren lassen wollte, trotz allem, was zwischen uns stand. Mein Atem beschleunigte sich, und dieses erregende Kribbeln durchfuhr mich, als sich sein Mund um meine Lippen schloss.

Wie jetzt? Nein! Noch so einen kranken, perversen, erotischen Tagtraum von Hayden konnte ich jetzt überhaupt nicht gebrauchen. Ich zwang mich, die Augen zu öffnen und blinzelte, bis ich begriff, dass der echte Hayden vor mir stand und mich anstarrte. Irgendwie war ich immer noch aufgewühlt und musste erst einmal tief Luft holen und mich beruhigen, bevor ich etwas zu ihm sagen konnte. Auch dann klang meine Stimme noch angespannt: »Was tust du hier, und warum glotzt du mich so an?«

Er drehte sich um und sah nach hinten, wo sich die Reporter gerade auf die anderen Fahrer stürzten, dann sah er wieder zu mir. »Meditierst du?«, fragte er und setzte ein schiefes Grinsen auf.

»So etwas in der Art.« Die Vorstellung, ihn zu küssen, hatte die Erinnerung an jenen aufgeheizten Moment aufleben lassen, als wir draußen vor der Bar gestanden und ich ihn im Stillen angefleht hatte, seine Lippen auf meine zu legen. Jetzt konnte ich an nichts anderes als an seinen Mund denken. Ich musste mich schleunigst aus dem Staub machen, bevor ich noch etwas tat, was ich später bereute – eine Fantasie in die Tat umsetzen, zum Beispiel.

»Mach dich wegen morgen nicht verrückt«, sagte er freundlich. »Das kriegst du schon hin.«

Dass er ein Gespür für jenen düsteren, von Zweifeln geplagten Teil von mir hatte, den ich vor allen geheim hielt, machte mich wütend. Seltsamerweise fühlte ich mich dadurch aber auch noch mehr zu ihm hingezogen. *Er versteht mich.* »Wir dürfen uns nicht zusammen blicken lassen«, sagte ich und entfernte mich von ihm, ohne zu wissen, wohin – ich wusste nur, dass dies gerade ein sehr ungünstiger Augenblick war, um mit ihm allein zu sein. Schon gar nicht mit all den potenziellen Zeugen um uns herum. Ich musste weiterlaufen, bis sich der Gedanke, seine Zungenspitze könnte über meine streichen, ganz und gar in Luft aufgelöst hatte. Motorräder. Ich musste an Motorräder denken. Oder ans Rennen. Oder an meinen Dad. Egal, an was, außer an Hayden. *Er hat eine Freundin, er hat ein Kind. Hör auf, von ihm zu träumen.*

»Kenzie, warte.« Hayden trabte hinter mir her, bis er mich eingeholt hatte. Am liebsten wäre ich davongerannt – tat es dann aber doch nicht. Das war sinnlos. Aus Erfahrung wusste ich inzwischen, dass er mir einfach folgen würde, bis er losgeworden war, was er mir zu sagen hatte. Als wir so gut wie allein waren, blickte er sich um und sagte: »Wie bist du mit den Reportern ausgekommen? Hast du es ihnen gegeben oder sie dir?«

Was ging ihn das eigentlich an? »Darüber will ich nicht reden.« Ich hastete in eine Lücke zwischen zwei Werkstattbuchten und sah mich nach einem Imbissstand um. Ich brauchte Wasser. Und vielleicht auch eine kalte Dusche.

Hayden hörte mir wieder einmal nicht zu. »Sie haben es dir gegeben, was? Hast du dich an den Statements vom Team orientiert? Das solltest du das nächste Mal tun. Die Medien stehen auf solchen Mist. Wenn die Kamera läuft, sag einfach Sachen wie: ›Ich habe alles meinem Team zu verdanken. Ohne dessen Unterstützung wäre ich nichts. Wenn es die Leute hinter mir nicht gäbe, könnte ich nicht das leisten, was ich jetzt leiste.‹ Versuch es beim nächsten Mal, dann merkst du, was ich meine.«

Ich fragte mich, wann er ein Experte für das alles geworden war. Bei dem *einen* Rennen in Daytona? Ernsthaft – er war nur illegale Straßenrennen gefahren und aus heiterem Himmel in dieser Welt aufgetaucht, mit der ich schon mein ganzes Leben lang zu tun hatte. Ich blieb neben einem Wohnmobil stehen und grub die Fingernägel in die Handflächen. »Ich habe dich nicht um deinen Rat gebeten. Geh weg.«

Er sah mich eine Weile an, bevor er etwas erwiderte, und ich hätte schwören können, dass die Luft zwischen uns in der Stille zu qualmen begann. Als er schließlich etwas sagte, hatte seine Stimme eine so sinnliche, tiefe Tonlage, dass sie sofort meine Libido ansprach. »Wenn du so hitzig und widerspenstig bist, würde ich dich am liebsten gleich wieder kneifen.«

In meinem Kopf meldete sich lauthals eine warnende Stimme, dass ich sofort einen Schritt zurückweichen sollte. Das hier konnte ganz schnell bei etwas enden, was ich nicht zulassen durfte. Nur, dass mein Körper mir nicht mehr gehorchte. »Das würdest du nicht wagen«, fauchte ich und lehnte mich unwillkürlich ein Stück nach vorn.

Ein zartes Lächeln huschte über seine Lippen. »Ich stehe auf Herausforderungen.«

Als wir einander in die Augen blickten, beschleunigte sich mein Atem, und ich war starr vor Anspannung. Ich wartete, dass er irgendetwas unternahm. Ich wusste allerdings nicht genau, wie ich reagieren würde, wenn er es tatsächlich tat. Genauso wenig wusste ich, was ich machen sollte, wenn er es nicht tat. Gut oder schlecht, richtig oder falsch – etwas *musste* passieren, sonst würde ich bei der ganzen Warterei noch implodieren.

Auch Haydens Atem ging schneller, und seine Hände zuckten, als könnte er sich gerade noch beherrschen, mich in das Wohnmobil zu schleifen und zu nehmen. Irgendein Teufelchen in meinem Hinterkopf wollte, dass er der Versuchung nachgab. *Ja, bring mich da rein, leg mich flach, und dann zeig mir, wie gut du mit einer anderen Art von Kurven umgehen kannst.*

Sein Handrücken berührte meinen Oberschenkel, und ich erstarrte. Wollte er es wirklich tun? Ich hörte mich leise stöhnen, und sein Schlafzimmerblick wurde noch heißer. Er wollte mich nicht nur kneifen, sondern noch etwas ganz anderes, und ich wollte es zulassen … auch wenn ich mich schrecklich dabei fühlte. *Er hat eine Familie.*

»Sag es«, flüsterte er und rieb dabei mit dem Knöchel über meine Jeans. Jede Bewegung steigerte mein Verlangen. Als wären wir geistig miteinander verbunden, wusste ich ganz genau, was er von mir hören wollte. Ich beugte mich vor, bis sich unsere Oberkörper berührten. »Du traust dich ja doch nicht.« Ich zog die Worte in die Länge und ließ sie tief und sexy klingen. Mein Herz schlug mir bis zum Hals. *Was tat ich da?*

Hayden bekam große Augen. Sein Blick war voller Begehren, als er meinen Hintern griff und an seine Hüften zog. Ich spürte deutlich, *wie* groß sein Verlangen nach mir gerade war, und stöhnte leise auf. *Kneif mich nicht, nimm mich.*

»Oh Kenzie, gut, dass du da bist. Dein Vater sucht dich.«

Sobald ich Nikkis Stimme hörte, schob ich Haydens Hand von meiner Kehrseite, drehte mich um und sah meine Freundin vor mir stehen. Mist. Hatte sie gesehen, wo Haydens Hand gelegen hatte? Wie sollte ich ihr das nur erklären? Wie sollte ich begründen, dass ich mich weitab vom Schuss, hier in dieser komischen Ecke, mit Hayden herumdrückte? So etwas durften wir nicht tun. Wir durften überhaupt nicht zusammen gesehen werden!

Nikki blickte entgeistert zwischen Hayden und mir hin und her, als sehe sie gerade etwas ganz und gar Unglaubliches, was allen Naturgesetzen widersprach. Und das tat es ja auch. Bennetis und Cox hingen nicht gemeinsam vor irgendwelchen Wohnmobilen ab. Jedenfalls nicht, wenn sie ihre Jobs behalten wollten. *Beruhige dich, Kenzie. Benimm dich ganz normal.*

Anscheinend benahm ich mich nicht normal genug, denn Nikki kam schnell zu dem Schluss, dass Haydens Aufmerksamkeitsbezeugungen unerwünscht waren. Womit sie gar nicht so verkehrt lag. »Was zum Teufel machst du da mit meiner Freundin, Benneti? Wenn du nicht sofort verschwindest, hole ich einen Offiziellen und lasse dich wegen Zeugenbeeinflussung verhaften! Äh, ich meine Fahrer…«

Ich verzog verlegen das Gesicht und warf Nikki einen Blick zu. Sie sah entschieden zu viele Gerichtsserien im Fernsehen. Hayden grinste sie an und fuhr sich lässig mit der Hand durchs Haar. »Ich bin mir ziemlich sicher, dass man mich nicht verhaftet, bloß, weil ich mit ihr *geredet* habe. Aber ich wollte sowieso gerade gehen.«

»Gut«, sagte Nikki. Dann stellte sie sich zwischen uns, als wäre sie meine Leibwächterin. Hayden schüttelte im Weggehen den Kopf. Nikki behielt ihn die ganze Zeit im Auge. Sobald er verschwunden war, wandte sie sich an mich. Sie sah sehr besorgt aus. »Alles okay? Was hat er dir getan? Was hat er gesagt? Hat er dir irgendetwas gegeben? Etwas zu essen oder zu trinken? Hat er dich angefasst? Gab es irgendwelche Hautkontakte?«

Allein bei dem Gedanken an den Hautkontakt, auf den ich gehofft hatte, schoss mir die Hitze in die Wangen. Oh Gott, wenn sie wüsste – sie würde mir bei lebendigem Leib die Haut abziehen. »Alles gut, Nikki. Er hat mir nur Interviewtipps gegeben.«

Nikki sah mich völlig irritiert an, und ich begriff sofort, dass ich einen Fehler gemacht hatte. Ich hätte ihn nicht verteidigen dürfen. »Tipps? Jeder Tipp von diesem Typen ist wahrscheinlich das Gegenteil von dem, was du tun solltest. Und hast du seine Interviews gehört? *Für mich gibt es keine echte Konkurrenz da draußen. Der Einzige, mit dem ich mich messe, bin ich selbst.* Selbstgefälliger Idiot.«

Als ich das hörte, war ich baff. Keine echte Konkurrenz? *Na, das werden wir ja sehen.* Nikki nickte, als sie die Wut in meinen Augen blitzen sah. »Genau. Und weißt du, warum er das glaubt?«

Das wusste ich nicht. »Nein … warum?«

Nikki verdrehte die Augen. Erinnerst du dich noch, was Eli beim Bullenreiten in der Bar erzählt hat? Diese Gerüchte, die über Hayden in Umlauf sind? Vielleicht ist da ja wirklich etwas dran.«

An jenem Abend hatte es so gewirkt, als wäre Nikki nicht ganz von Elis Verschwörungstheorien überzeugt. »Ich dachte, du hättest das nicht geglaubt?«

»Na ja, vielleicht habe ich es auch nur heruntergespielt«, wich sie aus. »Ich wollte nicht, dass die Jungs etwas von den illegalen Straßenrennen erfahren. Damit habe ich übrigens Schluss gemacht, wie du es wolltest – du brauchst mich gar nicht mehr so böse anzuschauen. Aber ich weiß nicht, Kenzie ... es *gab* ein paar verdächtige Unfälle, recht merkwürdige Fehlfunktionen, und er *war* reichlich lange ungeschlagen. Keine Ahnung. Ich weiß nur, dass er kein guter Umgang ist. Also pass auf, okay?«

Zur Antwort nickte ich nur verspannt. Zu etwas anderem war ich nicht in der Lage.

8. Kapitel

Es war ein wunderschöner Tag in Wisconsin. Perfektes Rennwetter. Road America, der geschichtsträchtige Ring in Elkhart, hatte die längsten Runden der Saison. Eine Runde war circa vier Meilen lang, was bedeutete, dass wir für die Gesamtstrecke von knapp fünfzig Meilen nur zwölf Runden zu drehen brauchten. Dadurch fühlte sich das Rennen noch schneller an, als es ohnehin schon war.

Kurz vor dem Start brannte ich darauf loszulegen. Mein Vater hatte mir noch ein paar seiner nützlichen Weisheiten über Selbstkontrolle mit auf den Weg gegeben und dann gesagt: »Allmählich baust du Druck auf, aber wenn du ganz bis nach oben willst, musst du ihn beherrschen.« Im Grunde wollte er mir damit sagen: *Bau heute keinen Mist, okay?*

Ich nickte ihm zu, dann schob ich mir den Helm über den Kopf. Seine Worte lagen mir bleischwer im Magen. Ich hatte nicht vor, Mist zu bauen, aber bei Rennen passierten Dinge, die sich meiner Kontrolle entzogen. Was, wenn ich dann nicht richtig reagierte? Ich holte tief Luft und konzentrierte mich auf eine Vorstellung, die viel mehr Spaß zu machen versprach – Hayden fertigzumachen, bis er mich um Gnade anflehte.

Als wir unsere Startpositionen eingenommen hatten und darauf warteten, dass das Lichtsignal umsprang, trug ich ein so fettes Grinsen im Gesicht, dass ich dachte, meine Wangen würden aufspringen. Beim Qualifying hatte ich mir einen Startplatz unter den ersten zehn erkämpft – worüber ich mich freute –, aber ich war immer noch ein paar Plätze hinter Hayden, was mir weniger gefiel. Dennoch hatte ich vor einem Rennen noch nie dermaßen unter Strom gestanden. Die Aufregung, schon in wenigen Sekunden wieder gegen Hayden zu fahren, brachte mein Blut in Wallung, als wären Tausende winziger Bullen in mir durchgegangen. Fast hätte ich einen Fehlstart hingelegt, so heiß war ich darauf, endlich zu starten. Doch zum Glück sprang das Licht genau im richtigen Moment um, und ich konnte endlich alles herauslassen. Bei *diesem* Rennen wollte ich mir von Hayden keine einzige Sekunde meiner Zeit stehlen lassen.

Aufgeregt und voller Energie schoss ich los, und als ich mich nach der Startphase etwas entspannte, hatte in meinem Kopf nur noch ein einziger Gedanke Platz: *Schnapp dir Hayden.* Die Zuschauer auf den Rängen waren nichts weiter als ein verwischter Streifen am Rand meines Blickfelds und die anderen Fahrer auf der Bahn nichts als nummerierte Hindernisse auf dem Weg zu ihm. Wo war er?

Ich entdeckte ihn ein paar Plätze vor mir. Jetzt holte ich das Äußerste aus meiner Maschine heraus. Das Einzige, was mich interessierte, war, an ihm vorbeizukommen. Die Fahrbahn schien in den Kurven anzusteigen und sich mir entgegenzuwölben, was auf mich wirkte, als bewege sich die Piste und nicht ich. Mein Motorrad brummte im perfekten Rhythmus, die Haltung, mit der ich seitlich tief vom Bike hing, war makellos, und ich vibrierte vor Hoffnung. Ich schoss an den anderen Fahrern vorbei, als würden sie stillstehen. Da meldete sich in mir ein zarter Gedanke und verfestigte sich. *Es gibt keinen Grund, warum ich das hier nicht gewinnen kann.*

Es dauerte nicht lange, bis ich zu Hayden aufschloss. Als würde er mich hinter sich spüren, schaffte er es auf wundersame Weise, seine Geschwindigkeit noch zu steigern. Doch ich verringerte den Abstand mit jeder Runde. Wenn ich erst an ihm vorbei war, war der Rest ein Kinderspiel. Das war *mein* Rennen.

Als hätte mich der Himmel erhört – mehr als die Hälfte des Rennens war bereits gefahren –, spie eines der Motorräder vor Hayden und mir plötzlich dichten schwarzen Qualm aus. Ich sah gerade in dem Moment zu ihm hinüber, als die Lenkung zu flattern begann. Schließlich verlor der Fahrer die Kontrolle, ohne die geringste Chance, sie bei diesem Tempo wiederzuerlangen. Er stürzte, das Motorrad überschlug sich mehrmals mitten auf der Spur, und der Fahrer krachte auf den Beton.

Sofort wurde die Warnflagge hochgerissen, doch zu spät für uns, die wir nur wenige Sekunden hinter ihm lagen. Ich wich den Trümmern aus, so gut es ging, und versuchte, nicht auf den schweren Unfall zu achten. Welcher Fahrer gestürzt war, wusste ich nicht, ich hoffte nur, dass es ihm gut ging. Als Nächstes wurde die rote Flagge gehisst und gleich darauf gegen die karierte getauscht. Das Rennen wurde abgebrochen. Fassungslos drosselte ich die Geschwindigkeit. Nein! Ich war so nah dran gewesen, mir Hayden zu schnappen, so kurz davor, ihn zu schlagen. Auch wenn ich mir Sorgen wegen des verunglückten Fahrers machte, konnte ich nicht glauben, dass der Tag auf diese Weise enden sollte.

Wir wurden alle in die Boxengasse geleitet. Zu diesem Zeitpunkt kochte ich bereits vor Wut. Die Rennleitung sollte dem Fahrer helfen, die Trümmer beseitigen und uns weiterfahren lassen. Das Rennen war nicht zu Ende gebracht worden, und das machte mich unzufrieden. Doch ich wusste, dass man uns heute nicht mehr fahren lassen würde. Das Rennen hatte die magischen achtzig Prozent überschritten – zu knapp vor dem Ende für eine Fortsetzung.

Ich sprang von meinem Motorrad und stürmte in die Box. »Fast hätte ich ihn gehabt. Eineinhalb Runden! Mehr hätte ich nicht mehr gebraucht.« Wütend schleuderte ich den Helm durch den Raum. Zum Glück fing ihn eines der flinkeren Crewmitglieder auf – mein Vater hasste es, wenn durch Wutanfälle Ausrüstung zu Schaden kam. Im Grunde war er generell kein großer Fan von Wutausbrüchen. *Reiß dich zusammen, Kenzie.*

Ich wollte mich schon dafür entschuldigen, meinen Kram herumgeschleudert zu haben, da bemerkte ich die Spannung, die in der Luft lag. Ich hatte nicht den Eindruck, dass es an meinem Ausbruch lag. Alle schienen den Atem anzuhalten und auf irgendetwas zu warten. Die Haare in meinem Nacken richteten sich auf, und mein Magen fühlte sich an, als hätte ich eine Handvoll Murmeln verschluckt. Der gestürzte Fahrer. Es musste ihn ziemlich schlimm erwischt haben, wenn alle so um ihn bangten.

Alles blickte wie gebannt auf die Monitore, die verschiedene Streckenabschnitte zeigten, also sah ich ebenfalls hin. Auf der Piste stand ein Krankenwagen, und drei oder vier Mediziner umringten einen auf dem Boden liegenden Körper. Ich konnte nicht sehen, um wen es sich handelte.

Seitlich von mir entdeckte ich Nikki, die an ihren Knöcheln herumkaute. Ich bahnte mir einen Weg zu ihr und fragte: »Wer war das? Wer ist verunglückt?« Während des Rennens war ich so sehr auf Hayden konzentriert gewesen, dass ich keine Ahnung hatte, um wen es sich handelte.

Als Nikki mir das Gesicht zuwandte, sah ich, dass ihr Tränen in den Augen standen. Sie sah aus, als würde sie jeden Augenblick die Beherrschung verlieren und zusammenbrechen. Das flaue Gefühl in meinem Magen verwandelte sich sofort in heftigen stechenden Schmerz.

Sag es nicht.

Nikki schluckte, bevor sie antwortete, eine einzelne Träne lief ihr über die Wange. »Myles«, flüsterte sie.

Nein. Der Verunglückte konnte unmöglich Myles sein – so etwas passierte ihm doch nicht. Ich ließ den Augenblick noch einmal Revue passieren, ohne mich dabei nur auf Hayden zu konzentrieren. Jetzt sah ich das blau-weiße Trikot und die Nummer Zwölf auf dem Bike, das außer Kontrolle geraten war. Mist, es *war* Mike, und ich hatte es nicht einmal gemerkt. Was zum Teufel stimmte nicht mit mir?

Panische Angst schnürte mir den Brustkorb zu. »Wie geht … es ihm? Wie ist der Stand?«

Nikki schüttelte den Kopf. »Ich weiß es nicht. Dein Vater ist auf dem Weg zu ihm, John ist am Funk und wartet auf Nachrichten. Im Grunde wissen wir noch gar nichts. Aber … Glückwunsch für dein Finish, Kenzie«, sagte sie und klopfte mir auf die Schulter. »Der achte Platz ist super. Und du hast den Streckenrekord für eine weibliche Fahrerin eingefahren.«

Ich war so sehr mit dem Rennabbruch beschäftigt gewesen, dass ich gar nicht auf meine Platzierung geachtet hatte. Ich fühlte mich ein wenig benommen, als ob ich mich am besten hinlegen sollte. »Achte? Streckenrekord eingefahren?« Ich war mir sicher, dass ich irgendeinen zusammenhängenden Satz bilden sollte, doch ich bekam die Worte nicht heraus.

Nikki lachte leise auf, dann umarmte sie mich und fing an zu weinen. Sofort fiel mir ein, *wie* ich auf den achten Platz gekommen war. *Myles. Bitte lass alles in Ordnung sein.*

Weil wir nicht mehr nur herumsitzen und auf Nachrichten warten wollten, beschlossen Nikki und ich, zur Erste-Hilfe-Station zu gehen, wo das ARRC ein paar Ärzte in Bereitschaft hielt. Vermutlich würde man Myles vom Ring aus hierher bringen. Es sei denn, Hals oder Rücken waren betroffen – dann brächte ihn ein Krankenwagen direkt in die Klinik. Ich hoffte inständig, dass er zuerst hier in die Station kam. *Bitte lass es nichts Ernstes sein.*

In der Werkstattbucht, die man als provisorische Arztpraxis nutzte, herrschte reges Treiben, als wir dort ankamen. Sanitäter kümmerten sich um Dehydrierte, um eine böse Abschürfung und sogar um eine klaffende Fleischwunde, die mit Sicherheit genäht werden musste. Jeder Fahrer, der hier versorgt wurde, sah genervt aus. Am liebsten hätten sie einfach nur die Zähne zusammengebissen und gewartet, bis der Schmerz von selbst nachließ. Doch ihre Teamchefs waren da anderer Meinung.

Wir hörten, wie ein Typ am Handy Myles' Namen nannte, und folgten ihm in einen Winkel des Raumes, wo ein Untersuchungstisch vorbereitet wurde. Als man Myles auf einer Trage in die Garage brachte, stieß ich einen erleichterten Seufzer aus – Gott sei Dank, keine Wirbelsäulenverletzung. Sobald er in der Garage war, brach hektische Betriebsamkeit aus. Meinen Freund leiden zu sehen, war bedrückend. Er mochte sich nicht den Hals gebrochen haben, aber irgendetwas stimmte eindeutig nicht mit ihm.

»Myles! Wie geht es dir?« Ich stürzte zu ihm, doch das Personal hielt mich zurück.

Eine Frau in einer makellos weißen Jacke verschränkte die Arme über der Brust und stellte sich uns in den Weg. »Es tut mir leid, aber wenn Sie nicht behandlungsbedürftig sind, müssen Sie draußen warten.«

Ich überlegte kurz, ob ich so tun sollte, als hätte ich mir wieder den Knöchel verletzt, doch dann besann ich mich. Dad würde es womöglich glauben und mich für die nächsten Tage aus dem Verkehr ziehen. »Ich will nur wissen, was mit Myles Kelley passiert, dem Fahrer von Cox Racing, der auf der Strecke gestürzt ist. Wissen Sie schon etwas?« Ich hörte Myles vor Schmerzen stöhnen, als er auf den Untersuchungstisch gehoben wurde. Es zerriss mir das Herz, und es machte mich völlig fertig, dass ich nichts tun konnte.

Die Frau blickte sich nach hinten um, wo man gerade dabei war, Myles aus seiner Rennkombi zu schälen. Dann wandte sie sich wieder zu uns um und sagte: »Sobald wir mehr wissen, erfahren Sie es. So lange warten Sie bitte draußen.«

Ich wollte gerade eine Diskussion mit ihr anfangen, als ich Dad entdeckte. Er befand sich unter den Leuten, die Myles halfen, sich auszuziehen. Mit ernstem Gesichtsausdruck machte er eine Kopfbewegung, dass Nikki und ich verschwinden sollten, dann zog er einen Vorhang um Myles' Liege, um sie vor Blicken zu schützen.

Ich zog Nikki entschlossen hinter mir durch das Garagentor nach draußen. Auch wenn uns die Schwester jetzt nichts sagte, würde es mein Vater später sicherlich tun, und wenn wir nur im Weg herumstanden, war damit niemandem geholfen. Als wir wieder draußen standen, war Nikki völlig erschöpft und zugleich äußerst unruhig. Ihre manische Energie übertrug sich allmählich auf mich. Wenn ich Nikki so herumtigern sah, hatte ich selbst das Gefühl, als würden ganze Heerscharen von Ameisen unter meiner Haut kribbeln. »Hey, falls du noch irgendwo hingehen und Dampf ablassen willst, kann ich dir eine SMS schicken, sobald ich mehr erfahre.«

Nikki hielt inne und blickte mich an. »Ja, okay. Ich gehe wieder in die Werkstatt. Mal sehen, ob Kevin irgendwas von Myles' Bike gehört hat.« Wir wussten beide, dass die Rennleitung das Motorrad zunächst – vermutlich stundenlang – untersuchen würde. Doch Nikki musste eine Beschäftigung finden, also umarmte ich sie und ließ sie dann ihrer Wege gehen.

Eine Viertelstunde später tauchte Dad aus der Erste-Hilfe-Station auf. Er wirkte völlig erledigt und rieb sich mit den Händen übers Gesicht. »Wie geht es ihm?«, fragte ich zögernd.

Dad seufzte. »Es sieht aus, als sei das Bein gebrochen. Vielleicht auch das Schüsselbein. Man bringt ihn bald ins Krankenhaus. Danach wissen wir mehr.«

Mich überkamen so viele Gefühle gleichzeitig – Traurigkeit, Schuld, Erleichterung –, dass mir fast schwindelig war. Gebrochen? Kein Wunder, dass er solche Schmerzen gehabt hatte. Herrje, er hatte schwer verletzt auf dem Beton gelegen, während ich nur mit dem vorzeitigen Rennabbruch beschäftigt gewesen war. Und jetzt … Myles musste sich erholen. Aber wie lange? Wie viele Rennen würde er ausfallen? Selbst wenn es nur ein einziges Rennen war, bedeutete es sein Ende. »Wie lange wird er …? Ich meine, wenn es gebrochen ist, kann er dann trotzdem noch …?« Ich wagte, meine Befürchtungen nicht einmal laut auszusprechen.

Mein Vater wusste, was ich eigentlich fragen wollte und schüttelte den Kopf. »Wahrscheinlich fällt er für den Rest der Saison aus.«

Die *ganze* Saison … Sein Jahr hatte gerade erst begonnen, und jetzt war es schon vorbei. Myles … Gott, er musste am Boden zerstört sein.

Dad legte mir eine Hand auf die Schulter und lenkte meine Aufmerksamkeit wieder auf sich. »Du bist heute ein anständiges Rennen gefahren, Kenzie. Du hast sogar den Rekord eingestellt. Aber anständig reicht leider ab jetzt nicht mehr. Und *einstellen* reicht auch nicht. Im nächsten Rennen musst du noch einen Zahn zulegen. Ohne Myles bist du jetzt unsere größte Sieghoffnung. Lass mich nicht hängen.«

Es war, als hätte er mir gerade eine Abrissbirne der Enttäuschung in den Magen gerammt. Sie traf mich so heftig, dass ich fast umgekippt wäre. Ein »anständiges Rennen«? Es reichte nicht? Das war der Zuspruch, den ich dafür erhielt, dass ich einen Streckenrekord eingestellt hatte, der seit sechs Jahren unerreicht gewesen war? Ich wusste, dass ich es mir nicht so zu Herzen nehmen sollte – überschwängliches Lob war nicht Dads Stil –, aber es tat dennoch verdammt weh. Und es machte mir Angst. *Ich bin jetzt Cox Racings einzige Hoffnung? Und wenn ich versage?*

Ich brachte kein Wort heraus, deshalb dachte Dad wohl, wir seien fertig.

Er ging an mir vorbei, und ich drehte mich um und sah ihm hinterher. Im Ernst? Das war's? *Die Zukunft der Firma hängt von dir ab, bau keinen Scheiß.* Sollte mich das etwa motivieren? »Ist das wirklich alles, was du mir zu sagen hast?«, stieß ich hervor.

Dad blieb stehen und drehte sich um. »Wolltest du noch etwas anderes hören?«

Ich hob die Hand und ließ sie dann schwer wieder sinken. »Ich habe den Rekord eingestellt, Dad. Das bedeutet etwas. Wie wäre es denn mal mit ›Glückwunsch‹? ›Gute Arbeit‹? ›Super Rennen gefahren‹?« *Wie wäre es mit: ›Ich hab dich lieb, egal, welchen Platz du machst‹?«*

Dad kniff die Brauen zusammen, und ich konnte sehen, dass meine Bitte um ein Kompliment bei ihm nicht gut ankam. Auf einmal war es mir peinlich, und ich fühlte mich so unwohl, dass ich überall lieber gewesen wäre als hier. Ich hätte gar nicht erst den Mund aufmachen, sondern ihn einfach gehen lassen sollen. Dad hasste Selbstmitleid und war allgemein dafür bekannt, kein Verständnis für Herumjammern zu haben. Er formte *Rennfahrer*. Das war sein Job. Und ich respektierte das.

»Ich bin nicht hier, um deine Hand zu halten, Mackenzie. Dafür hast du Freunde. Ich bin hier, um eine bessere Fahrerin aus dir zu machen. Und so leid es mir tut, wenn ich dich beim Fahren beobachte, ist da noch eine *Menge* Luft nach oben. Ich kann es mir nicht leisten, dich über den grünen Klee zu loben, wenn ich weiß, dass du deutlich besser sein kannst, als du es zeigst. Damit würde ich dich und das Team hintergehen. Wenn du das Rennen *gewinnst* oder am besten gleich *mehrere*, dann lasse ich locker und gratuliere dir. Das mag dir hart vorkommen, aber das ist nun einmal die Realität. Alles hängt von dir ab, und ich darf nicht zulassen, dass du dich mit dem achten Platz zufriedengibst – nicht, wenn du das Potenzial für den ersten hast. Und jetzt entschuldige bitte, ich muss eine Erklärung abgeben.«

Mit diesen Worten drehte er sich um und ging. In mir rangen Wut, Traurigkeit und Verständnis miteinander, während ich ihm hinterhersah. Er hatte recht, er war nicht hier, um mich zu bemuttern. Andererseits *war* ich aber doch sein Kind, seine jüngste Tochter. Wo kam ich als diese vor? Bei ihm ging es immer und allezeit nur um die Arbeit. Vielleicht war das der wahre Grund, warum meine beiden Schwestern mit dem Fahren aufgehört hatten. Sie wussten, was ich erst nach und nach begriff: Dad konnte nicht Chef und Vater in einer Person sein. Er war einfach nicht imstande, beide Rollen gleichzeitig auszufüllen.

Ich wischte mir die Tränen aus dem Gesicht und machte kehrt, um mich nach Myles zu erkundigen. Da bemerkte ich, dass mich jemand beobachtete, mit dem ich nicht gerechnet hatte. Hayden. Und seiner ernsten Miene nach zu urteilen, hatte er alles verfolgt, was sich zwischen meinem Vater und mir zugetragen hatte. Na toll. Ich hatte wirklich keine Lust, vor ihm Schwäche zu zeigen, schon gar nicht, wenn es um Familienangelegenheiten ging. *Ja, das legendäre Vater-Tochter-Team von Cox Racing ist nicht perfekt.* Aber was auf dieser Welt war schon perfekt?

Ich wollte nicht, dass mich Hayden so sah, und ich wollte mir in diesem Gefühlszustand wirklich nichts von ihm anhören. Ich war mir nicht sicher, ob ich ihn in Stücke reißen oder in seinen Armen losheulen würde. Er betrachtete mich mit besorgter Miene – das war ich von ihm nicht gewohnt, und ich fühlte mich nicht wohl dabei. Ich glaube, es wäre mir lieber gewesen, wenn er mich angesehen hätte, als wolle er mir die Kleider vom Leib reißen.

Hayden blickte in die Richtung, in der mein Vater verschwunden war. »Nicht leicht zufriedenzustellen«, bemerkte er.

Manchmal kam es mir vor, als sei es unmöglich, ihn zufriedenzustellen. »Er hat seine Gründe«, sagte ich mit schneidender Stimme. Dabei spürte ich, wie mir verräterische Tränen in die Augen stiegen. Nein, ich wollte nicht vor ihm weinen. »Was tust du hier?«, fragte ich und blinzelte, so schnell ich konnte.

Hayden musterte mich nachdenklich, als ob er die Dinge jetzt in einem anderen Licht sähe. Es war frustrierend. Ich wollte von ihm in *gar keinem* Licht gesehen werden. Er schwieg so lange, dass ich schon dachte, er würde überhaupt nicht mehr antworten. Dann sagte er: »Sei froh, dass du ihn hast. Wenn man niemanden hat, ist es noch schwerer.« Seine Stimme klang leise und mitfühlend. Beides kannte ich nicht von ihm. Mein Herz schlug schneller, und ich wusste nicht, weshalb.

Gerade als ich ihn fragen wollte, was er damit meinte, rief eine Stimme hinter ihm: »Hey, du Mistkerl! Keith will dich sehen. Sofort!«

Mir blieb vor Schreck das Herz stehen. *Nein.* Jemand hatte uns entdeckt. Obwohl wir gar nichts taten … außer reden. Und selbst das nicht richtig. Nach dem ersten Schreck stieg augenblicklich heiße Wut in mir auf. *Mistkerl?* Hatten sie ihn gerade wirklich so genannt? Und weshalb machte mir das etwas aus?

Hayden und ich drehten uns um und sahen zwei Fahrer mit Benneti-Jacken auf uns zustolzieren. Ihre Gesichter waren der Inbegriff arroganter Selbstgewissheit. Ich hatte mich noch nie mit einem von ihnen unterhalten, kannte ihre Gesichter jedoch vom Ring: Maxwell und Rodney. Oberarschlöcher.

Als Maxwell bei Hayden angekommen war, stieß er ihm den Finger gegen die Brust: »Was treibst du da? Du gibst dich mit einer Cox ab? Interessant … Wenn du uns auf dem Weg zu Keith ein paar Biere organisierst, können wir vielleicht darauf verzichten, es Keith zu melden.« Dann zwinkerte er mir zu: »Na, du Hübsche.«

Hayden setzte ein Grinsen auf, aber seine Augen wirkten

eiskalt. »Vorsicht, Maxwell, sie beißt. Besonders wenn Flachwichser blöde Sprüche machen.«

Maxwells Miene versteinerte: »Wenn du mit Keith fertig bist, Klugscheißer, kannst du die Bikes putzen. Alle. Außer natürlich, du willst, dass wir dein kleines Rendezvous erwähnen.« Rodney knurrte und boxte Hayden kräftig gegen den Arm. Dann entfernten sich die beiden. Dabei klatschten sie sich auch noch ab, als hätten sie gerade etwas Großartiges vollbracht. Idioten.

Haydens Gesicht war entspannt und zeigte keine Regung, dabei musste es ihn geärgert haben. Vielleicht war es das, was er mit »*Wenn man niemanden hat, ist es noch schwerer*« gemeint hatte. »Schwer zufriedenzustellen?«, fragte ich, um die Stimmung etwas aufzuheitern.

Er grinste schief, und die eisige Aura, die sich um ihn gelegt hatte, verflog. »Ja. Genau wie dein Vater. Das sind Vollpfosten. Aber das ist auch egal. Ich bin nicht hier, um Freunde zu finden.«

Ganz sicher nicht, sonst hätte er nicht gerade meinen Vater beleidigt. *Du kennst ihn doch überhaupt nicht.*

Schon wieder kochte die Wut in mir hoch. Haydens Vorschlag, gemeinsam zu trainieren, schoss mir durch den Kopf. Dann dachte ich daran, wie er mit seiner Freundin und seinem Kind die Straße hinuntergelaufen war. Nein, Hayden war nur hier, um zu siegen. Wenn ich bei ihm so etwas wie Wärme spürte, dann war das nur ein Trick, mit dem er mich dazu bringen wollte, mit ihm zu trainieren.

»Ich sollte jetzt nach Myles sehen …«, sagte ich in unterkühltem Ton. Als ich mich gerade abwenden wollte, merkte ich, dass jemand bei den Büschen stand und versuchte, Hayden auf sich aufmerksam zu machen. Wenn ich mich nicht irrte, war es der kleine Kerl aus der Bar. Ein Stück hinter ihm und nicht im Mindesten um Diskretion bemüht stand der große

Kerl. Was zum Teufel hatten die beiden hier zu suchen? »Äh … Ich glaube, da will dich noch jemand sprechen.« Ob Haydens Familie auch hier war? Na toll. Wie kam ich überhaupt auf die Idee, mit ihm zu reden?

Hayden drehte sich um und folgte meinem Blick. Als er die beiden Typen entdeckte, verdüsterte sich sein Blick. »Stimmt. Darum muss ich mich kümmern.« Dann sah er wieder zu mir. »Ein gutes Rennen heute, Zweiundzwanzig.« Es klang so ehrlich, dass meine Stimmung erneut umschlug. »Danke …« Dass in meinem Bauch Schmetterlinge flatterten, als ich mich dafür bedankte, schmeckte mir gar nicht, also schob ich schnell etwas hinterher: »Deine miesen Teamkollegen werden Keith doch wohl nichts sagen, oder?« Um Gottes willen, hoffentlich nicht.

Hayden wirkte jedoch nicht beunruhigt. »Die werden mich schon nicht feuern. Ich werde alles tun, was nötig ist, damit sie die Klappe halten. Darum brauchst du dir keine Sorgen zu machen.«

Das war es, was ich hören wollte, und trotzdem fühlte ich mich plötzlich unwohl dabei. »Ja … okay. Gut, man sieht sich, Dreiundvierzig.« Halt, stopp. *Was hatte ich da gerade gesagt?* Ich wollte ihn nicht sehen. Wenn es nach mir ginge, würden sich unsere Wege nicht noch einmal kreuzen. Ich blickte ihm hinterher und beobachtete, wie er mit seinen Freunden sprach. Der Kleine, Aufgedrehte zeigte auf seine Uhr und dann über seine Schulter nach hinten. Hayden nickte und deutete zum Benneti-Lager, dann tätschelte er dem Freund die Schulter und ging. Seine Freunde wirkten etwas verdutzt, als hätten sie erwartet, dass er sofort mit ihnen kam oder so etwas in der Art. Ich fragte mich, worüber sie geredet haben mochten, dann wunderte ich mich, wieso ich mir darüber eigentlich Gedanken machte. Mit mir hatte das alles jedenfalls nichts zu tun.

Von meiner eigenen Neugier genervt ging ich wieder zur Erste-Hilfe-Station, um mit Myles zu reden. Die Stimmung an seinem Untersuchungstisch war belegt. Die Ärzte versuchten, sich nichts anmerken zu lassen, doch ich brauchte sie nur anzusehen, um zu wissen, dass es schlecht um ihn stand. Als ich neben ihn an den Tisch trat, starrte er an die Decke. Er wirkte angestrengt, als versuche er, den Schmerz zu unterdrücken.

»Hey, Myles«, sagte ich und drückte leicht seinen Arm. »Wie geht es dir?«

»Super, wenn ich mich nicht bewege«, antwortete er mit zusammengebissenen Zähnen. Er sah mich an, und seine Augen waren voller Schmerz. »Wie hast du abgeschnitten?«

Mit einem traurigen Lächeln schüttelte ich den Kopf. »Dein Bein ist gebrochen, und du fragst mich, wie ich abgeschnitten habe?«

Myles zuckte die Schultern, dann holte er scharf Luft. »Ist jedenfalls besser, als darüber nachzudenken, wie *ich* abgeschnitten habe«, knurrte er.

Traurigkeit und Schuldgefühle pressten mir das Herz zusammen: »Es tut mir so leid, Myles«, flüsterte ich und verlagerte mein Gewicht, weil sich ein Gefühl der Beklemmung zwischen uns ausbreitete. Ich hoffte, er würde etwas Lustiges sagen, so wie sonst in solchen Situationen, doch stattdessen verdunkelten sich seine Augen vor Zorn. Er vergewisserte sich, dass wir allein waren, dann versuchte er näher zu rücken. Offenbar verursachte ihm jede Bewegung Schmerzen, also beugte ich mich zu ihm vor. »Das war kein normaler Unfall, Kenzie. Da hat jemand nachgeholfen«, zischte er.

Seine Feststellung erschütterte mich zutiefst. Sein Vorwurf wog schwer. »Myles, du willst doch nicht ernsthaft andeuten, dass …« Ich konnte es nicht einmal aussprechen. »Unfälle gibt es immer. Das ist schlimm, aber es gehört beim Rennen dazu, das weißt du.«

Er presste die Lippen zusammen. »Aber nicht so. Du weißt nicht, wie es sich angefühlt hat, bevor ich mich langgelegt habe.

Ich bin nicht über eine Öllache gefahren, ich habe nicht die Kontrolle verloren, und ich bin keinem reingefahren. Irgendetwas hat an der Maschine ›Plopp‹ gemacht, dann gab es einen Lichtblitz, und dann fing plötzlich alles an zu vibrieren, als würde das Ding in Stücke fliegen. Du weißt, wie gut sich Nikki und Kevin um die Motorräder kümmern. Es kann unmöglich einfach so auseinandergebrochen sein.«

Ich hätte ihm gern gesagt, dass es durchaus plausibel war, wenn das Motorrad auseinanderbrach. Ein Rennen bedeutete eine starke Belastung für die Ausrüstung, doch er würde mir jetzt nicht zuhören. Er stand unter Schock, litt Schmerzen, und vermutlich wäre er am liebsten bewusstlos. »Myles, du solltest dich ausruhen …« Myles richtete sich ein kleines Stück auf, dann zischte er: »Du hast gehört, was Eli gesagt hat. Hayden würde *alles* tun, um zu gewinnen. Ich denke, Eli hatte recht. Ich glaube, Hayden hat irgendetwas mit meinem Motorrad angestellt.«

Seine Lider flatterten, als er die Augen schloss und schwer zurück auf den Tisch sank. Sofort waren die Ärzte bei ihm und schoben mich zur Seite. Ich war so vor den Kopf gestoßen, dass ich sie gewähren ließ. Am liebsten hätte ich das wirre Zeug, das Myles von sich gegeben hatte, gleich wieder vergessen – er war nicht ganz bei sich. Doch ein Satz, den er gesagt hatte, ließ in meinem Hinterkopf die Alarmglocken schrillen: *Hayden würde alles tun, um zu gewinnen.* Dann dachte ich sogleich an Haydens verdächtige Worte, mit denen er mich hatte beruhigen wollen. *Ich werde alles tun, was nötig ist …*

Gut. Aber was genau meinte er damit?

9. Kapitel

Ich gab es auf, weiter auf den Schlaf zu warten, der sich ohnehin nicht einstellte, und setzte mich im Bett auf. Mir ging einfach zu viel durch den Kopf. Statt auf der Uhr nachzusehen, wie spät es war, blickte ich aus dem Schlafzimmerfenster. Noch war die Landschaft in Dunkelheit gehüllt, doch im Osten streichelte bereits ein zarter Schimmer den Himmel. Um zur Hausstrecke zu fahren, war es viel zu früh, aber nicht fürs Wellenreiten auf dem Ozean. Vielleicht konnte ich auf dem Wasser den Kopf freibekommen.

Ich stand auf, tappte zum Wandschrank und holte Bikini und Neoprenanzug heraus. Ich mochte zwar in Kalifornien leben, doch im Frühling war das Meer auch hier noch kühl. Nachdem ich mich angezogen hatte, ging ich auf die andere Seite des Hauses. Lange brauchte ich nicht. Die Bleibe, die ich gemietet hatte, war klein: Schlafzimmer, Bad, kleines Wohnzimmer und Küche. Doch hier war ich allein – ich hielt mir noch nicht einmal ein Haustier zur Gesellschaft. Ich hatte es gern einfach und unkompliziert. Der Flur war leer, im Badezimmer standen lediglich eine Zahnbürste und eine Handvoll Toilettenartikel, alles fein säuberlich aufgereiht. Die einzigen Fotos im Haus hingen im Wohnzimmer: das Hochzeitsfoto meiner Eltern, ein Urlaubsbild meines Vaters und meiner Schwestern und ein Schnappschuss von mir auf meinem ersten Motorrad bei meinem ersten Rennen. Das war im Grunde auch schon alles an Dekoration. Allzu oft war ich nicht hier. Wenn ich nicht wegen Rennveranstaltungen oder zu Streckentrainings unterwegs war, besuchte ich Freunde oder meine Familie. Das Haus brauchte ich eigentlich nur zum Übernachten. In der Garage ließ ich meine Maschine links liegen und ging zu dem alten, heruntergekommenen Truck, den ich Myles abgekauft hatte. Am liebsten war ich zwar mit dem Motorrad unterwegs, aber das war nun mal nicht immer zweckmäßig.

Mein Surfbrett hing an der Garagenwand an einem Haken. Rasch befestigte ich das Brett am Truck, dann ging es los. So früh am Morgen herrschte friedliche Stille. Kein Stress, keine Hektik, kein Verkehr. Die Morgendämmerung verwandelte den Himmel in ein perfektes Meisterstück aus Gelb-, Orange- und Rottönen, dass den größten Malern dieser Welt die Augen glänzen würden.

Trotz der Schönheit, die mich umgab, musste ich immer wieder an die Rennstrecke denken. Seit ich von der Road America zurückgekehrt war, gingen meine Zeiten in den Keller. So ungern ich es auch zugab, ich fuhr nicht annähernd so schnell, wie wenn ich gegen Hayden antrat. Mit ihm auf der Rennstrecke zu sein, versetzte mir offenbar einen Adrenalinschub, der sich durch nichts ersetzen ließ.

Ich sah die Abfahrt zu meiner kleinen Lieblingsbucht und fuhr vorsichtig den holprigen Weg hinunter. Manchmal standen andere Fahrzeuge auf dem kleinen Grünstreifen, der als provisorischer Parkplatz diente, doch heute war ich ganz allein.

Ich nahm das Board vom Truck, dann bahnte ich mir einen Weg durch das Gras an den steinigen Strand. Der Rhythmus der Brandung beruhigte mich sofort. Ich ließ das Brett ins Wasser gleiten und watete hinein. Als ich bis zur Hüfte im Meer stand, tauchte ich unter, dann strich ich mein nasses Haar zurück. Es war so kühl, dass ich eine Gänsehaut bekam, doch ich gewöhnte mich schnell an die Temperatur.

Ich arbeitete mich hinter den Bereich vor, in dem sich die Wellen brachen, dann setzte ich mich rittlings aufs Brett. Ich sog die frische, saubere Luft ein und blickte mich in der einsamen Bucht um. Der Himmel schimmerte inzwischen rosig, und das Ufer war deutlich zu sehen. Es war ein idealer Tag zum Surfen. Die Vögel zwitscherten zur Begrüßung, und es roch nach Meer. Seltsamerweise erinnerte mich der Geruch an Hayden.

Ich entdeckte eine vielversprechende Welle, paddelte schnell an ihren Rand und sprang auf die Füße. Der Kick, die optimale Position zu finden, war nicht ganz so befriedigend wie der Nervenkitzel beim Rennen, doch er kam ihm ziemlich nahe. Stets lief man Gefahr, das Gleichgewicht zu verlieren und von den Wassermassen mitgerissen werden. Darum strahlte ich bis über beide Ohren, als ich auf der Welle fast bis an die Küste glitt.

Die nächste Stunde genoss ich diesen idyllischen Morgen und die Ozeanwellen. Ich vergaß alle Alltagssorgen: den Druck, dem großen Namen meiner Familie gerecht zu werden, Myles unfallbedingtes Saisonende, seine erschreckenden Mutmaßungen über Haydens mögliche Verwicklung in den Unfall. Die vielen Geheimnisse, die Hayden umgaben, und all jene nervenaufreibenden und doch aufregenden Dinge, die ich empfand, wenn ich mit ihm allein war. Es gab nur mich, das Brett und die Brandung. Himmlisch.

Leider währte das Glück nicht ewig, und noch bevor ich wirklich bereit war, mich aus der friedlichen Einsamkeit zu verabschieden, war es Zeit für mich, zur Arbeit zu fahren.

Auf dem Parkplatz wechselte ich schnell die Klamotten, dann steuerte ich den Truck zum Ring. Der Anblick von Dads Wagen verriet mir, dass er schon da war, ebenso Kevin, Eli und Reiher. Zu meiner Überraschung entdeckte ich sogar Nikkis Smart. Ich konnte die Tage, die sie vor mir am Ring war, an einer Hand abzählen. Sie war völlig fertig wegen Myles' Unfall gewesen und fühlte sich offenbar schuldig. Sie war zwar nicht

Myles' erste Mechanikerin, doch sie sah immer noch einmal alles durch, bevor er an den Start ging, und war davon überzeugt, etwas übersehen zu haben.

Ich parkte neben Dad, schloss den Truck ab und ging zur Werkstatt. Wie schon in den vorangegangenen Tagen waren Nikki und Kevin Myles' Motorrad Stück für Stück, Schraube um Schraube, durchgegangen und hatten nach Hinweisen gesucht. Nach dem Sturz war die Maschine weitergeschlingert, hatte sich überschlagen und war auseinandergebrochen. Da war nichts mehr zu reparieren, und weder Dad noch Myles konnten es sich im Moment leisten, sie zu ersetzen. Ein weiteres Problem, das auf meinen Schultern lastete. Ich war wirklich die letzte Hoffnung für Cox Racing.

Nikki sah kurz zu mir herüber, als ich hereinkam. »Hey«, sagte ich. »Wie läuft's?«

Sie seufzte und wischte sich die Hände an einem Lappen ab. »Die Maschine hätte nicht einfach so auseinanderbrechen dürfen. Aber jetzt ist alles in einem so miesen Zustand, dass ich nicht mehr feststellen kann, woran es gelegen hat.« Frustriert schleuderte sie den Lappen auf die Werkbank.

»Ihr findet bestimmt noch etwas heraus«, versuchte ich sie aufzumuntern.

Sie lächelte schwach. »Danke. Ach … es ist wohl besser, wenn ich es dir sage …« Ihr Lächeln erstarb. »Erinnerst du dich an das Interview, das du auf der Road America gegeben hast? Das sie nonstop wiederholen? Dein Vater hat gerade mit der Rennleitung telefoniert. Die haben entschieden, Cox Racing für das, was du über Jimmy gesagt hast, zu bestrafen. Sie werten es als üble Nachrede. Scheinheilige Saftsäcke.« Sie verdrehte die Augen.

Mein Magen krampfte sich zusammen. »Der Mistkerl hat gesagt, dass er den Teil rausschneiden würde.«

Nikki verzog das Gesicht. »Ich weiß. Und niemand erwähnt

auch nur mit einem Wort, dass du den Streckenrekord eingestellt hast. Alle reden nur von diesem blöden Interview. Und von Myles' Unfall. Es ist zum Kotzen. Am liebsten würde ich …« Sie rammte sich die Faust in die Hand, um ihren Worten Nachdruck zu verleihen.

Ich lächelte über ihren Vorsatz, Myles' und meine Ehre zu verteidigen, aber Nikki konnte keiner Fliege etwas zuleide tun, und das wussten wir beide. Außerdem konnte man niemandem die Schuld dafür geben. Es waren einfach Pech und mein loses Mundwerk. »Am besten gehe ich zu meinem Vater und versuche, die Wogen zu glätten. Er wird sauer sein.«

»Das kann man bei ihm schwer einschätzen. Er wirkt immer gleich, aber du hast recht. Jimmy ist weg, Myles ist aus dem Rennen, und die Hochzeit deiner Schwester wird von Tag zu Tag teurer. Hast du gehört, dass sie sich jetzt Tauben *und* Schmetterlinge wünscht? Diese Diva. Und nun auch noch diese Strafe, das ist bestimmt das Letzte, was er gebrauchen kann.« Sie holte tief Luft, dann machte sie große Augen. »Es ist nicht deine Schuld oder so. Ich hätte dasselbe geantwortet. Der Reporter ist ein totaler Vollidiot, dass er das gesendet hat.«

Ich dankte ihr für den Versuch, mich aufzumuntern, dann stieg ich die Treppe hinauf, um mich meinem Vater zu stellen. Es war nett, dass Nikki für mich eintrat, doch ich wusste genau, wessen Fehler das hier war.

Sobald ich das Büro meines Vaters betrat, erkannte ich an seinem strengen Gesichtsausdruck, dass ich mich auf eine Standpauke gefasst machen konnte. Um etwas Zeit zu schinden, versuchte ich, ihn mit einer Sache aus dem Konzept zu bringen, über die er mit Sicherheit nicht begeistert war. »Ich habe gehört, Daphne will, dass du ein Stück für eine Vater-Tochter-Gesangseinlage für den Hochzeitsempfang auswählst. Hast du schon mal über ›Butterfly Kisses‹ nachgedacht? Es ist ein bisschen schnulzig, aber man kann gut dazu tanzen.«

Der eiserne Ausdruck wich aus seinen Augen, und er verzog das Gesicht zu einer Grimasse. »Erinnere mich bloß nicht daran.« Dann schüttelte er den Kopf, als wolle er sich von dem Gedanken befreien. »Ich vermute, Nikki hat dir schon von den Sanktionen erzählt?«

Ich nickte. »Und von den Tauben. Will Daphne wirklich ihre Gäste mit Vogeldreck bekleckern lassen?« Dad verschränkte die Arme über der Brust, und ich gab einen resignierten Laut von mir. »Ich weiß, ich weiß, es tut mir leid. Du weißt doch, dass ich sowieso ganz schlecht in Interviews bin. Und dann haben die mich auch noch überrumpelt, und wenn ich an Jimmy denke, dann würde ich am liebsten …« Ich hob die Arme und würgte Jimmys imaginären Hals.

Dad zeigte ein Lächeln, das allerdings schnell erlosch. »Das verstehe ich, Mackenzie, aber du musst deine Zunge ebenso kontrollieren wie deinen Körper. Vielleicht sogar noch mehr. Es ist keine hohe Geldstrafe, aber sie ist hoch genug, um sich auf unsere Bilanz auszuwirken. Und ohne Myles …« Er strich sich mit der Hand durchs Gesicht. »Ob du schon so weit bist oder nicht – du musst jetzt herausragend sein.«

»Ich weiß, Dad. Ich bin …«

Er ließ mich nicht ausreden. »Dann erkläre mir doch bitte, warum deine Rundenzeiten seit Wisconsin in den Keller gehen – und zwar erheblich. Das kannst du viel besser. Was ist los?«

Du hast das Schicksal der ganzen Firma in meine unerfahrenen Hände gelegt, und ich breche unter der Last zusammen. Das ist los.

Ich brachte es nicht über mich, den Druck, der auf mir lastete, zu benennen, sondern zuckte nur mit den Schultern und gab ihm die jämmerlichste Antwort, die man sich vorstellen konnte: »Ich weiß nicht. Ich versuche es ja, Dad. Aber aus irgendwelchen Gründen klappt es nicht.«

Dad zog missbilligend die Mundwinkel nach unten. Wischiwaschi-Antworten konnte er nicht ausstehen. Er wollte Fakten. Meine Zeiten waren grottig, weil A, B oder C der Fall war. Mit vagen Vermutungen durfte man ihm nicht kommen. »Mackenzie, jetzt ist nicht der geeignete Zeitpunkt, um sich alles aus der Hand gleiten zu lassen. Barber kommt schneller, als du denkst.«

Barber. Das war meine Lieblingsrennstrecke, als ich noch ein Kind war, und jetzt durfte ich endlich selbst auf ihr fahren. Ich hätte vor Aufregung völlig aus dem Häuschen sein müssen, doch meine Vorfreude war von Sorgen überschattet. Was, wenn ich mich nicht rechtzeitig wieder in den Griff bekam? Wenn ich versagte? Ich schluckte die Angst hinunter und sagte Dad: »Ich werde topfit sein.« Irgendwie.

Als würde er mir meine Zuversicht nicht abnehmen, gab Dad ein mattes Ächzen von sich und setzte sich auf die Kante seines Schreibtisches, der wie üblich von Papieren überquoll – Rechnungen, soweit ich es erkennen konnte. »Ich verstehe das einfach nicht. Du warst doch schon auf dem besten Weg, Rekorde zu brechen, aber jetzt … Ich begreife das nicht.«

Ich biss mir auf die Lippe, damit mir nicht die Wahrheit herausrutschte: dass ich einfach nichts mehr richtig in den Griff bekam. Was falsch war, fühlte sich richtig an, was richtig war, falsch, und das Einzige, womit ich mich zu Höchstleistungen anstacheln konnte, schien die Jagd auf Hayden zu sein.

Noch immer nicht imstande zu äußern, was ich wirklich dachte, sagte ich das einzig Mögliche: »Ich werde es besser machen.«

Dad war enttäuscht, dass ich die Probleme nicht klar benennen konnte. »Ist es wegen dem, was mit Myles passiert ist? Machst du dir Sorgen? Bist du noch zu mitgenommen? Das könnte ich zumindest nachvollziehen.« Dann kniff er die Lippen zusammen. »Myles hat mir von seiner Theorie erzählt.

Dass er gesehen hat, wie sich etwas gelöst hat. Er ist sich sicher, dass jemand an dem Motorrad herumgefummelt hat, und will, dass ich die Sache von der Rennleitung untersuchen lasse.«

Mir gefror das Blut in den Adern. Ich wollte einfach nicht glauben, dass Myles recht haben könnte – weder damit, dass jemand sein Bike manipuliert hatte, noch damit, dass Hayden darin verwickelt war. Es musste ein gewöhnlicher Unfall gewesen sein. Ein offizielles Gutachten konnte zu einem anderen Ergebnis kommen. *Aber das wäre doch gut?* Wenn Hayden schuldig war, musste er bestraft werden. Und zwar schwer. »Und, wirst du …«

Dad ächzte erneut. »Nein. Auch wenn an der Maschine etwas verändert wurde, gibt es nach dem Unfall nicht mehr genügend Beweise, um eine Manipulation nachzuweisen. Zum jetzigen Zeitpunkt sind das alles nur Vermutungen, und die Rennleitung würde empfindlich reagieren, wenn ich damit ankomme. Die haben uns sowieso schon auf dem Kieker.«

Er warf mir einen Blick zu, unter dem ich zusammenzuckte, dann fasste ich mich wieder. *Ja, wegen meines bescheuerten Interviews.*

Mit entschlossenem Blick sah Dad kurz aus dem Fenster auf den Ring. »Wenn Myles sagt, dass er etwas gesehen und gespürt hat … dann glaube ich ihm. Und ich traue es Keith auf jeden Fall zu, dass er so einen Mist abzieht. Es gibt kaum etwas, was er nicht für einen Sieg tun würde. Und dass er so einen Burschen wie diesen Hayden anheuert, damit der für ihn die Drecksarbeit erledigt, nun, es würde mich nicht wundern. Es geht das Gerücht, dass Keith ihn von der Straße geholt hat. Wusstest du das?«

Ich versuchte, mir nichts anmerken zu lassen. »Ich kann mir einfach nicht vorstellen, dass jemand so tief sinken kann, Dad, nicht einmal Keith. Es muss eine andere Erklärung für das geben, was passiert ist.« *Es muss einfach so sein.*

Auf Dads Gesicht legte sich ein dunkler Schatten, während er einen letzten Blick aus dem Fenster warf. »Es gibt *nichts*, was ich Keith nicht zutraue.« Als er zu mir herübersah, wich sein angespannter Ausdruck Besorgnis. »Pass da draußen einfach gut auf dich auf, Mackenzie. Falls jemand *wirklich* so tief gesunken ist … Ich will nicht, dass du ins Kreuzfeuer gerätst. Ich weiß, ich brauche dir das nicht zu sagen, aber hüte dich vor den Bennetis. Vor dem *ganzen* Team.«

Ich schluckte den Kloß in meinem Hals hinunter und versprach: »Das werde ich«, dann wandte ich mich schnell zum Gehen, um aus dem Büro zu verschwinden.

Doch ehe ich entkommen konnte, rief Dad noch einmal nach mir. Ich wandte mich zu ihm um, und seine Miene war wieder die des strengen enttäuschten Chefs. »Ich weiß nicht, was mit dir los ist, Mackenzie, aber du musst es in den Griff bekommen und es abstellen. Und zwar schnell. Egal, wie. Bring das in Ordnung. Für mich. Für das ganze Team.« Er wirkte müde und erschöpft von dem Druck, der auf ihm lastete: »Bitte. Wir brauchen dich.«

Seine flehende Bitte versetzte mir einen Stich. Ich nickte und verließ rasch das Zimmer. Dad zählte darauf, dass ich den glänzenden Ruf, der mit seinem Namen verbunden war, am Leben erhielt, und ich ließ ihn hängen. Er hatte recht: Stück für Stück, Tag für Tag wurde ich schlechter. Wenn ich nicht *sofort* etwas änderte, würde ich meinen Vater absolut enttäuschen. Vielleicht bedeutete das sogar seinen Bankrott. Oder noch Schlimmeres. Mir kam nur eine einzige Sache in den Sinn, mit der ich vielleicht verhindern konnte, dass es so weit kam. Und falls Dad je davon erfuhr, bedeutete sie zugleich die fristlose Kündigung.

Verdammt. Wohl oder übel – ich musste mit Hayden trainieren.

Ich wollte von seinem Wettkampfgeist profitieren, musste

alles vergessen, was mich zurückhielt, die ganze Welt ausblenden und mich nur noch auf ihn konzentrieren. Ich brauchte das Feuer, das wir spürten, wenn wir zusammen waren. Dieses Feuer würde mich zu einem glorreichen Zieleinlauf treiben. Alles, was meine Familie aufgebaut hatte, hing davon ab.

Aber wie? Hayden und ich konnten nicht zusammen auf der Piste trainieren. Wir durften nicht einmal *gleichzeitig* auf der Strecke unterwegs sein. Haydens kleiner Trick, den Chip zu entfernen, hatte ein Mal funktioniert, aber auf Dauer war das keine Lösung. Irgendwann würden wir auffliegen. Auf dem Ring herrschte zu viel Betrieb. Und Herrgott … dachte ich wirklich gerade darüber nach, sein Angebot anzunehmen? Hayden? Der früher illegale Straßenrennen gefahren war? Der potenzielle Saboteur, der womöglich Myles' Verletzungen verursacht hatte? Der Typ, dessen Freunde Kneipenschlägereien anzettelten? Der mit der Freundin und dem Kind? Der, über den ich so gut wie nichts wusste? Ausgerechnet mit *dem* wollte ich noch mehr zu tun haben?

Blieb mir *irgendeine* andere Wahl?

Meine Güte, was für eine schreckliche Idee. Aber es war das Einzige, was mir noch einfiel. Während ich zum Gewichtestemmen in den Kraftraum ging, überlegte ich, wie ich mit Hayden in Kontakt treten konnte. Wir mussten reden, so viel stand fest, aber unter vier Augen, und das war auf dem Gelände der Trainingsstrecke außerordentlich schwer zu bewerkstelligen. Mein Vater durfte nichts von meinem Erfolgsgeheimnis erfahren, besonders jetzt nicht, da er argwöhnte, Keith könnte Hayden eingestellt haben, um die Fahrer zu sabotieren. Als ich mir vergegenwärtigte, dass der Mann, der mir helfen sollte, meine Fähigkeiten auszubauen, womöglich andere Leute sabotierte, ergriff mich Verzweiflung. Falls es der Wahrheit entsprach – war ich dann die Nächste?

Herrje, das verlieh dem riskanten Arrangement, das ich eingehen wollte, noch eine ganz andere Dimension.

Weil ich seine Handynummer nicht hatte, konnte ich ihn nicht einfach per SMS um ein Treffen bitten. Deshalb tat ich das Einzige, was mir einfiel. Ich lungerte an der Trainingsstrecke herum und wartete darauf, dass er auftauchte. Als es zwölf schlug und alle Fahrer, die auf die Strecke fuhren oder sie verließen, ausschließlich zu Benneti gehörten, musste ich mir eine Menge Mist dafür anhören, dass ich mich an der Einfahrt aufhielt. »Geh nach Hause, Cox, du hast hier nichts zu suchen.« Oder: »Hast du dich verlaufen, Kleine?« Und mein persönlicher Favorit: »Aua, hast du dein Bike kaputt gemacht? Oder ist dir ein Fingernagel abgebrochen?« Arschgeigen.

»Nun mach schon, Hayes«, murmelte ich. Je länger ich auf ihn wartete, desto mieser ging es mir. Mir war leicht schwindelig, und ich hatte Angst.

Eine Stimme von rechts antwortete auf mein übellauniges Grummeln: »Sorry. Ich wusste nicht, dass ich zu spät dran bin.« Ich riss den Kopf herum und sah Hayden, der sein Motorrad auf mich zuschob. Er näherte sich mit langsamen, gleichmäßigen Schritten, wobei sich unter der engen Rennkombi verführerisch sein schlanker, hochgewachsener Körper abzeichnete. Meine Lieblingsstellen kamen gut zur Geltung, und es fiel mir nicht leicht, unbeeindruckt zu bleiben.

Als er so nah war, dass ich den unbeschreiblichen Duft des Sommers auf seiner Haut riechen konnte, fragte er: »Was treibst du hier nachmittags, Zweiundzwanzig? Oder hatten wir ein Date, von dem ich nichts weiß? Falls dem so ist, ist das hier vermutlich nicht der beste Ort, um sich besser kennenzulernen. Das Kontaktverbot, du weißt schon.« Seine grünen Augen funkelten verschmitzt, und seine Lippen formten ein schiefes Grinsen, das selbst die frostigste Libido aufgetaut hätte. Mein Herz geriet bei dem Anblick jedenfalls ganz aus dem Häuschen. *Nein. Darum geht es hier überhaupt nicht.*

»Wir müssen uns unterhalten, aber nicht in aller Öffentlichkeit. Wir treffen uns … an diesem Strand.« Rasch steckte ich ihm einen zusammengefalteten Zettel mit der Wegbeschreibung zu meinem Lieblingsplatz zu. Unter die Skizze hatte ich sogar noch meine Handynummer gekritzelt. *Ich kann nicht glauben, dass ich das gerade tue.*

Während er mir den Zettel abnahm, stiegen Haydens Brauen immer weiter seine Stirn hinauf. »Ich muss in der Sauna eingeschlafen sein oder so. Es kann doch nicht wahr sein, dass du mich gerade ernsthaft aufforderst, mich irgendwo mit dir zu treffen?«, flüsterte er und blickte sich um, falls jemand in der Nähe war, der uns hören konnte. Zum Glück waren wir allein. Doch wir würden es nicht lange bleiben.

»Morgen früh, bei Sonnenaufgang. Komm nicht zu spät.« Dann entfernte ich mich und schob mein Motorrad neben mir her. Trotz aller Warnsignale zwischen uns war es erstaunlich schwer, von ihm fortzukommen.

Hinter mir hörte ich ihn noch sagen: »Darf ich fragen, was das Ganze soll?«

»Nein«, erwiderte ich, ohne mich umzudrehen. »Nicht hier.«

Am nächsten Morgen packte ich mein Surfbrett ein, weil ich mich vielleicht noch ein bisschen austoben wollte, während ich auf Hayden wartete. Allerdings war ich so aufgedreht, dass ich selbst dem Surfen nicht zutraute, mich zu entspannen. Jemanden um Hilfe anzugehen, war so schon schwierig, aber Hilfe von *Hayden* zu erbitten, verstieß gegen die ehernen Gesetze. Ausgeschlossen. Mir blieb jedoch keine Wahl. Ich durfte mein Team nicht im Stich lassen, oder meinen Vater. Ich *weigerte* mich, das schwächste Glied zu sein, diejenige, die den Untergang des Familienbetriebes endgültig besiegelte.

Als ich an meinem Geheimstrand eintraf, entdeckte ich Hayden sofort, er saß auf seinem Motorrad in der Nähe eines Busches. Den Plan, mir die Anspannung vor dem Treffen wegzusurfen, konnte ich mir abschminken. Na dann. Ich hielt neben ihm an und atmete einmal richtig kräftig durch. Das war doch ein Kinderspiel. Ganz einfach.

Hayden nahm den Helm ab und kam auf mich zu. Seine Bewegungen waren geschmeidig und sinnlich, als herrsche er über die Naturgesetze, anstatt ihnen unterworfen zu sein. Er trat vor meinen Truck und wurde vom Scheinwerferlicht erfasst, sein blondes Haar leuchtete, und seine grünen Augen erstrahlten wie Juwelen im frühen Morgenlicht. Sofort drängte sich eine meiner heißen Fantasien in mein Bewusstsein: wie ich gegen ihn fuhr, ihn jagte, seine Hände, sein Mund, sein Körper auf meinem …

Himmel, ich wette, dass er sich gut anfühlte. Aber dass er sich gut anfühlte, bedeutete noch lange nicht, dass er gut für mich war. Abgesehen davon, dass er ein Mistkerl in einem Team aus lauter Dreckskerlen war, steckte er außerdem noch in einer festen Beziehung: *Finger weg* stand ihm quasi auf die Stirn geschrieben. Ich musste mich in Acht nehmen und durfte mir auf diesem schmalen Grat keinen Fehltritt erlauben. Trotzdem ging mein Atem schneller, als er vor meine Autotür trat, und mein Puls übertraf ihn noch. Irgendwo in einem finsteren Winkel meiner Seele sehnte ich mich nach einem Ausrutscher, einem winzigen Augenblick der Verbundenheit, nach ein klein wenig Futter für mein Kopfkino. *Nein, lass das. Alles eine Frage der Willenskraft. Beherrsche dich. Bleib bei deinem Plan.* Das waren meine Mantras, als ich den Motor ausschaltete und in die kühle Morgenluft hinausstieg.

In einem für mich angenehmen Abstand blieb ich vor ihm stehen. Seine Blicke wanderten über meinen gesamten Körper, und mir war kein bisschen mehr kalt. Vielmehr wunderte ich mich, dass kein Dampf von meiner Haut aufstieg.

»Du wolltest mich sehen? Allein? Erzählst du mir jetzt endlich, was das alles soll?«

»Du … hattest recht. Mit dir fahre ich besser.« Es fiel mir erstaunlich schwer, das zuzugeben. Ich hoffte nur, dabei nicht knallrot anzulaufen, richtete mich gerade auf und hob das Kinn. Vermutlich sah ich aus wie ein Rekrut beim Militär. Doch irgendwie gab mir die Steifheit das Gefühl, meinen Stolz nicht ganz über Bord geworfen zu haben, auch wenn das nicht der Fall war.

»Ja … das stimmt.« Haydens Lächeln wurde jetzt noch viel sinnlicher. Seine strahlenden Augen und die vollen Lippen berührten etwas in meinem tiefsten Inneren und weckten Gelüste in mir, die ich in seiner Nähe nie ganz zum Schweigen bringen konnte. Mein Körper flüsterte mir verbotene, dunkle Dinge zu. Gedanken wie: *Sieh dir diese Lippen an, stell sie dir überall auf deinem Körper vor. Was soll schon passieren?*

Nein. Ich konnte damit einer ganzen Reihe von Leuten ernsthaft schaden, und das würde ich nicht zulassen. Es kostete mich einige Willenskraft, doch entschieden verdrängte ich die verrückten Gedanken, die mir durchs Hirn ratterten, weil meine Triebe endlich auch ihr Recht verlangten. Ich war nur hier, weil ich ihn bitten wollte, mit mir zu trainieren. Damit ich beim nächsten Rennen besser abschnitt. Sonst nichts. »Egal, was du gerade denkst: Vergiss es. Ich spreche vom Rennenfahren.«

Als hätte er mein inneres Ringen mitverfolgt, grinste Hayden nur noch breiter. »Ich auch.«

Gereizt, weil es nicht so lief wie geplant, stieß ich hervor: »Also, pass auf: Meine Familie steckt in Schwierigkeiten, und ich bin die Einzige, die uns da wieder herausholen kann.«

Ich bekam große Augen, als mir klar wurde, was ich ihm da gerade gestanden hatte. Eigentlich hatte ich ihm nur sagen wollen, dass ich meine Meinung geändert hatte und gegen ihn fahren wollte. Einzelheiten sollte er von mir nicht erfahren.

Seine Züge wurden weicher. »Welche Art von Schwierigkeiten?«

Ich ließ mir mit der Antwort Zeit und überlegte sogar, mir etwas auszudenken, das nicht ganz so schrecklich wie die Wahrheit klang. Unsere finanziellen Schwierigkeiten waren jedoch kein großes Geheimnis, und er hatte bestimmt gerüchteweise schon davon gehört. Trotzdem war es nichts, worüber ich gern mit einem Fremden sprach, und meine Kehle war wie zugeschnürt.

Als wüsste er, was mir zu schaffen machte, beugte sich Hayden zu mir herunter und sah mir in die Augen. »Was für Schwierigkeiten, Kenzie?«, wiederholte er leise.

Irgendetwas an seinem Ton löste mir die Zunge: »Unser bester Fahrer hat uns in diesem Jahr verlassen und einen fetten Sponsor mitgenommen. Jetzt hat sich Myles das Bein gebrochen und fällt für den Rest der Saison aus. Außerdem wünscht sich meine Schwester eine irrwitzige Hochzeitsfeier wie für einen Filmstar, und mein Vater bringt es anscheinend nicht fertig, ihr das abzuschlagen. Also könnte es die letzte Saison für Cox Racing werden … es sei denn, ich fange an zu siegen. Oder sorge wenigstens für Aufmerksamkeit positiver Art. Wir brauchen Sponsoren, wir brauchen Werbeverträge, wir brauchen … Siege.« Ich bekam feuchte Hände und Herzklopfen, da ich ihm so offen von unseren Problemen berichtete, holte jedoch noch einmal tief Luft und bereitete mich darauf vor, jetzt alles auszupacken. »Meine Zeiten sind *ohne* dich nicht annähernd so gut wie *mit* dir. Deshalb … wenn ich den Familienbetrieb retten will, brauche ich dich. Um mit dir zu trainieren«, fügte ich rasch hinzu, damit er gar nicht erst auf dumme Gedanken kam.

Hayden ließ den Blick zum Surfbrett wandern, das an meinem Truck verzurrt war, als überlege er, was er antworten sollte. Als er mich wieder ansah, wirkte seine Miene sehr ernst. »Für mich ist diese Saison auch wichtig, Kenzie. Vielleicht aus anderen Gründen … aber es ist …« Er verstummte und kniff die Lippen zusammen, und mir schossen tausend Fragen durch den Kopf. Ich wusste, wofür ich kämpfte, doch worum ging es ihm? Ruhm? Reichtum? Mehr Frauen zum Flachlegen? Ja, vermutlich.

»Okay, Zweiundzwanzig«, sagte er grinsend. »Aber niemand darf erfahren, dass wir zusammenarbeiten. Wir dürfen niemandem davon erzählen. *Niemandem.* Ich weiß, dass du dich gut mit deinem Team verstehst – kommst du damit klar?«

Während er auf meine Antwort wartete, zog er die Braue mit der hinreißenden Narbe hoch. Gott, kam ich überhaupt mit alledem klar? Aber er hatte recht. Niemand durfte wissen, dass wir uns verschworen hatten. »Ja«, flüsterte ich. Meine Stimme weigerte sich, lauter zu werden.

Hayden strich sich nachdenklich durchs Haar. Es sah betörend gut aus. »Wir müssen uns nachts am Ring treffen. Das ist die einzige Zeit, zu der wir dort allein sein können.«

Allein. Schon das Wort ließ mich zittern. Beging ich einen furchtbaren Fehler? »Die Garagen sind nachts abgeschlossen«, gab ich zu bedenken. »Und ich habe keinen Schlüssel.« Wenn noch nicht einmal ich einen Schlüssel zur Garage meiner Familie besaß, war zu bezweifeln, dass Hayden einen für Keiths Garagen hatte.

Doch er grinste nur. »Darum mach dir keine Sorgen. Ich bringe uns rein.«

In mir breitete sich ein mulmiges Gefühl aus. Mit wem steckte ich hier eigentlich unter einer Decke? Bildlich gesprochen, versteht sich.

»Okay … aber mein Vater bleibt für gewöhnlich bis zehn

oder elf im Büro. Wir müssten uns gegen Mitternacht treffen – ist das für dich okay?«

Hayden blickte nach oben, als ginge er im Geiste seinen Terminkalender durch. Im Ernst? Hatte er so spät noch etwas vor? Vielleicht mit seiner Freundin? Schließlich nickte er und sagte: »Ja, in Ordnung. Dann treffen wir uns dort, Zweiundzwanzig.«

»Ja …« Als sich unsere Blicke trafen, war es, als besäßen seine tiefgrünen Augen hypnotische Zauberkräfte, die mich daran hinderten, den Blick von ihm abzuwenden. Ich spürte, wie er näher kam, und ein Kribbeln erfasste meinen Körper. Alle Sinne erwachten zum Leben, und ich nahm alles deutlicher wahr. Wie eine Blüte, die sich der Sonne öffnete – die kühle Brise strich über meine Haut, und die rauschende Brandung drang an mein Ohr. Doch meine Blicke galten nur Hayden. Seinen Augen, seiner Haut und seinen Lippen, die sich meinen Lippen Stück für Stück näherten.

Zögernd hob er eine Hand und legte sie zärtlich auf meine Wange. Der Kontakt katapultierte mich zurück in die Realität, und jeder Grund, warum ich nicht wollte, dass er mich berührte, meldete sich lautstark zurück. *Nicht ihn.*

Ich legte meine Hände auf seine Brust und schob ihn weg. »Hey, bloß weil ich mit dir fahren will, heißt das noch lange nicht, dass ich auch zu allem anderen bereit bin.«

Hayden schien so überrascht, dass ich ins Stottern geriet. »Ich meine … du bist mit dieser Frau zusammen und … du hast ein Kind. Herrgott, du kannst doch nicht …« Am liebsten hätte ich mich für alle Ewigkeit in einem Loch verkrochen. Diese Art von Gespräch wollte ich nicht mit ihm führen. Was er machte und mit wem, das spielte nicht die geringste Rolle. Überhaupt nicht.

»Wovon redest du?«, fragte er sichtlich verwirrt.

Okay. Mist. Jetzt musste ich ihm erklären, dass ich ihn beobachtet hatte. »Die Bar … diese Frau … Ich habe dich mit ihr und einem kleinen Mädchen in der Stadt gesehen, und ihr saht alle so …« Ich schloss verlegen die Augen, dann blinzelte ich ihn aus einem an. »Das war gar nicht deine Freundin?«

Haydens Blick verlor sich sekundenlang über meiner Schulter, ehe er mir wieder in die Augen sah. »Moment mal – meinst du etwa Izzy? Du hast mich mit ihrer Tochter gesehen und dachtest …« Aus seiner Verwirrung wurde im Handumdrehen Belustigung, und ich begriff sofort, dass ich alles falsch verstanden hatte. *Okay. Dann ist sie also nicht die Mutter seines Kindes.* »Nein, zwischen Izzy und mir läuft nichts. Sie ist wie eine Schwester für mich«, erklärte er lachend. »Und Antonia ist ganz sicher nicht meine Tochter. Ich bin hundertprozentig Single, falls es das ist, was du wissen willst.« Ein freches Funkeln trat in seine Augen.

Das Ganze war mir derart peinlich, ich fühlte mich so verlegen und schämte mich dermaßen, dass ich am liebsten zum Strand gelaufen und eine Stunde lang unter den Wellen abgetaucht wäre. Trotzdem platzte es aus mir heraus: »Hast du irgendwas mit dem zu tun, was Myles passiert ist?« Ich hatte ihn besucht, so oft ich konnte, und er war immer noch davon überzeugt, dass Hayden schuld an seinem Unfall war.

Die Belustigung in Haydens Miene war sofort wie weggewischt, sein Blick kalt und abweisend. »Was? Wieso fragst du das? Wie kannst du nur so etwas *denken*?«

Das war besser. Ich kam viel besser damit zurecht, wenn er wütend auf mich war, als wenn ich ihn belustigte. »Es geht das Gerücht um, dass du beim Straßenrennen so gut warst, weil du nachgeholfen hast. Es wird gemunkelt, dass du alles dafür tust, an die Spitze zu gelangen.«

An seinem Hals pochte eine Ader, und seine Miene verfinsterte sich. »Und du glaubst jedes Gerücht, das du hörst?« Sein aufgebrachter Gesichtsausdruck ließ mein Herz aus einem völlig anderen Grund schneller schlagen. Wie schaffte er es nur, immer noch so gut auszusehen, selbst wenn ihm vor Wut fast der Kragen platzte?

»Nein, aber ich glaube unseren Mechanikern, die nicht verstehen, was mit Myles' Motorrad passiert ist. Ich glaube, er ist einfach ein zu guter Fahrer, um grundlos die Kontrolle zu verlieren. Und wenn er sagt, dass er zuerst eine Verpuffung gehört und dann einen Lichtblitz gesehen hat, bevor seine Maschine ins Flattern geraten und in ihre Einzelteile zerfallen ist … dann glaube ich das auch.«

Ein seltsamer Ausdruck huschte über Haydens Gesicht, und er blickte nachdenklich in die Ferne. War er überrascht? Oder fühlte er sich schuldig? Als er mich erneut ansah, hatten sich seine Gesichtszüge wieder entspannt. »Ich habe meine Gründe, warum ich mit den Straßenrennen aufgehört habe, Kenzie, und überhaupt kein Bedürfnis, dahin zurückzukehren. Ich versuche einen Neuanfang, und den will ich unter keinen Umständen vermasseln. Ob du es glaubst oder nicht, ich habe Myles Motorrad nicht angerührt.«

Ich wusste nicht, ob ich ihm glauben konnte. Doch leider konnte ich nicht auf ihn verzichten, ich brauchte ihn viel zu nötig.

10. Kapitel

Gegen elf Uhr nachts hatte ich mich fast davon überzeugt, dass ich das frühmorgendliche Treffen mit Hayden nur geträumt hatte. Ich traf mich doch nicht wirklich mit ihm, oder? Hatte doch nicht wirklich hinter dem Rücken meines Teams einen Pakt mit dem Feind geschlossen? Aber ob es mir gefiel oder nicht, er war der Schlüssel zu unserer Zukunft. Er besaß die Kraft, aus mir herauszuholen, was in mir steckte.

Gnadenlos rückte die Stunde näher, und ich tigerte durch das Wohnzimmer. Mich um diese Uhrzeit für die Trainingsstrecke fertig zu machen, fühlte sich völlig verkehrt an. Ich sollte schnell schlafen gehen, mich ausruhen und meine Batterien neu laden, anstatt gegen jede einzelne Vorschrift meines Vaters zu verstoßen. Ich lief fast einen Graben in meinen hellblauen Teppich und zermarterte mir den Kopf, ob ich vielleicht gar nicht erst zum Ring fahren sollte. Ein paar Stunden später könnte ich Hayden simsen, dass ich meine Meinung geändert hätte. Aber was blieb mir sonst übrig? Mit Würde zu akzeptieren, dass meine Zeiten immer schlechter wurden? Auf keinen Fall.

Ich raufte mir frustriert die Haare und bat meinen Verstand, die Klappe zu halten, lockerzulassen und sich einen freien Abend zu gönnen. *Hör doch nur ein Mal auf dein Bauchgefühl.* Gerade als mir mein Verstand erklärte, wo ich mir mein Bauchgefühl hinstecken sollte, ertönte mein Handy.

Seufzend ging ich zum Couchtisch. Ich erkannte die Nummer nicht, aber die SMS verriet, von wem sie stammte. *Wir treffen uns in zwanzig Minuten am Ring, Zweiundzwanzig. Komm nicht zu spät.* Verflucht. Warum zum Teufel hatte ich Hayden eigentlich meine Nummer gegeben?

Ich speicherte seine Nummer unter dem Namen Max Arschgesicht, steckte das Handy in die Tasche und schnappte mir die Jacke, um es schnell hinter mich zu bringen.

Kurz danach erfasste ich mit dem Scheinwerferlicht meines Motorrades das kürzlich reparierte Schild von Cox Racing/Benneti Motorsport-Trainingsstrecke. Es war eigenartig, nachts hierherzukommen. Noch eigenartiger war es, sich mit einem Benneti zu treffen – mit Hayden, einem sehr speziellen Benneti. Es war fast einfacher gewesen, solange ich noch geglaubt hatte, dass er vergeben war. Die rätselhafte Frau und ihr Kind hatten wie ein Abstandhalter zwischen uns gestanden. Das galt jetzt nicht mehr, und ich fühlte mich schutzlos. Hier mit ihm allein zu sein, war überhaupt keine gute Idee – doch ungewöhnliche Situationen …

Auf dem kurzen Weg zum äußeren Tor blickte ich mich ständig um. Es kam mir vor, als könnte mein Vater mich irgendwie sehen oder vielleicht meinen Verrat spüren. *Du würdest das nicht verstehen, Dad, aber ich tue das für dich.*

Ich benutzte meine Chipkarte und tippte den Zugangscode ein. Das Tor ließ sich problemlos öffnen. Ich hoffte nur, dass mein Vater nicht auf die Idee kam, die Zugangsprotokolle zu studieren. Allerdings könnte er nur sehen, dass jemand zu einer ungewohnten Stunde hier gewesen war, weil alle, einschließlich der Bennetis, denselben Code benutzten. Ich lenkte mein Motorrad über den Parkplatz bis ans Innentor, wo Hayden auf seiner Maschine auf mich wartete. Wie die Garagen ließ sich auch das Tor nur mit einem Schlüssel öffnen. Ich hielt und wartete, während Hayden den Helm abnahm und zu dem Vorhängeschloss ging, mit dem das Rolltor verriegelt war. Er schenkte mir ein charmantes Grinsen, woraufhin ich wieder mal das Schicksal dafür verfluchte, dass es uns in diese Lage gebracht hatte. Warum konnte er mit diesem Mädchen nicht einfach glücklich und zufrieden sein? Das würde es so viel einfacher machen, mich in seiner Nähe aufzuhalten.

Hayden ging in die Knie und sah sich die Unterseite des Schlosses an. »Wenn du es aufbrichst, merken sie, dass jemand hier war«, warnte ich. Es gab noch keine Videoüberwachung auf dem Gelände, doch das konnte sich schnell ändern, wenn die Sache schiefging.

Hayden sah mich mit einem Ausdruck an, der sagte: *Ich bin doch nicht blöd.* Und: *Ich mache das nicht zum ersten Mal.* Ersteres war lustig, Letzteres beunruhigend.

Hayden griff in seine Tasche und holte ein paar Werkzeuge heraus, dann wandte er sich wieder dem Schloss zu und fing an, es mit den Dietrichen zu bearbeiten. »Du machst nichts Illegales mehr, was?«

Er sah mich über seine Schulter hinweg an und grinste frech: »Ich habe gesagt, ich *versuche*, mich davon zu lösen. Aber manchmal kommt man anders nicht ans Ziel.« Mit nachdenklicher Miene kümmerte er sich wieder um das Schloss. Noch bevor ich nachhaken konnte, was er damit meinte, sprang es auf. Triumphierend löste er den Bügel aus der Kette und schob das Tor zur Seite. Dann streckte er den Arm aus und verbeugte sich, als heiße er die Prinzessin in ihrem Palast willkommen. Blödmann.

Ich fuhr mein Motorrad bis zur Garage von Cox und wartete, dass Hayden mich einholte. Ich konnte kaum glauben, dass ich ihn das Schloss zum Gebäude meines Vaters knacken lassen wollte, doch leider musste es sein. Er hielt hinter mir, sprang von seinem Bike und machte sich dann ans kriminelle Werk. Als er vor dem Haupttor zur Garage kniete, rutschte seine Lederjacke ein wenig nach oben und gab ein Stück Haut über der Jeans frei. Zuzuschauen, wie sich die Jacke immer höher schob, lenkte mich von dem Einbruch ab, der sich direkt vor meinen

Augen abspielte. Er war im Nu fertig und fuhr zu mir herum, als mein Blick noch an seinem Hintern hing. Blitzschnell sah ich ihm in die Augen, nur um festzustellen, dass er mich erwischt hatte. Mist. Das lief nicht gut.

Haydens Grinsen sagte alles, was er nicht aussprach. *Der Anblick hat dir gefallen, was?* Nein. Eigentlich nicht. Na ja, vielleicht …

Stöhnend ging ich in die Garage und schaltete das Licht an. Hayden blickte sich um und nickte anerkennend, dann sagte er: »Ich gehe jetzt zu Keiths Garage. Treffen wir uns am Ring?«

Ich nickte, und er ging. Es wäre gelogen, so zu tun, als würde es mich nicht faszinieren, wie sich sein Hintern im Weggehen bewegte. Himmel, warum konnte ich mich in seiner Gegenwart bloß nicht konzentrieren?

Ich streifte mir schnell die Lederkombi über, dann holte ich meine Ducati und machte die übliche Inspektion, die ich vor jedem Rennen durchführte. Als alles startklar war, öffnete ich das Garagentor und schob sie ins Freie. »Lust auf ein nettes kleines Nachtprogramm, Baby?«, gurrte ich und tätschelte ihre Seite.

Die Streckenbeleuchtung erstrahlte hell, als ich mich der Einfahrt näherte, dann flackerte die Anzeigetafel für die Rundenzeiten und leuchtete auf. Die Stille war gespenstisch. Normalerweise herrschten hier Lärm und Chaos, jetzt war es so still, dass ich sogar das Surren des Stroms in den Laternenmasten hörte. Ein paar Minuten später nahte das Brummen von Haydens Motorrad in der unnatürlichen Stille. Als er in Sicht kam, blickte ich zu ihm hinüber. Allein ihn in der schwarz-roten Kombi auf seiner schwarz-roten Honda zu sehen, versetzte meinen Magen in Aufruhr. Es war, als sei *er* das rote Licht, das jeden Moment auf Grün umsprang, und ich konnte es gar nicht abwarten loszurasen.

Hayden grinste bis über beide Ohren, als er das Visier hochklappte. »Bist du bereit, Sü… Kenzie?«

Dass er sich offensichtlich noch im letzten Moment besonnen hatte und mich mit meinem Namen ansprach, entlockte mir ein Lächeln. Er war also durchaus lernfähig. Das war gut zu wissen, denn das eine oder andere wollte ich ihm noch beibringen.

»Ich war noch nie so bereit«, erklärte ich. »Wer nach zwanzig Runden in Führung ist, hat gewonnen?«, fragte ich. Als er nickte, startete ich sofort durch und ließ nur eine Staubwolke hinter mir zurück. Vielleicht war es unfair, nicht auf ihn zu warten, doch das war mir im Moment vollkommen egal. Es kam darauf an, ihn zu schlagen.

Ich spürte, dass Hayden aufholte, noch ehe ich ihn hörte. Es war, als hätte mein Körper ein übernatürliches Gespür für seine Position entwickelt. Als er mir direkt am Hinterreifen klebte, trieb ich mein Motorrad zu noch höherer Geschwindigkeit an. Wenn er mich nie einholte, würde er mich auch nie überholen, und ich war fest entschlossen zu gewinnen. Die Welt raste in verwischten Farben an mir vorbei, und das Motorrad unter mir brummte und vibrierte im Einklang mit der Piste. Obwohl ich mit Adrenalin vollgepumpt war, breitete sich ein friedliches Gefühl in mir aus. Gegen Hayden anzutreten, half mir noch besser als Surfen, meine Mitte zu finden. Die Welt stand still, meine Gedanken verstummten, und übrig blieb nur noch Instinkt – eine Form des Instinkts, gegen die auch mein Kopf nicht die geringsten Einwände hatte.

Irgendwann gelang es Hayden, auf meine Höhe zu kommen, doch ich war nicht bereit, ihm auch nur einen einzigen Zentimeter zu schenken. Mein Herz schlug laut in meiner Brust, ich verlangte meinem Motorrad alles ab. Doch schließlich strahlte ich von einem Ohr zum anderen, als ich nach der letzten Runde vor ihm über die Ziellinie schoss. Endlich! Ich hatte ihn geschlagen.

Wir drosselten das Tempo, um aus dem Ring zu fahren, und ich stieß die Faust in die Luft. Sieg! Wir stoppten die Motorräder in der Auffahrt, und ich sprang von der Maschine, schnallte den Helm ab, ließ ihn zu Boden fallen und streckte beide Arme in die Luft. »Ja! Ich hab dich!«

Hayden schüttelte langsam den Kopf, dann nahm er bedächtig den Helm ab. Amüsiert betrachtete er meinen Jubel. »Wow, Zweiundzwanzig … versuch mal, dich so zu benehmen, als wäre es nicht das erste Mal«, bemerkte er und stieg ebenfalls von seiner Maschine.

Seine Worte änderten nichts an meinem ausgelassenen Freudentanz. Ich schwang sogar ein imaginäres Rodeolasso, nur um ihn zu ärgern. Er machte große Augen, aus seinem Lächeln wurde ein unverschämt attraktives Grinsen, und schließlich prustete er vor Lachen. Das war mir ganz egal. Ich hatte mir gerade etwas bewiesen. Eigentlich sogar zwei Dinge. Erstens: Mit ihm zu fahren, verbesserte wirklich meine Zeiten – wie die elektronische Anzeige am Ring bewies. Und zweitens: Ich *konnte* den Rennfahrergott besiegen – und wenn ich *ihn* besiegen konnte, dann konnte ich *jeden* schlagen.

Hayden verneigte sich vor mir. Überraschenderweise lächelte er sogar, obwohl ich ihn gerade in die Pfanne gehauen hatte. »Gut gefahren, Cox.«

Sein Lob kam unerwartet. In meiner Brust breitete sich eine merkwürdige Wärme aus und strömte in alle Gliedmaßen. *Gut gefahren.* Schlichte Worte, die ich jedoch nur selten hörte. Weil ich gern etwas Freundliches erwidern wollte, sagte ich »Danke. Das habe ich wirklich gebraucht.« Ich konnte mir das Grinsen nicht verkneifen, denn ich fühlte mich, als könnte ich alles erreichen. Alles sein. Alles *gewinnen.*

Hayden betrachtete mich auf eine Weise, die mich etwas

verlegen machte – mir allerdings nicht gänzlich unangenehm war. Das warme, gute Gefühl in meiner Brust verwandelte das prickelnde Feuer, das ich normalerweise in seiner Gegenwart empfand, in etwas Geschmeidiges, das sich ausdehnte und um mein Herz schmiegte. Es war gefährlich für mich, solche Gefühle zuzulassen. So etwas hatte keine Zukunft. Es konnte kein romantisches *Wir* daraus werden. Selbst wenn er nicht vergeben war, wie ich ursprünglich vermutet hatte, blieb er doch ein Benneti und ich eine Cox. Wenn zwischen uns etwas lief, würde uns das beiden karrieremäßig ernsthaft schaden und mein Verhältnis zu meinem Vater für alle Zeit zerstören. Es war schon schlimm genug, sich so mit ihm zu treffen, doch was darüber hinausging, war völlig ausgeschlossen.

»Nein, *ich* habe zu danken«, flüsterte er und machte einen Schritt auf mich zu.

Er sagte es mit einem so ernsthaften Gesichtsausdruck, dass mein Herz schneller schlug und mir die Luft wegblieb, als wäre ich gerannt und nicht gefahren. »Wofür?«, fragte ich und ging unbewusst ebenfalls auf ihn zu. Oh Gott, er war noch viel begehrenswerter, wenn er sich nicht wie ein Idiot benahm. Am liebsten hätte ich alles vergessen, was zwischen uns stand.

Bevor Hayden antwortete, streifte er die Handschuhe ab und warf sie auf sein Motorrad. Die Streckenbeleuchtung spiegelte sich in seinen Augen, was mich noch mehr lockte, mich in ihnen zu verlieren. »Dafür, dass du mit mir fahren wolltest«, sagte er schließlich. »Und dafür, dass du so verdammt schön bist, dass es fast körperlich wehtut, dich anzusehen.«

Vor Überraschung öffnete ich die Lippen. »Ich …«

Er streckte die Hand aus und strich mir zärtlich eine Strähne hinters Ohr. Er lächelte sanft, während er mir mit dem Finger über die Wange und über die Unterlippe strich. Ich schnappte nach Luft und fühlte mich, als hätte er gerade eine Lunte in mir entzündet, und ich müsste in zehn Sekunden explodieren. *Ich sollte gehen. Ich sollte rennen. Ich sollte ihn mit zu mir nehmen …*

»Mackenzie?«, frage er leise.

»Ja?«, flüsterte ich. *Hätte ich nicht Nein sagen sollen?*

»Würdest du …« Doch bevor er seine Frage zu Ende bringen konnte, heulte sein Handy, das er in einer Tasche seiner Kombi verstaut hatte, wie bei einer Bombenwarnung. Hayden zuckte zusammen, dann sah er hoch zur Anzeigetafel. »Ich muss los. Aber morgen zur selben Zeit, okay?« Sein Blick war voller Hoffnung, dass ich Ja sagen würde. Und das wollte ich auch. Noch lieber hätte ich allerdings gewusst, wer ihn so spät anrief, und was er mich gerade hatte fragen wollen.

»Ich werde da sein.« *Und auf dich warten.*

Am nächsten Morgen kam ich später als üblich zum Ring – irgendwann musste ich schließlich schlafen –, doch ich war nicht müde. Ganz im Gegenteil. Ich fühlte mich voller Energie, lebendig und war bereit, es mit der ganzen Welt aufzunehmen. Mein Verstand warnte mich, beim Betreten der Garagen von Cox Racing sehr vorsichtig zu sein und genau auf Hinweise zu achten, ob jemand mein Vergehen entdeckt hatte. Doch meine Seele wollte einfach nicht darauf hören, was mein Verstand zu sagen hatte.

Mit Hayden zu fahren, hatte etwas in mir geöffnet, und ich musste immer daran denken. Beziehungsweise an ihn: sein Lob, seine Finger auf meiner Haut, die Frage, die noch im Raum stand … Ich konnte kaum den Sonnenuntergang erwarten, um alles von Neuem zu erleben. Ich wurde schon richtig süchtig nach dem Kick, mich mit ihm zu messen, oder vielleicht war eigentlich er es, nach dem ich langsam süchtig wurde. *Ich sollte damit aufhören, bevor es zu spät ist. Es ist schon zu spät, Dummerchen.*

Eine Stimme schreckte mich aus meinen Gedanken. »Wird

Zeit, dass du dich blicken lässt. Ich wollte gerade einen Suchtrupp nach dir losschicken.«

Ich blickte mich um und sah Nikki neben meinem Motorrad knien. Das Restadrenalin, das mich noch durchflutete, gefror sofort zu einem festen Eisklumpen, als Nikki den Motor inspizierte. Ich hatte nachgetankt, die Reifen gewechselt und das Motorrad so perfekt hergerichtet, wie ich es vorgefunden hatte. Wenn jedoch jemand merken konnte, dass etwas nicht stimmte, dann sie. Gott, was sollte ich nur sagen, wenn ihr etwas Seltsames auffiel? *Ich konnte letzte Nacht nicht einschlafen, deshalb bin ich eingebrochen und habe ein paar Runden gedreht.* Ach ja? Sie kannte mich zu gut, das würde sie mir nicht abkaufen. Selbst wenn das meiste davon stimmte.

Während ich wie auf glühenden Kohlen darauf wartete, dass mein Verrat ans Licht kam, sagte Nikki gedankenverloren: »Letzte Nacht habe ich Myles aus seiner Wohnung gezerrt, damit er mal wieder unter Leute kommt. Seit dem Unfall lebt er wie ein Eremit. Er behauptet, dass er nicht fahren könne und deshalb nirgendwo hinkäme. Ich habe ihm erklärt, dass man dafür Freunde mit Autos habe. Er hat zwar die ganze Zeit herumgenörgelt, aber ich glaube, er hat sich gut amüsiert. Außerdem hat man ihm ständig einen ausgegeben. Ich habe dir eine SMS geschickt, damit du dazustößt. Wo warst du?«

»Hab geschlafen«, antwortete ich mechanisch, während ich mich neben sie auf einen Hocker setzte. Hatte ich den Tankdeckel so fest aufgeschraubt, wie sie es normalerweise tat? Sie verhielt sich jedoch nicht, als würde ihr das Bike Sorgen bereiten, deshalb entspannte ich mich. Alles war gut. Sie hatte nichts bemerkt. Sofort überkamen mich Gewissensbisse. Sie war meine beste Freundin und wusste von nichts.

»Alles klar mit dir?«, fragte sie plötzlich und zog besorgt die Stirn kraus.

Ich setzte ein Lächeln auf. »Ja. Was denkst du, wie es Myles geht? Er wirkt immer so … deprimiert, wenn ich ihn sehe. Ich dachte, er fängt sich wieder, aber irgendwie passiert das nicht.« Nach diesem Eingeständnis verstärkten sich meine Schuldgefühle noch. Ich sollte mich mehr um ihn kümmern. Aber ich musste mich auf die Rennen konzentrieren. Allmählich vernachlässigte ich um der Karriere willen meine Freundschaften. Schrecklich. Doch ich konnte nun einmal nur eine begrenzte Anzahl an Bällen gleichzeitig in der Luft halten.

Nikki öffnete den Mund und schloss ihn wieder. Dann sagte sie: »Ich mache mir wirklich Sorgen um ihn. Er redet nur noch von Hayden.«

Ich stieß einen langen Seufzer aus. »Ja, ich weiß …« Und schlimmer noch – ich wusste, dass Myles mit seinem Verdacht recht haben konnte. *Ich sollte Hayden nicht mehr treffen.*

»Myles ist sich sicher, dass Hayden den Unfall verursacht hat, obwohl es überhaupt keinen Beweis dafür gibt.« Nikki schüttelte den Kopf, dann fuhr sie fort. »Ich habe zu ihm gesagt, dass er allmählich klingt wie Keith, wenn der über deinen Vater herzieht. Er muss mit diesem Mist aufhören, bevor er noch wie Keith endet.« Sie blickte sich in der Garage um, ob sie jemand gehört hatte. Um sich bei meinem Vater unbeliebt zu machen, genügte es schon, Keith bloß zu erwähnen.

Ihre dunklen Augen waren voller Sorge, als sie sagte: »Kannst du mal mit ihm reden, Kenzie? Ihm klarmachen, dass er nur wegen seiner Verletzung sauer ist und nach einer Entschuldigung dafür sucht?«

»Ja klar. Vielleicht sehe ich heute Abend mal bei ihm vorbei.« Ich war erst um Mitternacht mit Hayden verabredet und würde noch etwas Zeit haben. Nikki wirkte erleichtert, stand auf und umarmte mich kurz. »Das ist gut. Er gefällt mir gar nicht. Ich kann das nicht mitansehen. Er sollte lieber mit uns zum Kakerlakenrennen gehen, anstatt Haydens Untergang zu planen.«

Ich erstarrte in der Umarmung. »Er will ihn fertigmachen?«

Nikki löste sich aus meinen Armen. »Ja. Das wird übel, Kenzie. Je eher du mit ihm sprichst, desto besser.«

Ich versicherte ihr erneut, dass ich mit ihm reden würde, und setzte das Gespräch mit Myles auf Platz eins meiner geistigen To-do-Liste. Haydens Untergang würde meinen eigenen nach sich ziehen, und das durfte ich nicht zulassen – dafür stand zu viel auf dem Spiel.

Nach meinem Work-out – eine Stunde mit Gewichten und eine Stunde auf dem Laufband – drehte ich ein paar Runden im Ring, um meinem Vater zu zeigen, dass ich immer noch mein Bestes für ihn gab. Zu meiner großen Überraschung waren meine Zeiten besser als am Vortag. Nicht so gut wie bei meinen nächtlichen Runden mit Hayden, aber besser. Dad nickte mir sogar aufmunternd zu, als ich alles für die Nacht vorbereitete. Im Großen und Ganzen lief der Tag also super.

Von der Trainingsstrecke aus fuhr ich zu Myles' Haus. Es brannte kein Licht, doch ich konnte mir weder vorstellen, dass er schon schlief, noch, dass es irgendjemand anderem als Nikki gelungen war, ihn aus dem Haus zu locken. Deshalb hämmerte ich gegen die Tür. »Myles? Hier ist Kenzie. Mach auf!«

Keine Reaktion. Ich versuchte es noch einmal und wartete ein paar Minuten. Als nichts passierte, ging ich in die Hocke und betrachtete das Schloss. Dachte ich wirklich gerade darüber nach, mich einer Nummer aus Haydens Trickkiste zu bedienen und das Schloss zu knacken? Vielleicht wenn ich seine Werkzeuge hätte und die leiseste Ahnung, wie man sie benutzte.

Ich überlegte gerade, ob ich versuchen sollte, das Schloss mit einer Kreditkarte aufzuhebeln, da ging die Tür auf. Ich linste nach oben und sah Myles, der mit großen Augen zu mir heruntersah. »Kenzie? Äh … ist dir was runtergefallen?«

Sofort stand ich auf und setzte ein harmloses Lächeln auf. »Hey. Nein … Ich wollte dich nur besuchen. Wie geht es dir?«

Myles stieß die Tür weiter auf und deutete in sein dunkles Haus. Er sah aus, als wäre er gerade erst aufgestanden – oder als hätte er seit Tagen nicht geschlafen. Seine Augen waren gerötet, das Haar zerwühlt und die Kleidung zerknittert. Sein gebrochenes Bein war komplett eingegipst, und er brauchte eine Krücke, um zur Couch zu humpeln. »Mir geht's super, Kenzie. Großartig, wirklich.«

Er setzte sich ins dunkle Wohnzimmer, als wäre es völlig normal, kein Licht einzuschalten. Der kleine Raum war mit Fast-Food-Verpackungen vollgemüllt. Wenigstens aß er wieder, was bereits eine Verbesserung darstellte, seit ich das letzte Mal hier gewesen war. Ich schaltete ein Licht an und gesellte mich zu ihm. Ob der plötzlichen Helligkeit zuckte er zusammen. »Komm schon, Myles, tu dir das nicht an. Dein Bein wird gesund, und nächstes Jahr bist du wieder dabei.«

Er blickte mich aus müden Augen an. »Meinst du wirklich, dass es dann noch etwas gibt, zu dem man zurückkehren kann?«

Ich schob den Kiefer vor und erwiderte seinen Blick. »Ich lasse das Team nicht untergehen. Versprochen.«

Myles tätschelte meinen Arm. »Ich weiß, dass du das nicht wirst.« Er sagte das so wie Eltern, die nur ihr Kind beruhigen wollen, selbst aber nicht an etwas glauben. Es traf mich wie ein Stich mitten ins Herz. *Er traut es mir nicht zu.*

Ich schluckte den Schmerz hinunter, und Myles seufzte. »Außerdem ist das Bein gar nicht das eigentliche Problem. Ich habe mir ja auch das Schlüsselbein gebrochen. Das wird mir vermutlich noch Probleme bereiten. Die Ärzte haben getan, was sie konnten, aber das könnte mich nachhaltig beeinträchtigen.«

Sein gequälter Gesichtsausdruck ließ mich den Schmerz vergessen, den mir seine Worte zugefügt hatten. *Er ist verletzt und deprimiert. Er braucht mich.* Ich legte ihm den Arm um die Schultern. »Das wird schon, Myles. Nikki und ich helfen dir, das durchzustehen. Wenn du etwas brauchst, sind wir für dich da. *Ich* bin für dich da.«

Er sah mich an und machte plötzlich ein ernstes Gesicht: »Meinst du das auch so?«

»Natürlich«, erwiderte ich, ohne zu zögern.

Er nickte kurz. »Dann hilf mir, Hayden dranzukriegen.«

Mein Körper reagierte mit Anspannung. »Myles …« Wie konnte ich ihn nur davon überzeugen, dass Hayden nichts mit dem Unfall zu tun hatte, ohne zu klingen, als verteidigte ich ihn? Das ging nicht und eigentlich war ich mir auch gar nicht ganz sicher, ob Hayden etwas damit zu tun hatte oder nicht. Ich wusste nur, dass ich Haydens Hilfe benötigte, um meine Fahrkünste zu verbessern. Deshalb musste ich Myles davon überzeugen, dass es für ihn besser war, Hayden in Ruhe zu lassen, anstatt ihn zu verfolgen. Ich fühlte mich überaus mies, dass ich das nötig hatte. »Dad duldet keine Rachefeldzüge. Wenn du Hayden Ärger machst, setzt du eine Kettenreaktion mit Benneti in Gang, die sich zu etwas … wirklich Hässlichem entwickeln könnte. Und wenn Dad dann herausfindet, dass du der Auslöser warst, wirst du gefeuert. Lass ihn in Ruhe, deinem Job zuliebe. Bitte!«

Myles starrte mich einen Moment an, dann verdunkelte sich sein Blick kaum merklich. »Ja … vielleicht hast du recht.«

Das beruhigte mich etwas, obwohl mir der Grund, aus dem ich eigentlich wollte, dass er die Finger von Hayden ließ, noch immer ein schlechtes Gewissen bereitete. »Natürlich habe ich das. Wie wäre es, wenn wir noch ein paar Lampen anknipsen? Dann mache ich uns etwas Richtiges zu essen, und wir sehen uns einen Film an oder so?«

Bei meinem Vorschlag schnitt er eine Grimasse. »Äh, das klingt alles toll – bis auf die Sache mit dem Abendessen. Ich kann diesen Diät-Tofu-Kram nicht essen, von dem du dich ernährst.«

Ich verdrehte die Augen und sagte: »Okay, wie wäre es dann mit Spaghetti?«

Ihm klappte der Kiefer herunter: »Du isst *freiwillig* Kohlenhydrate? *Ich* habe mir den Kopf angeschlagen, aber du bist diejenige, die sich merkwürdig verhält.«

Protestierend boxte ich ihn gegen den Arm. «Nein, tue ich gar nicht.« Nicht wirklich. Vielleicht.

Die Stunden mit Myles zogen sich in die Länge, und ich fühlte mich deswegen mies. Schließlich war ich gern mit meinen Freunden zusammen. Jetzt gab es jedoch nur einen Ort, an dem ich sein wollte. Ständig drängte sich ein Paar jadegrüner Augen in meine Gedanken, ebenso wie die Worte *so verdammt schön*. Im Geist hörte ich sie wieder und wieder. Ich wusste nicht einmal mehr, welchen Film Myles und ich uns ansahen, doch sobald er vorbei war, tat ich so, als müsste ich gähnen und wünschte ihm eine gute Nacht.

Als endlich die Zeit gekommen war, sich mit Hayden zu treffen, trommelte mein Herz in einem zunehmend wilden Rhythmus – es erinnerte mich an eine Lokomotive, die Fahrt aufnimmt. Ich konnte es nicht erwarten, ihn zu sehen. Nein, ich meinte, ich konnte es nicht erwarten, gegen ihn zu *fahren*.

Er war auf dem Parkplatz, als ich ankam, und wartete mit dem Helm unter dem Arm auf seinem Motorrad. In der Parkplatzbeleuchtung glänzte sein Haar, aber das war nichts, verglichen mit dem verführerischen Glanz in seinen Augen.

»Hey, Zweiundzwanzig, hab ich dir gefehlt?«, fragte er und verzog den Mund zu einem lasziven Lächeln.

Ja, schon komisch, er hatte mir wirklich gefehlt. Aber das würde ich ihm gegenüber natürlich niemals eingestehen. »Ich hab es vermisst, dich fertigzumachen«, stichelte ich.

Aus seinem Lächeln wurde ein warmes Lachen, das die Schmetterlinge in meinem Bauch aufflattern ließ. »Bist du bereit?«, fragte er und deutete mit dem Kopf auf das Tor, dessen Schloss er gleich knacken wollte. Ich nickte eifrig. *Ich bin schon eine ganze Weile bereit für dich.*

Bei diesem befremdlichen lüsternen Gedanken stutzte ich. Nein … auf diese Weise war ich nicht für ihn bereit. Zu nichts in dieser Richtung, und das würde ich auch nie sein. Nicht mit ihm. Ich wusste nicht einmal, ob ich wirklich etwas von ihm wusste … oder auch nur die Hälfte von dem glauben konnte, was ich von ihm erfahren hatte. Das machte alles noch schlimmer.

Hayden legte den Kopf schief und beobachtete mich. »Alles okay?«

Mein Gott, ich musste meine Mimik besser beherrschen lernen, damit die Leute endlich aufhörten, mir diese Frage zu stellen. »Ja. Lass es uns tun.«

Haydens Blick hielt meinen fest. Die Verbindung war so stark, dass ich es nicht geschafft hätte wegzusehen, selbst wenn ich es gewollt hätte. Doch warum auch? Mit jeder Sekunde, die unsere Blicke ineinander ruhten, schien ein anderer Teil meines Körpers zum Leben zu erwachen – Hände, Gesicht, Brust. Herz.

Irgendwann löste er den Bann und ging zum Tor. »Komm, sieh zu. Ich zeig dir, wie man es macht.«

Skeptisch hob ich die Brauen. »Warum sollte ich je wissen müssen, wie man ein Schloss knackt?« Na ja. Hatte ich mir vorhin vor Myles Haus nicht genau dieses Wissen gewünscht? Doch bevor Hayden mit einem schlauen Spruch reagieren konnte, ging ich neben ihm in die Hocke. Warum nicht die Gelegenheit nutzen, etwas Neues zu lernen?

Hayden lachte, dann erklärte er mir ausführlich jeden einzelnen Arbeitsschritt. Nachdem das Tor geöffnet war, zeigte er mir den Trick noch einmal an der Cox-Garage. Ich war mir nicht sicher, ob ich es selbst machen konnte, aber ich meinte, das Prinzip verstanden zu haben.

Als die Lichter eingeschaltet und alles startklar war, fragte ich Hayden, auf wie viele Runden wir uns diesmal einigen wollten. »Zwanzig? Oder vielleicht fünfzig, damit es eine richtige Herausforderung wird?«

Mit einem breiten Grinsen streifte sich Hayden den Helm über und klappte das Visier hoch. Er blickte auf die Anzeigetafel, dachte für eine Sekunde nach, dann sagte er: »Lass uns dreißig machen.« Als er sich wieder zu mir umwandte, blitzte der Schalk aus seinen Augen. »Und um die Sache noch spannender zu gestalten, könnten wir um einen kleinen Einsatz fahren. Wenn ich gewinne, musst du mir eine Frage beantworten. Und zwar ehrlich!«

Bei der Vorstellung, mit ihm ein persönliches Frage-und-Antwort-Spiel zu spielen, zog sich mein Magen zusammen. Was wollte er wissen? Und würde ich es ihm beantworten können? Mich zu öffnen, war nicht gerade meine Stärke, besonders wenn es um Gefühle ging. Wenn wir uns die erotische Spannung zwischen uns eingestanden, würden wir auch nicht besser fahren. Andererseits hatte ich womöglich nur Angst, und das gefiel mir nicht. Ich wollte vor nichts Angst haben. Ich biss die Zähne zusammen, wischte meine Bedenken beiseite und fragte: »Was bekomme ich, wenn ich gewinne?«

Er lehnte seine Maschine in meine Richtung. »Was willst du denn?« In seinen Augen loderte ein Feuer, das mir den Atem verschlug.

Herrje, das war die eigentliche Frage, oder? Die Antwort war gleichermaßen simpel und überaus kompliziert. Ich wollte mir den Respekt meines Vaters verdienen. Ich wollte ein Champion sein. Ich wollte siegen. Ich wollte den Familienbetrieb retten. Und ich wollte, dass Hayden mir dabei half.

Ich hatte das Gefühl, mich ihm ein Stück weit zu öffnen, als mir eine vereinfachte Version der Wahrheit herausrutschte: »Alles, was ich will, ist Rennen zu fahren.« Das stimmte. Aber war das alles? Nein. *Was zum Teufel wollte ich?*

Hayden starrte mich noch einen Augenblick an, dann klappte er das Visier herunter und startete seine Maschine. Ich tat es ihm gleich, Adrenalin strömte durch meinen Körper. Ja, ich liebte diesen Augenblick – zu wissen, dass es gleich losging. Wir rollten auf die Bahn und zur Startposition. Ich beugte mich über den Lenker, und Hayden hielt drei Finger hoch. Ich war so selig wie bei einem Orgasmus und zählte rückwärts. Jawohl, nur noch ein paar Sekunden, dann konnte ich die aufgestaute Energie endlich herauslassen.

Als ich im Kopf bei null angelangt war, gab ich Vollgas. Genau wie Hayden. Wir fegten mit einer solchen Beschleunigung los, dass ich mich am Bike festklammern musste. Ich kicherte. Mein Kopf wurde frei, und ich konzentrierte mich auf nichts anderes mehr, als mit ihm über die Piste zu jagen. Das war der Sinn meines Lebens, viel mehr, als ich mir eingestehen mochte. Wir rasten über die Strecke, nahmen scharfe Linkskurven, steile Rechtskurven, überholten einander und kämpften um unsere Position – alles, was zwischen uns stand, löste sich auf. Es gab keine Spannungen, keine geheimnisvolle Vergangenheit oder unbekannte Zukunft, keine heiße Leidenschaft, die unter der Oberfläche simmerte, und auch keine Sorgen. Es gab nichts mehr außer der allumfassenden, alles beherrschenden Freude am Ringen um den Sieg. Und als ich die Ziellinie nur einen Herzschlag hinter ihm überquerte, wusste ich, dass ich recht hatte. Aus irgendwelchen Gründen, die ich noch nicht ganz begriff, war Hayden meine Mitte. Ich brauchte ihn, um mein Gleichgewicht zu bewahren. Ohne ihn war ich verloren.

Als wir den Ring verließen, strahlten wir beide über das ganze Gesicht. Hayden stellte seinen Helm auf den Lenker und bedachte mich mit einem Blick, der zugleich Neugier und

Wachsamkeit verriet. »Ich habe dich geschlagen ... Du schuldest mir eine Antwort.«

Meine gute Laune sank sofort. »Nein. Ich habe gar nicht gesagt, dass ich die Wette eingehe«, entgegnete ich und nahm den Helm ab.

Er grinste schief und schüttelte den Kopf. »Du bist gegen mich gefahren. Das bedeutet Zustimmung.« Er beendete den Satz mit einem schelmischen Zwinkern. Blöde Masche. Blöder Hayden. Sein Haar war schon wieder dieses strubbelige Durcheinander, das so gut an ihm aussah, und auf seinem Hals hatten sich Schweißperlen gebildet. Wie viel lieber hätte ich ihm diese abgeleckt, als auf seine Frage zu antworten.

Hayden spürte meine Unentschlossenheit, zuckte mit den Schultern und fügte hinzu: »Wenn du mir nicht die Wahrheit sagen willst, kannst du natürlich auch Pflicht wählen und tun, was ich von dir verlange.« Sein anzügliches Lächeln ließ keinen Zweifel daran, wie diese Pflicht aussehen würde.

Ich spürte schon, wie das Verlangen meinen Verstand einlullte, deshalb sagte ich schnell: »Was willst du wissen?«

Er schmunzelte über meine prompte Reaktion, doch dann wurde seine Miene schnell wieder ernst. Mein Herz raste vor Aufregung. Mist. Er würde mich bestimmt etwas fragen, das ich nicht beantworten wollte, so viel war klar. Aber was? Ich musste aus dieser Nummer wieder herauskommen. Mir wurde schon leicht schwindelig.

Mit einem zarten Lächeln auf den Lippen schüttelte Hayden den Kopf. »Hey, entspann dich, Kenzie. Du sollst dich ja gar nicht mit deinem Bike von den Klippen stürzen. Es ist nur eine Frage.«

Ich atmete einmal tief durch und setzte ein Lächeln auf. Er hatte recht, es ging nur um eine Auskunft. Und schließlich musste ich nicht antworten, wenn ich es nicht wollte. Als er sah, dass ich etwas lockerer wurde, stellte er seine Frage. »Ich wollte nur wissen, warum dich die Vorstellung, ich wäre mit Izzy zusammen, so gestört hat?«

Scham ergriff mich, und ich biss die Zähne zusammen. »Wie kommst du darauf, dass sie mich gestört hat?«

Er streifte den Handschuh ab und legte seine Finger an meine Stirn. »Wenn du sauer bist, schwillt diese kleine Vene hier an. Ich verstehe nur nicht, warum du deswegen sauer warst.«

Er nahm den Finger erst weg, nachdem er mir noch über die Brauen gestrichen hatte. Als er ihn fortnahm, war es, als hätte ich einen Schlag vor die Brust erhalten. Gott, warum hatten in seiner Nähe schon die kleinsten Dinge eine derartige Wirkung auf mich? Und wie war es wohl erst, sich diesem Gefühl ganz hinzugeben? Doch diesen Gedanken schlug ich mir schnell aus dem Kopf und erwiderte: »Ich weiß nicht, wovon du sprichst. Das ist mir völlig egal, du kannst schlafen, mit wem du willst.«

Hayden lächelte, als wüsste er, dass ich Quatsch redete. Dann wuchs sein Lächeln. Er blickte mir in die Augen und gurrte: »Mit wem ich will?«

In seinem Blick lag so viel Glut, dass die Luft zwischen uns heißer wurde. Ich spürte die Wärme in meinem Gesicht. Verdammt … Er meinte mich. »Ja«, flüsterte ich, ohne es zu wollen. Mist. Hatte ich das gerade wirklich gesagt?

Haydens Augen weiteten sich, und er öffnete die Lippen. Er strich sich mit der Zunge über die Unterlippe, und ich musste ein Stöhnen unterdrücken. »Kenzie«, flüsterte er und beugte sein Motorrad noch ein Stück näher zu mir. Unwillkürlich tat ich dasselbe. Er neigte mir seinen Kopf zu, ich ihm meinen. Es war die perfekte Haltung, jetzt mussten wir uns nur noch weiter aufeinander zubewegen. *Küss mich.*

Er war so nah, dass ich seinen Atem auf meinen Lippen spürte. Dann durchbrach sein verdammtes Handysignal die Stille. Schon wieder? Im Ernst? Wie letzte Nacht waren wir jetzt über eine Stunde hier, und es war schon ziemlich spät. Wer um alles in der Welt rief ihn ständig um diese späte Uhrzeit an? Hayden wich sofort zurück. Sein Blick huschte zur Anzeigetafel und dann wieder zu mir. »Sorry. Ich muss los. Wollen wir das morgen fortsetzen?«

»Zwei Mal in zwei Nächten wegbeordert. Hast du noch andere feste Verabredungen außer mit mir?«, fragte ich mit gepresster Stimme. Es sollte mich nicht weiter scheren, doch es machte mir etwas aus, dass ich nicht die Einzige war, die nachts über ihn verfügen konnte.

Hayden grinste, anstatt mir zu antworten, doch sein Blick blieb wachsam. »Du bist so süß, wenn du eifersüchtig bist.«

Daraufhin machte ich die Schotten so schnell dicht, dass ich in meinem Kopf regelrecht das Knallen hörte. »Ich bin nicht eifer… Wir sehen uns morgen, Hayden. Zum *Training.*« Ich verlieh dem letzten Wort so viel Nachdruck wie möglich, damit für Hayden nicht der geringste Zweifel daran bestand, was zwischen uns lief. Und was nicht.

11. Kapitel

Nach eineinhalb Monaten nächtlicher Rennen mit Hayden kam ich endlich auch tagsüber an die Zeiten heran, die ich nachts erreichte. Es war beglückend zu sehen, dass sich mein Training mit Hayden langsam, aber sicher auszahlte, und ich eine selbstbewusstere Fahrerin wurde. Am liebsten hätte ich in die Welt hinausgeschrien, dass ich mein Erfolgsgeheimnis gefunden hatte, aber leider war es ein echtes Geheimnis.

Mich fast jede Nacht mit Hayden zu treffen, versetzte mich in einen eigentümlichen Rauschzustand. Die Anziehungskraft zwischen uns hatte ganz und gar nicht nachgelassen. Vielmehr hatte sie sich sogar deutlich verstärkt. Wenn wir dicht zusammenstanden, einander in die Augen sahen und seine Hand meinen Schenkel streifte, tat es beinahe weh, dem Verlangen zu widerstehen und ihn nicht an mich zu ziehen. Doch ich weigerte mich, diese Grenze zu überschreiten. Ich war mir durchaus bewusst, dass er mich nur zu seinem eigenen Vorteil benutzte. Und ich wollte nicht zulassen, dass er von meinem Körper ebenso profitierte wie von meinen Fahrkünsten.

Doch manchmal war es schwer, sich daran zu erinnern, denn in seiner Nähe zu sein, fühlte sich allzu vertraut an. Nach seinem kleinen Wahrheit-oder-Pflicht-Spielchen redeten wir häufiger miteinander, und ich fing an, mich mit ihm wohler zu fühlen. Was seine Absichten betraf, war mir nach wie vor etwas mulmig zumute, doch er war ein so wichtiger Teil meines Lebens geworden, dass ich mir nicht vorstellen konnte, mich nicht mehr mit ihm zu treffen. Und wenn es auf der Piste nur noch uns beide gab, vergaß ich, wer er war und wofür er stand, was er tat oder nicht. Ich genoss es einfach nur, mit jemandem zusammen zu sein, der das Beste aus mir herausholte. Ich fing an, mich mit ihm frei zu fühlen. Und das machte mir Angst. Es half, dass er weiterhin fast jede Nacht angerufen und wegbeordert wurde. Er sagte nie, warum, und wenn ich ihn danach fragte, wich er aus. Das trug dazu bei, den dringend benötigten Abstand zwischen uns aufrechtzuerhalten. Denn ob er mir nun zu einem Freiheitsgefühl verhalf oder nicht – vertrauen konnte ich ihm nicht.

Auch wenn mich dieses Doppelleben in professioneller Hinsicht voranbrachte, bereitete es mir große Schuldgefühle. Insbesondere, wenn meine Teamkollegen mich wegen meiner besseren Zeiten lobten. Am schwersten war es aber mit meinem Vater. Nach einigen Wochen nächtlichen Trainings mit Hayden erklärte er mir: »Deine Zeiten machen sich, Kenzie. Sie entsprechen jetzt viel eher deiner Leistung bei der Road America. Wenn du jetzt noch ein bisschen häufiger in den Kraftraum gehst, hast du die Energie, die du brauchst, um in Barber zu siegen.« Anschließend klopfte er mir sogar noch auf die Schulter. Gewiss, das waren keine übertriebenen Begeisterungsstürme, aber wenigstens etwas, und es bewirkte, dass ich mehr wollte: härter arbeiten, vorankommen und mich noch weiter aus meiner Komfortzone herauswagen.

Mir klang Dads Lob noch in den Ohren, und so grinste ich wie ein Honigkuchenpferd, als ich eines schönen Junimorgens in die Cox-Garagen kam. Nikki arbeitete an einem Motorrad, und Myles leistete ihr Gesellschaft, was ein willkommener Anblick war. Seit meinem bedrückenden Überraschungsbesuch war ich fast jeden Abend bei ihm gewesen. Allmählich überwand er seine Depression, und sein alter, zu allen Späßen aufgelegter Charakter gewann wieder die Oberhand. Das bedeutete aber nicht, dass seine Wut auf Hayden verraucht war. Nein, daran hielt er mit unverminderter Leidenschaft fest.

Als sie mich sah, richtete Nikki sich auf. »Na, später zu kommen, scheint sich für dich ja richtig zu lohnen. Nicht nur, dass deine Zeiten besser werden, du siehst heute auch noch extrem fit aus. Vielleicht sollte ich auch länger schlafen«, witzelte sie.

Dafür kassierte sie einen gespielt bösen Blick von mir. »Ich bin doch immer frisch und froh. Das ist mein Markenzeichen«, konterte ich. Ich schaffte es nicht länger, eine finstere Miene aufzusetzen und musste grinsen. Mensch, ich war heute wirklich gut drauf.

Nikki verdrehte die Augen, dann sah sie mit ungläubigem Blick zu Myles. Er musterte mich mit leerer Miene, dann fing er an zu lachen. Er musste dermaßen lachen, dass er eine Hand auf sein Schlüsselbein legte und »Aua, aua, aua« prustete. Dann wischte er sich die Tränen aus den Augen und kicherte: »Frisch und froh … der war gut, Kenzie.«

Ich versuchte, ihn wütend anzustarren, aber ich schaffte es nicht einmal, so zu tun, als sei ich ihm böse. Lachend ging ich weiter, um die Lederkombi anzuziehen.

Minuten später sauste ich mit halsbrecherischer Geschwindigkeit über die Trainingsstrecke. Der Parcours war seit letzter Woche nicht verändert worden, und weil ich zweimal täglich darauf trainierte, kannte ich ihn in- und auswendig. Als ich im Tiefflug durch die Kurven schnitt, schweiften meine Gedanken ab. Ich dachte daran, wie ich mit Hayden durch diese Kurven fuhr, manchmal war er nur Zentimeter vor mir, dann wieder kaum einen halben Meter hinter mir. Wie ich jedes Mal lachen musste, wenn ich an ihm vorbeizog. Und wie es hinterher war, wenn wir an der Ausfahrt hielten, er den Helm ablegte, von seiner Maschine sprang und mir tief in die Augen schaute.

Nach unseren circa einstündigen Trainings redeten wir

meistens noch ein bisschen, bevor wir uns in die Nacht verabschiedeten. Meistens stellte mir Hayden Fragen über meine Familie – wo ich aufgewachsen war, was mit meiner Mutter sei, wie es war, Schwestern zu haben. Er selbst war nicht gerade ein offenes Buch. Bisher hatte ich nur aus ihm herausbekommen, dass er ein Einzelkind war und Blau seine Lieblingsfarbe. Nie versuchte ich, mehr aus ihm herauszuquetschen. Vielleicht aus Angst, ich könnte etwas erfahren, was ich gar nicht wissen wollte. Ich hatte schon genug Schwierigkeiten, mit der schrecklichen Erkenntnis zurechtzukommen, dass ich ihn nicht nur wahnsinnig attraktiv fand, sondern irgendwie sogar … gernhatte. Hätte ich gemerkt, dass er wirklich so fies war, wie Myles und mein Vater behaupteten … jedenfalls war ich nicht so weit, diese Illusion zerplatzen zu lassen. Dafür brauchte ich ihn noch viel zu dringend.

Während ich meine Trainingsrunden drehte, blickte ich zu Bennetis Hälfte des Geländes hinüber. Ich befand mich in der lang gezogenen Kurve, die ihrer Garage am nächsten kam. Davor stand eine Menschengruppe, die mein Interesse anzog. War das Hayden da im Hintergrund? Was mochte er getrieben haben, seit wir uns letzte Nacht getrennt hatten? Wohin war er gegangen, als ihn erneut einer dieser mysteriösen Anrufe wegbeordert hatte?

Ich war schon fast durch die Kurve, als ich etwas sah, das mich derart erschütterte, dass ich voll in die Eisen ging. Mein Bike protestierte, und fast hätte ich einen Salto hingelegt, bevor ich die verdammte Kiste wieder unter Kontrolle bekam. Als ich stand, blickte ich mich um. Über die niedrige Mauer hinweg, die die Trainingsstrecke umgab, konnte man zu Bennetis Garagen hinübersehen. Dort standen vier Kerle, von denen es drei ganz offensichtlich auf den vierten abgesehen hatten. Der Typ in der Mitte wurde von dem Schlägertrio hin und her geschubst. Mir stockte der Atem, als ich sah, dass es Hayden war, den sie in die Zange nahmen. Ich wusste, dass seine Teamkollegen ihn nicht mochten, aber sie würden ihm doch sicher keine Gewalt antun. Bestimmt wollten sie sich nur auf Haydens Kosten amüsieren und ihn dann in Ruhe lassen.

Doch ich wurde sogleich eines Besseren belehrt. Zu meinem Entsetzen hielten zwei der Typen Haydens Arme fest, während ihm der dritte einen Schlag in den Magen versetzte. Sofort sprang ich von meiner Maschine, ich war drauf und dran, zu ihm zu laufen und ihm zu helfen, als mich die Realität wie ein Eimer Eiswasser traf. Ich konnte ihm nicht helfen. Er steckte bis zum Hals im Benneti-Land, und ich durfte keinen Fuß auf das Gelände jenseits der Streckenbegrenzungsmauer setzen. Ich hätte nicht einmal so offensichtlich hinsehen dürfen, wenn ich nicht entdeckt werden wollte, aber ich konnte nicht den Blick abwenden. *Verschwinde du, Hayden,* dachte ich und riss mir den Helm herunter.

Hayden versuchte verzweifelt freizukommen, aber die Dreckskerle hielten ihn auf beiden Seiten fest. Die unablässigen Schläge in seinen Magen ließen ihm keine Zeit, zu Atem zu kommen, geschweige denn, sich zu wehren. Der Typ, der vor Hayden stand, schrie ihn an, während er auf ihn einprügelte. »Du hältst dich wohl für was Besseres, weil du Keiths kleiner Liebling bist. Du denkst wohl, du bist eine ganz heiße Nummer, weil du über seiner Garage wohnst, sein Bike fährst und von ihm durchgefüttert wirst? Das bist du aber nicht, du Wurm. Er hat dich aus der Gosse gezogen, und wenn er mit dir fertig ist, landest du wieder in der Gosse. Aber egal, ob du Keiths Schoßhündchen bist oder nicht: Wenn du jemals wieder unsere Motorräder anrührst, bringen wir dich um.«

Was ich hörte, ließ mich zur Salzsäule erstarren. Was hatte er mit ihren Motorrädern angestellt? Und Moment mal … er wohnte bei Keith? Diese eiskalte Erkenntnis wich sogleich erneut überschäumender Wut, als sie ihn immer weiter schlugen. Ganz gleich, was er getan hatte – dazu hatten sie kein Recht! Gerade, als ich es keine weitere Sekunde aushielt, Hayden leiden zu sehen, und kurz davor war, meinen Job hinzuschmeißen, um ihm zu helfen, gelang es ihm, einen Arm loszureißen. Binnen Sekunden verpasste er dem Kerl, der seinen anderen Arm festhielt, ein paar Schläge. Dann verwandelte er sich in einen wütenden Wirbelsturm. Noch bevor ich den Mund wieder zubekam, hatte er alle drei Kerle auf den Boden befördert, wo sie nur noch japsten und Blut spuckten.

Hayden trat dem Kerl, der ihn angegriffen hatte, in den Bauch, dann beugte er sich über ihn und knurrte: »Wenn du mich noch ein einziges Mal anfasst, breche ich dir sämtliche Knochen.«

Ich hätte es besser gefunden, wenn mich sein Verhalten angeekelt hätte, aber dem war nicht so. Als ich anschließend beobachtete, wie er in die Garage zurückstapfte, musste ich grinsen. *Heilige Scheiße … Hayden ist echt ein harter Typ.* Und aus irgendeinem Grund machte ihn das noch viel attraktiver. Aber wodurch hatte er die anderen Kerle nur dermaßen wütend gemacht?

Später am Abend fuhr ich wieder auf den Parkplatz des Trainingsgeländes. Hayden wartete am Innentor, sein Helm lag auf dem Motorrad, und er warf das Lederetui mit den Dietrichen in die Luft. Mit einem fröhlichen Lächeln fing er das Werkzeugset lässig wieder auf. Dass er vorhin erst in eine Schlägerei verwickelt gewesen war, sah man ihm nicht an. Er sah einfach … fantastisch aus. »Hey, Zweiundzwanzig. Ich glaube, heute Nacht bist du mal dran.«

Ich klappte das Visier hoch und schob meine Maschine neben seine. »Womit? Mit Siegen? Das war mir schon klar.« Ich grinste ihn herausfordernd an, und er lachte.

»Nein. Na ja, vielleicht. Aber ich meinte *das* hier.« Er reichte mir gespannt das Etui, als ob es ihm Spaß mache, mich vom rechten Weg abzubringen.

Ich kaute an meiner Lippe und schüttelte den Kopf. »Nein danke. Mein Jahrespensum an illegalen Aktivitäten ist schon erschöpft.«

Er zog eine Braue hoch. »Hast du überhaupt schon einmal etwas Illegales gemacht?«

Ich blickte mich um und sagte: »Du meinst, das hier nicht mitgerechnet? Na ja, ich bin schon mal durch eine verkehrsberuhigte Zone geheizt.«

Er bog sich vor Lachen. »Oh Gott ... du bist sooo süß!«

Mir wurde warm ums Herz, und ich wollte, dass dieses Gefühl verflog. Zugleich hätte ich es gern mit jeder Faser genossen. Damit er nur nicht noch mehr solches Zeug von sich gab, riss ich ihm das Etui aus der Hand. »Gut. Ich versuch's mal.«

Ich nahm den Helm ab und hockte mich vor das Schloss. Inzwischen hatte ich ihm schon unzählige Male dabei zugesehen, selbst hatte ich es jedoch noch nie probiert. Hayden zeigte mir, welches Werkzeug ich jeweils benutzen musste, und erklärte mir dabei, wie die Mechanik von Schlössern funktionierte. Ehe er damit fertig war, hatte ich das Schloss bereits geöffnet. »Wow, du bist ein Naturtalent«, sagte er, als wäre er stolz auf mich.

Ich gab ihm mit strengem Blick sein Werkzeug zurück. »Glaub jetzt bloß nicht, dass ich dir bei deinem nächsten Einbruch helfe.«

Ich erwartete eigentlich, dass er lachen würde, doch stattdessen machte er ein ernstes Gesicht. »Ich bin kein Dieb.«

Seine offensichtliche Empörung überraschte mich. »Ich weiß«, murmelte ich, obwohl ich mir da nicht vollkommen sicher war.

Als hätte ich nie etwas Falsches gesagt, war seine Miene sofort wieder vergnügt. »Aber ich bin ziemlich gut im Streichespielen. Da musst du nur meinen alten Schuldirektor fragen. Mit noch jemandem von meiner Schule habe ich mal drei Dutzend Schlangen gesammelt und in sein Büro gesperrt. Natürlich war keine giftige dabei, aber er hatte eine richtig schlimme Phobie und weigerte sich danach wochenlang, sein Büro zu betreten. Er hat sich dann einen Arbeitsplatz in der Besenkammer eingerichtet.«

Bei der Vorstellung, wie Hayden mit den Schlangen gekämpft hatte, musste ich lachen. »Wie bitte? Das war gemein.«

»Er war es auch«, sagte Hayden und zuckte mit den Schultern.

Ich schüttelte den Kopf und fragte: »Hat man dich und deinen Kumpel erwischt?«

Hayden grinste bis über beide Ohren. Ich wünschte, ich könnte ihn immer so zum Lachen bringen. »Nein, Felicia war zwar eine Woche lang total paranoid, aber Mr Dixson hatte nicht den leisesten Schimmer, wer es war. Ich glaube, zum Schluss hielt er es für eine merkwürdige Schädlingsplage.«

Meine Laune erhielt einen Dämpfer: »Felicia?«

Hayden senkte den Blick. »Ja. Ein Mädchen, mit dem ich mal ...« Er sah mir wieder in die Augen und schwieg einen Moment. Dann sagte er: »Ja, wir standen uns mal nah, aber jetzt ist sie weg, und das Thema ist durch. Wollen wir loslegen?«, fragte er und wechselte abrupt das Thema.

Mich erfasste eine Mischung aus Mitgefühl und Eifersucht. Letztere verdrängte ich sofort und hielt mich an Ersteres. Er schützte sich mit vagen Äußerungen. Ganz offensichtlich wollte er nicht darüber reden und versteckte sich hinter Schweigen und Ausflüchten. Dafür hatte ich durchaus Verständnis. Diese Felicia hatte ihm etwas bedeutet, so viel war klar. »Sie hat dich verletzt, oder?«

Sofort wich er meinem Blick aus. »Sie ist schon vor einer

Weile aus meinem Leben verschwunden. Das hat jetzt keine Bedeutung mehr.«

Die Traurigkeit in seinem Gesicht verriet, dass es durchaus noch etwas bedeutete, er aber offenbar nicht darüber reden wollte. »Tut mir leid, dass es nicht funktioniert hat.« Doch irgendwie war ich auch ganz froh darüber.

Sein ernstes Gesicht wich einem Lächeln. »Das muss dir nicht leidtun. Es war eine … vergiftete Beziehung.« Dann legte er den Kopf schief und betrachtete mich vom Scheitel bis zur Sohle. »Irgendwie erinnerst du mich an sie.«

Ich bekam große Augen und lief rot an: »Ich bin also Gift für dich? Na, vielen Dank. Dass du es nur weißt – das Gefühl beruht auf Gegenseitigkeit.« Danach setzte ich ein schiefes Grinsen auf.

Er lachte, dann schüttelte er den Kopf. »Nein … du bist ganz anders als sie. Es ist nur … dein Aussehen.« Nachdenklich betrachtete er mich. »Es ist geradezu unheimlich, wie ähnlich du ihr siehst«, stammelte er kaum hörbar.

Plötzlich lag so viel Gefühl in seinem Blick, dass mein Herz zu rasen begann. »Wir sollten jetzt … loslegen«, flüsterte ich. »Sonst vergeuden wir das Mondlicht.« Er blinzelte, als würde er aus einem tiefen Traum erwachen, dann nickte er, und wir machten uns gemeinsam zu den Garagen auf.

Als wir die Cox-Garagen erreichten, versuchte ich mich erneut im Schlösserknacken, und es gelang mir überraschend gut. Ich war wohl wirklich ein Naturtalent. Nicht, dass ich diese Fähigkeit jemals irgendwo zum Einsatz bringen wollte – außer jede Nacht in den Trainingsparcours meiner Familie einzubrechen. Herrje, mein Vater würde tot umfallen, wenn er mich in diesem Moment sehen könnte. Er würde buchstäblich einen Herzinfarkt bekommen und auf der Stelle umfallen.

Während ich mein Bike startklar machte, ging Hayden zu seiner Garage hinüber und bereitete sein Motorrad vor. Wie üblich trafen wir uns an der Auffahrt, nur dass sich Hayden diesmal den Bauch hielt, was mir nicht entging. Er tat es nicht offensichtlich – es wirkte, als hätte er sich ganz beiläufig einen Arm um die Seite geschlungen –, doch ich wusste, warum er das tat, schließlich hatte ich den ganzen Angriff beobachtet. Ich wollte ihn gerade darauf ansprechen, da beugte er sich schon über den Lenker und sagte: »Auf die Plätze. Fertig …« Im selben Moment, in dem er »Los!« rief, schoss ich nach vorn, als wäre die Polizei hinter mir her. Ich war restlos von der Euphorie und dem Geschwindigkeitsrausch erfüllt, als ich Hayden in einer wilden Jagd durch die Kurven und Geraden des Ringes voranfuhr. Wenn wir herkamen, lauerte in meinem Hinterkopf stets die Angst, erwischt zu werden, aber in diesem Augenblick rückte die Sorge ganz weit in den Hintergrund. Alles loszulassen und ganz im Augenblick aufzugehen, erfüllte mich mit Glück, Frieden und einer ganz fremden Aufregung. Alles trug mich davon – das erregende Gefühl, vor Hayden zu liegen, die Vibration meines Motorrads, die Geschwindigkeit, in der der Asphalt unter mir dahinflog. Es war mir ein Rätsel, wie mein Körper reagierte. Rennen zu fahren, hatte im Laufe der Jahre so einiges in mir bewirkt, doch bevor ich Hayden begegnet war, hatte es mich noch nie in dieser Weise erregt.

Mit diesem herrlichen Hochgefühl fuhr ich die gesamte Strecke durch und schaffte den ersten Platz. Um meinen Sieg zu feiern, zog ich das Motorrad vorne hoch und fuhr ein Stück auf dem Hinterrad. Was für ein Gefühl. Am liebsten hätte ich das Ganze gleich noch einmal wiederholt, nur um mir das Prickeln zu bewahren.

Hayden fuhr neben mich und lachte über meine Vorstellung. Er streifte den Helm ab und sagte: »Zu sehen, wie du dich über einen Sieg freust, gehört zu den Dingen, die am meisten Spaß machen, wenn man gegen dich fährt, Zweiundzwanzig.« Dann krümmte er sich leicht zusammen. Es war nur eine kleine Bewegung, aber sie erinnerte mich daran, dass er heute Nacht nicht in Topform war. Mein Hochgefühl ließ spürbar nach, als mir klar wurde, dass er Schmerzen hatte.

Ich setzte den Helm ab und haderte mit mir, ob ich ihn auf die Schlägerei ansprechen sollte. Vielleicht kam es daher, dass ich vom Rennen immer noch ganz high war, vielleicht daher, dass er sich mir bereits ein bisschen geöffnet hatte – jedenfalls schreckte ich plötzlich nicht mehr vor persönlichen Fragen zurück. Ich wollte eine Erklärung für eines der vielen Geheimnisse, die ihn umgaben. Dafür nahm ich das Risiko in Kauf, dass ein Traumbild zerplatzte. »Was war da heute los? Mit deinen Teamkollegen?«, fragte ich und stellte klar: »Ich habe die Schlägerei gesehen.«

Hayden machte so große Augen, dass ich dachte, sie würden ihm gleich aus dem Kopf fallen. »Du hast das gesehen?«

Ich nickte und biss die Zähne zusammen. »Ich habe mich noch nie so hilflos gefühlt. Ich wollte irgendetwas unternehmen. Aber die verdammte Kontaktsperre … Ich konnte nur wie ein Vollidiot zusehen.« Mist. Warum hatte ich ihm das gestanden? Das war viel zu persönlich, ging viel zu sehr ans Eingemachte – aber als ich seine verblüffte Miene sah, war ich froh, dass ich gefragt hatte.

»Du wolltest mir *helfen*?«, fragte Hayden mit leiser Stimme.

Ich blickte in seine unergründlichen grünen Augen und wusste zuerst gar nicht, was ich sagen sollte. Es war, als ob sich all meine Gehirnzellen unter seinem durchdringenden Blick in zähen Wackelpudding verwandelt hätten. Haydens Lächeln löste mir die Zunge. »Also, was war los?«, fragte ich. »Warum sind die auf dich losgegangen?«

Bei der Erinnerung versteinerte sich seine Miene. »Keith ist schon früh weggefahren. Ein Arzttermin oder so etwas. Aber egal. Wenn er weg ist, verwandelt sich das ganze Team irgendwie in … na ja, kennst du den Film *Herr der Fliegen*?« Als ich nickte, grinste er ironisch. »Ich bin die neueste Fliege, ein leichtes Opfer. Darum ist es nur natürlich, dass sie sich bei jeder Gelegenheit mit mir anlegen. Aber das ist schon okay, mit solchen Arschlöchern werde ich fertig. Ich kann mich wehren«, fügte er mit einem Zwinkern hinzu. Ja. Ganz sicher. Er war nur allein und in der Unterzahl. Er sollte nicht bei den Bennetis sein, dort gehörte er nicht hin. *Aber wohin gehört er eigentlich?*

Bei diesem lästigen Gedanken verzog ich skeptisch das Gesicht. »Trotzdem ist es nicht okay. Du solltest Keith erzählen, wie sie mit dir umspringen.« Wow, legte ich Hayden gerade ernsthaft Keith als Vaterfigur ans Herz? Vermutlich war das nicht einmal allzu abwegig, schließlich wohnten die beiden zusammen. Verdammt, schon bei dem Gedanken daran, dass Keith Hayden beeinflussen könnte, lief es mir eiskalt über den Rücken. Es ließ sogar die Gerüchte, die über ihn in Umlauf waren, noch glaubwürdiger erscheinen.

Hayden lachte bitter. »Ich soll petzen? Nein danke, das ist nicht mein Stil. Und nebenbei – glaubst du ehrlich, das würde die Dinge besser machen?« Er hielt inne und schüttelte den Kopf. »Glaub mir, irgendwann verlieren sie die Lust. Da muss ich durch. Und wenn es auf dieser Welt etwas gibt, in dem ich gut bin, dann ist es, beschissene Situationen durchzustehen.« Obwohl er grinste, zeichnete sich in seinen Zügen ein alter Schmerz ab, der schwer mit anzusehen war, vor dem man sich jedoch auch nicht verschließen konnte. *Was ist dir nur passiert?*

Ich war zu neugierig, um mir die Frage zu verkneifen, also stellte ich sie: »Hast du deshalb gelernt, so zu kämpfen? Durch beschissene Situationen?« Am liebsten hätte ich ihn berührt, sein Gesicht gestreichelt, doch ich unterdrückte den Impuls.

Hayden zuckte mit den Schultern, als sei das nicht wichtig. »Ich war ein Pflegekind und bin viel herumgeschubst worden. Deshalb habe ich gelernt, mich anzupassen.«

»Oh … das tut mir leid.« Wie einsam musste er sich gefühlt

haben. Ich war immer von meiner Familie umgeben gewesen und konnte mir nicht einmal vorstellen, wie es war, keine zu haben.

Seine Gesichtszüge wurden weicher, als er lächelte. »Noch einmal, es braucht dir nicht leidzutun. Natürlich war es hart – aber ohne meine Vergangenheit wäre ich nicht da, wo ich jetzt bin. Und irgendwie gefällt es mir, wo ich gerade bin.« Mit einem verführerischen Lächeln rückte er noch näher an mich heran, sodass sich unsere Beine berührten. Seine Augen waren voller Leidenschaft, und ich wusste, dass er exakt *diesen* Augenblick meinte. *Hier … mit mir.*

Oh Gott, so viel wie jetzt hatte ich ihm noch nie aus der Nase gezogen, und es gab noch so viel mehr, was ich wissen wollte. Aber der Wunsch, ihm zu helfen, war sogar stärker als meine Neugier. Hayden hatte dafür gesorgt, dass mir das Reden jetzt etwas leichterfiel. Ich wollte es ihm ebenfalls leichter machen und ihn nicht bedrängen. Auf eine Frage brauchte ich allerdings noch eine Antwort. »Hayden … was hast du getan, dass deine Teamkollegen dermaßen wütend auf dich waren?«

Sofort trat Zorn in seine Augen, und er wich zurück. Der Verlust der Nähe ließ mich frösteln. »Ich habe nichts mit ihren bescheuerten Motorrädern gemacht«, zischte er. »Dieses verdammte Gerücht, auf das auch du mich schon einmal angesprochen hast. Diese Vollidioten glauben alle, dass es wahr ist. Wenn jetzt einer der Mechaniker vergisst, die Zündkerzen an Rodneys Maschine zu wechseln und er Probleme mit dem Motor bekommt, ist es natürlich *meine* Schuld. Gott, ich dachte, ich hätte all diesen Mist hinter mir gelassen, aber das stimmt offenbar nicht.«

Nach seinem Ausbruch vermied er es, mich anzusehen, ballte die Fäuste und atmete schwer. Offenbar machte ihm das ziemlich zu schaffen.

»Alles klar bei dir?«, erkundigte ich mich und hätte mich

nicht gewundert, wenn er mir die Antwort schuldig geblieben wäre.

Er sah mit einem aufgesetzten Lächeln zu mir herüber. »Ja. Alles okay. Es ist nur ...« Er zögerte, und ich konnte den Zwiespalt in seinen Augen sehen. Er wusste auch nicht, ob er mir trauen konnte.

Ich lächelte, um ihn zu ermuntern: »Was?«

Er machte den Mund zu, wandte kurz den Blick ab und sah mich dann wieder an. »Wollen wir nicht woanders hingehen? Vielleicht in einen Diner, um etwas zu essen? Ich habe einen Mordskohldampf.«

Für einen kurzen Moment war ich enttäuscht, weil er das Thema gewechselt hatte, aber sein Vorschlag, gemeinsam noch irgendwo hinzugehen, überraschte mich. Noch überraschender war, dass ich einwilligen wollte. Hayden hatte heute Nacht mehr von sich preisgegeben als je zuvor, und ich mochte mich noch nicht von ihm trennen. Dann fiel mir ein, dass um diese Zeit normalerweise sein Handy klingelte, und ich antwortete anders als eigentlich geplant. »Soll das heißen, dass du nicht noch zu einem nächtlichen Termin eilen musst?«, fragte ich schnippisch. »Kein Notruf für Batman heute Nacht?«

Ich klang reichlich bitter, doch Hayden lächelte nur sanft und sah mir in die Augen. »Nein, heute Nacht bist du mein einziges Rendezvous.«

Ich war so erleichtert, dass mir der Atem stockte. »Na dann. Also, ich könnte auch etwas zu essen vertragen.«

Hayden schien überrascht, dass ich Ja gesagt hatte. Da war er nicht der Einzige. »Super. Ich schalte alles aus, und wir treffen uns auf dem Parkplatz.«

Noch hast du die Chance, aus der Nummer wieder herauszukommen. Sag ihm einfach, dass du dich nicht gut fühlst und gleich nach Hause willst. »Okay. Wir treffen uns auf dem Parkplatz.« Herrje, was zum Teufel stimmte bloß nicht mit mir?

Als ich mein Motorrad wegbrachte und peinlichst genau darauf achtete, dass alles wieder so war, wie ich es vorgefunden hatte, fühlte ich mich, als hätte ich einen Schlag auf den Schädel bekommen. Warum hatte mein Körper das Kommando übernommen und meinen Verstand ausgeschaltet? Lag es daran, dass ich einen Riss in der Fassade dieses harten Kerls entdeckt hatte? Weil es noch so viel mehr gab, was er mir nicht zeigte? Weil er mich ständig schön, begabt, süß und lustig nannte? Weil ich die Anerkennung viel nötiger brauchte, als mir bewusst war? Hatte ich es wirklich derart nötig? Aber eigentlich hatte ich mich nur zum Essen verabredet. Und mehr als ein Paprika-Omelett war nicht drin. Vielleicht konnte ich die Gelegenheit nutzen und ihn dazu bringen, sich mir noch etwas weiter zu öffnen.

Ich rollte meine Straßenmaschine bis kurz vors Innentor und wartete dort auf Hayden. Ich träumte gerade von einem leckeren Omelett – an etwas anderes zu denken, verbot sich aus Gründen des Selbstschutzes –, als ich in der Ferne auf dem Highway etwas Seltsames bemerkte: ein Auto, das vor der Ausfahrt zur Trainingsstrecke sein Tempo drosselte. Mir rutschte das Herz in die Hose, als sich die Scheinwerfer über die Straße bewegten, die direkt zu *uns* führte.

Panisch schaltete ich das Licht an meinem Motorrad aus. Mist! Mist! Mist! Dann drehte ich den Kopf nach hinten, klappte das Visier hoch und schrie über meine Schulter: »Hayden! Wir kriegen gleich Gesellschaft!«

Zum Glück war er in der Nähe und hörte mich. Er rauschte mit dem Motorrad neben meines, das Licht hatte er ebenfalls bereits ausgeschaltet, und blickte die lange Straße hinunter, wo sich die Lichter eines Pick-ups langsam aber stetig auf uns zubewegten. War es der Truck meines Vaters? Ich wusste es nicht zu sagen. Heiliger Strohsack.

Hayden fluchte, lief schnell zum Innentor, knallte es zu und hängte das Schloss wieder vor. Sekunden später saß er schon auf seinem Motorrad. »Komm mit«, rief er, dann heizte er los. Er entfernte sich vom Haupteingang, der zum Highway führte, und raste über den Parkplatz, der einen großen Teil des Parcours umgab. Ich jagte ihm ohne zu zögern hinterher. Der Parkplatz wurde zu einer nackten Betondecke ohne Markierungen, schließlich folgte unbefestigter Boden. Die Mauer um die Trainingsstrecke war so hoch, dass uns eigentlich niemand mehr sehen sollte, wenn wir erst die dem Innentor gegenüberliegende Seite erreicht hatten. Das Herz hämmerte mir in der Brust, als ich einzuschätzen versuchte, ob wir für andere noch zu sehen waren.

Wenn man uns zu dieser Stunde hier *zusammen* sichtete, waren wir beide erledigt. Gefeuert. Vielleicht würden wir wegen des unerlaubten Eindringens sogar verhaftet. Meine Karriere bei Cox Racing wäre augenblicklich beendet. Es bliebe an Eli oder Reiher hängen, das Team zu retten – wofür die Aussichten nicht gerade rosig waren. Nikki würde es das Herz zerreißen, Myles nie wieder mit mir sprechen. Wie könnte ich Dad jemals wieder in die Augen sehen? Meiner Familie gegenübertreten? Und Hayden müsste sich wahrscheinlich wieder auf den Straßen herumtreiben, denn wer würde ihm noch einmal eine Chance geben, wie er sie von Keith bekommen hatte?

Ich schüttelte die furchtbaren Gedanken ab und konzentrierte mich lieber auf das, was tatsächlich geschah, statt auf das, was geschehen konnte. Wir befanden uns jetzt auf der hinteren Hälfte des Rings. Ich fragte mich gerade, wie wohl der zweite Teil von Haydens Fluchtplan aussehen mochte, als er auf den Zaun wies, der das gesamte Gelände umschloss. Ich wusste nicht, was er an dem Maschendrahtzaun wollte – es sei denn, er hatte einen Bolzenschneider in der Tasche. Meiner Meinung nach sollten wir lieber so dicht wie möglich an der

Umfassungsmauer bleiben. Dort waren wir unsichtbar, solange der unbekannte Besucher nicht auf die Idee kam, das ganze Gelände abzusuchen – was höchst unwahrscheinlich war. Es sei denn, es handelte sich um John. Der war ein Sicherheitsfanatiker und lag Dad ständig in den Ohren, dass er Bewegungsmelder installieren sollte. *Mist.*

Bis wir schließlich den Zaun erreichten, wirbelten wir eine Menge Staub hinter uns auf. Hayden sprang vom Motorrad und suchte nach etwas. Als er gefunden hatte, was er suchte, hielt er kurz inne, dann löste er den Draht, der an einer Stelle beschädigt war. Was zum Teufel? Wer hatte einen Zugang in den Zaun geschnitten, und wie kam es, dass Hayden davon wusste? Ich fühlte mich schlagartig schwer getroffen und sah fassungslos zu, wie er den Zaun so weit auseinanderzog, dass unsere Motorräder hindurchpassten. Hayden schob mich durch die Lücke und nachdem er selbst draußen war, fügte er den Zaun wieder zusammen. Wenn man ihn nicht genau untersuchte, hätte man nie herausgefunden, dass sich hier ein provisorischer Durchlass befand. Er hatte seinen eigenen Privateingang in mein Heiligtum? *Das war doch einfach nicht zu fassen.*

Ich starrte Hayden an. Als er wieder auf seiner Maschine saß, rief er »Zum Strand!« und steuerte auf den Highway zu. Der Zeitpunkt war denkbar ungünstig für ein Verhör. Hier konnten wir nicht bleiben. Vom Ring aus sah man Abschnitte des Highways, insbesondere, wenn man sich in den Büros im zweiten Stock aufhielt. Ich wusste, wohin Hayden uns lotsen wollte: zu meinem Geheimstrand, den ich ihm gezeigt hatte. Ich gab Gas und wirbelte beim Durchstarten noch ein paar Steine hinter mir auf. Mein Herzschlag beruhigte sich erst wieder, als ich mich über den Highway in Richtung Stadt bewegte. Das war knapp gewesen. Viel zu knapp.

Hayden klebte mir auf der dunklen, leeren Straße am Auspuff. Dann fing er an, links und rechts immer mal wieder auf gleiche Höhe zu ziehen. *Oh nein, das kannst du gleich vergessen.* Ohne auch nur darüber nachzudenken, beugte ich mich vor und beschleunigte. *Fang mich doch, Dreiundvierzig. Zeig, was du kannst.*

Hayden zögerte nicht lange und nahm die Herausforderung an. Einen Moment später war er neben mir. Wir kämpften um die Führungsposition und wurden dabei immer schneller. Irgendwo in meinem Hinterkopf wusste ich, dass es gefährlich und dumm war, was ich tat, aber es war spätnachts, und auf der Straße herrschte kein Verkehr. Außerdem war ich viel zu besessen davon, ihn nicht gewinnen zu lassen, um damit aufzuhören.

Ganz auf die Kurven des Highways konzentriert hätte ich um ein Haar die Abfahrt zum Strand verpasst. Mein Bike rutschte im Halbkreis über den Boden, weil ich die Kurve zu eng anging. Hayden schoss mit einer Wimpernlänge Abstand hinter mir auf den Parkplatz. *Ja! Dem hatte ich es gezeigt!*

Haydens Gesicht strahlte buchstäblich vor Energie, nachdem er den Helm abgenommen hatte. »Heiliger Strohsack, Kenzie. Wow!«

Mein Herz hämmerte noch immer heftig. Ich löste den Helm und zog ihn mir vom Kopf. »Ich weiß … das war zu knapp.« Noch immer rauschte Adrenalin durch meine Adern und entlud sich in wildem Gekicher.

»Gott sei Dank, dass du das Loch im Zaun kanntest. Aber woher zum Teufel wusstest du das?«

Hayden kaute auf der Lippe, bevor er mir antwortete. »Sagen wir einfach, ich habe dort schon trainiert, bevor ich die Chipkarte fürs Schloss bekommen habe.« Dabei grinste er mich auf eine Weise an, die wohl charmant wirken sollte – doch ich konnte nicht glauben, was ich soeben gehört hatte.

»Du hast trainiert? Moment mal … bist du etwa auch in

die Cox-Garagen eingebrochen und mit unseren Motorrädern gefahren? Etwa auch mit *meinem*?«

Sein Blick sprach Bände, und mir lief vor Wut die Galle über. Das alles hatte mich schon vorhin schwer getroffen, aber das war kein Vergleich mit dem hier. Er hatte mein Baby gefahren! »Oh mein Gott, Hayden, *hast* du meine Maschine genommen?«

Er antwortete mit einem verführerischen Grinsen. »Ein Gentleman genießt und schweigt.«

Ich sprang von meinem Motorrad und schleuderte ihm meinen Helm vor die Brust. Er fing ihn mühelos auf. »Gentleman? Du spinnst wohl! Es ist unfassbar, dass du mit meiner Maschine gefahren bist. Ist dir denn gar nicht klar, wie beschissen das ist?«

Hayden stellte meinen Helm ab, stieg vom Motorrad und kam mit erhobenen Händen auf mich zu. Ich ballte die Fäuste. Klar, es war nur ein Motorrad, trotzdem war ich fuchsteufelswild. Er hatte es ohne mein Wissen benutzt. Und ohne mein Einverständnis!

»Hör mal, was auch immer mit deinem Bike passiert ist, oder auch nicht – es tut mir leid. Es ist lange her, und ich war damals ein anderer Mensch.« Er lachte, ließ es aber gleich wieder bleiben, als er sah, dass ich nicht im Geringsten darüber lachen konnte. »Damals kannte ich dich noch nicht, Kenzie, und ich habe das nicht getan, um dich zu ärgern. Das Motorrad sah einfach so heiß aus, dass ich mal eine Runde damit drehen wollte.«

Meine Blicke verwandelten sich in tödliche Dolche. Sah er mich genauso? Etwas, mit dem man zum Spaß mal ein bisschen herumspielen konnte? War ich für ihn auch nur ein Trainingsgerät? »Meine Ducati ist ein Hochgeschwindigkeits-Kunstwerk und kein Spielzeug für dein Amüsement.« *Und ich ebenso wenig.*

»Das weiß ich doch«, flüsterte er mit einer derart sanften

sinnlichen Stimme, dass sich mein plötzlicher Wutanfall legte. Er kam ein Stück näher, und in mir geriet alles in Aufruhr. »Es tut mir leid wegen deines Bikes, aber … ich will nicht, dass die Nacht jetzt schon zu Ende geht. Du etwa?«

Oh Gott … was wollte er von mir? »Nein … aber irgendwann muss es ja sein. Außerdem ist es spät, ich sollte nach Hause fahren.« *Bevor ich noch etwas Dummes tue. Dich zu mir einladen, zum Beispiel.*

Hayden streckte den Arm aus und griff meine Hand. Seine Finger waren noch kalt vom Fahrtwind, doch als er mich berührte, war mir, als stünde ich zu dicht am Feuer und würde mich gleich verbrennen. »Warte. Eigentlich können wir uns doch noch etwas zu essen besorgen. Ich habe das Gefühl, nach dem Schrecken könnten wir beide etwas vertragen. Und Alkohol. Und ein Stück Kuchen.«

Die Bilder, wie wir fast entdeckt worden wären, und von der gefährlichen Flucht über den Highway geisterten mir noch durch den Kopf. Es war so dumm von mir gewesen, und trotzdem hatte es sich währenddessen alles völlig richtig angefühlt. »Ich trinke fast nie. Und Kuchen esse ich bestimmt nicht.« Ich blickte auf unsere Finger. Warum hatte ich ihm meine Hand noch nicht entzogen?

Hayden kam noch einen Schritt näher. Sein Gesicht war nur noch Zentimeter von meinem entfernt. »Bist du sicher? In letzter Zeit scheinst du eine Menge Dinge getan zu haben, die du nicht von dir erwartet hättest. Vielleicht wird es Zeit, dass du deine Grenzen neu definierst.«

Herrje, im Moment war ich mir nicht einmal mehr sicher, ob ich überhaupt welche hatte. *Stürz mich von den Klippen. Ich würde mich nicht wehren.*

Er beobachtete meine Miene. Konnte er sehen, dass ich schneller atmete? »Du siehst so schön aus im Mondlicht«, flüsterte er. »Ich wünschte, die Lichter der Motorräder wären aus und nur noch das Mondlicht würde auf deine Haut scheinen.« Sein Tonfall verriet, dass er es wortwörtlich meinte. Nackt im Mondlicht. Mit ihm. Lust erwachte in mir und elektrisierte mich. Das klang … fantastisch.

Hayden strich sich mit der Zunge über die Unterlippe, dann beugte er sich vor. Ganz langsam, als spiele die Zeit keine Rolle. Er legte die Hände auf meine Wangen und zog mich näher zu sich. Willig öffnete ich die Lippen. Und just bevor wir uns berührten … plärrte sein beschissenes Handy mit diesem dämlichen Sirenengeheul los und zerstörte den Zauber des Augenblicks.

Ich biss die Zähne zusammen und zischte: »Wenn du diesen elenden Klingelton nicht änderst, schmeiße ich dein Handy in den verdammten Pazifik.«

Hayden wich zurück, und in die Lücke, die er hinterließ, rauschte mit voller Wucht die Realität. Was hätte ich da fast zugelassen? Ich durfte ihn nicht küssen und mich nicht von ihm küssen lassen. Es gab viel zu viele unbeantwortete Fragen – wie zum Beispiel, wer ihn da jede Nacht anrief. Und warum er nie das Gespräch annahm, ja nicht einmal nachschaute, wer ihn zu erreichen versuchte. Der Klingelton war anscheinend einer ganz bestimmten Person zugewiesen, und ich hätte wirklich gern gewusst, um wen es sich dabei handelte. »Wer ruft dich um diese Zeit eigentlich immer an?«, fragte ich und wich schnell einen Schritt zurück.

Widerwillig ließ er die Finger von meinen Wangen gleiten. Dann zuckte er mit den Schultern. »Jemand … den ich kenne.«

Schon wieder diese Geheimnistuerei. Etwas anderes schien es bei ihm nicht zu geben. »Um zwei Uhr morgens? Stimmt etwas nicht?«

Hayden lächelte gelassen. »Doch, alles okay, Kenzie. Alles in Ordnung. Aber aus dem Kuchen wird leider nichts.« Nachdem er unsere Pläne durchkreuzt hatte, beugte er sich vor und gab mir einen flüchtigen Kuss auf die Wange. Noch bevor ich wieder Luft holen konnte, flüsterte er mir ins Ohr: »Gute Nacht, Zweiundzwanzig.«

12. Kapitel

Am nächsten Morgen auf dem Trainingsgelände waren meine Nerven zum Zerreißen gespannt. Als könnte jeden Moment das große Donnerwetter auf mich niedergehen, zog ich die Schultern bis zu den Ohren hoch. Doch Hayden und ich hatten alles wieder abgeschaltet und verschlossen – niemand dürfte bemerkt haben, was wir getan hatten.

Erst nachmittags entspannte ich mich etwas, denn anscheinend waren meine Taten tatsächlich weiterhin unentdeckt geblieben. Als die Zeit von Cox Racing auf dem Trainingsparcours abgelaufen war, entschloss ich mich, draußen im Gelände zu joggen, anstatt auf dem Laufband. Etwas frische Luft würde mir guttun. Ich band meine widerspenstigen Haare zu einem Pferdeschwanz zusammen, schlüpfte in meine Laufschuhe und lief hinaus.

Als ich die Streckenauffahrt erreichte, sah ich, dass Hayden gerade seine Trainingsrunden drehte. Ich tat, als müsste ich meine Schnürsenkel zubinden und blieb stehen, um ihn zu beobachten. Seine Zeiten waren gut, aber nicht die besten, die ich je bei ihm gesehen hatte. *Sieht ganz danach aus, als bräuchte er mich auch.* Während ich ihn beobachtete, dachte ich wieder über all die ungeklärten Fragen nach, die seit der letzten Nacht im Raum standen – wer ihn ständig anrief, ob er etwas mit Myles' Unfall zu tun hatte, was zwischen ihm und dieser Felicia vorgefallen war. Wie es für ihn gewesen war, von Familie zu Familie geschubst zu werden und … ob er glücklich war.

Vielleicht täuschte ich mich in ihm. Vielleicht hatte er im Leben um alles kämpfen müssen und deshalb so verächtlich auf mich herabgesehen, als wir uns kennengelernt hatten. Ich musste ihm tatsächlich wie eine verwöhnte Prinzessin erschienen sein, der beständig alles auf dem Silbertablett serviert wurde. Unsere Lebenswege waren bis zu unserem Kennenlernen mit Sicherheit sehr unterschiedlich verlaufen. Ich kam leicht an alles heran, was ich brauchte, und Hayden hatte sich durch den Dreck kämpfen müssen, um dorthin zu kommen, wo er jetzt war – doch vielleicht hatten wir beide doch mehr gemeinsam, als ich ursprünglich angenommen hatte. Wir wollten uns beide Respekt verschaffen, wir waren beide Kämpfernaturen, und wir waren beide Außenseiter.

Irgendwie kam es mir vor, als gehörten Hayden und ich zum selben Team. Am liebsten hätte ich mein Motorrad geholt, um mit ihm zusammen auf dem Parcours zu fahren. Zum ersten Mal im Leben kam mir das Kontaktverbot zwischen Cox Racing und Benneti Motorsport überaus lächerlich vor. Außerdem war Hayden gar kein richtiger Benneti, er konnte nur nirgends anders hin. Im Grunde wurden wir dafür bestraft, dass Hayden keine anderen Möglichkeiten hatte – und das war ungerecht. Meinen Vater würde ich davon allerdings nie überzeugen können, und Keith ebenso wenig.

Ich richtete mich auf und wollte gehen, aber ich war wie gebannt von der Art, wie Hayden sich auf der Maschine bewegte. Ich erinnerte mich daran, wie wütend er über die Gerüchte gewesen war, und beobachtete seine makellosen Übergänge. Er hatte sich extrem darüber aufgeregt, dass die Leute dachten, er würde die Motorräder manipulieren. Diese Wut musste doch bedeuten, dass er unschuldig war, was Dads und Myles' Vorwürfe betraf, oder etwa nicht? Er versuchte, sich zu ändern. Das hatte er selbst gesagt. Weshalb sollte er alles aufs Spiel setzen? Um zu siegen – deshalb. Um sich durchzusetzen. Um endlich dauerhaft aus der Gosse herauszukommen. *Ich habe meine Gründe, warum ich mit den Straßenrennen aufgehört habe, Kenzie, und überhaupt kein Bedürfnis, dahin zurückzukehren …*

»Kenzie, was treibst du hier?«

Ich schreckte aus meinen Gedanken hoch und fuhr herum. Vor mir stand Myles auf seine Krücke gestützt und schnitt eine üble Grimasse. »Meine Güte, du hast mir vielleicht einen Schreck eingejagt, Myles. Ich wollte gerade nach draußen und ein paar Runden joggen.« Ich lächelte ihn fröhlich an, doch er erwiderte das Lächeln nicht. Mein Herz fing an zu pochen. Machte ich mich verdächtig, weil ich einen Benneti-Fahrer so genau beobachtete?

Er griff in die große Tasche seiner Cargohose und zog ein Stück Papier heraus. Für mich sah es nach Rundenzeiten aus. »Ich glaube, das hast du letzte Nacht vergessen. Zum Glück war ich heute Morgen der Erste im Kontrollraum und habe es im Drucker liegen sehen.« Er reichte mir den Zettel, und mir blieb das Herz stehen. Es waren Rundenzeiten. Haydens und meine Zeiten der letzten Nacht. Wir hatten vergessen, alles aus dem Computer zu löschen, und der hatte am Ende der Stunde automatisch den Report ausgedruckt – das machte er immer, wenn er lief. Er hatte unsere Motorradkennungen, das Datum und die Zeiten – einfach alles – aufgezeichnet. Mist.

Myles schnippte gegen das Blatt Papier und höhnte: »Erzähl mir doch mal, was du hier mitten in der Nacht zu suchen hattest. Mit dem da?« Er deutete mit dem Kopf auf Hayden.

Sofort bekam ich feuchte Hände und zerknüllte das Beweisstück. »Bitte erzähl meinem Dad nichts davon … Ich will nicht gefeuert werden.« Panisch blickte ich mich um. Wir waren doch allein, oder? Konnte uns auch niemand hören?

Myles sah mich an, als hätte ich gerade von ihm verlangt,

nicht mehr zu atmen. »Dann verrate mir, warum du dich mit ihm getroffen hast! Ausgerechnet mit ihm!« Er deutete mit dem Finger über seine Schulter und fügte hinzu: »Mensch, Kenzie. Bitte sag mir, warum du das tust.«

Ich sah zwischen Hayden und Myles hin und her und versuchte krampfhaft, mir etwas Schlaues einfallen zu lassen. Nur die Wahrheit konnte mich erlösen. »Weil er … aus irgendwelchen Gründen, die ich selbst nicht verstehe, eine bessere Fahrerin aus mir macht. Und ich *muss* besser werden. Ich muss die Beste werden. Du weißt, was auf dem Spiel steht.«

Myles schloss die Augen und schüttelte den Kopf. »Ich weiß, dass du einen Fehler machst.« Als er die Augen wieder öffnete, hatte sich sein Blick verhärtet. »Und ich weiß, dass er dich verändert. Du brichst hier ein, verschaffst dir hinter dem Rücken deines Vaters Zutritt, verheimlichst es vor deinen Freunden. Das bist doch nicht du, Kenzie. Er verdirbt dich, aber er bringt dich nicht weiter.«

Angsterfüllt machte ich mich daran, das Papier wieder glatt zu streichen »Sieh dir doch die Zeiten an, Myles. Sieh sie dir doch nur an. Das ist der Beweis, dass er mir hilft.«

Er riss mir das Blatt aus der Hand. »Du brauchst ihn nicht als Stütze.« Er legte mir eine Hand auf die Schulter. »Du schaffst das allein. Du *musst* es schaffen.«

Ich spürte etwas Eiskaltes in den Eingeweiden. Das klang wie eine Drohung. »Was willst du damit sagen?«

Myles biss die Zähne zusammen und machte sich bereit für den Vernichtungsschlag. »Dass du die Sache mit ihm beenden musst … oder ich erzähle alles deinem Vater.«

Nachdem er mir diesen letzten Schlag versetzt hatte, drehte er sich um und ging – in der Hand den zusammengeknüllten Beweis meines Verrats.

»Myles … bitte!« Doch er reagierte nicht, sondern humpelte unbeirrt weiter in Richtung Garage. Am liebsten wäre ich auf die Knie gesunken und hätte vor Verzweiflung geschrien. Das *konnte* doch einfach nicht wahr sein. Das Rennen in Barber fand an diesem Wochenende statt. Ich brauchte Hayden, um in Bestform zu bleiben. Ich konnte es mir absolut nicht erlauben, die Sache mit ihm jetzt zu beenden, auch wenn ich dafür einen meiner besten Freunde anlügen musste.

Als wir am Barber-Motorsportpark eintrafen, der sich in Alabama, am Rande von Birmingham, befand, fühlte ich mich so entspannt wie seit Tagen nicht mehr. Meine Batterien waren wieder voll aufgeladen. Ich war bereit, es mit der ganzen Welt aufzunehmen und mir einen Platz in den Geschichtsbüchern zu erkämpfen. Für meine Nerven war es gut, dass Myles zu Hause geblieben war und ich ein paar Tage lang niemandem ins Gesicht zu lügen brauchte. Jeden Abend mit Myles zu verbringen und ihn davon zu überzeugen, dass ich meinen Irrtum einsah und die Sache mit Hayden beendet hatte – was nicht der Wahrheit entsprach –, war fast ein Fulltime-Job gewesen. Mich plagten entsetzliche Schuldgefühle, aber meine Platzierung würde schließlich alles rechtfertigen – das redete ich mir jedenfalls ein. Als wir unser Quartier auf der historischen Rennstrecke bezogen, war ich dermaßen energiegeladen, dass ich das Gefühl hatte, jeden Augenblick zu platzen. Bald war es so weit. *Endlich.*

»Brauchst du ein Beruhigungsmittel, Kenzie? Ich könnte bestimmt jemanden herbeordern, der dir etwas gibt.« Nikki verzog gereizt das Gesicht, weil ich genau dort herumtigerte, wo sie ihren Kram aufzubauen versuchte.

»Nein«, gab ich zurück. »Alles bestens. Ich bin nur … Von mir aus kann es losgehen«, sagte ich und klatschte in die Hände. »Am liebsten wäre ich schon da draußen und würde es allen zeigen.« Dass ich noch einen ganzen Tag warten musste, bis ich endlich auf die Strecke durfte, machte mich völlig fertig.

»Du weißt, dass ich dich lieb habe und dass ich fast alles für dich tun würde, aber du treibst mich noch in den Wahnsinn.«

Sie nahm meine Tasche und drückte sie mir an die Brust. »Geh ins Hotel. Trink was. Geh tanzen. Reiß dir einen Kerl auf und vögele mit ihm, ganz egal. Aber lass mich in Ruhe arbeiten. Bitte.«

Ich wollte protestieren, aber sie wirkte echt gestresst und sehr müde; die Ringe unter ihren Augen waren nicht zu übersehen. Mein Vater war nicht nur ein Zuchtmeister, sondern auch ein Perfektionist, und dasselbe erwartete er von jedem seiner Angestellten – insbesondere jetzt, wo nur noch so wenige übrig waren und derart viel auf dem Spiel stand. Und weil ich jetzt die Spitzenfahrerin und nur dann leistungsfähig war, wenn Nikki alles im Griff hatte, saß er ihr bestimmt ziemlich im Nacken. Vermutlich ebenso, wie Daphne Dad wegen der Hochzeit dauernd in die Mangel nahm. Vor unserem Aufbruch hatte ich von ihr den strikten Befehl erhalten, dafür zu sorgen, dass Dad ihr endlich half, die Torte für den Junggesellinnenabschied auszusuchen. Ihre Entschlossenheit war unerschütterlich. Mitfühlend beschied ich Nikki: »Tut mir leid. Ich könnte irgendwo hingehen, aber ich will dich nicht hängenlassen. Alle Mann an die Ruder, oder? Ich versuche, meine überschüssige Energie im Griff zu behalten. Sag mir einfach, was ich tun soll.«

Ich legte meine Tasche auf eine Werkbank und warf dabei versehentlich einen vollen Werkzeugkoffer auf den Boden. Bei dem Lärm blickten alle auf, und Nikki fing sich einen bösen Blick von John ein. Sie stöhnte, nahm meine Tasche und schob sie mir wieder in die Arme. »Den größten Gefallen tust du mir, wenn du mich in Ruhe lässt«, blaffte sie. Dann schloss sie die Augen und holte tief Luft, bevor sie sie wieder öffnete. »Bitte!«, fügte sie in deutlich ruhigerem Ton hinzu.

Ich merkte, dass ich alles nur noch schlimmer machte, und nickte. »Okay. Ich geh dann mal, tut mir leid.« Ich fühlte mich wie ein riesiger Elefant im Porzellanladen und sah zu, dass ich so schnell wie möglich hinaus auf den Parkplatz kam. *Aber wie werde ich jetzt meine überschüssige Energie los?*

Als wüsste das Schicksal, dass ich dringend etwas unternehmen musste, klingelte plötzlich mein Handy. Ich zog es aus der Tasche, sah aufs Display und musste grinsen, als ich dort den Namen MAX ARSCHGESICHT las. Dann sah ich mich misstrauisch um. Ich überlegte, ob ich das Handy stumm stellen und nicht abheben sollte, aber ich war zu neugierig, als dass ich den Anruf auf die Mailbox hätte springen lassen. Ich sprach besonders leise, nur für den Fall, dass jemand meinen Codenamen für Hayden kannte, und sagte zu ihm: »Du solltest mich doch nicht anrufen.«

»Ich weiß, aber mir fällt die Decke auf den Kopf. Ich brauche eine Ablenkung, und ich wette, du könntest auch eine vertragen.« Er sprach mit dermaßen tiefer Stimme, dass es mir kalt den Rücken hinunterlief.

Allein der Gedanke, mit ihm allein zu sein, machte mich ganz kribbelig, aber Haydens Team war in einem anderen Hotel untergebracht als ich. Ich konnte unmöglich in die Lobby des Hotels marschieren, in dem alle Benneti-Fahrer wohnten. »Du weißt, dass ich nicht vorbeikommen kann«, sagte ich und ging in Richtung meines Mietwagens. »Zu viele Zeugen.« Außerdem war ich mir nicht sicher, ob es wirklich eine gute Idee war, wenn wir beide uns in der Nähe eines Bettes befanden …

»Eigentlich dachte ich, wir könnten uns an einem neutralen Ort treffen. Hast du einen Wagen?«

»Ja«, antwortete ich und öffnete die Tür meines Mietwagens. Verdammt, dachte ich gerade wirklich daran, ihn hier zu sehen? Weit weg vom Trainingsgelände? Ohne einen Bezug zum Rennen oder irgendeine andere Ausrede, mit der ich unsere Treffen zu Hause rechtfertigte? Ja … genau daran dachte ich.

»Gut. Es gibt hier im Süden einen See. Wir treffen uns am Bootssteg.« Er ratterte die Wegbeschreibung herunter, während ich in den Wagen stieg und die Tür zuschlug. Nachdem er mir den Weg zum See hinreichend erklärt hatte, murmelte er: »Bis gleich, Zweiundzwanzig.«

»Bis dann, Dreiundvierzig«, antwortete ich und startete den Wagen. Dann legte ich mein Handy weg, fasste das Lenkrad und hielt inne. Was zum Teufel tat ich nur?

Ich fuhr vom Parkplatz und machte mich auf den Weg zu diesem See, den Hayden vorgeschlagen hatte. Ich war als Erste da, doch er traf schon wenige Minuten nach mir ein. Ich parkte und fragte mich kurz, was wir wohl bei einem Bootssteg machen wollten. Seltsamerweise war es mir gar nicht so wichtig. Mit ihm Zeit zu verbringen, würde mich ablenken und mir helfen, meine Aufregung vor dem morgigen Tag zu lindern. Und nur aus diesem Grund hatte ich mich doch überhaupt darauf eingelassen, oder?

Hayden parkte neben mir ein. Er saß in einem Zweisitzer-Coupé, das wahnsinnig schnell aussah. Ich war fast ein bisschen neidisch, als ich die Tür meines sicheren und zuverlässigen Ford Focus hinter mir zuschlug. Dad erlaubte nicht, dass wir uns auf Reisen heiße Autos mieteten. Dadurch wollte er verhindern, dass wir vor dem Rennen einen Unfall bauten. Abgesehen davon konnte sich die Firma ein derartiges Auto überhaupt nicht leisten.

Als Hayden die Tür öffnete, trug er Khakishorts, eine Basecap von Benneti Motorsport und ein schwarzes T-Shirt mit dem Logo des Ladens, in dem wir vor einer gefühlten Ewigkeit zum Bullenreiten gewesen waren. Hayden lächelte so entspannt, als hätte er den ganzen Tag auf einer Grillparty verbracht und nicht wie jemand, dem ein anstrengendes Rennen bevorstand. Es war, als hätte sich nach ein paar bedeckten Tagen die Sonne durch die Wolken gekämpft. Allein sein Anblick – sein Lächeln, der erotische Glanz in seinen smaragdgrünen Augen – sorgte dafür, dass mir überall warm wurde. Warum musste er nur immer so verdammt gut aussehen?

»Hey«, sagte er und lächelte erfreut.

Ich wünschte, er hätte nicht immer eine solch starke Wirkung auf mich. Ich wünschte, es gäbe irgendeine andere Methode, meine überschüssige Energie abzubauen, und außerdem wünschte ich, wir müssten nicht immer alles heimlich tun. Ich ging zu ihm. »Hey«, antwortete ich. Es war eigenartig, so mit ihm allein zu sein. Eigenartig … und wunderbar. »Also, was hast du im Sinn?«

Hayden verzog die Lippen zu einem dermaßen verführerischen Lächeln, dass mein Herz einen Schlag aussetzte. Er griff in die Gesäßtasche und zog einen Flachmann hervor. »Wie wär's, wenn wir mit einem Drink anfangen?«

Automatisch schüttelte ich den Kopf. »Bestimmt nicht.«

Er verdrehte die Augen und hielt mir die Flasche noch weiter entgegen. »Ein Schluck wird dich schon nicht umbringen, Kenzie, oder dir morgen den Tag verderben. Es wird dich nur entspannen. Ehrlich gesagt, siehst du ein bisschen gestresst aus. Ich glaube, du kannst es gebrauchen.«

Ich nahm ihm die Flasche ab, drehte den Verschluss auf und nahm einen großen Schluck. Es war Whisky. Als er mir die Kehle hinunterlief, brannte es wie Batteriesäure. Ich ließ mir jedoch nichts anmerken, sondern grinste nur und gab ihm die Flasche zurück. Hayden lächelte und nahm ebenfalls einen Schluck. Ich blickte mich um und ließ die schöne Umgebung auf mich wirken. Auf dem Wasser fuhren ein paar Boote, deren Skipper das schöne Wetter nutzten, und auf einer Wiese am Ufer machte ein Pärchen ein Picknick. Es war idyllisch und beruhigend, ein toller Platz, um Zeit mit … einem Freund zu verbringen.

Hayden deutete auf den Bootssteg. Während wir darauf zugingen, reichte er mir noch einmal die Flasche, und nachdem wir uns auf das verwitterte Holz gesetzt hatten, nahm ich einen weiteren Schluck. Der Whisky hatte tatsächlich eine entspannende Wirkung auf mich, obwohl ich eigentlich gar nicht überdreht war – eher unruhig, gespannt und voller Tatendrang.

Irgendwo auf der anderen Seite des Sees hörte ich Motocross-Maschinen durch den Wald fahren. Es trieb ein aufgeregtes Kribbeln über meine Haut. *Bald.* Ich gab Hayden den Whisky zurück. Da fragte er unvermittelt: »Hast du schon einmal darüber nachgedacht, Gelände- anstatt Straßenrennen zu fahren?«

Ich grinste. »Ich habe sogar mit Motocross angefangen, als ich noch klein war. Aber mein Vater hat mir verboten, damit weiterzumachen. Er findet, das sei nichts für uns. Er meinte, das sei eine Beleidigung für unseren Sport, und er würde nicht erlauben, dass eines seiner Kinder an solchen Wettbewerben teilnimmt.« Hayden machte große Augen, und ich lachte. »Ich glaube, er hat nur Angst davor. Schnell zu fahren, ist eine Sache, aber mit voller Geschwindigkeit auch noch Riesensprünge zu machen, das ist etwas völlig anderes.«

Hayden nickte. »Das kann ich mir vorstellen.«

Er nahm einen Schluck, und ich fragte leise: »Hast du mal daran gedacht?«

Er antwortete nicht gleich, und ich dachte schon, er würde gar nichts darauf erwidern. Doch dann sagte er: »Bis mich Keith entdeckt hat, habe ich mir nie Gedanken über *irgendeinen* Beruf gemacht. Schon gar nicht übers Rennfahren. Er hat mir …« Hayden verstummte, und ich war mir sicher, dass er nicht weiterreden würde. Das enttäuschte mich, denn ich wollte unbedingt, dass er sich mir weiter öffnete – wenn auch nur ein kleines bisschen. Wie sollte ich ihm jemals wirklich vertrauen, wenn ich ihn nicht besser kennenlernte? Andererseits, war es wirklich nötig, dass ich ihm vertraute?

»Hat er dir eine Wohnung besorgt?«, hakte ich nach. »Ich habe deine Teamkollegen sagen hören, dass du über seiner Garage wohnst.« Dies war ein Umstand, der ein weiteres riesiges Hindernis zwischen uns darstellte.

Als er mich ansah, las ich in Haydens Blick, dass er innerlich mit sich rang. Ich wollte ihm gerade sagen, dass er ruhig mit mir reden konnte, auch über Keith, doch bevor ich dazu kam, erwiderte er schnell: »Ja. Er hat mich bei sich aufgenommen, er teilt sein Essen und seine Motorräder mit mir … einfach alles. Das ist auch ein Grund, warum mich diese Vollidioten hassen, aber was die denken, ist mir total egal. Bevor ich Keith begegnet bin, ging es in meinem Leben lediglich ums Überleben. Keith hat mir ein Ziel gegeben, einen Traum … Hoffnung. Und die ist da, wo ich herkomme, eher Mangelware. Deshalb können mich meine Teamkollegen mal, ich lasse mich ganz bestimmt nicht vergraulen.«

Er sah mich mit einem Blick an, der so leidenschaftlich war, dass es mir fast den Atem verschlug. Ich wollte, dass er zu mir Vertrauen fasste, eine Bindung zu mir entwickelte. *Ich könnte dich auch retten. Dafür brauchst du Keith nicht.* Doch wie sollte ich gegen jemanden ankommen, der ihn aus zwielichtigen Verhältnissen herausgeholt und ihm alles gegeben hatte, damit er sich etwas Neues aufbauen konnte? Mist! Er fühlte sich Keith viel tiefer verbunden, als ich es geahnt hatte. Mir wurde richtig mulmig, als ich darüber nachdachte, was Hayden für Keith tun würde. Den Mann, der ihm ein Ziel gegeben hatte, eine Zukunft … und vielleicht auch eine trügerische Hoffnung: wahrscheinlich alles, was ich auch für meinen Vater tun würde.

Allmählich verstärkte sich mein Gefühl, dass ich lieber nicht hier sein sollte. Ich riss meinen Blick von Hayden los. Daraufhin fasste er mein Kinn und zwang mich, ihn anzusehen. »Was ist?«, flüsterte er.

Ich wollte nicht antworten, aber als sein Blick so intensiv in meinen Augen forschte, platzte es aus mir heraus. »Keith hasst meinen Vater. Er beschuldigt ihn, seine Karriere zerstört zu haben. Er hat meine Mutter verführt und sie meinem Dad sogar eine Zeit lang abspenstig gemacht. Dafür hasse ich ihn unendlich, und du … Für dich ist er so eine Art Held, und das kann ich … das kann ich einfach nicht …« Ich war von meinem eigenen Gefühlsausbruch überrascht, meine Stimme klang so brüchig, dass ich mich kaum selbst verstand. Aber was ich gesagt hatte, entsprach der bitteren Wahrheit, und ich hatte es satt, alles in mich hineinzufressen.

Hayden legte die Hände auf meine Wangen, sein Gesicht war nur wenige Zentimeter von meinem Mund entfernt. Dann blickte er mir tief in die Augen und sagte bewegt: »Ich bin nicht er, Kenzie. Ich weiß, dass er nicht perfekt ist, und ich weiß auch, dass er mir nur hilft, weil er auch etwas davon hat. Aber das ist okay für mich.« Ich versuchte, den Kopf abzuwenden, doch er hielt mich fest. »Ich verlange nicht von dir, dass du ihm verzeihst. Vergiss es. Er hat deine Mutter gevögelt, und dafür *musst* du ihn hassen. Aber Kenzie … wir sind nicht *die*. Deren Probleme müssen nicht zu unseren Problemen werden.«

Meine Lippen öffneten sich, als Verlangen in mir aufwallte. Seine Worte erreichten mich und linderten den aufflackernden Schmerz, den seine Loyalität Keith gegenüber entfacht hatte. Das, was er gesagt hatte, hallte in meinem ganzen Körper wider. *Ja, wir sind nicht die. Deren Probleme sind nicht unsere Probleme.*

Plötzlich sprang Hayden auf. »Hier auf dem Steg geht es viel zu ernst zu. Das sollten wir ändern.« Er reichte mir die Hand, ich ergriff sie und stand langsam auf. »Vertraust du mir?«, fragte er und hob kokett eine Braue.

Tja, das war die Frage. Aber er hatte mir wieder einen Blick in sein Inneres gewährt, und ich fühlte mich ihm näher als jemals zuvor. »Ja«, flüsterte ich.

Hayden drückte meine Hand und zog mich vom Steg herunter. Meine Hand in seiner, das war wie Feuer auf der Haut. Er führte mich am Ufer entlang zu ein paar Kajaks und Kanus, die dort in der Nähe eines Gebäudes lagen. Auf die Kajaks deutend fragte er: »Machen wir ein Rennen.«

»Im Wasser? Mit diesen Dingern?«

Lächelnd nickte er. »Wenn ich auf dem Wasser bin, kann ich mich besser entspannen.«

Als ich das hörte, wurde mir ganz warm. Wir hatten noch etwas gemeinsam.

»Das geht mir genauso.«

»Super«, sagte er und grinste. »Dann hilf mir, die hier auf den See zu schieben.«

Ich schüttelte den Kopf. »Die gehören uns nicht.«

»Ich weiß, deshalb sollten wir uns beeilen«, erwiderte er und zeigte aufs Wasser. Ich machte ein skeptisches Gesicht, und er legte mir die freie Hand auf die Wange. »Bitte, schöne Frau. Ich will dein Lächeln sehen.«

Einerseits hätte ich ihn für diese Anrede am liebsten zusammengestaucht, andererseits machten mich seine Worte sprachlos. Gott, er war so … hinreißend. *Du willst mich lächeln sehen, und ich will, dass du mich küsst. Bitte.* Ich öffnete schon die Lippen, presste sie dann aber schnell wieder aufeinander. Nein. Das würde es nur schwerer machen, einen Schlussstrich zu ziehen – denn eine Zukunft konnte es für uns nicht geben. Ihre Probleme mochten nicht unsere Probleme sein, trotzdem bestimmten sie ganz und gar über unser Leben. Zumindest zum gegenwärtigen Zeitpunkt.

»Okay. Gut.« Ich wunderte mich über mich selbst, dass ich tatsächlich mitmachte.

Hayden ließ meine Hand los und deutete auf ein Kajak. Ich blickte mich um, dann griff ich es mir, schnappte mir noch ein Paddel dazu und rannte, so schnell es die Last zuließ, zum Wasser. Mir klopfte das Herz bis zum Hals, und ich wurde ganz übermütig, weil ich so etwas Spontanes und Verrücktes tat. Wie schaffte Hayden es nur immer, mich zu solchen Sachen zu überreden?

Er war direkt hinter mir. Wir liefen ins Wasser und bekamen nasse Schuhe und Füße, als wir in die kleinen Boote einstiegen. Als ich das Paddel in die Hände nahm und ins tiefere Wasser vordrang, musste ich lachen. Neben mir hörte ich Hayden sagen: »Ja, genau das wollte ich sehen.«

Wir blieben über zwei Stunden lang auf dem See und paddelten von einem Ende ans andere. Zwei Mal war Hayden schneller, zwei Mal siegte ich, doch nach einiger Zeit hörten wir auf zu zählen und genossen nur noch die gemeinsame Zeit. Ich war ein bisschen traurig, als es dunkel wurde und wir aufhören mussten.

Wir brachten die Boote zurück und gingen langsam zu unseren Autos. Ich wusste, dass ich Hayden morgen beim Rennen wiedersehen würde, doch ich wollte mich noch nicht von ihm verabschieden.

»Tja, das heißt dann wohl Gute Nacht«, sagte er, als wir bei unseren Autos ankamen.

»Ja …« Auch wenn ich mich nach mehr sehnte – es war einfach nicht drin. Er musste in seine Welt zurückkehren und ich in meine. So einfach war das.

Hayden kam einen Schritt auf mich zu, wobei er die Arme ausstreckte, als wolle er fragen, ob er mich berühren durfte. Mein Atem ging schneller, als ich ebenfalls einen Schritt auf ihn zutat. Noch direkter konnte ich mein Einverständnis nicht signalisieren. Er legte die Arme um mich, und ich schloss die Augen. Oh Gott, er fühlte sich so gut an. Und er roch so gut, so würzig und verboten. Ich schmiegte mich an seinen Hals, um noch mehr von seinem Geruch einzuatmen. Unsere Wangen berührten sich, und fast hätte ich aufgestöhnt. Sein Mund war so nah, wir müssten nur den Kopf drehen, dann könnte ich mit meinen Lippen seine berühren. Oder er mit seinen meine. Ich könnte mich ihm hingeben – mit Körper und Seele.

»Mm, du machst es mir aber schwer, Gute Nacht zu sagen.«

»Du mir auch. Ich wünschte …« *Ich wünschte, ich hätte das nicht gesagt. Wenn wir uns doch bloß nicht verstecken müssten. Es wäre so schön, wenn aus uns mehr werden könnte.*

Hayden rückte ein Stück von mir ab und blickte mir voller Hoffnung in die Augen. »Was wünschst du dir?«

»Ich wünsche … dir für morgen viel Glück«, sagte ich. »Aber nicht *zu* viel, denn ich will dich schon noch schlagen.«

Kurz wirkte er ein wenig betrübt, dann grinste er. »Alles klar. Warten wir es ab.«

Dann machte er einen Schritt zurück, verbeugte sich und gab mir einen Handkuss. Es war eine süße Art, mich gehen zu lassen, doch auch eine Anspielung auf seine Prinzessinnenbemerkungen zu Beginn unserer … was auch immer das zwischen uns war. Blödmann.

Bevor ich es mir anders überlegen konnte, zwang ich mich, in den Wagen einzusteigen. Hayden schien sich ebenfalls überwinden zu müssen, so steif, wie er zu seinem Wagen schlurfte. Als wir beide hinter dem Steuer saßen und die Wagen gestartet hatten, ließ Hayden den Motor aufheulen. Es war eine Botschaft, die bei mir in exakt jener Hirnregion ankam, die nach Geschwindigkeit lechzte.

Auf geht's, Hayes, das Spiel beginnt. Ich legte den Rückwärtsgang ein, wirbelte herum und rauschte zur Ausfahrt. Hayden folgte knapp hinter mir.

Mein zuverlässiges kleines Auto konnte ihm allerdings nicht lange Paroli bieten. Auf einer Geraden zog er an mir vorbei. Es ging mir ziemlich gegen den Strich, seine Rücklichter vor mir zu sehen; sie verspotteten mich. Es war mir derart in Fleisch und Blut übergegangen, mit ihm um die Wette zu fahren, dass mir gar nicht bewusst war, was ich tat, bis wir mehreren Fahrzeugen begegneten. Als er sich an anderen Wagen vorbeischlängelte – was ich ihm erschreckenderweise nachmachte –, meldete sich in meinem Kopf eine warnende Stimme. Das war dumm, ich trieb die Sache zu weit, ich sollte das Tempo drosseln und ihn gewinnen lassen.

Vergiss es.

Ich blieb ihm so dicht auf den Fersen, wie ich konnte, bis er schließlich auf einen Parkplatz abbog. Ich war mächtig stolz darauf, mit meinem kleinen Wagen drangeblieben zu sein, und merkte zuerst gar nicht, wo wir waren – bis ich ausstieg und hinter uns Haydens Hotel aufragen sah. Mist. Ich hatte ihn bis nach Hause verfolgt. Hier gehörte ich wirklich nicht hin.

Hayden kam grinsend auf mich zu und nahm mich wieder in die Arme. Ich konnte nicht mehr klar denken, wollte nur noch von ihm gehalten werden. »Du hast mich fast erwischt«, rief er und zog mich an sich. Dann schob er mich von sich und sah mich mit bewunderndem Blick an. »Das war fantastisch! *Du* bist fantastisch. Komm doch mit rein, Kenzie. Es muss ja gar nichts passieren. Ich will einfach nur noch nicht Gute Nacht sagen.«

Es klang so richtig, und er fühlte sich so gut an, dass ich nichts dagegen vorzubringen hatte. Außer: »Und wenn mich jemand sieht?«

Hayden schüttelte den Kopf. »Mein Zimmer liegt im Parterre. Ich kann dich durch die Terrassentür reinlassen.« Er strich mit dem Daumen über meine Wange und hinterließ eine warme Spur auf meiner Haut. »Niemand wird dich sehen, Kenzie, versprochen.«

Ich nickte schon, bevor es mir bewusst war.

Hayden führte mich zur Rückseite des Hotels. Wir liefen in gebückter Haltung und hielten Ausschau nach jemandem, der uns womöglich kannte. Noch verdächtiger hätten wir uns beim besten Willen nicht verhalten können. Doch niemand war in der Nähe, und unbemerkt schlugen wir uns entlang der Böschung hinter dem Hotel durch.

Hayden sah sich nach einem Hinweis um, dass wir uns in der Nähe seines Zimmers befanden. Als er ihn gefunden hatte, blieb er stehen. »Okay. Warte hier, ich gehe rein und öffne die Schiebetür. Zehn Sekunden, versprochen.«

Ich fühlte mich ziemlich offen und ungeschützt – und verrückt, dass ich mich auf so etwas einließ – und fragte lachend: »Was? Du kannst keine Schiebetür knacken?«

»Nicht, ohne sie kaputt zu machen.« Er grinste schief.

Er wollte gerade in die Lobby zurücklaufen, als die Glasschiebetür zu seinem Zimmer plötzlich zur Seite geschoben wurde. Hayden und ich tauschten erschrockene Blicke, dann stellte er sich schützend vor mich.

Ein hagerer Latino, den ich irgendwo schon einmal gesehen hatte, trat aus dem Zimmer, und Hayden stieß einen erleichterten Schrei aus. »Mensch, Aufreißer. Was zum Teufel hast du in meinem Zimmer zu suchen? Du hast mir einen Mordsschreck eingejagt.«

Haydens Freund … Aufreißer – was war das für ein bescheuerter Name? – knabberte eine Tüte Hotelerdnüsse. »Und was zum Teufel treibst du da draußen? Ich dachte, jemand will bei dir einbrechen, Alter. Ich wollte dir einen Gefallen tun.« Dann blickte er an Hayden vorbei und mir ins Gesicht. Er machte große Augen, als würde er mich erkennen. Dann kam er auf mich zu und sagte: »Heiliger Strohsack … Felicia? Wo hast du denn gesteckt, Mädchen?«

Ich spürte, wie sich die Härchen in meinem Nacken aufrichteten. Dieser Kerl kannte Felicia?

Hayden trat ein Stück zur Seite und stellte sich noch weiter vor mich. »Das ist nicht Felicia«, erwiderte er hitzig. »Und kannst du mir jetzt vielleicht verraten, was du hier zu suchen hast? Ich dachte, wir wären …« Er verstummte und drehte sich mit wachsamem Blick zu mir um.

Aufreißer zuckte mit den Schultern. »Es hat sich etwas ergeben. Ich glaube … das sollten wir besprechen.« Dann lehnte er sich zur Seite, sodass er mich wieder sehen konnte. »Tut mir leid, Doppelgängerin von Felicia, aber Hayden muss dich ein anderes Mal vögeln. Die Jungs haben was zu besprechen. Verstehst du, Süße?«

Verstehen? Ich verstand einzig und allein, dass dieser Typ ein Idiot war. Hayden schien zu spüren, wie sehr er mich aufregte. Er drehte sich zu mir um und legte mir die Hände auf die Schultern. Mit zerknirschter Miene sagte er: »Es tut mir so leid.« Er biss die Zähne zusammen, und unter seiner Haut pochte eine Ader. »Das alles. Aber wir sehen uns morgen, okay?« Das Flehen in seinen Augen war unübersehbar.

Ach nein? Echt jetzt? Ich war drauf und dran gewesen, mit in sein *Hotelzimmer* zu gehen, und er servierte mich ab? Für diesen … Gangster? Offenbar hatte er sich doch noch nicht so ganz aus dem kriminellen Milieu gelöst. Weshalb überraschte mich das eigentlich? Vielleicht, weil wir Tausende Meilen von zu Hause entfernt waren und ich nicht damit gerechnet hatte, hier einem seiner zwielichtigen Freunde zu begegnen. Vielleicht aber auch, weil ich Hayden abgenommen hatte, dass er das alles hinter sich lassen wollte. Hayden war mir wie ein Rohdiamant erschienen, der nur darauf wartete, geschliffen zu werden – doch vielleicht war er einfach nur roh. Vielleicht konnte ich sogar von Glück sagen, dass ich es auf diese Weise herausgefunden hatte, bevor zwischen uns etwas passiert war.

»Ja … morgen.« *Wenn ich an dir vorbeiziehe und gewinne.*

13. Kapitel

Hayden und Aufreißer verzogen sich in Haydens Zimmer. Weil der Vorhang vor der Schiebetür geschlossen war, konnte ich nichts sehen, aber vielleicht konnte ich ja etwas hören. Ich wollte zu gern wissen, was die Jungs zu bereden hatten und drückte mein Ohr an die Scheibe. Viel mehr als meinen eigenen Herzschlag konnte ich nicht hören – ich fühlte mich nicht gerade wohl dabei, vor einem Hotelzimmer zu stehen und herumzuspionieren. Die Jungs redeten so leise, dass ich nichts verstand, aber dem Ton nach zu urteilen, war einer von beiden sauer. Ich hoffte, dass Hayden dieser Jemand war, und dass er dem anderen Kerl eine Abreibung verpasste, weil er unser Date gestört hatte.

Hoppla? Date? Nein, ganz sicher nicht. Wir hatten bloß die Zeit totgeschlagen, und ich hatte das Gefühl, dass es für heute mehr als genug war.

Zurück in meinem Hotel fiel es mir schwer, mich zu entspannen. Nikki schickte mir eine SMS, vermutlich wollte sie ausgehen, doch ich ignorierte die Nachricht. Mir war nicht danach, noch einmal vor die Tür zu gehen. Ich wollte nur auf meinem harten Bett sitzen und mich auf das morgige Rennen konzentrieren. *Das ist wichtig, nicht Haydens Geheimnisse.* Er war nur ein Mittel zum Zweck, das durfte ich nicht vergessen.

Am nächsten Morgen wachte ich früh auf. Am Himmel vor meinem Fenster zeigte sich erst ein ganz feiner Schimmer von

Rosa. Es sollte ein herrlicher Tag werden – nicht zu heiß und nicht zu kalt, mit einem strahlend blauen Himmel und guter Sicht. Ein perfekter Tag für ein Rennen.

Für den frühen Morgen war eine Inspektion aller Motorräder anberaumt, die beim Rennen an den Start gehen würden, deshalb zog ich mich an und machte mich auf den Weg zum Ring. Meine Anwesenheit war nicht erforderlich, weil Nikki und der Rest der Crew sich darum kümmerten, doch da ich ohnehin wach war, konnte ich auch etwas Sinnvolles mit meiner Zeit anfangen.

Nikki war bereits da und sah weitaus erholter aus, als ich mich fühlte. Sie stutzte, als sie mich sah. »Wow, du siehst ja fertig aus. Ist alles okay?«

Ich schnitt eine Grimasse und warf einen Lappen nach ihr. »Alles okay, du blöde Ziege.«

Nikki deutete auf die Maschinen von Cox Racing, die allesamt auf den Matten für die letzte Inspektion vor dem Rennen bereitstanden. Schon bei der Ankunft wurde jedes Motorrad in einem abgeschirmten Bereich komplett durchgecheckt, doch vor und nach den Rennen noch einmal bei den jeweiligen Rennställen. Vor der Inspektion hatten nur zwei Mechaniker Zugang zu den Motorrädern und hinterher durfte nichts mehr an ihnen verändert werden. Jede Veränderung konnte bei der Inspektion nach dem Rennen entdeckt werden, und die Strafen – Punktabzüge oder Sanktionen bei künftigen Rennen – waren streng. Nach der Abnahme fummelte *niemand* mehr an den Motorrädern herum. Jedenfalls theoretisch.

Nach dem »Zwischenfall« mit Myles hatte Dad angeordnet, dass die Maschinen nicht mehr unbeaufsichtigt gelassen werden durften. Myles glaubte so fest an Haydens Schuld, dass er Dad von der Notwendigkeit besonderer Vorsichtsmaßnahmen überzeugt hatte. Oh Gott – hatte sich Hayden etwa schuldig gemacht? Die Möglichkeit, dass etwas vor sich ging und er womöglich daran beteiligt war, bereitete mir ein flaues Gefühl im Magen. *Nein, das würde er nicht riskieren. Nicht einmal für einen Sieg. Er will ein besseres Leben führen.*

Nikki riss mich aus meinen Gedanken. »Hey, kannst du mal kurz aufpassen? Ich muss mir irgendwo einen Kaffee besorgen. Und vielleicht auch etwas zu essen.« Sie griff sich an den Bauch und zog eine Grimasse, als wäre ihr Magen schon ganz hohl.

»Klar«, erwiderte ich und nickte. »Bringst du mir etwas mit?«

Sie hob den Daumen und ging. Ich wartete zwanzig Minuten, und allmählich wurde mir langweilig. Ich konnte noch nie gut untätig herumsitzen, ich brauchte Action und Bewegung. *Herrje, Nikki, woher holst du den Kaffee nur? Aus Kolumbien?* Ich rotierte auf einem Drehhocker und wartete darauf, dass sich entweder Nikki oder die Inspekteure von der Rennleitung blicken ließen, als John, der Crewchef, in die Garage kam.

»Du bist aber früh hier. Gut. Dein Vater möchte mit dir sprechen.« Vor jedem Rennen war John genauso verspannt wie mein Vater. Man konnte sich kaum vorstellen, dass sie jemals in meinem Alter gewesen waren.

Ich zeigte mit dem Daumen auf die Motorräder. »Ich muss das Equipment bewachen!«

John zuckte mit den Schultern. »Ich passe auf. Dein Vater ist in seinem Wohnwagen.«

Ich nickte und machte mich auf den Weg ins innerste Heiligtum des Rings, dort, wo Herz und Seele des Rennens wohnten. Dads Wohnwagenanhänger war im Areal von Cox Racing abgestellt. Ich stieg die paar Stufen zur Tür hinauf und klopfte leise an. Dad reagierte sofort. »Herein.«

Aus irgendeinem Grund beschleunigte sich sofort mein Herzschlag, als ich die Tür öffnete. Vielleicht wusste er ja, dass ich gestern Zeit mit Hayden verbracht hatte? Oder gar, dass ich schließlich vor seinem Hotelzimmer gelandet war? »Dad? John hat gesagt, du willst mich sprechen.« Ich musste mich mitten im Satz räuspern, um überhaupt weitersprechen zu können. *Beruhige dich, Kenzie. Selbstkontrolle.*

Dad sah von seinem Tisch auf, der von Papieren bedeckt war, und lächelte mich kurz an. Das entspannte mich ein wenig. »Ja, ich wollte dir nur mitteilen, dass sich heute ein potenzieller neuer Sponsor das Rennen ansehen wird. Insbesondere dich. Das könnte ein sehr wichtiger Partner für uns werden, und du weißt, wie sehr wir zurzeit auf Unterstützung angewiesen sind.« Seine Blicke wanderten zu den verstreuten Papieren vor ihm, und ich wusste, dass er mit »Unterstützung« Geld meinte. *Ich weiß, Dad. Deshalb treffe ich mich doch hinter deinem Rücken mit Hayden.*

Dads Miene nach zu urteilen, war er nicht ganz davon überzeugt, dass ich schon imstande war, einen neuen Großsponsor zu beeindrucken. Dass er ganz offensichtlich nicht an mich glaubte, war niederschmetternd, doch ich hatte eine Geheimwaffe in petto, von der er nichts wusste. Dank Hayden und unseren nächtlichen Trainings war ich für den heutigen Tag bestens vorbereitet. Ich würde alles ausblenden und mich nur auf ihn und auf mich konzentrieren – so würde ich gewinnen. Hayden war das Ass in meinem Ärmel. »Ich werde mein Bestes geben, Dad. So wie bei jedem Rennen.«

Dad nickte geistesabwesend, dann blickte er sich im leeren Wohnwagen um. Nachdem er sich davon überzeugt hatte, dass wir allein waren, sagte er: »Myles ist immer noch felsenfest davon überzeugt, dass Hayden gefährlich ist … dass die Bennetis gefährlich sind. Halte heute bitte die Augen auf, ob dir irgendetwas merkwürdig vorkommt. Sobald du das Gefühl hast, dass auch nur die kleinste Kleinigkeit nicht in Ordnung ist, kommst du zu mir.«

Mir gefror das Blut in den Adern. Myles hatte versprochen,

Dad nichts von meinen Extrarunden mit Hayden zu erzählen, solange er davon überzeugt war, dass ich damit aufgehört hatte. Wenn er Hayden tatsächlich so viel Misstrauen entgegenbrachte, dass er meinem Vater noch immer damit in den Ohren lag … wie lange würde es dann noch dauern, bis er sein Schweigen brach? Ging unsere Freundschaft tiefer als sein Hass? Hoffentlich. »Aber sicher, Dad.«

Dads Augen wurden schmal. »Es ist mir ernst, Mackenzie. Ich habe mir die Auswertungen von Daytona und der Road America angesehen und Muster entdeckt, die mir Sorgen bereiten.«

»Wie meinst du das?«

Dad seufzte. »Mal hat es jemand nicht rechtzeitig zum Meeting geschafft, mal brannte ein Motor aus, es gab ein paar kranke Fahrer, illegale Bauteile und natürlich Myles' Unglück. Alles zog Sanktionen nach sich, die die Benneti-Fahrer in der Wertung nach vorn gebracht haben … allen voran Hayden.«

Ich biss mir so fest auf die Lippe, dass ich sie fast perforiert hätte. »Dad, das ist Rennsport. So etwas passiert, das ist doch völlig normal.« Das alles konnte nur ein Zufall sein. Wenn man ständig nach Ungereimtheiten suchte, entdeckte man sie schließlich überall.

Der Blick aus Dads stahlblauen Augen war stechend. »Ich habe lange genug mit diesem Sport zu tun, um erkennen zu können, was Zufall ist und wo nachgeholfen wurde. Irgendetwas Seltsames geht hier vor sich, und wenn es einen gibt, der sich auf dieses Niveau herablassen würde, dann ist es Keith. Deshalb … halte einfach die Augen offen, okay?«

»Okay. Gut … Ich gehe dann mal zu den Motorrädern zurück«, sagte ich mit gesenktem Blick. Haydens Worte von gestern klangen mir noch in den Ohren. *Deren Probleme müssen nicht zu unseren Problemen werden.* War es das, was er meinte?

Oder hatte er es nur gesagt, um mich von der Spur abzubringen? *Nein, er darf nicht schuld sein.*

Ich blickte kurz auf. Dad nickte mir zu, dann starrte er wieder auf den Tisch. »Danke, Mackenzie. Vielleicht ist es nur überzogene Paranoia, aber wir dürfen nicht ausschließen, dass mehr dahinterstecken könnte. Vorsicht ist die Mutter der Porzellankiste«, murmelte er und strich sich mit der Hand durch das blonde, allmählich ergrauende Haar.

Mit widersprüchlichen Gefühlen verließ ich Dads Wohnwagen. Ich wollte glauben, dass es sich bei alledem nur um zufällige Vorkommnisse handelte – nein, ich *musste* es sogar glauben –, denn alles andere hätte mich am Boden zerstört. Ich konnte keine Heimlichkeiten mit jemandem haben, der so ein schlechter Mensch war. Allerdings gab es durchaus Dinge bei Hayden, die mich zutiefst verunsicherten. Im Grunde kannte ich ihn gar nicht richtig, und diese Leute, die er seine Freunde nannte … Was das anbelangte, verfügte er über kein sehr gutes Urteilsvermögen – das war das Einzige, dessen ich mir sicher war.

Als ich zu den Bikes zurückkehrte, konnte ich John nirgends entdecken. Nikki ebenso wenig. Irgendjemand kniete allerdings am Ende der Reihe zwischen Elis und meinem Bike. War es ein Offizieller bei der Inspektion? So musste es sein … doch falls nicht … Mist. Ich machte mich darauf gefasst, gleich jemandem richtig Feuer unterm Hintern zu machen, und stürmte in den Gang. Dann blieb ich wie angewurzelt stehen, als ich den zerzausten dunkelblonden Haarschopf erkannte. *Hayden.*

Ich fühlte mich, als hätte die Welt abrupt aufgehört, sich zu drehen, und ich versuchte, nicht umzufallen.

»Hayden«, fragte ich mit einer Stimme, die vor Anspannung brüchig klang. »Was zum Teufel machst du hier?«

Blitzschnell sprang er auf und lächelte, als könnte er kein

Wässerchen trüben. »Verdammt, du hast mich entdeckt. Ich wollte dich erschrecken.«

Mein Herz pochte unheilvoll. Das konnte doch nicht wahr sein. »Was hast du bei meinem Motorrad gemacht?«

Er blickte auf meine Ducati hinunter. »Ich habe mich versteckt. Aber nicht allzu gut«, fügte er mit einem nervösen Lachen hinzu.

Nein, das hatte er nicht. Er würde nicht seine Karriere aufs Spiel setzen, nur um mir einen Schreck einzujagen, so dumm war er nicht. Doch jetzt war nicht der geeignete Zeitpunkt, um nach Antworten zu verlangen. Wenn John oder Nikki zurückkehrten … Man durfte uns nicht zusammen sehen. »Du darfst nicht hier sein. Du musst gehen«, sagte ich und blickte mich nervös um.

Er trat zu mir und nahm meine Hand. »Ich weiß, aber ich muss immer an gestern denken. Ich konnte nicht schlafen, und ich musste … ich musste dich vor dem Rennen einfach noch einmal sehen. Ich muss mich entschuldigen. Es kommt mir vor, als hätte ich dich verjagt, und das war wirklich das Letzte, was ich wollte. Das musst du mir glauben.«

Musste ich das? Nun – ich wusste, dass er sich mehr erhofft hatte, mir ging es zugegebenermaßen nicht anders. Aber dazu war es nicht gekommen, und jetzt konnten wir nichts mehr daran ändern. Sanft entzog ich ihm meine Hand. »Du hast dich schon entschuldigt … und es ist in Ordnung. Aber du musst jetzt wieder in euren Bereich gehen, bevor John oder mein Dad hier aufkreuzen.«

Er holte tief Luft. »Ja, ich weiß.« Auf dem Weg drehte er sich noch einmal zu mir um und zog hoffnungsvoll die Brauen hoch. »Hast du Lust, dich heute Abend nach dem Rennen mit mir zu treffen? Diesmal kommt nichts dazwischen. Versprochen.«

»Ja … vielleicht.« Ich sollte es nicht tun, doch ich wollte es.

Er zog die Brauen zusammen. »Dir ist bewusst, dass das zwei unterschiedliche Antworten sind, oder? Welche ist die richtige?«

Ich drehte ihn um und schob ihn in Richtung der offen stehenden Boxentore. »Die Antwort lautet: Du musst jetzt gehen, und wir reden später darüber.«

»In Ordnung.« Er zog einen Schmollmund wie ein Kind, dann ging er.

Kopfschüttelnd sah ich ihm hinterher und war vorübergehend amüsiert, doch nachdem er gegangen war, blieb ich beunruhigt zurück. Was zum Teufel hatte er hier getrieben? Und wo steckten Nikki und John? Die Motorräder sollten unter keinen Umständen unbeaufsichtigt bleiben. Mit banger Sorge betrachtete ich meine Maschine. An seinen Händen hatte kein Öl gehaftet, er war nicht schmutzig gewesen und hatte auch kein Werkzeug dabeigehabt. Was konnte er also angestellt haben? Eigentlich nichts. Und weshalb sollte er mein Bike überhaupt anfassen? Wenn er mir schadete, schadete er damit nur sich selbst. Doch wenn Keith ihm den Befehl erteilen würde, etwas zu tun – würde er sich dann widersetzen?

»Hey, Kenzie. Sind die Offiziellen schon da gewesen?«

Ich drehte mich um und sah Nikki auf mich zukommen. »Ich habe nicht … Weiß ich nicht.«

Sie sah mich irritiert an. »Was soll das heißen, du weißt es nicht? Du warst doch hier, oder?«

Ich zuckte mit den Schultern und spuckte auf den Boden. »John hat zwischendurch ein bisschen aufgepasst. Sie müssen in der Zeit gekommen sein.« Das war auch die einzig mögliche Erklärung, warum John die Bikes unbeaufsichtigt gelassen haben könnte. Vielleicht teilte er Dads Bedenken nicht und wähnte sie nach der Inspektion in Sicherheit. Das sollten sie nämlich auch sein. Mein erstes Jahr in der Profiliga war mit viel zu viel Misstrauen durchsetzt. Bevor Hayden aufgetaucht war, war das noch anders gewesen.

Nikkis strenger Blick wurde nicht freundlicher, deshalb wechselte ich nonchalant das Thema. »Ich dachte, du wolltest uns Kaffee holen?«

Sie war mit leeren Händen zurückgekommen. Verdreckt, aber leer. Sie schnitt eine Grimasse und schüttelte den Kopf. »Ich habe keinen bekommen. Du solltest dich jetzt fertig machen. Ich finde heraus, ob die Motorräder inspiziert wurden.«

Ich warf ihr ein Lächeln zu und sagte: »Super! Und kannst du bitte noch mal einen Blick auf mein Motorrad werfen? Ich weiß, du darfst nichts mehr verändern, aber sieh doch einfach nach, ob noch alles …« Ich stockte mitten im Satz, weil mir plötzlich klar wurde, dass ich sie nicht einfach so fragen konnte, ob jemand an meinem Bike herumgefummelt hatte. Sie durfte auch nicht erfahren, dass Hayden hier gewesen war, um mich zu besuchen. »Ich soll nachsehen, ob was …?«, fragte sie besorgt.

Ich konnte es nicht begründen, außer mit übergroßer Vorsicht.

»Keine große Sache, ich weiß ja, dass alles in Ordnung ist. Es ist nur … heute kommen Sponsoren, und ich muss sie so beeindrucken, dass ihnen die Spucke wegbleibt.«

Nikkis besorgte Miene wich augenblicklich einem beruhigenden Lächeln. »Ach das … Mach dir keine Sorgen, Kenzie. Dein Baby ist perfekt.« Sie klopfte mir aufmunternd auf die Schulter, denn sie wusste genau, wie wichtig das Rennen für unsere Familie war.

Ich konnte sie nicht bitten, nach etwas Verdächtigem zu suchen, deshalb musste ich es auf sich beruhen lassen und hoffen, dass Hayden nichts getan hatte. Verdammter Mist. Es war furchtbar, nicht genau zu wissen, ob mein Motorrad in Ordnung war. Ich wollte Hayden vertrauen … aber konnte ich mir das auch erlauben?

Bei meiner Trainingsrunde hatte sich die Maschine seltsam verhalten, was mich beunruhigte. Mein Motorrad lief irgendwie anders, doch ich war innerlich so aufgewühlt, dass ich es mir vielleicht auch nur eingebildet hatte. Ich war drauf und dran, Nikki darum zu bitten, mir mein Ersatzmotorrad für das Rennen fertigzumachen, aber dann hätte sie nach dem Grund gefragt, und den konnte ich ihr nicht nennen. Vermutlich machte ich mich nur unnötig verrückt. Es war alles in Ordnung, abgesehen davon, dass ich voller Zweifel war, und das konnte ich mir nicht erlauben. Der Zweifel kostete in meinem Job Menschen das Leben.

Als wir alle in unseren Startboxen Stellung bezogen hatten, rief ich mir wieder und wieder ins Gedächtnis, dass ich bestens vorbereitet ins Rennen ging. Nichts sollte mich aufhalten, auch keine Ängste und Unsicherheiten. Ich war gut, und ich war bereit.

Ich drehte mich nicht nach ihm um, doch ich wusste, dass sich auch Hayden in der ihm zugewiesenen Box befand – zwei Plätze hinter mir. Ich spürte, wie mir seine Blicke Löcher in den Rücken bohrten. Dass ich in der Qualifikation vor ihm gelegen hatte, verschaffte mir den dringend benötigten Schub an Selbstvertrauen. Ich startete bereits mit einem Vorsprung und hatte nicht vor, den wieder zu verlieren.

Plötzlich änderte das Lichtsignal, auf das ich starrte, die Farbe. Ich hatte mich so darauf konzentriert, dass ich noch immer den roten Schein im Grün sah. Es erinnerte mich an Weihnachten, und ich hatte im Gefühl, dass der heutige Tag für mich wie Weihnachten werden konnte.

Als wären wir alle nur Teile eines einzigen lebendigen Wesens, schoss das Fahrerfeld voran. Ich war fest entschlossen, meine Position zu behaupten, doch ich achtete auch genau darauf, keine Fehler beim Kuppeln zu machen. Behutsam setzte ich die Kraft unter mir frei und beschleunigte im Feld meiner Konkurrenten. Irgendwie hätte ich mich gern umgedreht, um Hayden unter den anderen Fahrern auszumachen, doch das ging nicht – die Piste vor mir erforderte meine volle Aufmerksamkeit. Es war etwas seltsam, beim Start vor ihm zu sein – ich war so sehr daran gewöhnt, ihm hinterherzujagen. Um mich selbst auszutricksen, bildete ich mir ein, der Fahrer vor mir sei Hayden. Ich stellte mir sogar vor, wie er sich nach mir umdrehte und sein Komm-und-krieg-mich-doch-Kopfnicken machte. Ich presste meine Lippen zu einem schmalen Strich zusammen und holte nahezu das Äußerste an Beschleunigung aus der Maschine heraus. *Ich krieg dich, Hayes.*

Ich verlor jegliches Zeitgefühl und konzentrierte mich ganz auf meine Aufgabe. Es konnten Minuten vergangen sein oder Tage – ich hatte keine Ahnung. Ich genoss den Augenblick und das Glück, endlich selbst auf meiner Lieblingsstrecke anzutreten. Früher, wenn ich als Kind mit meinem Vater nach Barber gekommen war, verschwand ich immer für Stunden im nahe gelegenen Motorsportmuseum, oder ich streifte den ganzen Tag in der Gegend umher und suchte nach den vielen Skulpturen. Doch jetzt, nachdem ich leibhaftig am Rennen teilnahm, verblassten alle vorangegangenen Erfahrungen.

Mit neunzehn Runden und vierzehn Kurven verlangte der Ring den Fahrern unablässig alles ab. Nach all den Kurven, den Gewichtsverlagerungen, dem Drängen und Schieben, dem Kampf um jeden Zentimeter Vorsprung, war ich nach der halben Strecke geistig und körperlich ausgepowert. Ich mobilisierte Kraftreserven, die ich meinen ungezählten Trainingsstunden zu verdanken hatte, und schaffte es, meine Erschöpfung zu überwinden. Als ich das Flaggensignal sah, das die letzte Runde ankündigte, setzte ich ein fettes Grinsen auf. Ich war weiterhin druckvoll gefahren und besetzte zurzeit die vierte Position. Ich musste sie nur noch etwa zwei Meilen lang behaupten, und alles war perfekt.

Doch dann geriet mein Motorrad ins Schlingern.

Ich war so auf die Maschine unter mir eingestellt, dass ich sofort den Unterschied spürte und merkte, dass etwas nicht in Ordnung war. Hayden, dieser Dreckskerl. Er hatte *doch* etwas mit meinem Bike gemacht. Er hatte mich reingelegt. Aber warum? Er brauchte mich doch? Wir waren doch Partner?

Geschockt, wütend und ein wenig verängstigt drosselte ich das Tempo. Nicht sehr, aber bei diesen Geschwindigkeiten war das auch nicht nötig. Vier Fahrer schossen an mir vorbei, unter ihnen Hayden. Von den vieren drehte nur Hayden den Helm zu mir, als er an mir vorbeischoss. Machte er sich über mich lustig? Freute er sich, mich drangekriegt zu haben? Gott, wie hatte ich nur so dumm sein können, ihm zu vertrauen.

Als ich es schließlich über die Ziellinie schaffte, vibrierte das Vorderteil meines Motorrades so heftig, dass meine Zähne regelrecht mitklapperten. Niedergeschlagen fixierte ich die Anzeigetafel und wartete auf die Endergebnisse. Ich betete inbrünstig, dass ich auf wundersame Weise immer noch den vierten Platz belegt hatte, aber ich hatte die anderen Fahrer an mir vorbeifliegen sehen. Ich kannte die Wahrheit. Der vierte Platz war nur ein Traum.

Dann erschienen mein Name und meine Zeit auf der Anzeigetafel. Ich hatte den achten Platz belegt, dieselbe Platzierung wie beim Finish auf der Road America. Ich fühlte mich, als hätte ich einen Schlag in den Magen erhalten, und ich konnte die Tränen der Wut und der Enttäuschung kaum zurückhalten. Ich hatte so hart dafür gearbeitet und war trotzdem in der Rangliste nicht höher gerückt. Der heutige Tag hätte anders verlaufen sollen. Ich hatte einen strahlenden Sieg einfahren wollen, Rekorde brechen, die Sponsoren beeindrucken … und Cox Racing retten.

Ich empfand nur noch Wut und fühlte mich betrogen, als ich in die Garage zurückkehrte. Sofort lief Nikki auf mich zu. »Kenzie, was ist da draußen passiert? Du hast dich so gut geschlagen und dann …« Mit bleichem Gesicht musterte sie mein Motorrad. »Irgendetwas stimmt nicht mit ihr, oder? Ich muss irgendetwas übersehen haben.«

Ich grub die Fingernägel in meine Handflächen und lief auf und ab. Nein, Hayden hatte mich reingelegt. Er war also nicht wie Keith, hm? Nein, viel schlimmer! Er hatte mein Vertrauen gewonnen, aber wenn er mir jemals wieder unter die Augen treten sollte, würde er meinen ganzen Zorn zu spüren bekommen. Ich sollte mich heute Abend mit ihm treffen? Glaubte er wirklich, ich würde nach dieser Sache jemals wieder Zeit mit ihm verbringen wollen?

In diesem Moment kam Dad in die Boxen. Er sah verärgert aus. »Du hättest fast den vierten Platz gemacht, Kenzie. Das hätte den Sponsor deutlich mehr beeindruckt als der achte. Warum bist du langsamer geworden?«

Ich glühte immer noch vor Zorn und blaffte: »Mein Motorrad fing an zu flattern. Genau wie bei Myles auf der Road America. Zum Glück habe ich keinen Unfall gebaut.«

Wie konnte mir Hayden nur so etwas antun? Obwohl ich keinen Lichtblitz gesehen oder ein Plopp-Geräusch gehört hatte, wie Myles es beschrieben hatte.

Dad traten fast die Augen aus den Höhlen. Sein Atem ging schwerer, und er legte sich die Hand auf die Brust, als hätte er Schmerzen. Er sah aus, als hätte er eine Herzattacke. »Was? Jemand hat dich reingelegt? Bist du okay?«

Ich war es absolut nicht gewohnt, dass sich Dad meinetwegen aufregte, ja nicht einmal, dass er sich überhaupt über etwas aufregte. Dad war immer beherrscht. Selbst als ich weggerutscht war, hatte er keine Angst um mich gehabt, doch ich hätte schwören können, dass in diesem Augenblick genau das eingetreten war: Er hatte Angst. Am liebsten hätte ich alles zurückgenommen, nur damit er sich beruhigte. Ich sagte: »Mir geht's gut, alles in Ordnung.«

Nikki schüttelte den Kopf. »Moment mal … du hast mich doch nach deinem Motorrad gefragt, und du warst beunruhigt. Ich dachte, du seist bloß wegen der Sponsoren so nervös, aber … wusstest du schon vor dem Rennen, dass irgendetwas nicht in Ordnung sein könnte?«

Am liebsten hätte ich die Zeit zurückgedreht. Ich würde so vieles anders machen. Ich bekam Panik und redete einfach drauflos. »Nein. Es ist nur, als ich ihn bei den Motorrädern gesehen habe, dachte ich, er hätte vielleicht …« Mist. Ich presste die Lippen aufeinander, um nicht noch mehr zu sagen, doch zu spät. Ich hatte bereits zu viel gesagt.

»Wen hast du gesehen?«, fragte Dad mit stechendem Blick. »Wen hast du gesehen?«, bedrängte er mich.

Ich schüttelte den Kopf. Mist. *Was konnte ich nur sagen?* »Ich habe nichts … Ich habe wirklich nicht gesehen, wer es war. Es ging so schnell. Aber mit den Bikes schien alles in Ordnung zu sein. Ich habe nur …« Verdammt noch mal, warum hatte ich bloß mein loses Mundwerk aufgemacht? Das lief in eine völlig falsche Richtung. Ich musste das wieder in Ordnung bringen. Und zwar schnell. Ich holte tief Luft, um mich zu beruhigen, dann sagte ich: »Es war nichts, Dad. Mein Bike ist nur ins Flattern geraten, das ist alles. Ich habe überreagiert.«

Dad ließ sich von mir nicht beschwichtigen und machte ein derart finsteres Gesicht, dass mir fröstelte. »Nein, du hast nicht überreagiert. Wenn merkwürdige Gestalten um unsere Motorräder herumschleichen, dann ist das mit *Sicherheit* ein Grund zur Sorge. Das waren Keith und sein kleiner Ganove. Alles hat damit angefangen, dass er diesen Mistkerl in sein Team geholt hat. Ich habe in der ganzen Liga mit niemandem Probleme, außer mit Keith – er war es garantiert. Dieser Scheißkerl, ich kann nicht fassen, dass er sich sogar an meiner *Tochter* vergreift.«

Er sagte es so leise, dass ihn außer Nikki und mir niemand hören konnte. Darüber war ich ganz froh, denn ohne Beweise konnte Dad Keith nichts anhaben. Und wenn er gegenüber der Rennleitung etwas behauptete, das er nicht beweisen konnte, bekam Cox Racing Schwierigkeiten. Das wollte ich nicht.

Ich atmete tief aus, legte eine Hand auf Dads Arm und versuchte, uns beide zu beruhigen. »Es war nur irgendetwas mit dem Bike. Etwas war lose. So etwas kommt vor. Das heißt nicht, dass jemand etwas daran gemacht hat.«

Dad bekam schmale Augen, als er zu mir herunterblickte. »Sei doch nicht so naiv, Mackenzie. Du siehst jemanden bei deinem Motorrad und später kriegst du Probleme? Das hat etwas zu bedeuten. Das sagt *alles*. Diesmal ist Keith zu weit gegangen. Damit kommt er mir nicht davon.«

Er stürmte hinaus, bevor ich etwas erwidern konnte. Was noch an Wut in mir schwelte, wurde von der Angst in meinen Adern verdrängt. Was hatte Dad vor?

Ich ignorierte meine Teamkollegen und die Crew, die mich gleichermaßen beglückwünschten und trösteten, und lief zusammen mit Nikki hinter Dad her. Hoffentlich erwischte ich ihn, bevor er etwas Dummes anstellte, wie beispielsweise zur Rennleitung zu gehen. Und obwohl ich äußerst besorgt war, was er tun und welchen Ärger er sich damit einhandeln konnte, wärmte es mir das Herz, wie sehr er sich um meine Sicherheit sorgte. Obwohl die Situation schrecklich war, fühlte ich mich anerkannt, geschätzt und … geliebt.

Als ich Dad einholte, stürmte er gerade auf Keiths Areal zu. Das war nicht gut. Gar nicht gut. »Dad, nein! Warte!«

Doch Dad hatte eine Mission, und Worte allein konnten ihn nicht aufhalten. Er drängte sich an diversen Benneti-Fahrern vorbei und fuhr schließlich Keith an: »Was zum Teufel fällt dir ein?«

Keith stand die Verwunderung deutlich ins Gesicht geschrieben. Er blickte sich in *seinem* Quartier um, in dem sich *seine* Fahrer tummelten. Dann nahm er die übergroße Piloten-Sonnenbrille ab und entgegnete ruhig: »Ich glaube, du bist hier falsch, Jordan.«

Ich rannte zu Dad und blickte zu Hayden hinüber, der die Konfrontation verwirrt verfolgte. Ich zog Dad am Arm, aber er wollte sich nicht von seinem Kampf abbringen lassen. Dieses Mal nicht. Dad legte Keith die Hände an die Brust, stieß ihn zurück und schnauzte ihn an: »Du Scheißkerl. Meine Frau hast du nicht gekriegt, und jetzt setzt du diesen Bastard auf meine Tochter an.«

Keith verlor auf seinem schwachen Bein den Halt und ging zu Boden. Alle erstarrten und rissen entsetzt die Augen auf. Obwohl von draußen eine ganze Menge Lärm hereinbrandete, hätte man eine Stecknadel fallen hören können. Hayden bahnte sich den Weg durch die Menge und half Keith wieder auf die Beine. Mit hochrotem Kopf schrie Keith: »Jetzt bist du zu weit gegangen, Jordan. Das hier ist mein Bereich. Du kannst hier nicht einfach hereinplatzen und …«

»Und es ist meine Tochter, mit der dein Mistkerl seine Spielchen treibt.« Dad machte Anstalten, sich auf Hayden zu stürzen, doch ich packte ihn am Arm und hielt ihn zurück. Haydens und mein Blick trafen sich. Haydens Augen waren gerötet. Er war wütend. Aber nicht meinetwegen.

Keith sah fragend zu mir, dann wieder zu Dad. Auch in Keiths Augen blitzte Zorn. »Wovon redest du da, Jordan? Hast du jetzt endgültig den Verstand verloren?«

Dad ignorierte Keiths Frage und stieß Hayden den Finger vor die Brust. »Ich weiß, dass du an Mackenzies Motorrad herumgefummelt hast. Ich weiß, dass du dahintersteckst.«

Haydens Gesichtsausdruck wechselte von wütend zu geschockt und wieder zu wütend. »Fass mich nicht an, alter Mann«, zischte er und ballte die Hände zu Fäusten.

Ich konnte mich noch gut erinnern, was Hayden mit seinen Teamkollegen gemacht hatte, als sie ihn festgehalten hatten, deshalb zupfte ich Dad am Arm. »Komm schon, wir müssen gehen. Sofort!«, zischte ich. Aber Dad ignorierte mich, er war zu sehr auf Hayden fixiert.

Keith schien von Dads Ausbruch ebenso überrascht wie brüskiert zu sein. »Im Gegensatz zu manch anderem, Jordan, habe ich es nicht nötig zu manipulieren, um zu siegen.« Sein überheblicher Gesichtsausdruck verriet, dass er meinem Vater einen solchen Betrug allerdings durchaus zutraute. Ich kochte innerlich, was es mir noch schwerer machte, Dad zurückzuhalten. »Auf dieses Niveau lasse ich mich nicht herab, Cox. Ich habe nämlich diese kleine Sache, die man Talent nennt«, fuhr Keith fort. »Vivienne hat mir dafür so manches Mal Komplimente gemacht.«

Den Namen meiner Mutter aus Keiths Mund zu hören, machte mich fuchsteufelswild. Mein Vater verlor den letzten Rest Selbstkontrolle: »Du verdammter …«

Er riss den Arm zurück, um Keith einen Schwinger zu versetzen, und ich konnte nichts tun, um ihn davon abzuhalten. Dads Faust traf Keith mit einem hässlichen dumpfen Geräusch am Kiefer. Keith ging daraufhin erneut zu Boden. Wie Hornissen aus einem zerstörten Nest schwärmten jetzt die Benneti-Fahrer herbei. Ich hörte jemanden nach der Security rufen, während sich andere auf Dad stürzten. Er schüttelte sie ab und versuchte, auch Hayden einen Schlag zu verpassen. Hayden wich mühelos aus, dann holte er selbst zu einem Schlag aus.

»Nein«, schrie ich. *Wenn ich dir jemals etwas bedeutet habe, dann schlägst du meinen Vater nicht.*

Hayden sah mir kurz in die Augen, dann ließ er die Faust langsam sinken. Mein Vater nutzte den kurzen Moment, den Hayden abgelenkt war, um nochmals auf ihn zu zielen. Und diesmal traf er ihn. Hayden fing sich einen heftigen Schlag im Gesicht ein und taumelte. Ich wollte ihm zu Hilfe eilen, aber eine Hand an meinem Arm hielt mich zurück.

»Kenzie! Hilf mir, deinen Vater hier herauszuschaffen!« Ich blickte über die Schulter zurück und entdeckte eine kalkweiße Nikki, die mit schreckerfüllten Augen die Situation betrachtete.

Ich wusste, dass sie recht hatte, und half ihr, Dad daran zu hindern, wahllos um sich zu schlagen. Um ihn fortzuschaffen, packten wir ihn jede an einem Arm, doch er versuchte immer wieder, sich loszumachen, »um die Sache zu Ende zu bringen«, wie er sich ausdrückte. Er beruhigte sich erst, als wir ihn in seinen Wohnwagen zurückgeschafft hatten. Ich zitterte vor Aufregung und vom Adrenalin. Noch nie hatte ich meinen Dad dermaßen wütend erlebt. Ich entdeckte eine neue Seite an ihm, die nicht schön war. Außerdem stellte sich mir die Frage, wie lange ein Mensch alles hinunterschlucken konnte, bevor er explodierte. Vielleicht war es mit der absoluten Selbstkontrolle ja doch nicht so weit her.

Dad sah elend aus, als Nikki und ich ihn auf der Couch absetzten. »Das hätte mir nicht passieren dürfen. Ich hätte nicht die Kontrolle verlieren dürfen. Hätte ich doch bloß nicht … hätte ich doch bloß …«

Ich erkannte meinen Vater kaum wieder. Immer hatte er über den Dingen gestanden, seine Gefühle so gut im Griff gehabt. Aber die Vorstellung, dass ich in Gefahr war, und als Keith dann auch noch Moms Namen auf derart niederträchtige Weise ins Spiel gebracht hatte, waren bei ihm die Sicherungen durchgebrannt. Ich wusste nicht genau, was jetzt geschehen würde. Harte Sanktionen waren sicher. Man konnte auf einer

Rennveranstaltung nicht einfach jemanden schlagen, ohne dass es mit einer Geldstrafe oder Schlimmerem geahndet wurde. Ob Benneti Motorsport in den heutigen Vorfall auf der Piste verwickelt war oder nicht – Cox Racing musste auf jeden Fall den Preis dafür zahlen.

Dad fuhr sich mit den Händen durchs Gesicht, stand auf und begann, in seinem Büro auf und ab zu laufen. »Verdammt, ich hätte nicht die Kontrolle verlieren dürfen. Jetzt wird mir keiner mehr glauben …«

»Dad …« Ich wusste nicht, was ich sagen oder tun konnte. Ich wollte ihn trösten, ich wollte ihn schlagen, und ich wollte ihm dafür auf die Schulter klopfen, dass er sich für mich eingesetzt hatte. Schließlich entschied ich mich dafür, meine Dankbarkeit auszudrücken, weil es mir die positivste Reaktion zu sein schien. »Ich weiß nicht, was jetzt geschieht, aber danke, dass du für mich eingetreten bist. Ich weiß, dass du nur versucht hast, mich zu beschützen, und ich … Es tut mir so leid, dass das passiert ist.«

Der Zorn, der Dad immer noch in den Augen gestanden hatte, fiel augenblicklich von ihm ab. An seine Stelle trat eine so tiefe Verzweiflung, dass es mir sofort leidtat, überhaupt etwas gesagt zu haben. »Es ist nicht deine Schuld, Mackenzie. Nichts von dem, was heute passiert ist, ist deine Schuld.«

Ich wollte ihm gerade sagen, dass auch er nichts dafür konnte, als jemand draußen an die Wohnwagentür hämmerte. »Jordan Cox. Mein Name ist Charles Collins vom ARRC. Ich muss mich mit Ihnen über die Vorfälle im Zusammenhang mit Benneti Motorsport unterhalten. Würden Sie bitte herauskommen?«

Dad schloss die Augen und sank in sich zusammen, als hätte sich jeder Knochen in seinem Körper in Gelee verwandelt. Plötzlich schien er um fünfzehn Jahre gealtert zu sein. Er schlug die Augen wieder auf und sagte ruhig zu Nikki und mir: »Zeit, den Dingen ins Auge zu sehen. Wir sprechen uns später.«

Ich nickte und hoffte, es würde nicht so schlimm ausgehen, wie er befürchtete. »Viel Glück, Dad.«

Dad schüttelte den Kopf. Er schien am Boden zerstört zu sein. »Es geht nicht um Glück, Mackenzie. Und auch nicht um Zufälle.«

In der Stille nach seinem Abgang legte mir Nikki die Hand auf den Arm. »Ich sehe mir mal dein Motorrad an und versuche herauszufinden, was passiert ist.«

Mit einem tiefen Seufzer nickte ich und sah ihr hinterher, als sie ging. Als sie fort war, schloss ich die Augen und fragte mich, womit ich mich nur beschäftigen konnte, während ich die Antworten abwartete.

Eine leise Stimme unterbrach meine Gedanken: »Kenzie? Alles klar bei dir?«

Ich schlug die Augen auf und sah Hayden in der offenen Tür stehen. Im Büro meines Vaters wirkte er völlig deplatziert, und trotzdem war ich irgendwie froh, dass er da war. Ich wollte jetzt wirklich nicht allein sein. »Du hast hier nichts zu suchen«, erklärte ich ihm, weil ich das sagen musste.

Er zog die Tür des Wohnwagens hinter sich zu und kam zu mir. »Das hier ist der einzige Ort, an dem ich jetzt sein kann. Bist du okay?« Er legte mir die Hände auf die Unterarme und blickte mir prüfend in die Augen. Sein linkes Auge war gerötet und geschwollen. Morgen hatte er bestimmt ein fettes Veilchen.

In seinem Gesicht konnte ich jedoch nichts als Sorge erkennen. Das begriff ich nicht. Mein Vater hatte zuerst Keith eine verpasst und dann Hayden geschlagen. Wie konnte mir Hayden jetzt noch ins Gesicht sehen? »Bist du nicht sauer?«, fragte ich.

Er presste die Lippen zu einem schmalen Strich zusammen. »Natürlich. Dein Dad hätte Keith nicht anfassen dürfen.

Aber …«, seine Miene und seine Stimme wurden weicher, »… wie geht es *dir*?«

Seine Besorgtheit wärmte mir das fröstelnde Herz, aber auch ich hatte meine Sorgen, und es gab Dinge, auf die ich eine Antwort brauchte. Als ich daran dachte, was geschehen war, schoss Wut mein Rückgrat hinauf. *Ich habe dir vertraut.* Ich stieß ihn von mir. »Was zum Teufel hast du mit meinem Motorrad angestellt? Und sag ja nicht, nichts. Ich weiß, dass das Blödsinn ist. Ich habe es gespürt. Irgendetwas war nicht in Ordnung.«

Hayden seufzte, und ich spürte, wie in meiner Brust etwas zersprang. *Er hat mich hintergangen.* »Hör mal, Kenzie, es ist nicht das, was du denkst …«

»Dann sag mir doch, was es ist, denn momentan weiß ich wirklich nicht, warum ich dich nicht bei der Rennleitung melden soll.« Abgesehen natürlich von der Tatsache, dass ich meinen Job verlieren würde, wenn Hayden gestand, wie nah wir uns standen.

Hayden seufzte noch einmal. »Okay, die Wahrheit ist … dass ich vorhin gar nicht deinetwegen da war. Aber ich habe dein Motorrad nicht angefasst. Das schwöre ich. Ich musste nur … etwas überprüfen. Mehr kann ich nicht sagen.« Sein Blick wirkte abwesend, nachdenklich.

Mir gefror das Blut in den Adern. Ich konnte kaum glauben, dass das alles wirklich geschah. »Mehr kannst du nicht sagen? Soll ich mich jetzt etwa besser fühlen?«

Hayden schüttelte den Kopf und kam wieder näher. »Ich stehe hinter dir, Kenzie, und ich würde dir nie wehtun. Niemals. Du bedeutest mir etwas. Das sollte dir helfen, dich ein bisschen besser zu fühlen.«

Es war schön, dass er mir das sagte – mir ging das Herz auf –, aber ich durfte meine Karriere nicht für ein Gefühl aufs Spiel setzen. »Die Sponsoren haben gesehen, wie ich versagt habe,

Hayden. Du weißt, wie nötig meine Familie sie gerade braucht. Oder zumindest brauchte.« Als mir wieder bewusst wurde, in welcher Lage wir uns gerade befanden, ließ ich die Schultern sinken. »Ich habe keine Ahnung, was jetzt mit meinem Vater passiert. Es könnte das Aus bedeuten. Er hat während einer Veranstaltung einen anderen Teambesitzer geschlagen. Herrje. Es ist alles vorbei …«

Plötzlich fasste Hayden mein Kinn und zwang mich, ihn anzusehen. »Es ist erst vorbei, wenn du aufgibst, Kenzie. Du musst immer weiterkämpfen, du darfst nicht aufhören.« Voller Leidenschaft schaute er mir in die Augen, und ich hielt den Atem an.

Ich rechnete damit, dass er seine Hand wegnehmen und mir sagen würde, dass er gehen müsse. Schließlich gab es keine vernünftige Erklärung für das hier, falls plötzlich jemand hereinkäme – doch das tat er nicht. Er hielt einfach weiter mein Kinn und ließ den Blick über mein Gesicht gleiten, als suche er darin etwas. Zustimmung? Ablehnung? Ich war dermaßen aufgewühlt, dass ich nicht wusste, was ich von ihm erwartete, aber er sollte *irgendetwas* tun.

»Hayden …« Schon seinen Namen auszusprechen, fiel mir schwer. *Was wollte ich von ihm?*

Auf Haydens Gesicht zeichnete sich Unsicherheit ab. Dann schüttelte er den Kopf und presste seine Lippen auf meine. Mein erster Gedanke war, ihn wegzustoßen, doch überwältigt von Lust und Leidenschaft war ich dazu nicht imstande. Es war, als würden wir wieder miteinander um die Wette fahren, als gäbe es inmitten einer tausendköpfigen Menschenmenge nur uns beide. Ich zog ihn an mich, ich wollte den Rausch, wollte die Glut, wollte mehr … so viel mehr. Ich griff in sein Haar, strich über seinen Körper, zerrte an seinen Hüften. Es war, als hätte man ein Tier aus der Gefangenschaft in die Freiheit entlassen; ich konnte nicht genug kriegen. Ich erkannte mich selbst kaum wieder, als ich über ihn herfiel. Doch es fühlte sich zu gut an, endlich alles herauszulassen.

Er war nicht minder entfesselt und küsste mich, als hätte er sich schon seit Jahren danach gesehnt. Seine Zunge fand meine, ich stöhnte und klammerte mich an seine Schulter. *Ja.* Oh Gott, er schmeckte so gut nach Zimt und Verführung. Ich schlang ein Bein um seinen Körper und zog ihn dichter an mich. *Mehr.* Durch seine Kleidung hindurch spürte ich seine Männlichkeit, als er sich gegen mich drängte, und ich wusste, dass auch er sich nach mehr sehnte. *Ja, das ist es, was ich will, was ich brauche. Es ist mir egal, dass wir Rivalen sind. Dass wir Feinde sind. Dass das total verboten ist. Lass es uns einfach tun …*

Seine Hände waren überall auf meinem Körper, er krallte sie in meine Rennkombi, als wolle er sie mir vom Leib reißen. Allein der Gedanke, völlig nackt vor ihm zu stehen, brachte mich erneut an den Rand eines Höhepunktes, der mir alle Sinne raubte. Gott, er müsste mich nur anfassen, um zu spüren, wie bereit ich für ihn war, wie sehr ich ihn brauchte, und es würde mich zerreißen.

Aber nicht hier. Und nicht so.

Nicht solange mein Vater da draußen von der Rennleitung einen Kopf kürzer gemacht und vielleicht sogar auf Lebenszeit gesperrt wurde. Wenn ich mich Hayden ausgerechnet *hier* hingeben würde, wäre das ein weiterer schwerer Verrat.

Ich legte die Hände auf Haydens Brust und schob ihn energisch von mir. Er atmete schwer, und seine Augen glänzten vor Verlangen. Ich musste schlucken, um wieder zu Atem zu kommen. Dann sagte ich: »Du musst gehen … bevor noch jemand hereinkommt.«

Er versuchte, mich erneut zu küssen, doch ich hielt ihn zurück. Wenn ich ihn noch einmal meinen Mund erobern ließe, brachte ich vielleicht nicht mehr die Kraft auf, ihn zurückzuweisen. Mein Körper bettelte darum, ihm zu Willen zu sein und mich jeder erotischen Ausschweifung hinzugeben, die er mir bot. Doch nein, dem durfte ich auf keinen Fall nachgeben. Mein Kopf musste jetzt die Oberhand gewinnen – es *musste* sein.

Als ich mich von ihm zu lösen versuchte, zog mich Hayden zurück an seinen Körper. »Ich weiß, ich sollte vernünftig sein«, keuchte er. »Aber dazu habe ich jetzt gerade überhaupt keine Lust.« Er schloss mich fest in die Arme. »Ich will dich, Kenzie. Jedes einzelne Mal, wenn ich dich treffe, will ich dich. Ich will deine Hände auf meinem Körper spüren. Dass du die Beine um mich schlingst. Ich will hören, wie du mir ins Ohr stöhnst, will den Lavendelduft in deinem Haar riechen. Seit diesem verdammten Bullen kann ich an nichts anderes mehr denken als daran, wie es sich anfühlt, in dir zu sein, dich kommen zu lassen, die Mauern einzureißen, hinter denen du dich verschanzt hast … und alles zu tun, damit du immer mehr willst.« Er beugte sich vor, bis seine Lippen meine fast berührten. »Rennen zu fahren, ist für mich wie ein Rausch, aber nur *du* gibst mir das Gefühl, wirklich lebendig zu sein.«

Das war zu viel für mich. Ich schob meine Finger in sein Haar und zog sein Gesicht zu mir. Als unsere Lippen sich erneut trafen, stöhnte ich vor Lust. Oh Gott, er fühlte sich so gut an.

Während sich unsere gierigen Münder aneinander festsaugten, fing er an, die Reißverschlüsse meiner Kombi zu öffnen und sie mir von den Schultern zu streifen. Überall, wo er mich berührte, stand mein Körper in Flammen. Noch nie hatte ich ihn mehr begehrt als jetzt. Aber hier konnte ich es trotzdem nicht tun.

Mit einem frustrierten Ächzen kratzte ich das letzte bisschen Willenskraft zusammen und brachte es irgendwie fertig, ihn von mir zu schieben. Rasch und bevor mein Körper wieder die Oberhand gewinnen konnte, verschanzte ich mich hinter dem Schreibtisch meines Vaters. Mit einem großen Möbelstück zwischen uns fühlte ich mich sicherer. Aber Gott, wie sehnte ich mich danach, dass er zu mir kam und mich auf den Tisch warf.

Erschrocken über mein Verlangen hob ich abwehrend die Hände, um ihn aufzuhalten, bevor er überhaupt etwas getan hatte. »Ich will dich auch. Aber nicht hier … Das geht nicht, und das weißt du auch. Und deshalb drehst du dich jetzt um und gehst. Und zwar sofort.«

»Kenzie …« Er schloss den Mund und dachte nach, als wüsste er nicht, was er noch sagen sollte. Das Einzige, was ich von ihm hören wollte, war »Auf Wiedersehen«. In mir meldeten sich bereits die Schuldgefühle und drohten, mich unter sich zu begraben; ich wollte nicht, dass er sah, wie ich unter ihrer Last zusammenbrach. Wir hätten diese Büchse niemals öffnen, niemals von dem Verbotenen kosten dürfen. Denn nur zu kosten reichte einfach nicht.

Mit gequälter Miene murmelte Hayden: »Können wir uns denn später noch sehen? So, wie wir gesagt haben?«

In meinem ganzen Leben wollte ich noch nie so gerne Ja sagen. Doch aus meinem Mund kam ein schlichtes »Nein«.

Ich kann nicht. Und du auch nicht.

Hayden sah mich noch einen Moment länger an, dann machte er kehrt und ging zur Tür. Als er sie öffnete, sagte ich unwillkürlich seinen Namen. Als er sich noch einmal zu mir umdrehte, flüsterte ich: »Danke, dass du meinem Vater heute nichts getan hast. Ich weiß, dass du es gekonnt hättest, aber du hast es nicht getan … und das … bedeutet mir sehr viel.« Er hätte meinen Vater wahrscheinlich mit einem einzigen Schlag außer Gefecht setzen können und hatte meinetwegen darauf verzichtet. Deshalb wuchs ihm gerade ein blaues Auge, und dafür war ich ihm etwas schuldig.

Ein Lächeln huschte über Haydens Gesicht. »Mit jedem Tag gibt es weniger, was ich nicht für dich tun würde, Kenzie. Und das macht mir eine Heidenangst.«

Er verschwand, bevor ich noch etwas erwidern konnte.

14. Kapitel

Was mein Motorrad anbetraf, so stellte sich letzten Endes heraus, dass normale Abnutzungserscheinungen der Vorderradschwinge die Vibrationen verursacht hatten. Ich hätte einfach die Geschwindigkeit beibehalten können, es hatte keinen Grund gegeben, das Tempo in der Weise zu drosseln, wie ich es getan hatte. Ich hatte überreagiert, und alle hatten darunter zu leiden.

Die Rennleitung entschied, alle Cox-Fahrer, die ins Rennen gegangen waren, mit einer dreißigsekündigen Zeitstrafe zu belegen, die auf unsere Ergebnisse aufgeschlagen wurde. Das klingt vielleicht nicht dramatisch, doch in unserer Welt war das eine Menge. Ich rutschte vom achten auf den zehnten Platz, Eli und Reiher noch weiter nach hinten. Sie waren beide ziemlich sauer, aber sie konnten nichts dagegen tun, keiner von uns konnte das. Dad hatte die Grenzen weit überschritten, und die Organisation statuierte ein Exempel an ihm.

Zusätzlich zu den Sanktionen, die man gegen die Fahrer verhängte, drückte man Cox Racing auch noch eine gewaltige Geldstrafe auf. Mein Vater wollte mir den Betrag nicht nennen, doch ich wusste, dass er unsere ohnehin angeschlagene Firma massiv gefährdete. Um das Maß vollzumachen, fand sich, nachdem die Geschichte durchgesickert war, auch kein Sponsor mehr, der uns unterstützen wollte. Und all das war meine Schuld. Ich hatte eine Kettenreaktion ausgelöst, die leicht das Ende für Cox Racing bedeuten konnte. Mir ging es richtig schlecht.

Als wir nach Oceanside zurückkehrten, herrschte Untergangsstimmung. Man konnte die Verzweiflung fast sehen, die über den Cox-Garagen hing. Niemand wusste, wie es weitergehen sollte, und alle waren mit den Nerven am Ende.

Ich ignorierte die trostlose Stimmung meiner Teamkollegen und lief die Treppen zu meinem Vater hinauf. Nach seinem Meeting mit der Rennleitung hatte er kaum geredet, nur kurz die Zeit- und die Geldstrafe erwähnt und sich danach hinter einer Mauer stoischen Schweigens verschanzt. Er war bestimmt noch immer aufgebracht, zumindest besorgt, schlimmstenfalls am Boden zerstört. Alles, wofür er sein Leben lang so hart gearbeitet hatte, zerfiel vor seinen Augen. Es war herzzerreißend. Ich wollte ihm helfen, doch ich wusste einfach nicht, wie. Ob es noch damit getan war, gute Rennen zu fahren?

Auf dem Weg nach oben zum Büro suchte ich nach tröstenden Worten, verwarf jedoch jeden Gedanken gleich wieder. Alles, was mir einfiel, klang furchtbar platt und unzureichend. Am liebsten hätte ich kehrtgemacht und wäre in die Garagen zurückgegangen, aber ich wusste, dass das nicht ging. Dad und ich sprachen im Alltag nicht allzu offen miteinander, doch jetzt musste ich mich der Situation stellen; schließlich war es meine Schuld. Wenn er litt, war es meine Pflicht, für ihn da zu sein. Denn wenn es hart auf hart kam, war es ganz egal, wer was gesagt oder getan hatte – dann zählte nur noch, dass er mein Vater war und ich seine Tochter. Ihn in der Not alleinzulassen, kam für mich nicht infrage.

Ich klopfte an die Tür seines Büros und wartete auf die Erlaubnis einzutreten. Als er sie mir erteilte, öffnete ich zaghaft die Tür und trat ein. Mit klopfendem Herzen und schweißnassen Händen ging ich auf ihn zu. Die Situation war der reinste Horror für mich, ich hätte alles dafür gegeben, wenn es bei diesem Treffen nur um meine Rundenzeiten gegangen wäre. Ich wünschte, wir könnten über den emotionalen Teil des Wochenendes hinwegsehen und nur über das Rennen sprechen. Darüber hätte ich mich tagelang mit ihm unterhalten können. Doch jetzt war die Zeit gekommen, ernstere Dinge zu bereden, sosehr es uns beiden auch widerstrebte.

»Hey, Dad, wie geht's?« Kaum war es raus, hätte ich mich dafür am liebsten geohrfeigt. *Er hat gerade so eine Art Nervenzusammenbruch, und du fragst ihn, wie es ihm geht? Mensch, Kenzie.* »Ich finde, wir sollten reden … über das, was am Wochenende passiert ist. Du warst so … anders. Ich habe Angst um dich gehabt. Bist du … okay?«, fügte ich rasch hinzu.

Endlich blickte Dad von den Papieren auf. Er sah furchtbar aus, um seine Augen lagen dunkle Schatten, und er hatte sich tagelang nicht rasiert. Seine Frisur, die normalerweise perfekt saß, war völlig aufgelöst, als hätte er sich unentwegt die Haare gerauft. Es konnte ihm nicht gut gehen.

Wie um zu beweisen, dass wir aus demselben Holz geschnitzt waren, ging Dad über meine Frage und meine Besorgnis einfach hinweg. »Ach, Kenzie. Gut, dass du da bist. Es gibt ein paar Dinge, über die ich mit dir reden muss, bevor du mit dem Training beginnst.« Er klang so geschäftsmäßig, dass man denken konnte, es sei ein ganz normaler Tag und nichts Ungewöhnliches vorgefallen – als wäre er nicht ausgeflippt und hätte die halbe Benneti-Crew angegriffen. Wie gerne wäre ich seinem Themenwechsel gefolgt, um die Illusion aufrechtzuerhalten, aber eine andere Stimme in mir verkündete energisch: *Verdrängen ist keine Lösung!*

»Dad … du hast meine Frage nicht beantwortet. Du bist vor Keith in die Luft gegangen. Du hast ihn *geschlagen*!« *Und Hayden.* Doch das sprach ich nicht aus. Den Namen Haydens in der Gegenwart meines Vaters ins Spiel zu bringen, war nicht ratsam, zumal mir die Erinnerung an Haydens Lippen auf meinen noch immer im Gedächtnis brannte. Seit dem leidenschaftlichen Moment in Dads Wohnwagen ging er mir nicht mehr aus dem Kopf. Endlich hatten wir uns gestanden, dass wir einander begehrten. Endlich hatten wir uns geküsst. Doch wir konnten nicht zusammen sein und mehr als jenen Augenblick durfte es für uns nie geben. Trotzdem … seit unserer Heimkehr hatten wir nicht miteinander gesprochen, und irgendwie hätte ich wahnsinnig gern gewusst, ob er auch immerzu an mich denken musste. Doch das tat jetzt nichts zur Sache, ich verscheuchte den Gedanken aus meinem Kopf und fuhr fort: »Dad, du hast geschrien … wie verrückt … Du hast total die Kontrolle verloren. Du bist noch nie … Ich habe dich noch nie so erlebt. *Niemals.* Und jetzt sag die Wahrheit: Ist alles okay?« Ich litt darunter, dass meine Worte derart unbeholfen waren. Dass mein Herz so laut klopfte und mir der Schweiß aus jeder Pore trat. Wenn es mir doch nur leichter fiele, mich zu öffnen. Doch das war nicht meine Art. Ich musste um jedes Wort kämpfen, das mir über die Lippen kam.

Dad zeigte eine völlig ausdruckslose Miene und wirkte auf mich wie eine Maschine auf Autopilot. Er senkte den Blick und fing an, in den Papieren auf seinem Schreibtisch herumzukramen. »Deine Sorge rührt mich, Mackenzie. Aber … mir geht's gut.« Dann richtete er wieder den Blick auf mich. »Also, wenn du heute fährst, achte genau auf deine Haltung. Du richtest dich immer noch zu stark auf, wenn du aus der Kurve kommst. Wenn du Gas gibst und sich die Maschine aufrichtet, musst du flach bleiben.«

Fassungslos starrte ich ihn an. Er hatte nicht vor, sich mir zu öffnen. Absolut nicht. Dann war es wohl nicht weiter verwunderlich, dass ich ihm auch Dinge verschwieg. »Ja … alles klar, Dad. Ich werde daran arbeiten.«

Mit dem Gefühl, dass es nichts mehr zu sagen gab, wandte ich mich zum Gehen. Ich hatte schon die Hand an der Klinke, als Dad mich zurückhielt. »Ach, übrigens … ich werde heute Abend eine öffentliche Erklärung abgeben.

Aber du gehörst zur Familie, deshalb sollst du es als Erste erfahren.«

Ich drehte mich um und sah ihn hinter seinem Schreibtisch sitzen. Zum ersten Mal wirkte er dahinter klein. Endlich lockerte er seine Selbstbeherrschung ein wenig und holte tief Luft. »Ich … ich werde Cox Racing nach dieser Saison dichtmachen. Es ist vorbei.« Nachdem er mir das gestanden hatte, erlosch der Glanz in seinen Augen. Es war, als würde ich die Hoffnung sterben sehen.

Ich war so schockiert, dass ich die Luft anhielt und ganze zehn Sekunden kein Wort herausbrachte. Es war, als hätte man mir mit einem Baseballschläger auf den Kopf geschlagen und mein Gehirn würde nicht mehr aufhören zu vibrieren. *Nein – das konnte nicht wahr sein.* Dieser Ort war für mich viel mehr als nur eine Trainingsstrecke. Hier wurde gefachsimpelt, hier entwickelten sich Freundschaften, hier verschmolzen wir zu einer Einheit, schwitzen gemeinsam im Kraftraum – hier war ich groß geworden. Unvorstellbar, dass es jemand anderem in die Hände fallen sollte. Und das Team … für wen sollte ich denn fahren, wenn nicht für meinen Vater? »Dad, nein, du kannst doch nicht …«

Er hob die Hand, um mich zum Schweigen zu bringen. »Ich muss es tun, Mackenzie. Ich habe alles versucht … aber die Geldstrafe, die schlechte Presse, die fehlenden Sponsoren … Es gibt nichts, was uns aus dieser Misere heraushelfen könnte. Es ist zu spät. Es ist besser, sich einzugestehen, dass man verloren hat und die Konsequenzen zu ziehen.« Er ließ die Schultern sinken und wandte den Blick von mir ab.

Dass er überhaupt kein Vertrauen in meine Fähigkeiten setzte, war niederschmetternd. Einen Moment verschwamm mein Blick, und in meinen Ohren rauschte es. Aber er hatte recht. Bis jetzt war der achte Platz mein bestes Ergebnis. Das war nicht schlecht für die erste Saison in der Profiliga, aber nicht annähernd das, was er brauchte. Trotzdem war ich nicht bereit, schon das Handtuch zu werfen. Zwei Rennen standen noch aus. Noch war Zeit. »Dad … ich kann dir noch Siege einfahren. Gib mich noch nicht auf!« Ich brachte lediglich ein Flüstern hervor.

Dads Blick kehrte zu mir zurück. Ich sah die Leere in seinen Augen. »Das tue ich auch nicht, Mackenzie. Ich bin schon dabei, dir ein anderes Team zu suchen, für das du nächste Saison fahren kannst. Es bedeutet nicht das Ende für dich. Das verspreche ich dir!«

Nein – es bedeutete das Ende für ihn. Das Ende seiner Firma, seines Vermächtnisses, der Verlust des Grundes, jeden Morgen aufzustehen. Was würde Dad ohne Cox Racing anfangen? *Und was bleibt mir ohne ihn?* »Dad …?«

Er lächelte traurig. »Du musst trainieren, Mackenzie. Du wirst dich anstrengen müssen, wenn du ein großes Team auf dich aufmerksam machen willst.«

Ich hielt es nicht mehr aus und musste gehen. Ich bekam feuchte Augen, Kummer und Enttäuschung drückten mich nieder. Ich verabschiedete mich mit einem steifen Nicken von meinem Vater, verließ eilig das Büro und hastete die Treppen hinunter. Weg, ich wollte nur weg. Ich ließ alle, die ich kannte, links liegen, stürmte aus der Garage und aufs Tor zu. Mit gesenktem Kopf zog ich mein Handy aus der Tasche. Es gab nur einen einzigen Menschen, mit dem ich über das alles reden konnte. Ohne zu zögern, simste ich Hayden die Neuigkeit. *Mein Vater macht den Laden dicht. Er gibt auf.*

Haydens Antwort ließ nicht auf sich warten. *Bin gerade aufs Gelände gekommen. Treffen wir uns hinten, beim Loch im Zaun.*

Ich vergewisserte mich, dass mich niemand beobachtete und schlüpfte durch das Innentor. Ich sah gerade noch, wie Hayden hinter der Mauer verschwand, die den Ring umgab. Nachdem ich mich ein letztes Mal davon überzeugt hatte, dass ich noch allein war, folgte ich ihm. Als wir uns schließlich beim verborgenen Durchlass am Zaun trafen, liefen mir die Tränen über die Wangen.

Bevor ich ihn davon abhalten konnte, hatte Hayden mich schon in die Arme geschlossen. An seiner Brust und fest von seinen starken Armen gehalten war die plötzliche Traurigkeit gleich etwas leichter zu ertragen. »Herrje, Kenzie, es tut mir so leid«, flüsterte er in mein Haar.

Seine Bemerkung kam überraschend. »Warum tut es dir leid?«, fragte ich und rückte von ihm ab, um ihm in die Augen zu sehen. Ich hatte Neugier erwartet, Mitgefühl vielleicht, doch niemals dermaßen tiefe Besorgnis.

Er zuckte mit den Schultern und sah mich so durchdringend an, dass ich unmöglich den Blick abwenden konnte. »Ich weiß, was Cox Racing für dich und deine Familie bedeutet und wie hart ihr darum gekämpft habt, es zu erhalten. Es tut mir unendlich leid, dass es euch weggenommen wird.«

Wieder schossen mir die Tränen in die Augen, als seine Worte ihre Wirkung entfalteten. Permanent schossen mir Erinnerungen aus meinem Leben durch den Kopf: Versteckspielen in Dads Büro, Fahrradrennen mit meinen Schwestern um den Ring, wie uns die Leute von der Crew Bonbons gegeben hatten … Verschwommene Erinnerungen an die Stimme meiner Mutter, an ihren Duft, ihr Lachen, ihre Liebe. Diese Mauern waren von Kindheitsbildern durchdrungen und sie zurückzulassen, tat unvorstellbar weh.

Ich schniefte und schüttelte den Kopf. »Ich bin noch nicht bereit aufzugeben. Ich weiß bloß nicht, was ich tun kann. Wie kriege ich das wieder hin?«

Hayden machte einen Schritt zurück und fing an, mir über die Arme zu streichen. Es war, als pumpe er neues Leben in mich. Irgendwie musste man den Lauf der Dinge doch ändern können. War denn wirklich schon alles zu spät? »Macht er sofort zu? Oder bleibt dir noch Zeit?«

Ich holte tief Luft, um mich zu beruhigen, dann berichtete ich: »Er will heute Abend verkünden, dass er Cox Racing zum Saisonende dichtmacht. Mir bleiben noch zwei Rennen, um das Ruder herumzureißen.« Vielleicht würde mein Vater seine Meinung ändern, wenn ich erst ein, am besten zwei Rennen gewonnen und für einen großen Pressewirbel gesorgt hatte. Um ihm Hoffnung zu geben, die ihm Halt gab.

Hayden nickte, während er über meine Antwort nachdachte. »Dann trainieren wir härter und länger und hören erst damit auf, wenn du unschlagbar geworden bist.« Ich hatte keine Ahnung, wie wir das bewerkstelligen wollten, doch seine Bereitschaft, mir zu helfen, rührte mich. Denn mich unschlagbar zu machen – so unrealistisch ein solches Versprechen auch war –, bedeutete auch, dass er nicht der Sieger sein konnte. *Könnten dich doch jetzt Myles und mein Vater hören, dann würden sie ihre Meinung über dich mit Sicherheit ändern.*

»Danke«, flüsterte ich und hoffte, dass er begriff, wie unendlich dankbar ich ihm dafür war.

Schweigend wandte er mir einen Moment sein schönes Gesicht zu, und mein Puls beschleunigte sich unter seinem durchdringenden Blick. Doch es war nicht nur Verlangen, das mein Herz stetig schneller schlagen ließ. Nein, da war noch etwas Tieferes. Etwas durch und durch Beängstigendes. Während wir einander tief in die Augen blickten, hallte in meinem Kopf wider, was er mir im Wohnwagen meines Vaters gesagt hatte. *Mit jedem Tag gibt es weniger, was ich nicht für dich tun würde, Kenzie. Und das macht mir eine Heidenangst.*

Hayden schüttelte den Kopf, als würde er aus einem Tagtraum erwachen. Er verzog die Lippen zu einem zarten Lächeln, das ich unwillkürlich erwiderte. »Gern geschehen, Zweiundzwanzig. Und dein Vater verkündet es heute Abend im Fernsehen, sagst du?« Nachdem ich nickte, fuhr er fort: »Ich könnte doch zu dir kommen. Wir sehen es uns gemeinsam an. Und dann reden wir, entwickeln eine Strategie … trinken etwas. Was du willst.« Als er fertig war, blickte er auf meine Lippen. *Gott, was wollte ich nur?*

Erneut suchte sein Blick meine Augen, er sah in mich hinein und entflammte mich, als würde eine Wunderkerze über meine Haut streifen. Als mir wieder einfiel, wo wir uns befanden, und an all die Leute und an all die Feinseligkeiten dachte, die uns erstickten, sah ich nur Gründe, warum wir uns nicht näherkommen durften. Doch schließlich blieb nur die Erinnerung an seine Lippen, die meine berührten, und der Gedanke daran, wie wunderbar behütet ich mich in seinen Armen fühlte. Dass ich aufhörte zu grübeln, wenn er in meiner Nähe war, und ich aus mir herauskam. Wie ich in seiner Gegenwart über mich selbst hinauswuchs.

Meine innere Gouvernante lag mir im Ohr, Nein zu sagen – es war zu riskant, zu gefährlich und obendrein auch noch dumm. Doch überraschenderweise kam mir ein »Okay« über die Lippen. Und dann ratterte ich meine Adresse herunter.

Oh Mist. Was hatte ich da nur getan?

Später am Abend, etwa dreißig Minuten, bevor das Interview im Sportkanal ausgestrahlt werden sollte, traf Hayden bei mir zu Hause ein. Mein Vater hatte den Ring schon am Nachmittag für die Aufzeichnung verlassen. Er musste inzwischen schon wieder zu Hause sein und betrank sich dort vermutlich. Das Bild ging mir nicht aus dem Kopf. Ich hatte ein schlechtes Gewissen, dass ich bei der Ausstrahlung des Interviews nicht bei ihm war, andererseits war ich damit nicht einverstanden. *Ich kann uns immer noch retten, Dad. Irgendwie.*

Sobald ich Haydens Motorrad in der Auffahrt hörte, öffnete

ich das Garagentor. Keiner meiner Bekannten durfte die Maschine entdecken und womöglich Hayden zuordnen.

Nachdem ich Hayden ins Haus geführt hatte, blickte er sich lächelnd in meiner bescheidenen Behausung um. »Ich habe etwas anderes erwartet«, murmelte er und stellte eine Tüte auf die Kücheninsel.

»Was hast du denn erwartet?«, fragte ich, warf einen Blick in die Tüte und entdeckte dort ein paar Schachteln, die anscheinend von einem chinesischen Imbiss stammten. Es duftete köstlich. Ich hatte einen Bärenhunger, und das Essen lenkte mich von der Tatsache ab, dass *Hayden Hayes* in meiner Küche stand.

Hayden wirkte deutlich lockerer als ich. Er setzte sich auf den Tresen und machte es sich bequem. »Irgendwie größer«, antwortete er und zuckte mit den Schultern. »Ich meine, schließlich bist du die Tochter einer Legende, deshalb bin ich davon ausgegangen …«

Darüber musste ich schmunzeln. Ich wandte mich zu ihm um und lehnte mich mit verschränkten Armen gegen den Tresen. »Du bist davon ausgegangen, dass ich wie eine Prinzessin lebe. Schließlich hast du mich ja auch für eine verwöhnte Prinzessin gehalten. Aber das bin ich nicht. Ich bin immer … bescheiden gewesen. Und Dad auch.« Ich lachte kurz auf. »Die Einzige in unserer Familie, die zum Exzess neigt, ist meine Schwester Daphne. Schon die Kosten für ihre Hochzeit entsprechen in etwa dem Bruttosozialprodukt eines kleinen Landes.« Das stimmte mich nachdenklich. Mein Vater würde nicht an Daphnes Hochzeit sparen, um die Firma zu retten, sondern ihr nach wie vor alles geben, was sie wollte. Und sie wollte alles. Weil sie den Ernst der Lage nicht begriff. Vielleicht nach Dads Interview heute Abend. Falls sie ihre Hochzeitsmagazine so lange beiseitelegte, um es sich anzuschauen.

Hayden lachte, dann gab er einen resignierten Laut von sich.

Das ließ mich aufhorchen, und ich schob die Sache mit Daphne erst einmal beiseite. Hayden wirkte irgendwie … beunruhigt. »Das, was dein Vater zu Keith gesagt hat, bevor alles im Chaos unterging … Glaubt er wirklich, dass Keith Fahrer sabotiert?«

Ich biss die Zähne zusammen und stieß mich vom Tresen ab. »Ich habe jetzt wirklich keine Lust, über Keith zu reden. Nicht, nachdem ich weiß, was mein Vater gleich tun wird und was wir alles verlieren werden.« Ich schüttelte den Kopf und bemühte mich, das Thema zu wechseln. »Hast du Hunger?«

»Mackenzie …«

An seinem Tonfall merkte ich, dass er beabsichtigte, etwas Ernstes zu bereden, aber auf so etwas hatte ich gerade überhaupt keine Lust. Nicht, wenn es dabei um Keith ging. Wir konnten über mich reden, über ihn, vielleicht sogar über uns – aber *kein Wort* über Keith.

»Hast. Du. Hunger?«, wiederholte ich meine Frage noch einmal mit Nachdruck, damit er begriff, dass Keith ein Tabuthema war.

Zunächst schien Hayden protestieren zu wollen, doch schließlich erwiderte er resigniert: »Ja … hab ich.« Dann grinste er mich schief an und fügte hinzu: »Ich konnte mich nicht zwischen thailändisch und chinesisch entscheiden, deshalb habe ich von jedem etwas geholt.« Er sprang vom Tresen.

»Das ist doch fast dasselbe, oder?«, fragte ich erleichtert, weil er das Thema fallen ließ.

Sein vorwurfsvoller Blick sprach Bände: »Absolut nicht. Nicht im Entferntesten. Unglaublich«, murmelte er und schnappte sich die Tüte von der Kücheninsel. Während er nacheinander die Schachteln auf die Arbeitsfläche stellte, referierte er über die diversen Unterschiede zwischen den beiden Gerichten, die er mitgebracht hatte. Ich hörte nicht so genau hin und beobachtete lieber, wie sich sein Körper unter der

Kleidung bewegte. Das war weitaus faszinierender als die Geschichte der Erdnusssoße.

Plötzlich drehte sich Hayden mit einer offenen Schachtel in der Hand zu mir um. Mein Blick zuckte nach oben, aber er hatte trotzdem noch gesehen, dass ich seinen Körper gescannt hatte. Mit einem verführerischen Lächeln kam er auf mich zu. Er reichte mir eine Plastikgabel mit aufgewickelten Nudeln und flüsterte: »Probiere mal, dann weißt du, was ich meine.«

Ich blickte ihm in die Augen, machte den Mund auf und ließ mich von ihm füttern. Als sich die Gewürze auf meiner Zunge entfalteten, schloss ich die Augen. »Mmmmh, das ist gut«, summte ich, als ich den letzten Rest hinuntergeschluckt hatte.

»Ja, und wie …«

Als ich die Lust in seiner Stimme hörte, schlug ich die Augen wieder auf. Er hatte die Schachtel auf den Tresen zurückgestellt und taxierte mich, als sei ich das Abendessen. Die Erinnerung an unseren heißen Kuss kehrte mit aller Macht zurück, überwältigte meine Sinne und ließ mich alle Vorsicht vergessen. *Nimm mich noch einmal in die Arme. Lege deine Lippen auf meine. Nimm mich, mach mit mir, was du willst. Ich warte.*

»Oh Gott, du bist so heiß«, flüsterte er, während sich seine Lippen meinen näherten.

»Bin ich das?«, fragte ich. Er war doch derjenige, der *mich* auf Wolke sieben schweben ließ. Allein seine Gegenwart berauschte mich.

Er strich mit seinen Lippen so knapp an meinem Mund vorbei, dass ich nach Luft rang, dann weiter über meine Wange zu meinem Ohr. »Und ob«, flüsterte er, und ich spürte seinen Atem heiß auf meiner Wange. Mein Körper schaltete sofort den Turbo ein. Ich war zu deutlich mehr bereit als nur zu ein wenig erotischem Geplänkel.

Mit den Lippen strich er an meinem Kiefer entlang, woraufhin ich derart erzitterte, dass er bestimmt dachte, mir sei kalt.

Als sein Mund mein Kinn erreichte, loderte Verlangen in mir auf. *Ja, bitte, ja.*

Plötzlich klopfte es an meiner Tür. Hayden und ich erstarrten und hofften, der Besucher würde wieder gehen, wenn wir uns still verhielten. Doch das funktionierte nicht. Ein paar Sekunden später klingelte es erneut, und ich hörte eine vertraute Stimme rufen: »Bist du da, Kenzie? Ich bin's, Nikki. Mach auf.«

Verdammt. Nikki ging bestimmt nicht einfach wieder weg, nur weil ich nichts sagte. Schließlich brannte überall Licht. Nein – wenn sie sich in den Kopf gesetzt hatte, mit mir zu reden, dann würde sie gegen die Tür hämmern, die Nachbarn nerven, mich wiederholt anrufen und zur Not sogar eine Scheibe einschlagen, um hereinzukommen. Ich rief ihr über meine Schulter hinweg zu: »Ich komme gleich, Nikki!« Mist. Was jetzt? In der Küche gab es eine Tür zum Garten. Ich schob Hayden darauf zu. Als er begriff, was ich vorhatte, maulte er: »Was wird dann aus meiner Maschine? Die ist in deiner Garage eingeschlossen.«

Kopfschüttelnd gab ich zurück: »Die kannst du später holen. Nikki darf nicht wissen, dass du hier bist.« Und ich konnte nur hoffen, dass sie nicht auf die Idee kam, einen Blick in meine Garage zu werfen.

Hayden war über seine Evakuierung nicht gerade erbaut, aber er sah ein, dass er verschwinden musste. Sobald ich ihn hinausbugsiert hatte, hastete ich zur Haustür, damit Nikki gar nicht erst anfing, sich Gedanken zu machen, warum ich so lange brauchte. Ganz vermeiden ließ es sich allerdings nicht. »Alles in Ordnung bei dir?«, fragte sie, als ich die Tür aufmachte.

Ich winkte nur ab und antwortete: »Klar, ich war nur gerade auf der Toilette.«

Sie zog skeptisch die Brauen zusammen und trat ein: »Wirklich? Du hast geklungen, als wärst du viel näher.«

Ich hätte mir am liebsten in den Hintern gebissen, aber

Nikki hakte nicht weiter nach. »Willst du dir das Interview ansehen?«, fragte sie und warf ihre Sachen auf die Wohnzimmercouch. »Ich wollte es mir eigentlich zu Hause reinziehen, aber das verkrafte ich nicht. Als dein Vater heute Nachmittag gegangen war, hat John uns erzählt, was Sache ist. Ich wollte es einfach nicht glauben. Er will dichtmachen? Die Firma schließen?«

Ich nickte mit hängenden Schultern. Dad wäre bestimmt nicht einverstanden gewesen, dass John der Crew irgendetwas erzählte, aber John war sauer. Er hatte Dad so lange zur Seite gestanden, und jetzt warf der das Handtuch, ohne vorher auch nur mit ihm darüber zu reden. Er hielt die Entscheidung für falsch, aber mein Vater war der alleinige Inhaber und konnte theoretisch mit der Firma machen, was er wollte. »Ja ... Er macht dicht.« *Außer ich schaffe es irgendwie, ihn davon abzubringen.*

Nikki fasste sich an den Bauch. »Darauf muss ich einen trinken.«

Bevor ich sie davon abhalten konnte, war sie bereits auf dem Weg in die Küche. Ich war mir sicher, dass Hayden keine Beweise hinterlassen hatte, doch als könnte Nikki Superkräfte besitzen und womöglich Dinge wahrnehmen, die normalen Menschen verborgen blieben, ging meine Herzfrequenz vorsorglich steil nach oben. Als sie sich im Raum umsah, hielt ich buchstäblich die Luft an.

Sie zog eine Braue hoch und fragte: »Wow! *So* großen Hunger? Das Essen reicht ja für eine halbe Kompanie. Das passt gar nicht zu dir. Aber sonst ist alles okay?«

Ich entspannte mich etwas, weil es mit ihren Superkräften doch nicht so weit her zu sein schien, zuckte mit den Schultern und deutete aufs Essen. »Tja, ich bin eine Frustesserin. Also wenn du magst ...« *Und ich lüge wie gedruckt.*

Nikki nickte und schnappte sich Essstäbchen. »Ja, das kann

ich verstehen. Ich habe den ganzen Tag Chips gefuttert. Ich begreife das alles nicht.« Gedankenverloren ließ sie die Essstäbchen über einer Portion Hähnchen süßsauer kreisen. »Ganz ehrlich: Das macht mich völlig verrückt, Kenzie. Dich nicht?«, fragte sie und sah mir in die Augen.

Ich trat zu ihr und nahm mir ebenfalls eine Schachtel mit Essen. »Doch … mich auch.« Das entsprach zumindest der Wahrheit. Für mich war es unvorstellbar, nicht mehr für Cox Racing anzutreten, nicht mehr täglich an den Trainingsring zu fahren, an dem ich meine Kindheit verbracht hatte, oder nicht mehr diese direkte Verbindung zu meiner Mutter zu spüren.

Nikki betrachtete mich mit traurigem Blick: »Geht es denn wirklich nicht anders? Ich meine, wie hoch war denn die Geldstrafe dafür, dass dein Dad Keith geschlagen hat?«

Ich lächelte bedrückt und erwiderte: »Das hat er mir nicht verraten, aber ich gehe davon aus, dass es richtig wehtut. Dazu kommt noch meine Strafe wegen des blöden Interviews, die Hochzeit meiner Schwester, Jimmys Weggang … Es hat sich einfach eine Katastrophe an die nächste gereiht.«

Nikki kniff wütend den Mund zusammen. »Es ist zum Heulen. Das hat dein Vater nicht verdient. Er mag etwas verspannt sein, aber er ist einer von den Guten – und ein anständiger Arbeitgeber. Ich fände es furchtbar, wenn er wirklich … Ich kann nur hoffen, dass er sich nicht unterkriegen lässt und es sich noch einmal überlegt. Ich arbeite total gern für Cox Racing.«

Ja, das geht mir genauso. Und deshalb werde ich auch weiter dafür kämpfen.

Die Aussicht, uns verlassen zu müssen, bedrückte sie sichtlich, deshalb nahm ich sie tröstend in die Arme. »Das wird schon wieder. Irgendwie wird das alles schon wieder werden.« Dann ließ ich sie los und bemerkte: »Gleich fängt das Interview an. Soll ich uns einen Wein aufmachen?«

Sie lächelte. »Unbedingt.«

Als die Flasche entkorkt war, packten Nikki und ich Teller, Gläser und alle Schachteln mit Essen zusammen und zogen ins Wohnzimmer um. Ich füllte die Teller, während Nikki im Fernseher den Sportkanal suchte. Das Interview fing gerade an, als sie sich wieder neben mich auf die Couch setzte. Dann erschien plötzlich das ernste Gesicht meines Vaters auf dem Bildschirm. Ich nahm Nikkis Hand. Es war nicht das erste größere Interview, das ich von ihm sah, trotzdem war es surreal, ihn im Fernsehen über seinen privaten und beruflichen Niedergang reden zu hören. Er konnte nicht von Cox Racing sprechen, ohne auch Benneti Motorsport zu erwähnen – selbst im Tod schienen sie noch miteinander verbunden zu sein.

Während mein Vater vom Ende seines Rennstalls berichtete, sehnte ich mich seltsamerweise unentwegt nach Hayden. Ich hatte ein schlechtes Gewissen, dass ich jetzt lieber ihn als Nikki an meiner Seite gehabt hätte. Sie war meine engste Freundin, meine Vertraute, mein Cheerleader und trotzdem schaffte sie es nicht, die Leere in mir zu füllen. Ich brauchte ein Paar tiefgrüner Augen, um mich von dem Unglück nicht unterkriegen zu lassen. *Das darf nicht das Ende der Firma bedeuten.*

Die unmissverständliche Erklärung meines Vaters ließ jedoch keine anderen Schlüsse zu.

»Also, Jordan Cox. Die Welt richtet die Augen auf Sie. Haben Sie uns etwas mitzuteilen?«

»Nur so viel: Ich werde Cox Racing nach dieser Saison auflösen. Feierabend.«

Feierabend? Nein, da gab es wirklich keinen Grund zum Feiern.

Als Nikki schließlich nach Hause und in ihr Bett wollte, standen ihr die Tränen in den Augen. Ich konnte mich selbst kaum noch beherrschen. Mit dem Handy in der Hand grübelte ich anschließend darüber, ob ich Hayden simsen sollte, dass er vorbeikommen und sein Motorrad abholen konnte. Doch wenn er wirklich zurückkäme, würde ich ihn dann wieder gehen lassen? Dieser Gedanke ließ mich zögern. Ich wollte nicht allein sein, aber Hayden war keine gute Idee. Ich hätte ihn gar nicht erst einladen sollen. Zum Glück hatte Nikki nichts mitgekriegt. Trotzdem hoffte ich, dass es ihn nicht allzu sehr genervt hatte, zu Fuß nach Hause gehen zu müssen. Er wohnte bei Keith – wie weit war es wohl bis dorthin? Ich wusste es nicht und wollte es auch nicht wissen, denn in Keiths Wohnung durfte oder wollte ich mit Sicherheit niemals einen Fuß setzen.

Ich hatte mich gerade entschlossen, Hayden eine Entschuldigungs-SMS zu schreiben, da bemerkte ich, dass die Tür von der Küche zur Garage nur angelehnt war. Neugierig stieß ich sie auf und linste hinein. Mein Truck war noch da, das Motorrad ebenfalls … aber Haydens Motorrad nicht mehr. Dieser Halunke. Er war wieder hereingeschlichen und hatte seine Maschine herausgeholt. Während Nikki hier war? Und wir hatten ihn beide nicht gehört. Verdammt – er war gut. Und das war *nicht* gut. Warum hatte ich ihn überhaupt hereingelassen?

Ich war gerade dabei, meine Motive zu hinterfragen, als das Handy in meiner Hand von einer eingehenden SMS vibrierte. Ich blickte aufs Display und sah, dass sie von Myles kam. Zunächst war ich enttäuscht, dass sie nicht von Hayden stammte, doch als ich die Nachricht las, rutschte mir das Herz in die Kniekehlen. *Dein Vater macht wegen Hayden den Laden dicht. Glaubst du mir jetzt, was das für ein Typ ist?*

Ich spürte förmlich, wie Myles am anderen Ende auf sein Handy starrte und auf eine Reaktion wartete. Nur eine einzige Antwort würde ihn zufriedenstellen. Wenn ich falsch reagierte, erzählte er Dad, was ich getan hatte, und das hieße, dass alle Brücken zwischen meinem Vater und mir zerstört wären. Und wenn Dad böse auf mich war, würde er mir nicht helfen, bei einem anderen Team unterzukommen. Wie furchtbar, dass ich mir jetzt den Kopf darüber zerbrechen musste, ein anderes Team zu finden. Es lief alles so verkehrt.

Ich schloss die Augen und atmete lange und tief aus, ohne dass ich mich anschließend besser fühlte. Dann verfasste ich eine Antwort, von der mir selbst ganz schlecht wurde. *Ja … ich glaube dir.*

Nein – das tat ich nicht. Ich durfte bloß nichts anderes sagen.

15. Kapitel

In den Tagen nach Dads Presseerklärung stand mein Telefon nicht still. Alle waren geschockt, und alle schienen davon auszugehen, dass ich Dad dazu bewegen könnte, seine Meinung noch zu ändern. Theresa wollte ihn zu einem Therapeuten schicken: Sie schien davon auszugehen, dass Dad so etwas wie eine Midlife-Crisis durchmachte. Auch Daphne zeigte sich besorgt, sie war allerdings ausschließlich mit ihrer Hochzeit beschäftigt, sodass ihre Befürchtungen ein bisschen egozentrisch ausfielen. Ich musste ihr mindestens drei Mal versichern, dass Dad den größten Teil ihres Mega-Events bereits bezahlt hatte und sie nicht befürchten musste, im Garten hinter seinem Haus heiraten zu müssen.

Als der Alltag zurückkehrte, setzte ich mein Versteckspiel fort. Ich verbrachte fast jeden Abend mit Nikki und Myles, versuchte, den Schein zu wahren und sie in dem Glauben zu lassen, dass ich die Bennetis für böse und Hayden für das Werkzeug ihrer Niedertracht hielt. Er fiel mir erstaunlich schwer, über ihn herzuziehen und die Dinge für mich zu behalten, die meine Freunde nicht von ihm wussten. Zum Beispiel, dass er ein Heimkind gewesen war, in seinem Leben um alles hatte kämpfen müssen und ihm Keith die Chance seines Lebens geboten hatte. Allerdings war ich mir nicht sicher, ob diese Fakten tatsächlich dazu angetan waren, ihn zu entlasten – sie ließen es fast noch wahrscheinlicher klingen, dass Hayden den Leuten auf Keiths Anweisung hin schadete.

Wenn meine Freunde und ich uns dann abends trennten,

traf ich mich mit Hayden am Ring. Wir arbeiteten härter und länger als jemals zuvor. Trotzdem fühlte ich mich von Tag zu Tag hoffnungsloser. Es reichte nicht mehr aus zu siegen. Das akute Problem war, dass meiner Familie das Geld ausging. Ich brauchte Geld. *Viel* Geld. Mit Rennen bekam ich es nicht zusammen, jedenfalls nicht alles auf einmal und nicht so schnell, wie es nötig war. Aber wie zum Teufel sollte ich derart schnell ausreichend Geld verdienen, dass ich meinen Vater davon abhalten konnte, in drei Monaten zu schließen? Ich hatte keinen blassen Schimmer und litt höllisch darunter, dass sich keine Lösung abzeichnete.

»Komm schon, Kenzie!«, lallte Daphne und rüttelte an meiner Schulter, um mich aus meinen trüben Gedanken zu reißen. »Amüsiere dich! Entspann dich! Es ist mein Junggesellinnenabschied, Herrgottnochmal. Morgen kannst du immer noch Trübsal blasen, aber heute ist Party! Hoch die Tassen!«

Ich holte tief Luft. Das hörte ich heute Abend nicht zum ersten Mal von ihr. »Es geht nicht, Daph. Ich trainiere für das Rennen in Monterey. Du weißt, wie wichtig es ist, dass ich da gut abschneide.«

»Bis dahin sind es noch Wochen. In deiner Freizeit darfst du bestimmt etwas trinken«, quengelte sie.

Ich lächelte sie an und prostete ihr mit meinem Wasser zu. »Aber nicht als deine offizielle Fahrerin. Nüchtern bleiben gehört zur Stellenbeschreibung.«

Sie verdrehte die Augen und versuchte, einen Teil der neonpinken Federboa wegzupusten, der an ihrer Lippe haften geblieben war. Es gelang ihr nicht, deshalb streckte ich den Arm aus und zupfte sie ab. »Danke«, sagte sie kichernd und richtete ihre Aufmerksamkeit wieder auf den penisförmigen Strohhalm, der aus dem blauen Drink vor ihr ragte. Das Glas hätte ein paar Goldfischen ausreichend Platz zum Leben geboten. Es war bereits ihr drittes.

Die Musik in dem Club, in dem wir uns befanden, war so laut, dass mein Hirn vibrierte. Daphne hatte sechs Freundinnen eingeladen, die allesamt mit der zukünftigen Braut mitgehalten hatten. Somit stand mir bevor, die betrunkene Horde später irgendwie aus dem Club zu bugsieren, sie zu Daphnes riesigem SUV zu treiben und aufzupassen, dass keine von ihnen auf dem fünfundvierzigminütigen Heimweg in den Wagen kotzte. Das klang alles so anstrengend, dass ich am liebsten eingeknickt wäre und mir einen Drink gegönnt hätte. Allerdings lag mir so viel auf der Seele, dass es womöglich nicht bei einem Drink geblieben wäre. Und eine von uns musste heute Nacht nüchtern bleiben.

Oh Gott, ich wünschte wirklich, Theresa läge nicht mit einer Grippe im Bett und könnte mir hier beistehen. Auf Daphne aufzupassen, war keine leichte Aufgabe. Sie benahm sich nicht direkt daneben, aber der Brautschleier mit der funkelnden Tiara machte sie für die Männer zum unwiderstehlichen Objekt der Begierde. Sie glaubten anscheinend, sie könnten sie zu einem Abenteuer überreden, bevor sie offiziell vergeben war. Daphne hatte den VIP-Bereich reserviert – das Komplettpaket mit Tischbedienung, Champagner für einhundertfünfzig Dollar und einem Mindestverzehr von zwei Flaschen. Dadurch war das Anbaggern zwar deutlich eingeschränkt, dennoch wurde mindestens jede Viertelstunde eine aus unserer Gruppe zum Tanzen aufgefordert. Ich blieb jedes Mal am Tisch zurück und bewachte den Alkohol, wenn meine Schwester mit irgendeinem Typen auf die Tanzfläche zog, denn ich wollte um jeden Preis vermeiden, dass uns irgendwer etwas in die Drinks schüttete. Irgendwann waren all die fruchtig-blauen Getränke ausgetrunken, ebenso die vorgeschriebene Menge überteuerten Champagners, und ich selbst mit den Nerven am Ende. Ich sollte trainieren und nicht Babysitten.

»Zeit zum Aufbruch, Daphne. Die Bar macht zu.« Wenn irgendetwas sie dazu bewegen konnte, endlich ihren Hintern aus der Tür zu schieben, dann war es vermutlich Alkoholentzug.

»Was? Nein … ich bin noch nicht so weit.« Sie setzte eins der Goldfischgläser an die Lippen, legte den Kopf in den Nacken und versuchte vergeblich, noch einen Tropfen herauszubekommen.

Ich nötigte sie, das Glas wieder abzustellen. »Nein. Es ist Zeit zu gehen. Jeff wartet auf dich.«

Den Namen ihres zukünftigen Ehemannes zu hören, machte einen größeren Eindruck auf sie. »Ohhhh, Jeffy. Ich liebe ihn.« Sie lächelte betrunken und lehnte sich an mich.

»Das will ich doch hoffen«, grummelte ich und versuchte, mit dem Gewicht ihres schlaffen Körpers fertigzuwerden.

Sie deutete mit dem Zeigefinger auf mich und verkündete: »Du brauchst einen Freund, Mackenzie. Du solltest ausgehen und jemanden wie Jeff kennenlernen. Stark, süß … und bestückt wie ein Hengst.«

Ihre Freundinnen prusteten, als wäre es das Lustigste, was sie je im Leben gehört hatten. Mir wurde übel, an *dieses* Bild wollte ich bei zukünftigen Familientreffen ganz sicher nicht denken. Außerdem gab es schon jemanden in meinem Leben … auch wenn ich niemandem von ihm erzählen durfte. Und über unsere Beziehung ließ sich auch schlecht etwas sagen – außer, dass sie kompliziert war.

Nachdem ich die Rechnung bezahlt und den Kellnerinnen ein Trinkgeld gegeben hatte – das Geld für den heutigen Abend stammte von Dad –, beförderte ich die betrunkenen Frauen ins Freie. Das war leichter gesagt als getan. Immer wieder versuchte eine, sich selbstständig zu machen. Ich hatte plötzlich Verständnis für Leute mit kleinen Kindern. Allerdings hörten die wenigstens, wenn man sie anbrüllte. Betrunkene lachten einen nur aus und taten dann doch, was sie wollten.

Unser Parkplatz befand sich auf der gegenüberliegenden Seite der vierspurigen Straße. Es war mir ein Rätsel, wie ich sie alle sicher hinüberbefördern sollte. Ich hob die Hände, damit sie sich auf mich konzentrierten, oder es wenigstens versuchten, und verkündete laut: »Okay. Wenn diese Ampel da auf Grün umspringt, geht ihr alle hinter mir her.« Eines der Mädchen machte sich sofort auf den Weg über die Straße. Es war spätnachts und die Fahrbahn leer, aber trotzdem: Ich hatte doch gerade erst allen erklärt, was sie tun sollten. Ich stapfte zu ihr und bemerkte spitz: »Ich habe gesagt, wenn die Ampel grün wird! Sieht *das* etwa grün aus, Daisy?«

Sie zuckte mit den Schultern, und ich ballte frustriert die Hände zu Fäusten. Dafür war mir meine Schwester etwas schuldig. Und zwar nichts Kleines. Endlich sprang die Ampel um, und ich dirigierte sie vorwärts wie eine Entenmutter ihre Küken. »So ist es gut. Na, los. Schön in der Reihe bleiben.«

Als ich zur Fußgängerampel blickte, um zu sehen, ob sie bald umspringen würde, hörte ich ein vertrautes Geräusch. Motorräder. Motorräder auf Vollgas. Ich drehte den Kopf in die Richtung, aus der der Lärm kam, und da waren sie auch schon und rasten auf uns zu. Ihre Geschwindigkeit ließ erahnen, dass sie nicht vorhatten anzuhalten. Weil die andere Straßenseite noch zu weit weg war und die Mädchen zu betrunken, um zu kapieren, dass sie dahin zurückkehren sollten, woher wir gekommen waren, schrie ich nur: »Alle zu mir!«, und breitete die Arme aus. Wenn wir alle eng zusammenstanden, konnten die Arschlöcher an uns vorbeirasen.

Die Mädels kreischten und stürzten sich auf mich. Über ihre Köpfe hinweg starrte ich auf die beiden Vollidioten, die ganz offensichtlich ein Rennen austrugen. Das schwarz-silberne Motorrad kannte ich nicht, aber das andere …

Ich riss den Kopf herum und verfolgte, wie sich die Motorräder trennten und links und rechts an unserer Gruppe vorbeifuhren. Die Person auf der rot-schwarzen Honda blickte sich nach mir um, bevor sie weiterraste. Das Bike, der Helm, die Jeans, die Jacke – für mich stand außer Frage, wer da gerade an mir vorübergerauscht war. *Fährst du etwa wieder diese verdammten Straßenrennen, Hayden?*

Ein paar der Frauen fingen an zu weinen, als die unmittelbare Gefahr vorüber war, aber ich war zu wütend, um sie zu trösten. Ein paar Teilchen des Hayden-Puzzles fügten sich zusammen: die nervigen nächtlichen Anrufe und seine vagen Antworten auf die Frage, wer ihn anrief. Dieser Mistkerl! Er hatte überhaupt nichts aufgegeben. Er hatte mich belogen!

»Okay, Mädels. Wir laufen jetzt zum Wagen, und dann steigt ihr so schnell ein, wie ihr könnt!« Weil sie sich nicht vom Fleck rührten, schob ich sie in Richtung Auto. Sie quengelten und nörgelten herum, weil ich sie schubste, aber als ich ihnen erzählte, dass noch mehr Motorräder kommen und sie überfahren würden, setzten sie sich schließlich in Bewegung.

Sobald alle im SUV saßen, startete ich den Wagen und scherte aus dem Parkplatz aus. Eines der Mädchen kreischte, als wir um eine Kurve geschleudert wurden. »Meine Güte, Kenzie. Fahr langsam«, schrie meine Schwester.

»Ich fahre doch langsam«, log ich. »Es kommt dir nur so schnell vor, weil du betrunken bist.«

Sie presste sich eine Hand auf den Mund. »Gut, dann … fahr einfach langsamer, okay?«

Ich nickte, doch ich dachte gar nicht daran. Ich musste Hayden erwischen. Ich musste wissen, was los war, und warum er für so etwas seine Karriere aufs Spiel setzte. Warum er mich aufs Spiel setzte.

Ich weiß nicht, gegen wie viele Gesetze ich verstieß, während ich versuchte, den schwachen Schein von Haydens Bremslicht im Auge zu behalten. Dann näherten wir uns einer vertrauten Szenerie: reihenweise geparkte Autos, Motorräder und Menschenmassen. Jetzt verringerte ich endlich das Tempo.

Ein ganzes Stück von der »Ziellinie« entfernt fuhr ich an den Straßenrand und wandte mich an meine betrunkenen Passagiere: »Okay, ich muss kurz mit jemandem reden. Ihr müsst alle hier warten. Wenn nicht … nun ja, da draußen laufen ein paar Jungs herum – die sind bewaffnet und könnten auf euch schießen. Also geht in Deckung, und verhaltet euch unauffällig.« Ein paar Frauen wimmerten, eine fing an zu weinen, und meine Schwester sah mich mit panisch geweiteten Augen an. Oh Mann, dafür würde ich in die Hölle kommen.

Als ich die Tür öffnete, hielt mich Daphne am Arm zurück. »Was machst du? Es ist gefährlich da draußen.«

Ich schob ihre Hand fort und lächelte ihr beruhigend zu: »Schon okay. Da wartet ein Bodyguard auf mich. Ich schließe euch ein. Bin gleich zurück.« Bevor sie protestieren konnte, verschloss ich die Tür und aktivierte die Alarmanlage – so würde ich wenigstens mitbekommen, wenn eine von ihnen eine Tür aufmachte. Auf dem Heimweg konnte ich ihnen später einreden, dass das alles nur ein böser Traum war. Und hoffentlich übergab sich während meiner Abwesenheit keine auf die Polster.

Sobald ich meine Schwester und ihre Freundinnen versorgt hatte, stürmte ich auf der Suche nach Hayden die Straße hinunter. Der Junge hatte mir so einiges zu erklären. Als ich ihn fand, stand er bei seinem Freund Aufreißer und dem kräftigen Kerl, den ich bei der Road America und in der Bar gesehen hatte. Aufreißer reichte Hayden ein Geldbündel, und als ich sah, wie das Geld den Besitzer wechselte, ging mir ein Licht auf. *Geld.* Es ging ihm bei den Rennen ums Geld. Um viel Geld, wenn man bedachte, dass es sich bei allen Scheinen, die ich sah, um Hundertdollarnoten handelte.

Mit unbewegter Miene trat ich direkt vor Hayden und wartete, dass er mich bemerkte. Er war so damit beschäftigt, sein Geld zu zählen, dass es eine Weile dauerte. Aufreißer entdeckte mich schließlich als Erster. »Hey, Felicia-Doppelgängerin. Was führt dich in diese finstere Gegend? Du kommst meinetwegen, was? Musstest wohl immer an mich denken? Das höre ich andauernd«, sagte er und lachte überheblich.

Hayden blickte auf und sah mir in die Augen. Die verheilende gelbliche Schwellung rings um sein Auge schien sich zu verdunkeln, und der Rest des Gesichts erblasste. »Shit«, murmelte er.

Ich hob eine Braue. Und ob das Shit war! Er stopfte das Geld in die Vordertasche seiner Jeans und hob die Hände. »Ich kann das erklären.«

Ich deutete auf den Beweis. »Nicht nötig. Wie viel?«

Aufreißer klatschte in die Hände. »Fünf Riesen, Baby!«

Ich riss die Augen auf. Fünf Riesen? Für ein Rennen? Und waren das die Gesamteinnahmen oder nur Haydens Anteil? »Verdammt …«

Aufreißer frohlockte, offenbar erhielt er Prozente von Hayden. »Ja, und das war eher eine kleine Nummer. Nächstes Mal verdoppeln wir das, Alter.« Erschrocken sah ich zu Hayden. Nächstes Mal? Wie oft zog er so etwas durch? Hayden schlug die Augen nieder, sein schlechtes Gewissen war nicht zu übersehen.

Haydens Freund nutzte das betretene Schweigen, um sich an mich heranzumachen. »Na, du hübsches, junges Ding. Wollen wir uns jetzt richtig vorstellen, oder ist es dir lieber, wenn ich dich weiterhin Felicia-Doppelgängerin nenne?«

Er versuchte, den Arm um mich zu legen, aber ich schob ihn weg. »Ich heiße Mackenzie, und ich lasse mich nicht gern betatschen.«

Er machte eine Verbeugung, als hätte ich mich mit Königin Mackenzie vorgestellt. »Ich bin Tony, aber alle nennen mich Aufreißer.«

»Warum?«, erkundigte ich mich und überlegte, ob ich es wirklich wissen wollte.

Er machte auf Grinsekatze und breitete die Arme aus. »Wenn du was brauchst, besorge ich es dir. Ich bekomme alles, was du willst. Ich reiße einfach alles auf.« Dann knuffte er den großen Kerl neben sich. »Und das hier ist Grunz.«

Ich wollte gerade nachfragen, da grunzte mich der Kerl schon an. Okay. Mehr brauchte ich nicht zu wissen. »Und ihr helft Hayden bei seinem … Zeug?« Ich deutete auf das muntere Wettgeschehen ringsumher. Gleich sollte das nächste Rennen beginnen.

»Kenzie …«, flüsterte Hayden, aber Aufreißer fiel ihm ins Wort.

»Ja, wir checken alles für ihn ab. Wir planen alle seine Einsätze. Sogar in anderen Bundesstaaten. Manchmal hilft auch meine Schwester Izzy, wenn sie kann. Sie hat ein Kind, deshalb hat sie nachts keine Zeit für den ganzen Rummel.«

Ich machte große Augen, meine Gedanken rasten. Na, das war ja eine Plaudertasche. Ich hätte gern noch etwas nachgehakt, aber Hayden fasste meine Hand und zog mich fort. »Kann ich dich kurz sprechen?« Ich starrte ihn an und entgegnete: »Ich habe den Eindruck, dass mir Aufreißer das alles schon sehr gut erklärt. Hast du dem noch etwas hinzuzufügen?«

Er kniff den Mund zu einem Strich zusammen und nickte. »Ja, habe ich. Bitte.«

Er zeigte die Straße hinunter, und widerstrebend ließ ich mich von ihm weglotsen. Nachdem wir ein paar Schritte gegangen waren, sagte ich: »Du hast nie damit aufgehört, stimmt's? Du hast mir erzählt, ich hätte dein letztes illegales Rennen erlebt, aber das war alles Blödsinn, nur damit ich die Klappe halte, richtig?«

Hayden seufzte. »Nein, war es nicht. Ich dachte wirklich, dass ich damit fertig wäre. Ich *war* auch damit durch, aber …«

Ich entriss ihm die Hand und fuhr zu ihm herum. »Aber was? Ist dir bewusst, was der Verband mit dir macht, wenn man dich erwischt? Mit einer Geldstrafe ist es dann nicht getan. Du wirst für den Rennsport gesperrt. *Auf Lebenszeit.* Und alles, was du erreichen wolltest und wovon du erzählt hast, löst sich in Rauch auf.« Ich schnippte mit den Fingern, um meinen Worten Nachdruck zu verleihen. »Willst du das wirklich riskieren? Für Geld? Bist du so kurzsichtig?«

»Das hat mit Geld gar nichts zu tun«, erwiderte er mit flehendem Blick. »Ich erwarte nicht, dass du das verstehst … aber ich habe keine Wahl.«

Ach? So wollte er sich also aus der Affäre ziehen? »Du hast recht. Hayden, das verstehe ich nicht. Würdest du mich bitte aufklären?«

Hayden raufte sich das schweißnasse blonde Haar, bis es nur noch ein sexy Durcheinander war. »Hör mal, es tut mir echt leid, dass du mit deinen Freundinnen fast unter die Räder gekommen wärst. Aber ich glaube nicht, dass jetzt der geeignete …«

»Entweder du packst jetzt aus«, unterbrach ich ihn, »oder ich mache ein paar Anrufe.«

Es war der totale Bluff – ich brauchte ihn viel zu dringend, um ihn anzuschwärzen –, aber er schien wirklich besorgt zu sein, dass ich es tun könnte. »Es ist wegen Izzy«, flüsterte er schließlich.

Ich weiß nicht, womit ich eigentlich gerechnet hatte, aber damit bestimmt nicht. »Izzy? Das Mädchen, von dem du gesagt hast, sie sei wie eine Schwester für dich? Warum sollte sie …?« Plötzlich spürte ich, wie erneut die hässliche Eifersucht in mir erwachte. Er riskierte seine Karriere also für eine Frau. Ich wollte mich abwenden und davonlaufen. Aber Antworten waren mir wichtiger, also blieb ich.

»Es ist nicht so, wie du denkst«, fügte er rasch hinzu. »Es geht um Izzys Tochter Antonia. Weißt du noch? Das Kind, mit dem du mich gesehen hast?« Das brachte mich noch mehr aus dem Konzept. Was hatte ihre Tochter mit dem Ganzen hier zu tun? Es sei denn … »Das war auch eine Lüge, oder? Es ist also doch dein Kind!«

Hayden und schüttelte den Kopf. »Nein, ist es nicht. Ich bin nicht ihr Vater, aber ich bin für sie verantwortlich. Sie gehört zur Familie.« Er blickte zu seinen Freunden zurück. »Ich wollte aussteigen, aber Antonia ist vor ein paar Jahren schwer erkrankt. Leukämie.«

Er sah mich aus erschöpften Augen an. »Wir dachten, sie hätte die Krankheit besiegt, sie wäre über den Berg. Aber sie hatte einen Rückfall. Und Izzy tut, was sie kann, aber sie ist alleinerziehend, sie schafft es kaum, sich und die Kleine über die Runden zu bringen. Sie kann es sich einfach nicht leisten …«

Er ließ den Kopf hängen. »Hast du eigentlich eine Ahnung, wie teuer es ist, wenn man ein schwer krankes Kind hat? Selbst mit Unterstützung der Kinderklinik? Izzy kann nicht arbeiten, jedenfalls nicht Vollzeit. Und deshalb tue ich, was ich kann, um ihr zu helfen.«

Hayden sah mir in die Augen, und unsere Blicke verschmolzen. Was für ein Mist! Es ging nicht um das Geld, er riskierte alles für ein Kind. Ein krankes Kind. Mein Gott, seine Selbstlosigkeit haute mich um. Wenn ich das doch nur herumerzählen dürfte. Dann würden ihn die Leute gleich mit ganz anderen Augen betrachten. Mir ging es jedenfalls so.

Als er mich mit durchdringendem Blick ansah, hatte ich das Gefühl, etwas sagen zu müssen. Ich wusste nur nicht, was. Auch ohne eigene Kinder konnte ich mir vorstellen, wie es sein musste, ständig fürchten zu müssen, sein Kind zu verlieren. »Ich habe … Ich bin sehr … Was sie durchmachen muss … das ist furchtbar.«

Hayden presste die Lippen zusammen, und seine Augen funkelten entschlossen. »Das Kind bedeutet Izzy alles. Ich kann sie nicht einfach ihrem Elend überlassen, wenn ich ihr helfen kann. Aufreißer, Grunz und ich … wir unterstützen sie damit. So haben wir das schon immer gemacht. Mir fällt nichts Besseres ein, jedenfalls nichts, was nicht noch verbotener wäre als das hier. Also okay, ich weiß, dass es dumm ist, und ich weiß, dass ich damit nicht ewig weitermachen kann, weil ich sonst auffliege. Aber Izzy und Antonia – die beiden sind die einzige Familie, die ich jemals hatte. Außer ihnen hat niemand wirklich zu mir gehalten. Ich kann sie nicht im Stich lassen. Und das werde ich auch nicht.«

An seinem Tonfall erkannte ich, dass es ihm damit durch und durch ernst war, und ich fand das zudem vollkommen nachvollziehbar. Ich konnte ihm nicht den geringsten Vorwurf machen. Was würde ich nicht alles auf mich nehmen – und was hatte ich nicht schon alles auf mich genommen –, um meiner eigenen Familie zu helfen?

Nach einem Moment sagte ich: »Ich muss meine Schwester und ihre Freundinnen nach Hause bringen. Die sind total betrunken.« Als ich daran dachte, was ich ihnen eingeschärft hatte, damit sie brav blieben, lachte ich. »Ich habe denen erzählt, dass sie abgeknallt werden, sobald sie einen Fuß aus dem Wagen setzen, doch, ehrlich gesagt, habe ich keine Ahnung, wie lange sie sich davon einschüchtern lassen. Ich würde aber gern noch weiter mit dir darüber reden. Willst du nicht bei mir vorbeikommen … morgen?« Das zu sagen, fiel mir bedeutend schwerer als gedacht, und während ich auf seine Antwort wartete, lagen meine Nerven blank.

Er kaute auf der Lippe, bevor er antwortete. »Klar.« Dann grinste er. »Und du hast deiner Schwester wirklich erzählt, dass sie erschossen wird?«

Ich presste die Lippen aufeinander, um nicht zu grinsen, scheiterte jedoch. »Ja … Ich weiß, dafür werde ich ewig in der Hölle schmoren.«

»Vielleicht nicht die ganze Ewigkeit. Die Gegend hier ist

wirklich nicht die allerbeste. Mit deiner Warnung liegst du gar nicht komplett verkehrt.«

Ich grinste schief und machte mir allmählich tatsächlich Gedanken um die Sicherheit meiner Schwester. Ich winkte ihm zum Abschied zu und hastete zum SUV zurück. »Bis dann, Zweiundzwanzig«, rief er mir noch hinterher.

Das Herz klopfte mir in der Brust. Ja … bis dann.

Zurück am Wagen stellte ich fest, dass meine Eile unnötig gewesen war. Im Fahrzeuginneren schliefen alle und dachten gar nicht an Extratouren. Zum Glück war keiner schlecht geworden. Daphne murmelte etwas von Jeff, als ich den Wagen anließ, aber das war auch alles, was sie während der gesamten Heimfahrt von sich gab. Jede Freundin bei sich zu Hause abzuliefern und dann auch noch an die Haustür zu bringen, erwies sich als Sisyphus-Aufgabe, der ich mich in meinem ganzen Leben hoffentlich kein zweites Mal stellen musste. Meine Schwester lieferte ich als Letzte ab, doch zum Glück stand Jeff zu meiner Unterstützung parat. Er lachte unentwegt, während er mir half, Daphne ins Bett zu bringen.

Dann fuhr ich mit dem Motorrad nach Hause. Unterwegs kam mir eine verrückte Idee. Sie war gefährlich, grotesk und brillant zugleich. Nachdem ich meine Maschine für die Nacht untergebracht hatte, tigerte ich in meinem Wohnzimmer umher, weil mir der Gedanke keine Ruhe ließ. Hayden riskierte alles, um seiner Familie zu helfen. Es war an der Zeit, dass ich dasselbe tat.

Als ich am nächsten Abend Haydens Motorrad in der Einfahrt hörte, öffnete ich sofort das Garagentor. Ich hatte ganz feuchte Hände – zum einen wegen meiner Idee, zum anderen, weil ich Hayden erneut in meinem Haus empfing. Dieses Mal würde vermutlich nichts verhindern, dass das zwischen uns simmernde Verlangen aufwallte und sich zu etwas … wunderbar Unheilvollem entwickelte. Doch nein, darum hatte ich ihn nicht hergebeten. Es ging ums Geschäftliche und um sonst nichts.

Wir versteckten seine Maschine sicher in der Garage, dann folgte mir Hayden ins Wohnzimmer. In seinen ausgefransten Jeans und der schwarzen Lederjacke sah er aus wie ein Hollywood-Star, und ich überlegte noch einmal, ob unser Treffen wirklich rein geschäftlicher Natur war. Was schadete es, wenn er mit seiner Zunge meine liebkoste? Da war ich mir, ehrlich gesagt, nicht mehr so sicher. Mir war allerdings durchaus klar, wenn ich diese Grenze überschritt, gab es kein Zurück mehr – und ob ich dazu bereit war, wusste ich nicht.

Als er so dastand – die Hände in den Taschen, den Kopf nach unten geneigt und voller Leidenschaft zu mir hochsah –, konnte ich mich kaum noch daran erinnern, warum ich ihn eigentlich eingeladen hatte. »Du wolltest mich sprechen«, fragte er leise in verführerischem Ton.

»Ja …« *Gott, ja.*

Hayden schüttelte den Kopf, dann veränderte sich seine Miene schlagartig, und er wirkte wieder besorgt. Er zog die Hände aus den Taschen und machte einen Schritt auf mich zu. »Hör mal, du bist bestimmt sauer auf mich. Es tut mir leid, dass ich gelogen und dir nichts davon erzählt habe, aber ich wusste nicht …«

»Ich bin gar nicht sauer«, fiel ich ihm ins Wort.

Er wirkte auf hinreißende Weise verwirrt. »Bist du … nicht? Ich dachte, du wärst wütend.«

Ich musste über sein verdutztes Gesicht grinsen. »Nein. Ich verstehe das. Du willst deiner Familie helfen. Das will ich auch …« Ich holte tief Luft. *Wird schon schiefgehen.* »Und deshalb will ich beim nächsten Straßenrennen mit dir *zusammen* an den Start gehen.«

Ich hörte förmlich wie der Countdown zum Augenblick der unvermeidlichen Explosion heruntergezählt wurde, als ich sah, wie sich Haydens Miene dermaßen verdüsterte, dass er meinem Vater damit hätte Konkurrenz machen können.

»Nein«, sagte er entschieden.

Es war, als hätte man gerade alle Luft aus dem Raum gesaugt. Im Ernst? Mister Was-interessieren-mich-die-Regeln wollte mir etwas verbieten? »Das ist alles? Einfach Nein? Jetzt bin ich allerdings ein bisschen sauer.« Ich verringerte den Abstand zwischen uns und stieß ihm einen Finger vor die Brust. »Du bist nicht mein Boss, Hayden. Ich will, dass du mir hilfst, da reinzukommen. Vielleicht will ich auch deine … Zustimmung, aber zur Not schaffe ich das auch ohne dich. Cox Racing braucht Geld – eine Menge Geld. *So* kann ich es verdienen. So kann ich den Familienbetrieb retten.«

Hayden verdrehte die Augen. Offenbar hauten ihn meine Argumente nicht gerade vom Hocker. Vielleicht war er genervt, dass ich auch ein Stück vom Kuchen wollte. Schließlich brauchte er das Geld ebenso dringend. »Ich werde nicht direkt gegen dich fahren – falls du dir deswegen Sorgen machst. Ich will Antonia nichts wegnehmen. Aber nach dem, was Nikki mir über die Straßenrennen erzählt hat, gibt es mehrere Durchgänge, oder? Auch welche, bei denen du nicht mitmachst?«

Hayden verzog das Gesicht. »Ja, es gibt unterschiedliche …« Dann winkte er ab, als könnte er meine Träume mit einer einfachen Handbewegung fortwischen. »Aber Kenzie. Denk doch mal daran, was du damit riskierst.«

Traurig schüttelte ich den Kopf. »Meine Familie ist am Jahresende pleite. Ich riskiere überhaupt nichts.«

Hayden machte einen Schritt auf mich zu und legte mir die Hände auf die Arme. »Du kannst immer noch für jemand anderen fahren, Kenzie. Wirf das nicht alles weg.«

Und erst in diesem Moment wurde mir schlagartig etwas klar: Ich konnte für niemand anderen fahren. Nein. Wie mit einer Eisenkette war ich an meinen Vater gebunden. Und wenn er unterging, dann ging ich mit ihm unter. »Das will ich nicht, Hayden. Wenn ich nicht für meine Familie fahren kann … dann will ich überhaupt keine Rennen mehr fahren. Lieber höre ich ganz auf, als dass ein fremder Name auf meiner Jacke steht.«

Haydens Griff um meine Arme verstärkte sich. Ich spürte seine Verzweiflung, doch Loyalität respektierte er, auch wenn sie unvernünftig schien. »Das ist der falsche Weg, Kenzie. Dabei werden Menschen verletzt, manchmal gibt es sogar Tote. Es gibt kein Reglement, keine Fangnetze, keine Warnflaggen, um das Feld langsamer werden zu lassen. Es kann sehr schnell hässlich werden.«

Sein eindringlicher Appell ließ mein Herz heftiger schlagen, doch ich hob das Kinn und setzte eine trotzige Miene auf. »Das kann ich auch.«

Hayden ließ meine Arme los und raufte sich die Haare: »Nein, ich lasse nicht zu, dass du so etwas tust.«

Jetzt wurde ich wütend: »Warum willst du mich nicht verstehen?«, schrie ich.

Er trat so dicht vor mich, dass er auf mich hinuntersehen musste. »Weil du mir verdammt noch mal nicht egal bist!«, schrie er zurück und fügte in ruhigerem Tonfall hinzu: »Und ich dich nicht wegen irgendeines blöden Straßenrennens verlieren will.«

Die Worte linderten meine Wut. *Ich bin ihm nicht egal.* »Dann hilf mir, Hayden. Bring mir bei, was du weißt. Verrate mir das Geheimnis, wie ich sicher fahren kann.«

Seufzend lehnte er die Stirn an meine. »Es gibt kein Geheimnis, das dir Sicherheit garantiert.«

Ich blickte auf und sah ihm in die Augen, sodass sich unsere Lippen fast berührten. »Ich weiß … aber bring es mir trotzdem bei«, flüsterte ich.

Hayden stöhnte lautstark. »Okay, ich helfe dir. Aber nur, weil ich glaube, dass du es auch ohne meine Hilfe versuchen würdest. Nur damit das klar ist: Ich finde das nicht gut.«

Ich strich mit den Lippen über seine und sagte leise: »Du musst es nicht gut finden. Du brauchst es nur zu tun.«

Ein leises Stöhnen drang aus seiner Brust: »Im Moment möchte ich eigentlich nur noch eins …«

Ich fühlte mich verwegen, frei und sorglos, außerdem – zum ersten Mal seit Langem – voller Hoffnung. »Dann tu es doch«, flüsterte ich an seiner Haut. Und noch bevor ich überlegen konnte, ob es klug war, das zu sagen, drückte Hayden seine Lippen auf meine, und ich war verloren.

Während er mich voller Leidenschaft küsste und jedes Nervenende in meinem Körper weckte, meldete sich die hässliche Stimme der Vernunft. *Das ist dumm, aussichtslos und zum Scheitern verurteilt.* Meine Familie würde Hayden niemals akzeptieren, und ich könnte niemals meine Familie aufgeben. Dann öffnete er mit der Zunge meine Lippen, erst forsch, dann liebkosend – und die Vernunft löste sich in einer Explosion der Lust auf. *Was schert mich die Zukunft? Ich will hier und jetzt mein Leben spüren.* Und bei niemandem fühlte ich mich lebendiger als bei Hayden.

Als ich ihm die Jacke vom Leib riss, wurde *Hayden* lebendig. Seine Hände waren überall auf meinem Körper – auf dem Bauch, dem Rücken, der Brust. *Mehr, ich will mehr.*

Als hätte er meine Gedanken gehört, glitten seine Hände nach unten, und er hob mich hoch. Ich schlang die Beine um seine Hüften und grub die Finger in sein Haar. *Ja. Bring mich fort von alldem – weit, weit weg.* Dann strich er mit den Lippen über meine Wangen und raunte in mein Ohr: »Willst du mich, Kenzie?«

Ich drängte meinen Körper an seinen, knabberte an seinem Nacken und antwortete, ohne es auszusprechen. Er gab ein leises erotisches Stöhnen von sich, das mich in Flammen setzte, doch er rührte sich nicht. Also vergaß ich meinen Stolz, legte den Mund an seine Ohrmuschel und flüsterte: »Ja.«

Sofort setzte er sich in Bewegung. Im Blindflug stolperte er durchs Wohnzimmer, während unsere Münder wieder zueinanderfanden, und suchte das Schlafzimmer. Nachdem er es gefunden hatte, warf er mich aufs Bett. Die plötzliche Bewegung überraschte mich und machte mich heiß. Mein Herz schlug derart heftig, als würden wir ein Rennen fahren und um den ersten Platz ringen. Als ich zu ihm nach oben sah, erzeugte das Flurlicht in seinem Rücken eine Aura um ihn. Erwartungsvoll befeuchtete ich meine Lippen. *Ja. Nimm dir deinen Gewinn. Genieße ihn, erobere ihn. Das gehört alles dir … Ich gehöre dir.*

Hayden kreuzte die Arme, griff den Saum seines T-Shirts und streifte es sich über den Kopf. Darunter kamen seine definierten, durchtrainierten Muskeln zum Vorschein. Ich wollte sie auf mir spüren. Wollte mit den Nägeln über sie streichen, die Zunge über sie gleiten lassen. Gerade als ich mir selbst das T-Shirt ausziehen wollte, hielt Hayden mich mit einem einzigen Wort zurück.

»Nein.« Als ich unschlüssig die Brauen hochzog, formte sich ein diabolisches Grinsen auf seinem Gesicht. »Das ist *mein* Job«, flüsterte er.

Wow, wie scharf. Kurz rang mein trotziges Bedürfnis nach Unabhängigkeit mit dem heißen Verlangen, das seine Worte in mir auslösten. Langsam ließ ich mein Shirt wieder los und sank entspannt auf die Matratze zurück. Ich wollte keine Pläne mehr machen, nichts denken, nicht alles diktieren, was hier geschah – ich wollte nur noch fühlen. *Führe mich, ich folge dir.*

»Gut«, flüsterte er und liebkoste meinen Körper mit seinen Blicken. Langsam zog er seine Schuhe aus, dann die Socken, die Jeans. Ich wand mich, als ich sah, wie sich seine Männlichkeit unter den Boxershorts abzeichnete. Er trat ans Fußende, kniete sich aufs Bett und beugte sich über mich, wobei er die Hände an meinen Beinen hinaufgleiten ließ. Nach wenigen Zentimetern hielt er inne, um mich auf den Schenkel zu küssen. Selbst durch den dicken Jeansstoff hindurch fühlte es sich himmlisch an. Als er oben anlangte und mich zwischen die Beine küsste, schrie ich auf. Ich versuchte, ihn zu mir hochzuziehen. Doch er lächelte verführerisch, nahm meine Hände und verschränkte unsere Finger miteinander.

»Noch nicht«, flüsterte er, führte meine Arme über meinen Kopf und wickelte meine Finger um eine Holzstrebe am Kopfende. »Halt dich da fest – und egal, was passiert: Lass nicht los.«

Ich sah ihn ungläubig an. Er wusste genau, was er wollte, er war stark und verführerisch. Ich zitterte vor Erregung und stellte überrascht fest, dass ich ganz loslassen, mich ihm ganz hingeben wollte. Es war ein berauschendes Gefühl, das mir völlig fremd war. Stets achtete ich sorgsam darauf, über alles die Kontrolle zu behalten: über mein Essen, mein Training und meinen Tagesablauf. Bevor ich Hayden begegnet war, hatte mein Leben nur aus Routine bestanden, doch hier und jetzt stand mir der Sinn nach gänzlich anderem. Und ich war mir sicher, dass Hayden es mich lehren konnte … wenn ich ihn ließ.

Ich klammerte mich an die Holzstrebe, schloss die Augen und ließ den Kopf nach hinten sinken. *Ja … mach mit mir, was du willst.*

Er brummte anerkennend, wandte sich wieder meiner Jeans zu und öffnete den Knopf. Sofort ging mein Atem schneller. Dann zog er den Reißverschluss nach unten. Ich biss mir auf die Lippe und klammerte mich so fest an die Holzstrebe, dass meine Knöchel weiß hervortraten. Mit einer einzigen, fließenden Bewegung streifte er mir die Hose herunter. Dann widmete er sich erneut mit Händen und Lippen meinen Beinen. Als er wieder oben ankam, stöhnte ich vor Verlangen und war kurz davor, ihn anzubetteln. Ich spürte, wie mich sein Daumen durch den Slip erkundete und rang nach Luft, während sich die Welt um mich zu drehen begann. Ich nahm alles so viel deutlicher wahr, ich war berauscht von ihm.

Ich spürte, wie sein Mund heiß über jener Stelle schwebte, an der ich ihn begehrte. *Gott ja, küss mich noch einmal. Genau da.*

»Mmmmh, du bist so irre nass«, flüsterte er und berührte mich erneut mit dem Daumen. »Ist das für mich?«

Er hielt mit allem inne, was er tat. »Ja …«, sagte ich, wohl wissend, dass er sich erst nach meiner Antwort wieder rühren würde. Und wie um diese zu belohnen, schob er den Slip beiseite, strich mit der Zunge über meine Spalte und kostete von meiner Lust. »Ja, Gott, ja«, schrie ich.

Haydens Zunge wandte sich mir erneut zu und erregte mich so sehr, dass ich keine zusammenhängenden Worte mehr formen konnte. Dann hielt er inne, und ich kam kaum zu Atem. Ebenso wenig wie er. »Du schmeckst so gut. Am liebsten würde ich nicht aufhören, aber ich kann doch nicht alles andere unberührt lassen.«

Er hinterließ eine Spur von Küssen auf meinem Bauch, während er die Hände unter meinen Rücken schob, um den BH zu lösen. Als er den Stoff zur Seite zog, rang ich um Atem, dann stöhnte ich. Noch nie hatte ich mich so sehr danach gesehnt, dass ein Mann seine Lippen um meine Nippel schloss. Ich bog mich ihm entgegen und bat ihn, mich zu erkunden. Seine Zunge brannte ihre Spur in meine Haut. Als er schließlich meinen Nippel erreichte und ein Feuer durch meinen ganzen Körper schoss, bäumte ich mich unter ihm auf. *Warum fühlt sich das alles nur so furchtbar gut an?*

Er stöhnte an meiner Haut, dann saugte und liebkoste er mich. Die freie Hand schob er in meinen Slip, umfasste meinen Po und ließ erneut den Daumen auf mir kreisen. Das war zu viel für mich, lange würde ich diesem Anschlag auf meine Sinne nicht mehr standhalten können. Als das Gefühl sich in mir ankündigte, begann ich zu keuchen. *Das ist so gut, und trotzdem brauche ich noch mehr.*

»Du bist so schön«, knurrte Hayden, dann riss er mir den Slip herunter und glitt mit dem Kopf wieder nach unten, sodass seine Finger nun meine Nippel reizten und sein Mund über meinem entblößten Schoß schwebte. »Ich will, dass du kommst«, erklärte er entschieden, dann legte er seine Lippen auf meine empfindlichste Stelle. Die Intensität verdreifachte sich, und mein ganzer Körper versteifte sich, als die Ekstase mit solcher Wucht über mich hereinbrach, dass nichts mehr von mir blieb als selige Lust.

Ich hatte keinerlei Kontrolle über die Laute, die mir von den Lippen kamen – Stöhnen und Ächzen, Flüche und Verwünschungen. Es schien eine Ewigkeit zu vergehen. Als die Ekstase allmählich nachließ, nahm ich die Umwelt um mich wahr, und Haydens Gesicht erschien vor meinen Augen. Sein Blick auf mir glühte vor Lust: »Oh Gott, es ist der helle Wahnsinn, wenn du kommst. Lass los, Baby. Fass mich an …«

Meine Finger waren steif, als ich endlich die Holzstrebe losließ, doch dann schob ich meine Hand in Haydens Shorts, und was ich dort spürte, ließ die Strebe vergleichsweise mickrig erscheinen. Ich stöhnte unwillkürlich auf, und in mir regte sich aufs Neue Lust. »Oh Mann, das fühlt sich gut an.«

Hayden küsste meine Wange, dann mein Ohr. »Da fühlst du, was du mit mir machst. Von Anfang an …«

Sanft streifte er mir nun Shirt und BH vollends ab und zog sich die Shorts aus. Nun waren wir beide nackt. Er nahm mein Gesicht zwischen die Hände. »Wenn du nicht weiter gehen willst, kannst du jetzt immer noch Nein sagen. Ich ziehe mich an und verschwinde. Kein Drama.« Er lächelte. »Du hast mir schon genug für eine Nacht gegeben.«

Ich schob mir die Lippe zwischen die Zähne und überlegte, ob ich es an diesem Punkt gut sein lassen sollte. Wir waren schon sehr weit gegangen – wollte ich jetzt wirklich alle Vorsicht in den Wind schlagen? Wollte ich wirklich mit ihm bis zum Äußersten gehen? Ich war mir nicht sicher, und das hieß vermutlich, ich sollte ihn lieber bitten zu gehen. Doch als sein Körper an meinem pulsierte, als ich endlich seine festen Muskeln spürte und die Lust in seinen Augen sah, konnte ich ihn nicht fortschicken. Außerdem hatte ich mich sowieso schon viel zu weit vorgewagt. Man brauchte sich bloß meinen Vater anzuschauen, um zu begreifen, was mit jemandem passierte, der jahrelang alle seine Gefühle unter Verschluss hielt. Vielleicht *brauchte* ich dieses Ventil. Vielleicht brauchte ich Hayden aus viel mehr Gründen, als mir bewusst gewesen war.

Ich strich mit den Händen seinen Rücken hinauf und zog ihn an mich. »Ich will es … Ich will dich.«

Mehr brauchte Hayden nicht zu wissen. Seine Lippen fanden wieder zu meinen, und er fragte nicht noch einmal, ob ich auch bereit sei. Sein Mund strich an meinem Hals hinunter, seine Hände an den Schenkeln hinauf. Ich stöhnte vor Erregung und genoss die Gelegenheit, ihn diesmal berühren zu dürfen. Dann strichen seine Lippen über meine Brüste, und ich grub die Finger in sein Haar. Als er mit den Fingern über meine Mitte strich, ließ ich meine Hand an seiner Brust hinuntergleiten und umschloss fest seine harte Rute. Wir stöhnten beide auf, wollten mehr, wollten einander.

Als ich spürte, dass ich nicht viel länger warten konnte, drängte ich ihn, mich zu nehmen. Er löste meine Hand von sich und drang vorsichtig in mich ein. Wir rangen beide nach Luft und keuchten, als könnten wir es nicht glauben. Es hatte sich noch nie so gut angefühlt, einen Mann in mir zu fühlen. Es war, als setze sich das elektrisierende Kribbeln, wenn er meine Haut berührte, einfach bis tief in mich hinein fort. Mit jedem Zentimeter, den er in mich vordrang, trieb er mich dem Höhepunkt entgegen. Ich verlor beinahe den Verstand vor

Verlangen, doch Hayden bewegte sich quälend langsam. Ich konnte meine Schreie nicht mehr zurückhalten, und schließlich flehte ich ihn an: »Oh Gott, Hayden, bitte, schneller … härter … mehr.«

»Oh, Kenzie«, flüsterte er in mein Ohr. Und gab mir dann genau, was ich brauchte. Mein erster Orgasmus verblasste, gemessen an dem Rausch, in den mich dieser Höhepunkt versetzte. Hayden kam gleich nach mir und schrie dabei meinen Namen.

Ich klammerte mich an ihn und versuchte vergeblich, das warme Gefühl tiefer Zuneigung zu ignorieren, das sich in mir ausbreitete. *Das hat nichts zu bedeuten, es hat gar nichts zu bedeuten.*

16. Kapitel

Als mir mein eigener Herzschlag nicht mehr in den Ohren pochte und sich mein Atem beruhigt hatte, meldete sich die Vernunft mit jeder Menge Schuldgefühlen und Zweifeln zurück. Hatte ich gerade einen monumentalen Fehler begangen?

Die Stille im Raum, die nur von Haydens und meinen Atemzügen unterbrochen wurde, bereitete mir zusehends Unbehagen. Er sollte nicht hier sein. So absolut fantastisch es auch war – noch einmal durfte es nicht geschehen. Denn wenn ich mit ihm zusammen war, riskierte ich nicht nur meine Karriere, drohte ich nicht nur, meinen Job zu verlieren – ein weiteres Erlebnis wie dieses, und mein Herz war in Gefahr.

Noch ein wenig benommen ließ ich die Ereignisse der letzten Minuten Revue passieren und empfand genauso Euphorie wie Verwirrung. Ein Wort, das Hayden gesagt hatte, hatte sich in meinem Kopf festgesetzt, und ohne dass ich es verhindern konnte, wiederholte ich es.

»Baby …«

»Hmmm«, erwiderte Hayden mit müder Stimme neben mir.

Hitze stieg mir in die Wangen, und ich erklärte: »Du hast mich Baby genannt. Das sollst du nicht.« Mir war klar, dass es nach allem, was wir gerade getan hatten, idiotisch war, sich darüber aufzuregen, doch für mich war es in diesem Moment das einzig sichere Gesprächsthema. Und das Schweigen konnte ich keine Sekunde länger ertragen.

Hayden verzog die Lippen zu einem Lächeln, das in mir den

Wunsch weckte, ihn gleich noch einmal zu küssen. Es erinnerte mich daran, wo dieser Mund gerade überall gewesen war. Dieser schrecklich geschickte Mund. Mich durchlief ein Schauer. Nein, besser, ich dachte gar nicht erst daran. »Ja, hab ich wohl. Muss ich mich dafür entschuldigen?«, fragte er und wandte mir das Gesicht zu.

Dass er mit »dafür« eher den Sex als den Kosenamen meinte, war mir klar. Ob er sich für eins von beidem entschuldigen sollte, vermochte ich auch nicht genau zu sagen. »Ich glaube, du solltest jetzt gehen«, flüsterte ich.

»Es wird bald hell«, gab er zu bedenken. Er lag ganz entspannt neben mir.

Ich drehte mich zu ihm und nickte. »Ich weiß. Und gerade deshalb solltest du jetzt gehen. Man kann nie wissen, wer plötzlich vorbeischneit, und wir versuchen doch, unseren Job zu retten und nicht, alles zu zerstören.«

Hayden richtete sich auf den Ellenbogen auf und blickte zu mir herunter. Er sah nachdenklich aus. »Ja … okay.«

Es tat ein bisschen weh, dass er mir so anstandslos beipflichtete. Doch das sollte es nicht. Es war klug von ihm, mir zuzustimmen. *Aber warum tut es so weh?* Hastig zog ich ein zerwühltes Laken über mich und sagte einfach irgendetwas, um den Aufruhr meiner Gedanken zu übertönen: »Okay, gut. Es steht ja für uns beide eine Menge auf dem Spiel.«

Gedankenverloren pflichtete er mir erneut bei. »Ja.«

Der Stich, den ich verspürte, verstärkte sich schmerzhaft. »Gut. Dann ist dir wohl auch klar, dass so etwas … nie wieder passieren darf.« Traurigkeit erfasste mich, während ich mit einer Handbewegung auf uns beide zeigte. »Es war ein Fehler.«

Er sah mich ungläubig an. »Ein Fehler? Der beste Sex meines Lebens … war ein Fehler?«

Seine Worte wärmten mich und schmerzten zugleich. Begriff er denn nicht, dass es besser so war? »Wir riskieren schon alles beim Rennen. Ersparen wir uns den Ärger und fangen erst gar nicht hiermit an.«

Unübersehbar wütend deutete er auf seinen nackten Körper: »Dir ist doch wohl klar, dass es dafür zu spät ist, oder?« Oh ja, das wusste ich. Und ob ich das wusste, oh Gott. Auch jetzt sehnte ich mich danach, ihn zu berühren, von ihm berührt zu werden. Danach, dass er mir befahl, stillzuliegen und mich verwöhnte, wieder und wieder und wieder … Doch das ging nicht.

»Können wir nicht einfach … vor dieser Grenze haltmachen?«, fragte ich leise. »Können wir das zwischen uns nicht einfach aufs Rennen beschränken?«

Haydens Blick wurde hart: »Soll ich so tun, als wäre nichts gewesen, wenn ich mich daran erinnere, wie es war, in dir zu sein? Was sich in deinem Gesicht abspielt, wenn du kommst? Wie du klingst, wenn ich dich berühre? Wie feucht du wirst, wenn du für mich bereit bist? Wie du schmeckst …?«

Wieder erwachte das Kribbeln in meinem Körper und drängte zur nächsten Runde. Allein zu hören, wie er davon sprach, ließ mich feucht werden, weckte das Verlangen danach, von ihm berührt und erregt zu werden. *Gott ja, nur ein Mal noch …* »Ja …«, hauchte ich und verdrängte die Gefühle, die erneut in mir aufstiegen, um seine Frage anständig beantworten zu können: »Ja. Ich will von dir nur … dass du mir beibringst, wie man Straßenrennen fährt. Bring mir bei, wie man siegt.«

Er schüttelte den Kopf und stieg aus dem Bett. Das Spiel seiner Muskeln lenkte mich nicht gerade von meinem wiedererwachten Verlangen ab. *Je eher er geht, desto besser.*

Er schlüpfte in seine Hose und sagte: »Okay. Meinetwegen. Wenn es das ist, was du willst, können wir so tun, als wäre das alles nie passiert. Kein Problem.« Ich musste mir von innen in die Wange beißen, um ihm nicht zu gestehen, dass ich in Wahrheit am liebsten wieder seinen Mund gespürt hätte.

Wie üblich, wenn ich nachts etwas Bedenkliches und Gefährliches getan hatte, von dem ich wusste, dass meine Freunde und meine Familie es verurteilen würden, war ich am nächsten Morgen auf dem Trainingsgelände ein Nervenbündel. Ich hatte das Gefühl, meine Sünden stünden mir, für alle deutlich sichtbar, auf die Stirn geschrieben: *Schlampe, Verräterin, Kameradenschwein, Zockerin … Idiotin.* Doch schließlich tat ich nur, was getan werden *musste.* Oder hatte ein Mal etwas getan, weil ich zu schwach gewesen war, um zu widerstehen. Ich wollte mich nicht in die Erinnerung an das hineinsteigern, was Hayden und ich getan hatten, darum schob ich es in den hintersten Winkel meines Kopfes.

Zumindest war das der Plan. Den ganzen Tag über verfolgten mich Erinnerungen an die letzte Nacht. An die harten, flachen Muskeln, die Lippen und Hände auf meinem Körper. Wie Hayden mich geführt und mich gereizt hatte. Die zärtlichen Berührungen, die bewirkt hatten, dass ich mich wie ein Tier im Käfig fühlte, das sich nach Freiheit sehnte. Die langsamen Bewegungen, die sich zu wilder Ekstase steigerten. So etwas hatte ich noch nie erlebt und wusste nicht, ob ich es jemals wieder erleben würde. Es fühlte sich an, als sei ein Stück aus mir herausgebrochen, und ich müsste ewig unvollständig weiterexistieren.

»Na, wie war dein Junggesellinnenabschied am Samstag?«, fragte Nikki, die gerade damit beschäftig war, ihren Werkzeugkoffer aufzuräumen.

»Prima«, murmelte ich nur, denn mir war nicht nach Reden zumute. Ich starrte durchs offene Garagentor und betrachtete die obere, gerade noch sichtbare Hälfte des Benneti-Gebäudes auf der anderen Seite des Parcours. Ob Hayden wohl gerade dort war? Ob er jetzt auch gerade an unsere Nacht dachte? Ob er sich darüber aufregte, dass ich Schluss gemacht hatte? Oder ob er verstand, dass es so sein musste? Ob er mir trotzdem noch zeigen würde, wie man Straßenrennen fuhr?

»Wo seid ihr gewesen? Bar? Bowling … Strip-Club?«

Ich dachte immer noch an Hayden und murmelte nur: »Genau.«

Nikki hielt mitten in der Bewegung inne, richtete sich auf und sah mich skeptisch an. »Ihr habt alle drei Sachen gemacht? Wow … kein Wunder, dass du noch müde aussiehst.«

Ich schüttelte den Kopf, um die Gedanken an Hayden zu vertreiben, und bestätigte: »Es war eine lange Nacht.« Der gleich die nächste, grandiose lange Nacht gefolgt war. Dieses Wochenende würde ich nie vergessen.

Nikki lachte, und ich entschuldigte mich, weil ich in den Kraftraum gehen wollte. Ich brauchte die Ablenkung. Außerdem musste ich mehr denn je in Topform sein. Myles war schon da, als ich hereinkam. Den Gips würde er erst in einem Monat loswerden, und sein Schlüsselbein war noch längst nicht verheilt, deshalb wirkte er ein wenig verloren. Eigentlich wäre ich ihm gerne aus dem Weg gegangen, denn zu wissen, was er von Hayden hielt und was ich letzte Nacht ausgerechnet mit Hayden getan hatte, war kaum auszuhalten. Aber wir waren Freunde, und Freundschaft ging vor.

»Hey Myles«, begrüßte ich ihn und stieg auf einen Crosstrainer.

»Hey Kenzie«, erwiderte er niedergeschlagen meinen Gruß. »Ich wollte meine Muskeln in Form halten, wenn ich mir für die nächste Saison ein neues Team suchen muss. Aber im Grunde kann ich kaum was machen. Ich fühle mich so verdammt hilflos.« Der Blick aus seinen dunklen Augen wanderte zum Panoramafenster, von dem aus man das Gelände überblicken konnte. Benneti Motorsport bildete den zentralen Punkt des Bildes.

Meine Hand schwebte über dem Bedienfeld des Sportgerätes, während ich schnell nach einer ermutigenden Antwort suchte. »Das wird schon wieder, Myles. Du wirst sehen. Cox Racing ist noch nicht erledigt.« *Wenn ich es verhindern kann.*

Myles sah mich mit bitterer Miene an: »Darauf läuft es aber hinaus, wenn uns der Mistkerl da draußen weiterhin Knüppel zwischen die Beine wirft.«

Er schwenkte die Krücke in meine Richtung und humpelte auf mein Gerät zu. »Begreifst du endlich, dass wir uns nicht mehr einfach zurücklehnen und es uns von diesem Hayden besorgen lassen dürfen?«

Myles Satz war äußerst zweideutig, wenn man bedachte, was Hayden und ich gerade getan hatten. Ich lief rot an und schnappte mir schnell die Wasserflasche, trank einen Schluck und erwiderte dann: »Wir haben keinen Beweis, und mein Vater hat sich beim Verband gerade unmöglich gemacht. Wenn wir etwas sagen …«

Myles unterbrach mich. »Ich weiß. Ich wünschte nur, wir hätten etwas gegen ihn in der Hand. Irgendeine Schweinerei, mit der wir ihn festnageln können. Irgendetwas muss es geben. Der Typ hat garantiert Dreck am Stecken.«

An solche Unterhaltungen hatte ich mich inzwischen gewöhnt, und ich sah Myles mit einem Blick an, von dem ich hoffte, dass er voller Mitgefühl war: »Ich weiß, was du meinst, aber wir haben nichts in der Hand, und deshalb können wir auch nichts machen.« Ich fand es schrecklich, so zu tun, als sei ich seiner Meinung, doch was blieb mir anderes übrig?

Zuerst verfinsterte sich Myles' Miene noch mehr, doch dann seufzte er. »Ja, … ich weiß. Aber wenn du irgendetwas siehst, das wir verwenden können – *egal, was* –, lass es mich wissen. Wenn wir ihn aufhalten können, Kenzie, können wir Cox Racing retten.«

Er wirkte derart zuversichtlich, dass ich nur nickte. Na toll. Ich konnte Myles nichts über Hayden erzählen. Denn wenn ich

Hayden ans Messer lieferte, lieferte ich mich gleich mit. Außerdem wollte ich ihn auch gar nicht in die Pfanne hauen. Myles würde weiterhin enttäuscht und frustriert sein. Und ich würde weiterhin heftige Schuldgefühle haben, weil ich ihn anlog.

Dieser Umstand machte mir für den Rest des Tages zu schaffen. Und später zu Hause fiel mir auch keine geniale Lösung ein. Ich saß gerade beim Abendessen, als mir Hayden eine SMS mit dem Ort und der Zeit für eine Verabredung schickte. Ich war total erleichtert, dass er Wort hielt, denn ich hatte mir schon Sorgen gemacht, dass er womöglich seine Meinung geändert hätte. Doch der Erleichterung folgte sogleich Nervosität. Wir wollten auf öffentlichen Straßen trainieren. Nach dieser Nacht war auch der letzte Rest Unschuld dahin, den ich mir noch bewahrt hatte. Andererseits hatte dieser Rest vielleicht schon in der vergangenen Nacht daran glauben müssen.

Mitten in der Nacht verließ ich das Haus, um mich mit Hayden zu treffen. Zu meiner großen Überraschung war er nicht allein, als ich am Treffpunkt ankam. Der großmäulige Aufreißer und der stille Grunz waren ebenfalls dort. Wollte Hayden jetzt nicht mehr mit mir allein sein? Aus irgendeinem Grund fand ich das ziemlich enttäuschend.

Ich parkte meine Maschine neben der von Hayden und beobachtete Aufreißer und Grunz. Sie standen auf dem Fußweg vor Haydens Motorrad, und Aufreißer war dabei, Grunz eine Geschichte zu erzählen. Neben Hayden parkte ein Auto, also waren die beiden offensichtlich nicht hier, um selbst am Rennen teilzunehmen.

Ich klappte das Visier hoch und drehte mich zu Hayden um. Ob es jetzt komisch zwischen uns sein würde? Einen Moment sah er mich nur an, dann klappte Hayden sein eigenes Visier hoch. Die Glut in seinen grünen Augen raubte mir den Atem. *Ja, ich glaube, er hat an mich gedacht.* Doch ob er gut oder schlecht von mir gedacht hatte, vermochte ich nicht zu sagen.

Plötzlich war mein Mund ganz trocken, und ich musste erst schlucken, bevor ich fragen konnte: »Ich dachte, wir wären allein. Was machen die beiden hier?«

Hayden blickte zu seinen Freunden, dann wieder zu mir. »Die beiden organisieren das Ganze. Wenn du da mitmischen willst, musst du *sie* beeindrucken, nicht mich.«

Mir rutschte das Herz in die Hose, als ich den Blick wieder auf die beiden Männer vor mir richtete. Ich war davon ausgegangen, dass Haydens Okay reichte, um in diese Welt aufgenommen zu werden. Das war offenbar ein Irrtum gewesen. *Na schön. Das kriege ich hin.* Die beiden schienen noch gar nicht bemerkt zu haben, dass ich da war, ich ließ den Motor aufheulen, um sie auf mich aufmerksam zu machen. Aufreißer schien genervt, unterbrochen zu werden, und blickte zu mir herüber, doch dann grinste er und klatschte in die Hände. »Felicia Nummer zwei! Wie geht's, wie steht's?«

Ich zwang mich zu einem Lächeln. »Ich heiße Mackenzie, schon vergessen?« Das klang doch nicht etwa zickig, oder etwa doch?

Er schnippte mit den Fingern. »Genau, genau … Kenzie. Du willst also in der Oberliga mitfahren, stimmt's?«

Auf einmal schien alles wie in Zeitlupe abzulaufen. Das war die letzte Gelegenheit, es mir anders zu überlegen. Ich nickte nur steif. »Ja. Aber ich will nicht gegen Hayden fahren. Ich will gegen andere antreten.«

Grunz gab so etwas wie ein Schnaufen von sich und verschränkte die Arme. Aufreißer sah zu ihm hinüber und nickte, als hätte er gerade etwas Sinnvolles gesagt. »Ja, ich weiß schon.« Dann richtete er den Blick wieder auf mich und zog einen Flunsch: »Hast du Angst, gegen meinen Jungen zu fahren?«

Ich verengte die Augen zu Schlitzen und ließ erneut den Motor aufheulen. »Ich habe meine Gründe, mit Angst hat das nichts zu tun.«

Aufreißer wirkte interessiert und wollte gerade nachhaken, als Hayden ihn unterbrach. »Komm schon, Tony, vergiss es einfach. Sieh dir an, was sie draufhat.«

Nun schnitt Aufreißer eine Grimasse und sah mich an. »Na schön, wie du willst.« Dann klatschte er wieder in die Hände und grinste über beide Ohren. »Okay. Als Erstes solltest du wissen, dass es keine festgelegte Strecke gibt. Nur Kontrollpunkte, die du passieren musst. Vier, um genau zu sein. Bei einem richtigen Rennen stehen an diesen Punkten Kontrolleure, damit du nicht bescheißen kannst, aber weil das hier nur ein Training ist, wollen wir dir auch so glauben.« Er zwinkerte mir zu, und ich verdrehte die Augen. *Hör bitte auf, mich anzumachen. Ich bin nicht interessiert. Nicht an dir.*

Mein letzter Gedanke ließ mich einen kurzen Seitenblick auf Hayden werfen. Verdammt, er sah so heiß aus auf seiner Maschine. War das mit letzter Nacht wirklich okay für ihn? Oder war er wütend? Herrje, ich musste mich jetzt hierauf konzentrieren und durfte mir nicht seinetwegen Gedanken machen. Das war wichtig. Ich hatte die Chance, meine Familie vor dem finanziellen Ruin zu bewahren. Das bedeutete *alles.*

Aufreißer fuhr fort, mir zu erklären, wo sich die Kontrollpunkte befanden, und ich zwang mich, wieder zu ihm hinüberzusehen. Die ersten drei Kontrollpunkte lagen in der Stadt verteilt, der letzte war identisch mit dem Start. Die erste Person, die alle vier Punkte passierte, hatte gewonnen. So einfach war das.

»In Ordnung, Mädchen, dann zeig uns mal, was du kannst«, sagte Aufreißer und zwinkerte mir erneut zu.

»Bereit?«, fragte Hayden. Seine Stimme klang angespannt, und sein Blick wirkte unbeteiligt, als bemühe er sich um Distanz. War er sauer? Ich hatte nicht vorgehabt, ihn zu verletzen.

Ich wollte nicht, dass er mir meinen Kummer ansah, deshalb knallte ich das Visier herunter und nickte ihm kurz zu. Hayden schloss ebenfalls das Visier und bedeutete mir dann, ihm zu folgen. Er führte uns zu dem Fußgängerüberweg, der die ruhige Straße querte. Er hielt so, dass die Vorderreifen seines Motorrads fast die Linie berührten, und ich tat es ihm gleich. Direkt vor uns befand sich eine rote Ampel, und mich befiel das vertraute Gefühl nervöser Anspannung. Auch wenn wir uns nicht auf einer Rennpiste befanden, wollte ich loslegen, wollte ich mich mit ihm messen.

Hayden beugte sich über den Lenker. Ich ebenfalls. Dann sprang die Ampel auf Grün um, und wir schossen beide gleichzeitig los. Ich begriff sehr schnell, dass sich Straßenrennen überhaupt nicht mit Wettkämpfen auf einer Rennstrecke vergleichen ließen. Auf einem eigens für Rennzwecke angelegten Parcours verließ ich mich auf meinen Instinkt, und meine Vernunft trieb mich voran. Auf der Straße musste man die Vernunft ausschalten. Es galt, all meine Instinkte zu ignorieren. Zum ersten Mal erfuhr ich diese Verunsicherung, als wir an eine rote Ampel kamen. Ich wollte abbremsen und halten, aber Hayden beschleunigte, anstatt sein Tempo zu reduzieren, und mir blieb keine Wahl, als ihm auf den Fersen zu bleiben. Es war zwar nicht direkt ausgesprochen worden, aber ich hatte den Eindruck, Hayden schlagen, oder zumindest ziemlich nah an ihn herankommen zu müssen, um Zutritt zu dieser Welt zu erhalten.

Über eine rote Ampel zu rasen fühlte sich dermaßen verkehrt an, dass mich ein Schwindel erfasste. Doch der legte sich wieder, und als es das nächste Mal passierte, war ich schon etwas cooler. Es war tiefste Nacht und die meisten Nebenstraßen so gut wie verlassen. Es würde schon schiefgehen und niemand zu Schaden kommen. Das musste ich mir nur immer wieder sagen.

Hayden und ich fuhren Kopf an Kopf, als wir den ersten Kontrollpunkt erreichten, ein Eckcafé, in dem ich immer wieder saß. Weil wir durch meine Heimatstadt fuhren, wusste ich genau, wo sich der zweite Kontrollpunkt – eine kleine chemische Reinigung – befand. Und ich kannte eine Abkürzung, um dort hinzugelangen. Während Hayden geradeaus weiterfuhr, bog ich scharf rechts in einen engen Durchgang ab. Mit einem Auto wäre ich nicht hindurchgekommen, aber mit dem Motorrad ging es problemlos. Ich fegte durch die schmale Gasse und traf direkt vor Hayden wieder auf die Hauptstraße. Ich sah, wie er sich überrascht umblickte, als hätte er gar nicht gemerkt, dass ich nicht mehr hinter ihm war, dann beugte er sich tiefer nach vorn und versuchte, die Geschwindigkeit zu erhöhen.

Ich lachte und schaffte es mühelos, vor ihm zu bleiben, als wir den zweiten Kontrollpunkt passierten. Der dritte Kontrollpunkt war ein mexikanisches Restaurant, das sich, vom Start aus betrachtet, am entgegengesetzten Ende der Stadt befand. Um dorthin zu gelangen, mussten wir ein paar Bahngleise überqueren, doch um diese Uhrzeit sollten keine Züge unterwegs sein. Als wir die Straße erreichten, die parallel zu den Schienen verlief, sah ich, dass ich mit dieser Vermutung falschgelegen hatte. Auf dem Gleis neben uns näherten sich Lichter. Der Zug würde den Bahnübergang vor uns erreichen und uns aufhalten. Ich drosselte das Tempo und überlegte, ob es noch einen anderen Bahnübergang gab. Sofort schoss Hayden an mir vorbei. Unglaublich – er steigerte die Geschwindigkeit, anstatt sie zu verringern. Mensch, wollte er wirklich versuchen, den Zug zu überholen? War er übergeschnappt? Doch wenn es ihm gelang, während ich warten musste, bis der Zug vorbei war, hatte ich keine Chance mehr, Hayden noch einmal einzuholen. Er würde siegen. Und die einzige Chance, die mir noch blieb, um meinem Vater zu helfen, würde sich in Luft auflösen.

Ich verfluchte das Schicksal, das mich so weit gebracht hatte, dann beschleunigte ich meine Maschine bis an ihre Leistungsgrenze. *Tu so, als wäre der Zug gar nicht da. Tu so, als könnte er dich nicht einholen. Tu so, als würde es dich nicht umbringen, wenn das Timing nicht stimmt.* Viel zu schnell näherte ich mich dem Bahnübergang und trotzdem nicht schnell genug. Dann schickte ich ein Stoßgebet gen Himmel und begann, im Kopf rückwärts zu zählen. *Drei … zwei … oh verdammt … und ab geht die Post.*

Hayden und ich überquerten die Gleise so dicht beieinander, dass wir dem Zugführer wie ein einziges langes Motorrad vorgekommen sein müssen. Das Signalhorn des Zuges brüllte uns an, und die Erschütterungen, die von dem stählernen Ungeheuer ausgingen, setzten sich bis in mein Motorrad fort und ratterten in meinem Brustkorb – aber er erwischte uns nicht. Gott sei Dank.

Ich wollte mir eine Sekunde Zeit lassen, um den Umstand zu würdigen, dass wir nicht platt gefahren worden waren, aber Hayden heizte unbeirrt auf den nächsten Kontrollpunkt zu. Mein Gott, kein Wunder, dass er ungeschlagen war. Er war unerschrocken. Und rücksichtslos.

Bei dem mexikanischen Restaurant wendeten wir und machten uns auf den Rückweg zum Startpunkt. Hayden war immer noch vor mir und stachelte mich an. Ich war ihm jedoch dicht auf den Fersen und noch lange nicht bereit, mich geschlagen zu geben. Ich ließ es darauf ankommen und wählte eine andere Straße, von der ich annahm, dass sie mich etwas schneller ans Ziel führen würde. Es war seltsam, Hayden nicht mehr direkt vor mir zu haben. Wenn ich mir jedoch vorstellte, sein helles Rücklicht vor mir zu sehen, dann spürte ich die elektrisierende Energie, die ich daraus zog, ihm hinterherzujagen.

Straße um Straße, Kreuzung für Kreuzung raste ich weiter, um vor ihm die Ziellinie zu erreichen. Aber an jeder Ecke machte ich mir Sorgen, dass er es irgendwie schon ins Ziel geschafft hatte und seine Freunde gerade dabei waren, mein Schicksal zu besiegeln. *Nein. Ich muss es schaffen.*

Dann bog ich um die letzte Biegung und landete schließlich wieder in der Straße, in der wir gestartet waren. Hayden war nirgendwo zu sehen. Mist. Er war schon durchs Ziel. Doch obwohl mich der Mut verließ, blieb ich am Gas. Ich musste zumindest beweisen, dass ich Biss hatte und nicht lockerließ. Das musste doch auch etwas wert sein.

Als meine Räder den Zebrastreifen überquerten, stellte ich fest, dass Haydens Freunde noch da waren. Gut. Hoffentlich hatte ich sie mit meiner Entschlossenheit beeindrucken können. Als ich das Tempo verlangsamte, stellte ich jedoch erstaunt fest, dass sie nicht mich ansahen, sondern mit offenen Mündern etwas direkt hinter mir beobachteten. Aus Angst, dass mir vielleicht ein Polizist gefolgt war – oder schlimmer noch, jemand, den ich kannte –, riss ich den Kopf herum und war so geschockt, als ich Hayden hinter mir entdeckte, dass ich fast gestürzt wäre. *Oh mein Gott! Ich habe ihn geschlagen!*

Ich stieg derart in die Eisen, dass das Hinterrad blockierte, dann riss ich mir den Helm vom Kopf und hielt ihn in die Höhe. Hayden rollte langsam neben mich und nahm ebenfalls den Helm ab. Seine Miene wirkte ebenso verblüfft wie gereizt. Langsam schüttelte er den Kopf. »Unglaublich, dass du mir über die Gleise gefolgt bist.«

»Ich folge dir überallhin«, gurrte ich. Ich wusste zwar nicht genau, was ich damit eigentlich sagen wollte, aber das war mir in diesem Moment egal. Wären wir allein gewesen, hätte ich seinen Mund an meinen gezogen und ihn angefleht, mich noch einmal zu nehmen … doch wir waren nicht allein.

»Heiliger Strohsack, wow! Sie hat dich besiegt! Sie hat den Unbesiegbaren besiegt. Sie hat es Hayden gezeigt. Unfassbar!« Während Aufreißer auf uns zulief, fingen Haydens Blicke Feuer, als wüsste er genau, was mir gerade durch den Kopf ging.

»Ja … sie hat mich gekriegt«, murmelte er. Doch als ich

den Gesichtsausdruck sah, mit dem er das sagte, war ich mir ziemlich sicher, dass er nicht mehr vom Rennen sprach. Ich wünschte mir, er würde sich vorbeugen und an meiner Lippe saugen. Dann müssten diese himmlischen Lippen meinen Hals hinunterwandern zu den Brüsten … Verdammt, schon die Vorstellung, ihn wieder in meinem Bett zu haben, machte mich vor Lust ganz kribbelig. Als wäre er die verbotene Frucht. Ich wusste, dass wir nicht dort landen durften, aber ich wusste auch, wie gut es tat, mit ihm zusammen zu sein, und konnte an nichts anderes mehr denken. Hatte er dasselbe Problem? Oder war er noch sauer?

Zum Glück stürmte Aufreißer zwischen uns und brach den Bann. Mit der Hand auf meiner Schulter rief er aufgeregt: »Wer Hayden schlägt, hat automatisch die freie Auswahl, wo er antreten will. Das nächste Rennen ist am Donnerstag. Ich rufe Hayden an und sage ihm, wo und wann es stattfindet.« Listig fügte er hinzu: »Ich gehe mal davon aus, dass du bei ihm bist.« Noch bevor ich etwas erwidern konnte, richtete er den Blick auf Hayden. »Du glücklicher Mistkerl. Das ist ja, als könntest du Felicia gleich zweifach poppen, Alter. Aber pass bloß auf, dass die nicht auch noch ausrastet und sich verpisst. Diese blöde Gans. Izzy ist immer noch sauer darüber, wie Felicia sie und Antonia im Stich gelassen hat.«

Während Aufreißers Gerede zogen unzählige Emotionen durch Haydens Gesicht. Er wirkte gereizt, wütend, dann traurig. »Ja, na ja … Kenzie und ich sind nicht … *so* zusammen. Es geht nur … *ums Rennen.*« Er spuckte die Worte fast aus, und ich spürte sofort, wie in mir Wut aufwallte.

Okay, er war sauer. Gut, das konnte ich nachvollziehen. Mich machte die Situation auch oft wütend, aber daran konnten wir nichts ändern. Wenn wir unsere Wut gegeneinander richteten, machte es das auch nicht besser.

Ich setzte eine entspannte Miene auf und hielt es für das

Beste, die Dinge zu vereinfachen, indem ich ihm beipflichtete. »Genau … es geht nur ums Rennen.«

Aufreißer schien verwirrt, als verstünde er nicht, warum zwei Menschen, die sich so ähnlich waren, nicht miteinander »poppten«. »Okay.« Er klopfte Hayden auf die Schulter, und mir kam es so vor, als wolle er ihn trösten. Dann zog er ab und sprang zu Grunz ins Auto. Sekunden später waren die beiden verschwunden.

Ich blickte betreten zu Hayden und überlegte, was ich jetzt sagen sollte. Das Einzige, was mir einfiel, war: »Danke, dass du das getan hast. Ich weiß, dass du das nicht wolltest, und es bedeutet mir viel, dass du es trotzdem getan hast.«

Dann wandte ich mich ab, blickte aber noch einmal zurück, als ich Hayden leise sagen hörte: »Ich habe es dir doch versprochen … und ich halte mein Wort.« In seiner Stimme schwang so viel Wehmut mit, dass ich sofort das Gefühl hatte, auf meiner Brust laste ein Zentnergewicht.

Gott, es wäre so leicht, alles zu vergessen, was zwischen uns stand, und ihn zu mir nach Hause einzuladen. Aber das würde alles nur noch schwerer machen. Vielleicht konnte ich einen geheimen Trainingspartner, illegale Straßenrennen und unter Umständen sogar eine Zeit lang einen geheimen Liebhaber vor meinem Vater verheimlichen – aber wollte ich ein Leben voller Geheimnisse führen? Hayden war für alle Zeit mit Benneti verknüpft, und das bedeutete, dass es *niemals* eine Verbindung zwischen uns beiden geben konnte.

»Gute Nacht, Hayden«, flüsterte ich und stellte überrascht fest, dass mir Tränen in den Augen brannten. Es dürfte doch noch nicht wehtun, aber es war schon zu spät. Offenbar war ein einziges Mal schon zu viel gewesen.

17. Kapitel

Den ganzen Donnerstag war mir übel, und als endlich die Sonne unterging, musste ich mich tatsächlich übergeben. Obwohl ich schon mit Hayden quer durch die Stadt gerast war, konnte ich noch immer nicht glauben, worauf ich mich da eingelassen hatte. Um mein geliebtes Team zu retten, riskierte ich alles. Hoffentlich lohnte sich das Risiko.

Eine ganz andere Nervosität überkam mich, als ich den Austragungsort des Rennens erreichte und neben Haydens Motorrad hielt. Es hatte sich so schnell so viel zwischen uns verändert, dass ich zutiefst verwirrt war. Wie stand es zwischen uns? Ich wusste nicht, was ich von unserer Beziehung halten sollte, außer, dass sie unvernünftig war.

Als Hayden mich sah, hob er die Hand zum Gruß. In seiner Lederjacke sah er zum Anbeißen aus. Er hatte ein weißes T-Shirt an, das er teilweise hinter einen breiten schwarzen Gürtel gesteckt hatte. Die große runde Gürtelschnalle aus Metall schien direkt meine allmählich erwachende sexuelle Lust anzusprechen. *Öffne mich, löse mich … zieh mich heraus.* Ich schaltete mein Motorrad aus und atmete einmal tief durch, bevor ich den Helm abnahm. *Kollegen, wir sind nur Kollegen.*

Ich legte den Helm auf den Lenker, sprang von der Maschine und ging zu Hayden, der sich gerade mit Aufreißer und Grunz unterhielt. Aufreißer grinste bis über beide Ohren, als er mich bemerkte. »Oh gut. Felicia zwei ist da.«

Hayden schlug ihm sofort vor die Brust. »Zum letzten Mal. So heißt sie nicht.«

Aufreißer rieb sich die Brust und machte ein Gesicht, als hätte ihm Hayden eine Rippe gebrochen. »Na schön, Kenzie ... Kenmeister ... Killer Ken ... Kenikaze.«

Das ärgerte mich zwar, aber dumme Spitznamen wie Kenikaze waren immer noch besser, als Felicia zwei genannt zu werden. Oder Süße. »Wie ist der Plan?«, fragte ich und hoffte, nicht ganz so unbedarft zu klingen, wie ich mich fühlte.

Mit einem traurigen Lächeln wandte sich Hayden zu mir um. Er schien nicht mehr sauer zu sein, wobei mir das eigentlich lieber gewesen wäre. »Um weniger Aufmerksamkeit zu erregen, treten die Leute einzeln gegeneinander an. Du bist heute Nacht für das erste Rennen eingetragen, gegen ...« Er suchte in der Menge, dann zeigte er auf die andere Straßenseite. »Gegen den Typen da drüben mit dem grünen Irokesenschnitt. Er ist ein alter Hase, so wie ich, also sieh dich vor.« Als er den Blick wieder auf meine Augen richtete, wirkte er zutiefst besorgt.

Ich setzte ein unbekümmertes Grinsen auf und bemühte mich, so zu tun, als sei das alles Routine für mich. »Ich habe *dich* geschlagen. Was soll mir der da schon anhaben können?«

Haydens verzog die Lippen zu einem sinnlichen Lächeln, das meine Atmung massiv beschleunigte. »Stimmt«, murmelte er. Ich biss mir auf die Lippe, wandte den Blick ab und nahm meinen Gegner unter die Lupe. Es würde mir deutlich leichterfallen, Hayden zu ignorieren, wenn ich ihn nicht so verdammt attraktiv finden würde.

Der Typ mit dem grünen Irokesen stand bei seiner Truppe, nahm Wetten entgegen und heizte auf seiner Straßenseite die Menge an. Ich war etwas schockiert, wie viele Menschen diese Veranstaltung anzog. Seltsam, dass ich erst wusste, dass es so etwas nicht nur in Filmen gab, seit Nikki mich mit dieser Szene konfrontiert hatte. Und jetzt gehörte ich nicht nur dazu, sondern war auch noch drauf und dran, mir meine ersten Sporen zu verdienen.

Aufreißer erklärte mir den Ablauf und wo sich die Kontrollpunkte befanden. Das Rennen wurde circa dreißig Fahrminuten östlich von Oceanside ausgetragen, und ich kannte die Straßen hier nicht so gut wie die zu Hause. Die Austragungsorte wechselten ständig, deshalb konnte ich nicht jedes Mal mit einem Heimvorteil rechnen.

Sobald Aufreißer sicher war, dass ich wusste, wohin ich zu fahren hatte, erklärte er: »Wenn du den Kerl schlägst, gehören dir fünfundzwanzig Prozent vom Pott.«

Ich stutzte. »Fünfundzwanzig? Und was passiert mit den anderen fünfundsiebzig?«

Aufreißers Gesichtsausdruck war jetzt ebenso unzufrieden wie meiner. »Die Organisatoren bekommen fünfzehn Prozent, den Rest kassiere ich. Die Rennteilnahme ist nicht umsonst, Süße. Wenn du verlierst, kostet mich das zehn Riesen.«

Vor lauter Überraschung sah ich sogar ausnahmsweise darüber hinweg, dass er mich gerade mit einem gehassten Kosenamen belegt hatte. »Zehntausend *Dollar*? Für die Teilnahme an einem *einzigen* Rennen?« Wow.

Aufreißer nickte. »Ja, zehntausend Dollar. Was glaubst du denn, warum ich dich gegen Hayden getestet habe? Ich musste sichergehen, dass du ein lohnendes Investment bist.« Er hob die Hände und zuckte die Achseln. »Aber wenn du keine Lust hast, mit mir zu teilen, steht es dir frei, die Startgebühren selbst zu zahlen. Vorausgesetzt, einer der Organisatoren hat überhaupt Lust darauf, mit dir zu reden – was kaum zu erwarten ist. Die, bei denen alles zusammenläuft, lassen sich hier nicht einmal blicken. Man muss die Leute kennen. Und das ist meine Rolle. Schließlich heiße ich nicht umsonst Aufreißer.«

Seine Erläuterung machte jeden weiteren Kommentar überflüssig. Sicher, Aufreißers Anteil war wahnwitzig hoch, doch ich verfügte weder über seine Mittel noch über seine Verbindungen. Und falls ich siegte, war es kein schlechter Anfang, um meinem Vater zu helfen. Außerdem war ich davon überzeugt, dass Aufreißer mit einem Teil seines Gewinns Izzy half, also war das Geld nicht völlig in den Wind geschossen.

»Alles in Ordnung«, erwiderte ich rasch.

Er nickte, als hätte er nichts anderes erwartet. »Du bekommst auch einen kleinen Teil von den Wetteinnahmen, die Grunz und ich für dich organisieren. Wenn du auf dich selbst wetten willst, kann ich dir gern was vorstrecken.«

Das Angebot lehnte ich dankend ab. Ich stand auch so schon reichlich unter Erfolgsdruck, ich musste nicht noch riskieren, mich zu verschulden.

Nervöse Energie pulsierte durch meine Venen, als ich sah, wie Aufreißer Wetten anzunehmen begann. Grunz schnallte eine Kamera auf meinen Helm, währenddessen tigerte ich unruhig auf und ab. Mist. Nun ging es also wirklich los, und das musste es auch. Ich musste unbedingt gewinnen. Hayden unterbrach mein rastloses Umherlaufen, indem er mir eine Hand auf die Schulter legte. Er beugte sich leicht zu mir hinunter und sah mir in die Augen. »Ich weiß, das ist alles anders, als du es kennst, und du drehst fast durch, weil du unbedingt gewinnen willst. Aber du schaffst das. Entspann dich und vertrau auf dich selbst.«

»Wenn du doch endlich damit aufhören würdest«, erwiderte ich.

»Womit?«, fragte er lächelnd.

»Ungefragt meine Gedanken zu lesen«, gab ich nachdenklich zurück. »Das ist nicht fair – ich kann schließlich nicht in deinen Kopf sehen.«

Er lächelte traurig und wandte den Blick ab. »Da wäre ich mir nicht so sicher …« Dann sah er mir wieder in die Augen und zog die vernarbte Braue hoch. »Aber diesmal habe ich nicht heimlich deine Gedanken gelesen. Deine Nervosität ist nicht zu übersehen. Und das musst du ändern, weil niemand auf dich setzt, wenn du so aussiehst, als würdest du dir gleich in die Hosen machen.«

Ich holte tief Luft und schüttelte den Kopf. »Die Wetten sind mir egal … Mir geht es um die Siegprämie. Ich brauche das Geld.«

Haydens Miene wurde weicher, und er flüsterte: »Ich weiß. Aber je mehr Leute auf dich wetten, desto mehr Rennen lässt dich Aufreißer später fahren. Wenn du am Ball bleiben willst, musst du ihn bei Laune halten. In gewisser Weise ist es so, als würdest du ein nettes Lächeln für die Sponsoren aufsetzen und vor der Kamera eine gute Figur machen. Ob legal oder illegal – das Spielchen ist überall das Gleiche.«

Das beruhigte mich nicht im Geringsten, denn in beidem war ich eine Null. »Super. Gut zu wissen.«

Betreten sah Hayden mich an. »Ich bin dir keine große Hilfe, was? Hm, ich habe eine Idee. Aber nicht schlagen …«

»Warum sollte …«

Noch bevor ich die Frage zu Ende stellen konnte, lagen Haydens Lippen auf meinen. Zuerst war ich zu überrascht, um zu reagieren, dann durchströmte mich überwältigende Lust und vertrieb meine Angst, und ich erwiderte den Kuss voller Begierde. Ich legte meine Hand auf seine Brust, klammerte mich an sein T-Shirt und versuchte leidenschaftlich, ihn näher an mich heranzuziehen. Er ließ die Hände an meinem Rücken hinuntergleiten und umfing mich mit seinem Geruch, seinem Körper und seiner puren Männlichkeit. Die Welt um mich löste sich auf, und alles, was ich wahrnahm, waren Hayden, mich selbst, Lust, Verlangen und eine unfassbare Energie, die ich nicht näher beschreiben konnte.

Seine Zunge glitt um meine, und ich stöhnte vor Verlangen. *Ja, mehr.* Und dann plötzlich … war er fort. Es war, als hingen schwere Gewichte an meinen Lidern, und ich schlug mühsam die Augen auf. Als ich schließlich wieder klar sehen konnte, starrte mich Hayden wachsam an, wie eine Maus, die sich an einer schlafenden Katze vorüberschleichen wollte. Erst jetzt begriff ich, was er gerade getan hatte, und boxte ihn aus einem Impuls heraus gegen den Arm.

Er rieb sich über die Stelle und wich empört zurück. »Hey, ich habe doch gesagt, du sollst mich nicht schlagen.«

»Und ich habe nicht gesagt, dass ich mich daran halte. Du hast kein Recht, mich zu …«

Er hob beide Hände und schnitt mir das Wort ab. »Bist du noch nervös?«

Mit der Erinnerung an seine Lippen auf meinen … nein. Nervös war ich definitiv nicht mehr. Dafür aber etwas ganz anderes. »Das gibt dir trotzdem nicht das Recht, so etwas zu machen.« Ich bemühte mich, ihn böse anzusehen, aber das gelang mir nicht allzu überzeugend, wie mir sein Grinsen verriet.

»Ich weiß«, murmelte er. »Deshalb hat es ja so viel Spaß gemacht.«

Als ich merkte, dass er schon wieder zum Flirten aufgelegt war, wurde mir leicht ums Herz. Vielleicht konnten wir doch zu dem zurückfinden, was wir hatten, bevor wir miteinander ins Bett gegangen waren. Wobei ich mich so sehr danach sehnte, seine Lippen wieder auf meine zu ziehen, dass ich daran Zweifel hegte. Bevor ich dazu kam, funkte uns zum Glück Aufreißer mit der Nachricht dazwischen, dass das Rennen begann. »He, ihr Turteltäubchen. Jetzt kann die heiße Braut zeigen, was sie draufhat.«

»Wir sind keine Turteltäubchen«, korrigierte ich ihn.

Er grinste mich spöttisch an. »Schon klar …« Dann drehte er sich zu Grunz um und fragte: »Hey, Alter, sag mal, macht man vor dem Rennen jetzt auch Gebisskontrolle?«

Grunz schnaubte amüsiert, und ich entriss ihm meinen Helm. »Zeig mir einfach, wohin ich muss.« Ich brauchte Speed. Sofort.

Aufreißer lachte und deutete auf den Fußgängerüberweg, der als Startlinie diente. Mein Kontrahent wartete schon dort. Als ich mich neben ihm in Stellung gebracht hatte, rief jemand, der in der Menge an der Startlinie stand: »Beim nächsten Grün geht's los.«

Mein Herz pochte in gewohnter Erwartung, während eine leise Stimme in meinem Hinterkopf schrie: *Das ist verrückt! Das kannst du nicht machen!* Nein, das war nicht verrückt. Es war die Chance, ein paar Tausend Dollar zu verdienen, und die konnte ich mir nicht entgehen lassen … Das durfte ich einfach nicht.

Die Ampel wechselte die Farbe, und als ich nur noch Grün sah, gab ich Vollgas. Der Iro-Typ kam schneller weg, aber ich war ihm dicht auf den Fersen. Weil ich die Stadt nicht besonders gut kannte, hielt ich mich an Aufreißers Routenvorschlag. Ich war etwas beunruhigt, als der Iro-Typ nach links ausscherte, während ich weiter geradeaus fuhr. Doch Hayden hatte mir erzählt, dass die Entscheidung, den Kurs zu verlassen, manchmal nur strategische Gründe hatte und nicht unbedingt auf eine Abkürzung schließen ließ. Er selbst tat es hin und wieder, auch wenn sich kein unmittelbarer Vorteil daraus ergab, weil es den anderen Fahrer irritierte und Zweifel in ihm weckte. Und in einem knappen Rennen konnte ein einziger Zweifel entscheidend sein. Ich hielt mich auf Gedeih und Verderb an das, was ich wusste, und als der Irokese wiederauftauchte, befand er sich hinter mir. Dort blieb er auch bei den nächsten drei Kontrollpunkten. An jedem stand jemand mit einer Taschenlampe, mit der er zum Zeichen, dass man uns gesehen hatte, dreimal blinkte. Am letzten Kontrollpunkt, einem Espressostand neben einer Tankstelle, legten wir eine Hundertachtzig-Grad-Wende hin und machten uns auf den Rückweg zum letzten Kontrollpunkt – der Startlinie. Der Irokese bekam einen Anfall von Wagemut oder einen Adrenalinschub, jedenfalls zog er direkt neben mich und ließ mir weniger als zwei Zentimeter Vorsprung.

Hayden hatte mir erzählt, dass die Regeln bei diesen Rennen ziemlich locker waren. Eigentlich gab es nur zwei: keinen Frühstart machen und keinen Kontrollpunkt auslassen. Dem Kontrahenten etwas zu sehr auf die Pelle zu rücken, war hier kein Problem. Nur unglaublich gefährlich. Als die letzte Gerade vor uns auftauchte, ließ ich mein Motorrad sehr nah an das des Irokesen herankommen. Er war so auf den Endspurt konzentriert, dass er mir nicht auswich. Wir waren jetzt so dicht beieinander, dass ich mich hätte hinüberbeugen und ihn treten können. Stattdessen gab ich ihm einen kleinen Kuss. Mit meinem Motorrad.

Der Stoß war nicht ohne, aber ich war darauf vorbereitet. Der Iro-Typ nicht. Er wurde minimal langsamer, als seine Maschine den Stoß auffing und ins Trudeln geriet. Und in dem Moment ging ich vor ihm in Führung. Ja! Jetzt brauchte ich meine Position nur noch zu behaupten. Zehn Sekunden lang … acht … sechs … drei … eins. Als ich vor ihm die Ziellinie überquerte, kam es mir vor, als sei ein Wunder geschehen. *Ich habe gewonnen! Heiliger Strohsack!*

Als ich mein Motorrad stoppte, umringte mich sofort eine Menschenmenge. Haydens Gesicht war das Erste, was ich sah, als ich mir den Helm vom Kopf riss. Er wirkte ebenso aufgebracht wie begeistert. Ich warf Grunz meinen Helm zu, dann sprang ich vom Motorrad und Hayden in die Arme. »Ich hab's geschafft«, kreischte ich und drückte ihn fest. Erst als er die Arme um mich legte, wurde mir bewusst, dass ich ihn umarmt hatte. Aber ich war im Siegesrausch, und es fühlte sich einfach zu toll an, um mich gleich wieder von ihm zu trennen.

Zu meiner Überraschung stieß Hayden mich jedoch zurück. Er packte meine Arme und wetterte: »Du hast diesen Kerl geschubst? Bist du irre? Du hättest einen Unfall bauen können. Hier gibt es keine Sicherheitswände, Kenzie.«

In jenem Moment war es mir nicht so vorgekommen, als hätte ich ein großes Risiko in Kauf genommen, jedenfalls nicht so groß wie das Risiko, alle zu enttäuschen. Als ich nun langsam aus meinen Rausch erwachte, begriff ich jedoch, wie dumm die Aktion gewesen war. »Unbesiegbar, schon vergessen? Darum geht es. Und ich *war* vorsichtig … ich schwöre.«

Hayden schüttelte den Kopf und legte wieder die Arme um mich. »Ich habe ein Monster erschaffen«, murmelte er.

»Aber hallo! Und ob du das hast«, rief Aufreißer, als er zu uns trat. »Das muss gefeiert werden. Ich lade euch ein. Na ja, nicht wirklich, ihr Pfeifen müsst für euren Mist natürlich selbst bezahlen, aber ihr wisst, was ich meine. Wir trinken!«

Hayden und ich lösten uns voneinander, und Aufreißer fasste meine Schultern: »Wahnsinn. Das war fantastisch. Ich könnte mich in den Arsch treten, dass ich nicht früher von dir gehört habe. Verdammt. Okay, hier. Dein Anteil am Pott sind fünf Riesen, für die Wetteinnahmen kommt noch einer dazu. Nicht schlecht für eine Anfängerin.« Er langte in seine Tasche und reichte mir ein dickes Bündel Hunderter. In meinem ganzen Leben hatte ich noch nie so viel Bargeld auf einmal in der Hand gehalten. Es war ein aufregendes Gefühl und auch ein bisschen surreal. Sechstausend Dollar, gleich bar auf die Hand, und ich brauchte nichts anderes dafür zu tun, als das, was ich sowieso jeden Tag machte. Ich war derart erleichtert und froh, als würde ich schweben. Es funktionierte also wirklich. Ich konnte meinem Vater helfen und den Familienbetrieb retten. Jetzt würde alles gut werden.

Das folgende Rennen sah ich bereits mit dem kritischen Blick eines Rennteilnehmers und kritisierte Routen, Geschwindigkeiten und Kurvenlagen. Es regte mich nicht einmal mehr auf, dass die Fahrer im Straßenverkehr zwischen anderen Fahrzeugen ein- und ausscherten und mit Karacho rote Ampeln überfuhren, als würden die gar nichts bedeuten. Ich weiß nicht, wie das passiert war, doch irgendwann hatte ich angefangen, die ganze Welt als einen einzigen großen Rennparcours zu betrachten.

Hayden sollte erst beim letzten Rennen des Tages antreten. Unmittelbar vor dem Start bemerkte ich eine Handvoll Leute, die dem Renngeschehen keinerlei Aufmerksamkeit schenkten. Stattdessen behielten sie die Nebenstraßen im Blick und meldeten ab und zu etwas in ihre Walkie-Talkies. Lageberichte, wie es schien, denn höchstwahrscheinlich sperrten sie Augen und Ohren auf und hielten nach Polizeistreifen Ausschau. Es war eine unangenehme Erinnerung daran, was das eigentliche Risiko beim Straßenrennen war. Das galt für Hayden und mich wahrscheinlich noch mehr als für alle anderen hier. Trotzdem brachte ich es nicht über mich, vorzeitig aufzubrechen. Ich musste sehen, wie Hayden abschnitt.

Bei den Wetten ging es noch hoch her, als die Fahrer bereits ihre Positionen einnahmen, und ich überlegte kurz, ob ich meine sechstausend nehmen und alles auf Hayden setzen sollte. Aber dieses Risiko durfte ich nicht eingehen, nicht einmal bei Hayden, dessen Sieg so gut wie sicher war.

Die Ampel sprang auf Grün, und die beiden beschleunigten mit aufheulenden Motoren. Ich lief sofort zum Van, um mir die Bilder von den Helmkameras anzusehen. Haydens Gegner war gut und schaffte es, die Führung zu übernehmen. Hayden schloss rasch zu ihm auf, fiel wieder zurück und schloss dann erneut auf. Fast hätte ich mir auf den Fingernägeln herumgekaut, als ich zusah, wie sie bei Hochgeschwindigkeit um die Führung kämpften. Es würde ein hartes Rennen werden, so viel stand bereits fest.

Aufreißer und Grunz waren an meiner Seite und feuerten

Hayden mit lautem, vulgärem Gebrüll an, als ob er sie hören könnte. »Komm schon Hayes, Daddy braucht neue Schuhe, eine goldene Uhr und einen fetten Cadillac.« Aufreißer schlug Grunz auf die Schulter und kicherte.

Seine materialistischen Kommentare gingen mir reichlich auf die Nerven. Hayden war da draußen und setzte seine Karriere aufs Spiel, um einer Freundin zu helfen. Um Aufreißers *Schwester* zu unterstützen. Ich riss mich vom Anblick Haydens los und sah zu Aufreißer. »Ach, Hayden hat mir von deiner Schwester und deiner Nichte erzählt. Unterstützt du die beiden eigentlich auch so wie er?«

Meine Frage war Aufreißer offenbar lästig. »*Niemand* unterstützt Iz so wie Hayden. Als würde er sich einbilden, er wäre der Vater von der Kleinen oder so.« Er rollte mit den Augen, schaltete dann aber schnell um. »Versteh mich nicht falsch. Ab und zu kriegt sie auch ein Stück vom Kuchen, wenn was übrig bleibt, aber sie hat sich schließlich ein Kind andrehen lassen. Das ist echt nicht *mein* Problem.«

Seine herzlose Art ging mir gegen den Strich. »Sie ist deine Schwester.«

Er zuckte mit den Schultern. »Ja und deshalb greife ich ihr ja auch ab und zu unter die Arme. Aber irgendwann muss das Mädchen lernen, auf eigenen Füßen zu stehen. Gib einem Mann einen Fisch und du nährst ihn einen Tag, lehre einen Mann zu fischen und so weiter.«

So war das also. Am liebsten hätte ich ihm gesagt, wo er sich seine Fisch-Parabel hinstecken konnte. Ich hatte Izzy noch nicht kennengelernt, aber sie schien eine gute Frau zu sein, die mit einer furchtbar schwierigen Situation zurechtkommen musste. Sie hatte es nicht darauf angelegt, von Almosen zu leben. Ihre Tochter war krank, sie kämpfte um ihr Leben, und das Einzige, was Aufreißer interessierte, war Geld zu verdienen. Ich wollte gerade den Mund öffnen und ihm meine Meinung sagen, aber da passierte etwas auf dem Monitor und lenkte mich ab. Die Leute murrten und rissen empört die Arme hoch. Ich brauchte einen Moment, bis ich begriff, was vor sich ging. Haydens Kamera zeigte weiterhin die Straßen, über die er raste, aber die Kamera des anderen Fahrers war auf den Motor seines Bikes gerichtet, aus dem Qualm aufstieg.

Ein paar Minuten später schoss Hayden über die Ziellinie. Wie gern hätte ich gejubelt, aber das Einzige, woran ich denken konnte, waren die Gerüchte, die über Hayden kursierten – auf der Straße unschlagbar, wie ich gerade wieder gesehen hatte. Er war entweder der größte Glückspilz der Stadt, oder es gab einen Fluch, der jeden traf, der gegen ihn fuhr. Ein beängstigender Gedanke. Aber ich war bereits gegen ihn angetreten und hatte gesiegt, also handelte es sich vielleicht doch nur um eine Kombination aus Glück und dummen Zufällen.

Aufreißer und Grunz beglückwünschten Hayden, also ging ich zu ihm und gratulierte ihm auch. Er hatte den Helm abgenommen und grinste wie ein Honigkuchenpferd. Aufreißer tätschelte ihm unentwegt die Schulter. »Zwölf Riesen, Mann! Nur dein Anteil. Ich habe dir doch gesagt, wenn die Leute wissen, dass du fährst, schießen die Einsätze in den Himmel. Jeder will meinen Jungen schlagen, aber niemand schafft es. Jetzt lass uns etwas trinken. Wir treffen uns im Haven.«

Hayden nahm sein Geld von Aufreißer, dann wandte er sich an mich. »Hast du Lust?«

Ich biss mir auf die Lippe und nickte. Ich hatte etwas riskiert, meine Risikobereitschaft war belohnt worden, und jetzt vibrierte ich vor überschüssiger Energie. »Ja, klingt gut.« Richtig gut.

Die Menge löste sich auf, die Fahrer verschwanden so schnell, als wären sie nie hier gewesen. Grinsend sprang ich auf meine Maschine und fuhr einfach los … egal, wohin. Hayden folgte mir, und ich ließ es mir nicht nehmen, ihn zu provozieren. Ich schob mich kurz ein Stück aus dem Sitz hoch, klatschte mir auf den Hintern und legte dann einen Zahn zu. *Fang mich doch, Hayden.*

Er schluckte den Köder sofort, und im Handumdrehen lieferten wir uns ein Kopf-an-Kopf-Rennen. Hayden scherte nach links aus, und ich folgte ihm. Dann wich ich nach rechts aus, und er folgte mir. Auf diese Weise mit ihm zu fahren, war das ultimative Vorspiel. Jede Biegung war wie eine Liebkosung, jede Beschleunigung wie ein festes Zupacken. Kühl strich der Fahrwind über meine bloßen Hände und gleich darauf Haydens Finger in meine Jackenärmel und meine Arme hinauf. Ich hörte mich laut in meinem Helm atmen, die Leidenschaft packte mich immer mehr. Ich war so berauscht, dass ich mir keinen schöneren Höhepunkt des Abends vorstellen konnte, als nackt in Haydens Armen zu liegen. Wenn ich jetzt den Weg zu mir nach Hause einschlug, würde er mir dann folgen?

Doch bevor ich die Gelegenheit dazu bekam, bog Hayden vor mir ab und steuerte ein verlassenes Lagerhaus an, vor dem jede Menge Motorräder parkten.

Ich erkannte ein paar wieder, die am Rennen teilgenommen hatten. Aufreißers Wagen stand ebenfalls dort. Aus dem Innern des Gebäudes dröhnte Musik, ich konnte den stampfenden Beat bis in meine Sitzbank spüren. Hayden nahm den Helm ab und kam zu mir herüber. »Das hier ist vielleicht nicht ganz, was du gewohnt bist«, sagte er und hielt mir die Hand hin.

Der Vorwand, ihn anzufassen, kam mir sehr gelegen, und ich verschränkte meine Finger mit seinen, nachdem ich den Helm über den Lenker gehängt hatte. »Ich habe das Gefühl, ich gewöhne mich gerade an eine Menge neuer Dinge.«

Hayden setzte ein schiefes Grinsen auf. »Das ist mir auch schon aufgefallen.« Seine Stimme war so leise und verführerisch, dass sich die kleinen Härchen in meinem Nacken aufrichteten. Mit einem Lächeln, das gereicht hätte, um den ganzen Laden auszuleuchten, zog er mich in Richtung Tür. Der Rest der Welt verblasste, und ich sah nur noch seine lächelnden Lippen. Bis wir die Lagerhalle betraten.

Drei, vier funzelige Baustellenlampen erhellten einzelne Bereiche des Raumes und dort, wo Dunkelheit vorherrschte, wurde allen erdenklichen Lastern gefrönt: Drogen, Alkohol, Zigaretten, Sex. Ich wusste nicht, wie alt Hayden gewesen war, als er diese Welt kennengelernt hatte, ganz sicher jedoch zu jung für derartige Exzesse.

In einer Ecke des Raumes wurden sieben oder acht Kühler notdürftig von einer Lampe beleuchtet, und Barfrauen versorgten die durstige Meute eifrig mit Getränken. Auf der anderen Seite standen ein paar Tische, an denen gepokert wurde, und im Zentrum der gegenüberliegenden Wand befanden sich gewaltige Lautsprecher, die den zwerchfellerschütternden Sound herauspumpten.

Aufreißer und Grunz standen an der Bar und ließen sich gerade Drinks von einer Frau servieren, die obenherum nur mit einem BH bekleidet war. Hayden steuerte mit mir in ihre Richtung. Aufreißer nickte uns zur Begrüßung zu und ließ das Mädchen noch zwei der geheimnisvollen Drinks mixen, für die sechs verschiedene Spirituosen in einen Plastikbecher gefüllt und lediglich mit einem Schuss Cola verlängert wurden. Die Drinks waren noch in Arbeit, da warf Aufreißer Hayden einen prüfenden Blick zu. »Ihr habt ganz schön lange gebraucht. Ich dachte, ihr beide seid von der schnellen Truppe?«

Hayden verdrehte die Augen, als er der Barfrau das Geld für die Drinks reichte. »Für manche Dinge sollte man sich Zeit lassen und sie ausgiebig genießen«, sagte er und sah mir tief in die Augen. Wärme durchströmte meinen Körper. Oh ja, ganz sicher.

Wir nippten an unseren Drinks und plauderten mit Aufreißer, Grunz und ein paar von den anderen Fahrern. Als unsere Plastikbecher leer waren, warf Hayden sie in einen Mülleimer und reichte mir erneut die Hand. »Tanzt du mit mir?«

Eine Handvoll Leute tanzte, doch eine richtige Clubatmosphäre herrschte nicht. Und das Tanzen – wenn man es denn so nennen wollte – bestand eher aus rhythmischem Herummachen. Aber der Drink tat seine Wirkung, das aufregende Rennen steckte mir noch in den Knochen, und die Aussicht darauf, Haydens Hände auf mir zu spüren, tat ein Übriges. »Okay«, murmelte ich und ließ mich von ihm mitziehen.

Er führte mich in einen entlegeneren Bereich des Raums, in den das Licht der schwachen Lampen kaum reichte. Die Dunkelheit war fast mit Händen zu greifen; sie strich über meine Haut und weckte meine Sinne. Hayden legte die Arme um mich und zog mich näher. Als unsere Körper sich berührten, öffnete sich etwas in mir. Die Mauern, die ich um mich errichtet hatte, bekamen einen kleinen Riss, durch den Hayden zu meiner Seele durchdrang, obwohl ich genau wusste, dass ich ihn hätte wegstoßen sollen.

Hayden strich mit einer Hand meinen Rücken hinauf, während die andere quälend nah an meinem Gesäß verharrte. Ich schlang die Arme um seinen Hals, presste mich noch fester an ihn und warf ihm einen lüsternen Blick zu, der hoffentlich ausdrückte, was mir durch den Kopf ging. *Nimm mich noch einmal. Hier und jetzt. Vielleicht ist es noch nicht zu spät …*

Hayden lächelte, und wir fingen an, uns langsam zu bewegen. Der einzige Rhythmus, an den wir uns hielten, war unser eigener, und dagegen hatte ich wahrlich nichts einzuwenden. »Mann, du hast dich heute Nacht da draußen fantastisch geschlagen. Es stimmt schon, dass ich gesagt habe, du sollst es nicht tun – ich will es immer noch nicht –, aber ich hatte es im Gefühl, dass du gut darin bist. Und ich habe mich nicht getäuscht«, sagte er mit einem selbstgefälligen Grinsen. »Du hast Biss, keine Angst … und du bist gerissen. Und so schön. Du bist eine gefährliche Mischung, Kenzie, du kannst jeden Mann in die Knie zwingen.« Seine Miene wurde dermaßen ernst, drückte so viel Bewunderung aus, dass mir der Atem stockte und das Herz bis zum Hals schlug.

»Hör auf damit«, flüsterte ich. Mit so etwas sollten wir gar nicht erst anfangen. Das durfte einfach nicht sein. Es war schon kompliziert genug, dass wir uns zueinander hingezogen fühlten.

»Womit soll ich aufhören?«, fragte er amüsiert. »Dir nette Dinge zu sagen?«

»Ja«, erklärte ich. »Denn wenn du so etwas sagst, würde ich dich am liebsten … würde ich gern gewisse Sachen mit dir machen. Und wir dürfen nicht … Wir haben doch gesagt, wir wollen das nicht mehr …« Meine Worte ließen mich unsanft auf dem Boden der Realität landen, und ich versuchte, mich ihm zu entwinden. Es gelang mir jedoch nicht, dazu war seine Umarmung zu fest.

»*Du* hast gesagt, wir wollen das nicht mehr«, sagte er in einem Ton, der sein Verlangen verriet. »*Du* hast gesagt, wir sollten nichts miteinander anfangen, nachdem wir schon längst damit begonnen hatten.«

Die Leidenschaft in seinen Augen war fesselnd, berauschend – doch auch wenn ich am liebsten nachgegeben hätte, musste ich zumindest versuchen, standhaft zu bleiben. Ich tat es für uns beide, damit es uns später nicht noch schwerer fiel. »Und du *weißt*, warum wir nichts miteinander anfangen dürfen. Das hat keine Zukunft, Hayden, wir würden nur einen

Haufen Leute enttäuschen. Du verlierst deinen Job, ich verliere meinen Vater – und für was?«

»Meine Güte, Kenzie, halt die Klappe und entspann dich«, knurrte er. Dann presste er seinen Mund auf meinen. Ich stöhnte, als seine weichen Lippen über meine strichen. Als er sich von mir löste, war ich außer Atem. »Dafür, Kenzie. Dafür gehen wir das Risiko ein …«

Wieder neigte er den Kopf, und ich kam seinen Lippen auf halbem Wege entgegen. Er schmeckte einfach zu gut, fühlte sich zu gut an. Nachdem ich ein Mal davon gekostet hatte, konnte ich der Versuchung nicht widerstehen. »Ja«, flüsterte ich an seinem Mund. *Herrgott, ja.*

Ich spürte, dass wir uns bewegten, doch wohin, war mir egal. Hayden küsste mich voller Leidenschaft, liebkoste mich mit seiner Zunge und packte endlich entschlossen meinen Hintern. Ich befand mich in einem euphorischen Glückstaumel, in dem kein Platz für Vernunft war.

Als ich spürte, wie mein Rücken gegen eine Wand stieß, stöhnte ich auf. Irgendwie hatte ich noch im Hinterkopf, dass wir uns in einer Lagerhalle voller Menschen befanden, aber dort, wo wir jetzt standen, herrschte Dunkelheit, und alle widmeten sich ihren eigenen fleischlichen Gelüsten. Niemand störte sich daran, wenn wir an einer Wand herumknutschten.

Sein Mund wanderte zu meiner Ohrmuschel, und ich schloss blinzelnd die Lider, als er an ihr knabberte und saugte. Als ich fest in sein Haar griff, raunte er in mein Ohr: »Du fühlst dich so gut an … aber das lässt sich noch steigern.«

Ich wusste nicht, was er damit meinte, fand es jedoch eine Sekunde später heraus, als er meine Jeans aufknöpfte. Ich war kurz davor, ihn wegzustoßen, da flüsterte er. »Lass es geschehen. Ich sorge dafür, dass du kommst. Jetzt und hier.«

Ich schlug die Augen auf und sah mich in dem schummrig beleuchteten Raum um. Niemand beachtete uns, und so nah, wie Hayden vor mir stand, konnte sowieso niemand etwas sehen. Bevor ich Hayden kennenlernte, wäre ich nie auf die Idee gekommen, so etwas zu machen, aber jetzt … jetzt wollte ich mehr. Ich bog mich ihm entgegen und erwiderte: »Ja … bitte.«

Er stöhnte in mein Ohr, schob seine Hand hinten in meine Jeans und unter meinen Slip. Ich war vollkommen bereit für ihn. Als ich seine Finger auf mir spürte, krallte ich mich in seinen Haarschopf, warf den Kopf nach hinten und schrie laut auf. »Oh Gott, Kenzie, du bist so … Verdammt … Komm für mich«, stöhnte Hayden.

Er ließ seinen Finger langsam kreisen, bis ich vor Erregung keuchte. Gott, es fühlte sich so gut an. Wäre es doch nur mehr, wäre es doch nur sein Mund, wäre es doch nur er selbst, der in mich hineindrängte. Als ich zu beben begann, umklammerte ich seine Schultern. Ich suchte seine Lippen, wollte meine Schreie in seinem Mund ersticken, bevor ich alle auf das aufmerksam machte, was wir hier taten.

Er ließ die Hüften an meinen kreisen, und ich spürte wieder und wieder den erregenden Druck seiner harten Männlichkeit. Es kostete mich meine gesamte Willenskraft, ihm nicht die Jeans aufzuknöpfen.

Er schob einen Finger in mich, und ich rückte kurz von ihm ab, um zu flüstern: »Ja, mehr …« Er hielt kurz inne, dann ließ er erneut einen Finger in mich hineingleiten und streichelte gleichzeitig meinen Schoß. Das gab mir den Rest. Ich umklammerte seinen Nacken und unterbrach unseren leidenschaftlichen Kuss, um kurz aufzuschreien, als die Lust über mich hereinbrach und mich auf einer Welle aus Glückseligkeit davontrug.

Keuchend lösten wir uns voneinander und schauten uns in die Augen. Den Blick voller Verlangen löste Hayden vorsichtig die Hand aus meiner Jeans, steckte sich dann einen Finger in den Mund und schloss genüsslich die Augen. Als er sie wieder öffnete, war sein Blick noch gieriger als zuvor. »Nicht ganz dasselbe, wie direkt von dir zu naschen, aber es ist okay. Fürs Erste.«

Gott. Woher sollte ich nur die Kraft nehmen, ihm je zu widerstehen?

18. Kapitel

Alle paar Tage rief Aufreißer bei Hayden an und teilte ihm einen neuen Austragungsort mit. Jedes Mal, wenn ich ein Rennen gewonnen hatte – was meistens der Fall war –, versteckte ich das Geld in meinem Haus und grübelte darüber nach, wie ich es unauffällig meinem Vater zukommen lassen konnte. Wenn ich es ihm einfach gab, würde er wissen wollen, woher es stammte. Das ging nicht. Ich konnte es jedoch auch nicht einfach auf das Geschäftskonto überweisen, denn Dad war ein hervorragender Buchhalter und würde die Unregelmäßigkeit sofort bemerken.

Es machte mich wahnsinnig, dass ich die Lösung für unsere Probleme in den Händen hielt, aber nicht wusste, wie ich ihn davon profitieren lassen konnte. Ich musste mir etwas einfallen lassen. Um mich mit Hayden zu treffen, musste ich im Übrigen auch einfallsreich sein. Ich hatte es nun schon seit fast zwei Wochen geschafft, keinen Sex mit ihm zu haben. Nicht, dass wir nicht rummachten. Den Kick von einem tollen Rennen lebten wir oft körperlich aus – mit heißem Petting und Knutschen bis zum Höhepunkt –, aber richtigen Sex hatten wir nicht. Ich war ein bisschen stolz auf mich, dass ich so standhaft blieb. Und zugleich *ziemlich* frustriert. Mein Gott, es gab Momente, da hätte ich Geld dafür bezahlt, ihn in mir zu fühlen. Es war ohnehin verrückt genug, was wir taten, wenn wir auch noch Sex ins Spiel brächten, wäre es noch viel verrückter. Denn ganz gleich, wie oft ich die Augen vor der Wahrheit verschloss, auf dem Trainingsgelände konnte ich nicht an ihr vorbeisehen.

Myles motzte jedes Mal herum, wenn er vorbeikam und Hayden unbekümmert auf dem Gelände der Bennetis herumspazieren sah. Nikki war gestresst, weil sie sich zum Saisonende einen anderen Job suchen musste, und Dad war damit beschäftigt, ein anderes Team für mich zu finden. Die Nerven lagen blank, was sich noch verstärkte, als Theresa beschloss, Daphnes Brautparty in den Cox-Garagen zu feiern. Sie behauptete, dann könnten alle dabei sein, doch ich wusste, dass es in Wahrheit ein Abschiedsfest war. Alle gaben auf. Alle – außer mir.

Entschlossener denn je, die Pleite nicht zu akzeptieren, entschied ich das nächtliche Rennen für mich. Auch Hayden fuhr einen Sieg ein, und wie meistens nach erfolgreichen Veranstaltungen endeten wir hinterher in irgendwelchen schummrigen, leer stehenden Gebäuden und feierten mit den anderen Fahrern unseren Sieg. Ich hatte ein schlechtes Gewissen, dass ich glücklich war, während zu Hause alles den Bach hinunterging, doch schließlich versuchte ich das ja gerade zu verhindern. Außerdem konnte ich einfach nicht Nein sagen, wenn Hayden mich fragte, ob ich mitkommen wollte.

Ich hatte seit meiner Ankunft ein paar starke Drinks genommen und fühlte mich gut – gelöst, entspannt und sorglos. Ich dachte nicht über die Kalorien nach, sorgte mich nicht, ob ich maßlos wurde und brütete auch nicht über irgendeinem meiner anderen Probleme. Ich verdrängte sie und gab mich ganz dem Augenblick hin. Es tat so gut, einmal alles loszulassen, selbst wenn es nur für eine Nacht war.

Hayden sah mich so an, wie er mich ansah, wenn er mehr als nur reden und trinken wollte. Gott, wie ich das Funkeln in seinen Augen liebte, wenn er scharf auf mich war. Es löste etwas in mir aus, ein animalisches Begehren. Ich konnte nie genug von ihm bekommen. Vermutlich, weil ich mir die *eine Sache* stets versagte. Abgesehen von jenem einen, wunderbaren Mal …

Er beugte sich zu mir herunter, sodass sein Mund fast mein

Ohr berührte, und sagte: »Es gibt hier in diesem Haus noch ein Hinterzimmer. Hast du Lust, es dir mal anzusehen?«

Ich wusste genau, was er damit eigentlich meinte, und ich wollte es, empfand ein tiefes Verlangen danach. Ich lächelte anzüglich und erwiderte: »Klar … warum nicht?«

Grinsend reichte er mir die Hand. Aufreißer zog die Augenbrauen hoch, als er uns abmarschieren sah. Dann tat er, als würde er sich einen runterholen und einen Orgasmus haben. Was für eine unreife Dumpfbacke. Wäre er für uns nicht unentbehrlich gewesen, um zu den Rennen zugelassen zu werden, hätte ich Hayden wahrscheinlich gebeten, ihn aus seinem Leben zu verbannen. Er benahm sich wie ein verzogener Dreizehnjähriger.

Hayden führte mich nach hinten in einen spärlich beleuchteten Korridor. Was auch immer dieser Ort mal gewesen war, der Strom war jedenfalls noch angeschlossen. Wir blickten uns um, konnten jedoch nirgends ein Hinterzimmer entdecken. Am Ende des Flurs standen ein paar Kisten und bildeten eine Art Labyrinth. Hayden führte uns zwischen ihnen hindurch, und mein Herz begann erwartungsvoll zu schlagen. Ich konnte es kaum abwarten, ihn zu halten, ihn zu küssen und mich von ihm berühren zu lassen … überall.

Hayden zog mich mit sich hinter den letzten Kistenstapel. Das Licht war so schwach, dass ich ihn erst wieder richtig sehen konnte, nachdem meine Augen sich an die Dunkelheit gewöhnt hatten. Sein lustvoller Blick ließ meinen Atem schneller gehen. »Habe ich dir heute Nacht schon gesagt, wie wahnsinnig sexy du bist?«

Ich biss mir auf die Lippe und schüttelte den Kopf. »Nein … noch nicht.«

Er schenkte mir ein Lächeln, das sofort ein Kribbeln in meinem Körper weckte. »Ich kann es dir zeigen«, sagte er und öffnete seine Jeans. Ich konnte mich kaum beherrschen, am liebsten hätte ich ihn sofort berührt. Hayden trat zu mir und drückte mich mit dem Rücken an die Wand. Dann nahm er meine Hand. »Fühl mal«, flüsterte er mir ins Ohr.

Mich überlief ein Schauder, als meine Finger den festen Schaft berührten, der sich in seinem Slip wölbte. Er war so bereit für mich. Sicher war es fast schmerzhaft für ihn. Ich sollte etwas für ihn tun, für uns. Ich schob meine Hand in seinen Slip und schloss meine Finger um ihn. Hayden stöhnte lustvoll auf, was meinen Körper in Flammen aufgehen ließ. »Oh Gott, Kenzie, ja … Fass mich an.« Mir war klar, dass ich ihn nicht einfach scharfmachen durfte, wenn ich dann nicht auch zu mehr bereit war, und begann, seinen Körper zu streicheln. Sein Mund suchte meinen, und seine Küsse gierten vor Lust. »Ja, hör nicht auf«, flüsterte er.

Ich beschleunigte den Rhythmus, und er ließ stöhnend die Hände an meinem T-Shirt hinauf zu meiner Brust gleiten. »Lass uns hier abhauen. Lass uns zu dir fahren.«

Er reizte meinen Nippel, ich schrie auf und packte ihn fester. »Nein!« *Ja …*

Hayden zog meine Hand fort, packte mich an den Handgelenken und drückte sie gegen die Wand. Verzweifelt keuchte er: »Warum nicht? Wie lange soll das noch so weitergehen – an *solchen* Orten? In einem Bett könnte ich jeden Zentimeter von dir küssen … dich mit der Zunge verwöhnen … dich fesseln …«, flüsterte er und verzog den Mund zu einem niedlichen Grinsen.

Verdammt … ich hätte so gerne Ja gesagt, dass es schon wehtat. Und als ob er spürte, dass ich ganz kurz davorstand, meine Meinung zu ändern, schob er eine Hand in meine Jeans und zog einen Finger durch meinen pochenden Schoß. »Hey … wie lange willst du diese perfekt geölte Muschi noch vergeuden?« Er beugte sich vor und raunte in mein Ohr: »In *diesem Augenblick* könnte ich tief in dir sein.«

Er redete schmutziger als sonst, und es gefiel mir. Ich wollte mehr. »Oh Gott«, flüsterte ich keuchend.

»Genau«, erwiderte er. »Anstatt hier rumzumachen, könnte ich in dich eintauchen … dich immer wieder nehmen … bis du um mich kommst …« Mit dem Finger begann er zu simulieren, was er sagte, ich konnte mich kaum noch beherrschen.

»Hayden«, wimmerte ich. Lange hielt ich das nicht mehr aus. Wenn ich ihn nicht bald in mir spürte, würde es mich zerreißen.

»Ja?«, fragte er und saugte an meiner Unterlippe.

Ich war drauf und dran, ihn zu bitten, mich nach Hause zu bringen, als jemand durch die Kistenstapel heranstapfte. »Hayden, Alter. Bist du da? Seid ihr fertig mit Vögeln? Ich habe gerade etwas echt Geiles erfahren, das muss ich euch erzählen.« Die aufdringliche Stimme gehörte Aufreißer. *Hast du noch alle Tassen im Schrank?*

Hayden wich sofort einen Schritt zurück und sortierte seine Klamotten, ich warf einen prüfenden Blick auf meine eigenen. Mir sprang beinahe das Herz aus der Brust. Dieser Idiot. Aber vielleicht sollte ich ihm dankbar sein, das war äußerst knapp gewesen.

Als Aufreißer um die Ecke bog, empfing Hayden ihn mit finsterer Miene. »Was zum Teufel ist so wichtig, dass es nicht warten kann, bis wir zurück sind?«, schnauzte er ihn an.

Aufreißer legte eine Hand an die Brust und setzte ein Gesicht auf, als fände er uns hinreißend. »Aua, habe ich euch etwa auf der Zielgeraden erwischt? Tut mir ehrlich leid, aber ich musste dir einfach die gute Nachricht überbringen, Kumpel!« Er sah aus wie ein kleiner Junge, der sich auf Disneyland freute. »Ihr seid beide offiziell für das Rennen am Wochenende gemeldet. Das steht fest.«

Er hob beide Hände und wartete darauf, dass wir ihn abklatschten. Daraus wurde nichts. Hayden knirschte mit den Zähnen und grummelte: »Das hätte warten können.«

Ich war perplex. Hayden und ich hatten an diesem Wochenende schon etwas Wichtiges vor. »Moment mal … *dieses* Wochenende? Dieses Wochenende können wir nicht. Da haben wir ein Rennen.«

Aufreißer klatschte in die Hände. »Ich weiß. Ich habe euch ja angemeldet.«

Ich schüttelte den Kopf und hob abwehrend die Hand. »Nein, dieses Wochenende ist das ARRC-Rennen in Monterey.«

Aufreißer nickte bedächtig, als rede er mit einem Kleinkind. »Ja, ich weiß. Und nach diesem Quatsch findet das richtige Rennen statt.«

Allmählich dämmerte es mir. Fassungslos drehte ich mich zu Hayden um. »Ihr fahrt Straßenrennen während der offiziellen Renntage?« Selbstverständlich tat er das. Das war auch der Grund, warum ich Aufreißer und Grunz manchmal am Ring begegnete oder sie in Haydens Hotelzimmer herumlungerten. Sie waren da, um ihr Kapital im Auge zu behalten. Wie hatte ich nur so dumm sein können?

Hayden lächelte zerknirscht. »Wenn Aufreißer irgendwo ein Rennen für mich klarmacht, dann gehe ich da hin, Kenzie. Du weißt genau, warum.« Das tat ich. Ich verstand voll und ganz, warum er diese Rennen fuhr, und das machte alles noch schwerer. »Bist du dabei?«, fragte er, und ich hatte das Gefühl, dass die Frage viel mehr als nur das Rennen einschloss.

Bilder einer möglichen Zukunft liefen vor meinem inneren Auge ab – wie ich dieses geheime Leben mit Hayden fortsetzte, mich immer im Dunkeln und in Seitenstraßen herumdrückte. Und wie ich mich meinem Vater offenbarte, ihm alles beichtete und dann mit ansehen musste, wie er mich dafür verstieß. Ich konnte alles verlieren – meine Träume, meinen Geliebten, meinen Beruf und meine Familie. Aber die winzige Chance, dass es mir gelang, so lange auf der Grenze zwischen den beiden

Welten zu balancieren, bis ich etwas Gutes bewirkt hatte, ließ mich nicken. »Ja. Ich bin dabei.«

Ein paar Tage später befanden wir uns mehrere Fahrtstunden von zu Hause entfernt im kalifornischen Monterey und bereiteten uns auf die nächsten beiden großen Veranstaltungen vor – eine tagsüber, die andere nachts. Ich war mir nicht sicher, welches Rennen ich mit größerer Spannung erwartete, und ebenso wenig wusste ich, welches von größerem Nutzen für Cox Racing sein würde. Fest stand jedenfalls, dass Hayden bei beiden Rennen dabei sein und mich unterstützen würde … und dass er mehr von mir wollte, als ich ihm zu geben bereit war.

Vor dem ARRC-Rennen gab es eine Autogrammstunde. Es war unfassbar, wie viele Menschen meinetwegen gekommen waren. Der Stress, den ich auf mich nahm, um das Team zu retten, beanspruchte mich so sehr, dass mir gar nicht bewusst war, wie gut ich mich eigentlich bei meinem Einstieg in die Profiliga schlug. Wenn ich es weiterhin schaffte, mich in den Top Ten zu halten, würde ich am Saisonende die bestplatzierte Fahrerin *aller Zeiten* sein. Und meine Fans fieberten mit mir.

»Du bist mein größtes Vorbild auf dem Ring.«

»Ich wünschte, ich könnte wenigstens halb so gut fahren wie du, wenn ich älter bin.«

»Gibst du mir deine Telefonnummer?«

Das kam von einem männlichen Fan. Ich setzte meine Unterschrift auf meine Autogrammkarte, mehr nicht. Mein Liebesleben war schon kompliziert genug.

Nach der Autogrammstunde leistete ich meinem Vater bei der Mittagspause Gesellschaft. In letzter Zeit blieb er dabei meistens allein, weil kein Crewmitglied seine Entscheidung guthieß, zum Jahresende zu schließen. Ein paar hatten sogar schon ihren Abschied genommen. Wir schlugen uns mit einem notdürftig kleinen Team durch, das sich verzweifelt an die verschwindend geringe Hoffnung klammerte, mein Vater würde seine Meinung doch noch ändern. Falls er sie überhaupt noch ändern *konnte*, denn eine Pleite ließ sich nicht einfach ignorieren. Aber man konnte sie noch abwenden, und daran klammerte ich mich – es wirkte wie ein Schutzschild gegen die heftigen Schuldgefühle, die mich innerlich zerrissen.

Dad saß schon am Schreibtisch und aß gerade sein Supermarkt-Sandwich, als ich hereinkam. »Hey, Dad. Was dagegen, wenn ich mich dazusetze?«

Er deutete ein Lächeln an. »Natürlich nicht, Mackenzie. Du bist eine willkommene Abwechslung zu John. Der will neuerdings nur noch über Investoren reden. Er bildet sich ein, der Zusammenschluss mit jemand anderem könnte Cox Racing noch retten.« Seine Miene war ernst. »Ich habe es schon einmal mit einem Partner probiert, und du weißt, was dabei herausgekommen ist. Wenn Sturm aufzieht, schließt man die Fensterklappen und sitzt es aus. Wenn jedoch ein Sturm nach dem anderen wütet, dann packt man seine Habe zusammen und zieht weiter.«

»Dad … Ich …« *Ich kann dich retten. Ich verdiene eine Menge Geld. Ich kann dein Teilhaber werden.* Das durfte ich aber nicht sagen. Ich durfte ihm nicht gestehen, was ich tat.

Dad räusperte sich und ließ mich gar nicht erst ausreden. Er deutete auf den Stuhl ihm gegenüber und sagte: »Hast du schon den neuesten Klatsch gehört? Ein Fahrer ist heute nicht zur Autogrammstunde erschienen. Man hat ihm eine neue Startposition zugewiesen, aber ich glaube nicht, dass er überhaupt zum Rennen antritt. Es heißt, er sei heute Morgen nach dem Aufwärmen auf einmal krank geworden. Was merkwürdig ist, weil er gestern Abend noch kerngesund war.«

Ich wusste, worauf er hinauswollte, aber dass ein Fahrer vor einer Veranstaltung erkrankte, war nicht ungewöhnlich. »Dad, das heißt doch noch gar nichts.«

Dad schüttelte den Kopf. »In dieser Saison hat es diverse Probleme gegeben. Mal waren es unzulässige Ersatzteile, mal schlechte Zündkerzen, mal falsche Reifen … Fahrer, die es eigentlich besser wissen müssten, haben sich Strafen für dumme Anfängerfehler eingehandelt. Normal ist das nicht.« Er endete mit einem Ächzen.

Doch, das war es. Diese Dinge passierten regelmäßig im Laufe einer Saison. Wenn auch normalerweise nicht so gehäuft. »Dad, seit Barber hat dich der Verband sowieso schon im Visier. Du darfst nicht …«

Er richtete den Finger auf mich und fiel mir ins Wort: »Ich sage nur, sei auf der Hut, und pass auf deine Sachen auf.«

Ich nickte. Das konnte ich ihm zusichern.

Nach dem Mittagessen sollte das Rennen beginnen. Wegen des erkrankten Fahrers wurden unsere Startpositionen angepasst. Der frei gewordene leere Startplatz wirkte wie eine Warnung, die ich geflissentlich ignorierte. So etwas gehörte zum Rennalltag. Hayden tat den Fahrern nichts. Auf dem Ring und auf der Straße. Es waren nur unglückliche Zufälle, sonst nichts.

Beim Umzug auf die neuen Startpositionen kam ich kurz an Hayden vorbei. Er klappte das Visier hoch und sagte: »Viel Glück, Zweiundzwanzig.« Dann zwinkerte er mir zu und grinste. Wie ein Schulmädchen errötete ich und guckte lieber schnell woandershin. Ganz im Ernst: Ich war ein Profi, ein durchtriebenes Grinsen durfte mich eigentlich nicht vom Hocker hauen.

Das Signallicht sprang auf Grün, und ich schoss nach vorn. Kurve um Kurve flog vorbei, ich war Hayden unmittelbar auf den Fersen. Nach der Position direkt vor ihm war dies mein Lieblingsplatz. Wenn ich gegen ihn fuhr, ging mir das Herz auf, und meine Atemfrequenz nahm zu. Mein Gott, wie ich das liebte.

Plötzlich sahen wir unmittelbar vor uns Rauch aufsteigen.

Irgendwo da vorne musste es einen Unfall gegeben haben. Das Hochgefühl löste sich schlagartig auf. Wir waren schon zu nah, um noch ausweichen zu können. Uns allen blieb nichts anderes übrig, als draufzuhalten und zu beten.

Ich folgte Hayden durch die Trümmer mehrerer verunglückter Motorräder. Wir schafften es, durch das Nadelöhr zu gelangen, doch ich registrierte, dass ein paar Fahrer hinter uns weniger Glück hatten. Sie gerieten in das Chaos aus Maschinenteilen und blieben zurück. Überall gingen die Warnflaggen hoch, und die verbliebenen Fahrer mussten an die Boxen, damit die Strecke freigeräumt werden konnte.

Beim Anblick der zerteilten Motorräder fuhr mir die Angst in die Knochen. Ohne eine gehörige Portion Glück hätte es da draußen auch mich erwischen können. Mit dieser Begleiterscheinung meines Sports hatte ich mich allerdings schon vor langer Zeit abgefunden. Doch im Hinterkopf hörte ich die Stimmen von Myles und meinem Vater, die mich beschworen, dass etwas faul war und keineswegs so zufällig und harmlos, wie ich glauben wollte. Falls sie doch recht hatten, war keiner von uns sicher.

Nachdem die Piste freigeräumt war, ließ man uns das Rennen beenden. Es war schwer, von Neuem zu beginnen. Zu viel schwirrte mir im Kopf herum – Ängste, Zweifel und Sorge um die verunglückten Fahrer. Doch ich verdrängte das alles, um das zu tun, wofür ich hergekommen war: fahren und siegen. Vielleicht lag es an der fehlenden Konkurrenz, vielleicht an meiner äußersten Konzentration – jedenfalls beendete ich das Rennen bravourös mit dem dritten Platz. Es war das beste Ergebnis meiner Laufbahn und die beste Platzierung, die eine Fahrerin auf diesem Ring jemals erzielt hatte. Ein Rekord. Hayden wurde Zweiter. Sein bester Platz bisher. Und obwohl ich gleich nach dem Zieleinlauf ein Interview geben musste, war ich in absoluter Hochstimmung.

Ich hatte es geschafft! Wir hatten es geschafft. Alles, was ich zurzeit unternahm – alles, was Hayden und ich zurzeit unternahmen –, zahlte sich aus. Mein Gefühl wechselte zwischen Erleichterung und Glück. Es war noch nicht zu spät, um alles wieder in Ordnung zu bringen. Das würde Dad einsehen und seine Meinung ändern. Alles würde wieder gut. Etwas anderes kam nicht infrage.

Als ich auf meinen Vater traf, freute sich dieser jedoch nicht, dass es mit Cox Racing weitergehen würde, sondern nur, dass *meine* Zukunft rosiger aussah. »Das war großartig, Mackenzie. Mit solchen Platzierungen bringen wir dich nächstes Jahr in einem Superteam unter. Dieses Niveau musst du halten.«

Dann wollte er gehen, doch ich hielt ihn am Arm zurück. »Das war's schon? Damit findest du ein neues Team? Was ist mit *unserem* Team, Dad? Begreifst du denn nicht, dass uns das nach vorne bringt?«

Er blickte auf die Hand, mit der ich ihn festhielt, und ich ließ ihn sofort los. »Nein. Was ich hier sehe, sind *deine* Chancen. Cox Racing ist erledigt. Das habe ich dir bereits mehrfach gesagt.«

Ich war niedergeschlagen, als ich spätnachts beim vereinbarten Treffpunkt für das Straßenrennen eintraf. Hayden merkte es sofort. »Hey … alles klar bei dir?« Er sah mir besorgt in die Augen, als suche er dort nach einer Antwort.

»Ja«, erwiderte ich. »Ich bin nur die Einzige, die immer noch kämpft, während alle anderen rings um mich längst aufgegeben haben.«

Hayden verzog den Mund, und sein Blick verriet, dass er wusste, was ich meinte. »Das kann ich nachvollziehen.«

Ja. Wenn jemand wusste, wie es war weiterzukämpfen, auch wenn die Chancen denkbar schlecht standen, dann Hayden. Zu wissen, dass er mich verstand, beruhigte mich. Und machte mir zugleich Angst. So etwas mit ihm zu teilen, bedeutete auch, ihm ein Stück weit mein Herz zu öffnen – und es der Gefahr auszusetzen, von ihm zerrissen zu werden. Doch diese Verbindung mit ihm nicht zuzulassen, war ein Ding der Unmöglichkeit. Ich konnte schließlich nicht die Sonne bitten, nicht aufzugehen, nur damit ich keinen Sonnenbrand bekam. Ich musste nur vorsichtig sein, und Hayden ging es vermutlich genauso. Denn wenn es ans Eingemachte ging, waren Hayden und ich gar nicht so verschieden – was es nur noch schwerer machte.

Als hätte er dasselbe gedacht wie ich, sagte Hayden: »Ich wollte dich heute zum Rennausgang beglückwünschen, aber irgendwie hat es sich nicht ergeben. Keith saß mir die ganze Zeit im Nacken und meine Teamkollegen auch …« Er schüttelte den Kopf, um die Gedanken zu verscheuchen, und lächelte. »Ich stand dermaßen unter Beobachtung, dass ich mich vom Cox-Lager fernhalten musste. Verstehst du das?« Ich nickte. Ich hatte ihm aus demselben Grund nicht gratuliert. Die verdammte Kontaktsperre zwischen Benneti und Cox hielt uns auf Abstand. Zumindest sollte sie das.

Hayden grinste, als er sich in der Straße umsah, die sich rasch mit Menschen füllte. »Komisch, oder? Wir haben hier größere Freiheiten als bei unseren offiziellen Jobs. Dabei könnte uns das hier leicht ins Gefängnis bringen. Manchmal kann man sich noch so anstrengen und kapiert den Lauf des Schicksals trotzdem nicht.« Dann sah er mir wieder in die Augen und flüsterte: »Das Schicksal hat seinen eigenen Kopf … genau wie ein Mädchen, das ich kenne.«

Von seinem Lächeln wurde mir ganz warm ums Herz, und plötzlich fühlte es sich absolut okay an, dass wir beide all die vielen Geheimnisse miteinander teilten. Doch dann hörte ich wieder Myles' und Dads warnende Stimmen, die mir zuflüsterten, dass Hayden in hinterhältige Machenschaften verstrickt war. Bevor ich mir auf die Zunge beißen konnte, war es schon heraus. »Das war ein seltsames Rennen heute, findest du nicht auch?«

Ein fremder Ausdruck zuckte über Haydens Gesicht, und er öffnete den Mund, um etwas zu erwidern, doch im selben Moment erschien Aufreißer. »Da sind ja meine beiden Stars. Seid ihr bereit? Das wird eine ganz große Nummer.«

Hayden grinste. »Ich bin schon den ganzen Tag bereit«, antwortete er. Ich durchbohrte ihn förmlich mit meinem Blick, doch er sah nicht mehr zu mir herüber. Er hatte nur noch Augen für Aufreißer, so als sei ich auf einmal Luft für ihn.

Aufreißer spürte die Spannung zwischen uns nicht und zielte mit dem Zeigefinger auf mich, als würde er mit einer Waffe auf mich schießen. »Du bist zuerst dran, Kenzinator.« Ich stöhnte über Aufreißers unerschöpflichen Vorrat an Spitznamen für mich und marschierte los, um mein Motorrad zu holen. Weil wir nicht allzu weit von zu Hause entfernt waren, hatten Aufreißer und Grunz unsere Straßenmaschinen auf einem Anhänger hertransportiert. Es war mir nicht leichtgefallen, Aufreißer meine Ausrüstung anzuvertrauen. Wenn Hayden mir nicht versichert hätte, dass alles okay sei, hätte ich ihm niemals erlaubt, mein Motorrad anzufassen.

Während Grunz meinen Helm vorbereitete, inspizierte ich mein Bike. Auf den ersten Blick schien alles okay zu sein, aber es war immer besser, ein zweites Mal hinzuschauen. Mitten in der Inspektion spürte ich, dass mich jemand beobachtete. Als ich aufsah, starrte Hayden mich an. Seine Miene war finster, sein Blick aufgewühlt. »Du könntest recht haben mit dem Unfall. Es war ein bisschen … seltsam. Aber Rennen sind unvorhersehbar, und manchmal passieren eben seltsame Dinge.« Einen Moment wirkte er abwesend, dann fing er sich wieder und schenkte mir ein unbesorgtes Lächeln. »Viel Glück beim Rennen, Kenzie.«

Er war weg, bevor ich etwas erwidern konnte. In meinem

Magen braute sich ein mulmiges Gefühl zusammen. *Manchmal passieren seltsame Dinge?* Er klang, als suche er Entschuldigungen … aber für was? Oder wollte er nur ausdrücken, was ich auch immer sagte: dass unser Sport gefährlich war und manchmal etwas schiefgehen konnte. Shit. Ich wusste es nicht. Und das machte mir echt zu schaffen.

Ich versuchte, nicht zu viel in alles hineinzuinterpretieren und die guten Wünsche einfach anzunehmen. Dann kam Grunz mit meinem Helm. Zeit, sich für das Rennen an den Start zu begeben. Mein Herz schlug heftig, als ich zur Startlinie fuhr. *Manchmal passieren seltsame Dinge.* Genau. Ich trainierte Präzision, weil ich meine Maschine besser beherrschen und seltsame Dinge vermeiden wollte. Ich fuhr jedoch besser, wenn ich mich lockermachte, mir vorstellte, dass Hayden an meiner Seite fuhr und alles andere vergaß. Ich konnte nicht gleichzeitig vorsichtig *und* unerschrocken sein, ich musste mich für einen Weg entscheiden, mich *einer* Philosophie verschreiben. Und wenn ich wirklich meine Familie unterstützen und das Ruder herumreißen wollte, dann gab es für mich nur eine Option: Augen zu und durch.

Die Ampel sprang auf Grün, und ich startete durch, als hätte ich nichts zu verlieren und alles zu gewinnen. In den meisten Fällen reichte schon meine bloße Entschlossenheit, aber in diesem Rennen hatte ich es mit einem Gegner zu tun, der genauso verrückt war wie ich, bedauerlicherweise aber auf einem etwas besseren Motorrad unterwegs war. Mit meiner offiziellen Rennmaschine hätte ich ihn mühelos abgehängt. Hier hatte ich jedoch nur meine Straßenmaschine, die nicht ganz so viel Leistung brachte. Am dritten Kontrollpunkt war ich etwa einen halben Meter hinter ihn zurückgefallen. Ich würde verlieren.

Dann blitzte an dem Motorrad vor mir etwas auf, und der Fahrer verlor augenblicklich die Kontrolle. Als es geschah, näherten wir uns gerade einer Kurve, er rutschte weg und krachte seitlich in einen Müllcontainer. Ich konnte es kaum glauben! Sekundenbruchteile später gab ich Gas und raste zum letzten Kontrollpunkt – der Ziellinie.

Meine ganze »Crew« bejubelte den Sieg, und Hayden drückte mich fest, kaum dass ich von meinem Motorrad sprang. Erst später, als wir den Sieg begossen, wurde mir klar, dass ich nur gewonnen hatte, weil etwas … Seltsames mit der Maschine meines Konkurrenten geschehen war. Wie Hayden schon sagte, konnten beim Rennen seltsame Dinge geschehen, doch nur in seiner Nähe schienen sie derart gehäuft aufzutreten. Es passierte zu oft, um reiner Zufall zu sein … also war es keiner. Und jetzt passierten mir auch diese seltsamen Dinge. Ich profitierte von etwas Verwerflichem, Anormalem. Hayden war der Einzige, von dem ich mir vorstellen konnte, dass er mich siegen sehen wollte. Und ich hatte keine Ahnung, wie ich mich verhalten sollte, denn mochte es nun richtig sein oder falsch: Ich war dringend darauf angewiesen, auch weiterhin zu siegen.

19. Kapitel

In den folgenden Wochen fuhren Hayden und ich weiterhin heimlich Rennen, und ich siegte unablässig. Schon seit dem letzten Rennen vor Monterey hatte ich kein einziges mehr verloren, obwohl bei einigen überhaupt nicht mit meinem Sieg zu rechnen war. Die Vermutung, dass irgendeine geheime Macht dabei nachhalf, machte mich völlig fertig. Manchmal fühlte ich mich regelrecht schmutzig – wie eine Diebin. Doch ich brauchte das Geld, also behielt ich meine Ängste und Sorgen für mich.

Mit wem hätte ich auch darüber reden sollen, abgesehen von Hayden? Und der kam ebenfalls nicht infrage, denn schließlich war es durchaus möglich, dass er hinter alldem steckte. Noch nie hatte ich in einer solchen Zwickmühle gesteckt. Denn wenn Hayden wirklich der Grund war, warum ich siegte, dann war er auch dafür verantwortlich, dass Myles für den Rest der Saison außer Gefecht gesetzt war. Jedes Mal, wenn ich mit Hayden redete, verriet ich also einen meiner besten Freunde. Jedes Mal, wenn ich mit ihm herumalberte, ihn anlächelte … ihn küsste. Ich war ein schrecklicher Mensch. Als ich mich für den Trainingsparcours fertig machte, fragte ich mich, wie lange ich es wohl noch schaffen würde, auf diesem schmalen moralischen Grat zu balancieren. Früher oder später musste ich abstürzen – auf welcher Seite würde ich landen?

Als ich eintraf, tigerte Myles in den Garagen umher. Der Zustand seines Beins hatte sich inzwischen gebessert, seine Laune jedoch nicht. Und er war nach wie vor entschlossen, Hayden dafür bezahlen zu lassen. Das war eine zusätzliche Belastung, die ich nicht gebrauchen konnte. Schließlich war ich mir nicht sicher, ob Hayden für das, was Myles widerfahren war, eine Bestrafung nicht sogar verdiente.

Myles starrte mich an und wetterte: »Es ist unglaublich, dass diese Sache jetzt schon Monate zurückliegt, und der Mistkerl immer noch Rennen fahren darf.«

»Ohne handfeste Beweise kann er nicht gesperrt werden, Myles.« Gott, hoffentlich merkte er mir nichts an, mein schlechtes Gewissen fraß mich innerlich auf.

Myles knurrte: »Ich weiß, dass er Dreck am Stecken hat, und ich werde keine Ruhe geben, ehe ich nicht weiß, was da gelaufen ist.«

Er stürmte aus der Tür, und mein Schuldgefühl verdreifachte sich. Ich fand es schrecklich, dass ich Myles in dieser Sache nicht ehrlich unterstützen konnte – und ich hoffte, dass er Hayden niemals etwas Schmutziges nachweisen konnte. Ich brauchte Hayden und wollte, dass er blieb. Wenn Myles die ganze Geschichte doch nur auf sich beruhen lassen könnte. Seiner eigenen Karriere nutzte es ohnehin nichts, wenn er die von Hayden ruinierte, und sich darin zu verbeißen, vergiftete ihn offensichtlich allmählich von innen. Doch ich fand es nachvollziehbar, weshalb er nicht davon ablassen konnte. Wenn mich jemand am Rennfahren hindern würde – und sei es nur für ein Jahr –, wäre ich auch am Ende. Und genau wie Myles würde ich keine Ruhe geben, bis ich meine Rache bekommen hätte.

Als Myles gerade davonstürmte, kam Nikki. »Was ist dem denn über die Leber gelaufen?«, fragte sie, dann holte sie tief Luft. »Es ist wegen Hayden, stimmt's? Ich sage ihm die ganze Zeit, dass er die Sache abhaken soll, aber er verbeißt sich immer mehr darin.«

Nachdenklich schüttelte sie den Kopf, als könnte sie ihn

nicht verstehen. Ich tat das leider schon, und deshalb machte es mich auch völlig fertig, dass ich nicht hundertprozentig auf Myles' Seite stand. »Ja. Er will ihm unbedingt etwas anhängen, damit er für die Rennen gesperrt wird.«

Nikki wurde ganz still, dann sagte sie: »Ich finde, es ist an der Zeit, dass wir Myles von den Straßenrennen erzählen.«

Mir blieb vor Schreck das Herz stehen, und in meinen Ohren rauschte es. »Wie bitte?«, kreischte ich. *Wusste sie etwa von Haydens und meinen Rennen?*

Nikki schluckte nervös. »Weißt du noch? Hayden ist doch bei dem Rennen mitgefahren, zu dem ich dich damals gelotst habe. Ich weiß, das wirft ein schlechtes Licht auf uns, besonders auf mich … aber ich finde, wir sollten Myles davon erzählen. Und ich bezweifele ernsthaft, dass Hayden damit aufgehört hat. Vielleicht kann ihn Myles auf frischer Tat ertappen. Ich habe immer noch meine Kontakte. Ich kann herausfinden, wo das nächste Rennen stattfindet.« Sie machte ein betrübtes Gesicht. »Myles wird sauer auf mich sein, dass ich bei diesem Mist mitgewettet habe … aber dann hat er endlich etwas gegen Hayden in der Hand und kann damit abschließen.«

Mist, Mist. Mist. Ja, er hätte definitiv etwas gegen Hayden in der Hand, und gegen *mich* noch obendrein. Wenn Myles erst herausbekam, dass ich ihn belogen hatte und mit dem Feind gemeinsame Sache machte, manchmal sogar heftig mit ihm herumknutschte, würde er mit unserer Freundschaft brechen und alles meinem Vater erzählen. Vielleicht würde er in seinem Zorn sogar den Verband informieren. Meine Karriere wäre erledigt und Cox Racing endgültig Geschichte. Das durfte ich nicht zulassen. »Das würde ich lieber nicht tun, Nikki. Myles und ich, wir haben uns früher schon einmal lange über Straßenrennen unterhalten. Er verurteilt sie fast noch mehr als mein Vater, er hält jeden für Abschaum, der etwas damit zu tun hat. Ich glaube nicht, dass er dir das vergeben würde.«

Oh Gott, ich war so mies. Aber meine Worte schienen nicht den gewünschten Effekt zu erzielen. Nikki wurde zwar blass, ihr Gesichtsausdruck wirkte jedoch entschlossen, als sei sie bereit, sich ihrem Schicksal zu stellen. »Wenn er damit nicht klarkommt, werde ich damit leben müssen. Aber so kann ich Myles helfen, und ich werde nicht die Hände in den Schoß legen und nichts tun, während mein Freund langsam aber sicher den Verstand verliert. Es war sowieso eine dumme Idee, das Ganze war völlig idiotisch. Ich hätte mich nie auf diese Welt einlassen dürfen.«

Das gilt für uns beide. Herrje. Wie konnte ich das nur wieder hinbiegen? Ich konnte mit den Straßenrennen nicht aufhören, schließlich hatte ich fast schon genug Geld zusammen, um einen relevanten Teil der Firmenschulden zu begleichen. Und Hayden konnte auch nicht mit den Rennen aufhören – das kleine Mädchen war zu sehr auf ihn angewiesen. Wir brauchten beide noch Zeit.

Ich wusste schon, dass es Nikki nicht gefallen würde, trotzdem bat ich: »Okay, aber sag ihm jetzt noch nichts. Kannst du damit nicht bis nach dem letzten Rennen in Jersey warten?«

Nikki sah mich an, als hätte ich sie gebeten, mein Motorrad zu ruinieren. »Was? Wieso das denn?«

Ich versuchte, Tränen von Frust und Scham zurückzuhalten, und erzählte ihr eine gekürzte, unvollständige Version der Wahrheit. »Ich kann es dir nicht erklären, aber ich bin besser und schneller, wenn ich gegen Hayden fahre. Ich brauche ihn als Gegner im Rennen, um dieses Team zu retten. Bitte!«

Nikki sah mir prüfend in die Augen, bevor sie etwas erwiderte. Und als sie es tat, war ich unendlich erleichtert. Und voller Schuldgefühle. »Na gut, Kenzie. Okay. Ich warte, bis die Saison vorbei ist.«

Als ich mich spätabends mit Hayden zum nächsten Straßenrennen traf, war mir klar, dass ich ihm von dem Gespräch mit Nikki erzählen musste. Nach Jersey mussten wir beide mit den illegalen Rennen Schluss machen, sonst würde uns alles um die Ohren fliegen. Es war bestimmt nicht leicht, auf das viele Geld zu verzichten – besonders für Hayden –, aber es war das Beste. Wir mussten den Versuch beenden, uns in beiden Welten zu behaupten. Ich konnte es jedenfalls nicht. Ich entfremdete mich zunehmend von meiner Familie und meinen Freunden, belog fast jeden und erkannte mich allmählich selbst nicht mehr wieder.

»Hayden … ich …«

Doch bevor ich Hayden etwas erzählen konnte, kam Aufreißer angetrabt. Er war aufgeregt. »Die rasende Mackenzie. Du wirst kaum glauben, was es Neues gibt!«

Und du wirst kaum glauben, was ich dir mitzuteilen habe. Ich höre auf, und ich nehme deinen besten Fahrer mit. »Was gibt's Neues?«, fragte ich und fühlte mich völlig leer.

»Mach dich auf etwas gefasst: Das L. A. Mondo steht an!«, verkündete er, als müsste ich wissen, wovon er redete.

»Was ist das?«

Fassungslos ob meiner Ahnungslosigkeit entgegnete Aufreißer: »Das L. A. Mondo? Das größte Straßenrennen der Westküste?« Als ich immer noch keine Begeisterung zeigte, rollte er mit den Augen. »Verdammte Anfänger. Das L. A. Mondo ist das größte und das beste Rennen. Da will jeder mitmachen, aber kaum jemand kann es sich leisten. Da sind nur die Besten der Besten. Das Startgeld beträgt einhundert Riesen.«

Mir fiel alles aus dem Gesicht, und endlich grinste Aufreißer. »Einhunderttausend Dollar, nur um mitzufahren?«

Meine Güte. Falls es mir wirklich gelang, in diesem Rennen zu siegen, hätte ich mehr als genug Geld beisammen, um Cox Racing zu retten. »Ich will mitfahren«, versicherte ich ihm. Und der Gedanke, sofort aus dieser schäbigen Welt auszusteigen, löste sich umgehend in Luft auf. *Noch ein Mal groß abräumen, dann kann ich aussteigen. Ein für alle Mal.*

Aufreißer klatschte sich mit mir ab. »Und ob ich dich da reinbringe.« Dann wandte er sich an Hayden, der mich kühl musterte: »Und was ist mit dir, Hay? Du bist doch auch dabei, oder?«

Hayden taxierte mich noch etwas länger, dann wandte er sich an Aufreißer. »Du weißt, was das Geld für Izzy und Antonia bedeuten würde. Dann müssten sie sich eine ganze Weile keinerlei Sorgen mehr machen … natürlich bin ich dabei.«

Seine Worte erleichterten mich sehr. Wenn Izzy nach seinem Sieg für einen längeren Zeitraum kein Geld mehr benötigte, brauchte Hayden keine Straßenrennen mehr zu fahren. Und ich war davon überzeugt, dass er siegen würde. Eine einzige Veranstaltung noch, dann hätten wir es beide hinter uns. Wenn Hayden sich dann quasi zur Ruhe setzte, konnte ich ihn warnen, dass Nikki Myles alles über seinen illegalen Nebenerwerb erzählen wollte. Danach würde er es bestimmt nicht riskieren, auch nur noch ein einziges illegales Rennen zu fahren. Wir wären beide in Sicherheit, und Myles würde nur noch den Schatten der Vergangenheit nachjagen, aber keine Beweise mehr finden.

Das Rennen fand in der Nacht vor der Hochzeit meiner Schwester statt. Daran hätte ich wohl besser denken sollen, bevor ich eingewilligt hatte. Aber »Das Mondo« war meine Chance auf den Ausstieg, deshalb kam ein Nein nicht infrage. Außerdem überschnitten sich die Zeiten für das Rennen nicht mit den Hochzeitsterminen. Beides ließ sich leicht unter einen Hut bringen. Es war sicher anstrengend, aber den Schlaf konnte ich immer noch nachholen, wenn ich erst einmal die

Finanzprobleme unseres Familienbetriebes aus dem Weg geräumt hatte.

Nach der Generalprobe für die Hochzeit, die ohne besondere Vorkommnisse verlief, folgte ein ausgedehntes Abendessen in einem gnadenlos überteuerten Fischrestaurant. Anschließend vertrödelte ich ein paar Stunden zu Hause, dann machte ich mich auf den Weg nach L. A. Unterwegs wuchs meine Aufregung. Das war meine Chance. Ich konnte mit einem Schlag genügend Geld gewinnen, um alles zu retten, was mir etwas bedeutete. Es konnte die Antwort auf meine Gebete sein – vorausgesetzt, ich errang den Sieg.

Dann tauchten die hellen Lichter der Stadt vor mir auf. Mit einem Lächeln im Gesicht näherte ich mich dem vereinbarten Treffpunkt. Ich stand so dicht davor, alle Probleme von Cox Racing zu lösen, dass ich vor Energie geradezu vibrierte. Ich brauchte eine Weile, bis ich die abgelegene Straße mit der Startlinie fand, und als ich eintraf, war Hayden bereits dort. Er winkte mich heran und deutete auf eine schmale Lücke neben seinem Motorrad, in die ich mich stellen konnte. Es waren so viele Leute gekommen, dass es mir vorkam, als würde die halbe Stadt zusehen.

Ich war reichlich nervös, als ich neben ihm einparkte, doch sein strahlendes Lächeln beruhigte mich sofort. Ich war eine gute Fahrerin und hatte mich seit meinen Anfängen mit Hayden noch deutlich verbessert. Anfangs mochte er mein Erfolgsgeheimnis gewesen sein, doch ungeachtet dessen, was ich Nikki erzählt hatte, hatte ich mich zu einer ernst zu nehmenden Größe im Rennsport gemausert.

»Hey, Zweiundzwanzig. Bist du bereit?«, fragte er und strich sich mit der Hand durch das widerspenstige blonde Haar.

Ich nickte. »Das könnte für uns alles ändern, Hayden. Wir könnten mit den illegalen Rennen aufhören und diese Welt hinter uns lassen. Wir könnten …«

Mitten im Satz hielt ich inne, weil der Gedanke dort endete. Ob wir heute Nacht nun siegten oder nicht, änderte nichts an der Tatsache, dass wir *kein* Paar sein konnten.

Haydens Lächeln verblasste ein wenig, als hätte er meinen Gedanken gehört. Doch es kehrte gleich zurück. »Ja, auf so etwas haben wir gewartet. Ein Traum wird wahr …« Er klang fast andächtig, und ich wusste nicht mehr, ob wir noch von dem Rennen sprachen. *Waren wir das füreinander? Ein Traum?* Dieser Gedanke fühlte sich so richtig an, dass es mir Angst machte.

Gedankenverloren blickten wir einander tief in die Augen, da warf Aufreißer plötzlich seine Arme über unsere Schultern. »Es ist so weit, ihr Turteltäubchen. Die ganz große Nummer. Das wird mir Ruhm und Ehre bringen!« Er hob die Arme und demonstrierte eine Explosion. »Mein Name im Rampenlicht. Der größte Manager in ganz Kalifornien.« So, wie er das Wort »Manager« aussprach, klang es wie »Zuhälter«. Mich überlief eine Gänsehaut.

»Zuerst müssen Hayden und ich noch Siege einfahren. Zur großen Nummer macht dich erst unser Talent.«

Aufreißers Lächeln war so aalglatt, ich hätte darauf Schlittschuh laufen können. »Das versteht sich von selbst. Ihr seid genau so große Nummern wie ich. Wir sind ein Team.«

Ich biss mir auf die Zunge und verkniff es mir, ihm zu sagen, dass ich bereits ein Team hatte. Und dass ich das hier alles einzig und allein durchzog, um meinem Team zu helfen. Als ahne er meinen inneren Aufruhr, griff Hayden mich am Ellenbogen.

»Wann sind wir dran?«

Aufreißer deutete mit dem Kopf in Richtung Straße, wo zwei Fahrer an einem Fußgängerüberweg Aufstellung nahmen. »Nach den beiden Losern.«

Während die Fahrer ihre Positionen einnahmen, ging es überall noch einmal hoch her, viele Leute wollten in letzter Minute auf jemanden setzen. Ich hörte, wie die Leute Grunz ihre Einsätze zuriefen, der jede einzelne Wette in seinem Buch notierte. Ungläubig hörte ich die Summen, um die es dabei ging. Fünf-, zehn-, sogar zwanzigtausend Dollar! Es waren obszön hohe Beträge, und ich fragte mich … Normalerweise wollte ich mit den Wetten nichts zu tun haben, aber da heute so große Summen zu gewinnen waren – sollte ich diesmal vielleicht das Risiko eingehen und selbst etwas setzen?

Ohne lange darüber nachzudenken, wandte ich mich an Aufreißer und sagte: »Ich setze fünfzehn Riesen auf mich und fünfzehn auf Hayden.«

Aufreißer grinste und gab meine Wette an Grunz weiter. »Was tust du da?«, zischte Hayden mir ins Ohr. »Meinen Einsatz verdoppeln«, erklärte ich. Doch dann durchfuhr mich eine eiskalte Welle der Angst. Wenn Hayden Bedenken hatte, sollte ich vielleicht auch nicht derart zuversichtlich sein. Schnell drehte ich mich wieder zu Aufreißer um. »Warte, ich habe es mir anders überlegt. Ich will doch nicht wetten.«

Aufreißer schüttelte mit einem Megawattgrinsen den Kopf. »Tut mir leid, Süße. Aber gesetzt ist gesetzt. Du stehst schon im Buch.«

Mich überkamen nagende Zweifel. Was hatte ich da gerade getan? Klar, ich besaß genug, um den Einsatz zu zahlen, falls ich die Wette verlor, doch ich brauchte jeden Cent für meinen Vater. Ich musste einfach gewinnen. Etwas anderes blieb mir gar nicht übrig.

Kurz darauf wurden keine Wetten mehr angenommen, und die Fahrer auf der Startlinie beugten sich in Erwartung des Startsignals über ihre Maschinen. Sobald das Licht auf Grün schaltete, würden sie durchstarten. Währenddessen überlegte ich, wie groß mein Wettgewinn heute ausfallen konnte. Gerade wollte ich Aufreißer fragen, was er schätzte, da heulte auf einmal eine Sirene durch die Nacht. Als ich herumfuhr, sah ich Lichter um die Kurve huschen. Gefährliche Lichter. Blau und Rot. Polizei.

»Hayden«, murmelte ich und drehte mich zu ihm. Ich nahm alles wie in Zeitlupe wahr und hatte das Gefühl, zu Eis erstarrt zu sein. Nein … ich durfte nicht in eine Razzia geraten, nicht im Gefängnis landen. So durfte das alles nicht enden.

Als Hayden die Gefahr begriff, machte er große Augen. Dann packte er mich an den Schultern »Fahr los und gib alles. Halt erst an, wenn du zu Hause bist. Wir treffen uns da.«

Ich wollte protestieren, dass ich nicht ohne ihn fahren wollte, aber bevor ich mich widersetzen konnte, schob Hayden mich zu meinem Motorrad. »Los, Kenzie. Ich komme direkt hinterher. Versprochen.«

Dann lief er zu seinem Motorrad. Also nahm ich ihn beim Wort. Ich stulpte mir den Helm über den Kopf, stieg auf meine Maschine und startete. Ich warf einen Gang ein und hechtete nach vorn, auf den Bürgersteig voller durcheinanderlaufender Menschen. So vorsichtig es in der Situation ging, versuchte ich, an ihnen vorbeizukommen, trotzdem touchierte ich ein paar. Doch darauf konnte ich jetzt keine Rücksicht nehmen. Ich musste von hier verschwinden.

Als ich auf dem Bürgersteig an einer schmalen Gasse vorbeikam, zog ich das Gas so weit durch, wie es nur irgend ging. Dann flüchtete ich über die gebrochenen Betonplatten. Ich hörte, wie weitere Sirenen ertönten. Viele Sirenen von vielen Cops. Und an ihrem Ton – manche kamen näher, andere entfernten sich – erkannte ich, dass sie den Leuten nachsetzten. Irgendjemanden würde es heute Nacht erwischen.

Ich durfte nicht langsamer werden, um mich zu vergewissern, dass Hayden hinter mir war. Ich konnte es nur hoffen. Die Gegend war mir fremd, und als ich von der Gasse in eine Seitenstraße und erneut in eine leere Gasse schoss, verlor ich rasch die Orientierung. Ich spürte, dass jemand hinter mir war, aber ich hatte immer noch zu viel Angst, mich umzudrehen. Mein Herz raste, als dirigiere jemand Rimski-Korsakows »Hummelflug« in meiner Brust. Die Dinge hatten eine völlig unerwartete Wendung genommen. Ich hatte heute Nacht alle meine Probleme lösen wollen, stattdessen schienen sie erst richtig anzufangen. Plötzlich mündete die Gasse, durch die ich raste, in eine Straße, die ich kannte. Gott sei Dank! Ohne anzuhalten, heizte ich über zwei befahrene Spuren und bog dann nach links ab. Einige Fahrer hupten mich wütend an und bremsten mit quietschenden Reifen, doch ich gelangte unbeschadet hinüber. Als ich die Straße hinunterraste, bekam ich kaum noch Luft. Ich hätte gerade sterben können. War das nicht noch schlimmer, als alles zu verlieren? Da war ich mir nicht einmal vollkommen sicher.

Trotzdem drosselte ich jetzt das Tempo und blickte mich um. Die Polizei war mir nicht auf den Fersen. Gott sei Dank! Doch meine Erleichterung währte nicht lang. Hayden war nirgends zu entdecken. Mist! Ich durfte nicht zulassen, dass er geschnappt wurde, ganz gleich, was er gesagt hatte. Obwohl ich mich fragte, ob ich komplett den Verstand verloren hatte, machte ich eine Kehrtwende und raste zurück in die Gasse, aus der ich soeben herausgeschossen war.

Ich hatte keinen Schimmer, wie ich auf den Weg zurückfinden sollte, den ich gekommen war, und raste auf gut Glück über irgendwelche Straßen, die mir vage vertraut vorkamen. Nur eins stand fest: Sie führten mich ins Epizentrum der Gefahr zurück und nicht von ihm fort. Jede Faser meines Körpers sagte mir, ich sollte anhalten, den irrsinnigen Plan aufgeben, doch ich konnte Hayden einfach nicht zurücklassen.

Gerade als ich fest davon überzeugt war, mich in dieser gottverlassenen Stadt verirrt zu haben, blickte ich eine Nebenstraße hinunter und entdeckte Hayden, der über eine Kreuzung schoss. Wenige Sekunden später folgte ein Polizist auf einem

Motorrad. *Mist, Mist, Mist. Was mache ich jetzt? Ihn seinem Schicksal überlassen oder ihm helfen?* Das war überhaupt keine Frage. Durch dick und dünn – das hier ging uns beide an.

Mit quietschendem Hinterreifen wendete ich das Motorrad und raste in die Richtung zurück, aus der ich gekommen war. Hayden fuhr auf einer Straße, die parallel zu meiner verlief. Ich gab Gas und hoffte, einen Vorsprung herauszufahren, dann bog ich links in eine Seitenstraße ab, die die andere Straße kreuzte. Mit dem richtigen Timing konnte ich die Fahrbahn zwischen Hayden und dem Polizisten kreuzen, den Beamten kurz ablenken und Hayden die Flucht ermöglichen. Allerdings war es ebenso gut möglich, dass sich der Polizist dann an meine Fersen heftete …

Schließlich erreichte ich die Kreuzung, drosselte die Geschwindigkeit und hoffte, dass mein Plan aufging. Hayden raste an mir vorbei. Ich atmete erleichtert auf und schickte ein Stoßgebet gen Himmel, dass ich nicht mit dem Polizisten kollidierte, dann gab ich Vollgas. Haarscharf querte ich vor ihm die Fahrbahn, und als ich nach hinten blickte, sah ich, dass der Polizist eine Vollbremsung hinlegte. Sein Motorrad schlingerte und kam schließlich zum Stehen. Ich wartete nicht, bis er wieder durchstartete.

Weiter, immer weiter. *Bitte lass ihn nicht hinter mir herkommen.*

Nach einer gefühlten Ewigkeit bog ich schließlich in eine Straße ab, die ich wiedererkannte. Und was noch besser war, von dort wiesen Schilder den Weg in Richtung Schnellstraße. Ich wollte nur noch weg aus dieser Stadt und das alles hinter mir lassen. Mit einem stummen Gebet blickte ich mich um. Ob Hayden diese Straße auch gefunden hatte? Erleichtert entdeckte ich ihn nicht weit hinter mir – und zum Glück allein. Waren wir tatsächlich entkommen? Kaum zu glauben. Ich war so voller unruhiger Energie, dass ich mich überaus anstrengen musste, nicht zu schnell zu fahren und mich ganz normal zu verhalten. Wir durften uns nicht benehmen, als wären wir auf der Flucht. Und das bedeutete, dass wir uns an die Verkehrsregeln halten mussten.

Meine Hände zitterten, als wir an einer Ampel hielten. Ich hatte das Gefühl, als würde die Polizei gleich aus allen Richtungen auf uns zustürmen. Mein Drang zu fliehen, war so stark, dass das bloße Herumsitzen die reinste Quälerei für mich war. Um auf andere Gedanken zu kommen, sah ich zu Hayden hinüber, der mir beruhigend zunickte und die Hand hob, als wolle er mich aufhalten. Offensichtlich begriff er meinen Impuls, wie auf der Flucht davonzurasen. Zum Glück war ihm nichts passiert. Uns beiden nicht.

Dann schien Hayden etwas einzufallen, und er blickte sich um. Wir standen an einer Straßenkreuzung – vor uns querten nur normale Autos und LKWs, keine Polizei. Hinter uns war niemand. Verblüfft sah ich zu, wie Hayden von seinem Motorrad sprang und eine klebrig aussehende, anscheinend magnetische schwarze Plastikfolie von seinem Nummernschild entfernte. Ich konnte es nicht genau erkennen, doch anscheinend hatte der Polizist, der ihm gefolgt war, das Nummernschild nicht lesen können. Das hieß, er war jetzt in Sicherheit. Himmel. Wo hatte er die Folie nur her? Und wann hatte er die Zeit gefunden, sie an seinem Motorrad zu befestigen?

Hayden rollte die Folie zusammen und ließ sie in seiner Jacke verschwinden, bevor er wieder aufs Motorrad stieg. Sprachlos beobachtete ich ihn. Gerade hatte ich noch geglaubt, ihn zu kennen, schon schaffte er es wieder, mich zu überraschen. Jetzt mussten wir nur noch nach Hause kommen, ohne dass er das Ding erneut brauchte.

Die restliche Heimfahrt verlief zum Glück ohne Zwischenfälle, trotzdem rauschte das Adrenalin noch durch meine Adern, als wir zu meinem Haus abbogen und die Motorräder in der Garage versteckten. Verdammt, das war entschieden zu knapp gewesen. Als wir in die Küche kamen, konnte ich mich nicht beruhigen. Ich fühlte mich, als steckten unzählige Infusionsnadeln in meiner Haut, die mich unablässig mit Koffein vollpumpten. Ich war zitterig, ängstlich und stand kurz vorm Nervenzusammenbruch. Vor allem aber war ich erleichtert. Wir hatten es geschafft, wir waren noch einmal davongekommen.

»Oh mein Gott, Hayden. Oh mein Gott. Wir hätten … man hätte uns fast … So ein Mist!« Ich löste den Pferdeschwanz aus meinem zerzausten Haar und tigerte unruhig hin und her. Das war knapp. Viel zu knapp.

Hayden sah mich ungläubig an. »Du bist meinetwegen zurückgekommen. Ich habe dir doch gesagt, du sollst direkt nach Hause fahren und dich nicht mehr umsehen. Aber du bist noch einmal umgekehrt. Warum?«

»Ich konnte doch nicht zulassen, dass sie dich mitnehmen«, erwiderte ich. »Du hast versucht, dir ein neues Leben aufzubauen. Und ein kleines Mädchen zu retten. Du hast es nicht verdient, dafür ins Gefängnis zu kommen.« Eine Stimme in meinem Hinterkopf sagte mir allerdings, dass dies nicht der wahre Grund war, weshalb ich umgekehrt war. *Sein Leid ist mein Leid.*

Hayden tat einen Schritt auf mich zu und griff meinen Arm. »Du warst schon entkommen«, raunte er mir eindringlich zu. »Du warst frei, und dann hast du alles wieder aufs Spiel gesetzt. Für mich. Weshalb?«

»Ich habe dir doch schon gesagt, weshalb«, gab ich patzig zurück und versuchte, mich ihm zu entziehen. Es wäre nicht gut, wenn ich ihm jetzt sagte, dass er mir etwas bedeutete. Dass ich Gefühle für ihn hegte. Und es würde nichts zwischen uns ändern. Es würde alles nur noch schwerer machen. Ging das nicht in seinen Schädel?

Anscheinend nicht. »Das reicht mir nicht«, erklärte er. Ich spürte, dass er nicht lockerlassen würde, ehe ich ihm nicht ehrlich sagte, warum ich alles aufs Spiel gesetzt hatte. »Sag es einfach«, flüsterte er. »Halte es nicht länger zurück.«

Sein durchdringender Blick ließ meinen Widerstand dahinschmelzen, und alle meine Gründe, ihn auf Abstand zu halten, lösten sich plötzlich in Luft auf. »Weil du mir etwas bedeutest«, flüsterte ich kaum hörbar. Es kam mir vor, als würde sich buchstäblich eine Tür in mir öffnen. Mein Herz öffnete sich und ließ ihn herein. *Erzähl ihm den Rest. Dass du nicht aufhören kannst, an ihn zu denken. Dass du dir Sorgen um ihn machst, dass du ihn liebst.* Oh Gott … und ob ich ihn liebte. Doch das konnte ich nicht zugeben. Es würde uns beiden nur wehtun.

»Ich bedeute dir etwas? Was soll das heißen?«, hakte er mit sanfter Stimme nach.

Ich versuchte, etwas zu sagen, versuchte zu erklären, was ich fühlte, ohne es direkt auszusprechen, doch es war unmöglich. Die Worte blieben mir im Hals stecken.

Hayden lächelte, als ob er verstünde. »Es gab einmal eine Zeit, da dachte ich, wenn man alles für sich behält, geht es irgendwann von selbst weg. Ich bin als Kind so viel herumgeschubst worden, dass ich irgendwann das Gefühl hatte, mich auf nichts und niemanden verlassen zu können. Izzy, der Aufreißer … und Felicia haben mir zum ersten Mal ein Gefühl von Sicherheit gegeben. Dann hat Felicia … alles wieder kaputt gemacht, indem sie einfach so, ohne ein Wort, verschwunden ist. Da habe ich mir geschworen … ich habe mir geschworen, dass ich nie wieder *jemanden* an mich heranlasse. Und ich habe auch versucht, dich nicht an mich heranzulassen. Ich habe mich weiß Gott bemüht. Aber ich habe dich gebraucht. Und dann fing ich an, dich zu mögen … und jetzt … jetzt habe ich mich in dich verliebt … Und es ist zu spät, um immer noch alles für mich zu behalten.«

Mir klappte der Kiefer herunter, und mich durchlief ein Schaudern. *Er liebt mich?* »Hayden, ich …« Mir fehlten die Worte, und ich verstummte. *Er ist verliebt in mich und ich in ihn.* Das musste als Tragödie enden.

Hayden lächelte noch breiter: »Ich liebe dich für alles, was du bist und was du tust. Und ich weiß auch, dass das nichts ändert. Dass Liebe in unserem Fall vielleicht nicht genügt. Aber das ändert nichts an meinen Gefühlen. Sie sind nun einmal da, ob ich darüber rede oder nicht. Und wir können uns nicht vor dem Schmerz schützen, indem wir unsere Gefühle für uns behalten. Für uns gibt es keine Rettung, Kenzie. Das ist unser Schicksal. Ich liebe dich. Und ich bereue nichts.«

Ein Schluchzer löste sich aus meiner Kehle. Alles, was er sagte, klang nach Abschied. Ein brutaler, schmerzhafter Abschied, nach dem ich nie mehr dieselbe sein würde. »Bitte bleib. Bleib heute Nacht bei mir. Geh nicht weg …«

Er ließ die Finger über meine Wangen gleiten, dann über meine Lippen. »Nichts könnte mich jetzt von dir trennen.«

Er presste seine Lippen auf meine, und ich erwiderte gierig seinen Kuss. Alles fühlte sich so leidenschaftlich an und trotzdem so endgültig. Als würden wir im selben Moment eine Tür öffnen und schließen. Es machte mich verrückt, erfüllte mich mit unbändigem Verlangen. Noch in der Küche riss ich ihm die Jacke vom Leib. »Ich will dich«, flüsterte ich und strich mit den Händen über seinen muskulösen Brustkorb. »Bring mich ins Schlafzimmer.«

Mit einem leisen Stöhnen ließ er den Mund zu meinem Ohr gleiten. »Ich bringe dich überallhin«, flüsterte er. Am liebsten hätte ich mich ihm gleich auf dem Küchentisch hingegeben. *Ja …*

Ich zerrte an seinem Shirt, wollte es ihm ausziehen. Er half mir, den Stoff über seinen Kopf zu streifen. Sofort strich ich mit den Lippen über sein Schlüsselbein und ließ die Hand nach unten zu seiner Jeans gleiten. *Ich will mehr.*

Hayden hielt mich zurück. »Jetzt bist du dran«, sagte er und öffnete den Reißverschluss meiner Jacke. Als sie auf den Boden fiel, strich er mit den Fingern über die Haut direkt über dem Bund meiner Jeans. Ich wollte mir das T-Shirt ausziehen, doch erneut hielt er mich zurück. »Lass mich das machen«, flüsterte er. Dann strich er mit den Händen über meine Seiten und schob dabei das Shirt hinauf. Er beugte sich hinunter und bedeckte jeden Zentimeter meiner entblößten Haut mit Küssen. Als er bei meinen Brüsten anlangte, küsste er durch den BH hindurch beide Nippel. Lust durchströmte mich und setzte mich in Flammen.

Dann streifte er mir das Shirt über den Kopf und ließ es zu Boden fallen. »Du bist so schön, so perfekt.« Langsam strich er mit den Fingern über meine Schultern, schob sie unter die Träger des BHs und streifte sie nach unten. Er ließ sich Zeit und genoss es, mich zu entkleiden. Ich hielt es kaum aus. Wir hatten gerade erst angefangen, und schon sehnte ich mich danach, ihn tief in mir zu spüren. Als der Träger zur Seite rutschte, küsste er meine nackte Schulter und widmete sich dann der anderen Seite. Und als der BH schließlich zu Boden fiel, umschloss er eine Brust mit seiner Hand, und ein erwartungsvoller Schauer durchfuhr mich. Er legte die Lippen um einen Nippel und ließ die Zunge um die Knospe kreisen. Mir entfuhr ein lautes Stöhnen, dann bettelte ich mit unzusammenhängenden Worten um mehr.

Genüssliches Brummen vibrierte auf meiner Haut, während Hayden mich verwöhnte. Dann legte er die Hände an den Bund meiner Jeans und zog sie mir aus. Gott, ja. Ich half ihm, sie mir über die Hüften zu streifen, dann ging ich ihm bei Stiefeln und Strümpfen zur Hand. Irgendwann stand ich nur noch im Slip vor ihm, während er noch halb angezogen war, doch das kümmerte mich nicht. Ich wollte nackt vor ihm stehen. »Wo willst du mich«, keuchte ich, die Daumen am Slip, um ihn mir sofort herunterzureißen, wenn er es befahl.

Hayden schloss für einen Moment die Augen, als hätten ihn die Worte berührt wie mein Zungenschlag an seinem Schaft. Ich hätte ihn liebend gern auf jede erdenkliche Weise befriedigt. Ich wollte ihn glücklich machen, und zwar ständig. Er bedeutete mir so viel.

Dann konzentrierte er sich wieder auf mich. Seine Hände strichen zu meinen Hüften, über meine Hände und halfen mir, den Slip bis zum Boden hinunterzustreifen. »Setz dich auf die Platte«, raunte er. Ich atmete schneller und tat ohne zu zögern, was er verlangte. Ich hätte ihm so gut wie jeden Wunsch erfüllt, solange wir nur zusammen waren. »Leg dich hin, und schließe die Augen«, sagte er.

Die Oberfläche war kühl und wirkte belebend. Ich stellte nur selten etwas auf der Kücheninsel ab, hatte es gern, wenn sie frei war, um sie bei Bedarf gleich nutzen zu können. Ich hätte mir jedoch nie träumen lassen, dass ich sie einmal auf diese Weise nutzen würde. Ein paar Strahler, die von der Decke herunterhingen, warfen heiße Lichtkreise auf meine Haut, als wäre ich ein Ausstellungsstück, das sich Hayden präsentierte. Ich drückte den Rücken durch, schloss die Augen und wartete auf meinen Geliebten, meinen Seelenverwandten. *Berühre mich, Hayden. Ich gehöre dir ganz und gar.*

Ich hörte, wie er sich seiner Kleidung entledigte und zuckte zusammen. Ich war voll aufgestauter Energie. Dann legte er meine Beine über seine Schultern, und mein Atem ging so schnell, dass ich schon fürchtete, ich könnte gleich das Bewusstsein verlieren. Zunächst bedeckte er meine Schenkel mit zärtlichen Küssen, dann merkte ich, wie er eine Pause einlegte und erregt ausatmete. »Du bist so wahnsinnig schön«, flüsterte er. »So bereit, so feucht. Gott, ich wette, dass du gut schmeckst …«

Er strich mit der Zunge über meinen Schoß. Von der Schockwelle, die mich durchlief, schrie ich laut auf, und ich musste mich an die Ränder der Arbeitsplatte klammern. »Oh ja, und ob du gut schmeckst«, keuchte er. »Oh Gott, Kenzie, ich brauche dich so sehr.« Etwas in seiner Stimme, ein Hauch von Schmerz, Panik und Angst sagten mir, dass er nicht vom Sex sprach. *Ich brauche dich auch.*

»Hayden, bitte«, flehte ich. *Ich will nicht an unsere trostlosen Zukunftsaussichten denken, ich will nur die Zeit genießen, die wir haben.*

Sein Mund kehrte zu mir zurück, und seine Zunge liebkoste meinen Schoß, er saugte an mir, erregte und befriedigte mich. Entschlossen nahm er sich, was er wollte, doch mir war es noch nicht genug. Ich ließ die Arbeitsplatte los und presste seinen Kopf an mich. Ich konnte ihn nicht wieder loslassen. *Ich will dich nie wieder loslassen.*

Das heiße Verlangen in mir verstärkte sich, bis ich kurz vor dem Höhepunkt war, und als spüre er, dass ich kam, verlangsamte Hayden seine Bewegungen und führte mich ganz sanft zum Orgasmus, anstatt mich zu drängen. Die Euphorie brach wie ein Sturm über mich herein, und ich konnte mein Glück nicht mehr zurückhalten. Als die Wogen gerade verebbten, zog Hayden mich näher an die Kante. Dann füllte er mich aus. Während seine Stöße mich etwas Himmlischem entgegentrieben, rang ich um Atem. Ich schob meine Hüften vor, und er drang tiefer in mich ein. Hayden stöhnte lustvoll und ungehemmt, als stünde er kurz vor dem Höhepunkt. Auch bei mir fehlte nicht mehr viel, und ich würde ein zweites Mal kommen.

»Oh Kenzie«, raunte er. Seine Finger strichen um einen Nippel, dann über den Bauch nach unten. Dort, wo wir vereint waren, ließ er den Daumen mit kleinen Bewegungen um meinen Schoß kreisen. »Komm mit mir, Kenzie, bitte, komm mit mir.« Sein Daumen war genau, was ich dazu brauchte.

Ich erstarrte, als die Ekstase ein zweites Mal durch mich hindurchbrandete, klammerte mich an die harte Kante über meinem Kopf, schrie laut und voller Leidenschaft »Jetzt!«. Es dauerte keine Sekunde, bis ich auch Haydens Höhepunkt spürte, und er sich, begleitet von erotischen Lauten, in mich ergoss. Und ich fühlte mich auf seltsame Weise ganz.

Dann verebbte langsam der Rausch der Glückseligkeit, unser Atem normalisierte, der Herzschlag verlangsamte sich. Ein Gefühl von Verzweiflung stieg in mir auf. Wie oft konnten wir uns noch lieben, bevor sich unsere Wege endgültig trennen mussten?

Hayden zog sich aus mir zurück, reichte mir ein Geschirrtuch, das in der Nähe lag, und zog mich in seine Arme. Er hielt mich ganz fest, als wüsste auch er, dass das zwischen uns nicht von Dauer sein konnte. Ein befriedigter Seufzer entfuhr mir, und ich schlang die Arme um ihn. *So – genau so sollte sich Liebe anfühlen.*

Hayden küsste mich auf den Scheitel, dann hob er mich hoch und trug mich ins Schlafzimmer. In dem dunklen Zimmer legte er mich auf die Matratze, deckte mich zu und kroch neben mich. Ich rollte mich auf die Seite, zog seinen Mund an meinen und wünschte mir von ganzem Herzen, dass er hier bei mir in diesem Bett bleiben würde und wir die Welt dort draußen vergessen könnten.

Als sich unsere Lippen berührten, spürte ich in seinem Kuss denselben innigen Wunsch. Wir versuchten beide, uns an etwas zu klammern, das wir nicht bewahren konnten. Wir konnten nicht zusammenbleiben, für uns beide stand zu viel auf dem Spiel. Der Preis war zu hoch, auch wenn ich ihn liebte.

Hayden atmete schwer an meiner Haut, ein Klang, in dem sich Glück und Traurigkeit mischten. Er strich mit den Fingern durch mein Haar und hielt mich eng an seiner Brust. Plötzlich lag eine bleierne Schwere über uns. Wir wussten, es hatte uns beide erwischt … und der wahre Schmerz stand uns erst noch bevor.

20. Kapitel

Ich wachte auf, weil ich eine Zunge um meinen Nippel kreisen spürte. Keine schlechte Art, geweckt zu werden, aber auch irritierend. Ich brauchte eine ganze Weile, bis ich mich an alles erinnerte, was letzte Nacht geschehen war: das gescheiterte Rennen, die Flucht vor der Polizei, das Liebesspiel auf der Kücheninsel, Haydens Liebesgeständnis und schließlich, dass ich mir selbst eingestanden hatte, ihn zu lieben.

Ich verdrängte den Schmerz, den wir beide gestern Nacht empfunden hatten, als wir Arm in Arm eingeschlafen waren, strich mit den Fingern durch Haydens Haar und gab ein genüssliches Brummen von mir. Uns stand eine Katastrophe bevor, aber diesen Moment hatten wir ganz für uns. Und er war gut.

Als Hayden merkte, dass ich aufgewacht war, ließ er seine Lippen an meinem Hals hinaufwandern. »Hey«, sagte er mit leiser und verführerischer Stimme. »Schön, dass du wach bist.«

»Du hast mir keine andere Wahl gelassen«, antwortete ich und drehte den Kopf so, dass er sich ungehindert meinen Hals hinaufküssen konnte.

Er lachte und knabberte an meinem Ohrläppchen. »Was soll ich sagen? Ich bin ein Morgenmensch.« Ich musste grinsen. Ich mochte die Morgenstunden auch, aber jetzt aus einem völlig neuen Grund.

Hayden platzierte eine Reihe von Küssen auf meiner Wange, während seine Finger an der Innenseite meines Schenkels nach oben glitten. Ich wusste nicht, ob ich das zu diesem Zeitpunkt wirklich wollte, doch sein Finger strich sanft und zärtlich über meine Haut, und schon bald ging mein Atem schneller, sehnte ich mich nach mehr.

Er legte sich auf mich, dann drang er langsam in mich ein, und wir atmeten beide lange und erleichtert aus. »Es ist so schön, dich zu lieben … ich wünschte, ich müsste nie damit aufhören«, sagte er und küsste mich zärtlich. Ich wollte ihm gerade beipflichten, doch da ließ er seine Hüften kreisen, und stattdessen stöhnte ich.

Sein Tempo war langsam, gleichmäßig und ohne Hast. Wir genossen jede Empfindung, jeden Stoß, jede Nuance der Lust. Ich war hin- und hergerissen, einerseits sehnte ich mich nach einem seligen Höhepunkt, anderseits sollte dieses wundervolle Gefühl niemals enden. Doch irgendwann konnte ich den Ausbruch nicht mehr verhindern. Es war unvermeidlich, ganz egal, was ich tat, und als er über mich hereinbrach, wollte ich ihn längst gar nicht mehr aufhalten.

Ich griff Haydens Hüften und zog ihn tief in mich hinein. Als ich ungehemmt meine Lust herausschrie, ließ Hayden den Kopf auf meine Schulter sinken, und ich spürte, wie sein gesamter Körper unter Spannung geriet. »Oh ja, Kenzie, jetzt. Komm mit mir.«

Als er kam, war sein Winkel perfekt, und sofort brach sich auch in mir das berauschende Gefühl Bahn. Als es mich erfasste und davontrug, klammerte ich mich an seine Hüften. Diesen Mann zu lieben, machte einen anderen Menschen aus mir, ich würde niemals wieder so sein wie vorher.

Hayden sackte auf mich nieder und atmete heftig an meinem Ohr. Ich umklammerte ihn und versuchte mit aller Kraft, das Glück festzuhalten, mit aller Verzweiflung, die Furcht zu verdrängen, dass dies unser letztes Mal sein konnte.

»Oh Gott«, sagte ich, bemüht, die Stimmung aufzulockern, »warum haben wir das nicht schon früher gemacht?«

Hayden lachte und kuschelte sich an meinen Hals. »Ich habe es dir gesagt, aber du wolltest ja nicht auf mich hören. Dein Dickkopf hat dich davon abgehalten.«

»Mein Dickkopf ist ein Grund, warum wir gemeinsam gute Rennen fahren«, gab ich zurück.

Hayden hob den Kopf und blickte mit einem schiefen Grinsen auf mich herunter. »Auch wieder wahr«, murmelte er. Dann beugte er sich vor, gab mir einen zärtlichen Kuss und rollte sich auf die Seite. Ich seufzte, als er sich von mir löste, und Hayden drehte sich mit einem amüsierten Grinsen zu mir um. »Ich kann das gerne wiederholen, aber erst muss ich etwas trinken. Ich bin leicht dehydriert.« Als Antwort knuffte ich ihn in die Schulter, sagte jedoch nicht Nein.

Splitterfasernackt verließ er das Zimmer. Ich wartete höchstens eine halbe Sekunde, dann wickelte ich mich in ein Laken und folgte ihm. Als ich in die Küche kam, schlüpfte er gerade in seine Unterhose. Im ganzen Raum waren Kleidungsstücke und Erinnerungen verstreut. Ich würde nie wieder etwas auf der Kücheninsel abstellen können, ohne dabei an Hayden zu denken.

Ich reichte ihm ein Glas aus dem Schrank, und während er es am Wasserhahn auffüllte, musterte ich die Spuren unseres Liebesspiels. Als mein Blick seine Jacke streifte, schoss mir ein Bild der vergangenen Nacht in den Sinn. »Mit dem Ding, das du gestern über dein Nummernschild gelegt hast, hast du es unleserlich gemacht, oder?«

Hayden nickte, während sein Glas volllief. »Ja. Eigentlich Aufreißers Erfindung. Du warst schon weg, da hat er noch schnell so ein Teil rausgezogen und über mein Nummernschild gepappt, bevor er selbst verduftet ist. Er hat immer gesagt, dass er die bei sich hat, falls es zu einer Razzia kommt. Ich fand das etwas paranoid, aber er hatte wohl recht.« Hayden schnitt eine Grimasse, dann schüttelte er den Kopf, wie um einen unangenehmen Gedanken loszuwerden.

Er wollte gerade einen Schluck Wasser trinken, als sein Handy zu lärmen begann. Er stellte das Glas ab, ging zu seiner Jacke und kramte das Telefon heraus. An dem nervigen Klingelton erkannten wir beide, wer dran war.

»Aufreißer, hey. Alles klar bei dir?« Dann zuckte Hayden zusammen und hielt das Handy ein Stück von seinem Ohr weg. Selbst ich konnte Aufreißers genervte Stimme hören. »Du hast die ganze Nacht versucht, mich zu erreichen? Ich war … beschäftigt. Tut mir leid. Kenzie und mir geht's aber gut. Wir sind sauber aus der Nummer rausgekommen.« Ich lief rot an, als Haydens Blick mich traf. Ich hatte sein Telefon auch nicht gehört. Wir waren wohl irgendwie abgelenkt gewesen.

Hayden hörte Aufreißer eine Weile zu, dann fragte er: »Sind alle entkommen?« Dann wurde er plötzlich blass. »Sie haben Grunz erwischt? Und ist er …? Holst du ihn wieder raus? Kriegt er eine Anzeige? Hatte er das Buch dabei?«

Jetzt fiel es mir siedend heiß wieder ein. Ich hatte auf Hayden gesetzt. Mein Name stand im Buch – als Fahrerin und mit einer Wette.

Falls man es bei Grunz fand, saß ich doppelt in der Tinte. Hayden schloss die Augen. Was das zu sagen hatte, wusste ich nicht. Dann fragte er leise: »Er hat es verschlüsselt, stimmt's?«

Als er sich entspannte, konnte ich wieder atmen. Herrgott, gerade hatte ich vor meinem inneren Auge mein ganzes Leben vorüberziehen sehen. »Okay, ja. Sag Bescheid, wenn er wieder zu Hause ist.«

Er legte auf, und ich bekam es mit der Angst zu tun. »Sie haben Grunz erwischt? Kommt er jetzt ins Gefängnis? Und ich auch? Stand mein Name in dem Buch?« Panisch sah ich mich in der Küche um, als würde die Polizei jeden Moment durch die Tür stürmen.

Mit einer beruhigenden Geste trat Hayden zu mir und legte mir die Hände auf die Schultern. »Es ist okay. Alles ist okay. Sie können ihm nur anhängen, dass er versucht hat, sich der Verhaftung zu entziehen. Mehr konnten sie ihm nicht nachweisen, und im Wettbuch steht nur sinnloses Blabla. Grunz ist der Einzige, der weiß, wie man es dechiffriert. Die Bullen wollten uns nur Angst machen. Sie haben nichts gegen uns in der Hand.«

Ich schob ihn von mir. »Na, bei mir hat es funktioniert, ich habe Angst. Ich kann das nicht mehr machen, Hayden, ich will nicht alles verlieren. Meine Familie, meine Karriere, meine Freiheit – das ist zu viel. Ich bin raus. Soll Aufreißer mich bis in alle Ewigkeit hassen, aber ich steige aus.«

Hayden sah mich verständnisvoll an und sagte beschwichtigend: »Okay, Kenzie. Ich sage ihm, dass du das nicht mehr machen willst, und sorge dafür, dass er dich in Ruhe lässt.«

Mit einer Hand drückte ich das Laken an meinen Körper, die andere legte ich unter sein Kinn. »Du musst auch damit aufhören. Es ist zu gefährlich. Du hast zu viel zu verlieren.« Dann ließ ich die Hand sinken und nahm meinen Mut zusammen, um ihm die üble Nachricht zu überbringen. »Ich muss dir etwas Unangenehmes sagen. Ich dachte, es hätte keine Bedeutung. Ich hatte gehofft, dass wir beide nach einem Sieg bei diesem blöden Rennen in L.A. genug Geld zusammen hätten, um guten Gewissens auszusteigen. Ich habe geglaubt, wir wachen heute auf und haben mit diesem Leben abgeschlossen.«

Hayden musterte mich skeptisch. »Was musst du mir sagen?«

Ich kaute auf meiner Lippe. Wie gern hätte ich ihm nichts von den Absichten meiner Freunde erzählt. Danach musste er sie für alle Zeit als Feinde betrachten. Obwohl sowieso undenkbar war, dass wir alle einmal gute Freunde wurden. »Nikki und Myles … sie …« Ich legte eine Pause ein und holte tief Luft, dann ließ ich alles auf einmal heraus. »Myles gibt dir die Schuld an seiner Verletzung und daran, dass er in dieser Saison nicht mehr antreten konnte. Er will dich rauskicken. Das ist zu einer fixen Idee geworden. Als ich dich zum ersten Mal nachts bei einem Straßenrennen gesehen habe, war Nikki dabei. Und jetzt will sie Myles erzählen, was sie weiß, und ihm dabei helfen, dich auf frischer Tat zu ertappen, damit du für den Rennsport gesperrt wirst.« Ich schüttelte den Kopf und hoffte, er würde sich Argumenten zugänglich zeigen. »Ich habe uns eine Galgenfrist verschafft: Sie will es ihm erst nach dem Rennen in Jersey verraten. Aber danach kannst du nicht mehr weitermachen, Hayden. Du würdest wirklich alles verlieren … und deshalb steigst du am besten sofort aus.«

Hayden spannte die Kiefermuskeln an. Ich sah, wie er versuchte, seine Wut in den Griff zu bekommen. Er schwieg einen Moment, dann schüttelte er langsam den Kopf. »Ich kann nicht damit aufhören. Und das weißt du. Aber danke, dass du mir erzählt hast, was deine … Freunde vorhaben. Wenn ich weiß, dass jemand hinter mir her ist, kann ich mein Nummernschild abkleben, mein Gesicht verdecken, unter falschem Namen antreten. Aber ich kann nicht aufhören, solange Izzy auf mich angewiesen ist und Antonia meine Hilfe braucht. Und wenn du ein Problem damit hast, tut es mir leid.«

Ich verlor alle Hoffnung, und Tränen schossen mir in die Augen. »Du kannst dich auf Dauer nicht in beiden Welten behaupten, Hayden. Entweder fliegst du auf, oder du verletzt dich …«

Er nahm meine Hand und sagte sanft: »Ich muss es versuchen, Kenzie. Ich muss kämpfen, so lange es geht, und ich hoffe, du verstehst das.« Ich öffnete den Mund, doch es gab nichts mehr zu sagen. Ich konnte ihn verstehen – aber das änderte nichts an der Angst, die ich um ihn hatte.

Während ich noch nach Worten suchte, lächelte Hayden und sagte: »Ich würde dich ja gern wieder mit ins Bett nehmen … aber musst du dich nicht für eine Hochzeit fertig machen?« Er deutete mit dem Kopf zur Wanduhr.

»Oh Mist, ich soll meine Schwester in einer Stunde beim Friseur treffen. Wenn ich zu spät komme, bringt sie mich um!«

Hayden lachte, dann ließ er mich los. »Daran will ich nicht schuld sein.«

In seinen Augen lag eine Wehmut, die mir das Herz zerriss. »Wenn ich könnte, würde ich dich mitnehmen. Das ist dir doch klar, oder?«, fragte ich.

Er nickte, und mit einem sanften, aber traurigen Lächeln fügte er hinzu: »Ja. Ich weiß.«

Es war furchtbar, diesen Blick bei ihm zu sehen, weil ich selbst genauso empfand. »Was hast du heute noch vor?«, erkundigte ich mich, um das Thema zu wechseln.

Er zuckte mit den Schultern. »Ich dachte, ich gehe zum Ring. An den Wochenenden ist es dort recht still. Und es tut gut, dort allein zu sein.« Ich dachte an seine Teamkollegen, diese miesen Kerle. Hayden war auf sich allein gestellt, von seinem eigenen Team verstoßen, und das machte mich wütend.

Als er sah, wie es in mir arbeitete, fragte Hayden: »Alles klar bei dir?«

Ich stieß die Luft aus und nickte. »Klar. Es ist nur …« *Ich wünschte, du müsstest nicht mit den Straßenrennen weitermachen. Ich wünschte, dein Team würde dich akzeptieren. Ich wünschte, mein Vater könnte dich akzeptieren. Ich wünschte, wir würden heute gemeinsam auf das Familienfest gehen.* »Ich wünschte, die Dinge wären anders«, sagte ich schließlich.

Hayden beugte sich vor und gab mir einen zärtlichen Kuss. »Ich weiß. Geht mir genauso. Sehe ich dich heute noch? Nach der Hochzeit?«

Ich lächelte traurig und nickte. Fürs Erste konnten wir uns vormachen, das zwischen uns könnte wirklich etwas werden. Nur so konnten wir beide unseren Kampf fortsetzen.

Stunden später, als mein Haar getönt und gestylt und ich übertrieben geschminkt war, ging es mir besser … und so viel schlechter. Ich hatte die Sache mit den Straßenrennen beendet und die Sünde von meinen Händen gewaschen. Das schlechte Gewissen, das mir während meiner illegalen Aktivitäten zum ständigen Begleiter geworden war, war verschwunden. Endlich konnte ich in Gegenwart meiner Familie wieder frei atmen. Doch anstelle des Schuldgefühls war inzwischen eine unerträgliche Bedrückung getreten. War zwischen Hayden und mir alles vorbei? Ich durfte mich ebenso wenig hinter dem Rücken meines Vaters mit ihm treffen, wie er weiterhin hinter dem Rücken von Keith an den Straßenrennen teilnehmen durfte. Eigentlich war zwischen uns beiden alles aus, noch ehe es begonnen hatte.

Und was meinen Vater anging … ich wusste nicht, wie ich ihn ohne die Straßenrennen unterstützen sollte. Selbst die ARRC-Meisterschaften zu gewinnen, reichte nicht aus. Nicht mehr. Ich konnte meine Position nur mit einem neuen Team verbessern. Es fühlte sich völlig falsch an, mich auf meinen Traum zu konzentrieren und den meines Vaters sterben zu lassen. Doch ich musste mich damit abfinden, dass ich bei dem Versuch, ihm finanziell wieder auf die Beine zu helfen, gescheitert war. Ich hatte gehofft, um die zweihunderttausend Dollar zu verdienen, doch ich hatte nur etwas mehr als ein Drittel dieser Summe zusammenbekommen, und das reichte nicht aus. Ich musste den Traum meines Vaters begraben. Und Hayden ziehen lassen. Ich musste alles aufgeben.

Zum tausendsten Mal seufzte ich, und Daphne warf mir einen vorwurfsvollen Blick zu. Sie trug ein prachtvolles, enges weißes Hochzeitskleid im Meerjungfrauenstil, das mit schimmernden Zuchtperlen – es mochten Tausende sein – bestickt war. Meine Schwester verströmte Schönheit und Eleganz. Ihr langes blondes Haar war im Nacken hochgesteckt, darunter ergossen sich unzählige kleiner Löckchen. Eine Tiara war kunstvoll in die Frisur eingearbeitet. Endlich konnte die Prinzessin der Familie erstrahlen. Und diesen Augenblick wollte sie sich von niemandem verderben lassen, schon gar nicht von mir. »Es ist schnell vorbei, Mackenzie. Versuch doch bitte, nicht so zu zappeln, wenn du da draußen bist, okay? Gestern bei der Probe sah es aus, als müsstest du aufs Klo.«

Wie gern hätte ich mit einer spitzen Bemerkung gekontert, aber mir fiel einfach nichts ein. Wir warteten am »Sammelpunkt« – im Grunde nichts anderes als ein kleiner privater Garten neben dem Hauptgarten, in dem Daphne mit einem Mann den Bund fürs Leben schließen wollte. Jeff war in Ordnung. Er betete meine Schwester an und tat alles, um sie glücklich zu machen, selbst wenn sie es gnadenlos übertrieb. Er passte perfekt zu ihr, und der Umstand, dass sie einander gefunden hatten und sich in Ruhe kennenlernen durften, erfüllte mich mit leichter Wehmut.

Daphnes und Jeffs Hochzeitszeremonie sollte am Fuß einer Brücke abgehalten werden, die sich über einen akkurat angelegten Teich mit Koikarpfen spannte. Die Springbrunnen auf beiden Seiten der Brücke waren in den Farben der Hochzeit getönt – einem leuchtenden Orange und einem lebhaften Rot. Reihen über Reihen makellos weißer Stühle waren mit orangefarbenen und roten Rosen dekoriert, und in einer Ecke hatten professionelle Geiger Aufstellung genommen, die bekannte Hochzeitsweisen zum Besten gaben. Auf der gegenüberliegenden Seite des Teiches und vor der Besucherschar verborgen, befand sich ein Käfig mit einem Taubenpaar. Es sollte im Verlauf der Zeremonie freigelassen werden, im entscheidenden Augenblick, wenn Braut und Bräutigam sich umdrehten und sich den Gästen als Mann und Frau präsentierten. Also im Grunde alles ganz bescheiden.

Von meiner Position aus konnte ich sehen, wie sich die Stühle mit Verwandten, Freunden und Bekannten meiner Schwester und ihres zukünftigen Ehemannes füllten. Dad wartete mit uns, um Daphne später durch das Spalier zum Traualtar zu führen. Theresa war Brautjungfer wie ich, doch der Rest der Familie saß in der ersten Reihe – die Großeltern väter- und mütterlicherseits, Tanten, Onkel und einige Cousins und Cousinen. Hinter ihnen, in den nächsten beiden Reihen, saßen Mitglieder von Cox Racing, einschließlich John, Nikki und Myles. Es erfüllte mich mit Freude, dass Daphne jeden Einzelnen von ihnen eingeladen hatte. Auch wenn die Tage von Cox Racing gezählt waren, gehörten die Crew und die Fahrer doch zur Familie.

Ich versuchte, Myles und Nikki auf mich aufmerksam zu machen, um ihnen zur Begrüßung zuzuwinken, doch sie blickten nicht in meine Richtung. Nikki sah fantastisch aus, wie immer bei gesellschaftlichen Anlässen, doch sie kaute auf den Nägeln, was sie nur tat, wenn sie nervös war. Und Myles sah in seinem Anzug zwar super aus, doch seine Miene war so versteinert, dass man ihn vermutlich zwischen die Statuen im Garten hätte stellen können, ohne dass jemandem ein Unterschied aufgefallen wäre. Was hatten die beiden nur?

Gerade, als neue Ängste in mir aufsteigen wollten, klopfte mir Theresa von hinten auf die Schulter. »Ich würde mich an deiner Stelle noch niemandem zeigen. Sonst steigt dir Brautzilla aufs Dach.« Sie grinste und warf einen Blick zu Daphne, die mit der Hochzeitsplanerin debattierte. Es sah aus, als hielte sie der armen Frau eine Standpauke. Dann wandte sich Theresa wieder zu mir um, beugte sich näher und flüsterte: »Meinst du, sie hat die Kleider extra ausgesucht, um uns zu quälen? Meine Kleider waren nicht annähernd so schlimm.«

Damit hatte sie nicht ganz unrecht. Theresa hatte mich damals in ein Festkleid nach Art der Südstaaten gequetscht, das wie eine Parodie auf »Vom Winde verweht« aussah, farblich jedoch zumindest ganz hübsch gewesen war. Daphnes Brautjungfern mussten einen aufdringlichen Rotorange-Ton tragen, der zur Farbe der Koikarpfen im Teich passen sollte. Und als wäre die Farbe allein nicht schon schlimm genug, saß auf dem Hinterteil auch noch eine übergroße rote Schleife. Vermutlich war es das hässlichste Teil, das ich je im Leben getragen hatte. Aber irgendwie passte es zu meiner Stimmung.

»Genau. Bestimmt ist das ihre Rache dafür, dass ich mit sieben all ihren Puppen die Haare geschnitten habe.«

Theresa lachte und sah mich liebevoll an: »Ich bin mal gespannt, was du dir für deine Hochzeit aussuchst.«

Sofort ballte sich eine Faust in meinem Magen zusammen, dass ich mich fast gekrümmt hätte. So etwas stand mir nicht bevor. Zumindest nicht mit Hayden. Ich blinzelte rasch, um den Tränenflor zu vertreiben, der mir plötzlich den Blick verschleierte. »Glaubst du wirklich, ich werde mal heiraten? Ich habe doch kaum Zeit zum Duschen, wann soll ich da einen Mann kennenlernen?«

Theresa lachte schon wieder, da stand auf einmal Daphne neben uns. »Was ist so komisch?«, fragte sie. Ihre strahlend blauen Augen verrieten Besorgnis. »Stimmt etwas nicht? Ist es die Musik? Die Stühle? Die Blumen? Was ist los?«

Theresa und ich legten ihr je eine Hand auf die Schulter. Dad kam auch noch dazu, um sie aufzubauen. »Alles in Ordnung, Daphne, du kannst dich jetzt entspannen«, beruhigte er sie.

Sehr beruhigt wirkte Daphne zwar nicht, doch sie nickte. Mit meinem Vater und meinen Schwestern im Blick, wandelte sich der Knoten in meinem Magen zu einem sehnsuchtsvollen Ziehen. »Wenn doch Mom nur dabei sein könnte«, flüsterte ich.

Ich hörte Theresa schniefen, und Dad sah mir tief in die Augen. Wehmütig lächelnd erwiderte er: »Sie ist hier, Mackenzie. Glaub mir … sie ist hier.«

Schon wieder stiegen mir Tränen in die Augen, die überzulaufen und mir das Make-up zu ruinieren drohten. Dann fiel mein Blick auf Daphne. Sie wedelte sich mit den Händen vor den Augen herum und versuchte verzweifelt, sie zu trocknen, bevor die Wimperntusche verlief. Sie wirkte genauso wütend wie traurig, und ich musste lachen.

Nun traf mich ihr aufgewühlter Blick, und sie fauchte: »Keine emotionalen Bemerkungen vor der Zeremonie, Kenzie. Meine Güte! Willst du mich umbringen?«

Ich prustete los, und obwohl sie mir böse Blicke zuwarf, tat die gelöste Stimmung gut. Ich hoffte nur, dass sie sich hielt.

Schließlich begann die Zeremonie, und ich schritt mit dem mir zugeteilten Trauzeugen zum Fuß der Brücke. Als die Geiger den Hochzeitsmarsch spielten, erhoben sich alle von ihren Plätzen. Abermals füllten sich meine Augen mit Tränen, als ich sah, wie Dad Daphne zum Altar führte. Zum ersten Mal seit langer Zeit sah er richtig glücklich, fast sorglos aus. Von Liebe erfüllt und voller Stolz auf seine Tochter. Ich hoffte, dass er dasselbe für mich empfand, und schickte ein Stoßgebet gen Himmel, dass er nie erfuhr, was ich hinter seinem Rücken getrieben hatte. Ob er verstehen würde, dass ich es seinetwegen getan hatte? Spielte es eine Rolle? Verrat blieb Verrat.

Die Hochzeit nahm ihren Lauf, und meine Laune trübte sich erneut. Dass sich die Zeremonie über eine Stunde hinzog, verbesserte die Sache nicht gerade. Es wurden kitschige Gedichte, ellenlange Zitate aus der Heiligen Schrift sowie zwei Lieder mit sämtlichen Strophen vorgetragen. Als es endlich vorbei war und Daphne und Jeff als Mann und Frau den Gang hinunterschritten, weinte ich fast vor Erleichterung. Meine Füße litten Höllenqualen in diesen unbequemen Pumps, und ich musste immerzu an alles denken, was mir versagt war. Ich brauchte Alkohol. Wahrscheinlich gleich mehrere Drinks.

Ganz hinten im Garten hatte man ein Rund aus Zelten aufgebaut. Dort waren Speisen für den Empfang angerichtet, und die Alkoholvorräte hätten gereicht, um Oceanside damit zu fluten. Die Gäste waren nun dazu verdonnert, sich in eine endlose Schlange einzureihen, um Daphne und Jeff zu gratulieren, und ich hastete zur Bar. Als ich mich gerade vor den adrett gekleideten Barmann stellte, hörte ich jemanden hinter mir sagen: »Zwei Whisky, bitte. Ohne alles. Machen Sie gleich zwei doppelte.«

Ich blickte mich um und sah Myles zum ersten Mal aus der Nähe. Jetzt erkannte ich, wie erschöpft er aussah, als hätte er die ganze Nacht nicht geschlafen. »Hey … alles klar bei dir?«, fragte ich.

Myles zuckte mit den Schultern. »Ich weiß nicht, Kenzie. Ich weiß überhaupt nichts mehr.«

Dabei sah er mir mit strengem Blick so tief in die Augen, dass mir das Blut in den Adern gefror. »Was meinst du damit? Was ist los?«

Myles antwortete nicht sofort, nahm dem Barmann die Gläser ab und drückte mir eines in die Hand. Dann trank er einen Schluck von dem starken Zeug und schüttelte den Kopf. »Ich brauche ein paar Antworten, Kenzie. Ehrliche Antworten.«

Mir schlug das Herz bis zum Hals. »Auf was für Fragen?«, fragte ich, führte das Glas an die Lippen und ließ einen guten Schluck des Whiskys in meinem Mund brennen. Es war gleichzeitig furchtbar und herrlich. *Ist schon okay. Er weiß nichts.*

Er beugte sich vor, dann raunte Myles: »Hayden. Schläfst du auch mit ihm, oder geht es *nur* um die Straßenrennen?«

Ich verschluckte mich sofort an dem flüssigen Feuer, das sich den Weg meine Kehle hinunterbahnte. Was dafür sorgte, dass mein Widerspruch gegen diese Unterstellung erbärmlich schwach klang. »Was? Wovon redest du da?« Meine Augen tränten, ich hustete und spuckte, doch das war nichts, verglichen mit der Panik, die mich im Innersten ergriff. *Er weiß Bescheid. Wie zum Teufel kann er das wissen?*

Nun kam Nikki angelaufen und fing an, mir auf den Rücken zu klopfen. »Herrgott, Myles. Wolltest du nicht zartfühlender sein?« Sie warf ihm einen bösen Blick zu, reichte ihm mein Glas und zog mich dann fort von der Bar. Myles folgte einen Schritt hinter uns. Als ich zu ihr hinüberblickte, bemerkte ich, dass sie genauso müde und angeschlagen aussah wie Myles. Oh Gott – was ging hier vor sich?

In Nikkis erschöpfter Miene zeigte sich sehr viel mehr Mitgefühl als bei Myles. »Tut mir leid, Kenzie. Ich weiß, du hast gesagt, ich soll noch warten, bevor ich ihm von den Straßenrennen erzähle, aber es ging einfach nicht. Er war so aufgeregt, er war so versessen darauf, etwas gegen Hayden zu finden. Und ich wusste …«

»Sie wusste, was du getrieben hast!«, schrie Myles.

Ein paar Leute, die um uns herumstanden, hörten es auch, und ich spürte, wie aus Dutzenden Augenpaaren inquisitorische Blicke auf mich gerichtet wurden. Mist. Mir wurde schlecht. Nikki blickte erneut wütend zu Myles, dann wandte sie sich an mich und schüttelte den Kopf. »Ich wusste nichts davon, Ehrenwort. Aber Mensch, Kenzie … auf was hast du dich da nur eingelassen?«

Ich blieb abrupt stehen und hob abwehrend die Hände. »Ich habe keine Ahnung, wovon ihr sprecht«, behauptete ich mit leiser Stimme. Das war eine Lüge und zugleich auch die reine Wahrheit. Ich durfte nichts zugeben, ehe ich nicht genau überriss, wie viel sie überhaupt wussten.

Myles ging sofort auf mich los: »Wir haben dich gesehen. Wir waren letzte Nacht beim Rennen in L. A., und wir haben dich *gesehen.*«

Ich spürte, wie alle Farbe aus meinem Gesicht wich. Ja, jetzt wurde mir wirklich schlecht. »Oh …«

Myles Blick wurde eisig. »Ja … oh. Als mir Nikki von den Straßenrennen erzählt hat und dann das riesige Rennen in L.A.

erwähnte, wusste ich genau, wie ich Hayden drankriege. Ich hatte bloß keine Ahnung, dass ich dich bei der Gelegenheit gleich mit hochgehen lasse. Du machst dir überhaupt keine Vorstellung, wie schockiert ich war, als ich dich da gesehen habe, Kenzie. Mit *ihm.*« Myles holte sein Handy heraus und fing an, mir eine Fotokollektion zu zeigen. Das Drumherum, die Motorräder, die Fahrer vor dem Fußgängerüberweg. Hayden allein neben seinem Motorrad und schließlich ein Foto von mir: Ich stand neben Hayden und bereitete mich auf meinen Einsatz vor. Er hatte Beweise, ich war geliefert.

»Zeig das nicht meinem Dad«, flehte ich.

Myles lachte nur höhnisch. »Dieses Gespräch kommt mir irgendwie bekannt vor, Kenzie. Jetzt kommt der Teil, in dem du mich anflehst, nichts zu sagen. Dann lasse ich mich von dir überzeugen, dass du dich geändert hast, und anschließend hintergehst du mich und vögelst mit dem Feind.«

Er schrie, jeder ringsum hatte ihn gehört. Mir drehte sich der Magen um. »Nein … das stimmt nicht …« Doch, es stimmte. Und es gab nichts, was ich zu meiner Verteidigung vorbringen konnte. Tränen der Scham liefen mir über die Wangen.

Dass ich weiterhin versuchte, alles abzustreiten, machte Myles so wütend, dass sein Gesicht rot anlief. »Kannst du denn immer noch nicht ehrlich sein? Er ist an meinem Unfall schuld, Kenzie. Seinetwegen verpasse ich eine ganze Saison. Der Kerl hätte mich umbringen können! Ist dir das etwa völlig egal?«

»Natürlich nicht. Ich kann das erklären …« Ich legte ihm beruhigend die Hand auf den Arm, doch er entriss ihn mir.

»Fass mich nicht an«, fuhr er mich an, er zitterte vor Wut.

Nikki versuchte, ihn zu beruhigen; inzwischen hatte das Geschrei die Aufmerksamkeit meines Vaters erregt. Mir rutschte der Magen in die Kniekehlen, als ich ihn auf uns zustürmen sah. »Mackenzie, Myles. Was zum Teufel ist hier los? Ich habe euch beide noch hinten in der Schlange streiten hören.« Er hatte den Tadel an Myles gerichtet. Als er sah, dass sich Myles nicht entspannte, nahm Dad ihm die beiden Drinks aus der Hand und stellte sie auf dem nächsten Tisch ab. Dann stemmte er die Hände in die Hüften und richtete seinen strengen Blick auf mich. »Klärt mich jemand auf? Was ist los?«

Ich reagierte nicht schnell genug, Myles kam mir zuvor. Er hielt sein Handy hoch und sagte: »Deine Tochter hat zusammen mit einem Fahrer von Benneti Motorsport bei illegalen Straßenrennen mitgemacht. Und zwar mit Hayden Hayes, dem Dreckskerl, der mein Motorrad manipuliert hat. Und als ob das noch nicht schlimm genug wäre, bin ich mir ziemlich sicher, dass sie auch mit ihm schläft.«

Das war der Moment, in dem mein Leben in sich zusammenfiel. Ich konnte nichts mehr für mich tun, nichts für Hayden, nichts für irgendjemanden.

Myles Gesicht wurde kalkweiß, als begriff er erst jetzt die Tragweite dessen, was er gesagt hatte. Er versuchte noch, sein Handy wegzuziehen, aber dazu war es zu spät. Mein Vater entriss es ihm und scrollte durch die Fotos. Sein Blick verdüsterte sich von Aufnahme zu Aufnahme.

Als Dad schließlich bei dem letzten Bild angelangt war, gab er Myles das Handy mit beherrschter Miene zurück. »Ich verstehe«, sagte er kalt und emotionslos, als käme er aus einer anderen Welt.

Ich war verzweifelt und packte meinen Vater am Arm. »So war das nicht. So ist das gar nicht.« *Doch, ist es doch.* Ich leugnete die Wahrheit: »Hayden hat mir nur gezeigt, wie es geht, aber gefahren bin ich selbst. Er wollte mir nicht helfen, aber ich habe ihn dazu gezwungen. Weil ich genug Geld gewinnen wollte, um Cox Racing zu retten. Um dir zu helfen.« Es zerriss mir das Herz, ich schluchzte: »Ich wollte dir nur helfen, die Firma zu retten, Dad. Und ich hätte es fast geschafft. Ich habe achtzigtausend Dollar zu Hause, die sind für dich. Komplett für dich. Wir können sie sofort holen. Bitte! Ich kann es dir zeigen. Ich kann dir helfen!«

Dad machte große Augen, als er hörte, wie viel Geld ich hatte, und auch Nikki und Myles holten ungläubig Luft. Dann schloss Dad die Augen und presste die Lippen so fest aufeinander, dass sie weiß wurden. Als er die Augen wieder öffnete, klang seine Stimme gepresst. Das lag an dem mühsam unterdrückten Zorn. »Darüber unterhalten wir uns später, nach dem Hochzeitempfang deiner Schwester. Er drehte sich um und ging, ohne sich noch einmal umzusehen, und ich wusste, dass ich ihn gerade verloren hatte. Tief in meiner Seele wusste ich es. Mein Vater war verloren, wahrscheinlich auch meine Zukunft und sogar die von Hayden.

Nikki war die Erste von uns, die wieder etwas sagte. »Du hast wirklich achtzigtausend Dollar gewonnen?«

Meine Antwort richtete ich mit leerem Blick direkt an Myles. »Ja. Habe ich. Um Cox Racing zu retten. Das war alles, was ich wollte, Myles. Und du … hast gerade alles zerstört.«

Myles schüttelte betreten den Kopf. »Das wollte ich nicht. Es ist mir nur so rausgerutscht. Ich war wütend … und es tut mir so leid.« Er hielt sein Handy hoch und wischte auf dem Display herum. »Hier, ich lösche alle Fotos. Jetzt gibt es keine Beweise mehr. Du und Hayden, ihr bekommt keinen Ärger mit dem Verband.«

Ich wischte mir die verlaufene Wimperntusche von den Wangen. »Wir werden trotzdem aus den Teams geworfen. Für das Kontaktverbot mit den Bennetis braucht man keine Beweise«, erklärte ich ihm. »Man hat uns außerhalb des Trainingsgeländes zusammen beobachtet … Das ist Keith und meinem Vater Grund genug. Außerdem *hat* Dad die Fotos schon gesehen, bevor du sie gelöscht hast. Und weißt du was? Wenn Dad mit solchen Anschuldigungen gegen seine eigene Tochter zum Verband geht, dann glauben sie ihm wahrscheinlich auch ohne Beweise. Vielleicht hast du mir gerade die Karriere ruiniert, Myles.«

Myles wandte den Blick ab, und ich war am Ende. Jetzt war wirklich alles vorbei. Ich wurde auf jeden Fall gefeuert, schlimmstenfalls sogar gesperrt. Hayden würde wahrscheinlich in meinen Untergang mit hineingezogen … Wenn er Glück hatte, würde man ihn nur feuern. Und wenn das geschah, würde ihm dann noch jemand anders eine Chance geben? Ich hatte versucht, etwas Gutes zu tun, und jetzt war alles kaputt. Schuld war allein Myles' Rachefeldzug. »Habt ihr zwei die Polizei gerufen?«, flüsterte ich. »Habt *ihr* uns auffliegen lassen?«

Myles und Nikki tauschten einen Blick, dann sahen sie mich schuldbewusst aus aschfahlen Gesichtern an, und ich wusste, was sie sagen würden. Nikki bekam glänzende Augen, als wüsste sie, dass unsere Freundschaft nach ihrem Geständnis nicht mehr dieselbe sein würde. »Wir wussten nicht, dass du da auch noch aufkreuzt. Wir sind angekommen, haben gesehen, was los war, und haben Hayden entdeckt. Du warst noch nicht da. Du bist erst eingetroffen, nachdem wir schon die Polizei benachrichtigt hatten … und dann ließ sich die Sache nicht mehr aufhalten. Und wir waren beide so …«

Myles nahm den Faden auf, als sie ins Stocken geriet. »Wir waren sauer, Kenzie. Wir fühlten uns von dir betrogen … Deshalb haben wir dich nicht gewarnt. Deshalb haben wir dich deinem Schicksal überlassen und sind gegangen, kurz bevor die Polizei gekommen ist. Es tut mir unendlich leid«, flüsterte er. »Ich bin völlig fertig deswegen.«

Nikki blickte zu Myles. »Ich habe mich in der Nacht schon total beschissen gefühlt und tausend Mal daran gedacht, bei dir vorbeizufahren, um mich zu vergewissern, dass du da weggekommen bist. Aber ich hatte solche Gewissensbisse, dass ich es noch nicht einmal fertiggebracht habe, dich anzurufen.« Ihre Augen glänzten und sie schniefte. »Wir hätten dich warnen sollen. Wir hätten mit dir reden sollen. Wir hätten mit der ganzen Geschichte völlig anders umgehen sollen.«

Myles senkte den Blick. »Ich wollte Hayden unbedingt drankriegen …«

»Und hast es doch nicht geschafft«, blaffte ich. Wut, Schmerz, Bedauern, alles ging in mir durcheinander. »Hayden ist ungestraft davongekommen.« Wenn auch knapp. In Myles' Augen glitzerte immer noch vernichtender Hass. Auf Hayden hatte er es weiterhin abgesehen. Daran würde sich auch nie etwas ändern, und ich war dazu verdammt, zwischen den Fronten zu stehen.

Myles machte den Mund auf, und ich ahnte, dass er etwas sagen würde, was ich gerade überhaupt nicht hören wollte. Eigentlich gab es ohnehin nichts mehr zu sagen. Der Drops war gelutscht. Ich war so verzweifelt, dass ich kaum noch ein Wort über die Lippen bekam. »Letzte Nacht hatte ich die *einmalige* Chance, Cox Racing auf Dauer zu sanieren«, sagte ich den beiden. »Und ihr beide habt sie mir genommen.«

Nikki kam sofort mit ausgestreckten Armen auf mich zu, als wolle sie mich umarmen. »Kenzie … ich bin so …«

Ich wich ihr aus und deutete mit dem Finger auf sie. »Nicht. Ich kann das jetzt nicht.« *Du hast Cox Racing auf dem Gewissen – und Hayden hast du mir auch genommen.*

Ich drehte mich um und ging. Ich hörte zwar noch, dass Myles und Nikki mir hinterherriefen, ignorierte sie jedoch. Ich war zu aufgewühlt. Erneut schossen mir die Tränen in die Augen, und ich wollte allein sein, wenn es mich völlig zerriss.

21. Kapitel

Die Hochzeitsplanerin half mir, meine Tasche aus der Garderobe zu holen, dann hastete ich zum Parkplatz. Als ich endlich in meinem Truck saß, überlegte ich, ob ich Hayden anrufen und ihm sagen sollte, dass alles aus war. Aber ich brachte es nicht über mich. Ich konnte ihn nicht abservieren, bevor ich ihm nicht gesagt hatte, wie viel er mir bedeutete. Und ich konnte den Gedanken nicht ertragen, ihn zu verlieren. Von den zwei Dingen, die mir bald für immer aus dem Herzen gerissen werden würden, war die Beziehung zu Hayden der weitaus größere Verlust. Allein die Vorstellung, nie wieder seine smaragdgrünen Augen zu sehen, sein schiefes Grinsen oder das verstrubbelte Haar, wenn er den Helm abnahm, raubte mir die Luft zum Atmen. Nicht mehr mit ihm Rennen zu fahren, mit ihm zu reden, mich ihm zu öffnen und mich mit ihm gehen zu lassen – das war unerträglich. Ich konnte ihm noch nicht sagen, dass alles vorbei war, denn wenn ich Stillschweigen bewahrte, konnte ich vielleicht noch eine letzte gemeinsame Nacht für uns herausschlagen.

Eine Nacht, die nie genug sein wird. Nachdem ich das gedacht hatte, konnte ich den Kummer nicht mehr zurückhalten. Ich legte den Kopf aufs Lenkrad, aller Schmerz brach aus mir heraus, und ich schluchzte hemmungslos.

Ich weiß nicht, wie lange ich weinte, doch irgendwann waren alle Tränen versiegt. Mein Kopf dröhnte, meine Kehle war ausgedörrt, und mein Herz … fühlte sich an, als würde es nie mehr heilen. Ich versuchte es so sehr, mich auf etwas anderes zu konzentrieren als meinen Schmerz, doch es ging nicht. Ich konnte nur noch daran denken, wie weh mir das alles tat – von den tiefsten Tiefen meines Herzens bis in die Fingerspitzen, nichts als Schmerz.

Als mein Blick in den Schoß fiel, bemerkte ich, dass das Kleid, das Daphne für mich ausgesucht hatte, voller Tränenspuren war. Ich sah aus, als wäre ich in einen Regenschauer geraten. Plötzlich bekam ich Gewissensbisse. Ich sollte da drüben sein und mit der Familie Daphnes Hochzeit feiern, anstatt mich hier zu verstecken und zu trauern. Doch ich bezweifelte, dass ich jetzt Glück vortäuschen konnte. Oder die Nähe meiner sogenannten Freunde ertragen. Oder die meines Vaters. Er war wütend auf mich, und das war sein gutes Recht.

Ich kam zu dem Schluss, dass ich es meiner Schwester schuldig war, sie zu unterstützen, ungeachtet dessen, was ich selbst gerade durchmachte. Also wischte ich mir das Gesicht ab und stieß die Tür auf. Als ich den Fuß auf den Parkplatz setzte, merkte ich, dass jemand in meine Richtung kam. Ich sah, dass es mein Vater war. Mir schnürte sich die Kehle zu.

Ich stieg aus, holte tief Luft und machte mich auf etwas gefasst. Wenigstens wollte ich Haltung bewahren, wenn mich das Schicksal ereilte. Dad machte erst halt, als er direkt vor mir stand. Er machte ein ernstes Gesicht. »Was tust du hier draußen?«, fragte er und ließ den Blick über die leeren Autos ringsum schweifen. »Du hast die Reden und die Torte verpasst.«

»Ich musste mich erst wieder fassen«, erwiderte ich. Meine Stimme war heiser, aber zum Glück nicht mehr brüchig.

Dad nickte, als wüsste er es zu schätzen, dass ich das unter Ausschluss der Öffentlichkeit getan hatte. »Und hast du dich gefasst?«

»Ja.« Jedenfalls so gut es ging.

»Gut. Dann sollten wir uns wohl einmal darüber unterhalten, was du getan hast«, sagte er mit reichlich Unbehagen in der

Stimme. »Am besten bringen wir es gleich hinter uns, solange wir hier ungestört sind.«

Ich senkte den Blick zu Boden, es lag eine Schwere in der Luft, eine unangenehme Spannung, die wie Sandpapier über meine Haut rieb. Wenn es darum ging, sich einander zu öffnen, waren Dad und ich die reinsten Versager. Oder vielleicht lag es auch nur an mir. Ich konnte mich anderen nur sehr schwer öffnen. Hayden hatte es als Einziger geschafft, mich aus der Reserve zu locken, und er hatte eine ganze Weile dafür gebraucht. Doch Dad wollte wissen, was mit mir los war, und ich hatte keinen Schimmer, was ich ihm erzählen sollte. Sollte ich weiter lügen oder alles gestehen? Jedenfalls war ich mir ziemlich sicher, dass er mich feuern würde. Wenn nicht wegen der Straßenrennen, dann wegen dieser verdammten Benneti-Kontaktsperre.

Ohne diese Kontaktsperre hätten Hayden und ich uns erst gar nicht heimlich zu treffen brauchen. Dann wäre ich gar nicht erst in diesen Sog von Lügen und Heimlichkeiten gegenüber meiner Familie geraten. Myles hätte vielleicht ganz anders über Hayden gedacht, wenn er die Gelegenheit dazu gehabt hätte, ihn kennenzulernen oder gelegentlich ein paar Worte mit ihm zu wechseln. Das Gleiche galt für Nikki. Vielleicht sogar für Dad. Wenn sie ihn besser kennengelernt hätten, würden sie ihn vielleicht so sehen wie ich. Ohne diese Kontaktsperre könnte die Welt gerade ganz anders aussehen. Und sie existierte wegen Keith … und Mom.

Vor der Affäre hatte es dieses Kontaktverbot nicht gegeben, auch wenn Keith meinem Vater die Schuld an seiner Verletzung gab. Doch nachdem meine Mutter mit Keith geschlafen hatte, war alles aus. Ich verstand nicht, wie das hatte geschehen können. Weshalb hatte Mom Dad nur auf diese Weise betrügen können? Erinnerte sich Dad jedes Mal, wenn er Keith sah, an diesen Vorfall? Was dem Kontaktverbot mit den Bennetis ständig neue Nahrung gab? Wäre Dad wohl toleranter, wenn Mom noch lebte?

Ich löste meinen Blick vom Boden und linste zu Dad hinüber. Er sah in der Gegend umher, nur um mir nicht in die Augen zu schauen. Ich wusste genau, was ihm auf der Seele lag. Er wollte etwas über Hayden erfahren, über die Straßenrennen … und wusste nur nicht, wie er anfangen sollte.

Ich räusperte mich und beschloss, das Eis mit einer Frage zu brechen, die ich mir schon seit Jahren stellte. »Dad … du und Mom, wart ihr … glücklich?«

Meine Frage schien ihn zu erschrecken. »Warum willst du das wissen?«

»Ich dachte gerade nur an Mom … und Keith.« In meinem Schädel pochte es, und ich spürte, wie Wut in mir aufwallte. »Warum hat sie …? Ich meine, wie konnte sie nur?« Ich verstummte. Das hatte doch keinen Zweck. Ich hätte es nicht ansprechen dürfen, Dad machte auch so schon genug durch.

Zu meiner Überraschung lächelte Dad. »Weshalb sie unsere Ehe aufs Spiel gesetzt hat?« Statt zu antworten, konnte ich nur nicken, und über Dads kleines Lächeln legte sich ein Schatten. Er schob die Hände in die Hosentaschen und sagte: »Es gab Zeiten, Mackenzie, da habe ich mir diese Frage jeden Tag gestellt. Ich glaube, das Problem begann mit dem Unfall, der für Keith das Ende seiner Karriere bedeutete.« Er schloss die Augen und schüttelte den Kopf. »Es war ein dummer Fehler, der mir nicht hätte passieren dürfen. Ich habe unseren Abstand falsch eingeschätzt und streifte seinen Reifen, als wir aus einer Kurve kamen. Wir haben beide die Kontrolle verloren, aber er knallte genau im richtigen Winkel und mit dem richtigen Schwung in die Wand …« Dad hielt inne, als ihn die Erinnerung übermannte, dann öffnete er die Augen und fuhr fort. »Na ja, du hast bestimmt das Video gesehen. Es war ein schrecklicher Unfall, aber als solchen hat Keith es nie gesehen und mir nicht verziehen. Wir waren die besten Freunde, wie Brüder, zusammen gehörte uns die Welt. Es war für mich undenkbar, dass uns irgendetwas auseinanderbringen könnte … Und dann ist es doch passiert. Nach diesem Unfall hat Keith Mittel und Wege gesucht, mich zu verletzen.«

Als Dad sich in den Erinnerungen verlor, legte sich Trauer auf sein Gesicht, und ich konnte es nicht mit ansehen, ohne selbst zu leiden. »Es ist schon seltsam, was einem im Gedächtnis bleibt. Manchmal vergesse ich deinen Geburtstag oder die Geburtstage deiner Schwestern, sogar meinen *eigenen* Geburtstag vergesse ich manchmal. Aber den Tag, an dem ich herausgefunden habe, was zwischen Keith und deiner Mom lief … Es ist für mich, als wäre es erst gestern gewesen. Und ich glaube nicht, dass ich das jemals vergessen werde – auch wenn ich es mir wünsche.«

Er hielt inne, und seine Augen fingen an zu schimmern. Normalerweise hätte ich jetzt nach einer Ausrede gesucht, um zu gehen, doch diesmal legte ich ihm mitfühlend die Hand auf den Arm. Ein kaum merkliches Lächeln huschte über sein Gesicht, und ich war froh, als ich es sah. »Wie üblich kam ich spät vom Ring nach Hause. Normalerweise schlief deine Mutter dann schon, aber in jener Nacht … war sie noch wach. Sie lief unruhig durch unser Schlafzimmer, und sie hatte gerötete Augen, als hätte sie geweint … was damals regelmäßig vorkam.«

Bestürzt bemühte ich mich zu verarbeiten, was Dad gerade gesagt hatte. Sie war traurig? Oft? Ich hatte so viele Geschichten über meine Mutter gehört, aber noch nie, dass sie unglücklich gewesen war. Dass sie unbefriedigt war, setzte ich voraus – warum sonst hätte sie eine Affäre anfangen sollen? Aber depressiv?

Dad merkte, dass diese Information neu für mich war, und schickte eine Erklärung hinterher: »Nach der Geburt der

Kinder war deine Mutter nie wieder so wie vorher.« Er hob die Hände, als wolle er mich beschwichtigen. »Versteh mich nicht falsch. Sie hat euch über alles geliebt, aber sie hat sich verändert. Ständig war sie bedrückt … Erst später haben wir herausgefunden, dass sie an einer ziemlich schweren und anhaltenden postnatalen Depression litt – so haben es die Ärzte jedenfalls genannt. Doch damals habe ich nur gemerkt, dass sie oft weinte, und egal, was ich tat, mit nichts konnte ich sie aufheitern.« Er ließ den Blick zu Boden sinken, nahm die Hände aus den Hosentaschen und strich sich durchs Haar. »Ich wusste nicht, wie ich damit umgehen sollte, und verbrachte deshalb immer mehr Zeit auf dem Parcours.« Er sah mir kurz mit einem verteidigenden Blick in die Augen. »Aber das war auch nötig. Das Team über Wasser zu halten war nie leicht.«

Ich nickte, als hätte ich dafür Verständnis und Mitgefühl, doch in Wahrheit verlor meine Kindheit gerade an Glanz. Eltern hatten perfekt zu sein und eine harmonische Einheit zu bilden. Aber das waren sie nicht. Sie waren ebenso fehlbar wie jeder andere Mensch auch.

Dad knirschte mit den Zähnen, und sein Blick wurde hart. Jetzt kam er zum schlimmsten Teil der Geschichte. »Keith, dieser gefühllose Mistkerl, schlug zu, als Vivienne am schwächsten und verwundbarsten war. Er nutzte ihren Kummer und ihre Einsamkeit aus und versuchte, sie gegen mich auszuspielen. Er wollte sie davon überzeugen, mich zu verlassen, um sich dafür zu rächen, dass ich ihm seine Karriere genommen hatte.«

Er ballte die Fäuste so fest, dass die Knöchel weiß hervortraten. Wäre Keith in der Nähe gewesen, hätte Dad sich bestimmt auf ihn gestürzt. Nach einer Weile lockerte er jedoch die Fäuste, und seine Miene entspannte sich. »Monatelang hielten die beiden ihre Affäre vor mir geheim, bis Vivienne das Schuldgefühl nicht mehr ertrug. Sie wollte reinen Tisch machen. Und zwar in jener Nacht, als ich nach Hause kam und sie im Schlafzimmer herumgeisterte. Sie meinte, dass sie kein Doppelleben mehr führen wolle … und mir deshalb reinen Wein einschenken müsse.«

Er wirkte nachdenklich, als er sich an die furchtbarste Nacht seines Lebens zurückerinnerte, und die tränenfeuchten Augen drohten jeden Moment überzulaufen. Ich hatte meinen Vater noch nie weinen sehen. Niemals. Ich kochte innerlich, als ich sah, wie er verstohlen versuchte, sich die Tränen fortzuwischen. »Wie konnte sie dir so etwas antun? Auch wenn sie an Depressionen litt – wie konnte sie nur mit ihm schlafen?«

Dad seufzte. »Es war nicht allein ihre Schuld, Mackenzie. Ich habe auch meinen Anteil daran. Ich wusste, dass es ihr schlecht ging, aber ich hatte keine Ahnung, wie ich ihr helfen konnte. Also ignorierte ich sie und ihre Schwierigkeiten. Keith schenkte ihr die Aufmerksamkeit, die sie brauchte. Er hörte ihr zu, wenn sie von ihren Problemen redete, und er sagte und tat die richtigen Dinge … während ich mich komplett hinter meiner Arbeit verschanzte. Ich ging auf Tauchstation, wenn sie weinte, und das war nicht in Ordnung.«

Sein Blick wurde mutlos, als er erneut seine unauslöschliche Schuld spürte. Es war schmerzhaft, das zu sehen. »Es war auch nicht in Ordnung, dass sie dich betrogen hat, Dad«, erwiderte ich sanft. »Sie hat eine Grenze überschritten, die sie nicht hätte überschreiten dürfen. Das war ihre Entscheidung, dafür bist du nicht verantwortlich.« Ich biss mir auf die Lippe und stellte dann doch die Frage, die mir auf der Seele brannte: »Wie konntest du ihr das vergeben?«

Ein trauriges Lächeln umspielte Dads Lippen. »Viele Therapiestunden. Und Geduld. Und Gespräche. Es ging Vivienne sehr schlecht, und als sie Hilfe suchte und ich nicht da war …

nahm sie den Nächstbesten, den sie kriegen konnte. Es hat lange gedauert, bis ich ihr vergeben konnte, aber irgendwann hatten wir es ausgestanden. Wir sind gestärkt aus dieser Krise hervorgegangen.« Dads Miene versteinerte: »Aber was Keith anbetrifft … ich werde ihm nie vergeben, was er getan hat. Was er mir angetan hat, Vivienne, euch Mädchen – unserer ganzen Familie. Er und ich waren einmal wie Brüder. Er hätte es besser wissen müssen. Das zwischen uns kommt nie wieder ins Reine.«

Dass Dad Keith verabscheute, war keine große Überraschung. Ich hasste ihn auch, jetzt mehr denn je. Das einzig Positive am Ende von Cox Racing war der Umstand, dass Dad ihn dann endlich los war. Wir alle wären ihn los. »Warum hast du noch so lange an dem Trainingsgelände festgehalten? Warum hast du nicht sofort verkauft, nachdem du von der Affäre erfahren hast?«

Dad ließ den Blick über den Parkplatz schweifen. »Ich weiß nicht, ob ich eine richtige Erklärung dafür habe … es gab viele Gründe. Stolz. Ich wollte Keith nicht das Gefühl geben, dass er mich vertrieben hatte. Er sollte nicht denken, dass er gewonnen hatte. Es gab auch praktische Gründe. Der Trainingsring war für meine Ansprüche perfekt, und allein, ohne einen Mitinhaber, konnte ich so etwas nicht finanzieren. Aber ich glaube, in Wahrheit bin ich geblieben …«, er richtete den Blick wieder auf mich und sah mir in die Augen, »… weil meine kostbarsten Erinnerungen mit diesem Gelände verknüpft sind. Hier sind meine Kinder groß geworden, hier haben sie ihre ersten Schritte gemacht. Du bist hier auf deinem ersten Motorrad gefahren. In meinem Büro habe ich um die Hand deiner Mutter angehalten … Ich könnte schwören, dass ich jedes Mal, wenn ich da hineingehe, immer noch ihr Parfüm riechen kann.« Er seufzte erneut. »Und selbst jetzt, nach allem, was vorgefallen ist, würde ich Cox Racing am Leben erhalten, wenn ich könnte.

Ganz tief in meinem Herzen will ich wirklich nicht schließen, Mackenzie.«

Er tat mir so leid, deshalb bekniete ich ihn, seine Meinung noch zu ändern: »Dann lass es. Nimm mein Geld, beantrage einen Kredit, such dir einen neuen Partner … irgendwas. Es muss noch eine andere Möglichkeit geben, Dad.«

Lächelnd schüttelte er den Kopf. »Ich bekomme keinen neuen Kredit, und achtzigtausend sind zwar ein guter Anfang, reichen aber nur für das Nötigste und ändern nichts an dem eigentlichen, viel größeren Problem. Und was einen neuen Partner betrifft: Abgesehen von John habe ich niemanden gefunden, der sich mit mir zusammenschließen will. Und John kann es sich nicht leisten. Glaub mir, Mackenzie, ich habe das genau durchgerechnet. Es gibt keine andere Möglichkeit mehr. Es wird Zeit, dass wir uns beide von der Vergangenheit verabschieden.« Sein Lächeln verblasste. »Es ist an der Zeit für uns, auf diese Erinnerung an deine Mutter zu verzichten. Aber der Ring ist nicht der einzige Ort, an dem sie fortlebt. Ihr drei Schwestern habt alle etwas von ihr. Ganz besonders du.« Sein Blick wurde wehmütig. »Du siehst ihr so ähnlich, dass es mir manchmal wehtut, dich anzusehen. Doch es ist ein guter Schmerz.«

Danach musste ich ungefähr zehnmal hintereinander schlucken. Dad sah für einen Moment sehr betreten aus, dann fuhr er fort. »Ich bin wirklich nicht gut mit diesem Gefühlskram und leider in erster Linie dein Chef und dann erst dein Vater. Manchmal entziehe ich mich dir ganz bewusst, und das tut mir leid. Ich will nur, dass du Erfolg hast. Ich will, dass du alles aus dir herausholst, was in dir steckt, und dich nicht mit Mittelmaß zufriedengibst.« Dad legte mir eine Hand auf den Arm. »Ich darf es dir nicht so oft sagen, wie ich es gerne würde, aber ich bin wahnsinnig stolz auf dich.« Dann verfinsterte sich seine Miene, und er nahm die Hand fort. »Und deshalb ist das, was du getan hast, umso schlimmer. Straßenrennen? Was zum Teufel hast du dir bloß dabei gedacht?«

Freude und Sorge erfüllten mich gleichermaßen. Endlich hatte ich die Worte gehört, nach denen ich mich schon mein Leben lang gesehnt hatte. Sie waren jedoch davon getrübt, dass ich Dad und das Familienerbe verraten hatte, als ich mich auf etwas so Illegales und Schmutziges eingelassen hatte. Mir war schlecht. »Willst du mich melden?«, flüsterte ich.

Dad strich sich mit der Hand durchs Gesicht. Er hielt inne, um sich die Schläfe zu massieren, dann atmete er erschöpft aus, als laste das Gewicht der ganzen Welt auf seinen Schultern: »Myles hat mir gesagt, dass er die Fotos gelöscht hat. Deshalb habe ich keinen Beweis, um meine Behauptung zu belegen. Wenn ich allerdings meine eigene Tochter beschuldige, würde mir der Verband vielleicht …« Er zögerte und sah mir ins Gesicht. Mein Herzschlag beschleunigte sich. *Heißt das etwa Ja?*

Eine weitere Sekunde verging, dann schüttelte Dad den Kopf. »Nein, ich werde dich nicht melden. Ohne Beweise könnte dich jeder anständige Rechtsanwalt wieder ins Renngeschäft zurückbringen, und dafür setze ich weder meine Zeit noch meinen Ruf aufs Spiel.« Nach diesen Worten grinste er einmal kurz, und ich wusste, dass er eigentlich ganz froh war, eine Hintertür gefunden zu haben. Er hielt sich an die Regeln, wie es seiner Persönlichkeit entsprach, aber er wollte nicht mit ansehen, wie mir der Rennsport genommen wurde.

Ich atmete erleichtert auf, und als Dad es bemerkte, setzte er erneut eine strenge Miene auf. »Aber sag mir, dass dir wenigstens bewusst ist, wie falsch du dich verhalten hast.«

Es war mir überaus bewusst, und das war es, was die Sache noch schwerer machte. Ich schüttelte den Kopf, als könnte ich mich dadurch von aller Schuld befreien, und erwiderte: »Das ist mir nur zu bewusst. Ich konnte dem Geld nicht widerstehen. Nach der Geldstrafe dafür, dass du Keith geschlagen hast, warst du so verzweifelt, und wir hatten so hohe Schulden, dass ich wusste, es reicht einfach nicht mehr, wenn ich gewinne. Ich dachte, ich muss drastischere Maßnahmen ergreifen, um uns noch zu retten.«

Nachdem er mein Plädoyer gehört hatte, sah er mich streng an. Den Blick kannte ich schon vom Parcours, er setzte ihn auf, wenn ich etwas falsch gemacht hatte und er mich korrigieren wollte. »Ich weiß die Geste zu schätzen, wirklich, aber das war dumm. Auf den Straßen bist du völlig ungeschützt. Es gibt keine Warnflaggen, keine Inspektionen und keine Boxenstopps. Aber es gibt Ampeln, Fußgänger und andere Verkehrsteilnehmer, denen nicht bewusst ist, dass sie Hindernisse in einem Hochgeschwindigkeitsrennen darstellen. Es ist nicht nur verboten, Mackenzie, sondern auch unglaublich gefährlich. Du hättest umkommen können. Ich will nicht noch einen geliebten Menschen wegen eines dummen Unfalls begraben müssen.«

Der Kummer zeichnete sich in seinen Gesichtszügen ab. Ich konnte ihm nicht mehr in die Augen sehen und senkte den Blick auf seine Brust. »Es tut mir leid, so habe ich das nicht gesehen. Ich wollte nur … das Vermächtnis retten«, sagte ich und riskierte einen Blick in sein Gesicht.

Dads Lippen bogen sich langsam nach oben, und er schnaubte ungläubig. »*Du* bist das Vermächtnis, Mackenzie. Begreifst du das denn nicht?«

Meine Augen füllten sich mit Tränen. Auch das hatte ich noch nie so betrachtet. »Es … es tut mir leid.«

Dad machte ein ernstes Gesicht und musterte mich mit prüfendem Blick. »Ja, dass es dir leidtut, nehme ich dir ab. Aber das ist auch der einzige Teil an der Geschichte mit den Straßenrennen, den ich dir glaube. Was du mir vorher erzählt hast … das glaube ich dir nicht. Die ganze Idee ist niemals auf deinem Mist gewachsen. Und ich kann mir nicht vorstellen, dass dich dieser Hayden nur deshalb eingeweiht hat, weil du ihn darum gebeten hast. Was läuft *wirklich* zwischen dir und diesem Benneti-Knaben?«

Sofort wollte ich auf eine Lüge ausweichen, wollte Hayden schützen und Dad erzählen, dass da nichts lief. Dass ich die Wahrheit gesagt hätte, als ich behauptete, Hayden sei unschuldig und ich hätte ihn dazu gezwungen, mich zum Straßenrennen zu bringen. Aber mein Vater hatte mir gerade sein Herz ausgeschüttet, und ich konnte ihn nicht anlügen. »Er ist nicht so, wie du denkst, Dad. Er ist ein guter Mensch, und er hat seine eigenen Gründe, sich in diesem Milieu zu bewegen. Sie sind genauso gut wie meine.«

Dad brummte missbilligend. »Seine Beweggründe tun nichts zur Sache, Mackenzie. Du darfst dich nicht mit ihm abgeben – *in keiner Weise.* Und du kannst ihm ganz bestimmt nicht vertrauen. Er wohnt bei Keith, wusstest du das? Er ist *total* von ihm abhängig. Wenn Keith ihm sagt, er soll dir die Reifen aufschlitzen, dann macht er das. Und zwar, ohne mit der Wimper zu zucken.«

»Nein, das würde er nicht. Er …« Ich schloss den Mund so schnell, dass ich mir auf die Zunge biss. *Er liebt mich, ich liebe ihn, und er würde mir nie wehtun.* Das durfte ich jedoch nicht sagen. Dad wäre fuchsteufelswild, wenn er hörte, dass unsere Beziehung derart ernst war, und das würde seine Einstellung zu Hayden mit Sicherheit nicht verbessern. Womöglich würde es sein Misstrauen ihm gegenüber sogar noch verstärken. Was noch trauriger war: Dad hatte recht. Ich war mir zwar sicher, dass mich Hayden nie verletzen würde, aber was andere betraf, hegte ich Zweifel. Ich war davon überzeugt, dass mir Hayden auf der Straße zum Siegen verholfen hatte, und das ließ es durchaus möglich erscheinen, dass er auch bei Myles' Unfall nachgeholfen hatte. Im Grunde konnte ich nicht einschätzen, wie weit seine Loyalität zu Keith ging. Würde er eine direkte Anordnung ignorieren? Ich wollte es lieber nicht wissen.

Dads Miene wurde streng, als wüsste er genau, was mir durch den Kopf ging. »Und ob er das wird, Kenzie, und deshalb … muss ich etwas unternehmen, um dieser Sache einen Riegel vorzuschieben.«

Ich fühlte mich, als hätte sich ein Schlund in der Erde aufgetan und drohte, mich zu verschlingen. Das durfte doch nicht wahr sein. »Willst du mich wirklich feuern?«

Ich war mir sicher, dass er Ja sagen würde, stattdessen schüttelte er den Kopf. »Es gibt nur noch ein Rennen in dieser Saison, danach ist Cox Racing Geschichte. Dich an diesem Punkt zu feuern, wäre völlig sinnlos.«

Er wollte mich also nicht mit der vorzeitigen Beendigung meines Vertrages mit Cox Racing bestrafen. »Was willst du dann unternehmen?«, fragte ich, und wusste nicht, ob ich die Antwort wirklich hören wollte.

Dads Miene blieb versteinert. »Nichts. Sofern du dich künftig von ihm fernhältst und dich nie mehr mit ihm triffst.«

Mein Herz fing heftig an zu hämmern, als mir die Bedeutung seiner Worte bewusst wurde. Er ließ mich also trotz Feindkontakten und trotz der Straßenrennen davonkommen? Wenn ich bereit war, mir den Mann aus dem Kopf zu schlagen, der mich beflügelte, der mich bewegte, mich berührte und sich nach mir verzehrte? Obwohl es mir Angst machte, ihn zu lieben, obwohl ich wusste, dass es völlig zwecklos war, sich dagegen aufzulehnen, und obwohl ich selbst skeptisch war, was Haydens Methoden und seine Loyalität betraf – ich könnte leichter mit einer Kündigung leben, als auf ihn zu verzichten. »Und … wenn ich … ihn doch wiedertreffen würde … was wäre dann?«

Dad ließ ein genervtes Knurren ertönen und schlug mit der Hand auf meinen Truck. »Verdammt noch mal, Mackenzie. Provoziere mich nicht. Zwing mich nicht dazu, unsere Beziehung zu opfern, um dich zu retten.«

Seine Stimme klang angespannt, flehend, aber mir war immer noch nicht klar, womit er mir eigentlich drohte. Dabei gefror mir vor Angst allmählich das Blut in den Adern. »Wovon redest du überhaupt? Was würdest du tun, falls ich mich weiterhin mit ihm treffe?«

Dad ließ die Schultern sinken, und es kam mir vor, als würde er direkt vor meinen Augen altern. »Wenn ich das Gefühl habe, dass mir keine andere Wahl bleibt, um dich vor dir selbst zu schützen, dann … würde ich deine Karriere ruinieren. Aus Liebe zu dir.«

Eine schmerzvolle Sekunde lang hörte mein Herz auf zu schlagen. »Wie bitte?« Ich musste mich verhört haben. Eine andere Erklärung konnte es nicht geben.

Mit einem traurigen und resignierten Gesichtsausdruck sagte mein Vater: »Du hast mich schon ganz richtig verstanden, Mackenzie. Trenne dich von diesem Kerl, oder ich sorge dafür, dass dich kein anderes Team einstellt. Nicht einmal Benneti.«

Er lachte finster, aber es war nicht im Mindesten komisch.

»Das kann nicht dein Ernst sein.«

»Mir ist noch nie etwas so ernst gewesen«, erklärte er.

Die Wut brodelte so heftig in mir auf, dass mir schwindelte. »Das kannst du mir nicht antun. Du kennst ihn doch gar nicht. Du weißt nur, was dir andere Leute über ihn erzählen. Die irren sich«, zischte ich.

Dad hielt einen Moment inne, als wolle er zunächst seine Gedanken sortieren, bevor er mir antwortete. »Ich weiß, dass du dich verändert hast. Das Mädchen, das ich kannte, hätte nie ihre Karriere und ihr Leben beim Straßenrennen aufs Spiel gesetzt. Das Mädchen, das ich kannte, hätte ihre Familie und ihre Freunde nicht belogen. Und das Mädchen, das ich kannte, hätte sich auch nicht auf einem Parkplatz versteckt, anstatt die Hochzeit ihrer Schwester zu feiern. Sei doch mal ehrlich, Mackenzie. Du bist nicht mehr dieselbe. Und daran ist er schuld.«

Alles, was er sagte, entsprach der Wahrheit, doch an nichts davon trug Hayden die Schuld. Ich hatte meine eigenen Entscheidungen getroffen, wie grässlich sie auch gewesen sein mochten. Die meisten davon in dem verzweifelten Bemühen, meiner Familie zu helfen. Ich suchte nach einem Argument, dem Dad nicht widersprechen konnte. Das Einzige, was mir einfiel, war: »Ich bin durch ihn eine bessere Fahrerin geworden.«

Dad sah kurz zur Seite und richtete den Blick dann wieder auf mich: »Aus meinem Mund mag sich das seltsam anhören – aber eines habe ich im Laufe der Jahre gelernt: Rennfahren ist nicht alles.«

Er wollte mich nicht verstehen, dann konnte ich ebenso gut lügen. Es war mittlerweile egal. Ich warf die Hände hoch und stellte klar: »Ich bin *nicht* mit ihm zusammen. Ich habe das nur so gesagt. Ich habe ihn benutzt, mehr nicht. Hayden bedeutet mir überhaupt nichts.« Schon es zu sagen, tat wahnsinnig weh. Es war, als risse ich mir das Herz aus der Brust und es hinge nur noch an einem Faden.

Ich nahm keine Sekunde lang an, dass mir mein Vater auch nur ein einziges Wort glaubte, dennoch grinste er. »Gut. Dann haben wir auch kein Problem.«

Ein Problem hatten wir auch nicht; wir hatten hundert Probleme. »Richte Daphne meine Glückwünsche aus. Ich fahre jetzt nach Hause.«

Dads Gesichtsausruck veränderte sich, und ich erkannte deutlich die Enttäuschung in seinen Augen. Wie hätte ich seiner Meinung nach auf sein Ultimatum reagieren sollen? Er musste wissen, dass er damit bei mir nicht auf Begeisterung stieß. Er wollte meine Karriere ruinieren? Weil er dachte, ich sei zu gut für Hayden? In seinen Augen war Hayden nur ein Dreckskerl, der Keiths Befehle befolgte. Er kannte Haydens Hoffnungen und Träume nicht, wusste nichts von Izzy und ihrer kranken Tochter. Dad hatte sich nicht die Mühe gemacht, hinter die Kulisse zu blicken. Das tat er nie. Für Dad hieß es »er oder ich« und das alles nur, weil Hayden für den Erzfeind fuhr. Warum zum Teufel musste Hayden nur ein Benneti sein?

Ich wollte wieder in meinen Truck steigen, hielt jedoch inne, als ich meinen Vater sagen hörte: »Ich weiß, dass du das jetzt nicht verstehst, aber eines Tages wirst du mir dankbar sein, Kenzie. Das verspreche ich dir.«

Eines Tages würde ich verstehen, dass er mich erpresste? Da hegte ich große Zweifel. Ich schob mich auf den Sitz, knallte die Tür zu, startete den Truck und ließ meinen Vater einfach stehen. Allein.

Ich fuhr davon, und die Erschöpfung holte mich ein. Die ganze Begegnung mit Dad hatte mich fertiggemacht. Keine Ahnung, wie mich ein Gespräch, das so todtraurig begonnen hatte, am Ende so wütend machen konnte. Als sich Dad geöffnet und von Mom erzählt hatte, war ich ihm so nah gewesen wie nie zuvor. Aber jetzt … Es war, als hätte er einen tiefen Graben zwischen uns ausgehoben, über den nur noch eine wackelige Holzbrücke führte. Und ich wusste nicht, ob ich auf seine Seite wechseln … oder die Brücke entzweischlagen wollte.

Als ich über den Highway donnerte, versuchte ich, an nichts zu denken. Die Vergangenheit war zu schmerzhaft und die Gegenwart hoffnungslos. Dad hatte von Opfern gesprochen, und nichts anderes verlangte er von mir. Ich sollte Hayden opfern, meine Karriere und vielleicht auch die Beziehung zu meinem Vater. Wie konnte er von mir verlangen, mich zwischen diesen Dingen zu entscheiden, ohne die ich nicht leben konnte? Es war, als ob er mich fragte, welches meiner Glieder ich am liebsten amputieren wollte. Für dieses Problem gab es keine gute Lösung. Mit meiner Entscheidung würde ich entweder Hayden oder meinem Vater wehtun – und mir selbst auf jeden Fall. Wie ich es auch drehte, für mich kam dabei nichts Gutes heraus.

Zu Hause kroch ich gleich ins Bett. Ich verließ es nur, als ich auf die Toilette musste und um mir die Zähne zu putzen. Vielleicht konnte ich auf diese Weise alles überstehen. Ich würde einfach im Bett bleiben und mich vor dem Leben verkriechen. Ich wollte nur einen Tag lang nicht nachdenken und mich nicht entscheiden müssen. Wenn ich mich einfach weigerte, eine Entscheidung zu treffen, konnte mich auch nichts verletzen.

Ich dachte, mein Plan sei narrensicher, bis es um zehn Uhr abends an meiner Haustür klingelte. Mit verschwommenem Blick und träge, nachdem ich den ganzen Nachmittag verschlafen hatte, verfluchte ich das nervige Geräusch und blieb einfach im Bett liegen. Langsam wurde ein Dauerklingeln daraus, als ob jemand immer wieder auf den Klingelknopf drückte. Ich warf mir ein Kissen über den Kopf, um den Lärm auszublenden. Als mein nächtlicher Besucher dazu überging, »Jingle Bells« auf der Türklingel zu spielen, warf ich schließlich die Decke beiseite und stand auf.

Ich riss die Tür auf und war nicht wirklich überrascht, als ich Hayden gegenüberstand; er wollte heute nach der Hochzeit vorbeikommen. Frisch gewaschen, mit perfekt zerzaustem Haar und einem leichten Dreitagebart sah er deutlich besser aus als ich momentan. Er war zum Anbeißen, und am liebsten hätte ich mich sofort in seine Arme gekuschelt. Und das war genau der Grund, aus dem er besser gar nicht hier sein sollte. Ich hatte noch keine Entscheidung getroffen, es nicht einmal versucht.

Er legte die Hand an den Türrahmen, hielt den Kopf schief und musterte mich. »Alles okay bei dir? Du siehst aus, als hättest du dich mit einem Grizzlybären angelegt – und verloren.«

Ich blickte ihn finster an und schüttelte den Kopf. »Es ist spät, Hayden, du solltest gehen.«

Ich wollte die Tür schließen, aber er legte die Hand aufs Türblatt und hielt mich zurück. »Du hast meine Frage noch nicht beantwortet. Außerdem ist es für unsere Verhältnisse überhaupt nicht spät.«

Ich gab mich geschlagen und öffnete die Tür ganz. »Du solltest nicht hier sein. Wenn jemand dein Motorrad sieht …« Doch vermutlich spielte das jetzt auch keine Rolle mehr. Wie sollte ich mich bloß verhalten?

»Dann schließ die Garage auf, damit ich mein Motorrad reinstellen kann. Außer du willst, dass ich das Schloss knacke.« Er zuckte mit den Schultern. »Zur Not kann ich das auch, aber es wäre bedeutend einfacher, wenn du einfach aufmachst.«

Ich zögerte, dann ließ ich ihn herein. Nachdem Hayden eingetreten war, sah er schweigend zu, wie ich die Haustür schloss. Seine offene Lederjacke sah so einladend aus. Wie gern hätte ich meine Hand daruntergeschoben, die straffen Muskeln an seinem Bauch, an seinen Lenden und auf seinem Rücken gespürt und mich von ihm in die Arme schließen lassen. Wie gern hätte ich so getan, als wäre alles beim Alten, obwohl sich alles geändert hatte.

Anstatt weiter in die Küche zu gehen, rührte sich Hayden nicht von der Stelle und taxierte mich. Gerade als ich fragen wollte, worauf er noch wartete, zog er eine Augenbraue hoch und sagte: »Du hast meine Frage noch nicht beantwortet. Ist alles okay bei dir?« Ich öffnete den Mund, da legte er mir einen Finger auf die Lippen. »Bevor du antwortest: Versuch nicht, mich abzuwimmeln und so zu tun, als wäre alles in Ordnung. Du siehst furchtbar aus, und ich weiß, dass es dir nicht gut geht. Erzähl mir, was passiert ist.«

Mit wütendem Blick stieß ich den Finger von meinem Mund. »Ich sehe furchtbar aus? Na, vielen Dank, das hört man als Frau gern.«

Haydens Miene wurde ernst, und er blickte mir tief in die Augen. »Lenk nicht ab. Was ist passiert, Kenzie?«

Ich strich mir durchs Haar. Was sollte ich ihm sagen, was verschweigen? Sollte ich jetzt Schluss machen? Oder die Sache noch ein bisschen laufen lassen? Beides kam nicht infrage. »Ich hatte nur eine … Unterhaltung.«

Das entsprach der Wahrheit, doch es war eine sehr vage Antwort – Haydens Miene wirkte jetzt besorgt. »Über uns?«

Ich biss mir auf die Lippe, um mich davon abzuhalten, ihm zu antworten. Als er sah, dass ich zögerte, stieß Hayden resigniert die Luft aus. »Okay. Es ging also um uns. Vielleicht kann ich dir dabei helfen, deine Gedanken zu sortieren.« Er beugte sich vor und schaute mir in die Augen. »Es ist doch ganz einfach, Kenzie. Was empfindest du für mich?«

Darauf zu antworten, kam einer Entscheidung gleich, deshalb versuchte ich, der Frage auszuweichen. »Was spielt es denn für eine Rolle, was wir füreinander empfinden? Für uns gibt es keine Zukunft.«

»Für mich spielt es sehr wohl eine Rolle. Du weißt, dass ich dich liebe, Kenzie. Bevor ich dich kennenlernte, wusste ich gar nicht, dass es jemanden wie dich überhaupt gibt. Ich weiß, wir können nicht …« Er zögerte. »Es ist kompliziert mit uns, aber das heißt doch nicht, dass es unmöglich ist. Deinetwegen würde ich sogar jede Nacht mein Motorrad in der Garage verstecken, wenn ich nur mit dir zusammen sein könnte.« Er beugte sich vor und gab mir einen zärtlichen Kuss. Es fühlte sich an, als würde etwas in meinem Kopf platzen, mein Herz schien sich zu weiten und dann in sich zusammenzufallen. Er rückte ein Stück von mir ab und fragte: »Also: Was empfindest du für mich?«

Du bedeutest mir alles. Aber ich kann deinetwegen nicht meine Familie im Stich lassen, und es macht mich völlig fertig, dass ich mich zwischen den beiden Männern entscheiden soll, die ich am meisten liebe.

In mein Schweigen hinein hob Hayden die Hand und strich mir über die Wange. »Kenzie«, flüsterte er. »Sprich mit mir. Du musst mir nicht sagen, dass du mich liebst, wenn du etwas anderes empfindest. Sag mir einfach, *was* du fühlst.« Wieder strich er mit seinen Lippen über meine, und ich spürte, wie die Mauern in mir brachen. Ich wollte ihm sagen, was ich für ihn empfand, alles riskieren, nur um mit ihm zusammen zu sein. Ich wollte sein Ein und Alles sein und ihm sagen, dass er der Einzige war, bei dem ich mich jemals so lebendig gefühlt hatte.

»Ich …«

Ich liebe dich. So sehr. Ich weiß nicht, wie ich jemals ohne dich leben konnte. Und das macht mir Angst.

Die Worte blieben mir im Hals stecken. Hayden küsste mich wieder, als hoffe er, mich auf diese Weise zum Sprechen zu bringen. Dann wurde sein Kuss leidenschaftlicher, und er seufzte leise. Seine Hand glitt zu meinem Po, und er zog mich näher, bis wir ganz eng zusammenstanden. So, wie es sein sollte.

Seine Lippen wanderten zu meinem Ohr: »Kenzie … bitte … sprich mit mir.«

Ich schloss die Augen, hörte auf nachzudenken und überließ die Entscheidung meinem Herzen. »Ich will mit dir zusammen sein. Ich will dir gehören, und du sollst mir gehören. Ich … ich liebe dich auch.«

Als ich die Augen wieder aufschlug, war die belastende Unentschiedenheit Vergangenheit. Ich fühlte mich frei. Ich hatte es getan, ich hatte eine Entscheidung getroffen. Jetzt würde ich damit leben müssen. Aber mit Hayden an meiner Seite konnte ich alles durchstehen. Und mein Dad … musste irgendwann darüber hinwegkommen. Wenn er Mom vergeben konnte, dass sie ihn betrogen hatte, dann würde er mir auch eines Tages verzeihen. Wir mussten nur so lange Stillschweigen bewahren, bis ich ein neues Team gefunden hatte, das mich übernahm. Es würde Dads Ruf sehr schaden, wenn er mich erst sperren ließe, nachdem ich bereits woanders unter Vertrag stand.

Ich fühlte mich, als könnte ich schweben, und schlang kichernd die Arme um Haydens Nacken. Er lachte, und ich hatte ihn noch nie so glücklich gesehen. Irgendwie würden wir das alles schon hinkriegen. Ich strich durch sein Haar und flüsterte, von zärtlichen Küssen unterbrochen: »Wir bringen jetzt dein Motorrad rein, und dann machst du Liebe mit mir.«

Er stöhnte, dann schloss er mich in die Arme. »Das ist das Zweitbeste, was ich heute Nacht gehört habe.«

Wir versteckten sein Bike, so schnell es irgend ging, und fanden uns schon Minuten später in meinem dunklen Schlafzimmer wieder. Ich war so unglaublich scharf auf ihn. Ich konnte nichts sagen, konnte nicht mehr denken, ich wollte nur noch seine Lippen auf meinen spüren. Unser Kuss war gierig und wild, ich drängte ihn zum Bett und riss uns die Kleider vom Leib. Schließlich waren wir beide nackt. Ich erwog, in seine Arme zu springen, damit wir uns im Stehen lieben konnten. Ich konnte keine Sekunde länger warten.

Hayden schien meine Verzweiflung zu spüren, denn er schob mich sanft zurück: »Wir haben die ganze Nacht Zeit«, flüsterte er. Dann nahm er zärtlich meine Hand, führte mich zum Bett und zog mich langsam mit sich hinunter. »Du hast gesagt, du willst Liebe machen, und ich will dir nur zeigen, was das heißt.«

Skeptisch erwiderte ich: »Ich weiß, was Liebe machen bedeutet.«

»Wirklich?«, fragte er mit einem unwiderstehlichen Grinsen. Dann ließ er die Hand über meine Hüfte gleiten. Seine Haut auf meiner zu spüren, war so wunderbar, dass ich die Augen schloss. Er lag neben mir und zog mich an sich. Ich schnappte nach Luft. Es fühlte sich so großartig an, als er die Beine um meine schlang, mit der Hand meinen Rücken hinaufstrich, über meine Schultern und dann ganz zart an einer Brust herunter. Unter weichen, zarten Küssen flüsterte er: »Ich will dich verwöhnen. Du hast es verdient, verwöhnt zu werden.«

Angesichts all der Dinge, die ich mir in letzter Zeit hatte zuschulden kommen lassen, war ich mir nicht so sicher, ob ich ihm beipflichten konnte. Sein Körper an meinem fühlte sich jedoch so fantastisch an, dass ich ihm nicht widersprechen wollte. Seine Beine rieben sich zärtlich an meinen, und seine Hand strich mir über Bauch und Hüften. Wo er mich berührte, massierte er mich, und ich hatte das merkwürdige Gefühl, als würde mein Schmerz vergehen und einer starken Lust weichen.

Dann rollte er mich auf den Bauch und ließ die Hände über meinen Rücken streichen. Es war himmlisch. Dann die Lippen. Ebenso himmlisch. Seine Hände glitten über meine Beine und massierten sie. Als sich sein Mund wieder meinen Rücken hinaufarbeitete, ließ er einen Finger zwischen meine Schenkel gleiten. Mir entfuhr ein Schrei, als sich die Lust wie eine Schockwelle in meinem Körper ausbreitete. Er ließ die Hand, wo sie war, und streichelte meinen Schoß, presste seine Brust gegen meinen Rücken und küsste meine Schulter.

»Ich will, dass du dich fantastisch fühlst, denn du *bist* fantastisch«, flüsterte er mir ins Ohr.

Dann drehte er mich wieder auf den Rücken. Ich konnte nicht mehr denken und spürte nur noch Verlangen. Und Liebe. Haydens Lippen strichen an meinem Hals hinunter, zu meiner Brust. Er verteilte zärtliche Küsse auf meinen Brüsten, auf meinen Nippeln, dann glitt er hinunter zum Bauch. Als er die Schenkel erreichte, wand ich mich vor Begierde und keuchte vor Erregung. Ich fühlte mich wie ein eingesperrtes Tier, als würde ich das Bett zertrümmern, wenn er mich nicht gleich dort berührte, wo ich ihn brauchte. Er beruhigte mich: »Wir haben die ganze Nacht Zeit. Heute will ich dich von Kopf bis Fuß verwöhnen.«

Er strich mit der Zunge über meine Scham, und ich verdrehte die Augen. *So … gut.* Dann presste er seinen Mund auf mich, und ich versank im Strudel des Vergessens. Alles andere zählte nicht mehr, nur noch, wie fantastisch er sich anfühlte.

Ich schwebte auf Wolke sieben, da brachte er seinen Mund wieder an meinen. Er bedeckte meine leicht geöffneten Lippen mit Küssen und presste die Spitze seines Geschlechts an meine Pforte. »Sieh mich an«, flüsterte er.

Ich schlug die Augen auf und sah ihn an. Als er die Hand auf meine Wange legte, las ich so viel Liebe und Zärtlichkeit in seinem Blick, dass mir der Akt an sich fast nebensächlich erschien. *Das* genügte mir.

Doch dann drang er in mich ein, und das Gefühl, eins zu sein und mit allem im Reinen, verstärkte sich. Er öffnete die Lippen und sah mich unentwegt an. Unsere Herzen und unsere Seelen verbanden sich, als unsere Körper verschmolzen.

Langsam begann er, mit den Hüften zu kreisen, und es war eine Herausforderung, das gemächliche Tempo zu halten. Das Gefühl, als er sich in mir bewegte, war jedoch viel intensiver und ging viel tiefer als je zuvor. Seltsamerweise schossen mir Tränen in die Augen. »Oh Gott«, flüsterte ich, klammerte mich an seinen Rücken und zog ihn mit aller Leidenschaft an mich. Ich wollte, dass es nie wieder aufhörte.

Hayden hielt mich noch fester, drang noch ein wenig tiefer, etwas härter in mich ein. Er fasste meine Hand und legte seine Stirn an meine. Als wir uns wie von selbst immer schneller bewegten, küsste er mich, lange und intensiv. Brennende Leidenschaft lag in jeder Bewegung. Die Spannung wuchs rasch, und ich spürte, dass diese lebensverändernde Vereinigung nur noch Sekunden fortdauern würde. Ich ließ den Kopf in den Nacken sinken und stöhnte seinen Namen. »Hayden …«

Er drückte meine Hand, und das war alles, was ich an Ermutigung brauchte, um ganz loszulassen. Ich schrie unwillkürlich auf, als der Orgasmus mich packte und erschütterte. Haydens freie Hand kehrte zu meiner Wange zurück; er nötigte mich, ihn anzusehen. Ich war selbst noch auf den Gipfeln der Lust, als Hayden ebenfalls den Höhepunkt erreichte. Unmittelbar, bevor er kam, flüsterte er: »Ich liebe dich, oh Gott, ich liebe dich.«

Ich schlang meine Arme um seinen Hals und zog seinen Mund an meinen. *Ich liebe dich auch.*

22. Kapitel

Die nächsten drei Wochen waren unglaublich schwer für mich. Mein Vater fragte regelmäßig, wie es liefe. Die Frage war so vage formuliert, dass alles damit gemeint sein konnte, doch ich durchschaute ihn. Er wollte wissen, ob ich mit Hayden Schluss gemacht hatte. Ich antwortete ihm stets mehr oder weniger dasselbe: *Mach dir keine Sorgen, Dad, ich tue, was du von mir erwartest.*

Tat ich aber nicht, und ich fühlte mich so elend dabei, dass ich es zunehmend vermied, mit meinem Vater allein zu sein. Ich hatte permanent Magenschmerzen, da hätte ich genauso gut wieder mit den Straßenrennen anfangen können. Dann würde ich mit meinen blank liegenden Nerven wenigstens Geld verdienen. Doch das spielte ohnehin keine Rolle mehr. Cox Racing war erledigt.

Abgesehen von dem schlechten Gewissen, das ich meinem Vater gegenüber hatte, weil ich ihm ins Gesicht log, setzten mir meine besten Freunde mit ihren Entschuldigungen zu. Nikki und Myles bedauerten außerordentlich, was sie getan hatten. Vor allem Myles tat es leid, dass er meinem Vater die Wahrheit gesteckt hatte. Sie schickten mir SMS, riefen mich an und bedrängten mich täglich. Anfangs konnte ich sie noch mit meiner Wut auf Abstand halten, doch die emotionale Achterbahnfahrt, die ich durchlebte, zermürbte mich mehr und mehr.

Eines Nachmittags setzte ich mich auf einen Hocker zu Nikki, die dabei war, mein Motorrad flottzumachen. Ich rang mit mir, ob ich mit ihr reden sollte, bevor mich Schuldgefühle und

Bedauern zerfraßen. Normalerweise öffnete ich mich nicht so leicht – Nikki musste mir immer alles aus der Nase ziehen –, aber ich ertrug das Alleinsein nicht mehr. Die emotionale Insel, auf die ich mich geflüchtet hatte, sank allmählich.

»Hey … Nikki?«

Sofort ließ sie den Schraubenschlüssel sinken, fuhr auf ihrem Hocker herum und blickte mich an. Es war schon eine Weile her, seit ich das Gespräch mit ihr gesucht oder mich überhaupt mit ihr unterhalten hatte. In letzter Zeit hatte sich Nikki mit ziemlich einsilbigen Antworten zufriedengeben müssen. »Ja. Was gibt's? Brauchst du was? Hast du Durst? Hunger? Brauchst du Sex? Bei Letzterem müsste ich passen, aber ich könnte mal rumfragen.«

Ich lachte über ihre Beflissenheit, dann erinnerte ich mich wieder an meine Probleme und ein Schatten legte sich sogleich auf mein Gemüt. Hatte sich mein Leben eigentlich jemals leicht angefühlt? Ich vergewisserte mich, dass wir allein waren, dann fragte ich: »Kann ich mal mit dir reden?«

Nikki nickte sofort. »Oh – Gott sei Dank. Ist es wegen dem, was auf der Hochzeit passiert ist? Es tut uns ja so leid – Myles und mir. Das haben wir nicht gewollt. Und es macht mich völlig fertig, dass ich nicht weiß, was dein Vater zu dir gesagt hat. Er hat es niemandem erzählt. Noch nicht einmal John weiß Bescheid.« Mit großen Augen fügte sie rasch hinzu: »Also nicht, dass ich nachgebohrt hätte oder so.«

Ich schüttelte den Kopf. »Nein, deshalb nicht … na ja, vielleicht in gewisser Weise. Aber bevor ich dir alles erzähle, musst du auf unsere Freundschaft schwören, dass du niemandem auch nur ein Sterbenswörtchen sagst. Und ich meine es ernst, Nikki. Du darfst mit niemandem darüber reden, nicht einmal mit Myles.« Ich wollte es ihm selbst erzählen, wenn ich so weit war.

Nikki malte sofort ein X über ihrem Herzen, und ich öffnete

den Mund, um ihr meines auszuschütten – doch es kam mir kein Wort über die Lippen. Ich hatte alles so lange für mich behalten, dass es schwer war, einen Anfang zu finden. Nachdem ich tief Luft geholt hatte, kämpfte ich gegen die unangenehme Spannung an, die mich zu erdrücken drohte. Ich konnte das. »Ich … ich habe mich verliebt. In Hayden.« Ich zog innerlich den Kopf ein und wartete darauf, dass sie sich auf mich stürzte – trotzdem fühlte ich mich erleichtert. Es tat gut, endlich mit jemandem über ihn zu sprechen.

Nikki sah mich an, als hätte ich mir gerade ihren Schraubenschlüssel vor die Stirn geknallt. »Du bist …? In Hayden? … Hayes?«

Sie sah so perplex aus, dass ich beinahe lachen musste, wenn mein Leben für solche Späße momentan nicht viel zu ernst gewesen wäre. »Ja, ich weiß … Ich war auch geschockt.«

»Wie ist das passiert?«, erkundigte sie sich verwundert.

Mit einem traurigen Lächeln vertraute ich ihr sämtliche Geheimnisse an, die ich so lange für mich behalten hatte. »Zuerst ging es nur ums Rennen. Es lief nicht so gut, wie mein Vater es gern gehabt hätte. Und ich habe dir ja schon erzählt, dass Hayden und ich zusammen wirklich besser fahren. Ja … und dann sind wir nachts immer in die Trainingsstrecke eingebrochen, um zusammen zu trainieren. Während alle anderen tief und fest schliefen, bin ich mit ihm Bestzeiten gefahren.«

Nikki klappte der Unterkiefer herunter. »Ihr seid in den Ring eingebrochen?«, zischte sie.

Nun musste ich doch über ihre Reaktion lachen. »Ja. Ein paarmal habe ich das Schloss sogar selbst geknackt.« Sie blickte mich völlig entgeistert an, als wüsste sie nicht mehr, wen sie vor sich hatte. Ich stieß erschöpft die Luft aus. »Ich wusste nicht, dass er noch an Straßenrennen teilnimmt, bis er mich in der Nacht von Daphnes Junggesellinnenabschied fast über den Haufen gefahren hätte.« Ich musste grinsen, als ich mich daran erinnerte. Dann machte ich wieder ein ernstes Gesicht. »Ich dachte damals, es sei der einzige Weg, Cox Racing zu retten … also habe ich gebettelt, dass er mich auch fahren lässt. Anfangs kam das für ihn absolut nicht infrage. Er hat sich Sorgen gemacht, dass mir etwas passieren könnte. Wir haben uns sogar deshalb gestritten. Aber ich musste das Risiko eingehen, um die Firma zu retten oder es wenigstens zu versuchen. Jedenfalls habe ich ihm gesagt, dass ich auf jeden Fall fahren würde, ob nun mit oder ohne seine Unterstützung.«

Nikki kippte fast vom Hocker. »Du warst immer so … diszipliniert, so vernünftig. Hast dich immer an die Regeln gehalten. Das ist ja, als würdest du mir erzählen, dass du heimlich ein Pornostar bist. Das geht einfach nicht in meinen Schädel.«

Wegen des Vergleichs machte ich ein sehr strenges Gesicht, aber ich begriff, was sie damit meinte. Es war so langsam gegangen, dass ich kaum gemerkt hatte, wie ich mich veränderte. »Und bei alldem habe ich dann langsam Gefühle für Hayden entwickelt. Zuerst rein körperlich. Mein Gott, ich war so scharf auf ihn. Aber je besser ich ihn kennenlernte, desto tiefer gingen meine Gefühle. Dabei wusste ich die ganze Zeit, dass zwischen uns nichts laufen durfte. Dass es völlig sinnlos wäre, sich in ihn zu verlieben … aber dann ist es trotzdem passiert.« Tränen brannten mir in den Augen, und ich suchte Nikkis Blick. »Ich bin so in ihn verliebt, Nikki. Ich bin in ihn verliebt, und mein Vater wird mich fertigmachen, wenn ich nicht aufhöre, mich mit ihm zu treffen. Er hat mir gedroht, dafür zu sorgen, dass mich nächste Saison *kein* Team mehr nimmt. Und das glaube ich ihm. Aber ich kann nicht aufhören, mich mit Hayden zu treffen – ich fühle mich so lebendig, wenn ich mit ihm zusammen bin. Als würde erst dann mein wahres Ich zum Vorschein kommen. Ich *kann* ihn nicht aufgeben, und darum bin ich erledigt.« Ich wischte hektisch die dicken, fetten Tränen fort, die mir über die Wangen liefen.

In Nikkis Gesicht zeichnete sich eine Mischung aus Mitgefühl und Verwunderung ab. Sie rollte mit dem Hocker zu mir heran und nahm mich in die Arme. »So ein Mist, Kenzie … ich hatte ja keine Ahnung.« Dann ließ sie mich wieder los und sah mich vorwurfsvoll an. »Warum hast du mir denn bloß nicht früher davon erzählt?«

Ich trocknete meine Tränen und schüttelte den Kopf. »Weißt du … es fällt mir nicht leicht, über so etwas zu reden. Dieser Gefühlskram ist einfach nicht mein Ding. Aber vor allem ist Hayden hier tabu, alle hassen ihn. Besonders Myles und Dad. Ich hatte Angst, wenn ich dir davon erzähle, erzählst du es jemand anderem, und dann werde ich gefeuert.«

Sie wollte gerade den Mund aufmachen, um sich zu verteidigen, da unterbrach ich sie. »Versuch erst gar nicht abzustreiten, dass du eine schlechte Geheimnishüterin bist.« Sie verzog das Gesicht, dann nickte sie. Ich seufzte erschöpft und fuhr fort: »Zuerst habe ich mir noch eingeredet, du würdest es ausplaudern, es würde sich herumsprechen, und dann wäre alles vorbei. Aber eigentlich … wollte ich mir wohl einfach nicht anhören, dass ich bescheuert bin und einen Riesenfehler begehe. Niemand sollte mir meine Pläne ausreden. Ich wollte nicht wahrhaben, was gerade ablief. Und dann habe ich mich in Hayden verliebt, und es war alles zu spät …«

Nikki sah mich mitfühlend an und wischte mir mit einer sauberen Stelle ihres Lappens ein paar Tränen aus dem Gesicht. Ich hatte gar nicht gemerkt, dass ich schon wieder weinte. »Liebst du ihn wirklich so sehr, dass du deine Karriere für ihn aufs Spiel setzen willst? Seit ich dich kenne, hast du immer nur die Rennfahrerei im Kopf gehabt.«

Da musste ich lächeln. »Es klingt verrückt, aber es stimmt: Ich würde eher auf die Rennen als auf ihn verzichten.« Nikki lächelte, und ihre Augen funkelten. Sie freute sich für mich. Als ich das sah, ging es mir schon viel besser.

Sie machte Anstalten, mich erneut zu umarmen, doch ich hielt sie zurück und packte ihre Unterarme. »Am liebsten würde ich aber beides behalten. Darum muss ich mich darauf verlassen können, dass du niemandem ein Sterbenswörtchen verrätst. Das ist mein voller Ernst, Nikki. Solange mein Dad nicht weiß, dass ich mich immer noch mit Hayden treffe, wird er auch nicht versuchen, meine Karriere zu sabotieren.«

Nikki sah mich eine ganze Weile schweigend an, erst dann nickte sie. Ich schlang die Arme um sie, drückte sie fest und dankte ihr dafür, dass sie mich nicht verraten würde, dass sie sich meine Probleme angehört hatte und dass sie so eine gute Freundin war. Ich war noch immer aufgewühlt, als ich sie verließ, aber irgendwie konnte ich etwas freier atmen, nachdem ich ihr mein Herz ausgeschüttet hatte.

Ich beschloss, heute früher zu gehen und machte mich auf den Weg zu meiner Straßenmaschine, als mein Handy piepte. Es war eine Nachricht von Hayden: *Treffen wir uns hinten bei der Stelle?*

Er meinte das Loch im Zaun. Nein, das ging nicht. Außerhalb meines Hauses mied ich jegliche Treffen mit Hayden: keine nächtlichen Trainings mehr, keine Barbesuche am Stadtrand, kein Anfeuern, wenn er Straßenrennen fuhr. Es stand jetzt wesentlich mehr auf dem Spiel. Mein Vater durfte auf keinen Fall Wind davon bekommen, dass ich Hayden noch sah. Auf der anderen Seite wollte ich aber auch nicht, dass Hayden von dem Theater mit Dad und Myles erfuhr. Deshalb verschwieg ich ihm meine wahren Beweggründe, warum ich mich so übervorsichtig verhielt. Hayden wäre ebenso ein Nervenbündel wie ich, wenn er wüsste, dass Myles die Wahrheit herausgefunden und sie meinem Dad erzählt hatte. Der setzte Keith nur deshalb nicht ins Bild, weil er ihn abgrundtief hasste. Wenn mein Vater aber erst erfuhr, dass ich mich weiterhin mit Hayden traf, würde er trotzdem mit Keith reden. Damit wollte ich Hayden nicht belasten. Nicht so kurz vor dem letzten Rennen der Saison.

Ich riskierte einen Blick hinüber zu Bennetis Reich. Hayden stand in der Lederkombi mit dem Handy in der Hand vor einem Garagentor. Er blickte in meine Richtung, auch wenn es nicht so wirkte, als ob er zu mir herübersah. Ich atmete tief durch und simste zurück: *Kann nicht. Ich treffe mich zum Mittagessen mit Daphne.* Ihn zu belügen, fiel mir noch schwerer, als meinen Vater zu belügen, doch ich durfte nicht riskieren, mit ihm gesehen zu werden. Hayden antwortete mit einem Smiley, dem die Mundwinkel nach unten hingen. Ich lachte und fühlte mich nicht mehr ganz so schuldig. *Kommst du heute Abend vorbei?*, fragte ich.

Selbstverständlich. Wird aber spät. Ich habe ein Rennen.

Ich umklammerte das Handy und überlegte, ob ich ihn bitten sollte, nicht zu fahren.

Mit der Aussicht auf ein paar erotische Finessen hätte ich ihn vielleicht dazu bewegen können, die Nacht lieber mit mir zu verbringen. Darunter müssten jedoch Izzy und Antonia leiden, und das wollte ich ebenso wenig wie Hayden. Ich wollte nur, dass ihm nichts passierte. Ich hatte bei diesen Straßenrennen mit den wechselnden Austragungsorten zunehmend ein ungutes Gefühl.

Bitte pass auf dich auf!

Das mache ich doch immer, Süße. Und ja, jetzt, wo du wirklich meine Süße bist, darf ich dich auch so nennen. Wenn's dir nicht passt, kannst du mir später den Hintern versohlen. Oder umgekehrt …

Mit hochroten Wangen blickte ich verstohlen in seine Richtung. *Führe mich nicht in Versuchung, Hayes.* Selbst aus der Entfernung konnte ich erkennen, wie er lachte, und das wärmte mir das Herz. Wenn es mir gelang, bei all meinen Täuschungsmanövern die Übersicht zu behalten, bestand eine Chance, dass alles gut ausging und mir nicht alles um die Ohren flog.

Um nicht komplett als Lügnerin dazustehen, rief ich Daphne an und verabredete mich mit ihr zum Mittagessen. Seit der Hochzeit war sie viel lockerer geworden, sodass ich mich gern mit ihr traf. Überraschenderweise war sie gar nicht sauer, dass ich den größten Teil der Hochzeitsfeier verpasst hatte. Sie hatte sich während der Reden einen Schwips angetrunken und sich danach keine großen Gedanken mehr gemacht.

Daphne und ich aßen entspannt und nett zu Mittag, danach fuhr ich nach Hause und zog mir Strandkleidung an. Ans Meer zu fahren, klang nach einer Superidee. Ich schnallte das Surfbrett auf den Truck und brach zu meiner geheimen Lieblingsstelle auf. Ich parkte im Gebüsch und schleppte mein Brett zum Ufer. Es war ein früher Nachmittag mitten in der Woche, der Schulunterricht endete erst in einer Stunde, und ich hatte den Strand für mich allein. Er kam mir vor wie mein eigenes kleines Stück vom Paradies.

Ich ritt auf ein paar Wellen, dann bemerkte ich, dass ich nicht mehr allein war. Hayden stand am Ufer und sah mir zu. Ich stapfte mit meinem Board durch das seichte Wasser zu ihm hinüber. »Was treibst du denn hier?«

Er musterte meinen Bikini, und mein Körper reagierte sofort mit einem wohligen Schauer. »Na ja, ich habe bei dir zu Hause vorbeigeschaut, und du hast nicht aufgemacht. Ich habe ›Jingle Bells‹ *und* ›Kling, Glöckchen, klingelingeling‹ gespielt, aber du bist nicht herausgekommen, um mir die Hölle heißzumachen. Daraufhin habe ich vermutet, dass du hier bist.«

Ich musste grinsen, aber es wurde schnell eine Grimasse daraus. Er sollte sich nicht mit mir in der Öffentlichkeit zeigen. »Du solltest auf dem Parcours sein und dich auf das Wochenende in New Jersey vorbereiten.«

»Nein, ich sollte jetzt lieber meine Freundin verführen.« Er strich mit dem Finger über den Träger meines Bikinis, was mich sofort in Aufruhr versetzte.

»Hayden«, flüsterte ich und war mir nicht sicher, ob ich wollte, dass er weitermachte … oder aufhörte.

Er hob verzweifelt die Hände. »Du wolltest dich ja nicht an der Trainingsstrecke mit mir treffen, ich habe etwas für dich. Ich kann nicht bis heute Abend damit warten.« Er griff in die Jackentasche und holte eine kleine Schmuckschachtel heraus. Sofort bekam ich große Augen und Herzklopfen. Nein. Das konnte doch nicht sein Ernst sein. Jetzt doch noch nicht, dazu war es viel zu früh. Obwohl es Dad wahrscheinlich völlig aus dem Konzept bringen würde, wenn Hayden und ich verheiratet wären … Aber Unsinn, zum Heiraten war ich noch zu jung.

»Was ist das?«, fragte ich angespannt.

Hayden sah mich kurz sonderbar an, dann schüttelte er den Kopf. »Nein, nein … es ist nicht das, was du denkst.«

Er öffnete die Schachtel, und ich blickte hinein. Auf Samt lag ein Ring, der allerdings mehr nach einem Cocktailring als nach einem Verlobungsring aussah. Drei feine Schlaufen aus Sterlingsilber waren kunstvoll so miteinander verflochten, dass sie ein wunderschönes Ewigkeitssymbol bildeten, das vom Knöchel bis zum Gelenk des Fingers reichte. Die Kanten waren poliert und schimmerten im Sonnenlicht. Es war ein einfacher bildhübscher Ring. »Oh mein Gott, Hayden … der ist aber schön.«

Ich wollte ihn mir gerade über den Ringfinger der rechten Hand streifen, als er mich aufhielt. »Sieh ihn dir von innen an … Ich habe etwas hineingravieren lassen.« Ich betrachtete den Ring genauer, bis ich die winzigen Lettern erkannte. Von ganzem Herzen, Max Arschgesicht.

Mein Blick sprang zu ihm, und er grinste: »Denkst du etwa, ich hätte nie einen Blick auf dein Handy erhascht?«

Ich spürte, wie eine Hitzewelle in mir aufstieg, und er ließ den Blick zu meinen Brüsten gleiten. »Meine Güte, Kenzie, du machst mich völlig fertig.«

Ich lachte und streifte mir den Ring über den Finger. Er passte perfekt. »Ich bin zum Surfen hier. Das ist nur mein Schwimmdress.«

Mit einem Blick, der ausdrückte, dass ich ebenso gut behaupten könnte, ein Motorrad sei nur ein Motorrad, flüsterte er: »Es ist ein Bikini.« Er streckte die Hand vor und wischte mit dem Daumen über meinen Nippel. »Ein hübscher Bikini …« Die andere Hand legte er auf meinen Rücken und ließ sie nach unten gleiten. »Ein sehr hübscher Bikini.«

Seine Haut auf meiner zu spüren, das war zu viel. Herrje, seit ich ihn an mich heranließ, konnte ich nicht genug von ihm kriegen. »Komm, wir gehen zu mir«, hauchte ich.

Jetzt nahm Hayden die Hände von mir, griff mein Surfbrett und warf es in den Sand. Dann hob er mich hoch und setzte mich darauf. »Lass uns hierbleiben«, knurrte er und drängte mich, mich auf das Brett zu legen.

Rasch sah ich mich auf dem Strand um, aber er war immer noch menschenleer. »Ich weiß nicht … hier in aller Öffentlichkeit …«

Ich konnte meinen Einspruch nicht zu Ende bringen, da hatte Hayden schon mein Bikinihöschen heruntergezogen – gerade weit genug, um mich mit dem Mund zu verwöhnen. Mein Blick verschwamm, ich sah nur noch Bäume und Felsen, hörte nur noch die Meeresbrandung und spürte seine zärtliche Zunge, die mich liebkoste. Es war ein perfekter Augenblick, und ich wollte nicht, dass er jemals zu Ende ging. Selbst wenn jetzt jemand käme, würde ich Hayden nicht fortstoßen. Das würde ich unmöglich fertigbringen.

Während sein Mund mit mir beschäftigt war, massierte er meine Brüste und reizte meine Knospen. Dann wanderten seine Lippen zu meinem Hals hinauf, er war über mir, flüsterte mir ins Ohr, wie sehr er mich begehrte und wie heiß ich sei. Ich öffnete seine Jeans und schob sie weit genug herunter, dass er frei war.

Als er tief in mich eindrang, spürte ich erneut, wie richtig es sich anfühlte, mit ihm zusammen zu sein. Mit beiden Händen umklammerte ich das Brett unter mir. Mein neuer Ring drückte gegen das Fiberglas, als er mich schnell zum Orgasmus brachte. Ja, das war es mir wert. Das war es, was ich wollte. Ich wollte ihn. Mehr als alles andere wollte ich ihn.

Samstagmorgen waren wir mit den abschließenden Vorbereitungen für das letzte Rennen der Saison im New-Jersey-Motorsport-Park in Millville beschäftigt. Ich konnte kaum glauben, dass das Saisonende bereits vor der Tür stand. Das Ende einer Ära, das Ende von Cox Racing. Nach dem heutigen Tag würde nichts mehr so sein wie früher, ganz gleich, wie ich abschnitt. Dad wollte die Tore schließen und nie wieder öffnen. Ich musste mich ernsthaft nach einem neuen Team umsehen und Farben und Sponsorenlogos von meinem Motorrad entfernen. In gewisser Weise war es ein Neubeginn, und sobald ich nicht mehr zu Cox Racing gehörte, musste Hayden nicht mehr um das Ende seiner Karriere fürchten. Dennoch fühlte sich diese letzte Veranstaltung eher wie eine Beerdigung und nicht wie ein spannendes Sportevent an.

Alle anderen, denen ich begegnete, waren jedoch aufgeregt. Zwischen dem Ranglisten-Ersten und dem Ranglisten-Zehnten lag nur eine Differenz von dreißig Punkten. Da in dieser Saison keiner unangefochten in Führung lag, durfte noch jeder auf den Meistertitel hoffen.

Das Pflichttreffen aller Fahrer und Rennstallbesitzer verlief ohne Zwischenfälle – niemand verspätete sich, es gab keine Krankmeldungen. Stressig war allein der stumme Zwist, der zwischen Keith und meinem Vater köchelte, aber das war seit

Jahren normal. Die beiden wirkten wie Wildhengste, die man vorübergehend an die Kandare gelegt hatte und die sofort wieder aufeinander losgehen würden, sobald man sie in einem Raum allein ließe.

Auch ich fühlte mich an die Kandare gelegt und schaffte es kaum, mich im Zaum zu halten. Hayden stand direkt hinter Keith, und es gelang mir einfach nicht, den Blick von ihm zu lösen. Mit ihm in einem Raum zu sein, egal, wie viele Menschen um uns herum waren, machte es mir schwer, ruhig zu atmen und mich zu konzentrieren. Und wenn ich es schließlich schaffte, meinen Blick von ihm loszureißen, spürte ich seinen heiß auf der Haut. Jedes Mal, wenn ich zu ihm hinübersah, verschmolzen unsere Blicke. Seine Miene wirkte unbeschwert und entspannt, aber in seinen Augen las ich viel mehr. *Ich will dich. Ich brauche dich. Ich liebe dich. Lass uns irgendwo hingehen, wo wir allein sind, dann zeige ich es dir.*

Aber ich durfte nicht nachgeben und unsere nächtlichen Begegnungen hier fortsetzen. Nicht, wenn wir von geschwätzigen Fahrern umgeben waren, durch die etwas zu Keith oder meinem Vater durchsickern konnte. Bis zu unserer Heimkehr waren wir praktisch voneinander abgeschnitten. Es war eine Qual.

Mein Vater beobachtete mich während der ganzen Besprechung mit Argusaugen, und als wir endlich in den Nachmittag entlassen wurden, packte er mich am Arm, damit ich in seiner Nähe blieb. Wütend stieß ich hervor: »Ich wollte gerade Nikki fragen, ob ich ihr helfen kann. Wenn du mir nicht glaubst, kannst du sie ja in fünf Minuten anrufen.«

Dad bekam schmale Augen, mein Ton gefiel ihm nicht. Hinter ihm sah ich Hayden, der uns mit besorgter Miene beobachtete. Hayden wusste immer noch nicht, dass mein Vater über uns Bescheid wusste und davon ausging, dass es zwischen uns aus war; vermutlich fürchtete er, dass ich in Schwierigkeiten steckte. Und das würde ich tatsächlich, wenn Dad die Wahrheit erfuhr.

Dad ließ meinen Arm los und schärfte mir ein: »Das ist das letzte Rennen. Deine letzte Chance, die Leute zu beeindrucken. Mich haben zwei Teams angesprochen, die dich vielleicht übernehmen wollen. Beide sind gut – Excess und YTK. Mach deine Sache heute gut, dann hast du vielleicht eine Chance bei ihnen.«

Ich kannte beide Teams, und Dad hatte recht, sie waren gut. Allerdings kamen beide von der Ostküste, was bedeutete, dass ich während der Trainingssaison, also praktisch das ganze Jahr über, Tausende Meilen von Hayden getrennt sein würde. »Das sind meine besten Angebote? Willst du, dass ich nach North Carolina oder Virginia ziehe? Dann bin ich am anderen Ende der Staaten. Weit weg von dir und allen, die mir etwas bedeuten.«

Dad verzog die Lippen. Ganz offensichtlich fragte er sich gerade, wer mir noch etwas bedeutete. »Stell dich nicht so an, Mackenzie. Das gehört zum Job. Das ist dir bisher nur erspart geblieben, weil du über Beziehungen in den Sport gekommen bist. Aber glaub mir, jeder muss irgendwelche Opfer bringen, und die Leute tun das gern. Die wissen, dass es Tausende gibt, die sofort ihren Platz einnehmen, wenn sie nicht bereit sind, auf etwas zu verzichten.« Er wandte sich ab, als sei er fertig, doch dann blickte er noch einmal zu mir zurück. »So läuft das nun mal, Mackenzie. So oder gar nicht.«

Nach diesen rätselhaften Worten ging er fort, und ich ballte die Hände zu Fäusten. Hayden hatte die ganze Unterhaltung beobachtet und wirkte noch immer aufmerksam und besorgt. Ich kochte vor Wut, als mir klar wurde, in welche Falle mich Dad locken wollte. Das also war sein Masterplan, um mich von Hayden fernzuhalten? Er wollte mich in ein Team auf der anderen Seite der Staaten stecken? War das von Anfang an sein Plan gewesen? Oder war das nur eine Vorsichtsmaßnahme für den Fall, dass ich seinen Befehl missachtete, mich nicht mehr mit Hayden zu treffen? Dad hatte mich jedenfalls reingelegt. Wenn ich weiterkommen wollte, musste ich so oder so auf Hayden verzichten. Mit seiner letzten Bemerkung hatte mein Vater deutlich gemacht, dass ich die beiden Teams, die er für mich ausgewählt hatte, nicht einfach ablehnen und mir ein anderes in der Nähe suchen konnte. Dann würde er mich auf die schwarze Liste setzen lassen, er verfügte immer noch über ausreichend Macht und Einfluss. Dad drängte mich in die Ecke und errichtete eine Mauer um mich, damit ich nicht ausbrechen konnte. Solange ich noch Rennen fahren wollte, saß ich in dieser Falle fest. Eines Tages würde ich ihn verstehen? Von wegen. *Du kannst mich mal, Dad! Das werde ich nie verstehen.*

Von der anderen Seite des Raums warf Hayden mir einen Ich-möchte-mit-dir-reden-Blick zu. Aber über diese Sache konnte ich auf keinen Fall mit ihm reden. Solange wir hier waren, konnte ich mit ihm über gar nichts reden. Ich setzte ein falsches Lächeln auf und hoffte, ihn damit für eine Weile ruhigstellen zu können. Er schien es mir nicht abzukaufen, doch dann rief Keith nach ihm, und Hayden blieb nichts anderes übrig, als zu ihm zu gehen.

Als ich schließlich zu meinem sogenannten Team zurückkehrte, war ich immer noch auf hundertachtzig. Unterwegs lief mir Myles über den Weg, der mich mitfühlend und entschuldigend ansah, was meine Laune jedoch kein bisschen aufhellte. Er war mitgekommen, um ebenfalls Kontakte zu anderen Teams zu knüpfen, aber im Gegensatz zu mir stand es ihm frei, mit wem er verhandeln wollte. Er musste die Leute bloß davon überzeugen, dass er gesund war und es ihm nicht im Geringsten geschadet hatte, eine ganze Saison auszusetzen. Normalerweise hätte ich ihm so gut wie möglich geholfen, aber momentan war Myles so ziemlich der letzte Mensch, dem ich begegnen wollte.

Als ich sah, dass er in meine Richtung kam, machte ich auf dem Absatz kehrt. Myles beeilte sich, mich einzuholen und rief: »Komm schon, Kenzie. Lass das doch. Eines Tages musst du sowieso wieder mit mir reden, warum dann nicht gleich heute?« Mit Nikki hatte ich meinen Frieden gemacht, aber was Myles anging, war ich noch nicht so weit. Sein Verrat war weit fundamentaler und verletzender.

Da ich nicht in der Stimmung war, jetzt darüber zu reden, beschleunigte ich meinen Schritt. Myles holte mich dennoch ein und hielt mich am Arm fest. Wütend starrte ich auf seine Hand und fauchte: »Lass mich los, Myles.«

Er gehorchte und streckte ergeben die Arme zur Seite aus. »Dann sprich mit mir. Ich habe mich schon eine Million Mal entschuldigt, Kenzie. Was willst du denn noch?«, fragte er verzweifelt.

Nach dem Gespräch mit meinem Vater konnte ich meine Wut nicht mehr zurückhalten. »Deinetwegen schickt mich Dad nächstes Jahr dreitausend Meilen weit weg. Ich habe versucht, die Familie zusammenzuhalten, stattdessen werde ich jetzt weggeschickt. Das ist nicht durch eine Entschuldigung wiedergutzumachen.«

Myles sah mich mit großen Augen an und schnappte nach Luft. »Dreitausend …?« Er zog verwirrt die Brauen zusammen. »Du musst nicht hingehen, wo er dich haben will, Kenzie. Komm mit mir. Ich rede heute mit ein paar Teams. Eins davon sitzt in Kalifornien. Ich bin sicher, dass die dich nehmen würden. Du bist fantastisch.«

Wut und Verzweiflung trieben mir die Tränen in die Augen. »Es geht nicht. Dad lässt nicht zu, dass ich einen anderen Weg gehe. Wenn ich es versuche … macht er mich fertig.«

Nun sah Myles mich erst recht entsetzt an. Er blickte sich

um, dann beugte er sich vor und flüsterte: »Ist es wegen Hayden? Weil ich gesagt habe, dass ihr was miteinander habt? Ich werde ihm sagen, dass ich mich geirrt habe. Dass ich das nur vermutet habe und es nicht stimmt.«

Zum ersten Mal seit Langem musste ich über eine seiner Bemerkungen lächeln, auch wenn ich keinerlei Freude dabei empfand. »Das weiß ich zu schätzen, Myles. Ganz ehrlich. Aber es ist zu spät. Er hat dir geglaubt. Außerdem … hattest du recht. Ich *habe* etwas mit ihm angefangen. Ich liebe ihn und kann ohne ihn nicht sein.«

Jedenfalls nicht, ohne einen sehr hohen Preis dafür zu zahlen.

Auf Myles Gesicht zeichnete sich zugleich Ärger, Unglaube und Kummer ab. Doch schließlich schien er zu dem Schluss zu gelangen, dass es hier um unsere Freundschaft ging. »Das tut mir so leid, Kenzie. Ich will nicht sagen, dass ich es verstehe … aber es tut mir leid, dass du nicht mit ihm zusammen sein kannst.«

Mir kamen erneut die Tränen, aber hier wollte ich nicht losheulen. »Wenn es dir wirklich leidtut, dann verrätst du niemandem ein Sterbenswörtchen darüber.« Myles biss die Zähne so fest aufeinander, dass ich sie knirschen hörte, doch er nickte. Nachdem er mir sein Wort gegeben hatte, machte ich schnell einen Abgang. »Ich will jetzt mit Nikki reden, die Motorräder checken. Das Rennen fängt bald an.«

Myles schien Anstalten zu machen, mich zu umarmen, deshalb machte ich mich, so schnell es ging, aus dem Staub. Diese ganzen belastenden Gefühle derart kurz vor dem Rennen waren nicht gerade hilfreich. Doch vermutlich spielte der Rennausgang ohnehin keine Rolle mehr – mein Schicksal war bereits besiegelt, ganz gleich, wie ich abschnitt.

Als ich zu der Garage kam, in der unsere Motorräder aufbewahrt wurden, sah ich mich nach einem Crewmitglied um. Es war niemand zu sehen, aber jemand musste da sein. »Nikki? Bist du da? Ich muss mit dir reden. Du kannst dir nicht vorstellen, was mein Vater gerade gesagt hat.«

Niemand antwortete, aber das verräterische Geräusch von Metall, das zu Boden fiel, sagte mir, wo ich sie fand. In der Hoffnung, dass sie einen Rat für mich hatte, ging ich in ihre Richtung. »Diesmal ist Dad wirklich zu weit gegangen, und ich habe keine Ahnung, wie ich …«

Es verschlug mir die Sprache, als ich um die Ecke bog und etwas sah, das ich nie für möglich gehalten hätte: Hayden kauerte mit einem Schraubenschlüssel in der Hand neben meinem Motorrad und fummelte am Motor herum. Oh mein Gott … es stimmte also doch. Er *war* derjenige, der sich an den Motorrädern vergriffen hatte. Und jetzt manipulierte er sogar meine Maschine.

Hayden wurde leichenblass, als er mir in die Augen sah. »Scheiße«, stammelte ich und wich langsam zurück.

Hayden ließ den Schraubenschlüssel fallen und sprang auf. »Es ist nicht das, was du denkst, Kenzie.«

Er trat einen Schritt auf mich zu, doch ich hob abwehrend die Hand. »Nein. Es ist sogar noch schlimmer. Ich zerbreche mir den Kopf, ob ich alles für dich aufgeben soll – meine Karriere, meine Familie … alles. Und du sabotierst die Fahrer? Mein Vater und Myles hatten die ganze Zeit recht.« Mir wurde schwindelig, mein Herz raste. Ich würde ohnmächtig werden. Oder mich übergeben. Oder beides.

Hayden schüttelte energisch den Kopf. »Nein. Sie haben nicht recht. Ich habe nichts getan, das schwöre ich dir.«

Er packte meine Unterarme, um mich am Weglaufen zu hindern, und ich war zu perplex, um mich loszureißen. »Ich habe schon geahnt, dass sie recht haben könnten«, sagte ich völlig schockiert. »Als ich auf der Straße ständig gewonnen habe, selbst wenn es überhaupt nicht danach aussah. Da dachte ich, vielleicht haben sie doch recht. Und ich wusste nicht, wie ich das finden sollte. Aber ich hätte nie gedacht, dass du mir etwas tust. Ich hätte nie gedacht, dass du *mich* reinlegen würdest.«

Endlich kam ich wieder so weit zur Besinnung, dass ich meine Arme von ihm losriss. Hayden geriet in Panik. Er strich sich mit den Händen übers Haar und wiederholte: »Ich habe nichts gemacht, bitte, Kenzie, du musst mir glauben. Ich habe gesagt, ich werde dir nie etwas tun, und das meinte ich auch so.«

Er versuchte, die Arme um mich zu legen, doch ich stieß ihn zurück.

»Was zum Teufel hast du dann hier zu suchen?«, schrie ich. Mir war, als ob sich der Beton unter meinen Füßen in Treibsand verwandelte. Alles, woran ich geglaubt hatte, war falsch.

»Ich habe etwas repariert!«, schrie er und zog ein kleines Gerät aus der Tasche.

»Was ist das?«, fragte ich und spürte, wie mir eiskalt wurde.

Er schloss fest die Finger darum. »Etwas, das nicht an dein Motorrad gehört.« Er klang wütend, seine Augen waren voll Zorn. »Ich schwöre dir, Kenzie, ich habe nichts mit dem zu tun, was hier vor sich geht.«

Mein Herz hämmerte. »Aber es geht etwas vor sich … und irgendetwas hast du damit zu tun, stimmt's?«

Er schloss die Augen und biss die Zähne aufeinander. »Ich kann nicht … ich war mir nicht sicher …«

Als er die Augen wieder aufschlug, sah er erschöpft und verstört aus. »Ich kann es dir nicht erklären. Du musst mir einfach glauben, dass ich dir nie etwas antun würde.«

»Aber Myles würdest du etwas antun, oder? *Hast* du … Myles das angetan?« Meine Kehle war so ausgetrocknet, dass ich die Worte nur mit Mühe hervorbrachte.

Hayden schien in sich zusammenzusacken, als hätte er gehofft, dass ich diese Frage niemals stellen würde. »Nicht mit Absicht«, flüsterte er.

Alle Türen, die ich ihm in mir geöffnet hatte, knallten mit solcher Macht wieder zu, dass ich mich unter der Erschütterung zusammenkrümmte. Hayden machte einen Schritt auf mich zu, als wolle er mir helfen, doch ich stieß ihn von mir. »Hau ab. Lass mich in Ruhe.«

»Kenzie, bitte …«

Ich zitterte jetzt am ganzen Körper. »Nein … ich will nichts hören … Hau einfach ab und lass mich in Ruhe.«

»Verdammt, Kenzie. Bitte, lass es mich erklären!«

Ich war so wütend und verletzt, fühlte mich dermaßen betrogen, dass ich, wenn er jetzt nicht ging, einen Schraubenzieher greifen und auf ihn losgehen würde. »Hau jetzt endlich ab!«, schrie ich.

Mit angespannter Miene wich er zurück. »In Ordnung, ich gehe. Wir sprechen ein anderes Mal darüber.«

»Ein anderes Mal wird es zwischen uns nicht mehr geben, Hayden. Es ist vorbei.« Vor lauter Wut empfand ich keinerlei Schmerz, als ich das sagte, doch das würde noch kommen. Mir blieb keine Wahl. Ich konnte ihm nicht vertrauen, das war jetzt klar. Und darum durfte ich nicht alles aufgeben, nur um mit ihm zusammen zu sein.

Hayden öffnete den Mund, um etwas zu sagen, dann hörten wir beide, dass jemand durch die Garagentür hereinkam. Verzweifelt blickte mich Hayden noch einmal an, dann machte er kehrt und rannte durch eine zweite Tür auf der Rückseite hinaus – eine Tür, die heute Morgen noch verschlossen gewesen war.

Kurz darauf kam John herein, einen Literbecher Limo und ein Schälchen klebriger Nachos in den Händen. Als er mich zwischen den Motorrädern sah, blieb er abrupt stehen. »Mackenzie … ich habe nur …« Dann seufzte er. »Sag deinem Vater nicht, dass ich die Motorräder allein gelassen habe. Meine Frau lässt mich das Zeug hier nicht essen, und sie hat alle auf mich angesetzt, damit sie auf mich aufpassen. Nur bei solchen Veranstaltungen kann ich mal richtig …«

Ich winkte ab. Mir war alles egal. Alles war vorbei.

Als ich mich für das Rennen fertig machte, fühlte ich mich am ganzen Körper wie betäubt. Ich konnte einfach nicht glauben, dass es vorbei sein sollte, nachdem ich so dafür gekämpft hatte, mit Hayden zusammen zu sein. Ich überlegte, ob ich zu meinem Vater gehen und ihm alles erzählen sollte, was ich über Hayden wusste. Ob ich zur Rennleitung gehen und ihn verraten sollte. Ich dachte sogar darüber nach, nicht anzutreten und die Saison einfach abzuschließen. Aber die Vorstellung, mich für eine von diesen Varianten wirklich zu entscheiden, verursachte mir körperliche Übelkeit, deshalb ließ ich es bleiben. Stattdessen verbrachte ich enorm viel Zeit damit, den Ring anzustarren, den Hayden mir geschenkt hatte. Im Geist strich ich über die drei verschlungenen Ewigkeitssymbole und fragte mich, ob er wohl jemals ehrlich zu mir gewesen war. Hatte ich Hayden etwas bedeutet, oder war ich nur wie ein Rennen, das er um jeden Preis gewinnen wollte?

Während ich den Silberring an meiner Hand betrachtete, klingelte viermal hintereinander mein Handy. Weil ich mir sicher war, dass es jedes Mal Hayden war, ließ ich den Anruf immer auf die Mailbox gehen. Wenn er glaubte, mir noch etwas sagen zu müssen, wenn er sich irgendeine dämliche Entschuldigung ausgedacht hatte, konnte er mir ja eine Nachricht hinterlassen. In fünf Jahren oder so, wenn mich sein Betrug nicht mehr wütend machte, konnte ich sie mir dann anhören. Besser erst in zehn Jahren.

»Alles okay, Kenzie? Sonst gehst du immer ans Telefon, wenn jemand anruft.«

Ich blickte über meine Schulter und sah, dass mich Nikki besorgt aus ihren dunklen Augen musterte. Ich war noch gar nicht dazu gekommen, ihr von der neuesten Schikane meines

Vaters zu berichten. Sich jetzt noch darüber aufzuregen, erschien mir jedoch sinnlos. Zu einem Team am anderen Ende der Staaten zu wechseln, klang auf einmal geradezu verlockend. »Ja, es ist nur … Es ist mein letztes Rennen für Cox Racing, und ich will mich ganz darauf konzentrieren.«

Die Tragweite dieser Aussage wurde mir erst in diesem Moment bewusst, und sie zerriss mir das Herz. Das war das Ende unseres Familienbetriebes. Von jetzt an würde ich für Fremde fahren, ganz gleich, wo ich landete.

Nikki wirkte ebenso aufgewühlt. »Ich weiß, was du meinst. Cox Racing war das einzige Team, bei dem ich anfangen wollte, als ich noch in der Ausbildung war. Als ich dann den Abschluss machte und den Job bekam, ging für mich ein Traum in Erfüllung. Und jetzt ist es vorbei. Ich kann es immer noch nicht fassen.«

Der Riss in meinem Herzen, den Nikki unwissentlich geöffnet hatte, holte mich langsam aus der Benommenheit, die sich wie ein Panzer um mich gelegt hatte. Wenn ich mich von den Gefühlen übermannen ließ, würde ich das Rennen allerdings nicht überstehen. Deshalb verdrängte ich alles und sagte zu ihr: »Darüber mache ich mir morgen Gedanken. Heute will ich einfach nur mein Bestes geben.«

Nikki lächelte stolz, während mir noch vieles durch den Kopf schwirrte. »Du wirst es allen zeigen, Kenzie. Die Teams werden sich um dich reißen. Ich hoffe nur, ich lande irgendwo in deiner Nähe. Und Myles auch.«

Ihr lief eine Träne über die Wange, sie wischte sie schnell fort und stürzte sich in die Arbeit. Ich packte den Ring in meine Tasche und tat es ihr nach. Es war einfach zu schmerzhaft, an all das zu denken, was ich schon bald zurücklassen musste – meine Familie, meine Freunde … mein Zuhause.

Kurz darauf stand ich in der Box und wartete auf das Startsignal. Ich versuchte, starr geradeaus zu blicken und alle Fahrer ringsum zu ignorieren, konnte mich allerdings nicht beherrschen und sah zu Hayden ein paar Startplätze hinter mir. Wieder schwirrten Schmetterlinge in meiner Brust, und noch einmal fühlte ich mich für Sekunden wie ein ausgelassenes Kind. Doch die Schmetterlinge trugen Rasierklingen an den Flügeln, und jedes Flattern hinterließ einen blutigen Schnitt. Ich konnte Haydens Gesichtsausdruck hinter dem Visier nicht erkennen, doch mir war, als könnte ich seine Stimme in meinem Kopf hören. *Mach noch nicht Schluss. Lass es mich dir erklären.* Aber da gab es nichts zu erklären. Er war schuldig, ganz einfach. Ich zwang mich, nach vorn zu blicken, in meine Zukunft, wo auch immer sie mich erwartete.

Dann wechselte das Signal, die Maschinen ringsum erwachten röhrend zum Leben, und ich startete durch. Obwohl ich vor Hayden war, beschleunigte ich vor allem deshalb so brutal, um mir selbst zu entkommen. Ich wollte Hayden nicht vermissen, doch ich vermisste ihn jetzt schon. Wollte keinen Gedanken, welcher Art auch immer, an ihn verschwenden, erinnerte mich jedoch unwillkürlich an all die Momente, die wir geteilt hatten. Ich befand mich mitten in einem Rennen, um Himmels willen, da war doch keine Zeit für diesen Mist! Warum konnte ich nicht einfach meine Gefühle abstellen und in die Zeit zurückkehren, als ich noch nichts von Haydens Existenz gewusst hatte? Damals war ich glücklich gewesen. Ich hatte noch nicht geahnt, welche Gefühle er in mir wecken, welche Schmerzen er mir zufügen würde. Genauso gut könnte ich mir allerdings wünschen, der Beton möge nicht so hart, das Meer nicht so nass und der Himmel nicht so weit sein.

Warum verschenkte man sein Herz, wenn es in Stücke gerissen werden konnte und wahrscheinlich wurde? In mir klaffte ein Loch, das nicht einmal mein Kindheitstraum füllen konnte. Wie bei einer Sonnenfinsternis strahlte ich an den Rändern, doch in meinem Inneren herrschte tiefe Dunkelheit. *Es tut so weh.*

Ich musste damit aufhören und mich konzentrieren. Schließlich hatte ich einen Job zu erledigen. Ich beugte mich über mein Motorrad. Dann stellte ich mir vor, es sei das erste Rennen, und ich hätte eine Rechnung mit Hayden offen. *Schlag Hayden, schlag alle.* Ich schob allen Herzschmerz ganz weit von mir. Endorphine fluteten durch meine Adern und schenkten mir den Rausch des Augenblicks. Die kraftvolle Maschine, die unter mir vibrierte, trieb mich voran. Unter meinen Füßen raste die Piste vorbei, das Motorrad brummte voller Tatendrang und Energie, und am Rand meines Blickfelds flog in schwindelerregender Geschwindigkeit die Landschaft vorüber. Ja. Hier fand ich Frieden.

Runde um Runde, Kurve um Kurve konzentrierte ich mich auf nichts als die Straße und darauf, jeden zu überholen, der vor mir fuhr. Fahrer und Farben verschmolzen, und plötzlich war es immer derselbe, dem ich nachjagte – Hayden. Ohne weiter darüber nachzudenken, legte ich mich tiefer in die Kurven und streifte mit den Knieschützern fast den Boden. Ich ging bis an die absolute Leistungsgrenze – meine eigene und die des Motorrads – und hörte nichts als das Rauschen des Blutes und meinen Atem in dem geschlossenen Helm.

Es war ein knappes Rennen, nach der halben Strecke lag noch niemand deutlich in Führung. Mindestens fünfzehn von uns hingen dicht aufeinander und machten einander die Führungsposition streitig. Der Ausgang würde bis zum Schluss ungewiss bleiben. Dann steuerte das Feld in eine Folge von S-Kurven. In einer Reihe hintereinander glitten wir fast als Einheit durch die Kurven – doch dann brach plötzlich die Hölle los. Ziemlich weit vorn in der Reihe ging ein Motorrad zu Boden. Vielleicht auch zwei oder drei, das konnte ich nicht erkennen. Ich war in der Reihe gefangen und wusste nicht, wohin ich ausweichen sollte. Auf der Piste lagen die Motorräder und versperrten den Weg. Wir fuhren viel zu dicht hintereinander und viel zu schnell, um rechtzeitig anzuhalten. Wir konnten nur hoffen, uns irgendwie durch das Chaos zu winden, um nicht selbst Bestandteil des Schrotthaufens zu werden. Doch wir waren zu viele, die Motorräder krachten unweigerlich ineinander. Ein Fahrer nach dem anderen ging im Chaos unter. Motorräder begannen zu flattern, überschlugen sich und schlitterten über den Asphalt. Fahrer wurden von ihren Maschinen geschleudert und nicht wenige von nachfolgenden Motorrädern überrollt.

Wohin ich auch blickte, sah ich Verwüstung – Motorradteile, Rauchschwaden, abgeworfene Fahrer – und keinen freien Abschnitt, um durch den Tumult zu kommen. Mir blieben nur Sekundenbruchteile, um eine Entscheidung zu treffen, den Kurs zu korrigieren, meine Haut zu retten. Ich erstarrte. Ich stellte mir vor, wie ich in ein anderes Motorrad hineinraste, mich wieder und wieder überschlug, meine Knochen brachen, das Gewicht der anderen Motorräder und Fahrer mich zerschmetterte, bis ich keine Luft mehr bekam …

Vorbei. So ging es hier mit mir zu Ende.

Ich liebe dich Dad, du schrecklich dickköpfiger, gefühlloser Mann. Ich liebe dich, Daphne, ich liebe dich, Theresa. Ich liebe euch, Myles und Nikki, und irgendwie sogar dich, John. Aber am meisten … Hayden. Ich liebe dich so sehr.

Der Herzschlag dröhnte in meiner Brust, während das Leben vor meinem inneren Auge vorüberzog. Dann plötzlich fädelte sich ein Fahrer vor mir ein, schnitt mich und weckte mich aus meiner Starre. Instinktiv verlagerte ich das Gewicht, um dem Zusammenprall mit ihm zu entgehen und schaffte es auf diese Weise, über einen schmalen freien Streifen am äußeren rechten Rand der Piste, an den Wracks vorbeizukommen. Als ich unbeschadet hindurch war, riskierte ich einen Blick nach hinten, um zu sehen, wer mein verrückter Retter war. Da er mich abgedrängt hatte, war er auf dem Weg ins Verderben gelandet, auf dem ich mich eigentlich befunden hatte. Und da er sogar noch beschleunigt hatte, um an mir vorbeizukommen, war er mit vielfacher Geschwindigkeit hineingerast.

In sicherem Abstand zum Trümmerfeld drosselte ich die Geschwindigkeit, stellte mich auf die Fußrasten und versuchte, etwas zu sehen – irgendetwas. Es gab nur einen einzigen Menschen, dem ich zutraute, dass er für mich durchs Feuer ging … doch er konnte es nicht gewesen sein. Bitte, lieber Gott, lass es nicht ihn gewesen sein.

Es war schwierig, etwas zu erkennen, einige Fahrer richteten sich zwischen den Metalltrümmern auf. Dann plötzlich, wie in einer Szene aus einem apokalyptischen Film, schlitterte ein führerloses Motorrad auf mich zu und blieb Zentimeter vor mir liegen. Mein Herz setzte aus, als die fett geschriebene schwarze Zahl meine schlimmsten Befürchtungen bestätigte: 43. Hayden. Nein … warum sollte er so etwas tun? Er war durch die Höllenpforte gerast, um mir ein unvorstellbares Schicksal zu ersparen. Er hatte sich für mich geopfert, und ich wusste, ohne den Schatten eines Zweifels, dass mein Leben danach nie wieder dasselbe sein würde.

23. Kapitel

Auf dem Ring herrschte das reinste Chaos, und es dauerte nicht lange, bis es auch mich erfasste. Rettungswagen rasten zur Unglücksstelle, während die restlichen Fahrer angewiesen wurden, die Boxen anzusteuern. Ich ging so dicht heran, wie mich die Einsatzkräfte ließen, und beobachtete entsetzt, wie Schrottteile angehoben und darunter verkeilte Fahrer freigelegt wurden. Wenn man sie auf Tragen wegschaffte, stellte ich mir unwillkürlich vor, selbst unter den Trümmern eingeklemmt zu sein. Ich hätte dort liegen sollen, nicht er.

Ich blickte mich um und sah in der Nähe ein paar Mitglieder der Benneti-Crew stehen. Keith und seine Teammitglieder drängten sich blass aneinander und hatten sich tröstend gegenseitig die Arme um die Schultern gelegt. Sie wirkten verstört. Sie sorgten sich nicht um die Motorräder, nicht um die Platzierung oder den Ruhm. Nein. Es ging um ihre Leute, die nicht hatten entkommen können, die verletzt, womöglich zerquetscht oder tot waren. *Bitte, Gott. Hayden darf nicht tot sein.*

Irgendwo hinter mir hörte ich Nikki meinen Namen schreien. Wie ein Schneepflug bahnte sie sich einen Weg durch die Menge zu mir. Als sie mich erreichte, umarmte sie mich derart fest, dass mir die Luft wegblieb.

»Gott sei Dank, du bist nicht verletzt. Ich habe gesehen, wie du direkt auf die Motorräder zugefahren bist, dann habe ich dich aus den Augen verloren und sah nur noch Qualm und Chaos. Du bist nicht zur Box zurückgekommen … ich wusste nicht, ob du heil herausgekommen bist.« Sie drückte mich erneut, holte Luft und erschauderte. Obwohl ich wieder kaum atmen konnte, hielt ich still.

Als Nikki schließlich von mir abließ, versuchte ich, mir die Wangen zu trocknen. Es ging nicht, die Tränen wollten einfach nicht versiegen. Warum konnte ich nicht aufhören zu weinen? »Gott, es war schrecklich, Nik«, stammelte ich. »Fast wäre ich mitten in die Trümmer geknallt. Und dann ist er gekommen und hat mich abgedrängt. Ich habe eine freie Passage gefunden, aber er nicht. Er …« Dann fing ich an zu schluchzen und konnte nicht mehr weitersprechen. *Er hat auf mich aufgepasst. Er hat mich gerettet. Er liebt mich, und ich liebe ihn. Ich hätte ihm vertrauen sollen. Ich hätte ihm glauben sollen. Und jetzt ist es vielleicht zu spät, um ihm zu sagen, dass es mir leidtut.*

»Von wem sprichst du da, Kenzie?«, fragte sie und riss besorgt die Augen auf.

»Er … hat sich für mich geopfert. Er liebt mich …«

Plötzlich ging Nikki ein Licht auf. »Oh Gott, meinst du etwa Hayden? Hayden hat dich … gerettet?«

Ich nickte unentwegt, trat einen Schritt zur Seite und richtete meine Aufmerksamkeit wieder auf die Piste. Die meisten Menschen waren inzwischen verschwunden und nur noch Schrott lag herum. Hayden konnte ich nirgendwo entdecken. Hatte ich seine Bergung verpasst? Verdammt. Ich drehte mich zu ihr um und sagte: »Ich muss ihn finden. Ich muss wissen, was mit Hayden ist.«

Ich wollte mich in Richtung Unfallort bewegen, da packte Nikki mich am Ellenbogen. »Warte mal, Kenzie. Dein Vater sucht dich. Wenn er dich dabei erwischt, dass du nach Hayden herumfragst, dreht er durch. Das weißt du genau.«

Es war mir egal. Ich musste herausfinden, ob Hayden *überlebt* hatte. »Er hat mir das Leben gerettet, Nikki, und ich muss wissen, wie es ihm geht. Wenn das gegen Dads Regel verstößt, dann muss ich sie wohl jetzt brechen. Ich werde niemanden ignorieren, der gerade *alles* für mich riskiert hat. Das ist es nicht, was mein Vater mir beigebracht hat«, fügte ich noch hinzu und streckte das Kinn vor.

Mit einem traurigen Lächeln ließ Nikki mich gehen. »Ich hoffe, du findest ihn«, flüsterte sie. Es klang allerdings eher wie: »Hoffentlich ist er es wert.«

Das ist er.

Als ich näher kam, versuchten die Einsatzkräfte, mich von der Piste zu verscheuchen, aber ich ignorierte sie. Irgendeiner hier musste etwas wissen, und ich würde erst Ruhe geben, wenn ich denjenigen ausfindig gemacht hatte. Bei den meisten verbliebenen Menschen handelte es sich um Rettungskräfte und Inspektoren, die herauszufinden versuchten, was geschehen war.

Keiner von ihnen kannte Hayden oder wusste, was mit ihm passiert war. Die Ungewissheit war zermürbend, und ich hatte das Gefühl durchzudrehen, wenn ich nicht bald eine verlässliche Antwort bekam.

In dem Moment lief mir Myles über den Weg. Beim Anblick eines vertrauten Gesichts hätte ich beinahe erneut geweint. Endlich jemand, der wusste, wen ich suchte. Myles konnte mich bestimmt auf die richtige Spur bringen. »Hast du Hayden gesehen?« In meiner Panik packte ich ihn am Hemd und zog ihn zu mir heran.

Myles schlang die Arme um mich. »Kenzie … Gott. Ich bin ja so froh, dass dir nichts passiert ist. Das sieht hier ja aus wie ein Schlachtfeld.«

Ich erwiderte seine Umarmung ebenso stürmisch. Dann meldete sich erneut die Ungewissheit, und ich rückte von ihm ab, um ihm in die Augen zu sehen. »Hayden. Bitte sag, dass du ihn gesehen hast.«

Myles presste die Lippen aufeinander, seine Miene erschreckte mich zutiefst. Es war eine Mischung aus Mitleid und Kummer, ebenso wie Unentschlossenheit. Als wüsste er nicht, ob er mir etwas erzählen sollte. Wenn er nicht endlich den Mund aufmachte, würde ich hyperventilieren.

»Myles, bitte. Ich weiß, dass du ihn nicht magst, aber ich muss wissen, wie es ihm geht. Hat man ihn zu einer Erste-Hilfe-Station gebracht? Weißt du, wo er ist?«

Myles schüttelte den Kopf. »Ich habe gesehen, wie sie ihn in einen Rettungswagen geschoben haben. Der Arzt hat dem Fahrer gesagt, er solle ihn direkt ins Krankenhaus bringen. Ich weiß nicht, was mit ihm ist, aber … er hat sich überhaupt nicht bewegt. Es tut mir so leid, Kenzie, aber … ich glaube, es hat ihn schwer erwischt.«

Seine Worte trafen mich wie eine Kanonenkugel in die Brust. Direkt ins Krankenhaus? Das hieß, es war ernst. Lebensbedrohlich ernst. Oh Gott. Ich wandte mich von Myles ab und fing an zu laufen, ohne zu wissen, wohin. *Das darf doch nicht wahr sein.*

Irgendwie schaffte ich es, mich einigermaßen zusammenzureißen, die Schlüssel zu holen und mit dem Mietwagen zum nächsten Krankenhaus zu fahren. In der Hoffnung, am richtigen Ort zu sein, stürmte ich zum Schwesternzimmer und schlug die Hände auf den Tresen: »Ich muss wissen, wie es Hayden Hayes geht«, erklärte ich der Empfangsschwester atemlos. »Ich glaube, er ist gerade zusammen mit mehreren anderen verletzten Motorradfahrern hier eingeliefert worden. Können Sie mir sagen, was mit ihm ist?«

Die Schwester musterte mein Outfit. Ich steckte immer noch in der Rennkombi, überall auf meinem Körper prangten stolze Sponsorenlogos. »Sind sie seine Frau?«

Ich nickte. »Ja.« Um durch die Tür zu kommen, hätte ich alles getan.

Sie sah in ihren Computer nach, dann verzog sie argwöhnisch das Gesicht. »Hm.«

»Hm, was?«, fragte ich und versuchte zu lesen, was auf dem Monitor stand.

Sie zog eine Braue hoch und sah mich an. »Hier steht, er ist nicht verheiratet.«

Ich war erleichtert, am richtigen Ort zu sein. Dennoch stiegen mir erneut Tränen in die Augen. Mit brüchiger Stimme flehte ich sie an: »Bitte. Ich muss wissen, was passiert ist und wie es ihm geht.« Jetzt öffneten sich die Schleusen und die Tränen begannen überzulaufen. »Er hat mir das Leben gerettet. Ich muss nur wissen, wie es ihm geht.«

Die Miene der Schwester verriet Mitgefühl. »Es tut mir leid, ich kann Ihnen nichts sagen, aber … es gibt nur einen Fahrstuhl zwischen dem Operationssaal und dem Aufwachraum. Wenn Sie dort warten … na ja, wer weiß, was so passiert.« Sie deutete den Flur hinunter.

Wie ein Funke in finsterer Nacht flammte Hoffnung in mir auf. Operationssaal … Aufwachraum. Das bedeutete, dass er am Leben war … und überleben konnte, was immer man dort mit ihm anstellte. Ich fand es schrecklich, dass man ihn aufschnitt. Dass ich nicht wusste, was sie mit ihm machten, doch zumindest hatte ich ein Ziel, und ein Ziel war besser als nichts.

»Danke«, flüsterte ich. Sie gab mir ein Taschentuch, dann sauste ich davon, um … erneut zu warten. Ich lief auf und ab, und jedes Mal, wenn sich die Doppeltüren des gesperrten Bereichs öffneten, fing mein Herz an zu hämmern. Doch er war es nie. Ich war drauf und dran zurückzugehen und die Schwester um Einzelheiten anzuflehen, als die Türen aufgingen und ich einen vertrauten Kopf mit zerzaustem blondem Haar entdeckte.

Ich stürzte an seine Seite. »Hayden!« Als ich über den Rand des Bettes spähte, mit dem er transportiert wurde, betrachtete ich sein Gesicht: Ein paar blaue Flecke, einige Abschürfungen, aber er sah noch so perfekt aus wie immer. Er war allerdings noch völlig weggetreten. Er öffnete zwar die Augen, aber die herrlichen grünen Smaragde waren nicht lange zu sehen.

»Kenzie«, flüsterte er, dann schloss er erneut die Lider.

Die Schwestern, die ihn schoben, baten mich zurückzutreten, aber ich war zu sehr damit beschäftigt, seinen Körper zu mustern. Auf den ersten Blick konnte ich nicht erkennen, was ihm fehlte. Konnte er sich bewegen? Konnte er gehen? Hatte er schwere innere Verletzungen?

»Wie geht es ihm?« Bestimmt würden sie ihn auf die Intensivstation und nicht in den Aufwachraum schieben, wenn es wirklich so schlecht um ihn stünde, oder?

Eine der Schwestern bedachte mich zunächst mit einem strengen Blick, als ob sie nichts sagen wollte, doch dann hatte sie Erbarmen. Vielleicht sah sie, wie aufgewühlt ich war. »Ein gebrochenes Handgelenk, ein paar angeknackste Rippen, ein Haarriss im Oberschenkelknochen, leichte innere Blutungen, aber das wird alles wieder. Nach allem, was ich gehört habe, hat er sehr viel Glück gehabt. Es hätte deutlich schlimmer ausgehen können.«

Ich blieb wie angewurzelt stehen. Es ging ihm gut. Ich brauchte nur eine Sekunde, um die Nachricht zu verdauen, dann folgte ich ihnen eilig in den Fahrstuhl. Ich wollte Hayden nicht schon wieder verlieren.

In den Aufwachraum durfte ich ihn allerdings nicht begleiten, und so wartete ich schon wieder. Davon hatte ich allmählich die Nase voll. Während ich dort herumsaß und die Zeit totschlug, tauchte Keith auf. Ich sorgte dafür, dass er mich nicht sah, während er mit der Schwester sprach, und betete, dass es mir gelang, Hayden zu sehen, ohne dass Keith etwas davon mitbekam. Ich musste mich vergewissern, dass es Hayden gut ging, aber ich wollte auf keinen Fall seine Karriere ruinieren.

Schließlich sah ich, wie Hayden in ein Einzelzimmer gerollt

wurde. Keith war von einer Gruppe Reporter abgelenkt, ich nutzte die Gelegenheit und stahl mich hinein. Hayden war jetzt vollständig erwacht und lächelte, als er mich sah. »Zweiundzwanzig … dir ist nichts passiert. Gott sei Dank!«

Schon wieder brannten Tränen in meinen Augen, und ich nickte. Als ich seine rechte Hand ergreifen wollte, sah ich, dass sie eingegipst war. »Ja. Und das habe ich dir zu verdanken.«

Er nickte, dann zuckte er zusammen. »Gut«, sagte er mit zusammengebissenen Zähnen.

Bestimmt hatte man ihm Schmerzmittel gegeben, dennoch litt er offensichtlich. Als ich sah, dass er Schmerzen hatte, fühlte ich mich gleich noch schlechter. »Es tut mir leid, Hayden.«

Plötzlich wirkte sein Blick ganz klar und entschieden. »Das braucht es nicht. Ich würde es sofort wieder tun. Tausendmal, wenn nötig … Hauptsache, dir passiert nichts.«

Ich wusste nicht, was ich darauf erwidern sollte, darum trocknete ich meine Tränen und setzte mich auf die Bettkante zu ihm. Einige Minuten sagte keiner von uns ein Wort. Die Stille war ebenso erdrückend wie der durchdringende Geruch des Desinfektionsmittels. Es gab so viel, was ich ihm sagen wollte, doch ich wusste nicht, wo ich anfangen sollte. Weil ich wusste, dass mir nicht viel Zeit blieb, bis Keith wieder aufkreuzte, kam ich gleich zum Punkt: »Wie konntest du das nur tun? Wieso hast du mich aus der Bahn gedrängt und dich geopfert? Du hast mir einen Riesenschreck eingejagt.« Meine Stimme war so brüchig, dass ich kaum zu verstehen war.

Hayden verstand mich trotzdem und stieß einen langen Seufzer aus. »Weil der Gedanke, dass du in den Haufen reinfährst, *mir* einen … Riesenschreck eingejagt hat. Und mit Angst kann ich nicht gut umgehen. Oder mit der Vorstellung, dich zu verlieren. Ich … weiß, dass wir nicht zusammen sein können. Dein Vater hält mich für einen Dämon und du Keith für den Teufel höchstpersönlich. Ich weiß, du hast Fragen an mich.

Du willst wissen, was ich getan habe, aber … es ist einfach so: Ich liebe dich. Und ich würde *alles* tun, um dich zu beschützen.«

Ich wusste, dass er die Wahrheit sagte – das las ich in seinen Augen. Sie sagten: *Ich werde dich immer lieben, und ich werde dich nie vergessen.* Ich empfand genauso, und ich wollte, dass er das wusste. »Ich liebe dich, Hayden. Mehr, als ich es jemals vorhatte. Mehr, als ich es je für möglich gehalten habe, und – ehrlich gesagt – auch mehr, als mir recht war. Aber ich bin so froh, dass ich mich in dich verliebt habe. Endlich fühle ich mich so … vollständig.«

Hayden strahlte, als hätte er gerade etwas gehört, worauf er sein ganzes Leben lang gewartet hatte. Aber nach und nach erlosch die Freude in seinem Gesicht wieder. »Ich empfinde genauso wie du. Und das macht die Tatsache, dass wir nicht zusammen sein dürfen, noch viel schlimmer.«

Ich rutschte auf seinem Bett näher an Hayden heran und nahm seine gesunde Hand. »Wir *können* zusammen sein, Hayden. Ich will, dass wir zusammen sind. Noch nie habe ich mir etwas so sehr gewünscht. Und es ist mir ganz egal, ob das bedeutet, dass mein Vater meine Karriere ruiniert. Wenn ich nicht mit dir zusammen Rennen fahren kann, dann will ich überhaupt keine Rennen mehr fahren.«

Hayden schien verwirrt. »Was meinst du damit? Er will deine Karriere ruinieren?«

Mir war klar, dass ich ihm alles erzählen musste, deshalb atmete ich einmal tief aus, um mich von allem zu befreien. »Mein Vater hat das mit den Straßenrennen herausgefunden. Und das mit uns. Und weil Cox Racing nächstes Jahr nicht mehr existieren wird, hat es ihm nicht genügt, mir zu kündigen. Mein Vater hat gedroht, dafür zu sorgen, dass mich keiner mehr einstellt, wenn ich mich weiterhin mit dir treffe.«

Fassungslos schwieg Hayden einen Moment, dann rief er:

»Nein, das kann er nicht machen! Er darf dir doch meinetwegen nicht die Zukunft versauen. Das lasse ich nicht zu.«

Sein süßer Versuch, mich zu verteidigen, zauberte ein Lächeln auf mein Gesicht. Doch es erstarb sogleich wieder. »Das spielt jetzt sowieso keine Rolle mehr. Die Ersatzteams, die er für mich gefunden hat, sind beide an der Ostküste. Ich werde nicht für ein Team fahren, das Tausende Meilen von dir entfernt ist, und für ein Team aus der Gegend lässt Dad mich nicht antreten. Also werde ich nicht mehr fahren. So einfach ist das.« Ich empfand bittersüße Erleichterung, als ich spürte, dass sich diese Entscheidung langsam in mir verfestigte. So sollte es nun einmal sein.

Ein Schatten legte sich auf Haydens Gesicht, und er versuchte, sich aufzurichten. »Das kannst du nicht machen. Es ist dein Traum.«

Das war es. Und wenn ich diesen Traum hinter mir ließ, schnitt ich mir ein Stück aus meiner Seele. Doch damit konnte ich leben, ohne mein Herz indessen nicht. »Das kriege ich schon hin. *Wir* kriegen das schon hin.«

Er atmete schwer und schüttelte den Kopf. »Vielleicht hat er es nicht ernst gemeint. So etwas würde er seiner eigenen Tochter doch nicht antun, oder?«

Ich bemühte mich um eine möglichst neutrale Miene. »Doch, das würde er. Er wollte mich mit seiner Drohung dazu bringen, die Beziehung mit dir zu beenden. Aber ich habe nicht auf ihn gehört. Dad blufft nicht, er zieht sein Ding durch. Sobald er herausfindet, dass wir zusammen sind und ich bei dir in Kalifornien bleibe und nicht für eins der Teams fahre, die er für mich ausgesucht hat, ist es mit meiner Karriere vorbei.«

Hayden sah erschöpft zur Seite. »Das tut mir unendlich leid. Ich wollte nicht, dass es so weit kommt.«

»Ich weiß«, flüsterte ich.

Dann sah er mir wieder in die Augen, plötzlich wirkte er

traurig: »Warum solltest du das alles für mich aufgeben? Das bin ich nicht wert, Kenzie.«

Vorsichtig schob ich die Beine aufs Bett und legte eine Hand auf seine Wange. »Doch, das bist du. Bevor ich *dich* kennenlernte, wusste ich gar nicht, was mir fehlt. Ich liebe dich. Ich gebe die Rennfahrerei auf, weil ich auch ohne sie leben kann. Ohne dich kann ich nicht leben.«

Langsam senkte ich die Lippen auf seine und genoss die weiche Wärme, als wir miteinander verschmolzen. Sofort brannten Leidenschaft und Lust auf meiner Haut, und ich wollte mehr, so viel mehr. Ein ganzes Leben lang. Doch noch mussten wir uns gedulden. Zu Intimitäten war Hayden noch nicht imstande. Doch sobald er bereit war, würden wir zusammen sein – in aller Öffentlichkeit – und allen Widrigkeiten trotzen. Nachdem ich nun also eine Privatperson war, konnte uns keine Kontaktsperre mehr daran hindern. Wenn ich keine Rennen mehr fuhr, gab es keinen Grund, warum wir nicht zusammenleben sollten. Jedenfalls fiel mir kein guter ein. Doch zunächst musste er mir trotzdem noch erklären, was er vor dem Rennen an meinem Motorrad gemacht hatte.

Als wir uns wieder voneinander lösten, suchte ich seinen Blick. »Wenn ich den einzigen Job aufgebe, den ich jemals haben wollte …«

Hayden nutzte mein kurzes Zögern, um mich zu unterbrechen: »Kenzie, ich finde nicht, dass du …«

Ich hob die Brauen und redete weiter, als hätte er nichts gesagt. »… dann musst du mir aber genau erklären, was du mit meinem Motorrad gemacht hast. Du hast behauptet, du hättest etwas repariert. Was war das?«

Hayden schloss die Augen. Er sah erschöpft aus, und ich wusste nicht, ob das an der Wirkung der Schmerzmittel lag oder an dem, was er mir gleich sagen wollte. »Bevor ich weiterrede, musst du wissen, dass ich von alldem keine Ahnung hatte.« Er öffnete die Augen wieder und zögerte. »Nein, das stimmt nicht ganz. Ich hatte einen Verdacht, aber ich wollte es nicht wahrhaben … deshalb habe ich nicht nachgefragt.«

»Bei was hast du nicht nachgefragt?«, hakte ich nach und war plötzlich äußerst beunruhigt.

»Myles und dein Vater haben recht, die Motorräder wurden manipuliert. Sie haben sich nur getäuscht, als sie mich für den Schuldigen hielten«, stellte er fest.

Mein Herz schlug jetzt wie wild. »War es Keith?«, fragte ich mit schneidender Stimme. Wer auch immer für die Manipulationen an den Motorrädern verantwortlich war, trug vermutlich auch die Schuld an Myles' Verletzung. Und an der von Hayden. Gott, war der Unfall heute ein Zufall gewesen oder bewusst herbeigeführt worden? Wie dem auch sei – Keith war der Hauptverdächtige. Obwohl das nicht erklärte, warum ich bei den Straßenrennen so gut abgeschnitten hatte. Davon hatte Keith nichts gewusst. Doch wenn Hayden nicht nachgeholfen hatte … wer war es dann?«

Hayden schüttelte den Kopf. »Nein. Nicht Keith … Aufreißer.«

Sein Name hallte durchs Zimmer, und mir schwirrte der Kopf, als plötzlich alle Puzzlesteinchen an die richtige Stelle fielen. Die Gerüchte, meine Siege, die Vorkommnisse am Ring. »Warum sollte er …? Wie konnte er …? Das verstehe ich nicht.«

Hayden betrachtete bedrückt seinen Gips. »Es hat eine Weile gedauert, ehe ich es selbst begriffen habe. Ich habe Aufreißer noch nicht zur Rede gestellt, aber ich weiß, dass er hinter allem steckt. Er und Grunz. Ich habe schon früher beobachtet, wie sie sich auf ARRC-Veranstaltungen herumgedrückt haben. Eines Tages habe ich dann beobachtet, wie Aufreißer ein Gerät an einem Motorrad befestigt hat. Ich wusste zu dem Zeitpunkt nicht genau, was er da machte, oder warum er sich überhaupt an der

Maschine zu schaffen machte. Als es beim Rennen dann Probleme mit dem Motorrad gab, war mir klar, dass er es irgendwie sabotiert haben musste. Vermutlich ein Fernauslöser, der etwas so geringfügig veränderte, dass es niemandem auffiel. Und nachdem er ausgelöst worden war, war er verschwunden und mit ihm der Beweis.«

Plötzlich verdüsterte sich seine Miene. »Ich hätte jemandem davon erzählen, hätte etwas tun sollen, um ihn zu stoppen, sobald mir klar war, dass Aufreißer dahintersteckt. Aber Aufreißer war meine Eintrittskarte zu den Straßenrennen. Ich brauchte ihn, um Antonia zu helfen. Darum musste ich die Klappe halten. Doch selbst wenn sie nicht wäre … Wir sind so eng miteinander verbunden – wenn er untergeht, reißt er mich mit sich. Dafür wird er sorgen.« Hayden räusperte sich und versuchte, mir aufmunternd zuzulächeln. Aber es munterte mich nicht auf. Vielmehr fühlte es sich an, als hätte er mir gerade einen Tiefschlag versetzt. »Danach fing ich jedenfalls an, die Motorräder abzusuchen, um den Schaden, den er verursachte, klein zu halten. Aber ich wusste nie, wo er zuschlagen würde. Deshalb fand ich meist nichts.«

Mir fiel sofort das Ding ein, das Hayden mir gezeigt hatte. »Heute war es anders. Da hast du etwas an *meinem* Bike gefunden.« Verdammt, Aufreißer hatte es auf mich abgesehen, und wäre Hayden nicht so gewissenhaft gewesen, hätte ich das Epizentrum der heutigen Karambolage gebildet.

Haydens Miene bestätigte meine Erkenntnis. »Ja. Dieser Dreckskerl. Er beschwert sich schon, seit du aufgehört hast, für ihn zu fahren. Ich bin davon ausgegangen, dass er dich aus Respekt vor mir in Ruhe lässt. Doch anscheinend hat er keineswegs so viel Respekt vor mir, wie ich gedacht habe.«

»Warum manipuliert er die Motorräder?«, erkundigte ich mich. Das ergab für mich keinen Sinn.

Seufzend erwiderte Hayden: »Er ist ein leidenschaftlicher

Glücksspieler. Das war er immer und wird es immer bleiben. Er hat die Ergebnisse beeinflusst, um Geld zu verdienen. Und ich bin derjenige, der ihm Zutritt zu dieser Welt verschafft hat. Mein Gott, ich komme mir so dumm vor. Ich habe mich nie gefragt, warum ich auf der Straße andauernd gewonnen habe. Wie es bei knappen Rennen zu Fehlfunktionen kommen konnte … jenen seltsamen Vorfällen, die mir stets den nötigen Vorsprung verschafften. Ich hätte mir damals schon denken können, dass da etwas nicht stimmte, aber ich brauchte das Geld und wollte die Wahrheit nicht sehen.«

Beruhigend legte ich ihm die Hand auf den Arm. »Hey, ich habe genau dasselbe getan, Hayden. Ich wusste, dass ich ein paar der Rennen normalerweise nicht gewonnen hätte, aber ich brauchte dringend das Geld. Darum habe ich es hingenommen.« Ich lächelte schwach. »Außerdem dachte ich, dass du vielleicht dahintersteckst, und war eine Weile ziemlich hin- und hergerissen. Schließlich war ich mir aber sicher, dass du es nicht sein konntest, darum habe ich nichts gesagt. Oder … ich habe gehofft, dass du es nicht warst … und habe deshalb geschwiegen.«

Hayden lächelte erneut. »Ich war es nicht«, sagte er, dann stutzte er. »Na ja, ich schätze, das entspricht nicht ganz der Wahrheit. Schließlich habe ich Aufreißer in diese Welt eingeführt. Ich habe ihn mit dir bekannt gemacht – und jetzt hat er dich im Visier.«

»Aber er hat mich nicht erwischt. Du hast ihn gestoppt. Und mir das Leben gerettet«, fügte ich hinzu und drückte seinen Arm.

Haydens Gesichtsausdruck änderte sich nicht. »Dafür hat er jemand anderen erwischt, und sieh dir an, wie viele Menschen diesmal verletzt worden sind. Nein, ich habe die ganzen glücklichen Zufälle ignoriert, weil ich der Wahrheit nicht ins Auge sehen wollte. Und als ich nicht mehr leugnen konnte, was

Aufreißer trieb, habe ich trotzdem nichts getan, weil ich ihn immer noch brauchte.« Er schüttelte wütend den Kopf. »Aber er ist zu weit gegangen. Ich bin fertig mit ihm, mit ihm und Grunz. Du hattest recht. Ich kann diesen Spagat zwischen den beiden Welten nicht mehr bewältigen. Ich liebe meine Freunde, aber ich will nicht für sie sterben. Anders als für dich.«

Hitze strömte durch meinen Körper; ich beugte mich vor und drückte meine Lippen auf seine. Ich legte all meine Gefühle in diesen Kuss – die Lust, das Feuer, die Liebe. Irgendwie hatte er es im Laufe der letzten paar Monate fertiggebracht, mein Ein und Alles zu werden, und es erleichterte mich unendlich zu wissen, dass nicht er es war, der hinter all jenen Karambolagen, Unfällen, Zwischenfällen und Vorkommnissen steckte. Er hatte überhaupt keinen Dreck am Stecken, wenn man mal von den Straßenrennen absah, aber mit denen wollte er auch aufhören. Ich wusste nicht, welche Konsequenzen das für Izzy und Antonia haben würde, für Hayden selbst war es jedoch durchweg positiv. Er war frei. Genau wie ich.

Trotzdem wirkte Hayden unentschlossen, als wir uns wieder voneinander lösten. Ich strich über seine Wange und fragte: »Was hast du?«

Er zuckte zusammen, als hätte er wieder Schmerzen: »Es macht mich fertig, dass du mit der Rennfahrerei aufhören willst.« Er schüttelte den Kopf. »Ich kann selbst kaum glauben, dass ich das sage, aber dass du meinetwegen aussteigst, kann ich nicht zulassen, Kenzie. Ich weiß, was es *mir* bedeutet, deshalb weiß ich auch, was es dir bedeutet. Du darfst es nicht meinetwegen aufgeben.«

Ich rückte von ihm ab und sah ihn finster an. »Ich will nicht an der Ostküste leben, und das ist die einzige Option, die mir mein Vater gelassen hat. Ich gebe die Rennfahrerei also nicht nur deinetwegen auf. Außerdem wäre es sowieso nicht dasselbe, für ein anderes Team anzutreten.« Ich atmete tief aus. »Ich wollte das Familienunternehmen retten, aber das ist mir nicht gelungen. Mein Vater hatte recht. Es ist an der Zeit, nach vorn zu blicken.«

Es gelang mir nicht, Haydens Sorgen zu zerstreuen. »Irgendwann wirst du mich dafür hassen«, behauptete er.

Ich strahlte ihn an. »Werde ich nicht.«

Er zog die Brauen zusammen, schwieg jedoch. Deutlich hörte ich die Worte *Wirst du doch* durch den Raum schallen. Das wollte ich nicht hören, deshalb legte ich erneut meine Lippen auf Haydens. Solange wir uns leidenschaftlich küssten, konnte er mir schlecht erzählen, dass unsere Beziehung zum Scheitern verurteilt war.

Nach ausgiebigen, sinnlichen, perfekten Küssen brachte ich meinen Mund an sein Ohr. »Ich kann es kaum erwarten, dich wieder in meinem Bett zu haben.«

Hayden stöhnte und zog scharf die Luft ein. »Das hier wird mir wie die längste Genesung überhaupt vorkommen. Wann darf ich nach Hause?«

Ich lachte. Dann zuckte ich mit den Schultern, das wusste ich wirklich nicht. Nur eines wusste ich mit Bestimmtheit: Wenn er nach Hause durfte, würde er zu mir nach Hause kommen.

Es fiel mir nicht leicht, Haydens Zimmer zu verlassen, aber da Keith in der Nähe herumlungerte, durfte ich nicht lange bleiben. Außerdem war mir klar, dass wir schon bald wieder zusammen sein würden. Jetzt konnte uns nichts mehr voneinander trennen.

Mit einem zarten Lächeln verließ ich leise das Zimmer. Doch kaum trat ich in den Flur, erstarb meine gute Laune. Dort stand mein Vater, und er sah wütender aus, als ich ihn jemals erlebt hatte. Verglichen mit der Wut, die ihm jetzt in den Augen loderte, hatte er selbst bei seiner heftigen Auseinandersetzung mit Keith noch ruhig gewirkt. »Dad? Was tust du hier?«

Mein Vater ballte die Fäuste, er zitterte am ganzen Leib, so sehr musste er sich beherrschen. »Myles und Nikki. Zuerst wollten sie mir nicht sagen, wo du bist, aber schließlich habe ich es doch aus ihnen herausbekommen.«

Sicher hatte er ihnen mit etwas gedroht. Ich seufzte. »Was hast du ihnen erzählt?«

Dad kam einen Schritt auf mich zu und ignorierte meine Frage. »Willst du mich auf die Probe stellen, Kenzie? Geht es dir darum? Ich habe alles genau so gemeint, wie ich es gesagt habe. Eher ruiniere ich deine Karriere, als zuzulassen, dass du dich mit ihm abgibst.« Er deutete zu Haydens Zimmer, sein Finger zitterte vor kaum beherrschter Wut.

»Er hat mich gerettet, Dad. Er hat mich aus der Spur gedrängt und sich für mich geopfert.« Ich zeigte ebenfalls auf sein Zimmer, nur war mein Finger viel ruhiger. »Hayden ist der Grund, warum ich nicht selbst in diesem Zimmer liege.«

Auf Dads Gesicht zeichneten sich diverse Gefühle ab – Ärger, Unsicherheit, Hass und überraschenderweise auch Dankbarkeit. Einen Moment lang schien er um Worte verlegen zu sein. Dass Hayden etwas Gutes für mich getan hatte, war für meinen Vater offenbar unvorstellbar. Ich hätte ihm ebenso gut erzählen können, dass plötzlich ein Superheld vom Himmel heruntergeschossen war und mich in Sicherheit gebracht hatte. »Mackenzie, das ging alles so schnell, du kannst nicht wissen …«

Mit einem eisigen Blick schnitt ich ihm das Wort ab. »Er hat mich gerettet, Dad.«

Plötzlich bestand Dads Miene nur noch aus Verachtung. »Möglicherweise hat er dir … geholfen … aus irgendeinem Grund. Aber das ändert überhaupt nichts. Für *eine* gute Tat bekommt er noch keinen Freifahrtschein. Du darfst dich trotzdem nicht mehr mit ihm treffen.«

Ich holte tief Luft. Ich wollte es jetzt hinter mich bringen.

»Doch, das darf ich. Ich bin erwachsen, und ich entscheide selbst, mit wem ich mein Leben verbringen will. Ich liebe ihn, und er liebt mich. Wir werden zusammen sein, ob es dir gefällt oder nicht.«

Ich sah förmlich, wie Dad vor Wut qualmte. Dann schloss er die Augen und wurde von Erschöpfung übermannt. Auf einmal wirkte er alt und zerbrechlich, als hätte das Leben ihm ein Mal zu oft übel mitgespielt. »Bitte … zwing mich nicht dazu, Mackenzie.«

»Du tust nichts, Dad. Ich tue es. Ich bin fertig. Ich kündige.« Als ich an ihm vorbeiging, murmelte ich: »Wie du schon ganz richtig gesagt hast. Rennfahren ist nicht alles.«

24. Kapitel

Mein Herz hämmerte, als ich zum Ring zurückfuhr. Ich hatte es getan. Ich hatte die Verbindung zu meinem Vater, zu meiner Familie und zu meiner Karriere abgebrochen. Ich hatte alles, was ich immer gewollt hatte, für einen Mann aufgegeben, den ich noch nicht einmal ein Jahr kannte. Das klang verrückt – doch ich bereute meine Entscheidung nicht. Mein Leben gehörte mir, es musste mir gefallen, nicht meinem Vater.

Als ich am Ring eintraf, herrschte dort noch immer Aufruhr. Überall begegnete ich aufgewühlten Menschen. Die meisten wollten Antworten hören, manche Blut sehen. Von vierundzwanzig teilnehmenden Fahrern waren zehn auf die eine oder andere Weise von der Karambolage betroffen, vier davon mussten behandelt werden und waren außerstande, noch am selben Tag auf den Ring zurückzukehren. Anscheinend war niemand zu Tode gekommen, doch mindestens ein Fahrer würde vermutlich niemals wieder Rennen fahren können. Es war niederschmetternd, wie viele Menschen Aufreißer mit seiner Gier geschadet hatte.

Angesichts der großen Anzahl defekter Motorräder und verletzter Fahrer entschloss sich die Rennleitung, das Rennen für abgeschlossen zu erklären. Für die Wertung wurden die jeweiligen Positionen zum Unfallzeitpunkt ermittelt, was für zusätzliche Verärgerung sorgte. Die Offiziellen waren fest entschlossen, die Unfallursache zu ermitteln, folglich stürzten sie sich auf die Fahrer und deren Crews. Kaum hatte ich einen Fuß auf das Gelände gesetzt, wurde ich ebenfalls zu einem Treffen mit der Rennleitung zitiert. Nach der Befragung fühlte ich mich erschöpft und war unsicher, ob ich das Richtige getan hatte.

Ich bewahrte über alles Stillschweigen, was ich wusste, da ich mir nicht sicher war, ob es negative Konsequenzen für Hayden haben könnte, wenn ich der Untersuchungskommission von Aufreißer erzählte. Schließlich hatte er Aufreißer überhaupt erst Zugang zu dieser Welt verschafft. Würde man ihn für diesen kleinen Anteil an Aufreißers Verbrechen bestrafen? Ich wusste es nicht, und die Unkenntnis ließ mich schweigen. Später am Abend veröffentlichte die Rennleitung ihren Abschlussbericht zur Karambolage. Der Auslöser waren angeblich mehrere überhitzte Maschinen gewesen. Zwei Motorräder waren praktisch gleichzeitig und auf dieselbe Weise ausgefallen. Vielen schien das ein zu großer Zufall zu sein, doch niemand konnte sich vorstellen, dass jemand dumm genug war, dergleichen zu tun. Niemand wusste Genaueres – abgesehen von Hayden und mir.

Nach einem langen Nachmittag, an dem ich zwischen dem Ring und dem Krankenhaus gependelt war, kehrte ich ins Hotel zurück und entdeckte Myles und Nikki in der Hotelbar. Die beiden saßen stumm und niedergeschlagen an einem runden Tisch und starrten in ihre Drinks, die unberührt aussahen. Ich überlegte kurz, sie zu ignorieren und auf mein Zimmer zu gehen, doch eigentlich war ich es leid, mit Leuten zu streiten. Und ich konnte einen Drink vertragen – der heutige Tag hatte sich zu einer endlosen emotionalen Achterbahnfahrt entwickelt.

Myles lächelte mir zaghaft zu, als ich mich zwischen ihn und Nikki setzte. »Hey, Kenzie. Hast du schon dein Endergebnis in der Wertung gesehen?« Ich schüttelte den Kopf. Ich war zu sehr mit anderen Dingen beschäftigt gewesen, um mich auch noch darum zu kümmern. Vermutlich vermied ich unbewusst die Ergebnislisten. Weil die Rennfahrerei künftig keine Rolle mehr in meinem Leben spielen würde, war die Ranglistenplatzierung auch nicht mehr wichtig. Jedenfalls sollte sie mich eigentlich nicht mehr interessieren. Gott – ich würde das Rennfahren vermissen.

Myles grinste noch etwas breiter und beugte sich vor. »Wegen des vorzeitigen Endes bist du auf dem dritten Platz gelandet. Fünfte in der Gesamtwertung. Das ist ein Fahrerinnenrekord … und ein Rekord für Cox Racing. Du weißt ja, wie lange dein Vater versucht hat, in die Top Fünf vorzustoßen. Nicht schlecht fürs erste Jahr, Kenzie.« Er prostete mir zu.

»Wie, Rekord? Top Fünf? Das ist seit Dads Abdankung keinem von Cox Racing mehr gelungen. Dir nicht, Jimmy nicht … Ich hätte nie gedacht … Oh mein Gott.« Ich hatte nichts von meiner guten Platzierung mitbekommen. Die Hälfte der Saison hatte mich mehr das Geld interessiert als die Siege, und ich hatte ein wenig von meinem Siegeswillen eingebüßt. Das wurde mir auf einmal schmerzhaft bewusst, und mir stiegen bittersüße Tränen in die Augen. Jetzt, da alles vorbei war, bedeutete es mir endlich wieder etwas.

Als Nikki sah, wie bewegt ich war, strich sie mir über den Rücken. »Hey, schon okay, Kenzie. Das ist nur dein erster Rekord, dem werden noch viele folgen. Ich wette, nächstes Jahr wirst du den hier schon wieder alt aussehen lassen.«

Ich schniefte und wischte mir die Augen trocken. »Ein nächstes Jahr wird es nicht geben. Ich höre mit dem Rennfahren auf. Heute war mein letzter Tag.« Vermutlich war mein tolles Finish sowieso nur ein schaler Sieg. Aufreißer hatte die Gesamtwertung stark beeinflusst. Wer weiß, wie ich in diesem Jahr abgeschnitten hätte, wenn alles ganz normal verlaufen wäre. Dennoch – ich stand jetzt in den Rekordlisten, ich hatte es geschafft. Und nun war alles vorbei. Die harten Fakten waren niederschmetternd.

Myles und Nikki sahen mich an, als hätte ich ihnen in den Magen geboxt. »Aufhören? Du kannst doch nicht …« Myles verstummte, dann fluchte er leise. »Ist es unseretwegen? Weil wir deinem Vater erzählt haben, dass du zu Hayden ins Krankenhaus gefahren bist? War er sauer, als er dich dort angetroffen hat?«

»Sauer« beschrieb nicht annähernd seinen Zustand. »Fuchsteufelswild« traf es eher. »Nein, das hat mit euch nichts zu tun. Ich höre auf, weil ich mit Hayden zusammen sein möchte. Dad zwingt mich dazu, mich zwischen Hayden und der Rennfahrerei zu entscheiden. Und das habe ich getan.« Ganz gleich, was Hayden sagte, ich wollte uns von nichts mehr auseinanderbringen lassen. Es war meine Entscheidung, ich stand dazu.

Nikki sah aus, als würde sie gleich losheulen. »Bist du sauer, dass wir es deinem Vater erzählt haben? Haben wir schon wieder alles verbockt?«

Ich lächelte, und meine Melancholie verflog allmählich wieder.

Ich würde schon wieder auf die Füße fallen. »Nein, ich bin auf niemanden mehr sauer. Für mich ist jetzt Schluss mit all diesen Regeln, Kontaktsperren und Ängsten. Ich habe keine Lust mehr, meine wahren Gefühle zu verstecken, und ich … liebe Hayden. Wir wollen zusammen sein. Ich hoffe, ihr könnt damit leben.«

Ich fürchtete, sie könnten mich so zurückweisen wie mein Vater. Nervös blickte ich vom einen zum anderen. Nikki schien mit allem einverstanden zu sein, aber Myles schnitt eine Grimasse: »Und was ist mit dem, was er mir angetan hat, Kenzie?«

»Das war er nicht, Myles, es war …« Ich verstummte, bevor ich etwas von Aufreißer verriet. Es war sicherer für Hayden, wenn ich diese Information für mich behielt. »Hayden ist vielleicht kein Unschuldslamm, aber in dieser Sache ist er unschuldig. Er hat dein Motorrad nicht angefasst. In Wirklichkeit hat er sogar versucht zu verhindern, was vor sich ging. Das kannst du mir glauben.«

Myles sah mich scharf an. »Du weißt etwas.«

Ich sah mich kurz in der Bar um, ob uns niemand belauschte. »Nichts, über das ich offen reden kann. Würde mich jemand fragen, würde ich abstreiten, etwas zu wissen. Du musst mir in diesem Punkt einfach vertrauen«, erwiderte ich und blickte ihn mit hochgezogener Braue an.

Myles atmete tief durch, dann nickte er. »Ich vertraue dir. Ich weiß zwar nicht, ob ich *ihm* schon traue. Aber dir vertraue ich.«

»Gut«, erwiderte ich und legte jedem einen Arm über die Schulter. »Denn ich glaube, wenn ich jetzt zu allem Überfluss auch noch meine beiden besten Freunde verliere, drehe ich komplett durch.«

Nikki lachte, dann hielt sie inne. »Ich kann noch gar nicht glauben, dass wirklich alles vorbei ist. Mit uns dreien bei Cox. Dass dein Vater den Laden zumacht, Myles und ich uns etwas anderes suchen, du … ganz aufhörst. Das wirkt alles so surreal. So hatte ich mir deine erste Saison in der Profiliga wirklich nicht vorgestellt.«

Ich auch nicht.

»Hey«, sagte ich und wandte ihr mein Gesicht zu. »Nicht alles wird anders sein. Ich bleibe in Oceanside, und wir drei können immer noch zusammen ausgehen. Auch wenn wir nicht mehr zusammenarbeiten, bleiben wir Freunde. Abgemacht?«, fragte ich und streckte ihnen beiden einen kleinen Finger hin.

Sie hakten sich bei mir ein, und wir schüttelten die Hände. »Abgemacht«, bekräftigten sie unisono.

Die restliche Nacht verlief friedlich. Selbst wenn meine Zukunft noch unklar war, gab mir die Gewissheit, nicht allein zu sein, ein Gefühl von Sicherheit. Ich hatte Nikki, ich hatte Myles, und ich hatte Hayden. Das reichte. Es musste reichen.

Sobald meine Freunde am nächsten Morgen zum Flughafen fuhren, um die Heimreise anzutreten, machte ich mich auf den Weg ins Krankenhaus, um zu sehen, wie es Hayden ging. Als ich in sein Zimmer trat, machte ich augenblicklich auf dem Absatz kehrt, doch es war zu spät. Man hatte mich entdeckt.

»Cox? Was zum Teufel machst du hier?«

Keith Benneti stand, auf seine Krücke gestützt, neben Haydens Bett und sah ebenso überrascht wie verärgert aus. Er wandte sich sofort mit finsterer Miene an Hayden. Diesen missbilligenden Blick hatten Keith und mein Vater perfektioniert. »Würdest du mir bitte erklären, was ein Mitglied von Cox Racing in deinem Krankenhauszimmer zu suchen hat, Hayden? Ich dachte, ich hätte dir die Regeln klar und deutlich erklärt. Kein Kontakt mit dem Feind. Basta.«

Hayden wurde leichenblass, und er starrte seinen Mentor an. »Keith … ich kann das erklären …«

Als ich merkte, dass auch Hayden kurz davor war, seinen Job zu verlieren, trat ich vor und versuchte, die Situation zu entschärfen. »Ich gehöre nicht mehr zu Cox Racing. Ich habe gekündigt.«

Keith sah wieder zu mir herüber, ein amüsiertes Funkeln tanzte in seinen Augen. Es machte mich krank, ihn so zufrieden zu sehen – diesen Mann, der meiner Familie derart viel Leid zugefügt hatte. Doch ich ignorierte die Galle, die in meiner Kehle hochstieg. Für mich zählte im Moment ausschließlich Haydens Wohlergehen, und ich durfte nicht zulassen, dass wir beide an diesem blöden Kontaktverbot scheiterten. »Du hast … gekündigt?«, fragte er und grinste breit und selbstgefällig.

Ich ließ mich nicht von ihm provozieren und richtete mich gerade auf. »Ja, ich habe gekündigt. Ich gehöre nicht mehr zu Cox Racing. Die Firma macht sowieso in ein paar Wochen dicht. Also gilt die Kontaktsperre für mich nicht mehr. Ich habe das Recht, hier zu sein. Genau wie du.«

Nachdem ich das gesagt hatte, verdüsterte sich sein Blick, doch schnell wurde er wieder fröhlich. Er lachte kurz auf: »Du hast beim Team deines Vaters gekündigt, so kurz vor dem Ende seiner jämmerlichen Existenz? Wow! Und da heißt es immer, ich sei ein Stinkstiefel. Mein lieber Mann, das muss ihn ja richtig fertigmachen. Und wenn nicht ... bringt ihn vermutlich die Tatsache, dass seine Tochter einen Benneti-Fahrer vögelt, dem Grab ein gutes Stück näher.« Er wedelte mit seiner schweren Hand in Richtung Hayden. »Aber sicher. Wenn du wirklich mit meinem besten Fahrer rummachen willst, lass dich nicht davon abhalten. Ich habe kein Problem mit dir, Hauptsache, du bist eine Ex-Cox. Er kam lachend zu mir gehumpelt und legte die Hand auf meinen Arm. Ich brauchte meine ganze Willenskraft, um ihm den Arm nicht zu entziehen. »Aber geh vorerst behutsam mit ihm um. In der kommenden Saison brauche ich ihn in Topform. Nächstes Jahr Top Fünf, Hayes! Merk dir meine Worte.«

Mit diesen Worten ging er aus dem Zimmer und ließ uns allein. Ich konnte es kaum fassen, dass Keith nichts gegen eine Beziehung zwischen Hayden und mir einzuwenden hatte. Auch wenn er es eigentlich nicht akzeptierte, sondern vielmehr seine Rachegelüste damit befriedigte. Trotzdem. Noch etwas verwirrt ging ich zu Haydens Bett und setzte mich zu ihm. »Hat er uns gerade erlaubt, uns zu treffen ... nur um meinen Vater zu ärgern?«

Hayden schien selbst überrascht, nickte aber. »Ja. Ich glaub schon. Er ist gar nicht so schlimm, wie du denkst«, fügte er nach einem kurzen Seitenblick auf mich schnell hinzu.

Ich küsste ihn zärtlich und schüttelte den Kopf. »Was das betrifft, werden wir uns nicht einig werden. Damit müssen wir leben.« Keiths Bedingung – *Hauptsache, du bist eine Ex-Cox* – klang noch immer in mir nach und tat auf einmal unerwartet weh. Ich gehörte nicht mehr zu Cox Racing. Niemand mehr. Ich verdrängte den schmerzhaften Gedanken und wechselte das Thema. »Hat er dir dein Endergebnis gesagt?«

»Sechster. Und du?«, fragte er lächelnd.

»Fünfte«, erwiderte ich und konnte mir ein Grinsen nicht verkneifen. Meine Platzierung verblüffte mich immer noch. Ich wünschte nur, ich hätte mir den Platz ehrlich verdient, ohne Aufreißers ungebetene »Hilfe«.

Ich wusste nicht, ob sich Hayden darüber ärgerte, dass ich in der Wertung vor ihm lag. Seiner Miene nach zu urteilen, schien er sich jedoch einfach nur für mich zu freuen. »Ehrlich? Das ist super, Kenzie.«

Sein Kompliment sorgte für eine merkwürdige Hitzewallung, die meinen ganzen Körper durchlief. Nicht ganz so, als würde das Lob von meinem Vater stammen, doch ziemlich dicht dran. Mein Vater hatte seit unserer Konfrontation im Krankenhaus kein Wort mehr mit mir gesprochen. Er hatte nicht einmal eine Bemerkung zu meinem tollen Abschneiden gemacht. »Ja … ich glaube, ich habe einen neuen Rekord für eine weibliche Fahrerin aufgestellt. Und zudem einen für Cox. Das hat noch keiner geschafft, seit mein Vater nicht mehr fährt.« Und dafür sollte Dad stolz auf mich sein, anstatt mir aus dem Weg zu gehen.

Hayden beugte sich vor, nahm mein Kinn und zog für einen sanften Kuss meinen Mund an seinen. »Das ist großartig, Kenzie … und traurig zugleich.« Er schaute mir tief in die Augen, vielleicht um zu ermessen, wie es mir ging. Mir ging es gut. Irgendwie. »Und was willst du jetzt machen, wenn du nicht mehr fährst?«, fragte er.

»Ich habe wirklich keine Ahnung. Rennreporterin vielleicht.«

Hayden grinste mich schief an. »Du hasst Interviews.«

»Ich hasse es, Fragen zu beantworten«, erwiderte ich und hob einen Finger. »Sie zu stellen, ist vielleicht gar nicht so schlecht.« Nachdenklich ließ ich die Hand sinken. »Ich wäre aber … Ich würde gern ein Teil dieser Welt bleiben.« Ich konnte mir nicht vorstellen, künftig nicht mehr zu den Veranstaltungen zu gehen. Keine Abgase mehr zu riechen, keine aufheulenden Motoren mehr zu hören. Die Aufregung der Zuschauer nicht mehr zu spüren oder die Anspannung der Fahrer.

Hayden grinste einmal kurz, als er mich ansah. »Du könntest jederzeit modeln«, sagte er mit einem zaghaften Lächeln.

Ich antwortete mit einem breiten Grinsen. »Und ich könnte dir jederzeit auch noch das andere Handgelenk brechen.«

Hayden lachte. Dann fasste er mit seiner gesunden Hand die meine. »Du wirst etwas finden, Kenzie. Ganz bestimmt.« Ich nickte. Ja. Ich würde einen Weg finden, wie es für mich weiterging. Das musste ich. Kurz darauf sagte Hayden leise: »Weißt du … eigentlich könntest du doch auch für Keith fahren. Du bist eine fantastische Fahrerin. Ich wette, er würde dich nehmen, ganz gleich, was dein Vater den anderen Teams erzählt. Du weißt ja, dass Keith nicht interessiert, was dein Vater sagt.«

Ich dachte kurz darüber nach, bevor ich ihm antwortete. »Ja, das stimmt. Und ja, Keith würde mich vermutlich einstellen, nur um meinem Dad wehzutun, aber …« Ich lachte kurz und trocken auf. »Eher würde ich darauf verzichten, mich jemals wieder auf ein Motorrad zu setzen, als für diesen Mann zu fahren. Ich weiß, du magst ihn, aber ich kann wirklich nicht …«

Hayden unterbrach mich, indem er mir einen Kuss auf die Lippen drückte. »Ich weiß«, erwiderte er, als wir uns wieder voneinander lösten. »Schon in Ordnung. Wie schon gesagt, du findest bestimmt etwas, bei dem du dich auch wohlfühlst.«

Ich schenkte ihm ein sanftes Lächeln, dann legte ich den Kopf an seine Schulter und kuschelte mich ein. Etwas, bei dem ich mich wohlfühlte – und das nichts mit Rennen zu tun hatte. Das klang wie eine unmögliche Kombination. Mein Leben lang hatte ich nie etwas anderes tun wollen, als Rennen zu fahren. Doch so schnell würde ich die Hoffnung nicht aufgeben. Denn hey, wie weit waren Hayden und ich gekommen? Wenn wir irgendeine Lösung fanden und zusammen sein konnten, dann war alles möglich. Ich hatte noch längst nicht ausgeträumt.

Gerade genoss ich den friedlichen Moment mit meinem Freund, als jemand an Haydens Tür klopfte. Kurz darauf betrat ein Pärchen das Zimmer, mit dem ich überhaupt nicht gerechnet hatte: Aufreißer und Grunz. Grunz sah aus wie immer – ein emotionsloser Berg von einem Mann. Aufreißer hielt sich die Augen zu. »Hallo, He-Man, bist du angezogen?« Dann riss er sich die Hände vom Gesicht und sah auf einmal gar nicht mehr so fröhlich aus. »Ach, hey, Felicia zwei … ich wusste nicht, dass du hier bist.«

Sofort richtete ich mich kerzengerade im Bett auf, woraufhin Hayden schmerzhaft zusammenzuckte. »Was zum Teufel tut ihr hier?«, fragte ich.

Aufreißers Miene verdüsterte sich, und er verschränkte die Arme vor der Brust. »Dasselbe könnte ich dich fragen, Aussteigerin. Ich bin hergekommen, um Hayden aufzumuntern. Soll ich ihn jetzt etwa hängen lassen? So wie du mich?«

»Ich habe …« Zur Beruhigung zwang ich mich, erst einmal tief Luft zu holen. »Es hat mir gereicht. Das hatte mit dir persönlich überhaupt nichts zu tun. Aber dass du versucht hast, mein Motorrad zu sabotieren, das war definitiv persönlich!«

Aufreißer stellte die personifizierte Verwirrung dar. »Von was zum Teufel redest du?« Er wandte sich an Hayden. »Was redet die da, verdammt noch mal? Was hast du ihr erzählt, Alter? Ziehst du etwa wieder deine alte Nummer ab?«

Vertraute Zweifel befielen mich, aber ich drückte Haydens Hand und ließ sie nicht an mich herankommen. Aufreißer versuchte nur, sich mit heiler Haut aus der Affäre zu ziehen. Haydens Augen wurden schmal, und er musterte seinen alten Freund. »Das Spiel ist aus, Aufreißer. Ich habe gesehen, wie du an den Motorrädern herumgefummelt hast. Kenzies habe ich wieder in Ordnung bringen können, bevor du sie auch noch fertigmachen konntest. Ich liege deinetwegen hier drin, Mann. Du hast mich reingelegt. Ich dachte, wir wären Freunde, aber da habe ich mich wohl geirrt.«

Grunz machte einen Schritt vorwärts, aber Aufreißer legte ihm eine Hand auf die Brust, um ihn zurückzuhalten. »Dieser … Sport, den du dir ausgesucht hast, ist gefährlich, Alter. Das wusstest du, als du damit angefangen hast. Ich bin bloß hergekommen, um mich zu vergewissern, dass es dir gut geht. Aber das hier …« Er zeigte mit der Hand aufs Bett. »Das hier hast du *dir selbst* zuzuschreiben und nicht mir.«

Hayden drückte meine Hand so fest, dass es wehtat. »Fühlst du dich wirklich nicht im Mindesten verantwortlich für das, was passiert ist? Es gab Verletzte, Aufreißer. Fast wäre auch Kenzie etwas passiert.«

Aufreißers Mundwinkel zuckten, als fände er es lustig, dass ich beinahe in einem Bett neben Hayden gelandet wäre. Was für ein Mistkerl. Er zuckte mit den Schultern und sagte: »Ich bin doch nicht daran schuld, womit du dein Geld verdienst. Ich habe dir gesagt, dass du deine Zeit verschwendest. Dass du mehr Geld verdienen kannst, wenn du für mich Rennen fährst. Aber du wolltest ja unbedingt etwas Anständiges machen und diesen ganzen Mist. *Du* bist derjenige, der *mich* reingelegt hat,

Hayden. Wenn jemand einen Grund hat, sauer zu sein, dann bin ich es.« Am Ende der Tirade war sein Gesicht vor Wut gerötet.

»Unglaublich«, stammelte Hayden. Er machte eine Bewegung, als wolle er aufstehen. Ich legte ihm eine Hand auf die Schulter und warf ihm einen warnenden Blick zu. Er durfte sich hier im Krankenhaus nicht mit diesem Ganoven herumprügeln, er musste sich erholen. Hayden sah mich kurz an, doch dann ließ er sich aufs Bett zurücksinken.

Er richtete den Blick wieder auf Aufreißer. »Wir sind fertig«, stieß er hervor. »Ruf mich nicht an, schick mir keine SMS, und komm auch nicht vorbei. Für mich ist Schluss mit den Rennen. Ich bin auch nicht mehr dein Freund. Von jetzt an … existierst du für mich nicht mehr.« Mit einem zärtlichen Seitenblick auf mich fügte er hinzu: »Ich habe keine Lust mehr, mich zwischen beiden Welten aufzureiben.«

»Du egoistischer Scheißkerl«, erwiderte Aufreißer. »Denkst du, du kannst mich einfach so sitzen lassen? Ich habe dir deinen dürren Hintern öfter gerettet, als du glaubst. Du warst nur ein verlorener kleiner Dreckskerl, bevor ich deinem Leben einen Sinn gegeben habe. Du denkst wohl, du gehörst in diese schicke Welt und kannst mit deinen schicken Motorrädern herumheizen? Aber da gehörst du nicht hin, und das weißt du auch. Wenn dich diese Leute ausgelutscht haben und wieder ausspucken, wirst du mich anflehen, zu mir zurückkommen zu dürfen. Aber dann kannst du mich mal. Komm, Grunz, wir haben hier nichts mehr verloren.«

Als er sich zum Gehen wandte, rief Hayden noch einmal nach ihm. Allerdings mit seinem richtigen Namen: »Tony!« Daraufhin drehte dieser sich um, und Hayden sagte: »Ich weiß, was du getan hast, und ich kann es beweisen. Wenn ich jemals wieder einen von euch in der Nähe eines Rings sehe, rufe ich auf der Stelle die Polizei. Ich habe so viel gegen euch in der

Hand, dass ihr euch nicht werdet herausreden können. Ach, und bilde dir bloß nicht ein, ich würde meine Meinung ändern, wenn du mir drohst, mich da mit hineinzuziehen. Das werde ich nicht. Ich gehe gern ins Gefängnis, wenn ich dich dafür hinter Gittern sehe.«

Aufreißer starrte Hayden wütend an. Wenn Blicke töten könnten, wäre ich jetzt wieder Single. Er stürmte aus dem Zimmer, Grunz hinterher. Mein rasender Herzschlag brauchte geschlagene zehn Minuten, bis er sich wieder beruhigte, und selbst danach war mir noch zittrig zumute. Hayden strich mir über den Rücken. Bestimmt spürte er, wie aufgewühlt ich war – vielleicht ging es ihm genauso, und er konnte es nur besser verbergen.

Als ich schließlich keine Angst mehr davor hatte, dass sich Aufreißer hinter der Ecke verstecken, jeden Moment hervorspringen und sich auf uns stürzen würde, flüsterte ich: »Hast du wirklich Beweise, die ihn ins Gefängnis bringen würden?«

Hayden atmete so tief aus, dass sich daran gut abschätzen ließ, wie lange er schon die Luft angehalten hatte. »Ich habe nur das Ding, das ich an deinem Motorrad entdeckt habe, und kann es nicht eindeutig mit Aufreißer in Verbindung bringen … aber das weiß er nicht.«

Mit großen Augen drehte ich mich zu ihm um: »Meinst du, die Drohung wird ihn tatsächlich aufhalten?«

Er grinste mich zuversichtlich an. »Ja, ich glaube schon.«

Ich war nicht so beruhigt, wie er es gern gehabt hätte, und fragte skeptisch: »Meinst du, er ist hinter dir her? Um die Bedrohung auszuschalten?«

Über Haydens Lächeln huschte ein leiser Zweifel. Er war kaum zu sehen, und ich bemerkte ihn nur, weil ich so genau darauf achtete. Er schüttelte den Kopf. »Nein … Er ist nicht dumm. Er wird es nicht riskieren, sich mit mir anzulegen. Ich kann mich ganz gut wehren«, fügte er augenzwinkernd hinzu.

Da hatte er recht – ich erinnerte mich noch gut daran, wie er die drei Dreckskerle von Benneti zu Boden geschickt hatte. Trotzdem beschlich mich ein sehr schlechtes Gefühl. Aufreißer war kein fairer Gegner. Wenn er es auf Hayden abgesehen hatte, würde der es erst merken, wenn es zu spät war.

Ein paar Tage später kehrten Hayden und ich aus New Jersey nach Hause zurück, und ich verbrachte den Großteil meiner neu gewonnenen Freizeit damit, mich in seinem Appartement über Keiths Garage um ihn zu kümmern. Nicht in einer Million Jahren hätte ich mir vorstellen können, mich bei Keith zu Hause aufzuhalten, und irgendwie kam es mir immer noch wie ein Verrat an meiner Familie vor, allein die Luft hier zu atmen. Den Ort, an dem Keith lebte, so nah und so persönlich zu erleben, hatte etwas Surreales. Insbesondere als Keith eines Nachmittags nur mit Boxershorts bekleidet vorbeikam, um nach Hayden zu sehen. Auf diesen Anblick hätte ich gut verzichten können.

Jedes Mal, wenn ich bei Hayden war, bemutterte ich ihn nach Strich und Faden – was ihm unendlich auf die Nerven ging. »Du brauchst mich wirklich nicht von vorn bis hinten zu bedienen, Kenzie. Ich habe eine Krücke und kann mich ganz gut selbst um mich kümmern. Ich könnte sogar zu dir fahren, damit du Keith nicht mehr so oft begegnen musst.«

Mit einem breiten Grinsen hielt ich ihm einen Löffel Suppe vor den Mund. »Du darfst dich noch nicht wieder auf ein Motorrad setzen. Außerdem macht es mir viel zu viel Spaß. Ich habe noch keine Lust, damit aufzuhören.«

Hayden stöhnte, und ich schob ihm den Löffel in den Mund. Nachdem er geschluckt hatte, entschuldigte er sich. Mal wieder. »Es tut mir so leid, Kenzie. Alles. Du solltest jetzt mit deiner Familie deine tolle Platzierung feiern … anstatt hier bei meiner Pflege zu versauern.«

Seufzend legte ich den Löffel auf Haydens Tablett. »Es ist nicht deine Schuld, schon vergessen? Und ich versaure hier nicht. Ich will hier sein. Ich will mit dir zusammen sein und bin genau dort, wo ich hingehöre.«

Hayden lächelte, ich beugte mich vor und küsste ihn. Als wir uns voneinander lösten, fragte er: »Hat sich dein Vater schon gemeldet?«

Meine Antwort würde ihm nicht gefallen, darum gab ich sie ihm nur widerwillig. »Nein. Ich habe ihn ein paar Mal angerufen, aber er geht nicht ans Telefon. Und meine Schwestern … also Theresa ignoriert mich auch, und Daphne hat mich zusammengestaucht. Sie meint, ich hätte Dad das Herz gebrochen.« Es fiel mir überraschend schwer, das Hayden gegenüber einzugestehen, ja, es war sogar verdammt schwer, es mir selbst gegenüber einzugestehen. Nie wollte ich Dad oder irgendjemanden verletzen. Es war mir nur um die Freiheit gegangen, eigene Entscheidungen zu treffen und meinem Herzen zu folgen.

Hayden legte den Arm um mich. »Hey, das wird schon wieder. Irgendwie. Versprochen.«

Ich nickte, doch ich bezweifelte, dass es in seiner Macht stand, mir so etwas zu versprechen. Meine ganze Familie war sauer auf mich, und diese Art von Ärger verging nicht einfach von heute auf morgen. Ich musste ihnen beweisen, dass Hayden ein guter Mensch war, der meine Liebe verdiente. Ich musste ihnen Zeit lassen, dann würden sie mir vielleicht vergeben.

Ein paar Tage später hatte Hayden genug davon, eingeschlossen zu sein und sich bemuttern zu lassen. Wir gingen aus und mischten uns unter die Leute. Wir trafen uns sogar mit Myles und Nikki, was für alle Beteiligten etwas seltsam war. Hayden bemühte sich sehr um eine lockere leichte Stimmung, und auch

Myles und Nikki waren überraschend freundlich. Manchmal beobachtete ich allerdings, wie Myles das Gesicht verzog, als würde er langsam gefoltert. Außerdem blickten sie sich unablässig um, als täten sie etwas Verbotenes und rechneten jeden Moment damit, ertappt zu werden. Das war vermutlich noch ein Überbleibsel der Benneti-Kontaktsperre. Aber Cox Racing gab es nicht mehr und folglich auch kein Fraternisierungsverbot.

Alles war vorbei.

»Wisst ihr denn schon, was ihr in der nächsten Saison tun werdet?«, erkundigte ich mich, als wir bei einem gemütlichen Bier zusammensaßen.

Myles trank erst einen Schluck, bevor er antwortete. »Ich habe bei Stellar Racing unterschrieben … also werde ich wohl wieder Jimmy als Teamkollegen haben.« Dieser Umstand schien ihm sauer aufzustoßen. »Aber Eli und Kevin haben auch dort unterschrieben, also bin ich nicht allein.«

Es tat plötzlich ziemlich weh, als ich mir vorstellte, dass Myles bald so weit fort sein würde. Stellar befand sich vor den Toren San Franciscos. »Na ja, wenigstens bist du noch in Kalifornien. Wir können uns immer noch sehen.« Er nickte, aber wir wussten beide, dass die Besuche nicht allzu häufig sein würden, insbesondere nicht während seiner Trainingsperiode. »Und was ist mit dir?«, fragte ich Nikki.

Sie machte ein trauriges Gesicht. »Noch nichts. Ich kann einfach nicht … Ich weiß nicht. Ich will hier nicht weg. Es gefällt mir hier. Sie blickte sich am Tisch um, und mir war klar, dass sie eigentlich meinte, hier mit uns. Doch das würde sich nach Myles' Wechsel ohnehin ändern. Ihr Weggang war unvermeidlich, und ich wäre nicht im Mindesten überrascht, wenn sie Myles zu Stellar folgen würde.

Hayden führte meine Hand an seine Lippen und gab mir einen zärtlichen Kuss auf den Handrücken. In aller Öffentlichkeit Zärtlichkeiten mit ihm auszutauschen, war verrückt … und wundervoll. Ich lächelte und küsste ihn auf die Wange. Myles räusperte sich, und als ich zu ihm hinüberblickte, sah ich, dass er das Gesicht verzog. Er hatte sich noch nicht an die veränderten Umstände gewöhnt. »Und … was hast du vor, Kenzie?«, fragte er.

Ohne den Blick von Hayden zu lösen, erwiderte ich: »Das weiß ich noch nicht. Ich weiß allerdings schon, dass ich dabei meinen Spaß haben werde.«

Myles machte ein angewidertes Geräusch, und ich richtete meine Aufmerksamkeit schnell wieder auf ihn. »Falls das eine subtile Anspielung auf euer Sexleben sein sollte, Kenzie … das will ich gar nicht wissen. Ehrlich nicht.«

Ich warf ihm einen Bierdeckel gegen die Brust und lachte. »Nein, das sollte allerdings keine Anspielung darauf sein. Ich wollte nur sagen … ich komme schon klar. Was auch passiert.«

Myles betrachtete eine Weile stumm, wie Hayden und ich uns aneinanderlehnten, schließlich erschien ein Grinsen auf seinem Gesicht. »Gut. Das höre ich gern. Du verdienst es, glücklich zu sein.« Dann hob er sein Glas und blickte in die Runde: »Auf Cox Racing – vorbei, aber niemals vergessen.«

Seine Worte gingen mir ans Herz, und ich drückte fest Haydens Hand, als ich mein Glas erhob. Ja, ich würde Cox Racing ganz sicher niemals vergessen.

Nach dem Abendessen war Hayden still und nachdenklich, und als wir auf dem Parkplatz zu meinem Truck kamen, drehte er sich mit seiner Krücke herum und sah mir ins Gesicht. »Ist es okay, wenn wir noch nicht gleich nach Hause fahren? Es gibt da jemanden, den ich dir gern vorstellen würde.«

Sofort bekam ich Herzklopfen, weil ich genau wusste, wen er meinte. Trotzdem fragte ich: »Klar, wen?«

Hayden schenkte mir ein hinreißendes Grinsen, als wüsste er, dass ich eigentlich gar nicht zu fragen brauchte. »Izzy und

Antonia. Ich habe ihnen … eine Menge von dir erzählt, und Izzy ist langsam genervt, weil sie dich immer noch nicht kennengelernt hat. Sie hat neulich gesagt, dass ihr beide eigentlich längst beste Freundinnen sein müsstet.« Er verdrehte die Augen, aber ich sah, wie viel Zuneigung sich dabei in seinem Gesicht spiegelte.

Ich bekam sofort feuchte Hände. Izzy kennenzulernen war ungefähr so, als würde mich Hayden seinen Eltern vorstellen. Ich setzte ein, wie ich hoffte, gelassenes Lächeln auf und fragte: »Ihr habt über mich gesprochen?«

Hayden lachte und schlug die Augen nieder. »Ja. Zuerst habe ich ihr nur erzählt, dass du mein Trainingspartner bist. Ich habe nicht mal erwähnt, dass du eine Frau bist. Aber Izzy ist clever und hat es schnell durchschaut.« Er linste zu mir hoch und sagte: »Sie wusste schon, dass ich in dich verliebt bin, bevor ich es selbst gemerkt habe.« Jetzt kam mein Grinsen von Herzen. Hayden gab mir einen Kuss und schüttelte dann den Kopf. »Ich habe oft gedacht, ich sollte besser auf Abstand zu dir gehen, aber jedes Mal hat Izzy mir gut zugeredet, es nicht zu tun. Sie meinte, ich müsste wieder Menschen an mich herankommen lassen, ihnen eine Chance geben.« Er räusperte sich, dann lachte er. »Manchmal kann sie einen wirklich nerven mit ihrer Besserwisserei … aber schließlich gehört sie zur Familie.«

Ich konnte mein Grinsen nicht mehr zurückhalten. »Ich möchte sie sehr gern kennenlernen.«

Minuten später saß Hayden in meinem Truck und erklärte mir den Weg zu Izzys Wohnung. Als wir ankamen, half ich ihm aus dem Wagen. Er blickte mir tief in die Augen, und mir stockte der Atem. Gott, was für hinreißende Augen er hatte. »Sie wohnt in 4 A«, raunte er und deutete nach links.

Ich gab ihm einen Kuss auf den Mund, dann setzten wir uns in Bewegung. Mit jedem Schritt wurde ich nervöser, aber mit dem humpelnden Hayden an meiner Seite gelang es mir, mich zu beruhigen. Izzy hatte sich schon für uns eingesetzt, bevor es ein »Uns« überhaupt gab. Ich hatte keinerlei Veranlassung, Angst vor ihr zu haben.

Hayden klopfte an die Tür, und als sie aufgerissen wurde, blickte ein Kind zu uns hoch. Das kleine Mädchen hatte wunderschöne große braune Augen, aber sie lagen tief in ihren Höhlen. Es wirkte erschöpft und müde. Bestimmt hatte sie in ihrem kurzen Leben schon viel zu viel durchgemacht. Doch als sie Hayden erkannte, funkelten ihre Augen.

»Onkel Hayden! Du hast es geschafft!«, kreischte sie und warf die Tür auf. Der Anblick ihres kahlen Kopfes erschütterte mich, und es zerriss mir das Herz, als ich sah, wie sich Hayden über sie beugte und sie fest drückte. *Kein Kind sollte so krank sein.*

»Natürlich habe ich es geschafft, Bücherwurm. Ich habe dir doch versprochen, dass ich komme, und da bin ich.« Sein entschiedener Ton ließ keinen Zweifel daran aufkommen, dass er dem Mädchen gegenüber nie ein Versprechen brechen würde. Ganz gleich, was es ihn kostete.

Hinter ihrer Tochter tauchte Izzy auf, ihre Ähnlichkeit mit Aufreißer war verblüffend. Sie wirkte viel zu jung, um bereits Mutter zu sein, und bestimmt war sie das auch.

Ihre Augen fingen an zu schimmern, als sie die Spuren von Haydens Karambolage in Augenschein nahm. »Gott, Hayden, du siehst schlimmer aus, als du es beschrieben hast. Jetzt habe ich ein schlechtes Gewissen, weil ich dich nicht besucht habe. Aber Antonia war … Na ja, jedenfalls hatte ich alle Hände voll zu tun.«

Hayden trat durch die Tür und drückte sie mit einem Arm an sich. »Ich habe dir doch gesagt, dass du dir deshalb keine Sorgen zu machen brauchst. Mir geht's gut. Kenzie hat mich vorzüglich gepflegt.«

Er blickte sich zu mir um und zwinkerte. Ich musste grinsen. Dann wandte sich Izzy mit freundlicher Miene an mich und bat mich herein. »Kenzie, ich freue mich, dich endlich kennenzulernen. Hayden hat mir so viel von dir erzählt … und wow – Tony hatte recht: Du siehst *wirklich* aus wie Felicia.« Nachdem sie es gesagt hatte, verzog sie schuldbewusst das Gesicht und blickte schnell zu Hayden hinüber. »Tut mir leid … das ist mir so herausgerutscht.«

Hayden sah sie vorwurfsvoll an, doch ich zerstreute seine Sorgen. »Schon okay. Das bin ich gewohnt«, bemerkte ich, während ich durch die Tür trat, und zwang mich zu lächeln. Das Lächeln wurde echt, als ich beobachtete, wie Hayden mit der gesunden Hand versuchte, Antonia zu kitzeln.

Izzy schloss lächelnd die Tür hinter mir. »Sei vorsichtig mit ihr, Hayden. Sie ist gerade erst aus dem Krankenhaus gekommen. Nicht, dass ich sie deinetwegen gleich wieder hinbringen muss!« Hayden hob entschuldigend eine Hand, und Antonia nutzte die Gelegenheit, ihn ihrerseits zu kitzeln. Izzy lachte, dann wandte sie sich an mich und sagte: »Ich weiß nicht, was ich ohne Hayden tun würde. Sie freut sich immer so, wenn er da ist.«

Ich empfand eine bittersüße Freude, als ich sah, wie sich Antonia in ein kicherndes Etwas verwandelte. »Sie ist wunderschön«, sagte ich zu Izzy.

Sie nickte, und ihre braunen Augen wurden feucht. »Ja, das ist sie.« Sie schluckte, dann wischte sie sich rasch über die Augen und grinste wieder. »Wir wollten gerade Eis mit Karamellsoße essen. Möchtet ihr auch etwas haben?«

Obwohl ich vom Abendessen immer noch satt war, nickte ich. »Klingt super.«

Mich mit Izzy, Antonia und Hayden an einen Tisch zu setzen, war erstaunlich ungezwungen. Ich hatte das Gefühl, wir passten alle prima zusammen, gerade so, als würde ich Izzy und ihre Tochter schon seit Jahren kennen. Izzy war offen und gastfreundlich, Antonia schlau und lustig. Und müde. Sie aß nicht viel von ihrem Nachtisch, aber sie stand erst auf, als alle anderen fertig waren.

Als auch die letzte Schüssel geleert war, griff sie nach Haydens gesunder Hand. »Onkel Hayden, lies mir eine Geschichte vor.«

Hayden schnitt ein Gesicht, aber es war offensichtlich, dass er nur Spaß machte. »Wirklich, Bücherwurm? Solltest du inzwischen nicht wissen, wie Lesen geht?« Er warf Izzy einen strengen Blick zu. »Ich bin enttäuscht, Iz. Ich dachte, du bringst ihr zuerst das Lesen bei und dann das Gehen.«

Izzy warf ihm eine Serviette vor den Bauch, während Antonia quengelte. »Bitte! Du kannst besser die Stimmen nachmachen als Mami.«

Hayden grinste mich an, dann schob er sich vorsichtig vom Tisch zurück. Er griff die Krücke und erklärte ihr: »Na schön, aber du musst beim Zuhören die Augen zumachen. Du siehst aus, als hättest du seit Wochen nicht geschlafen, Süße.« Antonia strahlte, aber Hayden hatte recht. Sie sah erschöpft aus.

Die beiden zockelten in Antonias Zimmer, wobei Hayden unablässig Späße machte. Als er verschwunden war, erschien ein wehmütiger Ausdruck auf Izzys Gesicht. »Die Kleine hat ihn total um den Finger gewickelt. Und er kümmert sich so toll um sie. Das hat er schon immer getan. Vermutlich wegen seiner eigenen Kindheit.« Sie sah mich an. »Er hat dir doch bestimmt erzählt, wie ihn die Behörden zwischen den Pflegefamilien herumgeschubst haben, oder?«

»Ja … er hat es erwähnt.«

Izzy deutete auf die Wohnzimmercouch, und wir setzten uns hinüber. »Er hat es wohl nie geschafft, längerfristig bei einer Familie unterzukommen. Also hat er sich an Tony und mich gebunden … und natürlich auch an Felicia. Wir vier haben alles zusammen gemacht. Durch dick und dünn, in guten und in schlechten Zeiten … immer haben wir uns gegenseitig geholfen.«

Ihre Miene wurde traurig. »Aber das war damals und jetzt ist jetzt. Die Dinge haben sich geändert.« Noch bevor ich sie fragen konnte, ob es ihr gut ginge, machte die Schwermut einem fast kindlichen Strahlen Platz. »Hayden bringt mich um, wenn ich es dir erzähle, aber ich glaube, er mag dich wirklich. Er hört überhaupt nicht mehr auf, von dir zu erzählen. Darum habe ich auch das Gefühl, ich würde dich schon kennen.« Dann legte sie die Hand auf meine und fügte hinzu: »Wir werden garantiert gute Freundinnen.«

Ich lachte, aber ich hatte das Gefühl, sie hatte recht. So warmherzig und offen wie sie war, und so viel, wie sie Hayden bedeutete, mussten wir uns einfach gut verstehen. Ich hatte jetzt eine neue Schwester … und sogar eine, die auch im Moment mit mir redete.

Izzy und ich unterhielten uns ein paar Minuten lang, bis Hayden ins Zimmer zurückkehrte. Mit trauriger Miene erklärte er Izzy: »Nach der Hälfte der Geschichte ist sie schlagartig eingeschlafen, als hätte man in ihr das Licht ausgeknipst. Geht es ihr … gut?«

Izzy grinste ihn mit einem erstaunlich zuversichtlichen Lächeln an. Es kam mir vor, als hätte sie es über die Jahre perfektioniert. »Besser könnte es ihr heute gar nicht gehen.«

Hayden seufzte und kam zu mir, um sich neben mich zu setzen. Izzy beobachtete ihn nachdenklich. Nachdem er auf der Couch Platz genommen hatte, beugte sie sich weit vor und sagte: »Tony war vorhin hier. Er ist ziemlich sauer auf dich, Hayden, aber er hat mir nicht gesagt, weshalb. Er hat nur in einem fort geflucht und nannte dich einen …« Sie hielt inne, dann senkte sie den Kopf. »Ich habe ihn weggeschickt, weil er nicht einmal vor Antonia damit aufgehört hat. Sie war ganz durcheinander.«

Hayden sah auf den Gips um sein Handgelenk. Antonia hatte mit großen schwarzen Lettern ihren Namen daraufgekritzelt. »Das ist nichts, Izzy. Es wird Gras darüber wachsen.«

»Blödsinn, Hayden. Sag die Wahrheit. Ich lass mich nicht gern anlügen.« Dann blickte sie ihn wütend an. Izzy mochte zerbrechlich wirken, aber sie war stark.

Hayden machte die Augen zu und holte tief Luft, um ruhiger zu werden. Dann schlug er sie wieder auf, hob die Gipshand und sagte: »Das hat Tony mir angetan.«

Sie wurde kreidebleich. »Wie bitte?«, flüsterte sie.

Hayden hob die gesunde Hand. »Na ja, nicht direkt, aber … er hat Leuten Schaden zugefügt. Anständigen Leuten. Und ich bin zwischen die Fronten geraten.«

Dann sah er zu mir herüber und fuhr fort, Izzy ausführlich zu erzählen, was Aufreißer getan hatte. Er beendete seine Erzählung mit: »Er rastet völlig aus. Ich kann da nicht mehr mitspielen.«

»Wie meinst du das: Du kannst da nicht mehr mitspielen?«, fragte Izzy. Ihr trauriger Blick verriet jedoch, dass sie bereits wusste, was kam.

Hayden kaute auf der Lippe und brauchte ein paar Sekunden, um ihr zu antworten. Als er es tat, spürte ich seine Nervosität. »Ich habe Tony gesagt … ich habe Tony gesagt, dass ich mit den Straßenrennen fertig bin. Ich habe ihm gesagt, dass wir keine Freunde mehr sind und dass ich von alldem die Nase voll habe. Ich kann nicht mehr in beiden Welten leben, Izzy. Ich will mehr …«

Izzy blickte verloren auf den Couchtisch, Hayden langte über mich hinweg und legte ihr die Hand auf den Arm. »Hey, das heißt nicht, dass ich mit dir oder Antonia fertig bin. Ich bleibe euch erhalten, und ich werde euch weiterhin unterstützen, so gut ich kann. Das verspreche ich. Es werden bloß nicht mehr große Beutel voll Bargeld sein.«

Izzy lachte, und Hayden lächelte. Dann fügte er hinzu. »In meinem Leben ist einfach kein Platz mehr für Aufreißer. Er ist ein schlechter Umgang, und du solltest … du solltest auch ernsthaft darüber nachdenken, ob du ihn noch in deiner Nähe haben willst.«

Izzys Miene veränderte sich, und jetzt wirkte sie überhaupt nicht mehr kindlich auf mich, sondern viel zu alt für ihr Alter. »Ich weiß, dass mein Bruder in üble Dinge verwickelt ist, Hayden. Irgendwann habe ich begriffen, dass es besser ist, nicht nachzufragen und mich damit abzufinden, dass er … einen anderen Weg einschlägt als ich. Aber er ist mein Bruder, und ich kann ihn nicht einfach abschreiben.«

Hayden nickte. »Ich weiß. Ich wollte es zumindest gesagt haben. Du musst bei ihm vorsichtig sein, Izzy. Ich will nicht, dass er dich mit ins Verderben reißt. Dich oder Antonia.«

Izzy nickte. Dann blickte sie zwischen uns beiden hin und her und lächelte. »Ich hätte nie gedacht, dass ich einmal den Tag erlebe, an dem Hayden Hayes anständig wird. Ich war mir sicher, dass du in Tonys Richtung abdriftest …« Sie hielt inne und presste die Lippen aufeinander. Als sie weiterredete, standen ihr Tränen in den Augen. »Ich bin so stolz auf dich, Hayden. Und so froh, dass du den Ausstieg geschafft hast.«

Hayden nahm ihre Hand und drückte sie fest. »Ich hole dich auch da raus, Izzy. Das verspreche ich dir.« Er sah mir in die Augen und stellte mir stumm eine Frage. Ich nickte. *Ja, ich helfe dir. Ich werde Izzy und Antonia helfen, so gut ich kann.*

25. Kapitel

Haydens Genesung verlief gut, auch wenn er sich regelmäßig darüber beschwerte, dass die Heilung ein langwieriger und mühsamer Prozess sei. Er stünde eher auf schnelle und aufregende Dinge. Die Ärzte hatten eine mindestens achtwöchige Rennpause angeordnet, doch er schaffte nur fünfeinhalb, bis es ihn dermaßen juckte, wieder auf einem Motorrad zu sitzen, dass er zum Ring zurückkehrte. Weil sein Bein und das Handgelenk noch ruhiggestellt waren, konnte er zwar nicht viel tun, aber er wollte in der Nähe seines Motorrads sein. Das konnte ich gut nachfühlen. Meine beiden Ducatis standen jetzt neben meiner Straßenmaschine in der Garage, und ich betrachtete sie mindestens zwei Mal täglich.

Obwohl ich wusste, dass es mir nicht leichtfallen würde, ging ich mit Hayden zum Trainingsparcours. Ich redete mir ein, ich wolle mich nur vergewissern, dass er es ruhig anging, doch das entsprach nicht ganz der Wahrheit. Ich wollte meinen alten Spielplatz wiedersehen. Ich stellte mich darauf ein, dass das emotional nicht leicht werden würde. Als wir durch das Innentor in den Hauptbereich des Rings gelangten, war ich allerdings dermaßen schockiert von dem Anblick, der sich mir bot, dass ich wie angewurzelt stehen blieb.

Sich auf dem Ring zu befinden, von dem inzwischen sämtliche Spuren meines Familienbetriebes getilgt waren, war noch surrealer, als bei Keith zu Hause zu sein. Alles hier war noch wie früher und doch vollkommen anders. Der Namenszug von Cox Racing war von jedem Schild entfernt worden, und die

Gebäude gegenüber denen von Benneti standen leer. Ein großes Zu-verkaufen-Schild draußen vor den Cox-Garagen war der einzige Schmuck und eine traurige Erinnerung an das, was ich nicht hatte abwenden können. Als Nikki ihre Sachen eingepackt hatte, hatte sie den ganzen Tag geweint. Ich weinte, als sie mir davon erzählte. Alles fühlte sich so endgültig an. Ein Traditionsunternehmen war untergegangen, und es war mir nicht gelungen, es zu retten. Ich war gescheitert – in vielerlei Hinsicht.

Mit Tränen in den Augen kehrte ich den Überbleibseln meiner Vergangenheit den Rücken zu und lief meiner Zukunft entgegen – mit Hayden … auf Bennetis Seite des Rings. Es war eigenartig, sich in Bennetis Reich zu bewegen. Ich glaube, ohne Hayden, der meine Hand hielt und sie alle paar Sekunden aufmunternd drückte, hätte ich das nicht geschafft. Er verstand, wie schwer mir das alles fiel. Es war wirklich nicht leicht, das Gefühl abzuschütteln, von Feinden umgeben zu sein.

Die Garagentore standen offen. Hayden stürzte gleich durch das erste und ging schnurstracks zu seinem Motorrad. Unterwegs wurde er von zwei stämmigen Fahrern abgefangen. Ich erkannte in ihnen die beiden Vollidioten wieder, die ihn dazu hatten nötigen wollen, ihre Motorräder zu putzen und gleich noch Bier mitzubringen, damit sie meinetwegen die Klappe hielten. Ich rechnete mit dem Schlimmsten und war sofort angespannt. Hayden ging es nicht anders, und er drückte meine Hand so fest, dass es schmerzte.

»Rodney, Maxwell … wie läuft's?« Die beiden musterten Hayden, als suchten sie nach seinen Schwachstellen. Weil er noch für ein paar Wochen Fieberglasschienen am Handgelenk und am Bein tragen musste, wies er unverkennbar zwei solcher Schwachstellen auf. Zu meiner Verwunderung grinsten sie jedoch. »Hayes … das war ja eine hundsgemeine Karambolage. Zum Glück hast du es überlebt.« Nach diesen Worten klatschten sie ihm auf den Rücken und setzten ihren Weg fort.

Ihr Gesinnungswandel schien Hayden zu amüsieren, mich verblüffte er. »Mögen die dich auf einmal?«, fragte ich. »Weil du in Lebensgefahr warst?«

Hayden zuckte die Schultern. »Einmal über den Beton zu schrubben, hat mich offenbar in ihrem Ansehen steigen lassen. Außerdem glauben sie jetzt vermutlich nicht mehr an das Gerücht, dass ich an den Motorrädern herumfummle. Schließlich hat es mich selbst erwischt. Ich würde mich ja wohl kaum selbst sabotieren.«

Er machte ein nachdenkliches Gesicht, und Aufreißers Visage blitzte vor meinem inneren Auge auf. Nein, Hayden hatte es nicht getan, aber einer seiner engsten Jugendfreunde. Was für ein Mistkerl. Seine Leichtfertigkeit hätte jemanden das Leben kosten können. Auch Hayden hätte sterben können. Ich konnte nur hoffen, dass er Haydens Warnung ernst nahm und uns endlich in Ruhe ließ.

Mit einem strahlenden Lächeln im Gesicht führte mich Hayden durch die Welt von Benneti Motorsport. Es versetzte mir einen Stich, als ich sah, dass es Cox Racing sehr ähnlich war. Die Ausstattung war etwas anders, die Farben auch, aber wenn ich nicht so genau hinsah, fühlte es sich an, als wäre ich wieder bei Cox. Es löste heftiges Heimweh in mir aus, und ich musste ein paar Tränen wegblinzeln.

Hayden merkte es. Er blieb stehen und sah mich an. »Ist dir das zu viel? Möchtest du lieber gehen?« Im Sonnenlicht, das durch die breiten Fenster hereinschien, flackerten seine Augen, und das leuchtende Grün veränderte sich, als sich zeitweilig Wolken vor die Strahlen schoben.

Ich versuchte zu lächeln, doch das kam mir gezwungen vor. »Nein, alles in Ordnung. Es ist nur … so eigenartig. Und ein bisschen traurig. Ich werde das Gefühl nicht los, dass ich nicht hier sein sollte. Als gehörte ich nicht hierher.«

Hayden legte die Hand unter mein Kinn und blickte mir tief in die Augen. »Ich weiß genau, wie du dich fühlst. Als ich zum ersten Mal einen Fuß in diese Welt gesetzt habe, kam es mir vor, als würde ich viel zu enge Schuhe anprobieren. Überall drückte es, und ich fühlte mich total unwohl. Weißt du, wodurch sich das geändert hat?«, fragte er lächelnd.

»Nein, wodurch?« Sein aufrichtiges Lächeln munterte mich auf, und ich überlegte, wie seine Antwort lauten mochte.

Er strich mit dem Daumen über meine Wange und raunte: »Durch dich. Als ich dir begegnet bin, war ich auf einmal abgelenkt, habe mich geärgert … und hatte einen Ansporn. Darüber habe ich ganz vergessen, wie fremd ich mich hier fühlte … und wie einsam.« Ich lachte, als ich mich an unsere ersten Begegnungen erinnerte, und Hayden sah mich liebevoll an. »Ich weiß, dass es sich für dich nicht so entwickelt hat, wie du es dir gewünscht hast, aber wenn du mich lässt, dann helfe ich dir. Ich lenke dich ab, ärgere dich, treibe dich an … Was auch immer du brauchst. Ich bin für dich da.«

Er beugte sich vor und legte seine weichen Lippen auf meine. Just als wir uns zärtlich küssten, stöhnte jemand laut neben uns auf. »Oh Gott, muss ich mir das jetzt ständig ansehen, wenn ich für dich schraube, Hayes? *Das* haben wir in der Ausbildung aber nicht gelernt.«

Ich löste mich von Hayden. »Nikki? Was zum Teufel machst du hier?«

Nikki lachte, dann stürzte sie zu mir und schlang die Arme um mich. Nachdem sie mich kurz umarmt hatte, sagte sie: »Ich habe einen Job bei Keith angenommen. Sei nicht sauer, aber ich konnte einfach nicht von hier weggehen …« Sie richtete ihre dunklen Augen auf die Fenster. Dahinter lag der Parcours, mit dem wir beide so viele Erinnerungen verbanden.

Ich hatte Angst, schon wieder loszuheulen und schloss Nikki noch einmal in die Arme. »Ich bin nicht sauer. Ich bin froh, dass du da bist. Sogar unglaublich froh.« Über ihre Schulter hinweg sah ich, wie Hayden uns zufrieden zusah. Er schien nicht im Mindesten überrascht, musste also bereits gewusst haben, dass sie hier einen Job angenommen hatte. Am liebsten hätte ich ihm eine verpasst, weil er mir nichts davon erzählt hatte, aber ich war überglücklich, dass jetzt zwei meiner Freunde hier arbeiteten. Die Bennetis wirkten plötzlich gar nicht mehr so böse.

Jedenfalls bis sich der Oberkommandierende von Benneti Motorsport persönlich blicken ließ. »Hey! Kleine Cox!« Wir sahen alle zu Keith, der heranpolterte. So, wie er mit seiner Krücke heranhumpelte, hatte er eine gespenstische Ähnlichkeit mit Hayden. Natürlich nur, wenn man von dem Schmerbauch und den Koteletten absah.

Keith deutete mit einem dicken Finger auf mich: »Du musst deinen Vater anrufen und ihm sagen, dass er seine Seite des Rings an mich verkaufen soll. Mein Makler sagt, dass er all meine Angebote ablehnt. *Alle!* Das ist vollkommen idiotisch. Er hat sein Team aufgelöst, seine Tochter auf die schwarze Liste setzen lassen … was zum Teufel interessiert es ihn noch, ob mir der Ring gehört oder nicht?« Ich machte den Mund auf, um etwas zu erwidern, aber Keith ließ mich nicht zu Wort kommen. »Nur aus Prinzip klammert er sich an das Einzige, was ich will. Warum wundert mich das eigentlich? Dieser Dreckskerl.«

Es kam mir vor, als würde Keith eine Anspielung auf meine Mutter machen, und sofort kochte die Wut in mir hoch. Sie legte sich etwas, als die Worte »seine Tochter auf die schwarze Liste setzen lassen« in mein Bewusstsein vordrangen. Hatte Dad es tatsächlich getan? Hatte er wirklich herumtelefoniert und dafür gesorgt, dass mich niemand einstellen würde? Ich fühlte mich eiskalt abserviert und am Boden zerstört. Keith erwiderte ich: »Tut mir leid. Ich kann dir nicht helfen. Mein Vater redet zurzeit nicht mit mir. Ich kann mir allerdings nicht vorstellen, dass er den Besitz auf Dauer halten kann. Er hat zu viel verloren.« *Die Firma, seine Tochter …*

Ich verdrängte den Schmerz, dann sagte ich etwas, was ich nie für möglich gehalten hätte: »Er braucht bestimmt bald das Geld, dann bleibt ihm keine andere Wahl, als an dich zu verkaufen.«

Langsam breitete sich ein Grinsen über Keiths Gesicht aus und ließ mich noch mehr erstarren. Er nickte zufrieden und schlug mir mit der Hand auf die Schulter. »Ich wusste schon, warum ich nichts dagegen hatte, dass du dich hier blicken lässt.«

Dann zockelte er davon, und ich wischte mir wie wild über die Schulter. Gott, ich brauchte eine Dusche.

Als ich abends nach Hause kam, versuchte ich, meinen Vater anzurufen. Wie jedes Mal sprang sofort der Anrufbeantworter an, und wie jedes Mal legte ich gleich wieder auf, anstatt ihm eine Nachricht zu hinterlassen. Wie lange wollte er einem Gespräch mit mir noch aus dem Weg gehen? Ich dachte darüber nach, zu ihm zu fahren und ihn zur Rede zu stellen, doch Hayden war mit zu mir gekommen, und ich wollte ihn nicht allein lassen. Außerdem war ich auch noch nicht so weit, meinem Vater persönlich zu begegnen. In der Funkstille zwischen uns spürte ich zwar seine Ablehnung und seine Enttäuschung, sie in seinem Gesicht zu lesen, war jedoch etwas ganz anderes.

Ich legte mein Handy beiseite und überlegte, was ich tun konnte. Keiths Worte arbeiteten in meinem Kopf und vergifteten mich allmählich. Ich wusste wirklich noch nicht genau, ob ich für jemand anderen als Cox Racing Rennen fahren wollte. Aber wenn, bekam ich dann überhaupt die *Gelegenheit*? Oder hatte Dad mir wirklich alle Chancen verbaut? *Es gibt vermutlich nur einen einzigen Weg, das herauszufinden.*

Ich verfrachtete Hayden auf die Couch und lachte, als er mir ein Gesicht schnitt, weil ich ihn schon wieder bemutterte. Dann erstellte ich eine Liste der Teams, für die ich fahren könnte. Ich fing mit denen an, die sich in der Nähe befanden, und arbeitete mich zu den benachbarten Bundesstaaten vor. Weiter wollte ich nicht von Hayden entfernt sein.

»Was tust du da?«, fragte Hayden ernsthaft interessiert.

Ich ließ Papier und Stift sinken und warf ihm einen langen Blick zu, bevor ich antwortete. »Ich weiß, ich habe gesagt, es ist okay für mich, wenn ich keine Rennen mehr fahre. Das ist es auch … Aber du hattest recht, es ist mein Traumberuf. Ich muss wenigstens *versuchen*, ein anderes Team zu finden, für das ich fahren könnte.« Mein Geständnis überraschte mich selbst. Eigentlich war ich nur neugierig gewesen, ob Dad seine Drohung tatsächlich wahr gemacht hatte, aber jetzt wurde mir klar, dass noch mehr dahintersteckte. Wenn es eine Möglichkeit für mich gab, Rennen zu fahren und trotzdem noch mit Hayden zusammen zu sein, dann ginge für mich ein Traum in Erfüllung. Und es wäre dumm, würde ich das Handtuch werfen, ohne wenigstens herumgefragt zu haben.

»Gut«, sagte er und bedachte mich mit einem seiner Hundert-Watt-Lächeln. »Ich will nicht, dass du mir irgendwann vorwirfst, du hättest das Rennfahren aufgeben müssen, um mit mir zusammen zu sein. Du gehörst auf den Ring, Kenzie. Das liegt dir im Blut.« Lächelnd machte ich es mir auf seinem Schoß bequem. Er hatte recht – das Rennfahren lag mir wirklich im Blut. Ohne fühlte ich mich heimatlos und unzufrieden. Ich dachte, das Gefühl käme daher, dass es Cox Racing nicht mehr gab – doch nun begriff ich, dass es tiefer liegende Ursachen hatte. Jetzt brauchte ich nur noch jemanden zu finden, der mir eine Chance gab.

Zweieinhalb Monate nach dem Unfall war von Haydens Verletzungen nichts mehr zu sehen. Er war genesen, in Topform, und er gehörte mir. Und gerade war er nackt.

Wir tollten auf dem Bett in seiner Wohnung herum. Er rollte mich auf den Rücken, hielt meine Arme über dem Kopf fest und grinste mich durchtrieben an. »Hab dich«, flüsterte er.

Ich biss mir auf die Lippe und wand mich unter ihm. »Und was hast du jetzt mit mir vor?«

Aus diesen faszinierenden jadegrünen Augen, die ich so liebte, betrachtete er mein Gesicht, und der verschmitzte Zug um seine Lippen wich einer ernsten Miene. »Dich nie mehr loszulassen«, antwortete er.

Er neigte sich zu mir herunter und küsste mich so zärtlich, dass mir der Atem stockte. Ja, in seinen Armen konnte ich es eine Ewigkeit aushalten. »Das könnte beim Rennenfahren allerdings schwierig werden«, flüsterte ich.

Seine Lippen bewegten sich zu meinem Hals und strichen zu meinem Ohr hinauf. Jede Stelle, die er berührte, knisterte vor Verlangen. *Mach das noch mal.* Zärtlich saugte er an meinem Ohrläppchen, dann hauchte er: »Daran könnte ich mich gewöhnen.«

Ich stöhnte und versuchte, die Arme um ihn zu legen, doch er hielt mich fest. Dann blickte ich ihm in die Augen und sein reizendes schiefes Grinsen kehrte zurück. Bevor ich mich widersetzen konnte, ließ er meine Arme los, drehte mich auf die Seite und küsste meine Schulter. Als er sich an meinen Rücken kuschelte, drängte ich mich an ihn.

Während er zärtliche Küsse auf meiner Seite verteilte, fing er leise eine Unterhaltung an: »Hast du schon etwas von PT Racing gehört?«

Ich seufzte entmutigt und berichtete: »Ja … Die haben im Prinzip dasselbe gesagt wie alle anderen. *Es tut uns wirklich leid, Ihnen das sagen zu müssen, weil Sie eine sehr begabte Fah-*

rerin sind, aber zurzeit haben wir keine freien Plätze in unserem Team.«

Je näher die neue Saison rückte, desto schwerer fiel es mir zu akzeptieren, dass meine Karriere zu Ende war. Und obwohl niemand mit dem wahren Grund herausrückte, war mir klar, warum sie mich ablehnten: Mein Vater hatte sich auf alte Zeiten berufen und dafür gesorgt, dass mich niemand nahm. Vielleicht wollte er, dass ich zu ihm zurückkroch und ihn anflehte, mir zu helfen. Selbstverständlich erst, nachdem ich Hayden den Laufpass gegeben hatte. »Aber von einem Team habe ich noch keine Rückmeldung bekommen«, fügte ich hinzu, »Myles' neues Team, Stellar Racing.«

Hayden hielt inne, und ich spürte, dass er sich schuldig fühlte. Schließlich murmelte er: »Die sagen bestimmt Ja. Außerdem sind sie nicht so weit weg, das ist gut.« Er drückte die Lippen auf eine kitzlige Stelle an meinen Rippen, und mein Bauch zuckte. Er schmunzelte über meine Reaktion und setzte dann seinen Weg in südlichere Gefilde fort. Als er an meinem Fußgelenk ankam, zog er mein oberes Bein zur Seite und küsste sich an der Innenseite meiner Wade nach oben.

»Ja …«, flüsterte ich. Die Vorstellung, wohin seine Lippen ihn noch führen würden, ließ mich heftiger atmen. *Worüber haben wir gerade noch gesprochen?*

Als Hayden an meinem Knie anlangte, machte er eine Pause und fragte: »Bereust du deine Entscheidung?«

Er hörte auf, mich zu küssen, und weil er ernster klang als zuvor, sah ich mich gezwungen, mein Gehirn wieder einzuschalten. Als ich zu ihm hinunterblickte, las ich deutliche Besorgnis in seinem Gesicht. Ich legte ihm die Hand auf die Wange. Der Dreitagebart an seinem Kinn war so kräftig wie nie zuvor. Jetzt, da er wieder in Topform war, holten wir das Versäumte nach und waren deshalb in letzter Zeit nicht oft an die frische Luft gekommen. »Nein, natürlich nicht.« Obwohl sich mein Leben vollkommen anders entwickelt hatte als erwartet und obwohl ich das Rennen stärker vermisste, als ich zunächst gedacht hatte, bereute ich es nicht, mich für Hayden entschieden zu haben. Ich bedauerte nur, dass mein Vater meine Entscheidung weder akzeptierte noch unterstützte.

Doch ich wollte nicht an meine graue, unsichere Zukunft denken. Ich richtete mich auf und saugte an Haydens Unterlippe. Er machte ein beglücktes Geräusch, dann legte er mich wieder auf die Seite und fing von Neuem an, mich in aller Ruhe zu verführen. Diesmal stellte er keine Fragen, und ich wand mich schon längst vor Verlangen, bevor er seine Zauberzunge zwischen meine Schenkel gleiten ließ.

»Oh Gott, ja«, raunte ich und hielt seinen Kopf fest. Dann gab er einen so erotischen Laut von sich, dass ich fast gekommen wäre. Ich war bereits kurz vor dem Höhepunkt und hin- und hergerissen zwischen dem Bedürfnis loszulassen, oder zu warten, bis ich ihn in mir spürte.

Schließlich schob ich ihn von mir, weil ich zusammen mit ihm kommen wollte. Atemlos blickte er zu mir nach oben. In seinen wunderschönen Augen glühte Verlangen. Ich fühlte mich selbstsicher, begehrt und gebraucht, zwang ihn, sich auf den Rücken zu legen und setzte mich rittlings auf ihn. Er schloss zuckend die Lider, als ich ihn in mich aufnahm. Auch ich schloss die Augen, denn nichts auf dieser Welt fühlte sich so gut an, wie wenn wir zwei uns vereinten.

Langsam fingen wir an, uns zu bewegen, und jedes Nervenende in meinem Körper jubelte vor Begeisterung. Ich war überaus erregt, kurz vor dem Höhepunkt – doch ich wollte es hinauszögern, wollte es mit ihm gemeinsam erleben. Ich öffnete die Augen und blickte zu dem Mann hinunter, der es irgendwie fertiggebracht hatte, mein verschlossenes Herz zu erobern. Zuzusehen, wie die Euphorie über sein Gesicht flackerte, war faszinierend und öffnete etwas tief in meinem

Inneren. Ich fühlte mich ihm näher als jemals zuvor. Wir waren Konkurrenten, Freunde, Geliebte und Seelenverwandte. Er hatte mein Leben um etwas bereichert, von dem ich noch nicht einmal gewusst hatte, dass es mir fehlte.

»Gott, ich liebe dich«, raunte ich voller Gefühl.

Hayden öffnete die Augen, und unsere Blicke verschmolzen. »Ich liebe dich auch«, keuchte er, legte die Hände um mein Gesicht und zog mich an seine Lippen. »So sehr … so, so sehr.«

Unsere Münder verbanden sich ebenso wie unsere Körper, und ich spürte, wie die Spannung wuchs und mein Orgasmus näher rückte. Ich fasste sein Gesicht und küsste ihn noch leidenschaftlicher. »Gott, Hayden … ich liebe dich …«

Ich brachte die Worte kaum heraus, bevor das Glück in mir explodierte und eine Woge pochender Lust meinen gesamten Körper erfasste. Hayden brachte nur noch ein »Ich …« heraus, bevor er erstarrte und seine eigene Ekstase hinausschrie.

Wir bewegten uns weiter, bis die Wogen verebbten, und unsere Innigkeit schuf etwas, das weit über den körperlichen Akt hinausging. Wir waren auf jede Weise vereint: körperlich, geistig und seelisch.

Stunden später erst stiegen wir aus dem Bett und machten uns auf zum Parcours. Keith wollte heute etwas verkünden, das alle hören sollten. Ich müsste nicht mitgehen, weil ich nicht zum Team gehörte, doch ich wollte Nikki sehen und wusste ehrlich gesagt auch nicht, was ich Gescheiteres mit meinem Tag anfangen sollte. Ich lebte zurzeit von dem, was mir die Straßenrennen eingebracht hatten, doch wenn Stellar Racing mich nicht nahm – oh Gott, hoffentlich nahmen sie mich –, musste ich mir einen Job suchen, um nicht vor Langeweile umzukommen.

Wir fuhren mit unseren Straßenmaschinen bis an das Innentor der Trainingsstrecke, und wie immer blickte ich zu der Seite von Cox hinüber. Irgendwann würde ich vermutlich damit aufhören – in ein paar Jahren vielleicht. Dann riss ich meinen Blick wieder los und richtete meine Aufmerksamkeit auf Bennetis Seite. Es waren schon eine ganze Menge Leute eingetroffen, die sich vor den drei Garagentoren aufhielten. Dort waren Tische mit Snacks und Erfrischungen aufgebaut. Einige der Crewmitglieder hielten ein Bier in der Hand, andere Teller, auf denen sich Essen türmte. Gab es etwas zu feiern, oder schmiss Keith einfach grundlos eine Party? Hatte er es schließlich doch geschafft, Dad zum Verkauf zu überreden?

Wir parkten unsere Motorräder etwas abseits von der Menge, dann setzten wir die Helme ab. Als wir näher kamen, sah ich Nikki neben einem anderen Mechaniker stehen. Sie hielt einen Pappteller mit einem Stück Kuchen in der Hand. Nikki war in ihren rot-schwarzen Benneti-Overall gekleidet – auch ein Anblick, an den ich mich noch nicht gewöhnt hatte. Sie entdeckte Hayden und mich im selben Moment, als mein Handy klingelte. Ich blieb stehen, um es aus meiner Jackentasche zu ziehen, und Hayden wartete auf mich. Als ich auf das Display blickte, sah ich, dass der Anruf von Stellar Racing kam – meiner letzten Hoffnung auf ein Team aus der Gegend. Ich warf Hayden einen kurzen Blick zu und sagte: »Das sind sie … Myles' Team. Das ist der Anruf, auf den ich gewartet habe.«

Hayden grinste, als wüsste er bereits, was sie sagen würden. »Geh ran«, ermutigte er mich.

Ich holte tief Luft, nahm das Gespräch an und führte das Handy an mein Ohr. »Mackenzie Cox.« Die Stimme am anderen Ende klang frisch und munter … aber die Botschaft war dieselbe wie bei allen anderen. Danke, aber nein danke. Das war's also. Der letzte Heuhaufen – und wie bei allen anderen war auch in diesem keine Nadel verborgen. Niemand stellte mich ein, niemand in der Nähe jedenfalls, und allzu weit wollte ich mich auf keinen Fall von Hayden entfernen. Nicht nach allem, was wir zusammen durchgemacht hatten. Das war einfach nicht richtig. Nein. Ich würde mir etwas anderes suchen, etwas, das gut für mich war – für uns. »Danke, dass Sie sich die Zeit genommen haben«, sagte ich noch, dann legte ich auf.

Ich schob das Handy zurück in die Tasche, und Hayden sah mich forschend an. »Was haben sie gesagt?«

Obwohl ich mich fühlte, als hätte man mir gerade endgültig die Tür vor der Nase zugeschlagen, setzte ich ein Lächeln auf. »Dasselbe, was die anderen auch gesagt haben: Nein.«

»Das tut mir so …«

Ich unterbrach ihn, bevor er ausreden konnte. »Nicht. Wir wussten beide, dass es ein großer Zufall gewesen wäre. Schließlich haben sie gerade erst ein paar ehemalige Cox-Mitarbeiter eingestellt. Komm, wir holen uns ein Stück Kuchen. Ich habe Hunger.«

Hayden machte immer noch ein überaus ernstes Gesicht, aber ich wollte mir nicht anhören, wie schuldig er sich fühlte. Darum ließ ich ihn stehen und marschierte zu Nikki hinüber. Sie musterte mich allerdings ebenfalls mit ernster Miene, dann reichte sie mir ihr Stück Kuchen. »Hier. Du siehst aus, als bräuchtest du das gerade dringender als ich.«

»Danke«, sagte ich, nahm den Teller und schob mir sofort einen dicken Happen in den Mund. Es war zwar kein neuer Job, aber Bayerisch-Creme-Torte. Das war zumindest eine kleine Entschädigung.

Nikki sah aus, als wolle sie mich gleich fragen, was schiefgelaufen war, darum kam ich ihr schnell zuvor: »Hat Keith seine große Ankündigung schon gemacht?«

Sie schüttelte den Kopf. »Nein, ich glaube, er hat noch auf Hayden gewartet.« Sie sah sich im selben Moment nach ihm um, als er sich zu uns gesellte. Er blickte mich derart gefühlvoll an, dass es mich mitten ins Herz traf. Aber ich hatte keine Zeit, traurig zu sein, und keine Lust, über mein Schicksal zu lamentieren – das Schicksal meiner Wahl.

»Das musst du mal probieren«, sagte ich und schob ihm eine Ladung Torte in den Mund.

Zuerst wirkte er überrumpelt, dann merkte er, wie gut es schmeckte, und schloss genießerisch die Augen. Oh ja, die Macht der Bayerischen Creme. Während Hayden an seinem Stück kaute, überlegte ich, ob ich meinen Vater zur Rede stellen sollte. Er ging immer noch nicht ans Telefon und rief auch nicht zurück. Die Anrufe hatte ich schon vor einiger Zeit eingestellt, doch vielleicht sollte ich jetzt einfach bei ihm vorbeischauen. Ich würde ihm auf den Kopf zusagen, dass er aufhören sollte, sich derart kindisch zu benehmen und sich in mein Leben einzumischen. Dass ich mein Leben führen musste, wie ich es für richtig hielt. Vielleicht würde er dann seine Meinung ändern und erneut seine Beziehungen spielen lassen, nur diesmal in die andere Richtung. Es war zwar unwahrscheinlich, doch ich hegte die geringe Hoffnung, dass er ein Einsehen hatte. Entweder das, oder ich würde ganz und gar aufgeben und das Rennfahren an den Nagel hängen … endgültig. Und hier in dieser Garage – wo mir der Geruch von Öl und Schmierfetten in die Nase stieg und wo ich überall Motorräder und Zubehör sah – wusste ich nicht, ob ich eine Niederlage akzeptieren konnte. Zumindest nicht ohne eine letzte Schlacht.

Als ich mir gerade im Kopf alle Argumente zurechtlegte, kam Keith durch das Garagentor nach draußen und trat vor die Leute, die sich um das Essen scharten. Seltsamerweise war Keith in Begleitung eines Fahrers in voller Rennmontur, der einen schwarzen Helm mit heruntergeklapptem Visier trug. Seltsam und sehr dramatisch. Der Fahrer trug allerdings Benneti-Farben, was mich schnell auf den Gedanken brachte, dass Keith einen neuen Fahrer angeheuert hatte, den er nun vorstellen wollte. Na super! Ich schaffte es ums Verrecken nicht, einen Job zu bekommen, und nun war ich auch noch auf die Willkommensparty eines anderen geraten. Perfekt. Ich war so ungehalten, dass ich es vermied, den Fahrer anzusehen. *Ich habe hier überhaupt nichts zu suchen.*

Kaum war er ins Freie getreten, hob Keith die Arme. Schnell verebbte der allgemeine Small Talk, und es kehrte Ruhe ein. »Erst einmal vielen Dank, dass ihr alle gekommen seid. Und dann auch noch so pünktlich.« Er kniff die Augen zusammen und warf Hayden einen kurzen Blick zu. Wir hatten uns heute Morgen vielleicht doch ein bisschen zu lange miteinander beschäftigt. Ups.

Ich beobachtete Hayden, wie er mit freundlicher Miene die Hand hob und winkte, als hätte ihn Keith gelobt und nicht getadelt. Keith schüttelte den Kopf, dann wandte er sich wieder an die Menge: »Wie ihr wisst, habe ich aufregende Neuigkeiten. Benneti Motorsport hat soeben einen neuen Fahrer verpflichtet. Und Jungs – wenn ihr seht, wer euer Team verstärken wird, fliegt euch der Helm weg.«

Dann sah er zu der vermummten Gestalt, die sich sogleich beflissen ihres Helms entledigte. Mir blieb der Mund offen stehen, als ich bemerkte, was mir eigentlich sofort hätte auffallen können: Der neue Fahrer war eine Frau.

Sie schien ungefähr in meinem Alter zu sein, doch sie grinste derart gelassen und selbstsicher in die Menge, dass sie älter wirkte. Diese Frau ließ sich nicht leicht einschüchtern. Ich kannte sie nicht, doch ich war ein wenig erschrocken, wie ähnlich sie mir sah: das gleiche dunkle wellige Haar, die gleichen tiefbraunen Augen – wir hatten sogar den gleichen Körperbau. Man hätte sie eher für meine Schwester halten können als meine eigentlichen Schwestern. Meiner eigenen Doppelgängerin zu begegnen, war ein wenig … verstörend.

Das entging auch Hayden nicht. Ich hörte, wie er neben mir die Luft ausstieß, dann sagte er sehr leise: »Oh … Mist.«

Seine Reaktion machte mich neugierig. »Stimmt was nicht? Kennst du sie?«, fragte ich.

Bevor Hayden antworten konnte, stellte Keith sie den Versammelten vor: »Ich möchte euch unseren neuen Superstar vorstellen. Benneti Motorsports erste und einzige weibliche Fahrerin: Felicia Tucker. Und eines könnt ihr mir glauben: Das Mädchen hier kann fahren. Sie wird sämtliche existierenden Frauenrekorde ausradieren.« Dann blickte mir Keith direkt in die Augen und fügte hinzu: »Platz da, jetzt ist eine *neue* Frau am Start.«

Felicia. Siedend heiß erinnerte ich mich an Aufreißers ständige Bemerkungen, wie ähnlich ich Haydens Ex sähe. Nein, völlig ausgeschlossen. Das konnte sie nicht sein. Sie war doch verschwunden, und keiner wusste, wohin. Purer Zufall also. So musste es sein. Obwohl sich Hayden nicht benahm, als wäre sie eine Fremde.

Felicia sah Hayden durchdringend an, während sie die Menge begrüßte. »Es ist mir eine Ehre, zum Team von Benneti Motorsport zu gehören, und ich freue mich schon darauf, euch alle besser kennenzulernen.« Sie ließ Hayden nicht aus den Augen. Mir gefror das Blut in den Adern. Nein, das durfte doch nicht wahr sein.

Es kam mir vor, als würde ich träumen. Langsam drehte ich mich zu Hayden um. Mit bleichem Gesicht starrte er Felicia an. »Felicia?«, fragte ich leise und mit zittriger Stimme. »*Deine* Felicia?«

Hayden wandte sich langsam zu mir um, dann löste er den Blick von ihr, sah mir fest in die Augen und schluckte mühsam. »Nein, nicht meine. Das ist vorbei. Aber ja … das ist sie.«

Es kam mir vor, als wäre die Luft um uns plötzlich zum Schneiden dick. Ich bekam kaum noch Luft. Für mich war klar, dass Keith sie nur eingestellt hatte, um mir eins auszuwischen. Weil mein Vater nicht an ihn verkaufen wollte, hatte er eine weibliche Fahrerin eingestellt, um ganz bewusst zu untergraben, was ich in diesem Jahr geleistet hatte? Oder wusste Keith, dass Hayden einmal mit dieser Frau zusammen gewesen war? Als ich wieder zu Felicia hinübersah, tauschte sie gerade einen verschwörerischen Blick mit Keith, und mir war sofort klar, dass sie ihm alles über sich erzählt hatte. Keith wusste von ihrer Vergangenheit mit Hayden, als er sie eingestellt hatte. Und so, wie sie immer wieder zu Hayden blickte, während sie sich durch die Reihen aufgeregter Männer schob, die förmlich danach geiferten, sie kennenzulernen, war unübersehbar, dass sie an diese Vergangenheit anknüpfen wollte. Ihre lüsternen Blicke sprachen eine deutliche Sprache. Sie schrien geradezu: *Wir sind noch nicht fertig miteinander.*

Nur über meine Leiche, du Schlampe.

Verdammt. So etwas konnte ich gerade überhaupt nicht gebrauchen. Mit schmalen Augen sah ich wieder zu Hayden, dann drückte ich Nikki meine Torte in die Hand und machte mich auf den Weg zu meinem Motorrad. Das konnte ich nicht länger mitansehen; bei Haydens Wiedervereinigung mit seiner alten Flamme wollte ich nicht dabei sein.

Kaum hatte ich mich von der Menge entfernt, schossen mir auch schon die Tränen in die Augen, doch dann hörte ich, dass mir jemand hinterherlief. Als ich mich verwundert umsah, stand Hayden neben mir. Er nahm meine Hand und verschränkte die Finger mit meinen. Dann lächelte er mich ruhig und zuversichtlich an. »Wo wollen wir hinfahren, Zweiundzwanzig?«

Ich blieb stehen und starrte ihn entgeistert an. »Ist das dein Ernst? Deine Ex taucht plötzlich als deine neue Teamkollegin auf, und du fragst *mich*, wo *wir* hinfahren? Willst du nicht bleiben und mit ihr reden? Sie fragen, warum sie damals so plötzlich verschwunden ist? Oder wo sie all die Jahre über gesteckt hat? Was sie vorhat, nachdem sie nun wieder in deinem Leben aufgetaucht ist?«

Die Worte sprudelten immer schneller aus mir heraus, und

mein Herzschlag beschleunigte sich, um mit ihnen Schritt zu halten. Hayden stellte sich mir in den Weg, nahm mein Gesicht und küsste mich. Leidenschaftlich. Vor aller Augen. Die Blicke, die auf meinem Rücken brannten, verrieten mir, dass ein gewisses Augenpaar auf jeden Fall darunter war. Als wir uns voneinander lösten, ließ Hayden die Hände auf meinen Wangen. »Du bist meine Liebe. Sie ist meine Vergangenheit. Und es stimmt, im ersten Moment war ich zwar schockiert, als ich sie gesehen habe, aber *du* bist meine Gegenwart und meine Zukunft. Wo sie war, was sie will und warum sie hier ist … das bedeutet mir nichts. Wo *du* jetzt hinwillst, das ist das Einzige, was mich interessiert. Komm, sag mir, Kenzie, wo willst du hin?«

Mein Gott, das war die Frage des Tages. Wo wollte ich hin? Genau wusste ich das nicht, doch ich war erleichtert und froh, dass er mich begleiten wollte. Ich lächelte, als ich ihm antwortete: »Lass uns die Küste hinauffahren, und sehen, wo wir landen.«

Hayden nickte, beugte sich vor und küsste mich noch einmal. Dann flüsterte er mir ins Ohr: »Holst du mich ein?

Ich grinste über beide Ohren und flüsterte zurück. »Fang mich doch, Hayes.«

Danksagungen

Über ein Jahr lang habe ich mich mit Leib und Seele diesem Buch gewidmet – wie schnell doch die Zeit vergeht, wenn man etwas mit Freude tut! Eine ganz neue Welt zu erschaffen, war aufregend, herausfordernd, befriedigend – aber bisweilen auch unglaublich anstrengend. Auf das Ergebnis bin ich sehr stolz, und ich muss einer ganzen Reihe von Menschen danken, die mich dabei unterstützt haben.

Zuallererst möchte ich meiner außergewöhnlichen Agentin Kristyn Keene von ICM Partners danken. Es ist ein Geschenk, einen so geduldigen, ermutigenden und fleißigen Menschen an der Seite zu haben, der einem den Rücken stärkt. Ohne unsere zahlreichen Treffen wäre *Furious Rush* eine vage Idee irgendwo in meinem Kopf geblieben.

Mein herzlicher Dank gilt allen bei Forever/Grand Central Publishing. Beth deGuzman dafür, dass sie mich in jeder freien Minute beim Schreiben unterstützt hat. Marissa Sangiacomo, weil sie mir immer genau das besorgt hat, was ich gerade brauchte – ich vermisse dich bereits! Und Megha Parekh, weil sie eine hervorragende Lektorin ist, mit der man wunderbar zusammenarbeiten kann. Ein besonders großer Dank geht an Amy Pierpont. Deine Arbeit an diesem Buch war fantastisch, und deine Hinweise sind unschätzbar. Dein Verstand haut mich einfach um!

Virtuelle Umarmungen und Küsse haben auch all die anderen Menschen in meinem Leben verdient, die mir mit unermüdlicher Unterstützung, Hilfe, Freundschaft und Ratschlägen zur

Seite gestanden haben – K. A. Linde, Nicky Charles, Rebecca Donovan, J. Sterling, Jillian Dodd, K. Bromberg, Kristen Proby, Jennifer Probst, Katy Evans, Emma Chase, Christina Lauren, Jeanette Grey, Jay Crownover, T. Gephart, Sunniva Dee, Danielle Jamie, Kim Karr, Claire Contreras, Gail McHugh, Sam B., Becky K., Lori F., Lesa F., Rena L., Toni S., Lysa L., Denise T., Nic F., Dawn B., Jackie P. und so viele andere mehr!

Mein größter Dank gilt immer meinen Fans, Lesern und Bloggern. Euch habe ich es zu verdanken, dass ich tun kann, was ich liebe, und das vergesse ich nie. Mein besonderer Dank geht an: Simmi, Janet K., Christine, Katie M., Charleen R., Verna M., Glorya H., Totallybooked Blog, Flirty and Dirty Book Blog, Aestas Book Blog, Maryse's Book Blog, The Sub Club Books, Vilma's Book Blog, The Literary Gossip, Southern Belle Book Blog, Love N. Books, und viele mehr, denen zu danken mir hier der Platz fehlt.

Zu guter Letzt danke ich meiner Familie – Worte können nicht beschreiben, wie viel ihr mir bedeutet. Ich liebe euch alle so sehr! Ich danke meinem Mann. Ich bin so froh, dass wir uns gefunden haben. Dass du Verständnis hast, wenn ich mich zum Schreiben zurückziehe, mir den Raum dazu lässt, mich mit Wein unterstützt und mir hin und wieder aufmunternd über den Rücken streichst. Ich liebe dich. Und ich danke meinen Kindern. Ihr bringt mich zum Lachen und zum Weinen, ihr fordert mich, und ihr inspiriert mich. Ich bin so stolz darauf, eure Mutter zu sein. In ewiger Liebe.

S.C. Stephens

S.C. Stephens lebt mit ihren zwei Kindern im wunderschönen Pazifischen Nordwesten in Amerika. Mit ihrem Debüt »Thoughtless« feierte sie in ihrem Heimatland einen sensationellen Bestsellererfolg und eroberte auch mit den Folgebänden der Serie die Leserherzen im Sturm.
Mehr zu S.C. Stephens und der Thoughtless-Reihe finden Sie unter www.thoughtless-buecher.de.

Die Thoughtless-Reihe:

Thoughtless. Erstmals verführt. Roman (Band 1)
Effortless. Einfach verliebt. Roman (Band 2)
Careless. Ewig verbunden. Roman (Band 3)

Thoughtful. Du gehörst zu mir. Roman
Untamed. Anna & Griffin. Roman

(Alle auch als E-Book erhältlich)

GOLDMANN
Lesen erleben